Alexandra Flint

LAKESTONE CAMPUS OF SEATTLE

WHAT WE FEAR

AF202110

Alexandra Flint

LAKESTONE CAMPUS

of Seattle

what we fear

Ravensburger

Triggerwarnung
Dieses Buch enthält Themen, die potenziell triggern können.
Deshalb findet ihr auf Seite 507 einen Hinweis zum Inhalt.

ACHTUNG: Dieser enthält Spoiler für die gesamte Handlung.

1 3 5 4 2

Originalausgabe
© 2024 Ravensburger Verlag GmbH
Postfach 2460, D-88194 Ravensburg

Text © 2024, Alexandra Flint

Dieses Werk wurde vermittelt durch
die Literarische Agentur Silke Weniger, Gräfelfing.

Cover- und Umschlaggestaltung: Alexander Kopainski
unter Verwendung von Bildern von Shutterstock (TMvectorart, ElenaChelysheva)
Lektorat: Nina Schnackenbeck
Verwendetes Zitat auf S. 150 stammt aus »Odyssee« von Homer
übersetzt von Johann Heinrich Voß.
Alle Rechte vorbehalten
Printed in Germany
ISBN 978-3-473-58633-2

ravensburger.com

Für alle Mädchen da draußen,
die nicht auf ein »Du kannst das nicht« hören.
Ihr könnt.
And you're doing great, girls.

Listen to silence.
It has so much to say.
(Rumi)

KAPITEL 1

Anti-Hero - Taylor Swift

Harlow

Ich hatte immer gewusst, dass mich eine meiner Handlungen früher oder später genau an diesen Punkt bringen würde. Ich hatte nur nicht damit gerechnet, dass es ausgerechnet die eine Handlung sein würde, die ich am allerwenigsten bereute. Keine besonders gute Ausgangssituation für das, was mir bevorstand.

Seufzend ließ ich den Kopf auf meine auf dem Tisch verschränkten Arme sinken und versuchte, nicht länger an die enttäuschten Gesichter meiner Mütter oder den grimmigen Ermittler zu denken, der mich vor Stunden in diesen verdammten Verhörraum gebracht hatte. Stattdessen rief ich mir Brax ins Gedächtnis. Brax, meinen elfjährigen, starken Bruder, der dank meiner Aktion die Chance auf ein langes Leben bekommen hatte. Für den ich alles tun würde.

Ich reiste zwei Wochen zurück zu dem Moment, in dem Brax nach der schwierigen Operation die Augen geöffnet und mich angestrahlt hatte. Ich dachte an seine Erleichterung, als ihm die Ärzte gesagt hatten, dass er mit den neuen Herzklappen wieder mit seinen Freunden toben und spielen könne. An die Freudentränen meiner beiden Moms Lillian und Katy, die kaum glauben konnten, dass Brax entgegen aller Erwartungen doch operiert worden war.

An das seltene, gute Gefühl, das Richtige getan zu haben. Mir war bewusst, dass ich damit streng genommen gleich mehrere Verbrechen begangen hatte, aber ohne diese Aktion … hätte Brax vermutlich keine Chance gehabt.

Zählte das alles denn überhaupt nichts?

Ich ballte die Hände zu Fäusten und atmete langsam ein und wieder aus.

Nein, für die Polizei änderte das rein gar nichts. Sie sah nur die Verstöße, nicht die Gründe. In ihren Augen war ich eine Verbrecherin. Eine Hackerin, die sich über die Gesetze stellte. Mehr nicht.

Dabei *sollten* sie mehr sehen. Sie sollten *alles* sehen. Einen kleinen Jungen, der jeden Tag zu kämpfen hatte, nur weil wir uns keine Krankenversicherung mit *Rundum-Sorglos-Paket* leisten konnten oder genügend Rücklagen besaßen. Vermutlich hätte es auf lange Sicht einen legalen Weg gegeben, um das Geld zu beschaffen. Überstunden, mehr Schichten, Online-Nachhilfe, was weiß ich. Aber in der Realität hatte mein Bruder diese Zeit nicht gehabt. Und was auch immer das über mich aussagen mochte, ich würde es jederzeit wieder tun. Für Brax.

Ich spürte, wie sich ein taubes Gefühl in meinem linken Bein breitmachte, und richtete mich langsam wieder auf. Wie lang saß ich hier eigentlich schon? Wie lang konnte es dauern, mir einen Pflichtverteidiger zu besorgen und das hinter uns zu bringen?

Mit zusammengebissenen Zähnen begann ich, meinen eingeschlafenen Oberschenkel zu massieren, und ließ den Blick durch den Raum zu dem gewaltigen Spiegel gegenüber schweifen. Ich wusste, dass es einer dieser Einwegspiegel war, durch den mich garantiert in diesem Moment jemand beobachtete, um …

… Ja, um was? Mich zu lesen? Herauszufinden, ob ich heimlich plante, online die Weltherrschaft an mich zu reißen? Wäre meine Situation nicht so verfahren, würde ich es als Fan sämtlicher Crime-Serien vielleicht sogar cool finden, in meinem eigenen Krimi gelandet zu sein. Doch so ...

Ich schnitt meinem Spiegelbild eine Grimasse und versuchte, nicht zu sehr auf meinen ausgewaschenen *Seahawks*-Hoodie und die zerrissene, hellblaue Jeans zu achten. Oder meinen unordentlichen Knoten aus hellbraunen Locken, der mir schief auf dem Kopf saß. Vermutlich verkörperte ich in meiner ganzen unvollkommenen Erscheinung das typische Klischee einer jungen Frau, die auf die *schiefe Bahn* geraten und den Tücken des *Darknets* verfallen war.

Miyu würde jetzt sagen, dass ich mich gerade von meiner unbegründeten Melodramatik beherrschen ließ, weil mein brillantes Gehirn nicht mit meiner aktuellen Lage klarkam. Ich wünschte, sie wäre hier. Miyu würde diese Situation mit Sicherheit rocken und den Detective mit ihren schlagkräftigen Ansagen wegfegen – wie in einem dieser Filme, in denen die Bösen der Polizei immer einen Schritt voraus sind.

Nur war das hier kein Film und meine Hackerfreundin nicht bei mir, sondern im knapp fünftausend Meilen entfernten Tokio. Tja, und ich ... fühlte mich alles andere als schlagkräftig. Eher erschöpft, resigniert, schuldig, ohne zu bereuen – was selbst in meinem Kopf keinen Sinn ergab.

Scheiße, ich würde diese Lage so was von überhaupt nicht rocken.

Seufzend hörte ich auf, meinen eingeschlafenen Oberschenkel zu malträtieren, und begann stattdessen, nervös an meinem Daumennagel herumzuknibbeln.

Du hast das Richtige getan, Harlow, das ist alles, worauf es ankommt. Halte dich einfach daran fest. Genau.

Im nächsten Moment öffnete sich die Tür mit einem vernehmlichen Quietschen, das mich unvermittelt so heftig zusammenfahren ließ, dass ich mir prompt das Knie an der Tischkante anschlug. Mit einem unterdrückten Fluchen rieb ich mir die pochende Stelle und sah auf.

Entgegen meiner Erwartung fand ich mich nicht dem grimmigen Ermittler für Cyberkriminalität von vorhin gegenüber, sondern einem gut aussehenden Mann in makellosem Dreiteiler. Ich schätzte ihn auf Mitte, Ende vierzig und sein Vermögen auf einen mindestens achtstelligen Betrag. Wenn man die funkelnde Rolex und den teuren italienischen Aktenkoffer betrachtete, vielleicht auch neunstellig.

Ich hob eine Augenbraue und legte die Hände flach auf den glänzenden Tisch.

»Guten Tag, Harlow.«

»Hi«, erwiderte ich und räusperte mich, weil meine Stimme klang, als hätte ich einen Sack Mehl verschluckt. »Sind Sie … mein Pflichtverteidiger?«

Der war mir nämlich laut der hässlichen Wanduhr vor gut drei Stunden versprochen worden.

Der Mann schüttelte den Kopf und ließ sich auf dem Platz mir gegenüber nieder. Aus irgendeinem Grund wirkte der Plastikstuhl wie sein ganz persönlicher Thron. »Nein, Harlow. Ich bin nicht dein Anwalt, nicht in dieser Angelegenheit. Mein Name ist Harvey Abbot, ich bin der Leiter des Lakestone Campus of Seattle.« Er lächelte leicht, was seine grauen Augen leuchten ließ.

Wenn ich so darüber nachdachte, hatte der Harvey Abbot vor

mir durchaus Ähnlichkeit mit seinem Namensvetter Harvey Specter aus der Serie *Suits*.

Wie auch immer: Was hatte der Chef einer schicken Elite-Einrichtung ausgerechnet auf dem Polizeirevier in meinem Verhörraum zu suchen? Wäre es sein Konto gewesen, das ich … nun ja, gehackt hatte, würde ich verstehen, dass er sich selbst ein Bild der Täterin machen wollte. Aber so ergab das vorne und hinten keinen Sinn für mich.

Ich zog die Unterlippe zwischen die Zähne und kaute unschlüssig darauf herum. »Entschuldigen Sie die Frage, aber kennen wir uns von irgendwoher?«

Wieder schüttelte er den Kopf. »Bisher noch nicht, aber ich würde mich freuen, wenn sich das in Zukunft änderte.«

Gut, er hatte mich am Haken.

»Ich habe mir sagen lassen, dass du etwas sehr Außergewöhnliches vollbracht hast. Du musst mir verzeihen, ich verstehe nicht viel vom Programmieren oder *Hacken*, wie ihr das heutzutage nennt, aber meine vertrauenswürdige Quelle versicherte mir, dass du sehr talentiert darin bist.«

Hätte er mir eröffnet, er wäre der lang verschollene König von Amerika und erhebe nun Anspruch auf sein Land, ich hätte nicht verdutzter dreinschauen können.

»Bitte?«, brachte ich wenig geistreich hervor und starrte ihn perplex an.

»Mir ist bewusst, dass dir diese Situation etwas – wie soll ich es ausdrücken? – *ungewöhnlich* vorkommt, aber ich versichere dir, dass du absolut nichts von mir zu befürchten hast.« Harvey Abbot stellte die Ellenbogen auf und faltete seine langen Finger unter dem Kinn. »Also, Harlow, bist du gut im Programmieren?«

Miyu und den anderen aus meinem kleinen, aber feinen Netzwerk nach zu urteilen, war ich ein *verdammtes Genie* – ihre Worte, nicht meine. Alles, was mit Computern, Coden und Zahlen zu tun hatte, war mir schon immer unglaublich leichtgefallen. Logik und Mathematik waren wie Atmen für mich und die Welt des Hackens ein zweites, virtuelles Zuhause. Doch ich war mir ziemlich sicher, dass Harvey Abbot nicht hierhergekommen war, um das zu hören. Also tat ich das Erstbeste, das mir einfiel, und griff auf meinen altbewährten Sarkasmus zurück.

»Brauchen Sie Hilfe beim Einrichten eines Routers?«

Seine Mundwinkel zuckten. Zumindest hatte er einen Sinn für Humor. »Ich werte das als ein Ja.«

Unsicher runzelte ich die Stirn. »Worum geht es hierbei wirklich, Mr Abbot?«

»Du hast dich in das komplexe Netzwerk einer Bank gehackt, das sich auf die Fahne schreibt, eines der sichersten der USA zu sein, dann eine beachtliche Summe Geld von einem Konto gestohlen und dabei nur minimale digitale Fußspuren hinterlassen, die beinahe niemandem aufgefallen wären.«

Ich presste die Lippen zu einer schmalen Linie zusammen. Das Schlüsselwort war *beinahe*. Es war mir *beinahe* gelungen und *beinahe* war nicht gut genug gewesen. Ich hatte bei einer der Firewalls einen echt dämlichen Fehler gemacht. Einen, der mir sonst niemals passiert wäre – nur dieses Mal … hatte die Zukunft meines kleinen Bruders auf dem Spiel gestanden und ich hatte die Nerven verloren. Ein Fehltritt, der mir das Genick gebrochen und mich letztlich hierhergebracht hatte. Ich konnte nur von Glück sagen, dass ich erst nach Brax' Operation aufgeflogen war und sie ihm seine Herzklappen nicht direkt wieder hatten nehmen können. Sonst wäre alles umsonst gewesen. Der Ärger, das schlechte Gewissen, meine vermurkste Zukunft, die Schulden, die mir diese Aktion eingebrockt hatte.

Harvey Abbot beugte sich weiter über den Tisch, die grauen Augen fest auf mich gerichtet. »Das, was du getan hast, Harlow, ist zwar rechtswidrig und falsch, aber nichtsdestotrotz beeindruckend. Du hast ein bemerkenswertes Talent im Hinblick auf das Programmieren von Algorithmen. Eines, das gefördert werden sollte.«

Mein Magen zog sich zusammen, während in meinem Kopf die wildesten Szenarien Form annahmen. »Was bedeutet das?«

»Was weißt du über meinen Campus?«

Nicht viel mehr als das, was ich hier und da aufgeschnappt hatte. Der Lakestone Campus lag im Zentrum Seattles, nicht weit von der Space Needle entfernt, und war hochexklusiv und exorbitant teuer – wenn man nicht zu den wenigen Glücklichen gehörte, die ein Stipendium bekamen. Außerdem brauchte man neben dem nötigen Kleingeld auch einen überdurchschnittlich hohen Intelligenzquotienten. Um dort zu studieren, musste man ein kompliziertes Bewerbungsverfahren durchlaufen, das aus mehreren Tests bestand. Wie genau diese aussahen, wusste ich nicht, aber ich konnte mir vorstellen, dass sie nicht darin bestanden, Sudokus der Kategorie *besonders knifflig* zu lösen. Dass dort mehr gefordert wurde, als die meisten Menschen erbringen konnten. Viele der angesehensten und brillantesten Persönlichkeiten der Politik und Wissenschaft aus allen fachlichen Gebieten und Ländern der Welt hatten dort ihren Abschluss gemacht. Der Lakestone Campus of Seattle war sozusagen die Crème de la Crème der Ivy League, der besten Eliteunis in den USA. Eine eigene kleine Welt, zu der Normalsterbliche keinen Zugang hatten.

»Ich fürchte, nicht sehr viel«, antwortete ich verzögert und sah an ihm vorbei zu dem Einwegspiegel, weil ich immer noch vermutete, dass das hier irgendein verdrehtes Spiel war.

Harvey Abbot nickte, als hätte ich seine Vermutung bestätigt. »Der Campus ist ein Ort für Ausnahmetalente aller Sparten, Harlow. Die Studierenden dort werden allumfassend, jedoch in erster Linie hinsichtlich ihrer besonderen Fähigkeiten gefördert. Im Gegensatz zu vielen anderen namhaften Universitäten können sich die Studierenden von Anfang an auf ein Spezialgebiet festlegen – in Ausnahmefällen auch auf zwei. Ein Grundstudium findet zwar statt, nimmt jedoch weniger Raum ein. Der Lakestone Campus ist damit kurz gesagt eine Talentschmiede, wenn man es so ausdrücken möchte.«

Ich zuckte zusammen, als ich einen Hautfetzen von meinem Daumen abriss, und schüttelte den Kopf. »Auf die Gefahr hin, dass ich mich wiederhole: Was hat das mit mir zu tun?«

Denn auch, wenn ich wusste, wie man mit Computern und Codes umging, war ich keine Überfliegerin, kein Genie und damit nicht qualifiziert für die renommierte Privatuni. Ganz zu schweigen davon, dass ich mir die Studiengebühren niemals leisten könnte und gerade so meinen Highschoolabschluss geschafft hatte.

Statt mir eine direkte Antwort zu geben, hob Harvey Abbot seinen sündhaft teuren Aktenkoffer auf den Tisch und öffnete ihn. »Du bist eine intelligente junge Frau. Was meinst du, welche Strafe steht auf dein Vergehen?«

Die Farbe wich schlagartig aus meinem Gesicht. Das war exakt der Gedanke, den ich seit dem Moment, in dem die Polizei vor unserer Haustür aufgetaucht war, nicht zuließ.

»Eine sehr hohe Geldstrafe – zusätzlich zu dem Betrag, den du gestohlen hast. Eine Anzeige, mehrere Jahre Gefängnis, wenn du keine Möglichkeit findest, das Geld zurückzuzahlen. Abgesehen von der Tatsache, dass du dir dein Leben für immer verbaust.« Das Lächeln war aus seinen Zügen verschwunden, seine Stimme ernster, direkter.

Übelkeit machte sich in mir breit, während die Angst, die ich die ganze Zeit über mehr oder weniger erfolgreich unterdrückt hatte, wie eine eiskalte Welle über mir zusammenschlug. »Ich habe das doch nicht getan, um irgendjemandem zu schaden! Ich bin keine Kriminelle. Das ... Es ging hierbei um meinen kleinen Bruder – um sein *Leben*. Er hat mich gebraucht!«

Harvey Abbot nickte langsam, holte ein paar Zettel aus dem Koffer und schob sie über den Tisch zu mir. »Das glaube ich dir. Deswegen habe ich auch das hier für dich.«

Ich verkrampfte mich und holte zittrig Luft. Versuchte mein rasendes Herz unter Kontrolle zu bekommen, ehe ich den Blick auf das Dokument vor mir senkte. Nachdem ich die ersten Worte gelesen hatte, fuhr mein Kopf wieder hoch. »Ich begreife es nicht.«

»Versteh mich nicht falsch, Harlow, deine Handlung wird Konsequenzen haben. Du hast ein Verbrechen begangen und ich denke, das weißt du auch. Aber ich möchte dir eine Möglichkeit anbieten, ab diesem Zeitpunkt einen anderen Weg einzuschlagen und dein Talent für etwas Sinnvolles einzusetzen.«

»Talent?«

»Ja, Talent. Wir nehmen nur diejenigen auf, die zusätzlich zu ihrer Intelligenz noch eine Begabung aufweisen. Fehlen diesen Kandidaten und Kandidatinnen die nötigen finanziellen Mittel, vergibt der Campus Stipendien. Jetzt fragst du dich sicherlich, wo du dabei ins Spiel kommst, Harlow.«

Womit er ins Schwarze traf. Trotz, oder gerade wegen, der vielen Informationen, die er mir hinwarf und die sich nun ungebremst in meinem Kopf drehten, verstand ich nur Bahnhof.

»Nun, es gibt noch eine dritte Kategorie an Studierenden, die aufgenommen werden und mir gewissermaßen ein persönliches Anliegen sind. In meiner Zeit als Leiter des Campus bin ich bereits dem ein oder anderen jungen Menschen begegnet, der an seiner Schule nicht durch besonders gute Ergebnisse geglänzt und vielleicht sogar nicht mal einen Abschluss gemacht hat. Der niemals auf die Idee gekommen wäre, sich an einer Universität wie unserer zu bewerben. Obwohl er begabt ist. Sogar hochbegabt – auf seinem ganz speziellen Gebiet. Und damit qualifiziert für eines meiner, wie ich zugeben muss, etwas unkonventionellen Stipendiatenprogramme. Was ich damit sagen will: Das Auswahlkomitee und ich sehen großes Potenzial in deinem Verständnis für Logik. Potenzial, das nicht für kriminelle Zwecke vergeudet werden sollte.«

Ich sah ihn an, hörte seine Worte, die sich in meinem Kopf zusammensetzten, und konnte nicht verhindern, dass mir ein scharfer Fluch über die Lippen rutschte.

»Entschuldigung«, murmelte ich, als ich Harvey Abbots missbilligenden Blick bemerkte, und griff rasch nach dem dicken und sicherlich schweineteuren Papier, in das oben das Logo des Lakestone Campus of Seattle eingeprägt war. Beinahe ehrfürchtig strich ich über die drei Buchstaben L, S und C, die von einem dunkelgrünen Diamanten eingefasst wurden, und begriff zum ersten Mal wirklich, was dort stand.

Das war nicht nur ein Anmeldeformular, das war eine direkte Aufnahmebestätigung für das Semester im Herbst, die nur noch meine Unterschrift erforderte.

Beinahe hätte ich wieder geflucht. Weil ich es nicht verstand. Weil ich es nicht glauben konnte. Weil ich das Gefühl hatte, im falschen Film gelandet zu sein.

»Ich biete dir einen Deal an, auch wenn ich hierbei nicht als dein Anwalt agiere.« Abbot gestattete sich ein kurzes, trockenes Lachen, ehe er wieder ernst wurde. »Ich habe einige gute Kontakte, der Polizeichef ist zufälligerweise ein alter Freund, ich kenne einen sehr fähigen Verteidiger und die Staatsanwältin, die für deinen Fall zuständig ist, aus Studienzeiten. Wenn du einverstanden bist, dann werde ich die Sache in die Hand nehmen und für dich eine Sozialstrafe aushandeln, die du bei mir am Campus außerhalb deiner Vorlesungen abarbeitest.«

»Außerhalb meiner Vorlesungen«, plapperte ich unnötigerweise nach, unfähig, den Blick von meinem gedruckten Namen auf dem Dokument zu lösen.

»Davon wird es selbstverständlich eine Menge geben, wenn du als Studentin im nächsten Semester am Lakestone Campus beginnst.«

Die Zettel glitten zurück auf den Tisch, während ich Harvey Abbot wieder ins Auge fasste. »Warum um alles in der Welt sollten Sie *mich* an ihrer Universität haben wollen und das für mich tun? Ich bin nicht hochbegabt, ich bin ...«

... eine Verbrecherin, wie es aussieht.

Er lächelte und schloss seinen Aktenkoffer. »Weil ich junge Leute wie dich kenne, Harlow. Und weil ich Talent erkenne, wenn ich es sehe. Du bist außergewöhnlich und besitzt etwas, das dir alle Türen öffnen kann – auf legale Art und Weise.« Schuldbewusst senkte ich den Blick. »Ich möchte dir die Chance geben, deine Fähigkeiten und dich selbst weiterzuentwickeln. Alles, was du brauchst, ist etwas Starthilfe und einen Schubs in die richtige Richtung.«

Ein paar Momente lang schwieg ich, ehe ich meine Sprache wiederfand. »Ehrlich gesagt weiß ich nicht, was ich sagen soll. Darf ich … kann ich noch etwas darüber nachdenken?« Meine Stimme war leise, kaum hörbar, als ich das sagte. Das kannte ich überhaupt nicht von mir.

»Selbstverständlich, aber lass dir nicht zu viel Zeit. Mein Angebot steht achtundvierzig Stunden, danach übernimmt die Polizei wieder.« Harvey Abbot machte Anstalten aufzustehen und richtete seinen Dreiteiler. »Ich biete dir eine erstklassige Ausbildung mit Unterkunft auf dem Gelände des LSC mit einem meiner privaten Vollstipendien auf Probe an. Die Universität kommt für sämtliche Kosten auf. Im Gegenzug erwarte ich, dass du dich von jeglichen illegalen Aktivitäten distanzierst, deine Sozialstunden und sonstige etwaige Auflagen ableistest, dich tadellos verhältst und diszipliniert arbeitest. Mein Angebot, deine Entscheidung, Harlow.« Er schenkte mir ein gutmütiges Lächeln und legte eine schicke Visitenkarte mit dem Emblem des Campus neben die Dokumente. »Ich erwarte deinen Anruf bis übermorgen, zwölf Uhr mittags.«

Meine Finger zitterten, als ich nach der Karte griff und auf die Informationen darauf starrte, bis sie vor meinen Augen verschwammen. Das konnte einfach nicht real sein. In meiner Welt spazierte das Unmögliche nicht einfach zur Tür herein, eine dicke, rote Schleife um den Hals. Oder eher einen makellosen Dreiteiler tragend.

»Überleg es dir gut. Es ist ein einmaliges Angebot«, sagte Harvey Abbot noch, nahm seinen Aktenkoffer und ging zur Tür.

Ich hob den Blick und schloss die Finger fester um die Visitenkarte. »Mr Abbot?«

Die Hand schon auf der Klinke, wandte er sich noch einmal zu mir um.

»Danke«, sagte ich heiser und meinte es so. Auch wenn ich erst mal mit meinen Moms über alles reden musste ... ich war diesem fremden Mann dankbar. Weil er mir eine Chance gab, obwohl er nur die Seite von mir kannte, die mich in diesen Verhörraum des *Seattle Police Department* gebracht hatte.

Harvey Abbot lächelte und neigte den Kopf. »Ich freue mich darauf, von dir zu hören.«

KAPITEL 2

Confident – Demi Lovato

Harlow

Fünf Wochen später

»Und du bist dir ganz sicher, dass du alles hast?«, fragte mich meine Mom Lillian zum dritten Mal, während sie wie ein Wirbelwind durch mein winziges Zimmer fegte.

»Mom, ich ziehe nur in einen anderen Bezirk von Seattle, nicht ans andere Ende der Welt.«

»Das wäre ja noch schöner!«, rief sie aus und fasste ihre langen, blonden Haare zu einem Pferdeschwanz zusammen. »Ich kann immer noch nicht fassen, dass das wirklich passiert.«

»Ich auch nicht.« Und das war die Wahrheit. Die letzten fünf Wochen waren das reinste Chaos gewesen. Eine wilde Mischung aus Traum und Albtraum.

Ich hatte das Angebot von Harvey Abbot angenommen. Natürlich hatte ich das. Alles andere wäre nicht nur dumm, sondern schlichtweg bescheuert gewesen. Er hatte mir mit diesem Stipendium ein goldenes Ticket überreicht, eine Du-kommst-aus-dem-Gefängnis-frei-Karte, wenn man es mit Brax' Leidenschaft für Monopoly ausdrücken wollte. Es war meine persönliche Chance, einen

Schlussstrich zu ziehen und neu anzufangen. Nicht viele bekamen diese Möglichkeit und ich war dankbar dafür.

Auch wenn das nichts an den Bauchschmerzen änderte, die ich verspürte, wann immer ich an den Auszug aus dem kleinen, etwas heruntergekommenen Haus dachte. Die gesamten neunzehn Jahre meines Lebens wohnte ich nun schon hier und es fühlte sich absolut surreal an.

Genauso wie das Gespräch vergangene Woche, als ich meinen Job als Kellnerin bei *Sunny's* gekündigt hatte, oder das Verschließen der letzten braunen Kiste in diesem Moment.

»Komm her«, murmelte Mom sanft, als sie den starren Blick bemerkte, mit dem ich die Umzugskartons bedachte, und zog mich an ihre Brust. Sie war mit ihren eins sechzig fast einen Kopf kleiner als ich, doch ihre Umarmungen waren voller Kraft und Liebe.

»Es tut mir leid, Mom. Das alles«, flüsterte ich in ihre Haare und nahm ihren vertrauten Geruch in mich auf. »Ich wollte euch nicht enttäuschen.« Ich hatte mittlerweile aufgehört zu zählen, wie oft ich mich in den vergangenen Wochen entschuldigt hatte. Nach jedem Streit, nach jeder Erklärung für dieses moralische Dilemma, in das ich uns gestürzt hatte.

Mom drückte mich fester an sich, dann schob sie mich eine Unterarmlänge von sich weg und strich eine meiner Haarsträhnen zurück. »Jetzt hör mir mal ganz genau zu, mein brillantes Kind. Ich werde es nur ein einziges Mal sagen, denn eigentlich sollte ich das nicht. Ich bin stolz auf dich, Harlow. Mit großer Sicherheit ist das falsch und ich weiß nicht, was das über mich als Mutter aussagt, aber was auch immer die Polizei oder sonst jemand darüber denkt, ich *bin* stolz. Das, was du für Brax und unsere Familie getan hast, war zwar illegal und unbedacht – und ich hoffe inständig, dass das nie wieder vorkommt –, aber es war auch verdammt mutig und selbstlos. Wäre Brax … hätte es nicht gut für ihn ausgesehen … Ich weiß nicht, was ich alles getan hätte. Für ihn und für dich.«

Meine Augen brannten und meine Kehle fühlte sich mit einem Schlag viel zu eng und trocken an. Weil ich wusste, was sie meinte. Manchmal waren Richtig und Falsch eben ein und dasselbe. »Danke, Mom.«

Lächelnd drückte sie meine Schultern und griff sich dann eine der Kisten. »Und du bist dir *ganz* sicher, dass du alles hast?«

Mein modifizierter Hochleistungslaptop war sicher in meinem ramponierten Kånken-Rucksack verstaut, sämtliche Bücher waren verpackt und so gut wie mein gesamter Kleiderschrank war in zwei zerbeulte Koffer gequetscht. Ich hatte definitiv alles. Mein Zimmer war *wortwörtlich* leer.

Vielsagend verdrehte ich die Augen, hängte mir meinen Rucksack über eine Schulter und schnappte mir meine Pilea, die ich auf den würdevollen Namen *Theodora Pilea* getauft hatte. Ein Geschenk von Katy, die vor zwei Jahren ihre Liebe zur Botanik entdeckt und zum Beruf gemacht hatte.

»Seid ihr so weit?«, dröhnte ihre kräftige Stimme in diesem Moment durchs Haus und markierte damit unwissentlich das Ende eines Abschnitts. Wir waren fertig – mein neues Kapitel konnte beginnen.

Eine halbe Stunde später hatten wir meine Sachen in unseren alten Volvo gestopft und waren auf dem Weg in Richtung Stadtzentrum. Meine Moms hatten es sich nicht nehmen lassen, mich zusammen mit Brax direkt zum Lakestone Campus zu fahren. Angesichts des katastrophalen Verkehrs in der Innenstadt hätte es vermutlich bessere Alternativen gegeben, aber ich hatte ihnen dieses Vergnügen nicht nehmen wollen. Nicht nach all den Sorgen und dem Ärger, den ich ihnen bereitet hatte.

»Darf ich dann in Hars Zimmer ziehen?«, fragte Brax und lehnte sich auf seinem Kindersitz weiter nach vorn. Für seine elf Jahre war er noch immer sehr klein, was zum großen Teil an seinem angeborenen Herzfehler lag. Die weizenblonden Haare hingen ihm schief in die Stirn und ein ganz besonderes Funkeln ließ seine grünen Augen strahlen.

Wie sehr ich ihn vermissen würde.

»Nein, Braxton, darüber haben wir doch schon gesprochen«, antwortete Katy vom Fahrersitz aus und warf ihm einen warnenden Blick über den Rückspiegel zu.

»Das ist gemein. Har hat jetzt zwei Zimmer und ich muss immer noch in dem winzigen Raum bleiben.«

»Dein Zimmer ist vielleicht ein *paar* Quadratzentimeter kleiner als meins, Brax.«

Er streckte mir nur die Zunge raus. Ich seufzte. Jap, ich würde ihn sehr vermissen. Genauso wie unsere Wettbewerbe in dem Weltraum-Raketen-Spiel, das ich zusammen mit Miyu für ihn programmiert hatte, oder die alltäglichen Diskussionen über das Abendessen.

Ein beinahe melancholisches Lächeln zupfte an meinen Mundwinkeln, als ich sah, dass die funkelnden Wolkenkratzer der Innenstadt von Seattle immer näher kamen. Die Male, die ich im Zentrum gewesen war, konnte ich an einer Hand abzählen, denn bisher hatte mein Alltag aus nicht viel mehr als dem kleinen Ortskern von New Holly, der Highschool und später meinem Job bei *Sunny's* bestanden. Und so seltsam das auch klingen mochte, ich hatte mich damit abgefunden. Mir war nie in den Sinn gekommen, woanders hinzugehen und Brax und meine Moms alleinzulassen.

»Mom?«, fragte Brax gerade, als wir über eine der Straßenbrücken den Highway verließen. »Wenn Har jetzt nicht mehr bei uns wohnt, wer hilft mir dann bei den Hausaufgaben?«

Ich riss mich von den funkelnden Wolkenkratzern los und schaute zu meinem Bruder. Das freche Grinsen war aus seinem Gesicht verschwunden und einer kindlichen Traurigkeit gewichen.

»Hey«, machte ich und umschloss eine seiner kleinen Hände mit meinen. »Ich habe dir doch gezeigt, wie das mit dem Videochatten geht. Außerdem komme ich ganz oft nach Hause.«

»Versprichst du es? Versprichst du, dass du uns nicht vergisst?«

»Natürlich, Brax. Ich verspreche es.« Ich zwang mich zu einem breiten Lächeln. »Ich verspreche es«, sagte ich noch einmal und dieses Mal war es ein Versprechen an mich selbst.

Ein Versprechen, nicht zu vergessen, woher ich kam und warum ich das tat.

Ein Versprechen an mich, diese unerwartete Chance zu nutzen, um es besser zu machen – für Braxton und für meine Moms.

* * *

Es dauerte nicht lange, meine Sachen aus den Kisten aus- und in mein neues Zimmer einzuräumen, und ich fühlte mich sofort wohl. Es war groß, hell, in einem herrlichen Altbau mit eigenem Bad und sämtlichen Möbeln in zweifacher Ausführung. Zwei breite Betten, zwei Schreibtische, zwei Vintage-Lesesessel, zwei Schränke, zwei große Bücherregale und zwei Nachttische mit modernen Lampen darauf. Von meiner Mitbewohnerin fehlte bisher allerdings noch jede Spur. Vielleicht würde sie ja im Laufe der Einführungstage auftauchen. Schließlich hatten viele eine etwas längere Anreise als ich, die mit dem Bus nur gut eine Stunde nach Hause brauchte. Ich hatte mich dennoch entschlossen, Abbots Angebot, ins Wohnheim auf dem Campus zu ziehen, anzunehmen, zum einen, um mir das Pendeln zu ersparen, und zum anderen, weil mich meine Moms darin bestärkt hatten. Sie waren der Überzeugung, dass dieses Studium mein Neuanfang war.

Ich hoffte nur, sie würden recht behalten.

Mit einem zufriedenen Seufzen schob ich meinen letzten dicken Schmöker – eine Schmuckausgabe von Shakespeares gesammelten Werken, die ich in einem Bücherschrank bei uns im Viertel gefunden hatte – in das Regal und rückte Theodora auf der breiten Fensterbank zurecht.

Fertig. Immer noch absolut surreal, aber fertig.

Ein Blick auf mein Handy verriet mir, dass ich noch Unmengen an Zeit hatte, bevor mich Harvey Abbot in seinem Büro offiziell an der Universität begrüßen würde. Da konnte ich genauso gut auch noch die restlichen Punkte auf meiner Willkommens-Checkliste abhaken, die man mir am Empfang gegeben hatte. Ich zog mir meinen Rucksack samt Laptop wieder über eine Schulter und verließ mein neues Zuhause.

Das Gelände des LSC lag nur eine Querstraße von der Space Needle entfernt, im Stadtteil Lower Queen Anne, und umfasste mit dem einzigen Campuswohnheim fünf weitere Gebäude. Dazu kamen ein Studentencafé, eine Sportanlage und eine große Cafeteria. Mit einem See in der Mitte, Straßenlaternen an den Wegen und bewachsenen Pergolen mit Sitzecken fühlte sich die Anlage für die knapp fünftausend Studierenden beinahe wie eine eigene Kleinstadt an.

Laut der Broschüre war jedes der Bauwerke, in denen gelehrt

wurde, auf einen Schwerpunkt ausgerichtet und dementsprechend gestaltet worden. In dem ältesten, unter Denkmalschutz stehenden Gebäude wurden Bildende Künste, Jura, Geschichte und Geisteswissenschaften wie Sprachen und Literatur unterrichtet. Passenderweise war hier auch die Bibliothek beheimatet. Der moderne Komplex aus zwei Gebäuden auf der anderen Seite des Campus war den Natur- und Computerwissenschaften vorbehalten. Dazu gehörte auch ein gigantisches Gewächshaus, das fast vollkommen aus Glas bestand. Ein ebenfalls gläserner Tunnel verband die beiden modernen Bauten miteinander. Der schlichteste, beinahe unscheinbare Trakt direkt neben dem Empfang beheimatete die Verwaltung und die Theorieräume für die Sportfakultät.

Ich hatte es mir nicht nehmen lassen, mir vor meinem Eintreffen auf dem Campus einen Überblick über sämtliche Raumpläne zu verschaffen. Sowohl über die offizielle Website als auch auf *meine* Art und Weise, sodass all diese Infos nun in digitaler Form auf meinem Tablet gespeichert waren. Manche Gewohnheiten legte man eben nicht so schnell ab.

Draußen vor dem Wohnheim zupfte ein überraschend kühler Wind an meinem dünnen Shirt. Die Nähe zum Meer wirkte sich hier definitiv stärker auf die Temperaturen aus als bei mir zu Hause. Die Arme vor der Brust verschränkt, folgte ich der Karte in meinem Kopf in Richtung des nierenförmigen Sees mit der kleinen Insel in der Mitte, die passenderweise Lakestone Island hieß. Auf den Holzbänken am Ufer saßen schon einige Studierende, auch wenn es bisher noch recht ruhig auf dem Gelände des LSC war.

Einen Moment lang blieb ich am See stehen und verfolgte, wie der Wind kleine, sanfte Wellen auf die Wasseroberfläche zeichnete. Dann riss mich die Vibration meines Handys aus der Starre. Genauer gesagt, eine Vibrationsabfolge – zweimal kurz, einmal lang –, die zu einer ganz speziellen Art von Nachricht gehörte.

Unwillkürlich spannte sich alles in mir an, als ich mein Smartphone herauszog und über drei Zugänge in die Anwendung wechselte, die Miyu und ich vor einiger Zeit zusammen programmiert hatten. Für Laien nicht mehr als eine App für Notizen, mit den richtigen Schlüsseln das ultimativ sichere Kommunikationstool.

Miyu

Keine Ahnung, was du gerade treibst, aber ich hätte da was für uns. Meld dich!

Ich biss die Zähne zusammen. Beschönigt ausgedrückt, fragte Miyu mich, ob ich mit ihr zusammen mein *Hackertalent* einsetzen wollte, um für irgendjemanden irgendetwas geradezubiegen. Wir hatten das in der Vergangenheit schon einige Male zum Spaß gemacht – und um ein wenig dazuzuverdienen. Es war dabei nie um ernsthaft kriminelle oder gefährliche Dinge gegangen, eher um einen Strafzettel, den man eben mal aus dem System verschwinden ließ, aber legal war es trotzdem nicht. Und damit eigentlich nicht länger Teil meines neuen Lebens. Während ich auf das Display starrte, setzte ich mich wieder in Bewegung und versuchte, gegen das ungewohnte Stechen in meiner Mitte anzuatmen. Vermutlich hätte ich diese verfluchte App einfach löschen und mein Profil im Darknet deaktivieren sollen. Schließlich war das eine von Abbots Bedingungen gewesen. Trotzdem hatte ich es nicht getan. Weil Miyu meine Freundin war, meine Codepartnerin – die ich außerhalb von Videochats noch nie persönlich getroffen hatte – und diese Kommunikations-App, die wir gemeinsam programmiert hatten, unser Ding.

Wir hatten uns im Darknet in einer kleinen Gruppe von *Hack-tivisten* kennengelernt – ein Begriff, den ich noch nie hatte ausstehen können. Eine der obersten Regeln dort besagte, die eigene Online-Identität strikt von der Realität zu trennen, anonym zu bleiben, doch Miyu und ich hatten schnell festgestellt, dass uns mehr als nur das Coden verband. Dieselben Ansichten, dasselbe Gefühl von Machtlosigkeit, dieselben Sorgen. In den Wochen seit meinem Verhör hatte ich mich weitestgehend vom Darknet ferngehalten und mit einer wässrigen Entschuldigung offline gemeldet – auch Miyu gegenüber. Aber auch wenn meine Hackerkarriere offiziell beendet war, hatte sie es nicht verdient, geghostet zu werden.

Kurzerhand reaktivierte ich mein Handy wieder und tippte eine Antwort – als ich ungebremst gegen eine harte Brust knallte. Gerade noch rechtzeitig riss ich mein Handy aus der Gefahrenzone, da ergoss sich auch schon etwas Lauwarmes, das verdächtig nach Kaffee roch, über meine Hände und mein Shirt. Innerhalb von Sekundenbruchteilen war meine Checkliste nicht mehr als trauriges Matschpapier.

»Sorry, mein Fehler«, stieß ich hervor.

Vor mir stand ein zugegeben ziemlich gut aussehender Student mit dunkelbraunen Haaren, die ihm in groben Locken in die Stirn fielen, und goldenen Augen, die mich musterten, als hätte ich gerade sein Katzenjunges überfahren. Mit voller Absicht. Vermutlich, weil nun direkt neben dem Lakestone-Logo seines Hoodies, den alle Studierenden zu Beginn ihrer Zeit auf dem Campus erhielten, ein großer Fleck prangte, der sich langsam, aber sicher bis zu seinem Hosenbund und darüber hinaus ausbreitete.

Mist.

Da er immer noch keine Anstalten machte, *irgendetwas* zu sagen, ging ich in die Hocke, hob den nun leeren Becher auf und reichte ihn ihm. »Ich habe aufs Handy geschaut, kommt nicht wieder vor. Wenn du willst, besorge ich dir einen neuen Kaffee.«

Eine seiner dunklen Augenbrauen wölbte sich. Ob es an meinem plötzlichen Redeschwall oder meinem Angebot lag, vermochte ich nicht zu sagen. Dann griff er ruckartig nach dem Becher und beförderte ihn auf direktem Weg in den nächsten Mülleimer, ehe er ohne ein weiteres Wort an mir vorbeirauschte.

Verdutzt sah ich ihm nach. »Okay, hab's kapiert, du bist nicht der gesprächigste Typ.«

Was für ein großartiger Start. Kopfschüttelnd wischte ich mir die Hände an meinem ohnehin versauten Pink-Floyd-Shirt ab und musterte es. So konnte ich definitiv nicht bei Mr Abbot auftauchen.

Mit immerhin ein wenig gesäuberten Fingern holte ich mein Handy wieder hervor und starrte auf den begonnenen Chat mit Miyu. Ich hatte ein Versprechen gegeben. Keine Ablenkungen, keine krummen Dinger, keine Abstecher ins Darknet. Und ich stand zu meinem Wort. Es würde Miyu nicht gefallen, aber ich musste jetzt an meine Familie und meine Zukunft denken und das bedeutete, diesen Teil unserer Freundschaft zu beenden.

Low

Bleibe offline, das heißt, keine Aufträge mehr. Tu nichts, was ich nicht auch tun würde. CU

Ich wartete nicht auf eine Antwort, weil ich mir denken konnte, wie sie aussehen würde, sperrte die App und ließ mein Smartphone zurück in die Hosentasche gleiten.

»Wow, das war schon beim Zuschauen unangenehm.« Eine

fremde weibliche Stimme ließ mich herumfahren und direkt in ein herzförmiges Gesicht schauen, das beinahe vollständig hinter Umzugskartons verschwand. Unwillkürlich fragte ich mich, wie sie meinen Zusammenstoß mit ihrem ganzen Zeug überhaupt hatte sehen können.

»Ähm, ja«, erwiderte ich verzögert und blickte um die Kisten herum. »Vielleicht ist er einfach mit dem falschen Fuß aufgestanden. Kennst du ihn?«

»Nein, ich – *Shit*!«

Gerade noch so bekam ich einen der Kartons zu fassen, bevor er dem Mädchen aus den Händen fiel. »Hab ihn.«

»Danke. Du bist meine Rettung. Ich bin übrigens Florence und ziemlich neu hier, falls man mir das nicht direkt an der Nasenspitze ablesen kann.«

Bei dem Namen klingelte es. »Florence Hillary?«

Sie pustete sich eine Strähne ihrer pechschwarzen, kinnlangen Haare aus den braunen Augen und nickte lächelnd.

»Dann sind wir Mitbewohnerinnen. Ich bin Harlow Lexington. Soll ich dir mit deinen Sachen helfen? Nach dem kleinen Unfall muss ich mir ohnehin was Neues anziehen.«

»Oh, hi, Harlow – danke, das wäre super. Die Kartons sind nämlich schwerer, als sie aussehen.«

Gemeinsam folgten wir dem mit hellem Kies belegten Weg zum Wohnheim, wo ich Florence direkt in den vierten Stock vor unser Zimmer führte.

»Dann ist das auch dein erstes Jahr?«, fragte sie mich und stieß die Tür mit dem Ellenbogen auf, um mich durchzulassen.

Ich stellte den Karton ab. »Jap. Ich hoffe, es ist okay, dass ich mir das linke Bett ausgesucht habe, Florence.«

Meine Mitbewohnerin winkte ab und stellte ihre Kiste auf den freien Schreibtisch. »Sicher, und nenn mich ruhig Flo. Von wo haben sie dich geholt?«

Fragend hob ich eine Braue und verharrte vor meinem Schrank. »Was meinst du?«

»Na, die typische Frage, wo du hingegangen wärst, wenn es mit dem LSC nicht geklappt hätte. Schließlich ist der Campus so was wie das Einhorn unter den Elite-Unis. Die Zusage ein Sechser im Lotto. Ich wäre nach Princeton gegangen, wäre ich beim Verfahren rausgefallen. Was ist mit dir? Harvard? Brown? Yale? – Obwohl, wenn ich dich genauer anschaue, würde ich sagen, definitiv MIT. Du versprühst diese MIT-Vibes.«

Einen Moment lang konnte ich sie nur wortlos anstarren. Weil das sehr viele Fragen und Worte in sehr kurzer Zeit waren und weil ich keine Antworten darauf hatte.

Wo ich hingegangen wäre? Vermutlich ins Gefängnis.

Ich drehte mich zum Schrank, öffnete ihn und zog einen schlichten blauen Sweater hervor, um ein wenig Zeit zu gewinnen. Abbot und ich hatten uns keine ausgeklügelte Lügengeschichte ausgedacht, aber irgendetwas sagte mir, dass es klug wäre, mir etwas zu überlegen. Kopfschüttelnd zog ich mich um und wandte mich dann wieder an Flo: »Äh ja, mein Studium wäre am MIT gewesen. Ich … ich habe eine Schwäche für alles, was mit Computern und Mathematik zu tun hat. Ein Nerd, sozusagen. Aber ich … bin froh, jetzt hier zu sein und in Seattle bleiben zu können. Meine Familie lebt hier.« Zumindest das entsprach irgendwie der Wahrheit. »Deswegen war ich echt froh, als im Sommer die Zusage für den Lakestone Campus gekommen ist, während ich gerade im Vorbereitungskurs am MIT saß.«

Kann mir bitte mal jemand den Mund zuhalten?

»Klingt cool«, gab Florence mit einem schiefen Lächeln zurück und machte sich daran, die erste Kiste auszupacken.

Nichts an ihr wirkte, als würde sie mir nicht glauben. Dennoch machte sich mit einem Mal eine unangenehme Enge in meiner Brust breit, die mich daran erinnerte, dass ich früher oder später auffliegen würde.

Und das fühlte sich an, als hätte ich bereits jetzt auf ganzer Linie versagt.

KAPITEL 3

Silence –
Marshmello ft. Khalid

Zackary

Es ist dunkel und kalt. Ein eisiger Wind fährt unter meine Decke und lässt mich erschaudern. Mit einem lautlosen Wimmern mache ich mich noch kleiner und drücke Bob, meinen Kuschelhasen, fester an meine Brust. Genau dort, wo mein Herz so schnell schlägt, dass es beinahe wehtut.

Ich mag keine Dunkelheit. Da fühle ich mich immer so allein. Mit Bob in meinen Händen rutsche ich tiefer unter die Decke, sperre mein dunkles Zimmer mit den Spiderman-Postern *und dem großen Stoffdinosaurier aus. Wieso ist nachts alles so gruselig?*

Ich kneife die Augen zusammen, ziehe meine Beine an und beginne, wortlos den Reim aufzusagen, den mir Mom heute Mittag beigebracht hat. Ahme die Bewegungen ihrer Lippen nach. Das hilft.

Auf einer Wiese ganz klein,
Steht ein Bäumchen so fein.
Es flüstert und schüttelt,
Und wackelt und rüttelt –

Ein lauter Knall rast durch das Haus und lässt mich erstarren. Glas splittert, etwas zerbricht und dann höre ich einen Schrei. Laut und durchdringend und viel zu nah. Ich presse die Hände auf meine Ohren. Warum hört es nicht auf?
WARUM HÖRT ES NICHT AUF?!

Keuchend riss ich die Augen auf und fuhr mir über das schweißnasse Gesicht. Das Zimmer um mich herum war in das sanfte Licht eines neuen Morgens getaucht. Keine *Spiderman*-Poster und auch kein überdimensionaler Stoffdinosaurier. Ich atmete aus und versuchte, meinen rasenden Herzschlag zu beruhigen. Es war nur ein Albtraum gewesen. Derselbe verfluchte Albtraum wie immer – keine große Sache.

Ich war nicht länger dort, in jener Nacht, sondern in meinem Wohnheimzimmer in Seattle. Alles war in Ordnung.

Ich zwang frische Luft in meine brennende Lunge und ließ mich wieder tiefer in mein Kissen sinken.

Alles. War. In. Ordnung.

Zähneknirschend presste ich mir die Handballen auf die geschlossenen Lider und atmete ein paarmal ein und aus. So lange, bis mein Puls wieder im normalen Bereich angekommen war. Dann griff ich nach meinem Notizbuch. Um die Bilder auf Papier zu bannen, ihnen damit die Macht zu nehmen. In meiner Kindheit und Jugend war ich jahrelang in Therapie gewesen. Ein fester Bestandteil davon war das therapeutische Schreiben gewesen, und auch wenn ich mittlerweile mit den Ereignissen von damals umgehen konnte, mit dem Schreiben hatte ich nie aufgehört. Meine Großmutter meinte, dass ich dadurch meine Liebe zur Literatur erst so richtig entdeckt hätte. Weil sie mich in meinen schwersten Momenten begleitet hatte. Mir geholfen hatte, mich durchzukämpfen. Keine Ahnung, ob das der Grund war, aber wer war ich, meiner Grams zu widersprechen?

Stirnrunzelnd setzte ich den letzten Punkt unter meine Worte über heute Nacht und erwog, mich noch einmal umzudrehen und mir zumindest noch ein paar Minuten Schlaf zu holen. Doch ein Klopfen nahm mir die Entscheidung ab, und nur einen Moment später ließ sich meine beste Freundin dank Zweitschlüssels bereits in mein Zimmer. Ohne darauf zu warten, dass ich ihr öffnete, oder nur daran zu denken, dass ich noch schlafen könnte.

Chloe, wie sie leibte und lebte.

»Habe ich irgendetwas verpasst, oder warum liegst du noch im Bett, Zacky?«, begrüßte sie mich mit einem breiten Strahlen im Gesicht. Ein Strahlen, das sofort verblasste, als sie mich genauer ansah. »Oh, ich kenne diesen Blick. Du warst wieder dort.«

Eine Feststellung, keine Frage, weil sie die Antwort darauf kannte. Weil Chloe einer der wenigen Menschen war, die wussten, was mir jahrelang die Energie geraubt hatte, und weil sie mich selbst jetzt noch von Zeit zu Zeit hinterrücks erwischte. Eiskalt und ohne Vorwarnung, auch wenn ich heute damit umgehen konnte. Woran Chloe einen großen Anteil gehabt hatte und bis heute hatte. Keine Ahnung, wo ich ohne sie wäre, ganz ehrlich.

Mit einem kaum merklichen Kopfschütteln wischte ich diese Gedanken zur Seite und richtete mich auf. Dann gebärdete ich: »**Dir auch einen guten Morgen. Wie ich sehe, sind mein Ersatzschlüssel für Notfälle und du bereits eine innige Beziehung eingegangen.**«

Bei meiner Erwiderung kehrte das Lächeln in ihr Gesicht zurück. Chloe, deren kleine Schwester gehörlos war, war eine der wenigen in meinem Umfeld, die die Gebärdensprache perfekt beherrschten.

Einer der Gründe, aus dem unsere Freundschaft ganz einfach war – wir verstanden einander. Wortwörtlich und schon immer.

»Das war kein Nein«, meinte sie und ließ sich neben mir auf dem Bett nieder.

Ich fuhr mir durch die Haare und hob einen Mundwinkel. »Keine große Sache, ehrlich. Hab nur schon jetzt Albträume von Professor Jenkins.«

Während sie auf meine Hände schaute, rümpfte sie kurz die Nase, dann nickte sie. Weil sie begriff, was ich ihr zwischen den Gebärden mitteilte – *Es war ätzend wie immer, aber nichts, womit ich nicht fertig werde* –, und meinen Themenwechsel akzeptierte.

»Mach dich nicht jetzt schon fertig wegen Jenkins. Du hast das erste und zweite Semester bei ihm schließlich auch überlebt und außerdem lieben dich alle Dozierenden, Zack.«

Ich verzog nur vielsagend das Gesicht.

»Ist doch so. Mit deinen Grübchen und dem charmanten Lächeln und deinen funkelnden Karamell-Augen …«

Grinsend stieß ich gegen ihre Schulter. »Hab's kapiert. Hast du nicht gesagt, dass dritte Semester sei das schlimmste bei Jenkins?«

»Das habe ich auch über das erste und zweite gesagt und du hast die Kurse mit Auszeichnung bestanden. Kein Grund durchzudrehen«, antwortete sie, nun ebenfalls in der Gebärdensprache.

»Ich drehe nicht durch.«

Eine ihrer dunklen Brauen wanderte nach oben. »Nicht mal ein kleines bisschen?«

»Diese Diskussion werde ich nicht mit dir fortsetzen.« Ich schlug die Decke zur Seite und griff nach der erstbesten Jeans, die ich zu fassen bekam. »Verrätst du mir jetzt, warum du eigentlich hier bist?«

Chloe zog die Beine in den Schneidersitz und pustete sich eine

Strähne ihrer kastanienbraunen Locken aus der Stirn. »Ich wollte dir eine *persönliche* Einladung für heute Nachmittag überbringen, bevor ich gleich in die Stadt gehe – damit du nicht einfach Nein sagst. Jetzt, wo alle wieder auf dem Campus sind, hat Ethan direkt ein Treffen im Café klargemacht.«

Ich zog mir rasch den Lakestone-Hoodie über den Kopf, sodass ich die Hände wieder frei hatte. »Ethan lässt nichts anbrennen. Warum sind schon alle da? Die Kurse beginnen doch erst am Montag.«

»Sie hatten wohl genauso viel Sehnsucht nach unseren altehrwürdigen Hallen wie du und ich. Also, bist du dabei?«

»Habe ich denn eine Wahl?«

»Bei Ethan? Nein.«

Obwohl ich mir vorgenommen hatte, die ersten Tage auf dem Campus ruhig anzugehen und mir Zeit für mich selbst und zum Ankommen zu nehmen, freute ich mich auf das Treffen. Weil Ethan und die anderen aus unserer Clique meine Freunde waren. Etwas, das ich niemals für selbstverständlich nehmen würde.

Chloe und ich hatten uns in der Vorschule kennengelernt, als wir in dieselbe Integrationsklasse gekommen waren. Es war damals nicht besonders leicht gewesen, an mich heranzukommen. Ich hatte die Menschen um mich herum auf Abstand gehalten, mich versteckt. Nur Chloe hatte sich, anders als die restlichen Kinder, nicht davon einschüchtern lassen. Mit ihrer liebevollen Hartnäckigkeit hatte sie es irgendwie geschafft, sich zu mir in mein viel zu enges Schneckenhaus zu quetschen – und war geblieben. Sie war die Erste gewesen, der ich außerhalb meiner Familie von Addie erzählt hatte. Der ich die Texte aus meiner Schreibtherapie und damit mein Innerstes gezeigt hatte.

Gemeinsam hatten wir die Schulzeit durchgestanden, die Middle- und später die Highschool, in der Ethan zu uns gestoßen war. Anfangs hatten wir mit ihm so unsere Probleme, und das nicht nur, weil er keine Gebärden beherrschte. Ethan war schon in der Schule laut gewesen, hatte nichts wirklich ernst und nie ein Blatt vor den Mund genommen. Doch im Laufe der zehnten Klasse hatten wir festgestellt, dass uns etwas anderes verband: unser Ziel, es auf den Lakestone Campus zu schaffen. Zwar wusste Ethan nicht ansatzweise so viel über mich wie Chloe, aber mittlerweile waren wir sehr gute Freunde und ihm hatte ich es mehr oder weniger zu verdanken, dass ich auf dem Campus eine ganze Gruppe davon besaß. Menschen, die mich nicht verurteilten oder sich davon abschrecken ließen, dass ich nicht sprechen konnte. Ohne Ethan und Chloe wäre der Alltag am LSC definitiv nicht derselbe.

Ich zupfte meinen Pullover zurecht und schaute dann wieder zu meiner besten Freundin. **»Mach dir keinen Kopf. Das erste Treffen nach den Semesterferien lasse selbst ich mir nicht entgehen.«**

»Dein Wort in Wer-oder-was-auch-immer-da-oben-sein-mags Ohr«, gab sie schmunzelnd zurück und stand auf. »Ich mache mich dann mal auf den Weg. Wünsch mir Glück für mein Bewerbungsgespräch.«

Statt eine Antwort zu gebärden, schloss ich sie in die Arme und drückte sie einen Moment fest an meine Brust. Manchmal sagten Gesten wie diese mehr als tausend Worte.

»Bis später, Zack«, sagte sie leise, als wir einander losgelassen hatten. »Und wage es ja nicht, mich im Café mit diesem Haufen hochmotivierter Studierender alleinzulassen.«

* * *

Der Geruch nach frischem Kaffee begrüßte mich, als ich die Tür des Lakestone Cafés öffnete und in die Mischung aus Gemurmel, dem Gurgeln der Kaffeemaschinen und Tellerklappern eintauchte.

Nachdem mir eine offensichtlich neue Studentin vorhin meinen Kaffee förmlich aus der Hand geschlagen hatte, hatte ich einen Grund mehr gehabt, die Einladung meiner Clique anzunehmen – nicht dass es den gebraucht hätte. Andernfalls hätte wahlweise Chloe mich an den Haaren ins Café geschleift oder Ethan mir mein Kneifen das restliche Semester nachgetragen. Und ich hatte in diesem Halbjahr schon genug, worüber ich nachdenken musste. Die Entscheidung zwischen meinen beiden Studienschwerpunkten, beispielsweise.

Suchend ließ ich den Blick durch das gemütliche Café schweifen, als Ethan an einem der hinteren Tische auch schon die Hand hob und wie ein Irrer zu winken begann. »Yo, Zack, hier!«

Ich verdrehte die Augen. Mit großer Wahrscheinlichkeit hatten jetzt wirklich *alle* im Raum mitbekommen, wer ich war und zu wem ich gehörte. Eine Hand in der Hosentasche schlenderte ich zum Tisch und ließ mich zwischen Ethan und Mason fallen. Chloe, die mir gegenübersaß und bis eben in eine angeregte Diskussion mit Sue vertieft gewesen war, blickte auf und zwinkerte mir zu. Ein kleiner Teil von mir entspannte sich augenblicklich. Wenn Chloe da war, bedeutete das, dass ich nicht auf Stift und Papier zurückgreifen musste, um mich zu verständigen. Meine Freunde sahen natürlich kein Problem in meiner Art zu kommunizieren und mittlerweile konnten sie sogar die eine oder andere Gebärde, aber komplette Unterhaltungen in Gebärdensprache waren (noch) nicht drin.

Außerhalb der Clique schlug mir im Alltag leider noch oft Unverständnis entgegen. Ich war zwar nicht gehörlos, aber vielen Menschen war es schlichtweg zu anstrengend, sich mit mir zu beschäftigen, wenn *normale Kommunikation* nicht möglich war. Sie gingen automatisch davon aus, dass ich zurückgeblieben war, nur weil ich nicht sprach, und das … nun ja, war ätzend. Dabei *sprach* ich, die meisten verstanden es nur eben nicht. Aufgrund eines Gendefekts war mein Gehirn beziehungsweise mein zentrales Nervensystem nicht in der Lage, die Muskeln und Organe anzusteuern, die für die Stimme zuständig waren. Einmal deutlich vereinfacht erklärt. Deshalb hatte ich von klein auf gelernt, mich mit Gebärden und dem geschriebenen Wort zu verständigen. Ein langer und steiniger Weg, in vielerlei Hinsicht.

»Wo hast du den ganzen Tag über gesteckt?«, fragte mich Ethan und stieß seine Faust gegen meinen Oberarm. Seine hellblonden Wuschellocken schienen über die Ferien noch länger geworden zu sein.

Ich hob entschuldigend die Schultern und gebärdete in Chloes Richtung. »Ich wurde in der Verwaltung aufgehalten und musste für mein Einzelzimmer kämpfen.«

»Und, warst du siegreich?«, erkundigte sich Chloe, nachdem sie meine Antwort übersetzt hatte.

Nickend zeigte ich einen Daumen nach oben. »Was ist mit dir? Wie war das Gespräch?«

Meine beste Freundin hob ebenfalls einen Daumen, was mich grinsen ließ – bei ihrem journalistischen Gespür hatte ich auch nichts anderes erwartet. Dann wandte ich mich mit Chloes Hilfe wieder an die anderen. »Warum seid ihr eigentlich schon alle auf dem Campus?«

»Vielleicht, weil wir uns über die langen, langen Semesterferien einfach alle ganz schrecklich vermisst haben.« Sue griff nach ihrem Tee und nippte daran. »Oder, wie in meinem Fall, weil der Professor meint, die praktische Pflichtveranstaltung bereits in der Einführungswoche beginnen lassen zu müssen. Obwohl wir mittlerweile im dritten Semester sind.«

Sue war ein Sprachentalent. Schon seit ihrer Kindheit begriff sie die Struktur und Grammatik von Sprachen in einem Bruchteil der Zeit, die andere dafür brauchten. Mit ihren zweiundzwanzig Jahren beherrschte sie ganze neun Sprachen fließend und war gerade dabei, Nummer zehn und elf zu lernen. Ihre Ambitionen, das Gebärden zu lernen, nicht einberechnet.

»Die Dolmetschersache?«, riet Mason und legte die gebräunten Arme auf den Tisch. Wenn ich raten müsste, würde ich sagen, dass er die Ferien definitiv bei seiner Familie mütterlicherseits in Indonesien verbracht hatte. »Sollte die nicht erst im November stattfinden?«

Stöhnend lehnte sich Sue zurück. »Schön wär's. Derringham hat es vorgezogen – keine Ahnung, wie ich bis zum Beginn des Dolmetscherpraktikums die politischen Fakten und Gesetzgebungen in meinen Kopf bekommen soll. Da wäre dein Gehirn wirklich von Vorteil, Zack.«

Ich blickte auf. Alle Studierenden am Lakestone Campus of Seattle waren in irgendeiner Weise hochbegabt. Meine Talente waren mein fotografisches Gedächtnis und mein überdurchschnittliches Verständnis für das geschriebene Wort – das ich zum großen Teil meiner angeborenen Stummheit zu verdanken hatte. Ein wenig ironisch, wenn man darüber nachdachte: Ich begriff und verstand die Sprache, war aber nicht in der Lage, sie laut zu sprechen. Stattdessen konnte ich mir Texte jeder Art innerhalb von Minuten einprägen, sie durcharbeiten und noch Wochen später Buchstabe für Buchstabe wiedergeben.

»Vermutlich wäre ich dir keine besonders große Hilfe«, gab Chloe meine Antwort an Sue weiter, die daraufhin beinahe theatralisch etwas in einer Sprache sagte, die ich noch nie gehört hatte.

»Das war übrigens Finnisch und bedeutet so viel wie *Ich glaube, ich habe meine Grenze erreicht*. Professor Abbot spricht doch immer von Grenzen, vielleicht ist *das* meine.«

Ethan lachte und legte ihr eine Hand auf die Schulter. Meine Mundwinkel zuckten. Nicht zum ersten Mal fragte ich mich, wie lange die beiden noch umeinander herumtänzeln wollten, bis sie endlich den ersten Schritt machen würden. »Wenn du dir deiner Grenze bewusst bist, heißt das, dass du sie noch nicht erreicht hast«, imitierte er Harvey Abbot mit verzerrter Stimme auf so grässliche Art, dass alle am Tisch in schallendes Gelächter ausbrachen.

Sue schlug Ethans Arm weg. »Idiot. Du hast leicht reden. Das Einzige, worum du dir Gedanken machen musst, sind deine Käfer.«

»Autsch«, kommentierte Mason. »Das hat gesessen.«

»Damit ist die Schlacht eröffnet«, fügte Chloe in einem leichten Singsang an und beugte sich erwartungsvoll nach vorn.

»Sicher«, erwiderte Ethan mit einem Funkeln in den hellblauen Augen und rückte näher an Sue heran. »Weil es ja auch ein Kinderspiel ist, in der Welt der Entomologie neue Arten durch einfaches In-der-Erde-Herumstochern ...«

Das war mein Stichwort. Ethan war mein bester Freund und unsere Playstationabende gehörten seit der Highschool zu den Top Five meiner Freizeitaktivitäten – aber wenn er einmal mit seinen Käfern anfing, gab es nur zwei Möglichkeiten: einen verdammt langen Vortrag über Insekten ertragen, oder weglaufen. So schnell man nur konnte.

Ich gab ein Zeichen, dass ich mir einen Kaffee besorgen wollte, und seilte mich grinsend ab, bevor Ethan zu sehr ins Detail gehen konnte.

Das Lakestone Café lag im ältesten Bau des Campus und war mit seinen knarrenden Holzdielen und gemütlichen Sesseln, Pflanzen, Kronleuchtern und halbhohen Bücherregalen, die den Raum in kleine Nischen unterteilten, einer der beliebtesten Orte. Selbst jetzt, wo das neue Semester noch nicht einmal richtig angefangen hatte, war beinahe jeder der Tische besetzt. Die drei Studierenden, die als Barista hinter der langen Theke aus dunklem Holz arbeiteten, hatten alle Hände voll damit zu tun, die Bestellungen fertig zu machen und die wachsende Schlange zu bändigen.

Ich stellte mich an, kritzelte meine Bestellung auf den Notizblock, den ich immer in meiner Hosentasche trug, und verfolgte das Treiben um mich herum. Eine meiner absoluten Lieblingsbeschäftigungen. Wenn man nicht sprach, wurde man oft, ob nun freiwillig oder unfreiwillig, zum Beobachter.

Vermutlich fiel mir aus diesem Grund auch sofort die junge Frau ins Auge, die, ein Buch an ihre Brust gedrückt, in diesem Moment das Café betrat und sich umsah. Es war dieselbe junge Frau, die mich vorhin um meinen Kaffee gebracht hatte. Anders als heute Mittag trug sie nun jedoch einen blauen Sweater und hatte ihre langen Haare, die irgendwo zwischen Hellbraun und Dunkelblond changierten, zu einem dicken Zopf geflochten, der ihr über eine ihrer zierlichen Schultern fiel. Sie war hübsch, auf eine ganz natürliche Weise.

Und du wirkst einsam, Kaffeemädchen, dachte ich und zuckte zusammen, als mich jemand anstieß und ich bemerkte, dass sich die Schlange vor mir schon weiterbewegt hatte. Als ich endlich an der Reihe war, schob ich meinen Bestellzettel über die Theke, bezahlte und schlurfte ans andere Ende, wo die Getränke ausgegeben wurden.

Wie von selbst flog mein Blick wieder zu dem *Kaffeemädchen* – als Wortgenie hätte mir wahrscheinlich ein besserer Name einfallen müssen – und ich begann, mich zu fragen, was wohl ihr Talent war. Vielleicht war sie wie Sue und lebte für Sprachen oder sie gehörte auch zur Literaturfraktion wie ich. Das würde zumindest den abgenutzten Klassiker von Charles Dickens in ihren Händen erklären. Stirnrunzelnd wandte ich mich ab. Ein Zusammenstoß war definitiv kein Grund, gleich über ihre ganze Lebensgeschichte nachzudenken.

»Großer Kaffee mit einem Schuss Hafermilch für Zack?«

Ich nahm die mintfarbene Tasse entgegen und hob den Kopf, als sich eine schmale Hand mit einem Fünfdollarschein in mein Blickfeld schob.

»Hi«, sagte das Kaffeemädchen und lächelte zögerlich. »Der Unfall heute Mittag, das … ist normalerweise nicht meine Art, deswegen – wäre es okay, wenn der hier auf mich geht?«

Ich blinzelte etwas überrumpelt von ihren vielen, schnellen Worten und der plötzlichen Nähe. Erst jetzt fiel mir auf, dass sie unter ihrem rechten Auge ein längliches Feuermal besaß.

»Dann wäre mein schlechtes Gewissen nicht mehr so beißend und ich hätte nicht länger das Gefühl, irgendwie alles schon zu Beginn in den Sand gesetzt zu haben«, fuhr sie einfach fort, als würde sie überhaupt nicht merken, dass ich keinen Ton von mir gab. »Als Entschuldigung, sozusagen.«

Endlich schaffte ich es, mich aus meiner Starre zu lösen und hob zögerlich einen Mundwinkel, ehe ich den Kopf schüttelte und ihre Hand mit der Dollarnote sanft von mir schob.

Fragend zog sie die dunklen Augenbrauen zusammen und wandte sich ab, als einer der Barista ihren Namen rief.

Harlow.

Jetzt hatte ich auch endlich einen Namen zu ihrem Gesicht.

Während Harlow ihre Bestellung entgegennahm, schrieb ich eine Nachricht – inklusive Smiley, damit sie nicht dachte, ich wäre ein Snob – auf meinen Block, riss den Zettel aus und schob ihn ihr zu.

Danke, aber nicht nötig. Willkommen auf dem LSC! :)

Harlow griff nach dem Papier und schaute dann mit einem fragenden Lächeln zu mir auf.»Äh, danke?«

Für einen kurzen Moment, der mich selbst irritierte, machte sich mein Blick selbstständig und wanderte zu diesem Lächeln. Zu ihren Lippen und dann zu ihren blaugrünen Augen, in denen nichts als Neugierde und Offenheit standen. Hastig riss ich mich davon los und machte einen Schritt rückwärts, ehe ich mich mit einem knappen Winken verabschiedete.

So viel zum Thema Snob.

»Wer war das denn?«, fragte Ethan, der seinen Käfermonolog offensichtlich beendet hatte, um sich seinem anderen Lieblingsthema zuzuwenden: den Privatangelegenheiten anderer. Oder wie er sie nannte: *schmutzige Geheimnisse.*

Ich setzte mich und zeigte meine Antwort an.»Keine Ahnung. Eine Neue, glaube ich. Und wir haben nur zusammen auf den Kaffee gewartet, Ethan, also entspann dich und sag mir lieber, warum du noch nicht weißt, wer sie ist. Sonst kennst du doch auch jedes Mädchen, das jemals einen Fuß auf diesen Campus gesetzt hat.«

Chloe kicherte, als sie das für die anderen übersetzte.

»Wow, ganze vier Sätze, pass auf, dass sich deine Finger nicht verknoten, Zacky«, erwiderte Ethan feixend und wich fluchend zurück, um meiner Kopfnuss mehr oder weniger erfolgreich zu entkommen.

»Eins zu null für Zack, würde ich sagen«, kommentierte Mason und lehnte sich mit verschränkten Armen zurück. »Sagt mal, hat sich jemand von euch schon Gedanken über das soziale interdisziplinäre Pflichtmodul gemacht?«

»Meine Spanischprofessorin meinte, dass die meisten Drittsemestler einen Teil der Einführung für die Freshmen übernehmen.« Sue überschlug die langen Beine. »Aber ich glaube, die Anmeldefrist dafür endet heute Abend.«

Ich nickte und Chloe wurde wieder zu meiner Stimme. »Lucienne sagt, dass sie noch Unterstützung im Kunstatelier braucht, und in der Bibliothek ist auch noch eine Stelle frei.«

»Wo da der soziale Aspekt liegt, ist mir ein Rätsel«, murmelte Ethan und schaute wieder zu mir. »Worauf ist deine Wahl gefallen, Zack?«

Ich gebärdete: **»Bibliothek. Sie haben da wen für die digitale Archivierung und Sortierung gesucht.«**

Mason lachte, nachdem Chloe meine Gebärden übersetzt hatte. »Da haben sie einen guten Fang gemacht. Niemand kann so schnell lesen wie du.«

Und nebenbei bemerkt hatte ich eine ausgeprägte Schwäche für Bücher. Ich fand es faszinierend, was einen Autoren und Autorinnen allein durch Worte fühlen lassen konnten und welche Welten dabei entstanden.

Grinsend hob ich eine Schulter und griff nach meinem Kaffee, wobei mein Blick zu dem gegenüberliegenden Tisch schweifte. Harlow hatte es sich auf einem der breiten Sessel gemütlich gemacht, ihre längst vergessene Tasse vor sich stehend. Beide Beine angezogen, kaute sie konzentriert auf ihrer Unterlippe herum und schien dabei vollkommen in ihr Buch vertieft zu sein. Ich hatte Menschen, die völlig in Texten verschwinden konnten, schon immer bewundert.

»Zack?«

Ich riss mich von Harlow los und hob fragend die Augenbrauen. Ethans Lippen verzogen sich zu einem wissenden Lächeln. »Ob du Lust hast, noch in die Stadt zu gehen? Unten am Wasser hat ein neuer Laden aufgemacht.«

Meine Finger gaben eine schnelle Antwort, die Chloe übersetzte, während meine Aufmerksamkeit wieder zu Harlow wanderte. Für den Bruchteil einer Sekunde begegneten sich unsere Blicke, dann schaute sie nach unten auf meine gebärdenden Hände, ehe sie ertappt den Kopf zur Seite drehte. So, als hätte sie erschreckt, was sie gesehen hatte.

Ohne zu wissen, wieso, machte sich Enttäuschung in mir breit. Dabei hätte ich nach all den Jahren längst daran gewöhnt sein müssen, dass die meisten Menschen eh nur das sahen, was sie sehen wollten, und bei allem anderen einfach wegschauten. Es sich leicht machten.

Und Harlow bildete da ganz offensichtlich keine Ausnahme.

KAPITEL 4

Girls Will Be Girls – Sophie Beem

Harlow

»Ich schlage Ihnen vor, dass Sie sich möglichst schnell einen Partner oder eine Partnerin für das vor Ihnen liegende Semester suchen.« Professorin Karla Stolsson ließ ihren strengen Blick über die stufenförmig angeordneten Sitzreihen schweifen und verschränkte dann die Arme vor der Brust. Mit ihren braunschwarzen, kurzen Haaren, der schwarzen, eckigen Brille und ihrem Outfit aus Jeans und lockerer, karierter Bluse, wirkte sie nicht viel älter als die Studierenden um sie herum. Allerdings würde ich ganz sicher nicht den Fehler begehen, die Professorin zu unterschätzen. Bereits jetzt, an Tag drei auf dem Campus, war mir ihr Ruf, die härtesten Anforderungen zu stellen, zu Ohren gekommen. Motivierende Aussichten an einem Freitagnachmittag.

»Sie sollten diesen Rat ernst nehmen. Ich bin nicht hier, um Einzelkrieger und -kriegerinnen heranzuzüchten, sondern junge Menschen, die *zusammen*arbeiten können. Aus diesem Grund wird ein Großteil Ihrer praktischen Aufgaben in diesem Modul Teamwork sein. Sie haben sich vielleicht für Computerwissenschaften entschieden, weil Sie nicht gerne kommunizieren und lieber für sich allein arbeiten – nun, diesen Zahn kann ich Ihnen gleich ziehen. Technik *ist* Kommunikation. Je früher Sie das verstehen, desto besser.« Ohne uns aus den Augen zu lassen, tippte die Professorin auf eine Taste ihres Laptops, der mit dem Beamer verbunden war. Im nächsten Moment wurde auch schon ein Countdown von zehn Minuten an die Wand geworfen.»Nutzen Sie diese Zeit, um zu networken und Ihren Arbeitspartner oder Ihre Arbeitspartnerin zu finden. Danach können Sie gehen und den verfrühten Schluss nutzen, um sich die entsprechende Lektüre zu besorgen.«

Ein kollektives Stöhnen ging durch die etwa fünfundvierzig Studierenden, dann begannen die ersten Gespräche.

»Teamwork, meine absolute Stärke«, murmelte der Typ neben mir und fuhr sich durch die lockigen schwarzen Haare.

Ich stoppte den Bleistift, den ich seit einer kleinen Ewigkeit mit meinen Fingern umherwirbelte, und schaute zu ihm.»Ist nicht so schlimm, wie es sich anhört.«

Ungläubig sah er mich an und verzog die Lippen zu einem schiefen Grinsen.»Das sagst du nur, um zu verhindern, dass ich gleich Leine ziehe.«

»Noch vor der ersten richtigen Vorlesung? Niemals!«, erwiderte ich und hielt ihm spontan meine Hand hin.»Ich bin Harlow.«

»Colin.« Sein Händedruck war warm und fest.»Das heißt, du hast schon Erfahrung im Collaborative Coding?«

Ich hatte schon unzählige Projekte mit Miyu auf die Beine gestellt und dabei quasi jedes Mal mit ihr zusammen programmiert. Ein gemeinsamer Code in einer Programmierumgebung, also einer virtuellen Umgebung, auf die beide zugreifen konnten, machte das Ganze ziemlich einfach. Und dabei spielte es keine Rolle, wo auf der

Welt man sich befand. Es konnte also nicht so schwer sein, es auch vor Ort hinzubekommen, oder?

Ich nickte und lehnte mich zurück. »Könnte man so sagen. Du hast das noch nie gemacht?«

Colin imitierte meine Haltung und faltete die Hände im Schoß, sodass mein Blick kurz auf die unzähligen schwarzen Tattoos gelenkt wurde, die unter seine mahagonifarbene Haut gestochen worden waren. »Nope. Bisher habe ich eher im Alleingang gearbeitet. Meine Stärken sind objektorientiertes Programmieren und GUIs« – *Graphical User Interface*, also die Art von Programmieren, die auf Objekten und Daten basierte sowie auf allem, was wirklich sichtbar war, Benutzeroberflächen beispielsweise – »Halt alles, was man irgendwie greifen kann. Aber darin bin ich verdammt gut.«

Ich schmunzelte und zog ein Bein auf die Sitzfläche. »Colin, ich glaube, wir haben ein Match.«

Seine dunklen Augenbrauen hüpften nach oben. »Haben wir das?«

»Definitiv. Ich bin absolut kein Fan von Objektorientierung und bei GUIs ein hoffnungsloser Fall. Das heißt, in dieser Hinsicht ergänzen wir uns perfekt.«

Colin lachte, schnappte sich einen Kugelschreiber und griff dann nach meiner Hand. »Du bist ein wenig schräg, Harlow. Auf die gute Art und Weise. Ich denke, wenn wir deine und meine Schrägheit in diesem Fach kombinieren, könnte da echt was Ordentliches bei rauskommen.«

»Äh, danke, schätze ich«, erwiderte ich und beobachtete, wie Colin in akkurater Schrift seine Nummer auf mein Handgelenk schrieb. »Ich hätte dir auch mein Handy geben können.«

Kopfschüttelnd winkte er ab und ließ die Mine des Stifts beinahe dramatisch einfahren. »Manche Dinge erfordern moderne Technik, andere wiederum die gute alte Schule.«

»Und du sagst, *ich* sei schräg.«

Die restlichen Minuten löcherten wir uns gegenseitig mit Fragen und lernten uns kennen. Das, was sich mit Flo bisher etwas gezwungen anfühlte, war mit Colin ganz einfach. Vielleicht war ich hier doch nicht komplett falsch.

Ich erfuhr, dass er ursprünglich aus Angola kam und im Alter von drei Jahren mit seiner Mutter in die USA gezogen war. Ähnlich wie ich war er mit einem Stipendium am LSC, nachdem sein Talent an seiner Highschool in Albuquerque aufgefallen war. Dort hatte er auch seinen Freund Ben kennengelernt, der ihn letztlich dazu ermutigt hatte, nach Seattle zu gehen und das Stipendium anzunehmen. Colin erzählte mir eine ganze Menge über sich, während ich ihm nur die fadenscheinigen Lügen zu bieten hatte, die ich bereits Flo aufgetischt hatte. Über das MIT und meinen Weg auf den Campus. Zumindest waren die Worte über meine Familie nicht gelogen.

»Sollen wir uns die Bücher für den Kurs gleich holen?«, fragte ich, als wir unsere Sachen zusammenpackten, um dem Strom an Studierenden aus dem Hörsaal zu folgen.

»Klar, gerne. Weißt du, wo die Bibliothek ist? Ich bin erst gestern Abend angekommen.«

»Ich bin quasi schon Stammgast dort.«

Tatsächlich hatte ich die anderthalb Tage seit meiner Ankunft am Mittwoch größtenteils in der Bib und im Campuscafé verbracht. Wie von selbst wanderten meine Gedanken zu dem Studenten mit den gold gesprenkelten Augen, den ich dort noch ein paarmal gesehen, jedoch nicht erneut angesprochen hatte. Es hatte nichts damit zu tun, dass er in der Gebärdensprache kommunizierte, vielmehr damit, dass er offenbar keinerlei Interesse an einer erneuten Begegnung hatte. Wann immer wir aufeinandergetroffen waren, hatte er entweder gerade das Café mit einem To-go-Becher verlassen oder war bei seinen Freunden geblieben. Von ein paar kurzen, kühlen Blicken einmal abgesehen. Zwar besaß ich nicht viel Erfahrung in Sachen Kennenlernen und war immer eher der Typ Einzelgängerin gewesen, aber den Wink mit dem Zaunpfahl verstand ich trotzdem.

»Harlow?«

Ich blickte auf und bemerkte, dass Colin bereits am Ende der Sitzreihe stand, seinen Rucksack locker über eine Schulter gehängt. »Sorry«, murmelte ich, schnappte mir mein Handy und beeilte mich, ihm zu folgen.

»Okay, wo waren wir stehen geblieben? Ah, ja. Musik oder Hörbücher beim Coden?«

»Du kannst dir dabei …«, setzte ich an, wurde jedoch von einer Stimme hinter uns unterbrochen und fuhr herum.

Harvey Abbot trat zu uns und reichte mir ohne Umschweife ein paar Blätter. »Guten Abend, bitte entschuldigt die Störung. Harlow, es hat sich eine kleine Änderung ergeben. Ich hoffe, das macht dir keine Umstände.«

Ich schielte auf das oberste Papier und überflog die ersten Zeilen. Es ging um meine Sozialstunden im Kunstatelier, die ich eigentlich erst nach dem Wochenende am Montag hätte beginnen sollen. Mit gerunzelter Stirn blickte ich auf. »Jetzt?«

Abbot neigte den Kopf und zupfte an seinen Manschettenknöpfen. In dieser Hinsicht verkörperte er wirklich das Klischee des Leiters einer exklusiven Elite-Universität. »Lucienne McCoy – sie ist im zweiten Semester und wird dich einweisen – hat mich gerade darum gebeten.«

»Ah, okay. Sicher, kein Problem. Ich erledige das sofort«, beeilte ich mich zu sagen und nickte.

»Sehr gut. Dann will ich euch auch nicht länger aufhalten. Ein schönes Wochenende.« Mit diesen Worten machte Mr Abbot auf dem Absatz kehrt und ging davon. Als er außer Hörweite war, beugte sich Colin zu mir.

»Kennst du *Suits*? Ich schwöre dir, er sieht aus wie Harvey Specter. Als ich ihn das erste Mal gesehen habe, dachte ich wirklich für einen Moment, ich wäre im falschen Film.«

Ich lachte leise und faltete die Papiere zusammen, nicht dass Colin noch etwas von meinen Auflagen erfuhr. »Glaub mir, mir ging es genauso. Sollen wir uns für morgen verabreden und das mit den Büchern nachholen? Also nur, wenn du Zeit und Lust hast.«

»Ja, warum nicht? Dann schaffe ich es noch, Ben rechtzeitig vor seinem Tennis-Training am Telefon zu erwischen«, erwiderte Colin und zog sein Smartphone hervor. »Sag mir Bescheid, wann es dir morgen am besten passt. Meine Nummer hast du ja.«

»Geht klar.«

Ich verabschiedete mich und hatte das Gefühl, endlich wieder ein bisschen leichter atmen zu können. Womöglich hatte ich in Colin einen Verbündeten im täglichen Vorlesungskampf gefunden. Und vielleicht wurden aus Verbündeten im Laufe des Semesters ja auch Freunde.

Mit den Gedanken noch bei Stolssons Kurs und Colin, trat ich wenig später in die frische Luft des frühen Abends hinaus. Die geschwungenen, dunkelgrünen Laternen, die den See und die hellen Wege des Campus säumten, brannten bereits und tauchten die Anlage in weiches, gelbes Licht. Kurz sog ich den Anblick in mich auf, der so anders war als der unserer einfachen Nachbarschaft zu Hause. Nie hätte ich gedacht, einmal Studentin an einer Elite-Uni zu sein. Wir hatten nie viel Geld gehabt: Meine Mom Lillian arbeitete am Empfang einer Tierklinik und Katy war Floristin. Es hatte für den Alltag gereicht, aber mehr war nicht drin gewesen. Unnötig zu erwähnen, dass Brax' Herzfehler alles schwieriger gemacht hatte. Doch auch ohne großes Einkommen hatte es mir bei meiner Familie an nichts gefehlt. Vielleicht hatte ich auch deswegen nie das Bedürfnis gehabt zu gehen. Alles, was ich gewollt hatte, war, für meine Familie da zu sein.

Ich schob meine Gedanken zur Seite, bevor meine Sehnsucht nach meinen Moms und Brax wieder zu groß werden konnte, und konzentrierte mich auf die Zettel, die Abbot mir gegeben hatte. Darauf war eine Wegbeschreibung und eine Nachricht von Lucienne, die sich jetzt mit mir vor dem Altbau treffen wollte. Dort lag auch das Kunstatelier, in dem ich meine Sozialstunden abarbeiten würde.

Die Hände in der Beuteltasche meines LSC-Hoodies, umrundete ich den See und hielt mich rechts, sodass der beleuchtete Altbau bald hinter ein paar bunt gefärbten Ahornbäumen auftauchte. Vor dem breiten Eingang hatten sich einige Studierende versammelt und für einen kurzen, irrationalen Augenblick lang glaubte ich, dass ich gleich ein ganzes Empfangskomitee für meine Sozialstunden bekommen hatte, doch dann löste sich nur eine einzelne schmale Gestalt aus der Gruppe und kam direkt auf mich zu.

»Du musst Harlow sein«, begrüßte sie mich lächelnd und nahm mich ohne Umschweife in den Arm. Sie roch nach frischer Farbe und Holz. »Ich bin Lucienne, aber eigentlich nennen mich alle Lucie.«

Lucies Lächeln übertrug sich auf meine Lippen, ohne dass ich das Geringste dagegen hätte unternehmen können.»Hi, freut mich.«

»Ich hoffe, du bist mir nicht böse, dass ich unser Kennenlernen vorgezogen habe, aber am Montagnachmittag ist mir ein wichtiger Termin dazwischengekommen.« Entschuldigend hob sie die Augenbrauen, die dasselbe Weißblond hatten wie ihre langen Korkenzieherlocken.

Ich winkte ab.»Kein Problem.«

»Sehr gut. Glaub mir, ich bin wirklich froh, dass du dich gemeldet hast. Es gibt dieses Semester jede Menge zu tun. Ich habe die Verantwortung für das Atelier bekommen, also Ordnung halten, Materialien sortieren, bestellen ... All so was eben.«

Ein Teil von mir, der bis eben merklich angespannt gewesen war, kam zur Ruhe. Lucie wusste offenbar nichts von meinen Sozialstunden, also hatte Abbot dichtgehalten.

Eine weitere Lüge.

Lucie zupfte ihre lederne Kuriertasche zurecht.»Hast du schon etwas gegessen?«

Ich schüttelte den Kopf.»Noch nicht.«

»Was hältst du dann davon, wenn wir alles Weitere in der Cafeteria besprechen und uns etwas kennenlernen? Zufälligerweise weiß ich genau, bei welcher Lunchlady man die größte Portion bekommt.« Verschwörerisch zwinkerte sie mir zu und winkte den anderen Studierenden, ehe sie mich mit sich zog. Für ihre zierliche Gestalt hatte sie erstaunlich viel Kraft.

»Ich habe nichts dagegen, von Insiderwissen zu profitieren.«

»Dann bist du genau an die Richtige geraten. Ich sehe schon, wir werden uns prächtig verstehen.«

Das Gefühl hatte ich auch. Lucie machte es selbst mir leicht, sie zu mögen. Lächelnd versenkte ich die Hände in den Hosentaschen und folgte ihr.

»Also, Harlow, welches ist dein geheimes Supertalent?«, fragte mich Lucie zwischen zwei Bissen ihres veganen Sandwiches, nachdem sie mir erzählt hatte, dass ihr künstlerischer Schwerpunkt auf Lehmskulpturen und Kohlezeichnungen lag.

Ich legte die Gabel beiseite – mittlerweile war ich von meinen Pestonudeln pappsatt – und griff nach meinem Wasser.

»Supertalent?«

»Na, dein inneres Genieherz. Wofür schlägt es?«

»Ich bin ein Nerd«, erwiderte ich geradeheraus und hob einen Mundwinkel. »Programmieren, Mathe, Computer – alles mit Zahlen oder einem Chip ist ganz meins.«

Lucies braune Augen wurden groß. »Ernsthaft? Ich meine, wow, ich bin beeindruckt! In dieser Hinsicht bin ich ganz die verpeilte Künstlerin. Ich weiß nicht mal, wie man eine App auf einem Handy wieder loswird. Deswegen ist mein Speicher ständig kurz vorm Überlaufen.« Ihr Lachen war hell und so ansteckend, dass ich mich prompt an meinem Wasser verschluckte.

»Hey«, meinte sie und klopfte mir hilfsbereit auf den Rücken, »so erschütternd ist das jetzt auch wieder nicht.«

Immer noch hustend schüttelte ich den Kopf. »Ich kann dir gerne zeigen, wie du dein Handy vorm Überlaufen bewahren kannst.«

»Dann wärst du meine ganz persönliche *Felicity*.«

»Du schaust *Arrow*?« In diesem Moment mochte ich Lucie gleich noch ein bisschen mehr.

»Wer himmelt denn nicht Oliver Queen an, wenn er mit Pfeil und Bogen die Welt rettet?« Sie kräuselte die Nase.

Auch wieder wahr.

»Selbst meine ältere Schwester Clara steht auf ihn – und die schaut sonst nur Shows wie *America's Next Topmodel* oder *Project Runway*.« Ein kurzer Schatten huschte über ihre Züge, verschwand jedoch genauso schnell, wie er gekommen war.

In meiner Hosentasche gab mein Handy diese spezielle Vibrationsabfolge von sich, die unwillkürlich meinen Puls in die Höhe trieb. So viel zum Thema, ich wüsste, wie man eine App löschte. Nur hatte ich diesen Schritt bisher einfach nicht über mich bringen können. Das Netzwerk im Darknet zu verlassen, war eine Sache, aber diese App war etwas zwischen Miyu und mir. Zwischen uns als Freundinnen.

»Alles okay?« Lucie hatte meinen Stimmungswechsel offensichtlich mitbekommen und beugte sich nun weiter über den Tisch.

Meine Finger verkrampften sich in meinem Schoß. »Nur eine Nachricht.«

»Schau ruhig nach.«

Bereits, als ich das Handy hervorzog, wusste ich, dass ich es bereuen würde. Trotzdem entsperrte ich die App und loggte mich in meinen Zugang ein.

Miyu hatte mir ganze vier Nachrichten geschrieben.

Miyu

Low?

Hör auf, mich zu ignorieren, und geh online.

Es ist wichtig, verdammt. Kein Scherz.

CODE RED.

Code Red – das war so ein klischeehaftes Ding zwischen Miyu und mir. Ein Codewort, das wir nur verwendeten, wenn etwas wirklich wichtig war. Nichts, das eine von uns leichtfertig schreiben würde.

Meine Hände wurden feucht und kalt und ich befürchtete, mein Smartphone jeden Moment in seine Einzelteile zu zerbrechen, so krampfartig hielt ich es umklammert.

»Harlow?« Lucies Stimme war vorsichtig geworden. »Geht es dir gut? Du bist ganz blass.«

»Ich …«, begann ich und ließ das Handy sinken. »Ich habe etwas Dringendes vergessen. Wäre es sehr schlimm, wenn wir die Aufgaben wann anders durchsprechen?«

»Nein, nein. Geh nur. Wir finden schon noch eine Möglichkeit, darüber zu quatschen. Vielleicht ja am Wochenende?«

Abwesend griff ich nach meiner Tasche und nickte. »Klar. Das wäre toll. Tut mir leid.«

»Alles gut. Bis bald, Harlow!«, rief Lucie, doch da war ich schon aufgestanden und halb aus der geräumigen Cafeteria gestürmt. Ich brauchte einen ruhigen Ort und eine sichere Verbindung und dann würde sich das schon klären. Kein Grund, die Nerven zu verlieren.

Leichter gesagt als getan.

Mein Smartphone fest in den Händen, lief ich über den abendlichen Campus, vorbei an ein paar Studierenden, und steuerte zielsicher den Altbau an. Dank meiner ausführlichen *Recherche* über den Campus und seine Gebäude wusste ich genau, wo ich hinmusste, um ungestört zu sein. Die erforderlichen Zugangscodes zu den entsprechenden Räumlichkeiten hatte ich direkt mit abgespeichert.

Mit festen Schritten betrat ich den Altbau und folgte dem breiten

Gang, der direkt vor die Holztür der Bibliothek führte. Aufmerksam sah ich mich um und tippte dann den Code ein. Ich brauchte zwei Anläufe dafür, weil meine zitternden Finger immer wieder die falschen Ziffern erwischten, ehe dieses elendige grüne Lämpchen endlich aufleuchtete. Rasch schlüpfte ich ins Dunkle der Bibliothek. Der mittlerweile vertraute Geruch nach altem Papier, Druckerschwärze und Staub umnebelte mich, doch anders als in den letzten Tagen konnte er mich nicht beruhigen. Dafür waren meine Gedanken zu laut. Angespannt bog ich vor den ersten Regalreihen nach links zum Computerraum ab, wo sich der einzige Raum mit fest installiertem Internetanschluss befand, der keine Zeitschaltuhr besaß.

Nachdem ich das Schloss mit dem zweiten Code entriegelt hatte, ließ ich mich direkt neben der Tür auf dem Boden nieder und zupfte ein LAN-Kabel aus einem der Desktop-PCs. Dann holte ich meinen Hochleistungslaptop heraus, entsperrte ihn und wechselte in den Ghost-Mode – der mich im Uninetzwerk quasi unsichtbar machte –, ehe ich das LAN-Kabel einsteckte. Innerhalb weniger Klicks, Links und Passwörter war ich wieder in meinem vertrauten virtuellen Umfeld online – dem Darknet. Genau dort, wo ich nicht mehr sein sollte.

Es dauerte nur einen Sekundenbruchteil, bis meine Hackerpartnerin den Videoanruf annahm.

»Da bist du ja endlich. Du hast vielleicht Nerven!«

»Beruhig dich, Miyu. Was soll der Mist mit *Code Red*?«

Miyus pixeliges Bild hing für einen Moment, dann baute sich ihr Gesicht wieder auf, das nur von den unzähligen Bildschirmen, die mit Sicherheit vor ihr standen, erleuchtet wurde. Sie war also in ihrer Höhle. In dieser Hinsicht erfüllte sie das Hackerklischee zu einhundert Prozent. »Sag mir, dass deine Offline-Zeit nur eine Phase war und du nach wie vor Teil unserer Gruppe bist.«

Gruppe. Unser kleines Hackernetzwerk unter der Leitung von Alias. Ein virtueller Ort, an dem ich so viel Zeit verbracht hatte – und über den ich jetzt nicht einmal nachdenken sollte.

»Das kann ich nicht, Miyu.«

Sie zog die feinen, schwarzen Augenbrauen zusammen und fuhr sich über ihren Pixie-Cut. »Das ist ein Witz, oder? Das kann nicht dein Ernst sein, Low! Wir sind ein Team, schon vergessen? Ohne uns hättest du Brax nie helfen können. Du hast uns viel zu verdanken und … du weißt, was mit der letzten Person passiert ist, die einfach so ausgestiegen ist.«

Mein Magen verknotete sich schmerzhaft und mir wurde übel.

»Das war etwas vollkommen anderes. Und wir sind kein Geheimbund, Miyu. Ich … für mich ist einfach an diesem Punkt Schluss, okay? Ihr kommt auch ohne mich klar.«

Ihr Lachen war kalt und freudlos. »Wenn du das denkst, dann bist du nicht halb so klug, wie ich geglaubt habe. Alias wird …«

In der nächsten Sekunde sprang plötzlich das Licht an. Ich schoss mit einem spitzen Schrei hoch, wobei der Laptop von meinem Schoß rutschte und auf den Boden fiel. »Heilige Scheiße!«, stieß ich hervor und verstummte abrupt, als ich sah, *wer* im Türrahmen stand.

Goldbraune Augen musterten mich unter zusammengezogenen Brauen, als wollten sie mich jeden Moment in Flammen aufgehen lassen. Unwillkürlich machte ich einen Schritt rückwärts.

»Ich … ich kann das erklären …«, brachte ich wenig eloquent hervor und hob die Hände, als könnte ich ihn so davon abhalten, mich direkt zu verpfeifen.

Unbeeindruckt zog der Typ aus dem Café einen Block hervor, kritzelte zwei Zeilen auf das Papier und riss es dann beinahe brutal heraus. Noch einen Atemzug lang hielt ich seinem durchdringenden Blick stand, dann sah ich auf den Zettel und biss die Zähne aufeinander.

Nur zu, ich bin gespannt auf deine Erklärung, Harlow.

KAPITEL 5

No Bad Days – Bastille

Zackary

Mit rasendem Puls kam ich an der Statue von Bernhard C. Hawthorne, dem Gründer des Lakestone Campus, zum Stehen und schaute auf meine Smartwatch. Zehn Meilen in etwas mehr als einer Stunde war nicht schlecht, auch wenn das unangenehme Pochen in meinem Hinterkopf geblieben war. Laufen war schon immer die perfekte Möglichkeit gewesen, der Realität wortwörtlich davonzurennen, doch heute war es mir deutlich schwerer gefallen abzuschalten. Vielleicht, weil vorhin die halbjährliche Überweisung meiner Eltern für die Studiengebühren auf meinem Konto eingegangen war. Die Beziehung zu ihnen war nicht ganz leicht. Ich war ihnen dankbar, dass sie mich seit meiner Kindheit gefördert hatten, mir diese Ausbildung ermöglichten und mich auch sonst finanziell unterstützten, aber emotional war es … kompliziert. Weil wir als Familie zu viel durchgemacht hatten. Weil zu viel falsch gemacht worden war. Nicht alles, aber genügend, um manches unwiderruflich zu zerstören.

Über die Uhr wechselte ich von Eminem in eine etwas ruhigere Playlist und begann, mich zu dehnen – als ich eine schnelle Bewegung im Augenwinkel ausmachte.

Eine Gestalt lief, rannte fast die Stufen des Altbaus hoch und warf sich dann gegen die Tür, ehe sie im dunklen Inneren verschwand. Es war die Studentin aus dem Café, mit der ich seit der Begegnung an der Theke kein Wort mehr gewechselt hatte. Harlow.

Ich runzelte die Stirn, zupfte meine Kopfhörer aus den Ohren und setzte mich wie von allein in Bewegung. Was hatte Harlow um diese Zeit dort verloren? Denn eigentlich hatte sie keine Berechtigung, außerhalb der Vorlesungen oder Öffnungszeiten der Bib in diesem Gebäude zu sein.

Mit ein paar großen Schritten war ich bei der schweren Holztür, trat in die Stille und schloss die Tür leise hinter mir. Regungslos horchte ich auf ungewöhnliche Geräusche, doch es blieb beinahe gespenstisch still. Hatte ich mich getäuscht?

Aufmerksam schaute ich mich um und blieb an dem winzigen grünen Licht über dem Zugangspanel der Bibliothek hängen. *Was zum ...?* Um diese Zeit sollte die Bib eigentlich abgesperrt sein. Noch ehe ich es mir anders überlegen konnte, marschierte ich auf das Heiligtum des Altbaus zu. Immerhin hatte ich dank meiner Arbeit dort eine Zugangsberechtigung. Vorsichtig schob ich die Tür auf und betrat den Vorraum, als ich gedämpfte Stimmen hörte.

Die erste war fremd und seltsam verzerrt, mit einem außergewöhnlichen Akzent, aber die zweite erkannte ich. Es war Harlow. Wie war sie bitte hier reingekommen?

»Beruhig dich, Miyu. Was soll der Mist mit *Code Red?*«

Code Red?

Langsam setzte ich einen Fuß vor den anderen und blieb an der angelehnten Tür zum Computerraum stehen. Was wollte Harlow ausgerechnet *hier*? Es war ja nicht so, als gäbe es kein campusweites WLAN.

Das Gespräch zwischen den beiden ging weiter, ohne dass ich hätte sagen können, worum es dabei wirklich ging. Doch das, was ich aus Harlows Worten heraushörte, *das* erkannte ich. Sie hatte Angst. Und berührte damit etwas in mir, ganz gleich, wie wenig ich das wollte. Weil ich unzählige Gründe für Furcht kannte und mich unwillkürlich fragte, welcher ihrer war.

Die fremde Stimme lachte kalt, was mich unwillkürlich das Gesicht verziehen ließ. »Wenn du das denkst, dann bist du nicht halb so klug, wie ich geglaubt habe. Alias wird …«

In einer Kurzschlussreaktion stieß ich die Tür auf und schlug auf den Lichtschalter. Sofort wurde der Computerraum in grelles, künstliches Licht getaucht.

Harlow fuhr mit einem Schrei hoch, sodass ihr Laptop auf den Boden fiel, und wandte sich mit wehenden Haaren zu mir um. »Heilige Scheiße!«, stieß sie hervor und legte sich eine Hand auf die Brust.

Im ersten Moment funkelte ich sie durchdringend an, verschränkte abwehrend die Arme vor der Brust, doch dann bemerkte ich ihre großen, geröteten Augen. Den beinahe gehetzten Ausdruck auf ihren Zügen. Ich mahlte mit den Kiefern und konnte nicht verhindern, dass meine abweisende Haltung Stück für Stück in sich zusammenfiel und Mitgefühl Platz machte. Weil ich wusste, wie es sich anfühlte, sich zu fürchten.

Als ich nicht sofort etwas erwiderte, ging Harlow einen unsicheren Schritt rückwärts und hob die Hände. »Ich … ich kann das erklären …«

Ohne sie aus den Augen zu lassen, schrieb ich eine kurze Antwort auf meinen Block und reichte ihr das ausgerissene Blatt.

Harlow spannte sich merklich an, als sie den Satz las, und hob dann ruckartig den Kopf. »Ich habe wirklich eine Erklärung, das ist keine bloße Klischee-Antwort«, erwiderte sie sofort und schob das Kinn ein Stück nach vorn. »Ich bin hier, weil ich eine stabile Internetverbindung gebraucht habe, um ungestört mit meiner Freundin am anderen Ende der Welt chatten zu können.«

Mit gerunzelter Stirn musterte ich sie noch einen Moment länger, ehe ich ein wenig zurückwich und mich mit überkreuzten Beinen an die Wand lehnte. Um ihr den Platz zu geben, den sie brauchte, denn noch immer lag diese Angst auf ihren Zügen.

Tatsächlich schien Harlow sich ein wenig zu entspannen, als ich sie nicht länger wie eine Verbrecherin auf frischer Tat fixierte, und fuhr merklich ruhiger fort: »Das WLAN hat abends zu viele Aussetzer, wenn alle im Netz hängen.« Zögerlich nestelte sie am Saum ihres Pullovers herum und ließ ihre blaugrünen Augen einmal über mich wandern. »Du ... du sprichst nicht, oder?«

Ich schluckte und nickte dann langsam. Unter anderen Umständen wäre das der Punkt gewesen, an dem ich mich verabschiedet hätte.

Ich war niemand, der gern Small Talk führte, schon gar nicht mit einer fremden Person. Doch irgendetwas hielt mich aus irgendeinem Grund an Ort und Stelle.

»Aber du hörst mich. Oder ... liest du Lippen?«

Ich atmete aus und schob diese Gedanken beiseite, ehe ich den Blick auf meinen Notizblock senkte.

Stumm – ja. Gehörlos – nein. Ist ein genetischer Defekt. Du kannst es googeln.

Das war meine übliche knappe Antwort für etwas, das aus medizinischer Sicht recht komplex war. Aber meistens fragten die Menschen auch nicht weiter nach, sobald der Ausdruck *genetischer Defekt* oder *Gendefekt* gefallen war.

Zu meinem Erstaunen lächelte Harlow vorsichtig. »Ich habe mal die DNA eines Menschen als Simulationsmodell nachprogrammiert – auch den Teil, der für die Stimme zuständig ist. Kompliziertes Zeug und …« Sie unterbrach sich selbst und schüttelte den Kopf. »Sorry, das war vermutlich unsensibel. In dieser Hinsicht bin ich echt unverbesserlich. Mein kleiner Bruder hat einen Herzfehler und wir machen trotzdem ständig gemeinsam schlechte Witze darüber.«

Ich weiß nicht, womit ich gerechnet hatte, aber ganz sicher nicht damit, dass sich ihr Lächeln wie von selbst auch auf meine Züge schlich.

Schon gut, schrieb ich schnell und deutete dann auf sie, um zurück zum eigentlichen Thema zu kommen. Und damit weg von mir. Also, wie bist du hier überhaupt reingekommen?

Mit einem undeutlichen Murmeln hob sie ihren Laptop vom Boden auf und klappte ihn zu. Es war ein massives Ding, kein Vergleich zu den MacBooks, die man hier sonst an jeder Ecke sah.

»Glaubst du mir, wenn ich *Magie* sage?«

Wieder flog mein Stift über das Papier. Ich bin stumm, nicht dumm.

»Reimt sich sogar.«

Ich wölbte eine Braue und ließ den Block sinken, weil ich trotz dieser lockeren Erwiderung wieder die leise Anspannung in ihrer Stimme bemerkte. Die Unsicherheit, die in kleinen Wellen von ihr abstrahlte. Aufmerksam ließ ich den Blick ein weiteres Mal über sie wandern. Über den etwas zu großen blauen LSC-Hoodie, den Knoten aus hellbraunen Strähnen, der auf ihrem Scheitel saß, und das längliche, rötliche Feuermal über ihrem rechten Wangenknochen. Mit ihren großen Augen und den feinen Gesichtszügen war sie unbestreitbar schön. Schön und mir ein Rätsel.

»Okay«, begann sie zögerlich, »ich … habe mir den Zugangscode gemerkt. Heute Mittag. Das ist meine Magie und jetzt kennst du meinen Trick. Was mich direkt zu der Frage bringt, was *du* eigentlich hier machst.«

Ihre Antwort überraschte mich. Ich helfe in der Bibliothek aus und habe dich reinlaufen sehen, da wollte ich nachschauen. Dass ich ihr ohne wirkliche Begründung hinterhergegangen war, verschwieg ich an dieser Stelle geflissentlich. Mein Grund siegt, würde ich sagen.

Harlow seufzte und zog ein blaues Kabel aus einem der Ethernet-Ports ihres Laptops. »Schon gut. Ich hab's verstanden. Eigentlich dürfte ich nicht hier sein. Es ist verboten, sich Zugang zu einem abgeschlossenen Raum zu verschaffen, und ich habe wieder einmal einen Haufen Regeln gebrochen. Also«, sie richtete sich auf und streckte mir ihre Hand entgegen, »ich bin Harlow. Verrätst du mir wenigstens deinen Namen, bevor du mich an Abbot auslieferst? Damit ich weiß, wem ich meinen Rauswurf zu verdanken habe.«

Rauswurf?

Selbst für Abbot, der die Regeln des LSC hütete wie Gollum seinen Schatz, wäre das eine ziemlich überzogene Strafe.

Ich fuhr mir über das Kinn und zögerte, während sie mir immer noch ihre Hand hinhielt. Ein Teil von mir wollte sie sofort ergreifen, weil es mir unerklärlicherweise leichtfiel, mit ihr zu *reden*. In diesem Raum zu bleiben. Und gleichzeitig … wusste ich kaum etwas über sie. Nur beunruhigte mich diese Tatsache nicht halb so sehr, wie sie es bei jemand anderem getan hätte.

Ich drängte diese Gedanken resolut zurück und ließ den Stift ein weiteres Mal über das letzte Blatt des Blocks fliegen, wobei ich mir mental die Notiz machte, mir dringend einen neuen zu besorgen. Am besten gleich zwei oder ich könnte auch damit aufhören, ständig jeden Zettel nach nur einem Satz rauszureißen.

Zackary. Oder Zack. Und keine Sorge, von mir erfährt niemand was.

Die letzten Wörter waren um die Kurve geschrieben, weil mir der Platz ausgegangen war. Harlow biss sich auf die Lippe und sah mir direkt in die Augen, als ich ihr die Hand reichte. Ich kam nicht umhin, die vielen Emotionen darin zu bemerken. Vielleicht befürchtete sie wirklich nur, dass man sie vom Campus werfen würde. Oder mein erstes Gefühl war richtig gewesen und es gab doch einen anderen Grund für dieses dunkle Aufflackern in ihrem Blick.

»Danke, Zack. Echt, ich bin … Ich dachte schon, ich müsste dich mit Kaffee bestechen, oder so. Zumal ich dir ohnehin noch einen schulde. Wegen der Sache am ersten Tag.« Ihre Wangen röteten sich leicht, als sie immer weiterredete.

Noch ehe ich länger darüber hätte nachdenken können, schrieb ich auch schon auf die Rückseite meines Blocks: Auf den Kaffee-Deal hätte ich mich eventuell eingelassen.

Harlow lachte leise auf, als wäre sie genauso überrascht von meiner Erwiderung, wie ich es war. Und dieses Lachen war hell und klar und … seltsam einnehmend. Es vertrieb die Finsternis aus ihrem Blick. »Das wundert mich nicht. In den letzten Tagen habe ich dich gefühlt ständig im Café gesehen.«

Als ihr bewusst wurde, was sie da gerade gesagt hatte, wandte sie sich hastig ab und war plötzlich sehr beschäftigt damit, ihren Laptop einzupacken. »Nicht dass ich dich gestalkt hätte, oder so. Ich …

Du bist nur einfach oft im Café, um Kaffee zu trinken. Offensichtlich. Wie ich.« Harlow räusperte sich und warf mir einen knappen Seitenblick zu, während sie das blaue Kabel wieder in den fest installierten Computer steckte und dabei ihren Rucksack umstieß.

Aus einem Impuls heraus ging ich in die Hocke, um einen Kugelschreiber aufzuheben, der herausgerollt war, und reichte ihn ihr mitsamt meiner kitzeligen Antwort auf der Rückseite meines Blocks.

Und du hast mindestens vier dicke Wälzer verschlungen.

Sie zog die dunklen Augenbrauen weit nach oben. »Du hast mich auch gestalkt.«

Sagtest du nicht, du hättest mich nicht gestalkt? Langsam, aber sicher wurde diese Unterhaltung absurd. Und irgendwie erfrischend, nach den schweren Gedanken an meine Eltern. Ich musste nicht eine Sekunde bei meinen Antworten überlegen, sie kamen einfach und das ... passierte mir nicht oft. Schon gar nicht bei einer fremden Person.

»Belassen wir es dabei.« Harlow schulterte ihren hellgrauen, abgenutzten Rucksack, an dem unzählige bunte Buttons und Patches steckten, und zog die Ärmel ihres Hoodies über die Hände.

Einverstanden. Wobei mich die Auswahl deiner Bücher verwundert hat.

»Bitte?« Das verräterische Rot kehrte zurück auf ihre Wangen und ließ das Grün in ihren Augen heller leuchten.

Ich habe nicht erwartet, neben Dickens und Shakespeare auch Nicholas Sparks auf deiner Leseliste zu finden, schrieb ich und spürte ihren Blick die ganze Zeit über auf mir prickeln.

»Also bist du ein Literaturgenie, das Lesende nach ihren Büchern beurteilen kann?«

Meine Mundwinkel zuckten, dann sah ich wieder auf. Kann man so sagen.

Sie legte gespielt pikiert den Kopf leicht schief und überkreuzte die Arme vor der Brust. »Ziemlich unordentliche Schrift für jemanden, der Literatur und das geschriebene Wort so schätzt.«

Dann bist du jetzt also eine Schriftkritikerin?

»Das hast du dir gerade ausgedacht.«

Ich lächelte, ohne dass ich etwas dagegen hätte unternehmen können, und das war mir in den wenigen Minuten, die wir in diesem Raum standen, überdurchschnittlich oft passiert. Keine Ahnung, wie genau ich an diesen Punkt gelangt war, doch Harlow hatte es irgendwie geschafft, meine Prinzipien innerhalb kürzester Zeit über den Haufen zu werfen.

Das Vibrieren meines Handys riss mich zurück in die Realität und erinnerte mich daran, dass ich nach meinem üblichen Abendlauf eigentlich verabredet gewesen war. Bevor ich kurz entschlossen einer *Newbie* hinterhergerannt war. Als mein Blick auf die Uhrzeit fiel, zog ich die Augenbrauen hoch. *Fuck.* Chloe wartete seit fast einer halben Stunde auf mich.

»Alles okay?«

Ich blickte auf und nickte. Da mein Block nun wirklich voll war – nicht einmal auf dem Karton war noch ein Quadratzentimeter Platz –, klickte ich meine Sprach-App an und tippte eine Antwort ein.

»*Bin nur spät dran.*« Die elektronische, unangenehme Stimme las meinen Satz laut vor und ließ mich das Gesicht verziehen. Jetzt wusste ich wieder, warum ich normalerweise die Finger davon ließ.

Harlow blickte skeptisch auf mein iPhone und kräuselte die Lippen, als müsste sie sich ein Lachen verkneifen. Verübeln konnte ich es ihr nicht. »Ich kann verstehen, warum du lieber Zettel schreibst. Diese Tante in deinem Handy klingt irgendwie unheimlich und ihre Betonung ist schrecklich programmiert«, sprach Harlow meine Gedanken im nächsten Moment laut aus.

Ich ließ das Smartphone sinken und nickte wieder. Ganz offensichtlich war es ein Fehler gewesen, sie nach der Sache im Café in die übliche Schublade gesteckt zu haben. Harlow achtete nicht nur auf das Gesagte, sie hörte *richtig* zu, trat meiner Art zu sprechen vollkommen offen gegenüber, und das war ... *interessant.*

Ein paar Atemzüge lang sahen wir einander an, dann seufzte sie leise und löste mit einem schiefen Lächeln ihre überkreuzten Arme voneinander. »Ich möchte dich auch gar nicht länger aufhalten, Zack. Nicht dass du deine Meinung doch noch änderst und mich zu Abbot bringst, aber ... vielleicht kann ich mich ja irgendwann revanchieren. Für den Unfall am Mittwoch und ... heute.«

Mit einem beinahe verlegenen Schulterzucken wandte sich Harlow zum Gehen und ich ... ich machte beinahe unbewusst einen Schritt nach vorn und hielt sie sanft am Unterarm zurück. Dort, wo ich sie berührte, breitete sich Wärme unter meinen Fingern aus. Einfach so.

Ihre hellen Augen richteten sich verwundert auf mich, als würde sie sich ebenso fragen, warum ich sie aufgehalten hatte. Ehrlich gesagt hätte ich das hier und jetzt auch nicht genau beantworten können. Ich wusste nur, dass Harlow in dieser kurzen Zeit etwas in mir berührt hatte ... Und dass ich herausfinden wollte, wieso. Dass mich ihre Offenheit berührt hatte und ich ihr aus irgendeinem Grund etwas davon zurückgeben wollte. Mit einem kaum merklichen Kopfschütteln bedeutete ich ihr zu warten und griff ein weiteres Mal auf meine *geliebte* Sprach-App zurück. Mit nur einer Hand brauchte ich deutlich länger für die Eingabe.

»Wie gesagt, ich würde es auf einen Kaffee ankommen lassen.«

Harlow legte die Stirn in Falten und sah zu ihrem Unterarm. Rasch ließ ich sie los und tippte einen zweiten Satz.

»Nur wenn du möchtest. Und mit einem neuen Block statt dieser App.«

Sie entspannte sich wieder und versenkte ihre Hände in der Bauchtasche des Hoodies. »Hast du keine Angst mehr vor meiner Schriftkritikerinnen-Meinung?«

»Damit werde ich schon fertig.«

Herausfordernd blickte sie mir wieder direkt in die Augen. Einen, zwei Herzschläge lang, dann entgegnete sie: »Okay. Wenn *ich* den Kaffee übernehmen darf.«

Das schien ihr wirklich wichtig zu sein. *»Ich kenne ein gutes Café in Downtown. Aber wir könnten auch auf dem Campus bleiben.«*

Bei der Art, wie die elektronische Stimme *Campus* aussprach, hielt sich Harlow hastig eine Hand vor den Mund und schüttelte dann den Kopf. Ich sah ihre Belustigung dennoch. »Nein, nein, ich bin offen für Neues.«

Ich schmunzelte und fuhr über die virtuelle Tastatur meines Handys, als Harlow anfügte: »Ich weiß nicht, wie es … also, wann es *dir* passen würde, aber ich hätte zufälligerweise morgen Zeit. Ich meine, bevor der wirkliche Vorlesungswahnsinn losgeht.«

Morgen. Das machte es mit einem Mal verflucht real. Mit Harlow fühlte es sich so schnell an, als würden wir dieselbe Sprache sprechen. Eine Sprache, die irgendwo zwischen laut und leise lag. Sofort legte sich Druck auf meine Brust. Eine kleine Warnung, vorsichtig zu sein.

Entspann dich, Zack. Es ist nur ein Kaffee. Nicht mehr.

Mit deutlicher Verzögerung nahm ich mein Handy wieder auf.

»Was hältst du von nachmittags? Wir könnten uns um zwei am Tor treffen.«

Harlow schenkte mir ein kleines Lächeln und erwiderte: »Klingt gut. Dann ... bis morgen?«

Ich nickte, noch immer dieses Gedankenkarussell im Kopf. *»Bis morgen.«*

Mit einem letzten Blick und diesem Lächeln in meine Richtung öffnete Harlow die Tür des Computerraums und schob sich dann auf den Flur.

Stirnrunzelnd sah ich ihr nach, bis ihre Schritte verhallt waren, und fragte mich, was das gerade gewesen war. Warum ich das Gefühl hatte, dass es richtig war, mich mit ihr zu verabreden.

Und warum mein Herz mit einem Mal viel zu schnell schlug – aus alter Angst und etwas vollkommen anderem.

* * *

Als ich den Flur erreichte, an dessen Ende mein hart erkämpftes Einzelzimmer lag, saß Chloe am Boden vor der Tür, einen ihrer dicken Theorieschinken in den Händen. Ihre kastanienbraunen Locken fielen ihr als Vorhang vors Gesicht, und auch ohne ihre Züge sehen zu können, wusste ich, dass sie vermutlich gar nicht mitbekommen hatte, wie sehr ich mich verspätet hatte. Der *Theorie der englischen Literatur nach J. L. Adams* sei Dank.

Ich machte durch etwas lautere Schritte auf mich aufmerksam und verzog entschuldigend den Mund, als Chloe aufblickte.

»Es tut mir leid«, gebärdete ich und zog meinen Zimmerschlüssel heraus. »Wo hast du deinen geliebten Ersatzschlüssel gelassen?«

»Ich trage den nicht immer mit mir rum, Zacky. Außerdem waren wir schließlich *verabredet.*« Chloe seufzte, klappte das dicke Buch zu und stand auf, wobei sie sich lautstark streckte und mehrere Gelenke knacken ließ. »Wenn du mir sagst, wer dich aufgehalten hat, vergesse ich vielleicht, dass mir der Hintern von dem harten Boden eingeschlafen ist.«

»Meine Laufrunde hat länger gedauert. Hab heute eine neue Strecke ausprobiert«, gab ich zurück und schloss auf.

Mit zweifelnder Miene trat sie an mir vorbei in mein Zimmer und schaltete das Licht ein. Wie immer war es beinahe peinlich akkurat aufgeräumt. Die Bücher standen in Reih und Glied der Größe nach sortiert in den weißen Regalen. Mein breites, gemachtes Bett, das vor dem großen Fenster stand, wurde von den Laternen draußen in einen gelblichen Schein gehüllt. Und selbst die Unterlagen auf meinem Schreibtisch waren sauber gestapelt. Diesen Hang zur Ordnung hatte ich bereits in meiner frühen Kindheit von Adalyn übernommen und seitdem nicht wieder abgelegt. Mein Blick wanderte unwillkürlich zu dem schlichten Silberrahmen neben meinem Gesetzbuch, in dem ein Bild von zwei lachenden Kindern steckte.

Wie aus einem anderen Leben …

Ein kurzer, scharfer Schmerz zuckte durch mich hindurch und ließ mich den Gedanken sofort wieder zur Seite schieben.

»Muss eine interessante Route gewesen sein, wenn sie dich in den Altbau geführt hat.«

Ich fuhr zu Chloe herum. Woher zum Teufel wusste sie davon?

»Schau nicht so ertappt. Mason hat mir geschrieben, dass er dich hat reingehen sehen. Was hat dich zu so später Stunde noch in die staubige Fakultät für Geisteswissenschaften getrieben?«

Eine seltsame Unterhaltung mit einem Mädchen, das mir aus irgendeinem Grund nicht aus dem Kopf geht, obwohl ich es besser wissen müsste.

Aber das sagte ich Chloe nicht. Am Ende würde sie daraus nur eine Story spinnen und mich tagelang damit aufziehen.

»Jemand hat vergessen, das Licht auszuschalten. Ich habe mich drum gekümmert.« Ich machte eine unbestimmte Geste und schlüpfte aus meinem verschwitzten Shirt.

Chloes Blick wanderte von meinem nackten Oberkörper zu meinen feuchten Haaren, dann verzog sie das Gesicht. »Aha. Du duschst aber schon noch, bevor wir unseren Serienmarathon starten, oder?«

Ich machte einen Schritt in ihre Richtung und breitete spielerisch die Arme aus, als wollte ich sie an meine Brust ziehen, woraufhin Chloe mit einem spitzen Schrei zurückwich.

»Das wagst du nicht, Zackary Spencer!«

»Du kennst mich zu gut. Ich gehe dann mal unter die Dusche. Such du die Serie für dieses Semester aus.«

»Sicher?«

»Ganz sicher.« Ich zwinkerte ihr zu und verschwand in das angrenzende Bad. Während das eiskalte Wasser auf mich niederprasselte, erschienen blaugrüne Augen vor mir. Ihr Lächeln, das mal offen, mal undurchsichtig gewirkt hatte, als wäre sie auf der Hut vor irgendetwas. Resolut schob ich Harlow zur Seite und dennoch konnte ein Teil von mir nicht aufhören, daran zu denken, wie verdammt leicht es gewesen war, meine dröhnende Stille in ihrer Nähe zu ertragen.

Leichter, als es sein sollte.

KAPITEL 6

Friends – Aura Dione

Harlow

»Was hältst du von Aqua-Aerobic?«

Ich sah von meinem Bildschirm auf und hob eine Augenbraue. »Bitte sag mir, dass das ein Scherz ist.«

Lucie lachte und scrollte auf ihrem iPad weiter nach unten. »Irgendetwas muss ich ja machen und meine sportlichen Talente sind leider … na ja, nicht besonders ausgeprägt. Die hat alle meine Schwester abbekommen.«

Schmunzelnd schob ich meinen Laptop etwas zur Seite und beugte mich über den kleinen runden Tisch, um einen besseren Blick auf ihr Tablet zu bekommen. »Die *Project-Runway*-Schwester?«

»Jap. Clara hat ellenlange Beine und schlägt in ihrem Leichtathletikteam so gut wie jeden. Ach ja, dann schwimmt sie noch wie ein verdammter Fisch und Bogenschießen kann sie auch.«

»Dann *muss* in dir doch auch etwas davon stecken.« Ich tippte auf die Tabelle und legte fragend den Kopf schief. »Was ist damit?«

»Zumba? – Tanzen war irgendwie noch nie so richtig meins.« Zerknirscht legte Lucie ihr iPad mit der Online-Anmeldung zur Seite und fuhr sich durch die weißblonden Locken. »Das kann doch nicht so schwer sein. Was hast du dir denn ausgesucht?«

Auf dem Lakestone Campus war es für die Studierenden Pflicht, sich pro Semester einen Kurs aus dem schier unendlich großen Sportprogramm auszusuchen. Wahlschluss war am kommenden Dienstag und Lucie und ich waren seit mittlerweile fast zweieinhalb Stunden auf der Suche nach etwas Passendem für sie. Eigentlich hatten wir uns zu einem kurzen Frühstück im Lakestone Café treffen wollen, um meinen Aufgabenbereich im Kunstatelier zu besprechen. Ich würde ihr beim Aufräumen und Vorbereiten von Vorlesungen zur Hand gehen, dafür sorgen, dass immer sämtliche Materialien verfügbar und sortiert waren, und die Ordnung im Atelier mit ihr durch das Semester hinweg halten. Nichts, was eine stundenlange Einweisung erfordert hätte, und dennoch waren aus der einen Tasse Kaffee mit Bagel schließlich drei plus Cookie und Muffin geworden. Das und die verzweifelte Suche nach einem Sportkurs.

Ich schnappte mir kurzerhand ihr iPad und überflog die Kurse ein weiteres Mal. »Bei mir ist die Wahl auf Feldhockey gefallen. Das habe ich schon in der Schule gespielt. Sonst komm doch einfach mit dahin.«

Lucie hob kapitulierend die Hände und grinste schief. »Bei meinem Glück erschlage ich noch jemanden oder steche mir selbst ein Auge aus.«

Mir kam ein leises Lachen über die Lippen. Ich hatte in der Highschool tatsächlich mal jemanden mit dem Hockeyschläger *touchiert.* Allerdings war das kein Versehen gewesen, sondern volle Absicht, weil sie Brax einen Krüppel genannt hatte. Glücklicherweise hatte es mein Trainer bei einer Verwarnung belassen, weil er zufälligerweise gehört hatte, was die Idiotin aus dem gegnerischen Team gesagt hatte.

»Welchen Kurs hast du letztes Semester genommen?«

Ihr Grinsen verschwand und wich dem dunklen Schatten, der gestern schon einmal über ihr herzförmiges Gesicht geflogen war. »Da … da hatte ich ein Attest.«

Es war offensichtlich, dass Lucie nicht darüber sprechen wollte, also hakte ich nicht weiter nach. Wir hatten uns zwar auf Anhieb gut verstanden, aber das hier war eine Grenze, über die definitiv sie entschied.

»Okay«, meinte ich mit einem leichten Lächeln und senkte den Blick auf das Tablet, um ihr den nötigen Freiraum zu geben. »Also kein Hockey. Hm, dann bleibt wirklich nur noch Aqua-Aerobic.«

Ich blickte wieder auf und sah, dass sich einer ihrer Mundwinkel hob. »Danke, Harlow.«

»Noch haben wir dich nicht angemeldet.«

»Dafür, dass du nicht nachfragst«, überging sie meine Antwort und sah mir direkt in die Augen.

Ich ließ das iPad sinken und nickte. »Nicht dafür.«

Dieses Mal erreichte ihr Lächeln endlich wieder ihre braunen Augen. »Und was geht dir eigentlich gerade im Kopf herum?«

Ich runzelte die Stirn, gab ihr das Tablet wieder zurück und sah zu meinem eigenen Laptop, der in den Ruhemodus gewechselt war. Es war albern, dass ich mich überhaupt damit beschäftigte, aber seit meinem Gespräch mit Zack ließ mich das Thema irgendwie nicht mehr los. Ich musste die ganze Zeit darüber nachdenken, wie ineffizient seine Zettelwirtschaft war, und von der grottenschlecht programmierten Sprach-App wollte ich gar nicht erst anfangen. Ganz zu schweigen von diesem elektrisierenden Kribbeln, das seine winzige Berührung in mir ausgelöst hatte. Und weil ich mich lieber mit logischen Problemstellungen befasste, als über unser Kaffee-date nachzugrübeln, hatte ich mich kurzerhand in die Seite der *American Medical Association* gehackt, um ein paar Informationen zu sammeln. Über die Gebärdensprache, aber auch über Zacks angeborene Stummheit. Der verantwortliche Gendefekt war recht selten, doch ein paar Artikel hatte ich dennoch dazu gefunden. Betroffene Personen konnten die für die Sprache benötigten Organe nicht über das zentrale Nervensystem ansteuern und das war, zumindest aktuell, nicht heilbar. Unabhängig davon wurde in jedem Bericht immer wieder betont, dass diese Menschen in allen anderen Lebensbereichen eine gewöhnliche Entwicklung durchmachten und oft sehr einfühlsam, intelligent und sprachliebend waren – auf ihre Art und Weise. Ich konnte mir jedoch gut vorstellen, dass viele, die sich nicht weiter mit dem Ursprung und den Auswirkungen von angeborener Stummheit auseinandersetzten, davon ausgingen, dass Menschen wie Zack *anders* waren. Vielleicht sogar zurückgeblieben. Besonders, wenn die Sprachbarriere groß oder durch schlechte Apps unangenehm war. Und das ließ mich nicht mehr los. Das und … Zack.

Lucie legte ihr iPad zur Seite und griff nach ihrer fast leeren Tasse Kaffee. Der klägliche Rest darin musste inzwischen kalt geworden sein. »In deinem Gesicht läuft gerade ein ganzer Film ab. Erzähl mir davon. Lenk mich ab, vielleicht bekomme ich dann eine Eingebung.«

Unsicher schaute ich auf die Tischplatte vor mir. »Es ist keine große Sache. Ich habe gestern jemanden kennengelernt und er hat mich auf eine Idee gebracht.«

»Oookaay?« Sie zog das Wort in die Länge und bedachte mich mit einem neugierigen Blick. »Und weiter?«

»Es geht um die Idee für ein Programm, das Kommunikation einfacher gestaltet. Es steckt noch in den Kinderschuhen, aber ich kann trotzdem nicht aufhören, darüber nachzudenken. Wie ein Ohrwurm, der nicht verschwindet.«

»Das kenne ich. Zumindest so ähnlich. Mich juckt es seit Tagen in den Fingern, ein ganz bestimmtes Motiv zu zeichnen und als Skulptur umzusetzen, aber mir fehlt noch *diese eine Sache*, weißt du?«

Ich war froh, dass Lucie nicht weiter nachfragte, denn ehrlich gesagt wusste ich nicht, wie ich ihr das hätte erklären sollen. Ich hatte ja selbst keine Ahnung, warum mir das mit einem Mal so wichtig war, wo ich doch erst eine Handvoll Sätze mit Zack gewechselt hatte.

Ich schob meine Gedanken zur Seite und konzentrierte mich wieder auf Lucie. »Was für ein Motiv ist das?«

»Das klingt vermutlich etwas verrückt, aber … ähm, hi?« Sie sah an mir vorbei zu jemandem, der ganz offensichtlich hinter mir stand.

Ich kräuselte die Stirn und drehte mich dann um.

»Hier steckst du«, begrüßte mich Colin und lachte, als ich schuldbewusst das Gesicht verzog.

»Sorry, ich habe total die Zeit vergessen!« Hastig stand ich auf und schloss ihn in eine kurze Umarmung.

»Ich fürchte, daran bin ich nicht ganz unschuldig.« Lucie sprang ebenfalls von ihrem dunkelgrünen Samtsessel auf und hob grinsend eine Hand. »Hi, ich bin Lucie.«

Colin erwiderte die Geste, ein kleines Lächeln auf den Lippen, ehe er seinen Rucksack absetzte. »Colin. Freut mich. Wohnt ihr zusammen?«

Ich winkte ab. »Nein, aber wir arbeiten gemeinsam im Kunstatelier. Sollen wir noch einen Kaffee trinken, bevor wir in die Bibliothek verschwinden?«

Lucies helle Augenbrauen schossen nach oben. »Kann ich mich da vielleicht anschließen? Ich brauche auch noch ein paar Unterrichtsbücher, die online nicht abrufbar sind.«

»Klar, gern.« Mit einem schiefen Grinsen ließ sich Colin auf den freien Platz fallen. »Aber ein Kaffee vorher klingt nicht schlecht. Ich war fast die ganze Nacht wach und hab mit Ben geskypt. Vermutlich ist es nur eine Frage von Sekunden, bis ich einnicke.«

»Wisst ihr was? Macht es euch gemütlich, ich hole die nächste Runde. Was darf's sein?«

Wir nannten Lucie unsere Wünsche, dann verschwand sie auch schon in Richtung der Theke aus dunklem Holz.

»Tut mir echt leid, dass ich dich versetzt habe«, sagte ich noch einmal und lächelte entschuldigend.

»Ach was, ich stehe gerne wie bestellt und nicht abgeholt auf dem Campus rum. Mich haben bestimmt vier ältere Studierende gefragt, ob ich mich verlaufen hätte«, feixte Colin, woraufhin ich ihm einen spielerischen Klaps gegen den Oberarm verpasste.

»Witzig. Ist mit Ben alles okay?«

»Ja, eigentlich hat es nur so lange gedauert, weil er mir in aller Ausführlichkeit von seinem Training und dem Streit mit seinem Coach erzählt hat.« Für einen kurzen Moment zog er die schwarzen Augenbrauen zusammen, dann kehrte das Lächeln auf seine Lippen zurück. »Woran arbeitest du?«

Ich zuckte mit den Schultern. »Nur so eine Sache, bei der ich vielleicht irgendwann deine Hilfe gebrauchen könnte.«

Colin legte fragend den Kopf zur Seite und fuhr sich durch die kurzen Haare. »Ein Projekt? Das heißt, du hast schon eine Idee, was wir für den Kurs von Stolsson machen könnten?«

Darüber hatte ich noch gar nicht nachgedacht, aber warum eigentlich nicht? Das Projekt bot definitiv genügend Material und war am Puls der Zeit. Aber womöglich war das auch zu schnell und zu viel. Zack und ich kannten uns kaum …

Das Projekt wäre doch eine gute Gelegenheit, etwas daran zu ändern und dich auch nach dem Kaffeedate mit ihm zu treffen. Vorausgesetzt, er will das dann noch.

Entschlossen drängte ich meine innere Stimme zurück und erwiderte: »Vielleicht, aber das können wir natürlich zusammen entscheiden. War nur so ein Gedanke.«

In diesem Moment kehrte Lucie zurück, bewaffnet mit einem Tablett, auf dem drei mintgrüne Tassen und ein Teller mit kleinen Keksen standen. »Ian hat mir die Kekse mitgegeben. Er arbeitet hier als Barista. Ist ein neues Rezept, das sie gerade ausprobieren. Übrigens weiß ich jetzt, welchen Kurs ich nehme«, verkündete sie.

Ich beugte mich über den Tisch und schenkte ihr einen skeptischen Blick. »Ach ja?«

»Oh, es geht um dieses Pflichtsportprogramm, oder?«, erkundigte sich Colin mit halb vollem Mund.

Lucie nickte und nahm einen Schluck ihres Cappuccinos. »Ja, und es hat eine kleine Ewigkeit gedauert, mich zu entscheiden. Aber jetzt bin ich mir sicher.« Mit einem beinahe ansteckenden Leuchten in den Augen zog sie einen Flyer hervor und hielt ihn mir vor die Nase.

»Co-Skipper für Ausflugsboot gesucht. Dauer: sechs Monate – auch in den Wintermonaten. Erfahrung erforderlich. Kann als Kurs angerechnet werden. Kontakt über die unten stehende Nummer«, las ich leise vor und sah sie überrascht an. »Du kannst segeln?« Lucie nickte langsam und faltete den Zettel wieder zusammen. »Mein Dad und ich … wir haben das früher oft gemacht. Jedenfalls habe ich Ahnung davon und es ist ein Sport, also …« Sie versuchte, sich nichts anmerken zu lassen, aber ich hatte den schweren Unterton in ihren Worten dennoch herausgehört. Und ich fragte mich unwillkürlich, welche Geschichte sich wohl hinter ihrem strahlenden Lächeln verbarg.

* * *

Nach einer ausgiebigen Tour durch die große Bibliothek des LSC, bei der Colin, Lucie und ich alle möglichen Bücher herausgesucht hatten, stand ich nun am Zugangstor. Es war kurz nach zwei, ungewöhnlich warm für September und ich unglaublich hibbelig. Und das lag nicht nur an dem vielen Koffein, das ich heute intus hatte.

Immer wieder ließ ich den Blick über die Anlage schweifen, die vielen Bänke am See, auf denen Studierende die Sonne genossen, und die Campusgebäude, die in sanftes Licht getaucht wurden. Es wehte ein angenehmer Wind, der nach Meer und Herbst schmeckte und das bunte Laub über den Rasen fliegen ließ. Nur von Zack fehlte bisher jede Spur.

Ein weiteres Mal zog ich mein Handy heraus, doch die einzige ungelesene Nachricht war von Miyu, die ich resolut überging. Ich war raus aus dem Netzwerk. Das hatte ich sowohl ihr als auch dem Kopf unserer Gruppe unmissverständlich mitgeteilt. Doch während von Alias bisher keine Reaktion gekommen war – was ich für ein gutes Zeichen hielt –, schien Miyu es einfach nicht einsehen zu wollen.

Ich verwarf den Gedanken und ließ mein Smartphone zurück in die Tasche meines Jeanslatzkleids gleiten, als sich ein Schatten über mich schob. Ruckartig hob ich den Kopf und blickte direkt in Zacks goldbraune Augen.

»Du hast mich erschreckt.«

Er hob einen Mundwinkel und sah mich vielsagend an.

»Okay, ja. Punkt für dich«, erwiderte ich und schaute dann auf den kleinen Notizblock, den er mir hinhielt.

Sorry für die Verspätung. Ich musste mir noch einen neuen Block besorgen.

»Und dabei hatte ich mich schon so auf die angenehme Stimme aus deinem Handy gefreut.« Ich betonte den Satz so falsch, wie es die Sprach-App gestern getan hatte, und zupfte an den Ärmeln meines gestreiften Longsleeves, das ich unter das Kleid gezogen hatte.

Zacks Lächeln wurde ein wenig breiter, trotzdem kam ich nicht umhin zu bemerken, dass da auch noch etwas anderes in seinem Blick lag. Vorsicht? Distanz?

Doch ehe ich länger darüber hätte nachdenken können, war dieses Etwas auch schon verschwunden und wir bereits dabei, das Gelände der Universität hinter uns zu lassen. Ein bisschen war es so, als würde man von einer in die andere Welt treten: Während der Campus ruhig und friedlich war, herrschte draußen der Lärm einer Großstadt. Autos hupten, unzählige Menschen waren auf den Bürgersteigen unterwegs, entweder am Handy oder in Gespräche vertieft. Rechts von uns lag der Park, in dessen Herz die Space Needle funkelnd in den Himmel ragte, links ging es bergab in Richtung Meer.

»Kommst du aus Seattle?«, fragte ich Zack, als er sich zielsicher nach links wandte, und ließ die Stadt auf mich wirken. Die modernen Hochhäuser funkelten im Sonnenlicht und warfen unzählige skurrile Schatten auf die Straßen. Kleine Cafés hatten ihre Tische auf die Bürgersteige gestellt und ich zählte mindestens drei Fahrräder, die zu Eiswagen umgebaut worden waren. Es war eine ganze Weile her, seit ich das letzte Mal im Zentrum Seattles gewesen war. New Holly lag zwar keine Autostunde entfernt, dennoch hatte es sich oft so angefühlt, als würden uns unzählige Meilen von Downtown trennen.

Eine leichte Berührung am Arm ließ mich wieder zu Zack schauen. Er hatte sein Handy herausgeholt und die App bereits geöffnet, die mir nun antwortete. »*Beim Gehen ist es so leichter.*«

Da musste ich ihm recht geben. Wenn er jedes Mal anhalten musste, um einen Zettel zu schreiben, würden wir unser Ziel vermutlich niemals erreichen. »Tu dir keinen Zwang an. Elsa hat eine ganz wundervolle Stimme.«

Zack wölbte überrascht eine Augenbraue. »*Elsa?*«

»Die Sprachausgabe klingt ein bisschen wie Elsa aus *Frozen*, finde ich. Mein kleiner Bruder Brax hat mich gezwungen, den Film mindestens fünfzigmal anzuschauen.« Schulterzuckend blieb ich an einer roten Ampel stehen, woraufhin mich Zack am Arm nahm und beherzt weiterzog, während er gleichzeitig auf dem Handy tippte.

»*Ich sehe mal darüber hinweg, dass du mir den Namen einer Disneyprinzessin verpasst hast. Und um deine Frage zu beantworten: Ja. Ich komme aus Seattle und bin hier aufgewachsen. Was ist mit dir?*«

Ich biss mir grinsend auf die Lippe und nickte dann. »Ich auch. Aber nicht direkt aus dem Zentrum. Meine Familie wohnt in New Holly, einem kleinen Vorort. Nichts Besonderes.«

Wir bogen in eine Querstraße ein, die parallel zur Küstenlinie verlief. Die Gebäude waren fast ausschließlich aus rotem Backstein mit großen, dunkelgrün eingefassten Fenstern und metallenen Ladenschildern. Auch hier waren die Fußwege vor den Restaurants kurzerhand zu kleinen Terrassen umfunktioniert worden, auf denen die Menschen saßen und das gute Wetter genossen.

Obwohl wir von unzähligen Cafés umgeben waren, hielt Zack nicht an und ging entschlossen immer weiter. Verstohlen sah ich ihn von der Seite an. Statt Sportsachen trug er heute ein weißes T-Shirt mit V-Ausschnitt, eine Bluejeans im Used-Look und dazu graue Vans. Seine dunkelbraunen Haare waren verstrubbelt und ein leichter Bartschatten lag auf seinen markanten Zügen. Dazu diese honigfarbenen Augen, die kleinen Grübchen, die sich auf seinen Wangen zeigten, wenn er lächelte … Keine Frage, Zack war verdammt attraktiv. Und mein Gesicht mit einem Mal ziemlich heiß.

Als er zu mir schaute, senkte ich ertappt den Blick auf meine abgenutzten, dunkelgrünen Doc Martens.

»Was hat dich zum LSC geführt?«

Dankbar, dass er nicht auf mein Starren einging, hob ich den Kopf. »Ich bin ziemlich gut im Umgang mit Computern. Coden, Algorithmen … Solches Zeug eben.«

Deswegen denke ich auch darüber nach, wie man der kleinen Elsa auf deinem Handy ein hübsches Upgrade verpassen könnte.

Obwohl es eigentlich genügend Dinge gab, über die ich mir eher den Kopf zerbrechen sollte. Dinge, die nicht so seltsam klingen würden, sollte ich sie laut aussprechen. Was ich natürlich nicht tat. Aus offensichtlichen Gründen.

»Was ist?«, fragte ich, als er nichts erwiderte, sondern mich nur aufmerksam musterte und mich damit langsam, aber sicher nervös machte.

Er hob einen Finger – seine Version von *Warte kurz*, wie ich mittlerweile wusste – und tippte dann eine Antwort. *»Ich bin nur überrascht. Bei den Klassikern, mit denen ich dich gesehen habe, habe ich gedacht, du würdest Literatur studieren.«* Ich schüttelte lächelnd den Kopf. »Glaub mir, da bist du nicht der Einzige. Ich kann Stunden mit Lesen verbringen, aber mag es mindestens genauso gern, mich in verschiedene Anwendungen und zeilenweise Codes hineinzufuchsen.« Seine Augen weiteten sich merklich. *»Nicht schlecht. Ich kenne nicht viele Frauen, die in dem Bereich unterwegs sind. Wie bist du dazu gekommen?«*

Auch wenn es Elsa war, die seine Erwiderung laut aussprach, konnte ich das ehrliche Interesse, die Anerkennung in *seinen* Worten hören. Und in seinem Blick sehen. Zack schien nicht vorschnell zu urteilen oder sich darüber lustig zu machen, er traute es mir zu und das … fühlte sich gut an.

Ich räusperte mich und drehte gedankenverloren das Stück geschliffenes Seeglas, das an einem Lederband um meinen Hals baumelte, in den Fingern. Brax hatte es am Meer gefunden und mir geschenkt. »Ich … na ja, in der Schule habe ich schnell gemerkt, dass mir Zahlen liegen. Ich habe schon immer gerne gelesen, aber mit den anderen Fächern konnte ich trotzdem wenig anfangen. Nur Mathe ist mir irgendwie von Anfang an ganz leichtgefallen, und als wir das erste Mal mit einem Computer arbeiten durften, war ich total fasziniert davon.«

Kurz lag Zacks Hand an meinem Unterarm, um mich in eine

schmalere Straße Richtung Meer zu leiten, dann ließ er mich wieder los.

»Ich habe meine Moms gefragt, ob ich auch einen Computer haben könnte, und daraufhin habe ich zu meinem Geburtstag einen uralten Laptop bekommen.« Bei der Erinnerung musste ich unwillkürlich schmunzeln. »Er war so unglaublich langsam und stürzte ständig ab, aber ich war im siebten Himmel. Liebe auf den ersten Blick, sozusagen. Mithilfe von ein paar Büchern und unserem Nachbarn Walter, einem Hobbybastler für alles, was eine Platine besitzt, habe ich das gute Stück auseinandergenommen und aufgerüstet. Der Rest kam dann von ganz allein.«

Für ein paar Sekunden kehrte ich zurück in Walters halbdunkle und hoffnungslos überfüllte Garage, in der wir gemeinsam stundenlang an alten Rechnern rumgeschraubt hatten. Ich, ein schlaksiges Mädchen, das nicht so richtig in die Welt passen wollte, die laut Gesellschaft für Frauen vorgesehen war, und er, ein alter Mann, der nichts und niemanden mehr hatte außer seinem heruntergekommenen Computerladen.

Einen Moment später holten mich Zacks Worte aus meinen Gedanken. »Ich habe früher auch rumgeschraubt. Allerdings ziemlich klischeehaft an Motorrädern. Meine Grams hat eine Werkstatt im Norden von Seattle.«

Ich sah ihn an. »Klingt nach einer ziemlich coolen Oma.«

Grinsend nickte er und drehte seinen rechten Arm so, dass mein Blick auf das winzige Tattoo an der Außenseite seines Handgelenks fiel. Ein kleiner Schraubenschlüssel.

»Nicht dein Ernst.«

Er zuckte mit den Schultern und gab seine Antwort ein. »Ein

Enkel-Grandma-Tattoo. *Es war ihre Idee und ich konnte ihr noch nie etwas abschlagen.*«

»Irgendwann musst du mich mal in ihre Werkstatt mitnehmen.« Der Satz kam mir über die Lippen, bevor ich über seine Bedeutung nachdenken konnte. Sofort wurde Zacks Miene nachdenklich und ich bekam das Gefühl, nicht nur einen, sondern gleich zehn Schritte zu viel gemacht zu haben. Angespannt zog ich die Unterlippe zwischen die Zähne und entschied mich dann, das Thema zurück auf seine Eingangsfrage zu lenken. »Und *deine* geheime Superkraft? Welches Talent hat dich an den Campus gebracht?«

Wir passierten eine kleine Galerie und wurden langsamer, ehe Zack vor der dunkelgrün lackierten Holztür eines Cafés mit dem Namen *Old Lady Seattle* anhielt. Ein Teil meiner Beklemmung verschwand und wich Neugier, jetzt wo wir offensichtlich unser Ziel erreicht hatten. Kurz warf ich einen Blick durch eines der großen Fenster in das gemütliche Innere, dann schaute ich zurück zu Zack. Das Handy war verschwunden, stattdessen hielt er wieder Stift und Block in den Fingern. Ich verschränkte abwartend die Arme vor der Brust und verfolgte, wie der Kugelschreiber über das Papier flog.

»Du machst es wirklich spannend, was?«, murmelte ich mit leichter Nervosität in der Stimme, weil ich immer noch das Gefühl hatte, eine unsichtbare Grenze übertreten zu haben.

Doch als er einen Herzschlag später aufblickte und mir den Block reichte, war seine Miene offen und in seinen Augen lag ein beinahe herausforderndes Funkeln.

Es wäre doch langweilig, wenn ich dir jetzt schon alles verraten würde, oder?

KAPITEL 7

Nice and Easy – American Authors, Mark McGrath

Zackary

Das *Old Lady Seattle* zählte zu meinen liebsten Orten in der Stadt. Nicht aufgrund des etwas verstaubten Namens oder des besonders guten Kaffees, sondern wegen der Lage. Das Café befand sich im Erdgeschoss einer ehemaligen Fischhalle und besaß eine weitläufige Terrasse, die auf Stelzen über die Küstenlinie hinausging. Gestreifte Strandkörbe und kleine Tische füllten beinahe jeden Quadratzentimeter, dazwischen standen Hochbeete, in denen Kräuter, Schilf und andere Pflanzen wuchsen. Dicke Balken, zwischen die Lichterketten und kleine weiße Lampions gespannt worden waren, bildeten ein durchlässiges Dach über der einen Hälfte des Außenbereichs und dahinter … nichts als die Elliott Bay vor Seattle.

Ich hatte schon unzählige Stunden hier verbracht, in einem der Strandkörbe gesessen und aufs Meer und die Inseln rausgestarrt. Es war der perfekte Ort, um allein und gleichzeitig nicht einsam zu sein. Außer Chloe hatte ich bisher noch niemanden mit hierhergebracht und trotzdem hatte ich nicht gezögert, das Café als Ort für die Verabredung mit Harlow zu wählen …

Ich löste den Blick von der großen Glasfront, hinter der die Terrasse lag, und schaute zu Harlow, die sich umsah. Ihre hellbraunen Haare fielen ihr in leichten Wellen weit über den Rücken und hatten in dem warmen Licht des Cafés einen goldenen Schimmer. Der Teil von mir, der sich ohne großes Zögern in dieses Treffen mit Harlow gestürzt hatte, hätte am liebsten die Hand nach ihr ausgestreckt, eine einzelne lose Strähne zurück hinter ihr Ohr geschoben. Doch andere Gedanken hielten mich zurück, ließen Zweifel laut werden. So, wie schon den ganzen Tag lang.

Dass ich mich nicht darauf hätte einlassen sollen.

Dass ich einen guten Grund hatte, mich zurückzuhalten und nicht einfach so jemanden in mein Leben zu lassen.

Dass Menschen zu schnell wieder gingen, wenn man dachte, sie würden bleiben.

Und dennoch stand ich hier, weil ich den Ausdruck auf ihren Zügen im Computerraum nicht vergessen konnte. Die mühelose Art, mit ihr zu sprechen.

Wie soll man da noch durchsteigen, Spencer?

Kaum merklich schüttelte ich den Kopf und deutete zu der langen Theke aus dunklem Holz, die von einem Ende des Innenraums zum anderen reichte. Davor waren mehrere kleine Sitznischen angeordnet, die die restliche Fläche einnahmen. Harlow folgte mir und fasste die Speisekarte ins Auge, die auf zwei große Kreidetafeln geschrieben war, während ich meine übliche Bestellung auf meinen Block schrieb. Ich hatte kaum das letzte Wort beendet, da zupfte sie mir auch schon das Papier aus der Hand und steuerte die junge Frau an der Kasse an.

»Ich übernehme das. Deal ist Deal. Such du doch schon mal einen Platz.«

Ich nickte ein wenig überrumpelt und sah ihr einen Moment lang nach, ehe ich zwei Gläser am Ende der Theke mit Wasser füllte und auf die Terrasse hinaustrat. Vielleicht würde mir ja etwas frische Luft dabei helfen, meine Gedanken zu sortieren. Die Sonne schien noch immer vom makellos blauen Himmel und wärmte angenehm, Möwen zogen kreischend ihre Kreise und vom Hafen drang das Klappern von Kisten und Schiffsglocken herüber. Ich blinzelte gegen das helle Licht an und lief dann zu dem letzten noch freien Strandkorb am Geländer. Davor war ein kleiner Klapptisch aufgestellt, auf dem ich nun die Gläser platzierte, bevor ich an die Brüstung trat.

»Okay, wow, jetzt verstehe ich deine Wahl«, erklang kurz darauf Harlows Stimme neben mir. »Der Ausblick ist wunderschön.«

Lächelnd nickte ich und wandte mich zu ihr um, nur um sie im nächsten Moment verwirrt anzustarren. Oder besser gesagt das, was sie in den Händen hielt.

Was zum …?

»Schau nicht so. Es war gar nicht so einfach, da ranzukommen.«

Ich nahm ihr geistesgegenwärtig die Tassen und einen kleinen Teller mit Kuchen ab und griff dann nach dem Ding, das sie als Tablett genutzt hatte. Eine Schiefertafel inklusive Kreide und Miniaturschwamm. Wo hatte sie das bitte in der kurzen Zeit aufgetrieben? Immer noch angemessen erstaunt, schrieb ich etwas, während Harlow es sich im Strandkorb gemütlich machte.

Will ich wissen, wie es dazu kam?

Sie klopfte neben sich auf das Polster und stützte dann die Füße gegen das Geländer. »Die kleine Tafel stand in der Ecke rum, also habe ich einfach danach gefragt. So ist dein Block nicht so schnell vollgeschrieben und wir müssen nicht wieder auf Elsa zurückgreifen.«

Ich setzte mich zu ihr – unglaublich, dass sie diese dämliche App wirklich *Elsa* getauft hatte.

Die Schiefertafel in den Händen, setzte ich mich zu ihr, meine Füße neben ihren grünen Stiefeln auf der Brüstung. Okay, das lasse ich als Erklärung durchgehen.

»Da bin ich aber erleichtert.« Ein helles Leuchten trat in ihre Augen, die in der Sonne grüner wirkten als im Halbdunkel des Computerraums. Ein wenig wie das Wasser der Elliott Bay. »Außerdem hast du so genügend Platz, mir von deiner Superkraft zu erzählen.«

Meine Antwort bestand aus einem einzigen Wort. Rate.

Harlow spitzte die Lippen und nahm einen Schluck von ihrem Tee. »So funktioniert das aber eigentlich nicht, wenn man sich kennenlernt.«

Was meinst du?

Ich wischte meine Kreidefinger an der Jeans ab und griff nach meinem Kaffee. Sie schien eine genaue Vorstellung davon zu haben, wie wir uns kennenlernen sollten, und ich konnte nicht so recht sagen, ob das gut oder schlecht war. Es bedeutete mir etwas, dass sie keine Hemmungen hatte, weil ich nicht sprach. Und trotzdem … fürchtete ich mich ein wenig davor.

»Na ja, kennst du dieses Spiel, mit dem sie am Anfang von so gut wie jedem Buch ankommen, wenn sich zwei Charaktere kennenlernen?«, fragte Harlow in diesem Moment und unterbrach meinen Gedankenstrudel.

Da muss ich passen, ich lese kein Nicholas Sparks. Das hatte ich mir nicht verkneifen können.

Ihr kam ein leises Schnauben über die Lippen. »Nicht wie bei

Nicholas Sparks, sondern … egal, ich erkläre es dir. Wie gesagt, es ist ein Kennenlernspiel. Eine Frage für eine Frage. Man darf nicht ausweichen oder mit Gegenfragen antworten.«

Ich hob die Brauen und stellte meine Tasse zurück. Okay?

»Sei nicht so skeptisch.«

Wenn du wüsstest.

Warum sollte man das machen?, schrieb ich dann.

»In Romanen klappt das immer. So erfährt man die wirklich interessanten Dinge.«

Zögerlich wischte ich meine bisherigen Antworten mit der Handkante weg – ich würde ganz sicher *nicht* den Miniaturschwamm in Herzform nutzen – und nahm die Kreide wieder auf. Während ich auf die Schiefertafel schrieb, spürte ich die ganze Zeit über Harlows Blick auf mir prickeln. Als würde sie spüren, dass etwas in mir vorging, und versuchen, *mehr* zu sehen. Sie war aufmerksamer als die meisten anderen Menschen und das machte etwas mit mir. Ich konnte nur noch nicht genau sagen, was es war.

Lass mich raten – du fängst an?

Die Kreide verharrte einen Augenblick länger über dem Fragezeichen als nötig, dann blickte ich auf und begegnete Harlows offenem Lächeln, das sie strahlen ließ. Und es schlichtweg unmöglich machte wegzusehen.

Oh, fuck.

»Ich habe meine erste Frage schon gestellt, du hast mir nur noch nicht geantwortet.« Ohne mich aus den Augen zu lassen, lehnte sie sich weiter im Strandkorb zurück und schaute dann in den blauen Himmel.

Ich betrachtete ihr Profil, ihre blaugrünen Iriden, das Feuermal, das einige Nuancen dunkler war als ihre helle Haut, die gehobenen

Mundwinkel. Da war keine Spur von Langeweile oder Unzufriedenheit zu sehen, kein Zeichen dafür, dass sie die Zeit mit mir nicht genoss. Sie wirkte, als wäre alles vollkommen *normal*, als wäre diese Art der Kommunikation keine große Sache und das ... ließ die vielen Zweifel, dieses ewige Hin und Her in meinem Kopf, leiser werden. Einfach nur, weil sie neben mir saß und diesen Strandkorb, die ganze Terrasse, *mich* mit ihrer Ausstrahlung mühelos einnahm.

Als ich fertig geschrieben hatte, wischte ich das letzte Wort noch einmal weg, um es leserlicher zu machen. Meine Schrift war durch all die hingeschmierten Zettel wirklich erbärmlich schlecht geworden.

Harlow wandte sich mir wieder zu und las meine Antwort.

Ich habe ein fotografisches Gedächtnis. Egal was für ein Text es ist, ich kann ihn mir innerhalb von wenigen Minuten bis auf das letzte Satzzeichen einprägen.

Ihre Augen weiteten sich vor Erstaunen. »Das ist eine geniale Superkraft, Zack! Gott, das wäre in der Schule meine Rettung gewesen. Ich konnte mir nie auch nur eine einzige Vokabel länger als fünf Minuten merken. Das heißt, du studierst etwas, das mit Texten zu tun hat? Literaturwissenschaften?«

Du hattest deine Chance, jetzt bin ich dran.

Ergeben nickte sie und bedeutete mir fortzufahren. »Anscheinend hast du das Spiel verstanden.«

Ich verzog die Lippen zu einem kleinen Lächeln, sah sie noch einen Moment länger an, ehe ich schrieb: Was war das erste Buch, das du gelesen hast?

Eine vielleicht etwas simple Frage, aber ich wollte wissen, welche Geschichte ihre Leidenschaft geweckt hatte. Ehrlich gesagt wollte ich eine ganze Menge über Harlow wissen und vermutlich hätten nicht einmal Hunderte Runden dieses Spiels gereicht, um all die Antworten zu bekommen. Ihre Angst im Computerraum kam mir wieder in den Sinn, das leichte Beben in ihrer Stimme, die Schatten, die im starken Kontrast zu ihrem Leuchten standen.

So verflucht viele Fragen.

Ihre dunklen Brauen wölbten sich. »Interessant. Hm, ich glaube, das war *Alice im Wunderland* von Lewis Carroll. Meine Mom hat es mir von einer Reise mitgebracht und was soll ich sagen? Das weiße Kaninchen mit der Uhr und ich, das war Liebe auf den ersten Blick.«

Aus irgendeinem Grund konnte ich mir das sehr gut vorstellen. Es passte zu ihr.

»Okay, ich bin wieder dran.« Harlow nippte an ihrem Tee, während ihr Blick aufs Meer hinausglitt. »Im Lakestone Café hast du gebärdet. Das heißt, du nutzt nicht nur Zettel oder wahlweise Schiefertafeln?«

Ich fuhr mir über das Kinn und nickte. Das mit der Kommunikation war so eine Sache. Nicht alle waren so geduldig und verständnisvoll. Manche übergingen mich einfach und machten sich erst gar nicht die Mühe, es zumindest zu versuchen. So wie mein Dad … Ich senkte den Blick auf meine verkrampften Hände und rollte die Kreide zwischen zwei Fingern.

Da waren sie wieder, meine geliebten finsteren Begleiter.

»Zack?« Harlow berührte mich leicht am Unterarm. »Wenn ich dir mit der Frage zu nahe getreten bin …«

Kopfschüttelnd wiegelte ich ihre Bedenken ab und zuckte mit den Schultern. Alles gut. Ist nur eine umfangreiche Antwort.

Sie nickte mitfühlend und ich fuhr fort zu schreiben. Eine kleine Weile lang füllte nur das leise Kratzen der Kreide auf der Tafel die

Stille zwischen uns. Erstaunlicherweise machte Harlow keine Anstalten, diese Stille zu füllen, sondern schaute einfach in die Ferne und wartete, bis ich den letzten Satz beendet hatte, und ihr die Tafel zurückreichte.

Es ist nicht ganz einfach. Vielen ist es zu anstrengend, mit mir zu kommunizieren, oder sie denken, ich wäre zurückgeblieben, weil ich nicht spreche. Glücklicherweise ist das nicht bei allen so. Meine Freunde zum Beispiel sind in dieser Hinsicht echt cool. Außerdem ist meine beste Freundin Chloe mit in der Gruppe, sie kennt die Gebärdensprache und übersetzt oft. Das macht es deutlich einfacher.

»Vielleicht sollte ich sie auch lernen, das würde uns eine Menge Kreide und Papier sparen.« Sie schenkte mir ein offenes Lächeln. »Ist das denn schwer?«

Ihre Neugier ließ mich schief lächeln. Ich bin dran mit einer Frage.

»Ich hätte nie mit diesem Spiel anfangen sollen.« Harlow schnitt eine Grimasse und zog die Füße in den Strandkorb. »Gut, Regeln sind Regeln.«

Aber ich beantworte dir deine Frage trotzdem.

»Wie gnädig.« Mit einem Zwinkern in meine Richtung schnappte sie sich den kleinen Kuchenteller und versenkte die Gabel in einem der beiden Stücke. Irgendeine Mischung aus Schokolade, Erdbeere und Pudding. Ich widmete mich währenddessen der Tafel.

Was die Gebärdensprache betrifft, solltest du Chloe fragen. Ich habe das Gebärden schon als Kleinkind gelernt und kenne es nicht anders. Daher kann ich dir nicht sagen, wie schwer die Sprache ist. Aber viele Gebärden sind selbsterklärend. Oder bauen aufeinander auf.

Während Harlow las, setzte sie sich in den Schneidersitz. Das Funkeln in ihren Augen wurde heller. »Kannst du mir ein paar Gebärden beibringen?«

Bei ihrer Frage geriet ich kurz ins Stocken, genauso wie meine Hand, mit der ich gerade abwesend über die Tafel gestrichen hatte. Ich schluckte und sah ihr einen Herzschlag lang in die Augen, dann nickte ich und konzentrierte mich wieder auf die Kreide. Suchte nach einem Anfang, für den ich länger brauchte, als ich sollte. Bisher hatte ich nicht einmal gewusst, dass man schriftlich stammeln konnte.

Okay. Als Erstes … das hier … bedeutet, »Wie geht es dir?« in der US-amerikanischen Gebärdensprache. Die ist von Land zu Land unterschiedlich.

Mit gerunzelter Stirn blickte Harlow von der Tafel auf und sah dann auf meine Hände. Langsam ging ich durch die einzelnen Bewegungen, wiederholte sie ein paarmal, wobei meine Fingerspitzen seltsam prickelten. Das *Wie* wurde durch beide Handflächen ausgedrückt, die mit nach oben gerecktem Daumen zum Oberkörper zeigten und dann in einem Bogen nach vorne geöffnet wurden. Das *geht es* stellten der ausgestreckte Zeige- und Mittelfinger der rechten Hand dar, die vom Mund weggeführt wurden, und das *dir* war nicht mehr als ein Deuten auf Harlow. Sie folgte aufmerksam meinen Fingern und kopierte die Gebärden dann mit ihren eigenen. Nach ein, zwei Wiederholungen hatte sie sie drauf. Ich ließ meine kribbelnden Hände sinken und schrieb: Wenn wir uns also sehen und ich diese Gebärden aufzeige, dann weißt du jetzt, dass ich dich frage, wie es dir geht.

»Das ist cool! Ich … okay, was kannst du mir noch zeigen?«

Ihre Begeisterung war ansteckend und wischte endlich die Reste meiner Bedenken fort. Gab mir die Möglichkeit, mich auf das hier zu fokussieren. Es kam nicht häufig vor, dass sich Menschen wirklich für die Gebärdensprache interessierten, schon gar nicht mit diesem ... Leuchten im Blick. Ein Leuchten, das mich an andere Augen erinnerte, die mein Anker gewesen waren, bevor meine Welt zusammengebrochen war.

Addie.

Noch bevor der Gedanke an meine ältere Schwester größer werden konnte, konzentrierte ich mich wieder auf Harlow. In den nächsten Minuten brachte ich ihr ein paar Basics bei. Die Standardbegrüßung – die große Ähnlichkeit mit einem militärischen Gruß hatte –, einfache, kurze Sätze und das Alphabet. Als sie mich fragte, wie man Namen gebärdet, erklärte ich, dass es dafür mehrere Wege gebe. Zum einen könne man den Namen buchstabieren, häufiger jedoch nutze man verschiedene Gebärden, die zu der jeweiligen Person passen, und füge diese zusammen.

»Das heißt, für mich nehmen wir zum Beispiel *lange Haare* und *Computernerd*?«

Belustigt nickte ich und gebärdete ihren Namen auf diese Weise.

Harlow übte die Gebärden, die ich ihr zeigte, mit bemerkenswertem Eifer, auch wenn sie immer mal wieder durcheinanderkam. Gerade bei Gebärden, die sich recht ähnlich waren. Doch mit jeder Wiederholung wurde sie besser.

»Ich glaube, ich habe einen Knoten in den Fingern. Wie schaffst du es nur, die alle in deinem Kopf zu behalten?« Sie lachte leise und schüttelte ihre Hände aus. »Kannst du es mir vielleicht noch einmal zeigen?«

Kurz zögerte ich. Wegen ihres intensiven Blicks, wegen meines Pulses, der mit einem Mal wieder schneller ging. Dann jedoch griff ich behutsam nach ihren Händen und führte sie durch die Bewegungen. Und diese Art der Kommunikation hatte plötzlich etwas unerwartet Intimes an sich. Ihre Haut fühlte sich weich und warm unter meinen Fingerkuppen an, prickelte bei jeder kleinen Berührung. Ich zog die Augenbrauen zusammen, als ich mit dem Daumen über eine winzige Narbe auf ihrem Handrücken fuhr und mich unwillkürlich fragte, woher sie stammte.

Harlow blickte mit geröteten Wangen auf. »Danke.«

Abrupt ließ ich sie los und gebärdete ein rasches *Bitte*, woraufhin sie noch einmal *Danke* sagte, indem sie die Fingerspitzen ihrer rechten Hand von den Lippen wegführte.

Nachdenklich strich ich mir durch die Haare, während dieser Moment in mir nachhallte. Keine Ahnung, warum, aber hier und jetzt fühlte es sich ein wenig so an, als würden wir nicht länger nur dieselbe Sprache sprechen, sondern auf seltsame Weise unsere ganz eigene.

Unsere Tassen waren längst leer und der Kuchen verspeist, als Harlows Handy einen kurzen Vibrationsalarm von sich gab. Wie ein Wink der Welt außerhalb des Strandkorbs, die in den vergangenen Stunden in den Hintergrund gerutscht war.

»Sorry«, murmelte sie und holte ihre Tasche zu sich heran.

Ich gebärdete »Alles gut«, was Harlow einen Mundwinkel heben ließ, ehe sie das Handy hervorzog und sich sichtlich anspannte. Das Leuchten verschwand aus ihrem Blick, genauso wie das Lächeln von ihren Lippen, die sie nun zu einer schmalen Linie zusammenpresste.

Ist alles in Ordnung?, schrieb ich auf die Tafel.

Harlow schob das iPhone abrupt zurück in ihre Tasche und

beeilte sich zu nicken. Doch der unruhige Ausdruck in ihren Augen blieb. »Ja, alles gut. Ist nur eine Freundin von mir – Miyu –, sie braucht bei einer Sache meine Hilfe.«

Den Namen hatte ich schon einmal gehört. Gestern im Computerraum der Bibliothek in Zusammenhang mit irgendeinem Kauderwelsch über *Code Red* und *Alias*. Und er hatte dort in Harlow eine ganz ähnliche Reaktion hervorgerufen wie jetzt.

Die Freundin, die am anderen Ende der Welt lebt?

»Genau. In Tokio.« Plötzlich war sie kurz angebunden, als würde sie das Thema nervös machen. Etwas, das nicht zu der Harlow passen wollte, die bis eben neben mir gesessen hatte.

Was macht dir solche Angst? Doch das wagte ich nicht zu fragen, stattdessen schrieb ich: *Wie habt ihr euch denn kennengelernt?*

Sie wich meinem Blick aus und griff nach ihrer Tasse, nur um ein weiteres Mal festzustellen, dass sie leer war. Mit einem leisen Seufzen ließ sie sich wieder in den Strandkorb sinken und schlang die Arme um ein angewinkeltes Bein. »Im Internet über ein Forum. Miyu ... sie hat dort über ein neues Softwareprogramm gebloggt – und so sind wir ins Gespräch gekommen.« Die Wörter kamen ihr nur zögerlich über die Lippen und es war offensichtlich, dass Harlow sich unwohl dabei fühlte.

Ich betrachtete sie von der Seite. Mir war bewusst, dass wir uns nicht ansatzweise lange genug kannten, um Themen anzuschneiden, die tiefer gingen, doch in diesem Moment hätte ich am liebsten all meine Fragen direkt gestellt, über Miyu und *Code Red* und woher diese plötzliche Furcht in ihrem Blick kam.

»Jedenfalls kann sie ganz schön dramatisch sein«, meinte Harlow und winkte ab. »Wie dem auch sei ... Wo waren wir stehen geblieben? Ich glaube, du warst mit einer Frage dran.« Das Lächeln, das an ihren Mundwinkeln zupfte, schaffte es kaum darüber hinaus.

Ich nickte nachdenklich und nahm die Tafel wieder auf, während mir ihre veränderte Haltung nicht mehr aus dem Kopf ging. Was auch immer Harlow verbarg, es schien, als hätte ich richtig gelegen. Als hätte sie ebenso wie ich ihre ganz persönliche Dunkelheit. Ihre eigene Mauer, über die sie niemanden blicken ließ. Nur wäre mir diese Mauer hinter ihrem hellen Lächeln beinahe entgangen.

***

Ich brauchte einen Tapetenwechsel, etwas Ablenkung von meinen Gedanken, die sich seit gestern fast nur noch um Harlow drehten. Nach der Nachricht von Miyu waren wir die Anspannung nicht mehr losgeworden. Weder bei einer zweiten Tasse Kaffee und Tee noch auf dem Weg zurück zum Campus. Mir war bewusst, dass mich Harlows Privatleben nichts anging, und dennoch hatte ich mich dabei erwischt, wie ich mir die anfängliche Leichtigkeit zurückgewünscht hatte. Wie ich mir gewünscht hatte, etwas an der steilen Falte zwischen ihren Brauen ändern zu können.

Diese Reaktion überraschte mich selbst. Vermutlich hatte ich deswegen nicht lang gezögert und war am Sonntag auf mein Motorrad gestiegen, um auf direktem Weg zu meiner Großmutter in den Stadtteil Roosevelt im Norden von Seattle zu fahren. Ihr Haus lag nicht besonders weit vom Lakestone Campus entfernt, einer der Gründe, warum ich zu Beginn meines Studiums ein wenig damit gehadert hatte, überhaupt auf den Campus zu ziehen, doch letztlich hatten mich Chloe und Grams liebevoll dazu gedrängt, diesen

Schritt zu gehen. Und ich war froh darüber, auch wenn dieser Ort immer mein Zuhause bleiben würde.

Grams war einer jener Menschen, denen die Zeit nichts anhaben konnte. Mit ihren fünfundsechzig Jahren wirkte sie keinen Tag älter als fünfzig. So, als hätte man ihre Lebensuhr einfach angehalten, während sich die Welt weitergedreht hatte. Und genauso fühlte es sich in ihrer Werkstatt im Erdgeschoss des Hauses an. Hier hatte sich nicht das Geringste verändert: Es war derselbe Geruch nach Motoröl und Leder und Schmiere, dieselben Metallschränke voller Werkzeug, die über und über mit Stickern beklebt waren, und dieselbe Wand, an der Kfz-Kennzeichen von überall aus der Welt hingen.

Ich ließ meinen Motorradschlüssel in der Hosentasche verschwinden und klopfte gegen den Rahmen des aufgerollten Garagentors, um Grams nicht zu erschrecken.

Ihr Kopf ruckte unter der Yamaha XV950R hervor, an der sie gerade arbeitete, und ihre Augen leuchteten förmlich auf, als sie mich erkannte. »Zackary!«, rief sie erfreut, kam auf die Beine und wischte sich die Hände an dem bereits hoffnungslos verschmierten Lappen in ihrer Hosentasche ab. Selbst an einem Sonntagnachmittag steckte Grams bis zu den Ellenbogen in Motoröl und Motorradeinzelteilen.

Ich grinste schief und schloss sie in die Arme. Ruth Amelia Spencer, meine Großmutter väterlicherseits, war gut zwei Köpfe kleiner als ich und zierlich, was ihrer Kraft jedoch keinen Abbruch tat. Man mochte sie mit ihren kinnlangen, dunkelgrauen Haaren und der Jeanslatzhose, unter der sie ein kariertes Hemd trug, leicht unterschätzen, aber Grams war mit allen Wassern gewaschen.

Sie klopfte mir auf den Rücken und schob mich von sich. »Schön, dass du da bist. Es ist so schrecklich leer im Haus ohne dich.«

»Ich bin doch erst seit ein paar Tagen wieder auf dem Campus«, gebärdete ich und stellte meine Tasche auf einen freien Platz auf der Werkbank.

Sie wischte meinen Einwand mit einer raschen Handbewegung zur Seite. »Ein Tag, eine Woche. Macht keinen Unterschied für mich. Aber ich bin froh, dass du da bist. Ich hoffe, du hast etwas Zeit mitgebracht?«

Wie immer gebärdete und sprach sie gleichzeitig, so handhabte sie es schon, seit ich denken konnte. Meine Großmutter hatte damals mit mir, Addie und Mom gemeinsam die Gebärdensprache gelernt, als klar gewesen war, dass ich nicht sprechen konnte. Bei ihr hatte ich nie das Gefühl gehabt, fehl am Platz zu sein, wenn wir uns Wortgefechte mit Gebärden lieferten oder uns neue, teilweise absurde Gebärden ausdachten. Anders als bei meinen Eltern, wo Mom zwar ihr Bestmögliches getan hatte, mich zu integrieren, aber gegen Dads Widerstand kaum angekommen war. Vermutlich war ich deshalb schon als kleines Kind so oft es ging bei Grams gewesen. Und nach Addies Tod … war ohnehin nichts mehr wie zuvor gewesen. Nichts, bis auf die bedingungslose Unterstützung und Liebe meiner Großmutter, die mir auch heute noch die Welt bedeutete. Und es immer würde.

»Für dich doch immer«, gab ich mit leichter Verzögerung zurück und schlüpfte aus meinem dunkelgrünen Parka, um mir stattdessen ein altes Holzfällerhemd überzuziehen.

»Perfekt. Denn ich hab hier diese alte Lady, die beim Schalten spinnt. Vielleicht magst du dir das mal anschauen?«

Mit *alter Lady* meinte sie eine Maschine von BMW, die mindestens sechzig Jahre auf dem Buckel haben musste und bereits aufgebockt auf mich wartete. Vermutlich hatte Grams sie extra für meinen nächsten Besuch aufgehoben, ihrem Augenzwinkern nach zu urteilen. Eine so vertraute Geste in einem so vertrauten Umfeld, das ich seit fast sechzehn Jahren mein Zuhause nannte.

Ich war sieben Jahre alt gewesen, als Addie gestorben war und mich meine Großmutter bei sich aufgenommen hatte. Es war schon immer kompliziert bei uns gewesen, mit Mom und Dad, mit den engen Zeitplänen ihrer stressigen Fulltime-Jobs und meiner Schwester, die all das gewesen war, was ich nicht bieten konnte. Schon vor dieser einen Nacht hatten sich meine Eltern schwer damit getan, dass ich nicht wie andere Kinder war. Meine Mutter hatte zwar das Gebärden erlernt und sich dafür eingesetzt, dass ich ab dem Kindergarten Integrationsgruppen und -klassen besuchen konnte, doch mit Dad als ihrem Gegenspieler waren wir nie eine richtige Familie gewesen. Für ihn war ich von Anfang an *fehlerhaft* gewesen, nicht so, wie er sich seinen Sohn vorgestellt hatte, ganz gleich, wie sehr ich mich angestrengt hatte. Und nachdem Addie nicht mehr da gewesen war, hatte sich alles noch weiter verschlimmert.

Anfangs hatten meine Eltern – und damit meine ich vorrangig Mom – es noch versucht, aber es war schließlich zu viel gewesen. Unser Haus auf Bainbridge Island, in dem meine Schwester gestorben war, meine Panik, die ich nicht unter Kontrolle gehabt hatte ... Alles zu viel. Und ich verstand, dass sie nicht an diesem Ort hatten bleiben können. Doch als es um den Umzug nach Philadelphia gegangen war, hatte meine Panik weiter zugenommen und selbst meine Mom an ihre Grenzen gebracht. Der einzige Ort, an dem ich damals nach dieser Nacht hatte sein können, ohne einen meiner Anfälle zu bekommen, war Grams' Werkstatt gewesen. Deswegen war ich zu ihr gezogen, als meine Eltern an die Ostküste gegangen waren. Es war schmerzhaft gewesen und gleichzeitig das Beste, das mir hätte passieren können.

Grams hatte sich alle Zeit der Welt für mich genommen. Hatte mich zu meiner Therapeutin begleitet, gemeinsam mit mir Wege gelernt, mit der Panik und meinem Verlust umzugehen. Von ihr hatte ich meine ersten Notizbücher bekommen und all mein Wissen über Motorräder. Grams hatte mich ermutigt, zu kämpfen und meinen eigenen Weg zu gehen. Mich immer wieder sanft, aber bestimmt aus meinem Schneckenhaus geholt, um mir zu zeigen, welche Stärke in mir schlummerte. Sie hatte mir – pathetisch gesagt – die Welt gezeigt und mich zu der Person gemacht, die ich heute war. Dafür würde ich ihr auf ewig dankbar sein. Meiner Großmutter und auf verdrehte Art und Weise auch meinen Eltern, die mich bei ihr hatten bleiben lassen. Das hatte mir das Leben gerettet.

»Zack?«

Ich riss mich aus meinen Gedanken und nickte: »Geht klar. Muss ich was beachten?«

Kurz wirkte es, als wollte sie auf meine auffällige Abwesenheit eingehen, dann winkte sie jedoch bloß ab. »Bring mir nur keinen Kratzer rein. Sonst macht mich der Besitzer einen Kopf kürzer.«

Ich bedachte sie mit einem schiefen Grinsen, ehe ich mir den Werkzeugkasten schnappte und zu dem aufgebockten Motorrad ging. Als ich mit den Fingern über den glänzenden Lack fuhr, spürte ich, wie auch die letzten alten Erinnerungen verstummten und der Druck nachließ.

»Gibt es etwas Neues am College? Hast du deine Freunde wiedergetroffen?«

Ich drehte mich zu ihr um und nickte. »Ja, wir waren schon ein bisschen in Seattle unterwegs und ... ich habe ein paar neue Leute kennengelernt.« Ich zögerte kurz beim Gebärden und dachte an Harlow. An ihr Lächeln, ihre unkomplizierte Art und dann an ihre Mauer, die ich plötzlich zu spüren bekommen hatte.

»Deinem Gesichtsausdruck nach zu urteilen, geht es um ein Mädchen.« Ich atmete hörbar aus und strich mir durch die Haare, ehe ich meine Antwort aufzeigte. »Harlow. Sie ist im ersten Semester ...«

»Und weiter?«

»Nichts, sie ... geht mir einfach nicht mehr aus dem Kopf. Es ist irgendwie leicht, mit ihr zu reden. Harlow ist es egal, dass ich kein einziges Wort über die Lippen bringe. Ich habe bei ihr vollkommen vergessen, dass ich auf Stift und Papier angewiesen bin, und im Café hat sie sogar eine Schiefertafel organisiert, Grams.« Meine Finger waren beim Gebärden immer schneller geworden. »Eine Schiefertafel!«

Grams' Lächeln wurde milde, dann nahm sie ihren Schraubenschlüssel wieder auf und ging um die Yamaha herum. »Sie klingt nach einem interessanten Mädchen. Vielleicht stellst du sie mir ja irgendwann einmal vor.«

»Ja, vielleicht irgendwann«, gab ich zurück, ohne zu wissen, ob es dieses Irgendwann jemals geben würde. Mit ihr hierherzukommen, würde bedeuten, Harlow in mein Leben zu lassen. Mich angreifbar zu machen. Denn jemanden in sein Leben zu lassen, bedeutete gleichzeitig auch, ihn wieder verlieren zu können.

In den meisten Fällen ohne Vorwarnung.

KAPITEL 8

Real Life – Bastille

Harlow

Am Dienstagnachmittag war der graue Himmel verhangen und es war verflucht kalt geworden. Fast so, als hätte der Herbst nach dem Wochenende entschieden, sich das Wetter endlich unter den Nagel zu reißen.

Auf dem Feld vor mir waren zwanzig Mädchen – unter ihnen auch Flo, die sich bereits im Vorfeld für Feldhockey eingetragen hatte – in einheitlicher Mannschaftskleidung aus dunkelgrünem Sportrock und weißem Poloshirt in ein Trainingsspiel verwickelt. Die Spielerinnen waren durch die Bank unglaublich talentiert, schnell und wendig. Ihre Schläger glitten präzise über den Rasen und gerieten immer wieder mit einem hellen Klacken aneinander, während Rufe und Anweisungen über den Platz schallten. Knappe Anmerkungen des Trainers wurden sofort ins Spiel integriert und umgesetzt.

Kurz gesagt: kein Vergleich zu meiner Schulmannschaft.

Ich zog ein Bein unter meinen Po und kuschelte mich tiefer in meine dunkelgraue Teddyjacke. Langsam wurde es hier am Feldrand echt frisch.

Als Coach Maxwell Tie das Match abpfiff, klatschten die Mädels sich untereinander ab, nahmen ihren Zahnschutz heraus und liefen zu den Trinkflaschen. Flo schaute kurz zu mir und winkte, ehe sie sich in eine Diskussion mit ihren Kameradinnen vertiefte. Nur einen Moment später kamen der Coach und ein Mädchen mit rotbraunem Pferdeschwanz auf mich zu. Ich hatte sie auf dem Platz beobachtet und schnell verstanden, dass sie die Kapitänin war. Lächelnd stand ich auf.

»Und, was sagst du?« Maxwell Tie deutete mit dem Daumen hinter sich und bedachte mich mit einem aufmerksamen Blick.

Ich sah zwischen dem Spielfeld und ihm hin und her und nickte. »Es war ein gutes Spiel. Beide Teams sind echt gut aufeinander abgestimmt. Ich würde mich freuen, Teil der Mannschaft zu werden.«

Der Coach brummte etwas Unverständliches und neigte den Kopf. Ich schätzte ihn auf mindestens eins neunzig Körpergröße und vermutlich fünfzig Jahre, aber bei seiner wettergegerbten Haut und der athletischen Statur war das schwer zu sagen. »Du hast dich neben Florence Hillary als Einzige aus dem ersten Semester für Hockey eingeschrieben, deswegen sehe ich keinen Grund, irgendein unsinniges Auswahlprogramm zu starten. Mal abgesehen davon, dass deine Anmeldung etwas spät kam. Erfahrung hast du, richtig?«

»Ja, Coach. Ich habe sechs Jahre gespielt.« Ein breites Grinsen zupfte an meinen Mundwinkeln, als mir klar wurde, wie sehr ich das vermisst hatte. Hastig biss ich mir auf die Lippe.

Wieder brummte er, ehe er das Mädchen vorschob. »Das ist Caitlyn Miles, unsere Kapitänin. Sie wird dir alles Weitere erklären und die Ausrüstung geben. Das nächste Training ist am Donnerstag. Sei pünktlich.« Mit diesen Worten drehte er sich um und ließ mich mit Caitlyn stehen.

Einen Moment lang sahen wir seiner massigen Gestalt hinterher, dann wandte sich Caitlyn an mich und hielt mir die Hand hin. »Hi, Harlow. Willkommen im Team.«

»Danke.«

»Na dann holen wir dir mal alles, was du brauchst, um loszulegen.« Sie lächelte mich offen an.

»Klar, gerne.«

Gemeinsam verließen wir den Platz in Richtung der großen Sporthalle, in der sämtliche Sportutensilien gelagert wurden.

»Was studierst du denn?«, fragte mich Caitlyn, als sie ein Schlüsselband herauszog und eine Seitentür aufschloss.

»Computerwissenschaften mit dem Schwerpunkt Programmieren, Algorithmen und Mathematik.«

»Wow, Holla die Waldfee! Klingt anspruchsvoll.« Lächelnd ließ sie mir den Vortritt und führte mich dann in einen breiten, hell erleuchteten Gang, von dem rechts und links mehrere Türen abgingen. Der typische Geruch nach Sporthalle – Gummi und Linoleum – stieg mir in die Nase.

Ich zuckte mit den Schultern. »Dasselbe denke ich mir, wenn jemand Sprachen oder Biologie studiert. Was ist mit dir?«

»Medizin in Richtung Sportmedizin im dritten Semester. Dank des Hockeys bin ich mit einem Sportstipendium hier.«

Ich lachte leise. »Und du sagst, *ich* hätte mir etwas Anspruchsvolles ausgesucht.«

Caitlyn blieb vor einer Tür mit der Beschriftung *Hockey Damen* stehen. »Vermutlich gibt es am LSC nichts, das *nicht* anspruchsvoll ist.«

Wir betraten den Ausrüstungsraum, der kurz davor war, aus allen Nähten zu platzen. Mit den Sachen hätte man gut und gerne zwanzig Mannschaften ausstatten können.

»Willkommen im Wunderland!« Caitlyn breitete die Arme aus und zwinkerte mir zu, bevor sie mich zu einem breiten Schrank aus hellem Metall lotste. »Ich schätze mal, du brauchst eine S?«

»Jap.«

»Alles klar, dann schauen wir mal.«

Nur einen Moment später warf sie mir auch schon eine dunkelblaue Sporttasche mit dem Lakestone-Logo zu, über dem sich zwei Hockeyschläger kreuzten. Darunter stand in weißen Buchstaben *Lakestone Offenders.* Überrascht fing ich sie auf.

»Also, hier hast du drei Sätze Trainingskleidung, plus Wettkampftrikot für Heim- und Auswärtsspiel. Einen Satz Zahnschutz. Einen Trainingsanzug mit zwei Jacken. Hoodie, Cap, Strümpfe, Shirts, Röcke ... Habe ich was vergessen?« Caitlyn blickte aus dem Schrank auf und sah mich fragend an. »Ah ja – Schuhgröße?«

»7«, gab ich verdattert zurück und nahm den gewaltigen Stapel an Kleidung in den Unifarben blau und grün entgegen.

»Da sind sie auch schon. Hockeyschuhe in 7 – und die Kniebeinschoner. Und hier haben wir noch einen nagelneuen Schläger und drei Bälle. Ich denke, das sollte es gewesen sein.«

Mit einem leisen *Uff* setzte ich die Tasche ab und strich mir ein paar Haare aus der Stirn. »Eine ganze Menge.«

»Die Outfits sind das Beste. Wenn du noch etwas brauchst, gib einfach Bescheid. Alles andere kommt mit der Zeit. Das Team ist echt cool, keine Sorge.«

»Danke, da bin ich mir sicher. Wie genau sieht der Trainingsplan aus?«

»Wir trainieren dreimal die Woche. Dienstag, Donnerstag und am Wochenende – wobei sich Samstag und Sonntag abwechseln. Wenn ein Spiel ansteht, kann es auch mal mehr werden, aber keine

Angst, der Coach reißt dir nicht den Kopf ab, wenn dir mal eine Vorlesung dazwischenkommt. Ich füge dich nachher noch in unsere WhatsApp-Gruppe hinzu. Da klären wir eigentlich immer alles.«

»Perfekt, danke dir.« Ich schloss den Reißverschluss der Tasche und erwiderte ihr Lächeln.

»Wo hast du vorher gespielt?«

»Auf der Highschool – und dank meiner Zusage für den LSC nun hier«, gab ich, ohne zu zögern, zurück. Mittlerweile kam mir diese Lüge viel zu leicht über die Lippen. Bereits nach ein paar Tagen war ich schon so tief in meiner eigenen Geschichte aus Unwahrheiten gefangen, dass es unmöglich schien, da irgendwie wieder herauszukommen. Ich log sie alle an – Flo, Lucie, Colin und jetzt auch Caitlyn – und es trieb einen bitteren Geschmack auf meine Zunge. Am Allermeisten bereute ich jedoch, dass ich selbst bei Zack keine Ausnahme gemacht hatte. Denn ... ich mochte Zack. Seine zurückhaltende und gleichzeitig offene Art. Ich mochte es, Zeit mit ihm zu verbringen, und irgendetwas sagte mir, dass er mich nicht sofort für das, was ich getan hatte, verurteilen würde. Dass er verstehen würde, warum ich mehrere Gesetze für Brax gebrochen hatte. Und trotzdem hatte ich gelogen.

»Cool, glaub mir, das war genau die richtige Wahl«, holte mich Caitlyn zurück in die Gegenwart.

Ich schob mir den Träger der schweren Sporttasche über die Schulter und nickte. »Das Gefühl habe ich auch.«

Ihr Lächeln wurde breiter. »Und falls es dir noch niemand gesagt hat: Herzlich willkommen an der besten Uni der Welt. Ich freue mich darauf, dich auf dem Feld zu sehen, Harlow.«

Eine halbe Stunde später hatte ich die Hockeyausrüstung in mein Zimmer gebracht, kurz mit Flo über das Team geredet und war nun bereits auf dem Weg ins Kunstatelier. Lucie erwartete mich für heute Abend als Unterstützung und ich war schon jetzt fast zwanzig Minuten zu spät. Und das bei meiner ersten offiziellen Sozialstunde. »Es tut mir so leid, Lucie!«, brachte ich hervor, als ich in das Kunstatelier platzte – und prompt erstarrte.

Drei Personen fuhren beinahe synchron zu mir herum und schauten mich gleichermaßen überrascht an. Lucie und ... *Zack?* Neben ihm stand eine junge Frau, die ich bereits mehrere Male an seiner Seite gesehen hatte. Einen Moment lang sprang mein Blick zwischen ihnen hin und her und blieb dann doch wieder an Zack hängen. An ihm und den Erinnerungen an unser Treffen am Samstag. Die anfängliche Zwanglosigkeit und dann Miyus Nachricht, auf die ich bisher nicht geantwortet hatte. Ich war mir sicher, dass Zack meine Anspannung gespürt hatte. Bemerkt hatte, wie ich mich vor ihm verschlossen hatte, und ich wusste nicht, was er darüber dachte. Ob es etwas zwischen uns änderte.

Hitze schoss mir in die Wangen. »Sorry, ich wollte nicht stören.«

Zu meiner Überraschung lächelte Zack leicht und gebärdete »Hallo, Harlow. Wie geht es dir?«

Ich blickte von seinen Händen in sein Gesicht. Nichts deutete darauf hin, dass er nach unserem Treffen nichts mehr von mir wissen wollte. Da waren nur Offenheit und diese kleinen Grübchen, an die ich in den letzten Tagen ein wenig zu oft gedacht hatte.

Oh, really?

Ich schluckte und konzentrierte mich darauf, die Gebärden abzurufen, die er mir am Samstag beigebracht hatte. »Hallo, Zack. Mir geht es gut.«

Seine Mundwinkel wanderten weiter nach oben und ich erwischte mich dabei, wie sich Erleichterung in mir breitmachte.

Lucie machte einen Schritt nach vorn und nahm mich kurz in den Arm. »Hey, Harlow. Kein Ding, wir mussten ohnehin noch etwas besprechen. Ich wusste gar nicht, dass du die Gebärdensprache kannst.« Sie sah mit hochgezogenen Augenbrauen zwischen Zack und mir hin und her.

Ich winkte ab. »Kann ich auch nicht, Zack hat mir nur ein bisschen was beigebracht.«

»Nicht schlecht.« Lucies Blick sagte deutlich, dass sie nachher unbedingt mehr darüber erfahren wollte. »Bevor ich es vergesse«, fuhr sie dann fort und deutete auf die braunhaarige junge Frau, »das ist Chloe. Sie macht ein Praktikum bei der *Daily Seattle* und schreibt einen Artikel über unsere Kunstfakultät.«

»Hi, ich bin Harlow, freut mich, dich kennenzulernen«, wandte ich mich an Chloe und reichte ihr die Hand. »Du bist Journalistin?«

Chloe schenkte mir ein warmes Lächeln und erwiderte meine verspätete Begrüßung. »Na ja, noch nicht. Ich studiere im dritten Semester hier am Campus, aber wir arbeiten eng mit der Tageszeitung zusammen.«

Zack gebärdete etwas, das ich nicht mal ansatzweise verstand, und stieß Chloe dann leicht mit der Schulter an. Es war offensichtlich, dass die beiden enge Freunde waren und sich sehr nahestanden. Aus irgendeinem Grund pikte der Gedanke ein wenig.

»Und wieder einmal stellst du dein Licht unter den Scheffel. Du bist auch jetzt schon eine talentierte Journalistin und das weißt du auch«, übersetzte Chloe und verdrehte anschließend die Augen.

Ich erinnerte mich, dass mir Zack im Café erzählt hatte, dass sie die Gebärdensprache konnte und oft in Unterhaltungen übersetzte.

»Dieses Fass machen wir hier und jetzt ganz sicher nicht auf, Zackary.«

Zacks Finger gaben in beinahe schwindelerregender Geschwindigkeit eine Antwort. »**Das ist kein Fass mehr, das ist mittlerweile ein verdammter Container.**«

Chloe lachte, als sie die Gebärden dolmetschte, und schüttelte den Kopf. »Du mich auch. Ich muss jetzt jedenfalls los. Hat mich gefreut, Lucie. Und Harlow. Wir schreiben wegen des Interviews, okay?«

Lucie nickte. »Klar, meine Nummer hast du ja.«

»Gut, dann sehen wir uns spätestens nächste Woche. Und danke noch mal.« Chloe zog Lucie in eine schnelle Umarmung und sah dann zu Zack. »Kommst du mit?«

Er holte einen Block hervor und kritzelte eine Nachricht, ehe er das Blatt herausriss und nickte. Zu meinem Erstaunen reichte er *mir* das Papier und gebärdete dann mit einem halben Lächeln und deutlich langsamer, sodass ich es verstehen konnte: »**Bis bald, Harlow.**«

Ich kopierte seine Gebärden und griff anschließend nach dem Zettel. Unsere Fingerspitzen berührten sich für einen kurzen Moment und ich spürte dasselbe Kribbeln, das mich schon im Café durchflutet hatte, als er meine Hände in seine genommen hatte, um mir die Gebärden zu zeigen.

Gedankenverloren sah ich ihm nach und fuhr zusammen, als Lucie plötzlich direkt neben mir zu sprechen begann. »Was *bitte schön* war denn das gerade?«

Ich sah erst zu ihr und dann auf den Zettel in meinen Händen.

*Hast du Lust, morgen Abend runter an den Pier zu gehen?
Da gibt es einen kleinen Rummel und später legt da ein Freund
von mir auf. Und um es dir leichter zu machen – hier ist meine
Nummer. :)*

»Ihr schreibt euch *Zettelchen*?«

Mein Kopf ruckte hoch, während ich reflexartig die Hand um
das Papier schloss.

Lucie lachte. »Ja, Zack hat irgendwie Klasse«, murmelte sie und
lehnte sich gegen den großen hölzernen Arbeitstisch in der Mitte
des Ateliers. »Und, begleitest du ihn?«

»Du hast die Nachricht gelesen?«

»Du hast sie mir quasi unter die Nase gehalten«, hielt Lucie dagegen und hob fragend die weißblonden Augenbrauen. »Also, was
ist?«

Ich steckte den Zettel in die Hosentasche meiner Mom-Jeans
und zog mir den Rucksack von den Schultern. »Wir waren nur zusammen einen Kaffee trinken.«

»Und augenscheinlich hat es ihm gefallen, sonst hätte er dir vermutlich kein zweites Date vorgeschlagen. Plus seine Handynum-
mer verraten.«

Augenrollend nahm ich die zwei Gläser mit benutzten Pinseln
entgegen, die Lucie mir reichte, und folgte ihr dann zu den großen
Waschbecken im hinteren Teil des Ateliers. »Das ist kein Date.«

»*Alles* an dieser Nachricht schreit danach. Der Zettel allein ist
Beweis genug.«

»Nein, es ist Zacks Art zu kommunizieren.«

Vielleicht wollte ich auch einfach nicht, dass es ein Date war. Ich
wollte, dass es so blieb, wie es war. Denn zu daten würde bedeuten,
sich kopfüber in etwas zu stürzen, für das ich vielleicht nicht bereit

war. Nicht mit meinen unzähligen Lügen. Und sosehr ich mich dafür auch verabscheute, ich konnte ihm das mit Brax und dem Hacken nicht verraten. Oder die Tatsache, dass mich Abbot wortwörtlich aus dem Polizeirevier gerettet hatte.

Lucie warf mir nur einen vielsagenden Blick zu und begann, die Pinsel auszuwaschen. Ungewollt fragte ich mich, ob sie nicht recht hatte. Mir war bewusst, dass Zack mich auf irgendeine Art und Weise mochte – sonst hätte er die Kaffeedealsache erst gar nicht angenommen, oder?

»Du hast mir noch gar nicht verraten, wie ihr euch kennengelernt habt.«

Ich krempelte die Ärmel meines hellblauen Sweaters hoch. »In der Bibliothek – nein, warte, eigentlich an meinem ersten Tag draußen am See. Ich bin in ihn reingelaufen und habe ihn sozusagen in seinem Kaffee ertränkt.«

Lucie lachte ihr Glockenlachen und legte ihre Pinsel zum Trocknen auf den passenden Rost. »Zack ist *definitiv* interessiert, wenn er sich nach diesem holprigen Start auf ein Date eingelassen hat.«

Ich überging die Bemerkung geflissentlich und spielte den Ball zurück in ihr Feld. »Wie gut kennst du ihn?«

Schulterzuckend wischte sie sich die nassen Hände an ihrem beigefarbenen Malerkittel ab und hinterließ dabei ein paar neue farbige Spuren auf dem groben Stoff. »Wir wissen ziemlich viel voneinander, ohne dass wir sehr eng miteinander befreundet sind. Keine Ahnung, ob das Sinn ergibt. Er ist einfach ein guter Zuhörer.« Ein dunkler Schatten flog über ihre Züge und war bereits im nächsten Augenblick wieder verschwunden. »Jedenfalls hat er mir schon einige Male mit meinem Auto geholfen, so haben wir uns auch kennengelernt. Er war damals gerade dabei, auf dem Parkplatz irgendetwas an seiner Maschine zu machen, und ist mir quasi zur Rettung geeilt.«

Ich entschied, nicht auf den ersten Teil ihrer Antwort einzugehen, und schnappte mir die nächsten Pinsel. »Er hat ein Motorrad?«

»Ja, irgendein Teil von BMW, keine Ahnung. Das Modell habe ich mir nicht gemerkt.« Sie lächelte schief und schob sich die Ärmel höher. »Also, legen wir los? – Bevor die Farbe noch mehr eintrocknet.«

In der kommenden halben Stunde beseitigten wir alle Überbleibsel des praktischen Kurses, der hier heute stattgefunden hatte, und legten zwischendurch eine spontane Wasserschlacht ein, die uns in Sachen Ordnungschaffen ein wenig zurückwarf. Aber gut. Lucie schaltete irgendwann die Musik ein und ich erfuhr so, dass sie die gleiche Schwäche für Songs aus den Achtzigern hatte wie ich.

»Hat sich eigentlich bei deinem Segelkurs schon etwas ergeben?«, erkundigte ich mich dann, als ich den letzten Kasten mit unverarbeitetem Ton in den Schrank stellte und mich mit einem Seufzen dagegenlehnte.

»Ja, es war erstaunlich einfach. Ich habe den Platz nach einer kurzen Vorstellung bekommen.« Genauso wie am Samstag schwang auch jetzt ein schwerer Unterton in ihren Worten mit. »Und bei dir?«

Ich nickte. »Sie haben mich ins Team aufgenommen. Deswegen bin ich vorhin auch etwas zu spät gekommen.«

»Das freut mich! Ich werde mir auf jeden Fall ein Spiel von dir anschauen.« Lucie kam zu mir und zog ihre braune Ledertasche aus dem Regal. »Wollen wir vielleicht noch etwas zusammen essen?«

Ich zog mein Handy hervor und schüttelte dann den Kopf. »Heute kann ich leider nicht. Mein kleiner Bruder Brax und ich sind in zwanzig Minuten zum Videocall verabredet. Aber was hältst du von einem gemeinsamen Frühstück morgen? Meine erste Vorlesung fängt erst um zehn an.«

»Klingt perfekt. Treffen wir uns wieder vorm Lakestone Café? So um … acht vielleicht?«

»Super.« Nickend schulterte ich meinen Rucksack und griff nach meiner Jacke. »Dann sehen wir uns morgen.«

Ich schloss Lucie in die Arme und wollte mich dann abwenden, doch sie hielt mich mit einer leichten Berührung am Ellenbogen zurück.

»Harlow?«

»Hm?«

»Sag Zack zu. Er ist einer von den Guten.«

Und genau das ist das Problem.

* * *

»Stört es dich, wenn ich gleich mit meinem kleinen Bruder telefoniere?«, fragte ich Flo, während ich aus meinen Sachen schlüpfte.

Sie blickte von dem dicken Buch auf, das auf ihren Knien lag, und schüttelte lächelnd den Kopf. »Quatsch, das ist schließlich *unser* Zimmer. Zur Not höre ich eben Musik.«

»Danke. Wie war dein Tag?«

Mittlerweile hatten wir uns ein bisschen besser kennengelernt. Wir verstanden uns ganz gut, das Hockey war eine gute Basis für Gespräche, aber darüber hinaus kamen wir irgendwie nie so wirklich. Ich mochte Flo, aber es war unbestreitbar, dass wir aus ganz unterschiedlichen Welten stammten, die nicht so recht zusammenpassen wollten.

»Ich hätte nicht gedacht, dass mich schon das erste Semester so herausfordern würde. Die Kurse, die Teil meines Schwerpunkts Chemie sind, bekomme ich hin, aber die Fächer aus dem Grundstudium on top? Puh.«

Ich nickte und setzte mich in Leggings und einem ausgewaschenem Tour-Shirt der Imagine Dragons mit meinem Laptop aufs Bett. »Geht mir genauso«, erwiderte ich. »Ich habe keine Ahnung, wie ich die Nebenkurse in Englischer Literatur und Musik schaffen soll. Wofür brauchen wir das überhaupt?«

Flo lachte leise und legte ihr Buch zur Seite. »Wenn du willst, können wir uns die Sachen in den nächsten Tagen mal gemeinsam anschauen. Vielleicht verstehen wir es dann.«

Ich nickte dankbar und griff dann nach meinem Handy, was mich daran erinnerte, dass ich mich noch nicht bei Zack gemeldet hatte.

Es ist kein Date. Kein Grund, es größer zu machen, als es ist, dachte ich und öffnete kurzerhand WhatsApp. Caitlyn hatte mich tatsächlich bereits in die Hockeygruppe *Lakestone Offenders* eingeladen, in der seit dem Training fünfundzwanzig neue Nachrichten eingetroffen waren. Darunter wartete der Chat mit Lucie und ihre letzte Mitteilung.

Lucie

> Schreib ihm, Harlow. Sonst tue ich es und
> sage in deinem Namen zu.

Ich grinste und schickte ihr ein Emoji, das die Zunge rausstreckte. Dann speicherte ich Zacks Nummer ein, ehe ich zu *Neuer Chat* wechselte. Meine Finger schwebten über den Tasten.

Ein Abend. Und wenn er meinem Geheimnis zu nahe kommt, gehe ich auf Abstand. Ganz einfach. Was ist schon dabei?

Ich antwortete meiner naiven inneren Stimme erst gar nicht und gab stattdessen Zacks Namen ein.

Harlow

Kommt ganz auf die Musik an.

Es dauerte kaum zwei Herzschläge, da erschien der Zusatz *online* unter seinem Foto, das ihn von hinten auf einem schwarzen Motorrad zeigte.

Ich spürte, wie sich mein Puls beschleunigte, als die Häkchen meiner Nachricht blau wurden und sein Status zu *schreibt …* switchte. Himmel, ich war ein hoffnungsloser Fall.

Zack

Also hast du auch noch Sonderwünsche?

Ein dämliches Grinsen schlich sich auf meine Züge, als ich das Handy unwillkürlich näher an mein Gesicht hielt.

Harlow

Bei Musik scheiden sich bekanntlich die Geister.

Zack

Ich glaube, das habe ich irgendwo schon mal gelesen. :)

Harlow

Solltest du das mit deinem genialen Geniegedächtnis nicht genauer wissen?

Zack

:):):) Vielleicht verrate ich dir das ja am Pier.

123

Harlow

Das war von Anfang an dein Plan, richtig?

Zack

Erwischt. Ich habe jeden meiner Schritte bereits bis ins kleinste Detail vorausgeplant.

Harlow

Das würde voraussetzen, dass ich morgen mitkomme.

Zack

Das ist kein Nein.

Ich lachte und hielt mir im nächsten Moment entschuldigend eine Hand vor den Mund, als Flo überrascht aufschaute. »Sorry.«

»Dein Bruder?«

Kopfschüttelnd sah ich bereits wieder auf den Chat, als eine neue Nachricht eintraf. »Nein, ein Freund.«

Zack

Dein Schweigen werte ich definitiv als Ja. Und wie du weißt, kenne ich mich damit aus.

Wir treffen uns morgen um neunzehn Uhr am Altbau. Ich freue mich! :)

Ich biss mir auf die Unterlippe und setzte zu einer Antwort an, als mein Laptop einen eingehenden Skype-Anruf ankündigte. Eilig verband ich meine kabellosen Kopfhörer und nahm an. Dann erschien auch schon das breite Kinderlächeln meines kleinen Bruders auf dem Bildschirm.

»Brax!«, rief ich und winkte in die Kamera. Jetzt, wo ich meinen Bruder mit seinen weizenblonden Haaren und den leuchtenden grünen Augen vor mir hatte, wurde mir bewusst, wie sehr er und meine Moms mir fehlten.

»Hey, Har! Wie geht es dir?«

»Gut. Es ist alles ziemlich neu hier, aber echt cool. Es würde dir gefallen.« Ich lehnte mich mit dem Rücken an die Wand und balancierte meinen Laptop auf den Knien.

»Mom hat gesagt, dass wir dich bald besuchen kommen.«

»Auf jeden Fall. Aber vorher komme ich ganz bestimmt für ein paar Tage nach Hause.«

Brax' Grinsen wurde breiter. »Das wäre klasse! Dann muss ich nicht mehr allein spielen.«

Ich lachte. »Wir spielen so lange, bis uns die Augen zufallen.«

»Hast du schon etwas Neues programmiert? Ein paar neue Level für unser Spiel?«

Nein, aktuell mache ich mir eher Gedanken über ein gewisses Projekt zum Thema Gebärdensprache und Kommunikation. Und über einen Kerl mit goldbraunen Augen …

Hastig konzentrierte ich mich wieder auf meinen kleinen Bruder. »Noch nicht, aber wenn wir uns sehen, habe ich bestimmt etwas fertig.«

»Das wäre so cool! Ich habe Stiles erzählt, dass du uns ein Spiel programmiert hast, und es ihm gezeigt. Jetzt will er das auch unbedingt haben.« Seine Wangen röteten sich vor Aufregung und ich spürte, wie sich ein warmes Gefühl in meiner Brust breitmachte. Endlich konnte sich Brax wieder mit Freunden treffen und einfach ein kleiner Junge sein.

Ich nickte und zupfte eines der Kissen in meinem Rücken weiter nach oben. »Du kannst ihn ja einladen, wenn ich euch besuchen komme. Dann lerne ich Stiles auch kennen und wir können zu dritt spielen.«

»Wirklich?«

»Wirklich«, entgegnete ich lachend und sah an Brax vorbei, weil sich seine Zimmertür öffnete und meine Moms Katy und Lillian in den Raum kamen.

»Hallo, mein Schatz«, begrüßte mich Katy und schob sich neben Braxton und Lillian aufs Bett, was ihn das Gesicht verziehen ließ.

»Mom, hier ist kein Platz für dich«, brummelte er und zog den Laptop weg, sodass ich für einen kurzen Moment in den Genuss der Zimmerdecke kam, ehe ich die drei wieder vor mir hatte.

Ich grinste. »Hey, wie geht es euch?«

»Du weißt doch, dass hier nie etwas Spannendes passiert. Alles beim Alten. Katy hat ihre Pflanzen, Brax seinen Freund Stiles und ich schlage mich mit seltsamen Haustierbesitzern herum.« Lillian wuschelte Brax durch die hellen Haare und lachte, als er sich dagegen wehrte. Wie gern hätte ich mich jetzt zu ihnen aufs Bett gekuschelt …

»Hast du schon Freunde gefunden?« Katy beugte sich etwas näher zur Kamera, sodass ich ihr Gesicht besser erkennen konnte. Genauso wie die dunklen Schatten unter ihren Augen. *Sorge.*

In mir zog sich etwas zusammen.

»Äh, ja. Ich habe schon einige Leute kennengelernt und fange hier wieder mit dem Hockey an.« Meine Antwort kam mir nur halb so enthusiastisch über die Lippen wie unter anderen Umständen. Dafür war ich viel zu fixiert auf die Erschöpfung meiner Moms, auf die Augenringe und ihr Lächeln, das es kaum über ihre Nasenspitzen hinweg schaffte. Was war los? Etwas mit Brax? Aber das hätten sie mir doch gesagt, oder? Ich runzelte die Stirn und blinzelte, während mich meine Familie abwartend ansah. Offenbar hatte ich ihre Erwiderung nicht mitbekommen.

»Du bist sicher müde, wir wollen dich auch gar nicht lange aufhalten.«

»Nein, Mom. Das tut ihr nicht. Nur … ist bei euch alles in Ordnung?«

Selbst über den Bildschirm konnte ich den kurzen Blick, den Katy und Lillian miteinander tauschten, deuten.

»Natürlich, Schatz. Du kennst uns doch. Wir kommen auch mit nur einem unserer zwei Wunderkinder zurecht. Genieß du deine Zeit auf dem Campus, Harlow!« Mom sandte mir einen Luftkuss. »Erzähl uns lieber alles über deine erste Woche.«

Ihre Begeisterung war echt, aber sie konnte die Sorge nicht aus ihren Zügen vertreiben.

Eisige Krallen schlossen sich um mein Innerstes und gruben sich mit jedem Atemzug tiefer in mich hinein. Meine Moms verschwiegen mir irgendetwas und ich fürchtete mich mit jeder Faser meines Körpers davor, zu erfahren, was es war. Aber noch viel mehr fürchtete ich mich davor, dass es dieses Mal vielleicht zu spät sein könnte. Dass ich dieses Mal kein Wunder mehr vollbringen könnte, weil ich nicht dort war, sondern hier.

An einem Ort, an dem ich eine Lüge lebte, anstatt da zu sein, wo ich hingehörte.

KAPITEL 9

Only For A Moment – Lola Marsh

Harlow

Ich hatte kaum geschlafen, und als ich am nächsten Tag nach meinem Frühstück mit Lucie in der Vorlesung *Algorithmen und Datenstrukturen* neben Colin saß, spürte ich das in jeder einzelnen Zelle meines Körpers. Es fiel mir unglaublich schwer, mich auf die monotone Stimme von Professor Vells zu konzentrieren oder auf die Präsentation, die von einem Beamer an die Wand geworfen wurde. Mein Kopf war das reinste Durcheinander aus Übermüdung, Sorgen und bohrenden Gedanken.

Nach dem Skypen hatte ich meiner Mom Lillian sofort eine Nachricht geschrieben, auf die sie bis jetzt nicht geantwortet hatte, und mich dann kopfüber in meine App-Idee gestürzt. Programmieren war neben dem Lesen schon immer die einzige Sache gewesen, bei der ich alles um mich herum vergessen konnte, und so hatte ich die Nacht damit verbracht, die ersten Strukturen des Projekts aufzubauen. Um nicht länger über die Sorgen zu Hause und Zack mit seinen goldbraunen Augen nachdenken zu müssen.

»Hey, Harlow.« Colin, der neben mir saß und sich bis eben fleißig Notizen auf seinem Tablet gemacht hatte, stieß mich sanft an. Ich drehte den Kopf in seine Richtung und schenkte ihm ein dünnes Lächeln. »Was gibt's?«, flüsterte ich, um den Professor nicht auf uns aufmerksam zu machen. Das Letzte, was mir jetzt noch fehlte, war, dass ich eine Frage zu irgendetwas beantworten musste, von dem ich nichts mitbekommen hatte.

»Ich habe mir dein Konzept angeschaut. Für unser Projekt bei Stolsson.«

Möglichst lautlos rutschte ich auf dem knarzenden Stuhl des Stufensaals näher an ihn heran und nickte. »Was meinst du dazu? Zu ausgefallen?«

Colin schüttelte sofort den Kopf. »Nein. Ich finde es großartig. Zwar weiß ich nicht, wie du darauf gekommen bist und aus welchem Hut du das alles so schnell gezaubert hast, aber es ist definitiv eine App, die vielen helfen könnte. Zum Beispiel könnte man auch Gebärden untereinander übersetzen. Die Gebärdensprache ist ja von Land zu Land unterschiedlich. Wir müssten die Details natürlich noch mit Professor Stolsson absprechen, aber meine Unterstützung hast du.«

Ich nickte dankbar und fuhr mir über die Augen. »Das mit der Übersetzung ist eine echt gute Idee. Ich habe gestern das erste Gerüst für die einzelnen Funktionen der App aufgebaut, allerdings weiß ich nicht, inwieweit das mit deiner GUI vereinbar ist.«

»Die Benutzeroberfläche anzupassen, ist kein Stress. Ich schaue einfach mal drüber und mach mir ein paar Gedanken. Das Projekt ist in dem Kollaborationstool abgelegt, zu dem du mir den Link geschickt hast, oder?«

Der Blick des Professors, eines etwas untersetzten Mannes mit

Pullunder und Nickelbrille, flog für einen Moment zu Colin und mir, ehe er mit seinem Monolog fortfuhr.

»Ja, genau«, gab ich noch leiser zurück. »Dort sind auch die Unterprojekte abgelegt.«

Grinsend hielt Colin einen Daumen hoch und sah dann wieder nach vorn zu Vells' Präsentation. Während er der Vorlesung folgte, merkte ich, wie meine Müdigkeit langsam verflog und der Idee Platz machte, die mir Colin gerade präsentiert hatte. Für die Umsetzung und Ausweitung auf internationale Gebärdensprachen brauchten wir definitiv Expertenwissen. Vielleicht konnte ich Zack und Chloe fragen. Hatte Zack bei unserem Treffen nicht erwähnt, dass er *aus Langeweile* weitere Gebärdensprachen gelernt hatte?

Ich kritzelte ihre beiden Namen in mein Notizbuch und sah dann auf mein Handy, weil das Display aufleuchtete.

Zack

Guten Morgen! :) Bleibt es bei heute 19 Uhr?

Den Bleistift zwischen meine Lippen geklemmt starrte ich auf unseren Chatverlauf, bis er vor meinen Augen verschwamm. War es eine gute Idee, Zeit mit Zack zu verbringen, wo sich meine Gedanken gerade beinahe ununterbrochen um meine Familie und die Uni drehten?

Wenn du vor lauter Kopfzerbrechen dein Studium in den Sand setzt, ist niemandem geholfen. Und wo liegt das Problem, dir hier Freunde zu suchen? Allein wirst du den Uni-Alltag sicherlich nicht meistern.

Nein, allein zu sein würde dem Chaos in meinem Inneren nur noch mehr Platz einräumen und mich früher oder später durchdrehen lassen.

Zähneknirschend verzog ich das Gesicht und wischte über den Bildschirm, um ihn wieder zum Leben zu erwecken. Nur einen Augenblick später traf eine neue Mitteilung ein.

Zack

Ich weiß, dass du online bist und auf meine Nachricht starrst.

Ein schwaches Lächeln auf den Lippen, lehnte ich mich zurück und begann zu tippen.

Harlow

Genauso wie du auf dein Handy starrst, weil du auf meine Antwort wartest? :)

Zack

Ich stehe jedenfalls dazu.

Harlow

Es kann nicht jeder so selbstsicher und konsequent sein wie du.

Zack

Das nehme ich als ein Kompliment.

Harlow

Daran habe ich keinen Zweifel. :)

Vorn am Pult wechselte der Professor von einer Präsentation zur nächsten, um die Grundstruktur eines Algorithmus zu erläutern. Das nahm ich zum Anlass, mich weiter mit dem schrägen Chatverlauf zu beschäftigen.

Zack

Man muss nehmen, was man kriegen kann. Habe ich irgendwo gelesen.

Ich biss mir auf die Lippe, um ein Lachen zu unterdrücken. Wie schaffte er das mit nichts als ein paar Buchstaben? Wie schaffte er es, dass mein Gedankenkarussell sich sofort verlangsamte?

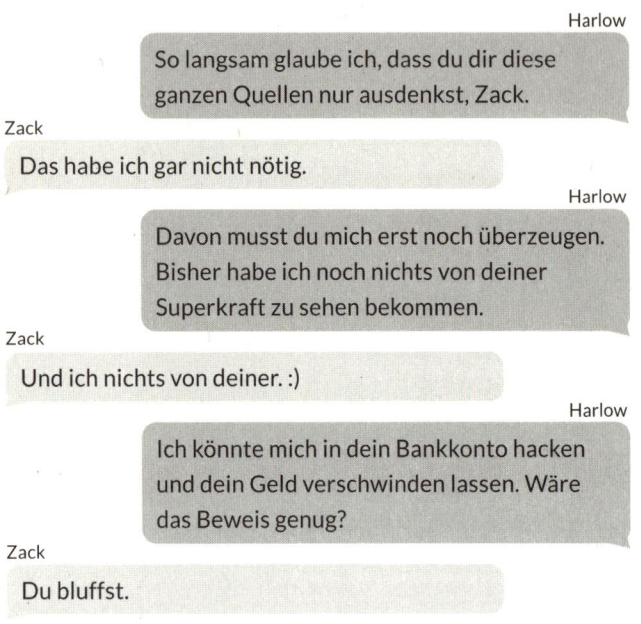

Harlow

So langsam glaube ich, dass du dir diese ganzen Quellen nur ausdenkst, Zack.

Zack

Das habe ich gar nicht nötig.

Harlow

Davon musst du mich erst noch überzeugen. Bisher habe ich noch nichts von deiner Superkraft zu sehen bekommen.

Zack

Und ich nichts von deiner. :)

Harlow

Ich könnte mich in dein Bankkonto hacken und dein Geld verschwinden lassen. Wäre das Beweis genug?

Zack

Du bluffst.

Ich fuhr mir über das Kinn und entschied, das Thema in eine andere Richtung zu lenken.

Harlow

Oder ich erzähle dir, dass ich an einer ganz speziellen App arbeite, die deine Zettelwirtschaft, Elsa und sogar die Schiefertafel überflüssig machen.

Zack

Und ich dachte, du magst meine Zettel. :(

Okay, das war ein Witz. Du hast mich. Ich bin neugierig.

Wieder musste ich mir auf die Zunge beißen, um nicht zu lachen, und beschloss, diese Unterhaltung auf einen günstigeren Zeitpunkt zu verschieben, an dem Professor Vells keine tödlichen Blicke auf mich abfeuerte.

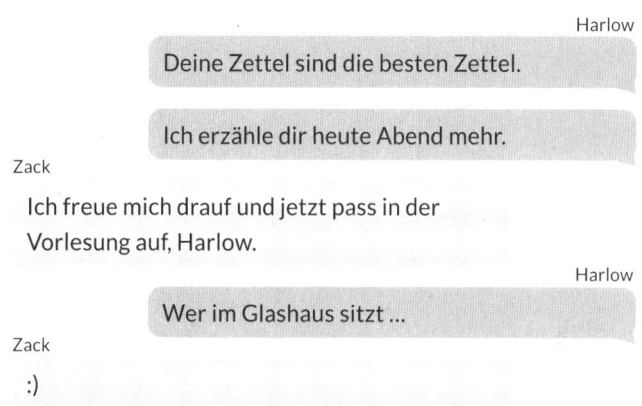

Harlow

Deine Zettel sind die besten Zettel.

Ich erzähle dir heute Abend mehr.

Zack

Ich freue mich drauf und jetzt pass in der Vorlesung auf, Harlow.

Harlow

Wer im Glashaus sitzt ...

Zack

:)

Bedenken hin oder her: Mit ihm zu schreiben, fühlte sich richtig an. Zack war wie ein Ruhepol inmitten des Tornados, der mich seit meines Hacks für Brax in seinen Fängen hielt, und ich wollte unser Kennenlernen nicht sabotieren. Punkt.

Gerade als ich mein Handy zur Seite legte, um Vells zumindest die noch verbleibenden dreizehn Minuten der Vorlesung zuzuhören, flog eine ganz andere Mitteilung auf den Bildschirm. Eine ähnliche Nachricht wie die im Café, die ich bis jetzt mehr oder weniger erfolgreich verdrängt hatte. Ich sah kurz zu Colin, der jedoch auf den Professor fokussiert war, und wechselte in die App von Miyu und mir.

Ganz oben leuchtete die unbeantwortete Nachricht vom Wochenende.

Miyu

> Ich weiß, du hast gesagt, du bist raus, aber ich brauche dich hier. Irgendetwas hat sich verändert.

Genau wie am Samstag wurde mein Magen bei ihren Worten wieder zu einem einzigen harten Knoten.

Miyu

> Low, ich meine das ernst. Ich will dir keine Angst machen, aber Alias ist irgendwie anders drauf. Seine Hacks sind jetzt anders. Du weißt, was das letzte Mal passiert ist, als jemand aus BackWash ausgestiegen ist.

> Bitte melde dich!

Mir wurde schlecht.

BackWash. Acht Buchstaben, die sich jetzt anfühlten wie eine Abrissbirne, wo sie fünf Jahre lang mein virtuelles Zuhause gewesen waren. *BackWash* war ein kleiner Zusammenschluss aus drei – vier, inklusive mir – Hackern, der sich an Anonymous orientierte, jedoch losgelöst davon agierte. Miyu hatte mich in die Gruppe gebracht, nachdem ich ihr von meiner Wut auf das ungerechte Gesundheitssystem erzählt hatte. Damals wurde Brax bei unserer Krankenversicherung nicht auf die Liste für umfangreiche Vorsorgeuntersuchungen gesetzt. Und das nur, weil wir nicht das entsprechende Einkommen besaßen. Wenig später hatte ich auch Alias kennengelernt, den Kopf des Mikronetzwerks. Alias, Miyu, Sarah und ich. Anders als die meisten Hackergruppen, wo es keine feste Hierarchie gab und jeder anonym blieb, hatte *BackWash* eine Struktur. Alias wählte die Aktionen aus, Miyu, Sarah und ich sorgten für die Durchführung. Statt namenlose Hacker waren wir fast so etwas wie ein eingeschworenes Team. Wir hielten uns an das ungeschriebene Gesetz, niemals in das reale Leben der anderen außerhalb der virtuellen Umgebung einzugreifen, aber wir wussten dennoch mehr voneinander. Einer der Gründe, warum es sich immer so *richtig* angefühlt hatte, mit Alias, Miyu und Sarah zusammenzuarbeiten und für ein bisschen mehr Gerechtigkeit zu sorgen. Denn im Prinzip war es das, was *BackWash* tat: Online-Robin-Hood-Aktionen, die niemandem wirklich Schaden zufügten, jedoch einen positiven Effekt haben konnten.

Wir hatten die Screens am Time Square gehackt, als diese für eine Plattform geworben hatten, die sensible Nutzerdaten verkaufte. Mehrfach waren unsere Hackerangriffe gegen Fake News im Internet und zwielichtige Foren gegangen. Und vor knapp einem Jahr hatten wir Konten von Leuten gehackt, die in Korruptionsgeschäfte und Dogenhandel verwickelt gewesen waren, und das Geld an internationale wohltätige Institutionen überwiesen.

Um ein paar Beispiele zu nennen.

Unsere Aktionen waren nicht immer legal gewesen, aber dem Grundsatz gefolgt, dem Wohl der Allgemeinheit zu dienen. Dabei hatten wir unseren festen Ablauf gehabt: Miyu hatte sich unser Ziel genauer angeschaut und nach Lücken in Sicherheitssystemen gesucht, Sarahs Spezialgebiet waren Computerviren, mit denen wir die Netzwerke lahmgelegt hatten, und ich hatte mich um den Zugang in besagte Netzwerke gekümmert. Alias war dabei unser Koordinator und sorgte dafür, dass alle reibungslos zusammenarbeiteten. Ein eingeschworenes, effizientes Team.

Bis Sarah vor sechs Monaten beschlossen hatte auszusteigen, weil ihr die illegalen Aktionen zu riskant geworden waren. Und das hatte alles ins Kippen gebracht, denn Alias war nicht bereit gewesen, sie gehen zu lassen. Bis zu diesem Zeitpunkt hatten wir nicht *einmal* erlebt, dass Alias eine Drohung ausgesprochen oder sich direkt gegen einen Menschen gewendet hatte. Doch dieses Mal hatte er einer einzelnen Person offen gedroht: Sarah.

Und Konsequenzen gezogen, als sie trotzdem gegangen war.

Innerhalb weniger Stunden waren alle Daten, sämtliche Informationen Sarah betreffend verschwunden. Aus jeder Datenbank, überall auf der Welt. Alle ihre Konten waren gelöscht. Selbst ihre Meldung bei den Behörden und ihre Geburtsurkunde. Alle digitalen Fußabdrücke, die Sarah jemals hinterlassen hatte, waren weg. Als hätte sie nie existiert. Ich hatte mir nie Gedanken darüber gemacht, was mit einer Person *ohne* Daten geschah, aber letztlich hatte sie bei null anfangen müssen. Irgendwie beweisen, wer sie war, Dokumente neu beantragen, vielleicht sogar Strafen zahlen, obwohl sie plötzlich keinen einzigen Penny mehr gehabt hatte … Die Vorstellung, das selbst durchmachen zu müssen, jagte mir eine verfluchte Angst ein. Genauso wie die Tatsache, dass Miyu und ich danach nie wieder etwas von Sarah gehört hatten.

Nur hatten Alias und ich immer einen sehr guten Draht zueinander gehabt. Er hatte mir sogar dabei geholfen, den Hack für Brax durchzuziehen. Außerdem: Hätte er gegen mich vorgehen wollen, hätte er das längst getan. Oder? Und dennoch machte sich bei Miyus Nachrichten, bei dem, was zwischen den Zeilen mitschwang, Beklemmung in mir breit.

Bist du dir sicher, dass er deinen Austritt einfach so hinnimmt? Was ist, wenn das nur die Ruhe vor dem Sturm ist? Was ist, wenn er dich vor das gleiche Ultimatum wie Sarah stellt: bei BackWash *bleiben oder alles verlieren?*

Wie würdest du dich entscheiden?

Ich schluckte meine Paranoia hinunter. Das war nur ein weiterer Grund, die Tür endgültig hinter mir zu schließen. *BackWash* musste ein für alle Mal aus meinem Leben verschwinden. Entschlossen begann ich zu tippen.

Low

> Alles ist okay. Aber ich bleibe dabei: Ich bin raus, Miyu. Endgültig.

Hoffentlich behielt ich damit recht.

* * *

Nach meiner letzten Vorlesung hätte ich mich am liebsten für immer in meinem Zimmer vergraben. Sosehr ich die Mathematik- und Informatikkurse auch mochte, die restlichen Veranstaltungen waren eine Tortur und raubten mir die Energie. Ich hinkte den anderen Studierenden bei den interdisziplinären Kursen des Grundstudiums in jeder Hinsicht hinterher. In den Naturwissenschaften kam ich halbwegs klar, über Geschichte und Wirtschaft ließ sich streiten, aber der Rest … Ich verstand, dass es auf dem LSC um eine umfassende Bildung mit Schwerpunkt ging, trotzdem änderte das nichts daran, dass ich dieses System verfluchte und keine Ahnung hatte, wie ich mein fehlendes Allgemeinwissen jemals aufholen sollte. Denn im Gegensatz zu den anderen hätte ich es ohne Abbot niemals auf eine Uni der Ivy League geschafft, sondern würde immer noch bei *Sunny's* jobben. Und nebenbei in einem nicht ganz legalen Netzwerk von Hackern agieren.

Ich warf mich mit dem Kopf voran aufs Bett und brummte in mein Kissen.

»So schlimm?«, fragte Flo mitfühlend, die in diesem Moment in ein Handtuch geschlungen aus dem Bad kam und sich die nassen Haare frottierte.

»Frag nicht.« Kopfschüttelnd richtete ich mich wieder auf, wobei mein Blick an ihr vorbei auf die große Designeruhr an der Wand fiel. Ich fluchte leise. In einer knappen Viertelstunde war ich mit Zack am Altbau verabredet und ich steckte immer noch in meinen Sachen vom Tag und hatte seit dem Frühstück nichts Richtiges mehr gegessen. Hastig sprang ich vom Bett, schnappte mir einen Müsliriegel und grub mich gleichzeitig durch meine Klamotten.

»Hast du noch etwas vor?«

Ich nickte und entschied mich in der nächsten Sekunde für eine helle Jeans mit weitem Bein, ein kurzes graugrünes Trägertop und ein graues Oversized-Hemd aus Kord. Dazu schlüpfte ich in meine halbhohen schwarzen Doc Martens und hängte mir die Seeglaskette von Brax wieder um den Hals. Meine Haare öffnete ich und fasste nur die vorderen Strähnen zu einem Half-Bun zusammen.

»Und offensichtlich hast du es eilig«, fügte Flo belustigt an.

Schulterzuckend schenkte ich ihr ein Lächeln und griff nach einer kleinen Umhängetasche aus braunem, abgegriffenem Leder. »Ich bin spät dran. Wieder einmal.«

»Da sag noch einer, Programmierer hätten ein strukturiertes Leben.«

Ich lachte trocken. »Wer auch immer das gesagt hat, ist definitiv *kein* Programmierer.«

Flo grinste und setzte sich an ihren Schreibtisch. »Unser Co-Learning am Samstagnachmittag steht noch, oder?«

»Klar. Hab einen schönen Abend.« Ich verabschiedete mich und zog auf dem Weg nach unten mein Handy hervor, das einen leisen Ton von sich gegeben hatte.

Mom

> Du musst dir wirklich keine Gedanken machen. Es geht uns gut. Brax' Arzt hat gesagt, dass er die Herzklappen sehr gut angenommen hat und nur noch ab und zu zur Kontrolle kommen muss. Ich weiß, du machst dir immer viele Sorgen, aber ich denke, dass jetzt die Zeit ist, auch mal an dich zu denken, mein Schatz. Genieß deinen Alltag am Lakestone Campus, das hast du dir nach allem verdient!

> Warum kommst du uns nicht bald besuchen? Katy hat noch ein paar ungenutzte Überstunden und wir könnten gemeinsam etwas unternehmen. Sag mir Bescheid, ob das bei dir passt. Wir vermissen dich alle ganz schrecklich und sind sehr stolz auf dich, Harlow. Liebe dich, Mom <3

Erleichterung breitete sich warm in meiner Brust aus, als ich das Handy sperrte und zurück in die Tasche gleiten ließ. Ich machte mir immer Sorgen um Brax, aber es beruhigte mich zu wissen, dass mit ihm im Augenblick alles in Ordnung war.

Und was alles andere betraf ... dafür würde sich schon irgendwie eine Lösung finden.

Ein paar Minuten später folgte ich dem gepflasterten Weg um den beleuchteten See des Campus. Es war ein recht milder Abend und einige der Bänke am Ufer und in den bewachsenen Pergolen waren wie so oft von Studierenden besetzt. Selbst auf der kleinen Insel in der Mitte des Sees brannten ein paar Laternen und ließen das Wasser glitzern.

Lächelnd wandte ich mich ab und steuerte direkt auf den Altbau zu, auf dessen Stufen Zack bereits in schwarzer Lederjacke, Bluejeans und weißem Shirt saß. Seinen Blick hielt er auf das Handy gesenkt, sodass er mich erst bemerkte, als ich direkt vor ihm zum Stehen kam.

»Hey, Zack.«

Er sah auf und bedachte mich mit einem kleinen Lächeln, ehe er gebärdete: »Hallo, Harlow.«

Mit einer fließenden Bewegung kam er auf die Beine und bückte sich dann noch einmal nach zwei schwarzen Helmen, die auf den Stufen lagen.

Ich zog die Augenbrauen hoch. »Also hast du wirklich ein Motorrad? Und wir fahren damit?«

Ein schiefes Grinsen zuckte bei meinem etwas unsicheren Tonfall über seine Züge, ehe er fragend die Stirn krauszog.

»Lucie hat mir davon erzählt«, erklärte ich und griff hastig nach einem der Helme, den Zack mir reichte und sich den zweiten unter den Arm klemmte, um sein Handy wieder hervorzuholen.

»*Ich hoffe, das ist okay. Wir können sonst auch den Bus nehmen oder ein Taxi rufen.*« Elsa wurde wieder einmal zu seiner Stimme und ließ mich lächelnd den Kopf schütteln.

»Nein, nein. Ich bin gespannt auf deine Maschine.«

Zack nickte und tippte eine weitere Antwort. »*Genauso wie ich auf diese ominöse App gespannt bin, die Elsa ablösen könnte. Kannst du so etwas wirklich?«*

Ich betrachtete ihn von der Seite und drückte den Helm an meine Brust, während sich das mittlerweile so vertraute Kribbeln in meiner Brust breitmachte. »Theoretisch ja, die Praxis wird sich zeigen. Vielleicht brauche ich dabei deine – und Chloes – Hilfe, um eine Datenbank aufzubauen, auf die meine Algorithmen bei der Übersetzung zurückgreifen können.«

Zack fuhr sich über das Kinn und tippte dann: »*Ich weiß nicht, ob ich dir da so eine große Hilfe sein werde, aber klar, bin dabei. Vielleicht sollte ich mir vorher noch ein paar Bücher dazu durchlesen.«*

Lachend winkte ich ab. »Quatsch, wir brauchen nur dein Expertenwissen in Sachen Gebärdensprache und Kommunikation.«

»*Damit kann ich dienen, denke ich*«, erwiderte Elsa. Im nächsten Moment berührte Zack mich leicht am Arm und führte mich weg von dem Altbau in Richtung Tor und dem Parkplatz dahinter.

»Das ist deins?«, fragte ich, als wir vor einem schwarzen Motorrad zum Stehen kamen.

Er nickte.

»Ich kenne mich nicht damit aus, aber es sieht cool aus.«

Sein Lächeln wurde breiter, sodass seine Zähne für einen Sekundenbruchteil aufblitzten. Unwillkürlich fragte ich mich, wie wohl sein Lachen klingen mochte. In meiner Vorstellung war es warm und hell, so wie seine goldbraunen Augen.

»*Das ist eine BMW R1200r. Ich hab sie mit Grams vom Schrottplatz gerettet und auf Vordermann gebracht.*«

Wie Zack in seiner Lederjacke so an dem Motorrad lehnte und mich ansah, hätte das hier gut und gern eine Szene aus den romantischen Kitschbüchern sein können, die ich zugegebenermaßen des Öfteren las.

Seine Augenbrauen wölbten sich fragend nach oben.

»Die Maschine steht dir, Zackary. Wenn du jetzt auch noch damit umgehen kannst ...«

Ein deutlich dunkleres Funkeln trat in seinen Blick. »*Ich fahre, seit ich vierzehn bin.*«

»Dann will ich Elsa mal glauben.«

Kopfschüttelnd stieß er mich sanft an und wies mit dem Kinn dann auf den Helm, den ich mir daraufhin brav über den Kopf zog.

»*Wenn irgendetwas beim Fahren ist, sag einfach Bescheid. Dann halte ich sofort an*«, ließ er mich wissen und steckte den Schlüssel in die Zündung, bevor er sich gekonnt auf das Motorrad schwang.

Ich folgte ihm einen Atemzug später etwas weniger elegant und spürte, wie mein Herzschlag ins Stolpern geriet, als mir klar wurde, wie nah wir beieinander waren. Neben ihm im Café zu sitzen, war eine Sache gewesen, aber das hier ... Mein gesamter Oberkörper wurde auf dem schmalen Sitz gegen seine warme Rückseite gedrückt. Wie ein Sandwich aus Zack und Harlow und ein paar wenigen Lagen Kleidung.

»*Leg die Arme um mich, sonst fällst du bei der ersten Kurve runter.*«

»Sehr beruhigend«, erwiderte ich und kam nicht umhin zu bemerken, dass ich ein wenig außer Atem klang. Vielleicht, weil mir auffiel, dass sich seine Brust unter meinen Händen genauso schnell hob und senkte wie meine eigene.

Zack drückte einen Sekundenbruchteil lang beruhigend meine Finger und drehte dann den Schlüssel in der Zündung um. Die Maschine erwachte röhrend unter uns zum Leben und schickte ein paar Tausend Watt durch meinen Körper. Zumindest fühlte es sich so an.

Im nächsten Moment setzte sich die BMW auch schon in Bewegung. Reflexartig presste ich mich enger an Zack und wusste, auch ohne es zu hören, dass er lachte. Ich spürte es ganz einfach. Er lenkte die Maschine vom Parkplatz des Campus auf die Straße und fädelte sich in den Verkehr von Seattle ein. Bei Tag war die Stadt schon beeindruckend, doch am Abend, auf diesem Motorrad mit Zack, war sie schlichtweg atemberaubend schön. Wir folgten der Straße, die direkt auf die Küste zuhielt, und fuhren dann parallel zum Meer in Richtung Süden. Die Lichter der Gebäude am Wasser, die funkelnde See und die Menschen verschwammen zu bunten Streifen, als Zack beschleunigte und uns zwischen den Autos hindurchlenkte.

Ein Lachen sprudelte über meine Lippen, während wir immer schneller wurden und das Kribbeln in jeder einzelnen meiner Zellen vibrierte. Es war wie ein Rausch, der aus Zacks Nähe, der Geschwindigkeit und dieser pulsierenden Stadt um uns herum entstand, und mich vollends mit sich riss.

Meine Gedanken verstummten, weil sie hier schlichtweg keinen Platz mehr hatten. All meine Sorgen rückten weit weg, selbst Miyu und Alias und *BackWash* ließ ich irgendwo zwischen den Wolkenkratzern und den Fischhallen zurück, bis es nur noch diesen Moment hier und jetzt mit Zack gab.

Diesen Moment, in dem ich einfach lebte.

KAPITEL 10

Star Walkin' – Lil Nas X

Zackary

Das Riesenrad warf bunte Reflexionen auf das beinahe schwarze Wasser der abendlichen Elliott Bay und drehte sich langsam im Takt der Musik. Selbst um diese Uhrzeit liefen viele Menschen in den unterschiedlichsten Altersstufen über den weitläufigen Pier, der von Ständen, kleinen Fahrgeschäften und bunten Zelten besiedelt war. Links schloss sich direkt eine Fischhalle an, die vor ein paar Jahren zu einem gigantischen Lokal umgebaut worden war. Das *Under the Sea* war tagsüber ein Café und Restaurant mit großer Terrasse direkt am Meer und abends eine Mischung aus Bar, Club und einem Ort, an dem man Livemusik lauschen konnte. Ich hatte schon unzählige Nächte da verbracht, nicht zuletzt, weil mein Kumpel Levi oft als DJ auflegte und Teil des *UTS*-Teams war.

Doch bevor ich Harlow dorthin bringen würde, führte ich sie erst einmal über den Miniaturrummel, auf den Seattle so unglaublich stolz war. Der Geruch von Zucker, gebrannten Mandeln und gebratenem Fingerfood stieg mir in die Nase, während die Luft von Kinderlachen, Gesprächen und dem Rattern und den Melodien der Fahrgeschäfte erfüllt war.

»Das ist wirklich unglaublich! Gerade bereue ich es sehr, nie hier am Pier gewesen zu sein.« Ihre Augen leuchteten und ich war froh, auf Grams und nicht auf meine Zweifel gehört zu haben. Harlow kennenzulernen und Zeit mit ihr zu verbringen, war etwas Gutes und ich wollte mir das ganz sicher nicht von alten Bedenken nehmen lassen.

Ich nickte und schob sie dann entschlossen nach rechts, wo mein Lieblingsstand lag. Meiner Meinung nach verkauften sie dort die besten Hotdogs der ganzen Vereinigten Staaten. Auf dem Weg dahin zog ich mein Handy wieder hervor und griff auf die Elsa-App zurück. Ich konnte nicht glauben, dass Harlow sich wirklich Gedanken darüber machte, eine bessere App zu programmieren. Dass sie so etwas auf die Beine stellte, um ... um unsere Kommunikation leichter zu gestalten und ... – für *mich*.

Hey, Zack. Schon mal daran gedacht, dass es sich einfach als Uniprojekt angeboten hat?

Ich schüttelte den Gedanken ab. »*Du warst nie hier?*«

»Nein, es ... hat sich einfach nicht ergeben.« Harlow lächelte schief und sah sich weiter um. »Es ist echt schön. Unglaublich schön.«

Das bist du auch. Abrupt senkte ich den Blick auf mein Handy. Wo war das bitte hergekommen? »*Hast du Hunger?*«

»Ich dachte schon, du fragst gar nicht mehr«, gab sie zurück und zupfte die Kette auf ihrer Brust zurecht. Ein blaugrünes Stück aus geschliffenem Glas an einem Lederband, das ich schon ein paarmal an ihr gesehen hatte. »Nach diesem Tag bin ich am Verhungern.«

Ich hob einen Mundwinkel und streckte ihr instinktiv meine Hand entgegen, als es um uns herum voller wurde. Harlow sah zu mir, wirkte für einen Sekundenbruchteil unsicher, ehe sie ihre Finger mit meinen verschränkte. Ich schluckte nervös und riss mich dann von den umherwirbelnden Emotionen in ihrem Blick los, ehe ich sie zu besagtem Hotdog-Stand führte, vor dem sich bereits eine kleine Schlange gebildet hatte.

»Du hast eine gute Wahl getroffen. Ich liebe Hotdogs«, sagte Harlow und sah zu mir hoch.

Mit nur einer Hand zu tippen, dauerte etwas länger, doch ehrlich gesagt wollte ich ihre Finger noch eine Weile länger zwischen meinen halten. Solange sie mich ließ. »*Das hier sind die allerbesten. Vertrau mir. Im ersten Semester bin ich fast jeden Tag hergekommen.*«

»Da bin ich gespannt. Das sind große Worte, Zack – wir reden hier schließlich von *Hotdogs*.«

Wieder tippte ich meine Antwort. »*Ich weiß, wovon ich spreche.*«

Bei der elektronischen Stimme aus meinem Handy wandten sich drei Jungs vor uns um und gafften uns ungeniert an. Doch noch bevor ich mit einer ziemlich eindeutigen Geste antworten konnte, funkelte Harlow sie bereits herausfordernd an, bis sie sich augenrollend wegdrehten.

»Dachte ich mir«, murmelte sie und schaute dann wieder zu mir.

Ich zuckte mit den Schultern. Für mich war es nichts Neues. Viele Menschen stürzten sich nun mal geradezu auf alles, was nicht ihrer Vorstellung von Normalität entsprach, weil sie einfach nicht kapierten, dass so etwas wie *normal* überhaupt nicht existierte. Und dabei spielte es keine Rolle, ob wir von Handicaps, Hautfarben, Beziehungen oder der verdammten Wahl der Schuhe sprachen. Ich hatte besonders in meiner Schulzeit gelernt, dass man eben diesen Menschen keine Macht schenken durfte, sondern lieber bei sich bleiben sollte. Auch wenn die Welt einen verbiegen wollte und das verflucht anstrengend und ätzend sein konnte.

Harlow drückte meine Finger, als würde sie spüren, was gerade in mir vorging. Ich erwiderte den Druck instinktiv, ehe ich das Handy wieder entsperrte und Elsa zurück ins Gespräch holte.

»Sie wissen es nur nicht besser.«

»Dann verpassen sie etwas.« Harlows Antwort ließ mich schmunzeln.

Die Schlange rückte auf und schließlich waren wir an der Reihe. Harlow bestellte und ließ sich dann von mir zu einer Bank direkt am Geländer des Piers führen.

»Wie gebärdet man Ich liebe Hotdogs?«, fragte sie und nahm den ersten Bissen, wobei sich etwas Ketchup und ein paar Röstzwiebeln auf ihre Wange verirrten.

Ich verschluckte mich prompt an meinem Hotdog und lächelte dankbar, als mir Harlow hilfsbereit auf den Rücken klopfte. Mit meinen letzten noch sauberen Fingern aktivierte ich Elsa. »Ich zeige es dir, aber nicht lachen. Das gibt es im Gebärdenslang wirklich so, ich schwöre es – ohne irgendwelche Hintergedanken.«

Sie runzelte die Stirn, während ein neugieriges Funkeln in ihren Augen aufblitzte. »Oookaay?«

Ich legte meinen Hotdog neben mich auf die Bank und hob die Hände. Das würde so was von nach hinten losgehen. Mit einem gequälten Grinsen streckte ich meinen rechten Zeigefinger nach oben und stülpte meine linke Hand, die ich zu einer lockeren Faust geballt hatte, darüber.

Harlow sah erst auf meine Finger, dann in mein Gesicht und brach in schallendes Gelächter aus, wobei ihr beinahe der Hotdog aus den Händen fiel. »Gott sei Dank habe ich dich das nicht eben am Stand gefragt«, sprudelte es auch ihr heraus. »Stell dir doch nur mal das Gesicht der Verkäuferin vor, wenn du ihr diese Gebärde vor die Nase gehalten hättest.«

Ich grinste breit und nickte. Dabei ersparte ich es mir zu erklären, dass es durchaus auch eine weniger anzügliche, offiziellere Geste für *Hotdog* gab, einfach um Harlows Lachen noch ein wenig länger zu genießen.

»Keine Ahnung, was sich der Erfinder dieser Gebärde dabei gedacht hat.« Harlow übte zweimal *Ich liebe Hotdogs,* ehe sie wieder nach ihrem Essen griff, noch immer schmunzelnd.

Gedankenverloren betrachtete ich ihr Profil. Ihre Haare, die im künstlichen Licht beinahe rötlich leuchteten. Ihren offenen Blick, mit dem sie auf die Bucht hinausschaute. Ihre leicht geschwungenen, vollen Lippen.

Ich hatte mich nicht getäuscht, Harlow war schön, innen wie außen.

Und das Schönste an ihr war, dass sie sich dessen nicht einmal bewusst war.

Nach unserem Abendessen auf der Bank schlenderten wir über den kleinen Rummel. Wir holten uns neben dem Karussell eine Zuckerwatte, die Harlow zum größten Teil allein aß, und fuhren dann eine Runde mit dem Riesenrad.

»Du schuldest mir immer noch einen Beweis deiner Superkraft«, bemerkte sie, ohne den Blick von der beleuchteten Bainbridge Island zu lösen, als das Riesenrad oben zum Stehen kam.

Ich nickte und griff nach meinem Handy, entschied mich dann jedoch für den kleinen Block. Hier oben kam es mir irgendwie falsch vor, jemand anderes für mich sprechen zu lassen. Wie schon so oft, schrieb ich meine Antwort auf das Papier, stupste sie dann leicht an und deutete auf meine Nachricht. Was für einen Beweis brauchst du denn?

Mit nachdenklich gekräuselten Lippen wandte sie sich halb zu mir um und legte den Kopf schief. »Du hast gesagt, du kannst dir jede Art von Text superschnell einprägen.«

Ich sah sie abwartend an.

»Was möchtest du damit später machen?«

Am LSC habe ich mich auf Jura und Literatur spezialisiert.

Etwas, über das ich mir in naher Zukunft Gedanken machen musste, denn Abbot hatte mir zu verstehen gegeben, dass ich mich im Laufe des dritten Semesters auf ein Hauptfach festlegen musste.

»Also lag ich mit meinem Tipp Literaturwissenschaften gar nicht so daneben.« Sie zuckte mit den Schultern und strich über die bunten Aufkleber, die irgendjemand auf den Haltebügel der Gondel geklebt hatte. »Zumindest weiß ich jetzt, wie ich dich testen kann.«

Da bin ich aber gespannt.

Harlow verzog den Mund zu einem schiefen Grinsen. »Hast du die *Odyssee* von Homer gelesen?«

Ich bejahte wortlos. Die *Odyssee* war ein recht trockenes Buch, aus dem man trotzdem eine Menge lernen konnte, wenn man sich denn einmal hindurchgequält hatte. Jedenfalls war das meine Meinung.

»Ich musste in der Schule eine Passage auswendig lernen, und weil ich diese Aufgabe damals so grauenvoll fand, hat sich der Text nur umso tiefer in mein Gedächtnis gebrannt. Ironie des Schicksals.«

Da ich wusste, dass sie die Gebärde kannte, antwortete ich belustigt: »Okay?«

»Laut deiner Superkraft müsstest du jedes Wort auswendig kennen, deswegen sollte es dir ja nicht schwerfallen, meinen Satz zu vervollständigen.«

Ah, *dieses* Spiel. Ethan hatte, als wir uns kennengelernt hatten, einen ganz ähnlichen Test mit mir durchgeführt. Allerdings hatte er mich Anfänge von wahllos ausgesuchten Büchern aufschreiben lassen. Unter anderem auch *Winnie-the-Pooh* und *Peter Pan.*

Ich wiederholte die Gebärde für *Okay,* woraufhin sich Harlow auf ihrem Platz aufrichtete, als würde sie gleich einen Vortrag vor einem gewaltigen Publikum halten. »Ich zitiere: *Und zu Demodokos sprach der erfindungsreiche Odysseus:* ... Und, wie geht es weiter, Zack?«

Die Worte formten sich vor meinem inneren Auge, ohne dass ich groß darüber nachdenken musste: Wahrlich von allen Menschen, Demodokos, achtet mein Herz dich! Dich hat die Muse gelehrt, Zeus' Tochter, oder Apollon!

Als ich Harlow den Block reichte, wurden ihre Augen groß. »Okay, das ist echt wahnsinnig cool.«

Brauchst du noch mehr Text?

Kopfschüttelnd winkte sie ab. »Fürs Erste war das Beweis genug, denke ich. Warum hast du dich auch für Jura entschieden?«

Mein Griff um den Kugelschreiber wurde reflexartig fester, denn Harlow hatte mit ihrer Frage unwissentlich einen empfindlichen Punkt getroffen. Weil der Grund, aus dem ich Jura studierte, mit Adalyn und dem schmerzhaftesten Kapitel meines Lebens zusammenhingen. Und obwohl fast sechzehn Jahre seitdem vergangen waren, tat es immer noch weh. Meine Psychologin, die mich jahrelang betreut hatte, bis ich zu Beginn meines Studiums entschieden hatte, die Therapie zu beenden, hatte einmal gesagt, dass ein so tiefer Schmerz zwar über die Zeit immer weniger wurde, sein Echo jedoch bleiben konnte. Wie ein Bild, das unschärfer wird, aber nie verblasst.

Ich atmete tief ein und aus und sah dann wieder zu Harlow, die mich unter zusammengezogenen Brauen musterte. »Zack …« Sie sprach nicht weiter, doch ich hörte ihre unausgesprochenen Fragen dennoch.

Ich blickte in ihre blaugrünen Augen, die hier oben dunkler wirkten, und dachte das erste Mal darüber nach, jemandem Neues von dieser Nacht zu erzählen. Von Adalyns Tod. Der Angst. Den Schuldgefühlen. Einfach allem.

Der Gedanke ließ mich erschaudern. Ruckartig schaute ich zur Seite. Wir kannten einander kaum. Wussten so wenig voneinander, von den Mauern, die wir beide in uns errichtet hatten. Trotzdem brachte mich irgendetwas dazu, Harlow zu vertrauen, sie an mich heranlassen zu wollen.

»Zack, wenn ich dir mit meiner Frage zu nahe getreten bin …«

Ihre Stimme holte mich zurück in die Gondel des Riesenrads, die sich mittlerweile wieder kontinuierlich in Richtung Boden bewegte. Ich entspannte meine Finger um den Kugelschreiber und befeuchtete meine Lippen, dann schrieb ich: Das bist du nicht. Mein Studium hat nur einen sehr persönlichen Hintergrund. Ich hoffe, du kannst verstehen, dass ich nicht so gern darüber spreche.

Die Falten auf Harlows Stirn vertieften sich erst, doch dann entspannten sich ihre Züge und gaben ein Lächeln frei. »Natürlich verstehe ich das. Du brauchst mir nichts zu erklären, es … ich kenne das.«

Nun war ich es, der am liebsten nachgefragt hätte. Nach dem Schatten, der bei ihrer Antwort das Blaugrün ihrer Augen verdunkelt hatte. Doch hier und jetzt war sicherlich nicht der richtige Zeitpunkt dafür und ich akzeptierte ihr Geheimnis, so wie sie meins akzeptierte. Statt etwas zu erwidern, griff ich aus einem Impuls heraus nach ihren Fingern und drückte sie kurz, ehe ich sie genauso schnell wieder losließ. Weil der Moment vorüber war und wir den Ausstieg erreicht hatten.

Der Betreiber des Riesenrads öffnete unseren Bügel und half Harlow aus dem breiten Sitz, bevor er auch mir eine Hand anbot, die ich mit einem knappen Lächeln ablehnte. Wir verließen die Plattform und kämpften uns gemeinsam durch die vielen Menschen hindurch, unsere kleinen Finger miteinander verhakt.

»Danke für die Fahrt und tut mir leid, dass ich die Stimmung … irgendwie gekillt habe.«

Überrascht schaute ich in Harlows zerknirschtes Gesicht und angelte dann nach meinem Handy oder besser gesagt Elsa. »*Das hast du nicht*«, hielt die elektronische Stimme dagegen. »*Wenn überhaupt, war ich das.*«

»Einigen wir uns auf unentschieden.« Einer ihrer Mundwinkel hob sich ein kleines bisschen.

»*Mit Unentschieden kann ich gut leben. Du …*«

»Zackary!«

Mein Name, der über die Rummelgeräusche zu mir schallte, ließ mich reflexartig das Handy sperren, ehe Elsa den Satz zu Ende gesprochen hatte. Abrupt ließ ich Harlows Finger los und wandte mich der Stimme zu, als ich auch schon Chloe, Ethan, Mason und Sue entdeckte, die sich durch die Menge zu uns kämpften.

»Wusste ich doch, dass du es bist!«, rief Chloe mit einem breiten Grinsen. »Wollten wir uns nicht am Eingang des *Under the Sea* treffen?«

Ich begrüßte meine Freunde mit einem Winken in die Runde und gebärdete dann: »**Hey, Leute. Aber doch erst um halb neun.**«

Ethan legte mir grinsend einen Arm um die Schultern und antwortete auf Chloes Übersetzung: »Es ist gleich *um* halb neun, Zacky. Und wem haben wir deine Zerstreutheit zu verdanken?«

Die Blicke meiner Freunde richteten sich geschlossen auf Harlow, die daraufhin mit einem unsicheren Lächeln eine Hand hob. »Hi, ich bin Harlow. Eine ... Freundin von Zack.« Kurz huschte ihr Blick zu mir, als wollte sie sichergehen, dass *Freunde* okay war. Es war mehr als okay.

»Aaahhh, du bist das Mädchen aus dem Café, dem Zack hinterhergeschaut hat.«

Ich versetzte Ethan einen Klaps gegen die Schulter und befreite mich aus seiner halben Umarmung.

»Wir sollten los, wenn wir etwas von Levis Auftritt mitbekommen wollen«, dolmetschte Chloe meine Gebärden und rümpfte kritisch die Nase, als würde sie aus meinen Händen nur zu genau herauslesen können, dass irgendetwas nicht stimmte. Darin war sie schon immer zu gut gewesen.

»Kommst du auch mit, Harlow?«, fragte Sue und schenkte ihr ein offenes Lächeln. »Levi ist echt genial und drinnen bekommt man grandiose Drinks.«

»Zack hat mir von Levi und seiner Musik erzählt. Wenn das okay ist ...« Harlow unterbrach sich selbst und sah wieder zu mir.

»Natürlich ist es das«, meinte Ethan, bevor ich etwas erwidern konnte. »Das wird ein entspannter Abend.«

Harlow schien sich immer noch unwohl zu fühlen. Vielleicht trat ich deswegen ein wenig näher an sie heran, bloß ein kleines Stück, bis unsere Arme sich beinahe berührten. Keine große Geste und dennoch reichte sie aus, um mir ein vielsagendes Räuspern von Ethan einzuhandeln. Das hier würde auf jeden Fall ein Verhör nach sich ziehen. So viel war sicher. Innerlich verdrehte ich die Augen.

»Wenn dann alles geklärt ist …«, mein bester Freund klatschte in die Hände und deutete überschwänglich in Richtung Halle, »… können wir ja reingehen, bevor auch die letzten guten Plätze weg sind.«

Wir setzten uns in Bewegung in Richtung *Under the Sea*, wobei sich Chloe nach ein paar Schritten zu mir zurückfallen ließ. Harlow war bereits in eine Unterhaltung mit Ethan vertieft, der sie direkt mit sich gezogen hatte. Ein Umstand, von dem ich nicht genau sagen konnte, ob er mir gefiel – wenn man bedachte, was er so alles auf Lager hatte.

»Ich habe dich gerade gesehen. Diesen Blick, als du aus dem Riesenrad gestiegen bist. Ist alles in Ordnung bei dir?«, gebärdete Chloe.

Eigentlich sollte es mich nicht wundern, dass sie darauf zu sprechen kam. Sie kannte mich in- und auswendig und nicht selten kam es mir so vor, als hätte sie einen speziellen Radar für meine aktuelle Gefühlslage. Etwas, wofür ich in den meisten Fällen sehr dankbar war. In der Vergangenheit war es oft Chloe gewesen, die bemerkt hatte, wenn ich in ein Loch zu fallen drohte. Ohne unsere Freundschaft wären die Dinge sicher anders gelaufen. Schlechter. Viel schlechter.

Ich schenkte ihr ein beruhigendes Lächeln. **»Mir geht's gut.«**

Meine beste Freundin bedachte mich nur mit misstrauischer Miene. **»Du bist ein miserabler Lügner. Daran hat sich in all der Zeit, die wir uns schon kennen, nichts geändert, Zack.«**

»Manche würden darin etwas Gutes sehen.«

Darauf ging sie erst gar nicht ein, sondern sah für einen kurzen

Moment an mir vorbei zu Harlow. »Ist es ihretwegen? Hat sie irgendeine kopflose Bemerkung gemacht?«

»Nein!«, erwiderte ich unbeabsichtigt heftig und kurz angebunden. Weil ihre Worte mich mehr trafen, als ich erwartet hätte.

»Das hat absolut nichts mit Harlow zu tun.«

»Warum reagierst du dann so empfindlich?«

»Ich reagiere nicht ...« Ich brach ab und fuhr mir durch die Haare. »Können wir das einfach sein lassen?«

»Warum? Irgendetwas ist doch«, gebärdete Chloe weiter und einen Augenblick lang schien es, als wollte sie mich packen und zurückhalten. »Hey, ich bin's. Deine beste Freundin, du Dickschädel.«

Ich atmete aus und nickte. »Tut mir leid. Aber es ist wirklich nichts vorgefallen, weswegen du dir Sorgen machen müsstest, Chloe.«

Schlechter Lügner, formte sie nur lautlos mit den Lippen, dann war sie auch schon hinter Mason, Ethan, Harlow und Sue in das *Under the Sea* getreten.

Ich folgte ihr nach einem kurzen Moment, hinein in die große umgebaute Fischhalle, die nur so summte vor Gesprächen, Stimmen und Musik. Über die hintere schmale Seite zog sich eine lange Bar mit Hockern davor und Regalen voller Spirituosen dahinter, während die restliche Fläche fast vollkommen von Tischen besetzt war. Die bunte Beleuchtung des Rummels fiel durch die großen Fenster an den Längsseiten des Gebäudes und tauchte das *Under the Sea* zusammen mit den alten Lüstern in ein warmes, goldenes Licht. In der Mitte hatte Levi am DJ-Pult Stellung bezogen und sorgte für Musik, einige Gäste tanzten bereits auf der Fläche davor.

»Wow, das ist ja noch viel größer, als es von außen aussieht«, murmelte Harlow, die wieder neben mich getreten war, und warf mir einen raschen Seitenblick zu. »Kommt ihr öfter her?«

Ich nickte lächelnd und führte sie dann durch die Reihen zu einem leicht erhöhten Bereich, wo runde Tische zu kleinen Sitznischen angeordnet waren. Mason hatte sich bereits den letzten freien Platz unter den Nagel gerissen und präsentierte ihn nun stolz, als wir dazukamen.

»Gerade noch rechtzeitig. Als hätte das gute Stück hier nur auf uns gewartet«, meinte Ethan und stützte sich auf die Lehne eines Stuhls. »Ich hole die erste Runde – irgendwelche Wünsche?«

Sue zog ihr Portemonnaie hervor. »Ich komme mit, sonst bestellst du mir wieder irgendeinen Mist.«

Ethan grinste nur – vermutlich war genau das seine Absicht gewesen – und nahm unsere Bestellungen auf, ehe er mit Sue in Richtung Bar verschwand.

Harlow, Chloe, Mason und ich setzten uns und verfolgten ein paar Augenblicke lang das Treiben in der großen Halle. Es würde nicht mehr lang dauern und die Tanzfläche wäre bis auf den letzten Quadratzentimeter gefüllt – das wusste ich aus eigener Erfahrung nur zu gut.

»Was studierst du eigentlich, Harlow?« Lächelnd zog sich Mason die Jeansjacke von den Schultern.

Sie stützte die Ellenbogen auf den Tisch. »Computerwissenschaften, und du?«

Mason riss überrascht die Augen auf. »Okay, damit habe ich nicht gerechnet … Ein echt cooler Fachbereich! Ich habe ein absolutes Gehör, deswegen bin ich im Musikprogramm des LSC.«

Lächelnd beugte sich Harlow weiter über den Tisch. »Okay, neben euch komme ich mir ja fast langweilig vor.«

Langweilig?

Ich schüttelte den Kopf und holte meinen Block hervor, als Chloe mir eine Hand auf den Unterarm legte und mich mit einem eindringlichen Blick bedachte.»Ich übersetze.«

Unentschlossen sah ich sie einen Moment lang an und ließ schließlich mit einem Nicken die Schultern sinken. Wenn wir das nächste Mal allein waren, würde ich sie definitiv noch mal auf diese Sache gerade ansprechen. Chloe hatte schon immer einen ausgeprägten Beschützerinstinkt gehabt, aber ihre Reaktion auf Harlow war selbst für sie ungewöhnlich stark gewesen. Und ich wollte nicht, dass irgendetwas zwischen uns stand. Dafür war mir meine beste Freundin einfach zu wichtig.

Ich atmete aus und zeigte meine Antwort auf.

»Ich bin mir sicher, dass du maßlos untertreibst. Diese Gebärden-App, von der du mir erzählt hast, klingt alles andere als *langweilig*«, gab Chloe meine lautlosen Worte für alle hörbar wieder und sah dann überrascht zu Harlow.»Gebärden-App?«

Sichtlich verlegen schaute diese auf ihre Hände.»Na ja, noch existiert sie nicht. Ich bin gerade dabei, sie mit einem Kommilitonen zu entwickeln. Sie soll die Kommunikation erleichtern, auch unter denjenigen, die verschiedene Gebärdensprachen sprechen. Eine Übersetzungs-App, sozusagen.«

Mason stieß einen leisen Pfiff aus.»Klingt krass.«

»Wenn es denn so klappt, wie …«Das helle Bimmeln eines Handys unterbrach Harlow und ließ sie mit gerümpfter Nase nach ihrer Tasche greifen.»Sorry, ich habe vergessen, es stummzuschalten«, sagte sie und erstarrte im nächsten Moment, als sie auf das Display schaute.

Ich konnte gerade noch den Namen *Alias* lesen, bei dem es irgendwo in meinem Hinterkopf klingelte, da hatte sie den Anruf auch schon weggedrückt und war aufgesprungen.

»Tut mir leid«, entschuldigte sich Harlow fahrig. »Ich muss los. Das … das ist wichtig.«

Instinktiv stand ich auf, als ich die Angst in ihren Worten wiedererkannte, griff nach ihrer Hand und hielt sie zurück, sodass sie beinahe gegen meine Brust gestolpert wäre.

Blinzelnd schaute sie zu mir auf und presste die Lippen aufeinander. Die stumme Bitte, sie gehen zu lassen und keine Fragen zu stellen. »Danke für den schönen Abend, Zack. Aber ich … ich kann nicht bleiben. Wir sehen uns auf dem Campus. Tut mir wirklich leid!«

Dieses Mal ließ ich sie gehen. Harlow wandte sich ab und war schneller, als ich es für möglich gehalten hätte, zwischen den Tischreihen abgetaucht. Mit zusammengebissenen Zähnen sah ich ihr hinterher und ballte die Hände zu Fäusten, während einer ihrer Sätze in mir nachhallte.

Ich kann nicht bleiben.

Wieso nur hatte ich das Gefühl, dass Harlow mit ihren Worten mehr als nur diesen Abend gemeint hatte?

KAPITEL 11

Let You Love Me – Rita Ora

Harlow

»Miss Lexington? Auf ein Wort, bitte.«

Als ich das unverkennbare Klappern von hohen Absätzen in Kombination mit meinem Namen hörte, blieb ich unvermittelt auf dem Gang stehen und wandte mich der Stimme zu. »Professorin Essler, wie kann ich Ihnen helfen?« Es war schwer, mir ein halbwegs freundliches Lächeln auf die Lippen zu tackern, weil ich längst ahnte, worum es gehen könnte.

»Ich hatte gehofft, Sie noch zu erwischen.« Meine Dozentin für Englische Literatur öffnete ihre lederne Kuriertasche und hielt mir einen Bogen beschriebene karierte Blätter hin. »Ich weiß, die nächste Vorlesung ist erst nächste Woche, aber ich wollte Ihnen die Chance geben, noch einmal an Ihrer Gedichtanalyse zu arbeiten.«

Ein wenig irritiert nahm ich die Papiere entgegen und blickte auf meine geschwungene Schrift in Schwarz. Und das viele Rot. »Ich … Der Aufsatz ist eigentlich fertig.«

Prof. Esslers Brauen wanderten vielsagend nach oben. »Hören Sie, Miss Lexington, mir ist bewusst, dass es für Sie ein … großer Schritt hierher gewesen ist. Sie geben Ihr Bestes und aus diesem Grund möchte ich Ihnen die Gelegenheit geben, die Hausarbeit

noch einmal zu überarbeiten. Ich habe einige Anmerkungen gemacht, die Ihnen vielleicht helfen, die … Lücken zu schließen.«

Ich kam nicht umhin, mich peinlich berührt umzuschauen, um
zu sehen, ob irgendjemand ihre Worte gehört hatte. Doch keiner
der Studierenden um mich herum nahm Notiz von uns.

»Sie werden das schaffen. Setzen Sie sich einfach noch mal in
Ruhe an den Text, verschaffen Sie sich einen Überblick über den
Inhalt des Gedichts und arbeiten Sie die Stilmittel konkreter heraus. Das wird«, meinte Essler, als ich den Kopf wieder in ihre Richtung drehte, und schenkte mir ein aufmunterndes Lächeln.

Die Professorin war schwer in Ordnung, keine Frage, und dass
sie mir diesen Freiwurf gab statt direkt null Punkte, hätte eigentlich
eine Erleichterung sein müssen, nur … war ich nicht erleichtert. Ich
war ernüchtert, frustriert, gestresst. Weil das nur bewies, was ich eh
schon wusste: Ich war keine Elitestudentin, ganz gleich, was Abbot
in mir sah. Ich beherrschte den Umgang mit Zahlen, aber alles andere … Allein dieses Gedicht zu analysieren, war mir schon wie ein
Ding der Unmöglichkeit vorgekommen und dabei waren wir erst
am Anfang des ersten Semesters. Und nebenher musste ich mir
auch noch Gedanken um meine Vergangenheit machen, die immer wieder anklopfte. Bei der Erinnerung an Alias' Anruf vor zwei
Tagen lief es mir eiskalt den Rücken runter. Er hatte es nur ein paarmal klingeln lassen, als hätte er mir damit zeigen wollen, dass ihn
diese Grenze nicht länger aufhielt. Und das hatte eine Sicherung
bei mir durchbrennen lassen.

»Miss Lexington?«

Wochenlang keine Reaktion von ihm und jetzt … hatte ich keinen Schimmer, was passieren würde. Was Alias noch tun würde, *ob*
er noch etwas tun würde, was sein Anruf zu bedeuten hatte und …

»Harlow?«

Mein Kopf ruckte hoch. »Entschuldigung.«

Prof. Essler nickte nachsichtig. »Das ist kein Weltuntergang und Sie können sich jederzeit bei mir melden, wenn Sie Hilfe benötigen. Ihre Kommilitonen werden Ihnen auch behilflich sein, da bin ich mir sicher.« Wieder ein aufmunterndes Lächeln. »Ich wünsche Ihnen eine schöne restliche Woche, Miss Lexington.« Mit diesen Worten drehte sich die Professorin um und ließ mich in dem breiten Gang, der sich merklich geleert hatte, zurück.

Seufzend ließ ich meinen Atem entweichen und die Schultern sinken. Das hatte mir gerade noch gefehlt.

* * *

Der Regen klatschte gegen die Scheiben des Gemeinschaftsraums im Wohnheim, der in das trübe Licht des Freitagnachmittags getaucht war. Draußen herrschte ein hefiger Herbststurm mit Starkregen und wiederkehrenden Donnerschlägen, wohingegen es hier drinnen beinahe unheimlich still war. Ich hatte es mir mit meinem Laptop auf einer der gepolsterten Fensterbänke gemütlich gemacht. Neben mir eine Tüte mit Bananenchips und mein aufgeschlagenes Notizbuch, in dem dasselbe Chaos herrschte wie in meinem Kopf. Nach dem Hockeytraining gestern tat mir jeder Knochen weh, meine Muskeln brannten – doch das war nichts im Vergleich zu meinen lodernden Gedanken. Gedanken, die ungebremst von einer Sache zur nächsten sprangen, ohne Rücksicht auf Verluste. Meine Familie, die Vorlesungen, Alias' Anruf … und immer wieder Zack.

Ich verfluchte mich dafür, dass ich ihn im *Under the Sea* stehen gelassen hatte und mich von meiner Angst hatte überrollen lassen. Statt die gemeinsame Zeit mit ihm und seiner Clique zu genießen, hatte ich die Flucht ergriffen. Weil ich in dem Augenblick des Anrufs nur an Sarah hatte denken können, daran, dass Alias diese *heilige* Grenze überschritten hatte.

Ich hasste es, dass diese kleine Sache mich derartig aus der Bahn geworfen hatte, und am allermeisten hasste ich, dass sie mir den Abend mit Zack gestohlen hatte. Denn bei ihm war ich nur Harlow gewesen. Ohne Zusatz. Nur Harlow und Zack, der mir innerhalb kürzester Zeit tiefer unter die Haut gegangen war, als ich für möglich gehalten hätte.

Seufzend lehnte ich den Kopf an den Fensterrahmen und sah nach draußen auf den verregneten Campus. Vereinzelt liefen Studierende und Dozierende unter bunten Regenschirmen über die Anlage. Pfützen hatten sich überall auf den hellen Wegen gebildet und bereits jetzt brannten die Laternen, weil die Sonne den ganzen Tag über nicht wirklich rausgekommen war.

Was für ein deprimierender Tag.

Mein Blick glitt auf mein Handy, auf dem noch immer Alias' unbeantworteter Anruf von Mittwoch prangte. Miyu hatte recht gehabt: Er verhielt sich anders, als wir es gewohnt waren. Wochenlang kein Ton, dann verschaffte er sich meine *private* Nummer, um mir ein Zeichen zu schicken, und dann wieder … nichts. Ich war naiv gewesen zu denken, dass er mich einfach so ziehen lassen würde. Doch nun brannte die Angst in mir heller denn je. Die Ungewissheit und die Sorge, dass es wie bei Sarah enden könnte.

Verfluchte Scheiße!

Ich biss die Zähne zusammen und massierte meine Schläfen. Mein Herzschlag beschleunigte sich und ich spürte, wie meine

Handflächen feucht wurden. Es zermürbte mich, nicht zu wissen, was Alias' nächster Zug war. Fraß mich langsam von innen heraus auf.

Tu etwas, Harlow. Du musst irgendetwas tun.

So wie ich das sah, hatte ich ohnehin nur zwei Möglichkeiten: Entweder ich wartete stillschweigend ab oder ich kontaktierte ihn und klärte die Sache. In einem Gespräch hätte ich zumindest die Chance, irgendetwas zu bewirken, statt nur zu reagieren. Oder?

Unschlüssig biss ich mir von innen auf die Wange und schob die Brille, die ich nur zum Lesen oder am Computer trug, auf meiner Nase höher, ehe ich meinen Laptop schließlich aus dem Stand-by-Modus holte. Ohne auch nur einen Gedanken an die Abläufe verschwenden zu müssen, navigierte ich mich ins sogenannte Tor-Netzwerk, das meine Webverbindung anonymisierte. Ein paar weitere Klicks und ich war auf der Website, über die *BackWash* kommunizierte. Doch anders als sonst fühlte es sich nicht wie Nachhausekommen an, sondern beängstigend. Als gehörte ich nicht länger hierher. Seltsam, was ein paar Wochen Abstand verändern konnten.

Auf meinem Bildschirm öffnete sich wie von Geisterhand ein neues Fenster, und auch ohne auf den Text zu schauen, wusste ich, dass das Alias' Werk war. Natürlich hatte er mitbekommen, dass ich die Seite von *BackWash* betreten hatte – das hier war sein Hoheitsgebiet. Ich zwang meinen galoppierenden Herzschlag zur Ruhe, schließlich war das gewissermaßen meine Absicht gewesen, und las seine Nachricht.

Alias

Du bist meinem Ruf also gefolgt.

Als hätte ich die Tatsache, dass er mich *angerufen* hatte, einfach so ignorieren können.

Low

> **Du hast die Regeln gebrochen.**

Alias

> **Erzähl mich nichts von Regeln, Low.**

> **Du bist einfach abgetaucht, dabei sind wir ein Team. Mehr als das.**

Sie sollten es nicht, doch seine Worte trafen einen wunden Punkt tief in mir. Sosehr ich *BackWash* auch hinter mir lassen und neu anfangen wollte, ein Teil von mir fühlte sich der ganzen Sache noch immer verpflichtet. Nach den vielen Aktionen, die wir gemeinsam auf die Beine gestellt hatten. Nach all den Dingen, die ich von Alias über das Hacken gelernt hatte. Nach dem, was er für mich, für Brax getan hatte. Am Anfang waren wir nicht mehr als vier voneinander unabhängige Menschen mit der gleichen Wut auf die Ungerechtigkeit der Welt und einer gewissen Rastlosigkeit gewesen, die zufälligerweise die Skills besaßen, um zu hacken. Etwas zu verändern. Doch im Laufe der Zeit hatten uns die kleinen und größeren Erfolge zusammengeschweißt. Die persönliche Verbindung in der anonymen Welt des Hackens. Das stundenlange, gemeinsame Programmieren von Computerviren und Hackstrukturen. Aber diese Harlow konnte ich nicht länger sein.

Ich atmete aus und fuhr mir über das Gesicht.

Low

> **Es hat sich einiges geändert.**

164

Alias

Dem kann ich nur zustimmen. Veränderungen
sind gut. Wir haben gemeinsam viel
verändert, wenn du dich erinnerst. Aber keine
Veränderung beinhaltet, dass wir einander im
Stich lassen. So etwas hat immer Folgen.

Low

Ist das eine Drohung? So wie bei Sarah?

Meine Finger zitterten so stark, als ich ihren Namen tippte, dass ich
mehrere Anläufe brauchte, bis ich die Nachricht abschicken konnte.
Scheiße, ich durfte hierbei nicht die Nerven verlieren.

Alias

Es ist keine Drohung. Und du bist nicht Sarah.

Ich schätze dich und habe Respekt vor deinen
Fähigkeiten. Aus diesem Grund wird das hier
nicht wie bei ihr laufen – zumindest vorerst
nicht. Ich habe da etwas im Sinn.

Übelkeit breitete sich in mir aus, denn irgendetwas sagte mir, dass
er damit mehr meinte als eine unserer üblichen Aktionen. Dass es
dabei nicht um eine Website ging, die wir hackten, um die Verant-
wortlichen online zu outen, weil sie Lügen posteten oder zu Hass
aufriefen. Hatte Miyu nicht geschrieben, dass Alias' Hacks seit meinem Ausstieg anders waren?

Low

Ich mache das nicht mehr.

Mein Puls beschleunigte sich wieder, während ich auf die grünen
Buchstaben auf schwarzem Grund starrte, bis sie verschwammen.

> Das hier ist kein Job, den du einfach kündigen kannst, Low.

> Vergiss nicht, dass du mir noch etwas schuldig bist. Ich habe das nicht vergessen.

Mir kam ein erstickter Laut über die Lippen. Braxton. Alias sprach von Braxton. Und er hatte recht. Ich schuldete ihm etwas, ich schuldete ihm eine verfluchte Menge, denn ohne ihn würde mein kleiner Bruder vielleicht nicht mehr leben. Alias war es gewesen, der mir die nötigen Informationen über das passende Konto verschafft hatte, um an das Geld für Brax' Operation zu kommen. Der mir beigebracht hatte, worauf es bei so einem Hack ankam, wie man unsichtbar blieb, selbst in einem System, das quasi darauf ausgelegt war, Cyberangriffe sofort zu erkennen. Den Hack hatte ich durchgeführt, doch das Wissen war von Alias gekommen. Auch wenn er das vielleicht glauben mochte, ich hatte seine Hilfe dabei nicht vergessen, nicht eine Sekunde. Und würde ihm vermutlich ewig dankbar dafür sein.

Unwillkürlich fragte ich mich, ob es vielleicht von Anfang an seine Absicht gewesen war, dass ich nun in seiner Schuld stand. Ob Alias schon immer diese berechnende Seite in sich getragen hatte und ich es nur nicht hatte sehen wollen. Ob Sarah deswegen gehen wollte? Weil sie seine wahren Motive durchschaut hatte, Gefallen einfordern zu können? Um uns irgendwie an ihn zu binden?

> Ich habe etwas vor, Low. Etwas, wofür ich dein herausragendes Talent benötige. Und genauso, wie ich dir zur Seite stand, wirst du nun mir zur Seite stehen.

Seine Worte bestätigten meine Vermutung. Anders als bei Sarah brauchte er mich für einen Plan – wie auch immer der aussehen mochte – und ließ mir objektiv betrachtet keine Wahl.

Alias

Ich weiß, du bist zu klug, um mir deine Hilfe
zu verweigern, aber nur für den Fall ...
Wir alle haben eine Menge zu verlieren. Das
solltest du im Hinterkopf behalten.

Er hatte die perfekte Falle konstruiert. Ein Ultimatum, das sich wie unnachgiebige Ketten um meine Brust schlang und mir die Luft abschnüren würde, sollte ich einen falschen Schritt wagen. Mit einem Mal kam es mir so vor, als wäre Alias ein völlig Fremder und nicht länger der Hacker, der sich leidenschaftlich gegen Ungerechtigkeit einsetzte. Als wüsste ich nicht das Geringste über ihn.

Ich blinzelte gegen das Brennen in meinen Augen an und legte die Finger wieder auf die Tastatur.

Low

Was soll ich tun?

Alias

Ich lasse dir alle Informationen auf den
üblichen Kanälen zukommen. Danach hast
du exakt neun Tage Zeit, mir eine Lösung zu
präsentieren. Du kennst das Spiel.

Ja, ich kannte das verfluchte *Spiel*. Nur fühlte sich das hier nach purem Ernst an. Doch so groß meine Angst in diesem Moment auch war, ich musste dringend herausfinden, worum es hierbei ging.

Schön, dich dabeizuhaben, Low.

Im nächsten Moment war Alias offline und ich hatte das Gefühl, mich übergeben zu müssen. Ich schluckte schwer, blickte auf – und fuhr mit einem leisen Fluch zusammen.

»Zur Hölle noch mal!«, stieß ich hervor und legte mir reflexartig eine Hand auf die Brust. »Du hast mich erschreckt.«

Zack zog die Augenbrauen zusammen und hielt mir einen Zettel vor die Nase. Was ist los, Harlow? Warum hast du auf keine meiner Nachrichten reagiert?

Ich schloss resigniert die Augen. Zack die letzten Tage zu ignorieren, war mir schwergefallen, und das nicht nur weil er ständig durch meine Gedanken flog. Doch mit dem ganzen Stress um mich herum hatte ich einfach Abstand gebraucht, um irgendwie klarzukommen. Unnötig, zu erwähnen, dass es nichts gebracht hatte, ihm, Lucie und selbst Flo und Colin aus dem Weg zu gehen. Meine Probleme hatten sich dadurch nicht wie von selbst aufgelöst.

Als ich die Augen wieder öffnete, hatte sich Zack ans andere Ende der breiten Fensterbank gesetzt und musterte mich ernst, einen weiteren Zettel in den Händen. Wenn du keine Zeit mit mir verbringen möchtest, brauchst du das nur zu sagen.

»Nein!«, hielt ich sofort dagegen. »Das ist es nicht. Es ist nur … kompliziert.« Der wohl klischeehafteste Satz der Welt.

Stirnrunzelnd ließ er seinen Stift ein weiteres Mal über den Block fliegen. Du könntest versuchen, es mir zu erklären. Ich bin ein guter Zuhörer.

Entgegen meiner inneren Anspannung musste ich lächeln. Das war er, keine Frage, aber ich konnte ihm die Sache mit Alias nicht erzählen. Nicht nur weil das die Lakestone-Version von Harlow in einen Haufen Scherben verwandeln würde, sondern weil ich selbst noch kaum wusste, was vor sich ging. Ich wusste nicht, worin Alias' Plan bestand, und ich wusste nicht, wie das Ganze ausgehen würde. Aber eines stand fest: *Irgendetwas* musste ich Zack erklären, denn egal was die Variablen Alias und *BackWash* in meinem neuen Leben bedeuteten, ich wollte Zack nicht aus der Gleichung streichen, dafür … dafür mochte ich ihn zu sehr.

Ich seufzte leise und nickte. »Ja, ich kann es versuchen.«

Seine Lippen verzogen sich zu einem kleinen Lächeln, dann blickte er wieder auf den Block und begann zu schreiben – als mir ein ganz anderer Gedanke kam.

»Aber vorher … um es vielleicht etwas leichter zu machen, solange ich die Gebärdensprache noch nicht perfektioniert habe …«, unterbrach ich ihn und reaktivierte meinen Computer. »Ich … ich habe eine erste Betaversion fertig. Von der App, meine ich. Es fehlt zwar noch einiges, aber … für einen ersten Testdurchlauf könnte es vielleicht schon reichen.« Ich rückte meine Brille zurecht und klickte mich in das Projekt ComAll. Colin und ich hatten die App so genannt, weil sie Kommunikation unter *allen* möglich machen sollte. Vermutlich war jetzt nicht der perfekteste Zeitpunkt dafür, aber mich auf dieses Projekt zu konzentrieren, gab mir etwas Halt. Es war eine Sache, die ich unter Kontrolle hatte, wo sie mir bei allem anderen zu entgleiten schien. Routiniert jagte ich den Code ein weiteres Mal durch den Compiler – er machte, vereinfacht gesagt, die reinen Codezeilen zu einem ausführbaren Programm – und schaute wieder auf. Direkt in Zacks goldbraune Augen, die mich mit gemischten Gefühlen betrachteten.

»Du musst nicht …« Ich räusperte mich. »Also, wenn du nicht willst, dann lassen wir es.«

Er schüttelte den Kopf, sein Lächeln verdrängte einen Teil der Unsicherheit aus seinem Blick, dann deutete er auffordernd auf meinen zusammengeschraubten Hochleistungsrechner.

»Okay … okay. Halte deine Hände beim Gebärden ungefähr …«, ich griff zögerlich nach seinen Händen und richtete sie vor der Kamera aus, die auf meinen Laptop gesteckt war, »hier.« Hitze breitete sich von dort aus, wo wir einander berührten, und schickte ein elektrisierendes Prickeln durch meinen Körper. Ein warmes Gefühl, das meine Angst leiser werden ließ.

Nicht der richtige Zeitpunkt, jetzt daran zu denken.

Eilig gab ich seine Hände wieder frei und vermied es dabei kategorisch, ihm in die Augen zu schauen. »Wenn ich jetzt starte, nimmt die Kamera deine Handbewegungen auf und speichert sie kurzzeitig, sodass mein Programm darauf zugreifen kann. Mithilfe von Bild- und Videoerkennungsalgorithmen sollten deine Gebärden in Binärcodes – also Einsen und Nullen – übersetzt werden. Stark vereinfacht erklärt. So ähnlich funktionieren beispielsweise auch Gesichtserkennungen bei Smartphones oder in Überwachungssystemen. Mein Code vergleicht die Muster deiner Zeichen und Ausdrücke dann mit einer Datenbank, die ich im Hintergrund angelegt habe. Bisher ist es nur die amerikanische Gebärdensprache und es sind noch einige Lücken drin … aber wie gesagt, für einen ersten Test reicht es hoffentlich.« Ich klang seltsam atemlos und spürte, wie Nervosität in mir aufstieg, die nichts mehr mit Alias zu tun hatte. Ich wollte, dass das hier klappte, nicht nur für die App oder mein Projekt. Ich wollte es, weil es mir wichtig geworden war – wegen Zack.

»Versuch am Anfang, nicht zu schnell zu gebärden. Ich habe einen intelligenten Algorithmus miteingebaut, der deine Bewegungen *lernt* und mit der Zeit besser werden wird, aber der ist definitiv noch ausbaufähig, deswegen … egal, versuchen wir es einfach.«

Als Zacks Hand plötzlich auf meinem Knie lag, hob ich zum ersten Mal wieder den Kopf und vergaß für einen Moment zu atmen. Er sah mich an, und auch ohne dass er es aufschrieb oder auf die Gebärdensprache zurückgriff, wusste ich, was er sagen wollte.

Ich vertraue dir, Harlow.

Die unausgesprochenen Worte ließen mein Herz ein paar Schläge lang stolpern. Weil sie sich gut anfühlten und gleichermaßen wehtaten. Ich hatte Zacks Vertrauen nicht verdient, nicht bei dem, was ich alles vor ihm zurückhielt.

Und mit einem Mal war es verdammt schwer, noch länger in seine honigfarbenen Augen zu schauen.

»Okay, bist du bereit?«, erkundigte ich mich leise und bemerkte, wie er so tat, als würde er seine Knöchel knacken lassen. Es war ein irrer Moment: Die letzten Tage hatte ich in jeder freien Sekunde an der App gearbeitet – meine Form der Verdrängung. Über das Kollaborationstool hatte ich mich stundenlang mit Colin, aber auch einigen anderen Programmierern weltweit ausgetauscht, um möglichst viel Input zu bekommen, und jetzt … jetzt würde ich sie zum ersten Mal wirklich testen.

Noch einmal atmete ich ein und aus, dann startete ich das Programm. Das grüne Licht der aufgesteckten Kamera begann zu leuchten und ein leeres Terminalfenster öffnete sich auf dem Bildschirm. So weit, so gut. »Ich denke, du kannst anfangen.«

Mit einer Mischung aus grimmiger Entschlossenheit und Neugier begann Zack zu gebärden, ohne mich dabei aus den Augen zu lassen. Seine Bewegungen waren langsamer als sonst und er machte nach jeder einzelnen eine kleine Pause, um meinem Programm die

Chance zu geben, jedes *Wort* mitzubekommen. Angespannt sah ich von ihm zu meinem Computer und – *heilige Scheiße!* – es funktionierte.

»Wo waren wir stehen geblieben?«, stand da weiß auf schwarz im geöffneten Terminal. Ich starrte mit weit aufgerissenen Augen auf den Satz und drehte den Bildschirm zu Zack.

»Schau dir das an. Es hat geklappt!«

Schmunzelnd positionierte er seine Hände wieder vor der Kamera. »Du klingst so überrascht. Hast du nicht gekocht, dass du ein Hackfleisch bist?«

Mir kam ein Prusten über die Lippen, als seine Antwort erschien. »Okay, ein bisschen ausbaufähig ist es vielleicht noch.« Ich machte mir eine rasche Notiz in mein Heft. »Gerade die Gebärden, die sich ähnlich sind, machen noch Schwierigkeiten und die Autokorrektur der Textausgabe ist ein Albtraum.«

»Wenn du Hilfe brauchst, koche einfach Bescheid«, gebärdete Zack und hob die Brauen, als er die Zeile las. »Dabei sind die Gebärden für kochen und kochen nicht mal ähnlich.«

Schulterzuckend notierte ich mir auch diese beiden Worte und betrachtete ihn dann mit einem vorsichtigen Lächeln. »Wenn du wirklich Lust hast, komme ich gern auf dein Angebot zurück. Ich glaube, es wäre gut, einzelne Gebärden neu in den Algorithmus einzulesen und in der Datenbank zu ergänzen. Vielleicht sollte ich auch noch mal über ein anderes Erkennungsverfahren nachdenken …«

Er nickte und gab zurück: »Aber erst reden wir.«

»Ja, das sollten wir.«

»Wenn es nicht wegen … wegen mir ist, warum bist du dann einfach verschwunden?«, übersetzte mein Programm Zacks Gebärden.

Ich kaute auf meiner Unterlippe herum und starrte länger auf seine Antwort, als nötig gewesen wäre. »Das … ich habe einen Anruf bekommen.«

»Von A-L-I-A-S.«

Ich kam nicht umhin zu bemerken, dass sich Zacks Miene mit jedem Buchstaben, den er gebärdete, ein wenig mehr verfinsterte.

»Natürlich ist das deine Sache, aber … du hattest Angst. Als du seinen Namen gesehen hast, meine ich«, erschien im Terminal.

Es sollte mich eigentlich nicht wundern, dass ihm das aufgefallen war. Zack war aufmerksam, er achtete auf die Menschen um sich herum, selbst wenn man glaubte, es wäre nicht so. Und er sorgte sich. Er sorgte sich um mich, obwohl ich ihn stehen gelassen und zwei Tage lang von mir geschoben hatte.

Resigniert ließ ich die Schultern sinken und sagte das Erstbeste, was mir in den Sinn kam. Einfach nur, um nicht länger zu schweigen, um ihm irgendetwas zu erzählen, weil er eine Antwort verdiente. »Alias ist … mein Ex.«

Lüge. Lüge. Lüge.

Ein Muskel an Zacks Kiefer zuckte. »Und er macht dir Säfte? Ä-R-G-E-R?«

Das konnte man definitiv so ausdrücken, aber nicht die Art von Ärger, die Zack, seinem Blick nach zu urteilen, vermutete. »Nein, es geht um seine Schwester – Miyu«, gab ich zurück und notierte mir nebenbei den nächsten Fehler.

Wie hieß es so schön? Lügen baute man am besten auf, indem man sie mit möglichst vielen Wahrheiten spickte?

»Mit dieser M-I-Y-U hast du gechattet. Im Computerraum, als ich dich erwischt habe«, erwiderte Zack und fuhr sich über das Kinn, als würde er immer mehr Teile eines Puzzles zusammensetzen.

Ich fuhr über den Rahmen meines Laptops und überlegte fieberhaft, wie ich diese Lügerei beenden konnte, bevor das Kartenhaus über mir zusammenbrechen würde. »Ja, sie … sie hatte eine schwierige Schulzeit und ich war gewissermaßen ihr Halt. Wir sind ziemlich eng gewesen, auch nach der Trennung von … Alias hat sich daran nichts geändert. Aber dann haben ihre Eltern beschlossen, wieder nach Japan zu gehen, und …« Ich holte Luft und wagte es, Zack wieder in die Augen zu schauen. »Sie kommt dort nicht zurecht und findet keinen Anschluss. Das wusste ich schon, aber ich hatte keine Ahnung, wie schlimm es ist. Alias meinte, dass Miyu kaum noch isst oder vor die Tür geht. Am Mittwoch hat er Tabletten bei ihr gefunden, deswegen hat er sich bei mir gemeldet. Er macht sich echt Sorgen um seine Schwester und ich mir auch. Ich musste sofort mit ihr sprechen, verstehst du?«

Die Reihe von Lügen hinterließ einen schalen Geschmack auf meiner Zunge und das schlechte Gewissen brannte förmlich in meinem Kopf. Besonders, als ich das Mitgefühl in Zacks Augen erkannte. Ich verdiente es nicht. Ich *verdiente ihn* nicht.

»Das tut mir leid«, gebärdete er. »Ich hoffe, du konntest ihr springen? H-E-L-F-E-N.«

Ich nickte nur, weil ich nicht noch ein falsches Wort über die Lippen bringen wollte, und notierte mir die Verwechslung, nachdem Zack buchstabiert hatte.

»Danke, dass du es mir erzählt hast. Ich kann mir vorstellen, dass das keine einfache Situation für dich ist«, fuhr er fort und strich sich durch die dunkelbraunen Haare. »Es ist nie leicht, über die Dinge zu reden, die uns wirklich bewegen. Wehtun.«

Ich kräuselte die Stirn. »Du spielst auf den Moment im Riesenrad an. Als ich dich nach deinem Studium gefragt habe.«

Langsam nickte er und wrang die Hände, dann antwortete er: »Wir haben alle etwas, das wir nicht loswerden, ganz gleich, wie sehr wir uns bemühen.«

Er hatte ja keine Ahnung, wie sehr er mir damit aus der Seele sprach. Als könnte er durch die Lügen direkt in mich hineinblicken. Ich glaube, das war es, was mir als Erstes an ihm aufgefallen war. Seine Art, genau hinzuschauen und sich nicht von dem Offensichtlichen blenden zu lassen. Bei ihm fühlte ich mich gesehen, ganz ohne Worte.

»Zack, es tut mir leid, dass ich gegangen bin. Dass ich dir nicht geschrieben habe. Ich bin nicht besonders gut in so was.«

»So was?«

»Leute wirklich in mein Leben lassen.«

»Dafür war das Kennenlernen aber ziemlich durchgeplant. Stichwort: eine Frage für eine Frage«, erschien im Terminal.

»Vielleicht gerade weil ich nicht gut darin bin«, hielt ich mit leicht gequälter Miene dagegen. »Aber … ich mag es, Zeit mit dir zu verbringen.«

In seinen Augen leuchtete etwas auf. »Das geht mir genauso und ich verstehe das, Harlow. Das mit dem Ins-Leben-Lassen, aber wir könnten es einfach versuchen. Gemeinsam.«

Der Kloß in meinem Hals löste sich. Denn bei dem ganzen Trubel um mich herum wollte ich dieses … Etwas zwischen Zack und mir. Ich wollte herausfinden, was es war, wohin es führen konnte. Denn hier und jetzt war ich schlichtweg nicht in der Lage, das Gefühlschaos, das er in mir auslöste, zu begreifen. Ich wusste nur, dass ich ihn mochte. Und dass ich oben auf dem Riesenrad daran gedacht hatte, ihn zu küssen, als er Homer zitiert und mich immer dann angesehen hatte, wenn er geglaubt hatte, ich würde es nicht mitbekommen.

Lächelnd legte ich den Kopf leicht schief und nickte. »Das würde ich sehr gerne.«

* * *

Als ich am Dienstagnachmittag in meiner letzten Vorlesung des Tages saß, hatte ich das Gefühl, bei null zu stehen. Trotz meines Co-Learnings mit Flo am Samstag verstand ich nicht das Geringste von dem, was Prof. Dahlberg – eine große Frau in einem tadellosen dunkelblauen Etuikleid – seit knapp zwei Stunden erklärte, und als sie mir den kleinen Leistungsnachweis kurz vor Schluss vor die Nase legte, hatte ich es auch schwarz auf weiß. Oder besser gesagt rot auf weiß. Schon wieder. Ich mochte eine App für Gebärden-übersetzung programmieren können, aber einfaches Notenlesen überstieg meine Kompetenzen bei Weitem.

»Shit«, fasste es Flo äußerst treffend zusammen, als sie auf meinen Test schaute und die drei Punkte von zwanzig möglichen sah.

Ich pustete mir eine Strähne aus der Stirn und lehnte mich auf meinem Platz zurück. »Und wir sind erst in Woche drei.«

Flo legte ihren eigenen Test – achtzehn Punkte – zur Seite und wandte sich zu mir. »Das kriegen wir schon noch auf die Reihe. Du hast mir mit der Taylor-Approximation geholfen, ich revanchiere mich mit Musiktheorie.«

»Numerische Mathematik ist ein Klacks im Vergleich zu diesen ganzen Musikthemen und Notenschlüsseln und was weiß ich.« Oder zu Gedichtanalysen. Oder französischer Grammatik.

»Dein Kopf denkt einfach zu kompliziert. Musik ist im Prinzip auch eine Art Mathematik, du musst das nur erkennen«, erwiderte Flo und zog ihre Tasche auf den Schoß.

»*Zu* kompliziert? Ich würde eher sagen, noch nicht kompliziert genug.«

Sie wischte meinen Einwand zur Seite.»Quatsch. Außerdem sind die Noten des Grundstudiums nicht so wichtig, es geht nur darum zu bestehen. Vollkommen egal, wenn es in einem der Fächer mit schlechter Punktzahl ist.«

Vom Bestehen bin ich aber noch Meilen entfernt.

Prof. Dahlberg beendete die Stunde und erinnerte uns an den zweiten Leistungsnachweis nächste Woche. Ich konnte mir ein Augenrollen nicht verkneifen.

Wie könnte ich das vergessen?

»Was hältst du davon, wenn wir spontan irgendwo etwas essen gehen und diese Vorlesung für einen Abend einfach mal zur Seite legen?«

Ich räumte meine Sachen zusammen und schüttelte den Kopf.

»Und das Training sausen lassen? Coach Tie würde uns wochenlang zwingen, Runden zu laufen, und wir ...«, rasch warf ich einen Blick auf mein Handy,»... haben nur noch etwa eine knappe Stunde, um in voller Montur auf dem Platz zu stehen.«

»Shit, stimmt! In letzter Zeit habe ich echt keine Ahnung, wo mir der Kopf steht. Dann wann anders?« Flo schulterte ihre Tasche und stand auf.

»Ich komme auf dein Angebot zurück. Nach dem nächsten verhauenen Test.«

»Sieh nicht alles so schwarz, Har.« Flo zwinkerte mir zu.»Schließlich ist es doch schon mal genial, dass dich das Team direkt aufgenommen hat. Wir werden bestimmt eine Menge Spaß haben bei der guten Truppe.«

Ich schenkte ihr ein dankbares Lächeln, als sie meine Sporttasche unter dem Sitz hervorholte und mir reichte. »Ja, das Gefühl habe ich auch.«

»Siehst du. Also bis gleich in der Umkleide? Ich muss vorher noch mal ins Zimmer und mein Zeug holen.«

»Sicher. Ich hoffe, Tie ist heute nicht ganz so hart zu uns wie letztes Mal. Nach diesem Tag bräuchte ich eher eine Massage als eines seiner Trainings«, gab ich mit einem Lachen zurück und zog mir den Riemen der Tasche auf den Rücken, ehe ich Flo aus dem Hörsaal folgte. »Ich habe das Gefühl, dass Hockey hier viel mehr einem Bootcamp gleicht.«

Meine Mitbewohnerin warf mir einen wissenden Blick über die Schulter zu. »Das ist bei allen Sportkursen hier so, glaub mir. Vielleicht züchtet der LSC nicht nur Persönlichkeiten für die Politik und Wissenschaft heran, sondern auch noch potenzielle Champions für Olympia.«

Grinsend zuckte ich mit den Schultern. »Wer weiß das schon?«

Draußen vor dem Altbau trennten sich unsere Wege für den Moment. Das schlechte Wetter vom Wochenende war glücklicherweise größtenteils abgeklungen, doch die ungemütliche Kälte und der Wind waren geblieben. Dass meine Hoffnungen, deswegen in der Halle zu trainieren, umsonst waren, wurde mir klar, als das große Hockeyfeld in Sicht kam, auf dem Coach Tie Hütchen und kleine Trainingstore aufstellte. Vermutlich eine neue Version seines höllischen Zirkeltrainings der letzten Woche.

Hastig lief ich an dem Feld vorbei und steuerte den Hallenkomplex an, in dem sich auch die Umkleiden befanden.

»Hey, Harlow!«, rief Caitlyn, die bereits halb umgezogen war, und nahm mich kurz in den Arm.

»Hi.« Ich erwiderte die Umarmung und begrüßte auch die anderen Spielerinnen, bevor ich mich selbst aus meiner Kleidung schälte und in das Sportoutfit schlüpfte. »Wie lange spielen wir eigentlich noch draußen auf dem Feld?«

Das Mädchen neben Caitlyn, eine große Rothaarige mit Pixie-Cut, lachte. Ihr Name war Saddie, erinnerte ich mich. »Tie hat im letzten Jahr den gesamten Winter draußen durchgezogen. Es lag sogar Schnee, aber ihm war das ziemlich egal.«

»Stimmt! Gott, ich habe mir so den Arsch abgefroren«, fügte Kayla an, die vor zwei Jahren aus Buenos Aires hergezogen war, und band ihre schwarzen Locken zu einem hohen Pferdeschwanz.

Caitlyn legte mir einen Arm um die Schultern. »Jetzt macht Harlow doch nicht gleich schon am Anfang mit euren Horrorgeschichten Angst. Wir können sie schließlich gut für die *Nationals* gebrauchen.«

»Keine Sorge«, meinte ich und lächelte, »mit ein bisschen Kälte werde ich schon fertig.«

Tatsächlich wurden die herbstlichen Temperaturen des Oktobers schnell zur Nebensache, als uns Coach Tie über den Platz jagte und immer wieder in so einer Lautstärke anschrie, dass es mich wunderte, dass er überhaupt noch eine Stimme hatte. Wir rannten durch seinen *Parkour der Hölle*, wie ihn Flo ziemlich passend getauft hatte, absolvierten die unterschiedlichsten Übungen mit Ball und Schläger und waren innerhalb weniger Minuten verschwitzt und auf Betriebstemperatur. Es tat unglaublich gut, sich hier draußen auszupowern, wo unser Atem als kleine Wolken in der Luft tanzte und die Haut vor Anstrengung und Kälte prickelte. Das Training füllte jede meiner Zellen aus, bis alles andere in den Hintergrund rutschte. Eine Wohltat für meine rauchenden Gedanken.

»So, Ladys! Eine Runde noch, dann habt ihr es für heute geschafft«, brüllte Tie und klatschte in die Hände. »Und, Lexington?«

Ich blickte auf und zog mir meinen Zahnschutz aus dem Mund. »Ja, Coach?«

»Dieses Mal will ich, dass du das verdammte Tor auch triffst und nicht im Sparmodus unterwegs bist!«

Mit einem knappen Nicken setzte ich den Schutz wieder ein und nahm meinen Schläger auf. Dann joggte ich zu meinem Startpunkt und wartete auf den Pfiff. Mein Atem ging in unregelmäßigen Schüben und meine Lunge brannte. Trotzdem nahm ich mir vor, ein letztes Mal alles zu geben und bei der Torstation zumindest einen Ball zu versenken. Beim Notenlesen mochte ich kolossal versagt haben, aber Hockey lag mir und ich würde heute nicht noch eine Niederlage kassieren.

Der Pfiff ertönte und ich raste durch die Stationen. Caitlyn war als meine Partnerin immer an meiner Seite, mal als Gegnerin, mal als Unterstützung. Wir kamen fast fehlerfrei durch den Parkour und stellten uns schließlich vor dem Tor auf, in dem Saddie Position bezogen hatte. Ich holte tief Luft und sah zu Caitlyn, die ihr Ziel mit verengten Augen anvisierte und perfekt traf.

»Okay, du bist dran. Und lass dich von Tie nicht unter Druck setzen, Har.«

Ich nickte mit grimmiger Entschlossenheit und verstärkte den Griff um meinen Schläger. Dann holte ich aus, fokussierte mich auf die linke Ecke, drehte im letzten Moment scharf nach rechts ab – und versenkte den Ball.

Mit einer Mischung aus Erstaunen und Fassungslosigkeit starrte ich aufs Tor, während mich Caitlyn grinsend anstieß. »Geht doch.«

Ich lachte überrascht auf und drehte mich zu ihr um, wobei

mir jemand anderes ins Auge fiel. Zack stand am Feldrand und hob schmunzelnd eine Hand in meine Richtung, als er meinen Blick bemerkte. Sofort breitete sich eine ganz andere Art von Wärme in mir aus, die nichts mit dem eineinhalbstündigen Training zu tun hatte.

»Schluss für heute! Freid, Kallingham und Dower – ihr helft beim Abbauen. Der Rest – ihr seid entlassen. Wir sehen uns Donnerstag!« Ties laute Stimme schallte über den Platz, dann blies er noch einmal in seine Pfeife und beendete das Training.

Flo kam stöhnend zu uns gelaufen. »Ich bin fix und alle und brauche dringend eine sehr lange und sehr heiße Dusche.«

»Dito. Sollen wir?«, meinte Caitlyn, zog sich den Zahnschutz raus und deutete zur Halle.

Kopfschüttelnd winkte ich ab. »Geht schon mal vor, ich komme gleich nach.«

Mit ein paar Schritten war ich bei Zack, der mich mit einem schiefen Lächeln bedachte und dann »Hallo, Harlow« gebärdete. Ich erwiderte die Begrüßung und ließ meinen Blick über ihn wandern. Über seine schwarze Jeans, den dicken, dunkelgrünen Pullover und den olivgrünen Parka, den er darübergezogen hatte. Seine dunklen Haare waren etwas zerzaust vom Wind und seine Wangen von der Kälte gerötet. Ihn hier zu sehen, ließ mein Herz seltsame Dinge tun.

Ich unterdrückte den Drang, mir über die Brust zu fahren, und stützte mich stattdessen auf meinen Hockeyschläger. »Womit habe ich die Ehre verdient?«

Sein Lächeln wurde noch ein wenig breiter, dann reichte er mir einen Zettel. Hast du heute Abend schon etwas vor?

»Außer duschen und völlig erledigt ins Bett fallen, obwohl ich eigentlich für morgen noch ein Kapitel über Projekttechnik lesen sollte, meinst du? Mal abgesehen davon, dass ich auch noch irgendetwas essen muss.« Ich verzog das Gesicht.

Geh duschen und zieh dich um, ich kümmere mich um den Rest.

Ungläubig musterte ich ihn und richtete mich auf, bevor mein Schläger noch unter mir wegrutschen konnte. »Du willst meinen Text für mich lesen?«

In seinen goldbraunen Augen blitzte es auf und einen Moment später reichte er mir seinen Block zurück. Wäre doch langweilig, wenn ich dir das jetzt schon verraten würde.

Langsam bekam ich das Gefühl, dass das seine liebste Antwort auf alles war.

KAPITEL 12

No Hard Feelings – Mainstage Cartel

Zackary

Ich war absolut niemand, der gern kochte oder auch nur ansatzweise gut darin war. Grams hatte es jahrelang mit mir versucht und mich zu unzähligen Kochabenden verdonnert – ohne Erfolg. Ich vermutete, dass mir schlichtweg die Leidenschaft dafür fehlte.

Deswegen war ich zugegebenermaßen ein wenig stolz, als ich Harlow den Teller überbackener Nachos präsentierte. Der Käse war goldbraun, kein einziger Fleck angebrannt und die Guacamole daneben die perfekte Ergänzung.

Ich balancierte Teller und Schälchen in einer Hand und versuchte, nicht zu viel darüber nachzudenken, dass Harlow auf meinem Bett saß. Darüber, was das alles bedeutete. Denn dass da etwas zwischen uns war, spürte ich. Irgendetwas zog mich immer wieder in ihre Richtung und ich hatte das Gefühl, dass es ihr nicht anders ging. Sonst hätte sie mir am Freitag nicht von Alias und Miyu erzählt, ihre Mauern ein wenig für mich eingerissen. Oder würde nicht diese unglaubliche App programmieren.

»Okay, wer hat dir meine Schwäche für überbackenen Käse verraten? War es Lucie? Oder hast du bei mir zu Hause angerufen?«

Ich stellte den Teller in die Mitte meiner dunkelblauen Tagesdecke und setzte mich vor Harlows Laptop, ehe ich gebärdete: »Weder noch. Es war geraten. Aber meine Chancen standen sehr gut, denn ich kenne tatsächlich niemanden, der keine Nachos mit Käse mag. Und ehrlicherweise hatte die Wohnheimküche gerade auch nicht viel mehr zu bieten.«

Harlow lachte leise, legte das Buch über Projekttechnik zur Seite und rutschte näher an den Teller. Ihre langen, feuchten Haare hatte sie zu einem Knoten hochgebunden und ihr Hockeyoutfit gegen eine graublaue Leggings und ein viel zu großes Sweatshirt von den *Seattle Seahawks* getauscht. Ein Umstand, für den ich sehr dankbar war, denn sie in dem kurzen Hockeyrock zu sehen, hatte etwas mit mir angestellt, über das ich definitiv noch nicht nachdenken sollte.

»Jedenfalls hast du absolut ins Schwarze getroffen.« Harlow schob sich ihre große Brille auf der Nase wieder etwas höher.

»Wie gut liege ich mit der Guacamole?«, erwiderte ich und ergänzte nach einem Blick auf den Bildschirm: »Hast du noch etwas am Programm verändert? Es hat bisher fehlerfrei übersetzt.«

»Ich liebe Avocado.« Harlow tunkte drei Nachos in den Dip und schob sie sich auf einmal in den Mund. »Und ja«, fügte sie hinzu, nachdem sie runtergeschluckt hatte, »ich habe ein paar Änderungen vorgenommen und weitere Gebärden in die Datenbank aufgenommen. Einige Vornamen, die meist ähnlich gebärdet werden, aber auch Eigennamen. Dazu habe ich noch ein paar Fehler behoben. ComAll kennt jetzt das Wort *Hacker* und macht nicht länger *Hackfleisch* daraus und hat den Unterschied zwischen *sagen* und *kochen* gelernt. Allerdings muss ich mich noch mal an den Lidar setzen.«

Fragend hob ich eine Braue, woraufhin Harlow erklärte: »Lidar ist eine Form der Lasermessung. Sie wird oft für die optische Messung von Abständen oder Geschwindigkeiten genutzt. Mittels der Strahlen werden Entfernungen zu Objekten gemessen und so quasi dreidimensionale Landkarten erstellt. In unserem Fall von Gebärden, die mein Programm dann interpretiert. So können Gebärden leichter und präziser erkannt werden, auch wenn man nicht frontal zur Kamera sitzt. Es ist noch lange nicht perfekt, ich werde noch einige Nächte mit Coden und Fluchen verbringen müssen, aber es wird. Nächste Woche wollen Colin und ich uns an einen ersten Entwurf der GUI fürs Handy machen. Also sobald die Benutzeroberfläche für die PC-Anwendung läuft.«

Ich nickte beeindruckt, während ich versuchte, a) die ganzen Informationen zu ordnen und b) Harlow dabei nicht die ganze Zeit anzustarren. So seltsam das auch klingen mochte, es war … irgendwie sexy, wenn sie vom Programmieren redete. »Ich verstehe zwar nicht jedes Detail, aber es ist wirklich unglaublich, was du da auf die Enten gestellt hast.«

Als Harlow meine Antwort auf ihrem Laptop las, verschluckte sie sich lachend an einem Nacho. »Okay, ich nehme dann noch *Enten* in meine Liste auf.«

»Mein Angebot steht nach wie vor. Wenn du Hilfe mit den Gebärden brauchst, meine ich«, erwiderte ich schmunzelnd und griff nun selbst nach den Nachos.

»Gern. Es gibt noch genügend Dinge, die schieflaufen.« Stirnrunzelnd schnappte sie sich ihr Notizbuch, in dem alles quer durcheinanderstand. Keine Ahnung, wie sie es da schaffte, nicht komplett den Überblick zu verlieren.

»Sicher, sag mir einfach, was ich tun soll«, gebärdete ich verzögert und zog locker ein Bein an.

Harlow nickte. »Vielleicht können wir auch Chloe dazuholen? Ich glaube, es wäre sehr gut, jemanden dabeizuhaben, der als sprechende Person etwas mehr von der Gebärdensprache versteht als ich.«

Ich konnte nicht verhindern, dass mir die Erwähnung von Chloes Namen einen kleinen Stich versetzte. Wir hatten seit Mittwoch kaum ein Wort miteinander gewechselt und das lag mir schwer im Magen. Dabei wusste ich nicht einmal, worin genau das Problem bestand. Sie hatte sich den gesamten restlichen Abend im *Under the Sea* seltsam distanziert verhalten und mich noch zweimal auf Harlow angesprochen. Ich hatte ihr am Ende klar zu verstehen gegeben, dass sie sich nicht einmischen sollte – was die Stimmung zwischen uns nicht unbedingt besser gemacht hatte. Aus Erfahrung wusste ich, dass Chloe von selbst kommen würde, wenn sie bereit dazu war, und es vorher keinen Sinn hatte, sie zu einem Gespräch zu drängen. Doch ehrlich gesagt fehlte mir meine beste Freundin. Ich vermisste es, mit ihr über alles zu reden, gerade jetzt, wo Harlow mich ziemlich durcheinanderbrachte.

Ich räusperte mich und schob das Thema für den Moment beiseite: »Klar, ich kann sie mal fragen. Chloe fand die Idee mit der App ohnehin ziemlich genial.«

Kurz wirkte es, als wollte Harlow auf meine deutlich verspätete Antwort eingehen, dann legte sie jedoch nur ihr Notizbuch zur Seite und lehnte sich mit dem Teller Nachos in der Hand ans Kopfteil meines Betts. »Kein Stress, ich muss vorher ohnehin noch einiges mit Stolsson abklären. Bisher kennt sie nur ein paar Eckdaten zu dem Projekt – aber die haben ihr gefallen, denke ich.«

»Ich bin mir ziemlich sicher, dass ihr auch der Rest gefallen wird, Harlow«, gebärdete ich, positionierte den Laptop neu zwischen uns und setzte mich ebenfalls weiter nach hinten, sodass ich den frischen Kokosduft ihres Shampoos riechen und die feinen, dunkleren Nuancen ihres Feuermals erkennen konnte. Ihre Nähe sorgte dafür, dass sich mir die Härchen auf den Armen aufstellten. Als würde ich plötzlich unter Strom stehen.

»Ich wünschte, es wäre in jedem Fach so einfach. Keine Ahnung, wie ich die anderen Vorlesungen schaffen soll.« Ihre Stimme war leiser geworden, schwerer.

Aus einem Impuls heraus drückte ich kurz ihre Finger, ehe ich zurückgab: »Es wird leichter mit der Zeit. Niemand kommt einfach auf den LSC und startet in jedem Fach durch. Schon gar nicht in den Sachen, die einem nun mal nicht so liegen.«

Zweifelnd zog sie die Augenbrauen zusammen und starrte dann auf unsere Hände, die so dicht nebeneinanderlagen, dass sich unsere kleinen Finger berührten. »Vielleicht hätte mich Abbot nicht herholen sollen.«

Kopfschüttelnd drehte ich mich etwas, sodass ich ihr direkt ins Gesicht schauen konnte. »Du bist nicht ohne Grund hier. Hast du nicht gesagt, dass dich das MIT angenommen hat? Niemand kommt auf so eine Uni, wenn er nicht etwas auf dem Kasten hat.«

Harlow sah auf den Bildschirm, um meine Antwort zu lesen, und biss die Zähne zusammen. »Zack, ich bin nicht …«

Ich runzelte fragend die Stirn, als sie nicht weitersprach, und versuchte, in ihrer Miene zu lesen. Einen Grund für ihre offensichtlichen Zweifel zu finden, obwohl der Beweis für ihre Genialität doch quasi direkt zwischen uns stand. Harlow machte es möglich, dass wir uns überhaupt so einfach unterhalten konnten.

»Was ist los? Warum glaubst du, dass du nicht hierhergehörst?«, fragte ich, ohne sie aus den Augen zu lassen.

Sie seufzte leise und drehte einen der schlichten silbernen Ringe an ihren Fingern. »Ich weiß nicht, wie ich dir diese Frage beantworten soll, Zack.« Ihre Worte waren kaum mehr als ein Flüstern und doch kamen sie mir unglaublich laut vor. Vielleicht, weil ich diese Seite bisher nicht an ihr bemerkt hatte. Diese Seite voller Unsicherheit, die meiner eigenen so ähnlich war. Die mich berührte und … blieb.

Behutsam griff ich wieder nach ihren unruhigen Händen, verschränkte meine Finger mit ihren und dieses Mal ließ ich sie nicht sofort wieder los.

»Was ist, wenn ich diese Zeit, von der du gesprochen hast, nicht habe? Wenn es diese Zeit, um mich an alles zu gewöhnen, überhaupt nicht gibt? Mein Stipendium ist befristet, ohne die passenden Leistungen …«

Ich drückte ihre Finger fester, als sich ein weiteres Mal diese Angst in ihre Stimme schlich. Und in diesem Moment verabscheute ich es, dass ich meine Hand von ihrer lösen musste, um ihr antworten zu können. Am liebsten würde ich sie einfach in die Arme schließen und ihr ins Ohr wispern.

»Die einzige Person, die dir diese Zeit verschaffen kann, die über deine Zeit entscheidet, bist du selbst, Harlow.«

Nachdem sie meine Antwort gelesen hatte, richteten sich ihre Augen direkt auf mich. Direkt in mich hinein. In dem dämmrigen Licht meiner Nachttischlampe wirkte das Blaugrün so dunkel wie die Elliott Bay am Abend. Ich schluckte, als sich die Luft plötzlich schwerer anfühlte und aufgeladen, wie kurz vor einem Gewitter. Harlow sah von meinen Augen zu meinem Mund und zurück und ich wusste, dass sie die Spannung auch spürte. Dieses Prickeln, das meinen Herzschlag in die Höhe trieb. So intensiv, so verflucht intensiv, obwohl das alles hier neu war. Obwohl Harlow neu in meinem Leben war.

»Zack …«

Die Art, wie ihr diese einzelne Silbe über die Lippen kam … Gott, in diesem Moment konnte ich nur daran denken, sie an mich zu ziehen und zu küssen. Herauszufinden, ob ihre geschwungenen Lippen so weich waren, wie sie sich in meiner Vorstellung anfühlten. Ich schluckte hart, spürte mein Herz einen verdammten Marathon laufen – immer weiter in ihre Richtung. Hinein in die Tiefe ihrer Augen.

Harlow, sagte ich in Gedanken zu ihr und stellte mir vor, wie ihr Name auf meiner Zunge schmeckte. Buchstabe für Buchstabe. Und auch ohne ihn jemals ausgesprochen zu haben, wusste ich, dass er wie ein Sommerregen war. Wie ein tosender Sturm nach einem warmen Tag in der Sonne. Wie etwas, das man immer wieder erleben wollte, ohne jemals genug davon zu bekommen.

Harlow.

Harlow.

Ich bemerkte, wie sie ihre Unterlippe zwischen die Zähne zog, wie sie mich ansah. Die kleine, steile Falte zwischen ihren dunklen Brauen. Es lag so viel in ihrem Blick. Genauso viel wie in meinen Gedanken, und wo sie sonst um alles und nichts kreisten, war da jetzt nur Harlow.

Und die Vorstellung, den winzigen Abstand zwischen uns zu schließen …

… und damit vielleicht einen Fehler zu begehen.

Blinzelnd riss ich mich von ihren Lippen los und fuhr mir durch die Haare. Das Blut rauschte in meinen Ohren, während mein Verstand nun in eine ganz andere Richtung raste.

Scheiße, das … Was ist, wenn ich dadurch verliere, was gerade erst entsteht?

»Ist alles in Ordnung?«

Mit einem schnellen Nicken schaute ich wieder zur ihr und zog die Mundwinkel nach oben. »Ja, alles gut. Mir ist nur noch etwas für eine Vorlesung morgen eingefallen.«

Harlow pustete sich eine Strähne aus der Stirn und griff nach ihrem Buch. »Vielleicht sollten wir anfangen, noch etwas zu lernen. Bevor es zu spät ist.«

Stirnrunzelnd sah ich sie an und fragte mich, ob es das nicht längst war. Zu spät, um mich noch viel länger gegen das zu wehren, was mich unwiderruflich in ihre Richtung zog.

* * *

»Ich möchte, dass Sie sich bis zum nächsten Termin einen berühmten Fall aus der Geschichte der US-amerikanischen Strafverfolgung des zwanzigsten Jahrhunderts heraussuchen und ein paar Recherchen dazu tätigen.« Prof. Abbot beendete die Präsentation auf seinem Laptop und schloss damit den letzten Kurs für heute.

Ich überflog noch einmal meine Notizen, die ich mir in der vierstündigen Vorlesung über die Geschichte der Rechtsprechung gemacht hatte, und packte dann meine Sachen zusammen.

»Zackary? Haben Sie noch eine Minute für mich?«, bat mich Abbot, als ich gerade den Hörsaal verlassen wollte, und winkte mich zu sich. Mit gemischten Gefühlen trat ich zu ihm. »Ich habe mir Ihre Abhandlung über den Vergleich der Gerichtsbarkeit in den USA und England angeschaut und muss sagen, ich war sehr beeindruckt.« Abbot richtete die Ärmel seines blütenweißen Hemds und griff dann nach seinem dunkelblauen Sakko. »Noch beeindruckter war ich allerdings von Ihrem Artikel über den Wandel der Literatur, den Sie für Professor Jenkins geschrieben haben.«

Ohne dass ich etwas dagegen hätte unternehmen können, verzog ich das Gesicht und presste die Lippen fest aufeinander. Ich wusste, worauf dieses Gespräch hinauslaufen würde.

»Zackary, Ihnen sollte bewusst sein, dass Sie sich schon zu Beginn des dritten Semesters für einen Schwerpunkt hätten entscheiden müssen – das hatten wir so vereinbart. Aber wie ich das sehe, sollte Ihnen die Wahl eigentlich nicht schwerfallen.« Abbot unterbrach sich und gestattete sich ein kleines Lächeln. »Ihre Ausdrucksweise und Ihr Verständnis für Literatur sind außergewöhnlich.«

Weil ich sie liebte. Weil ich die Literatur und Worte liebte, seit sie mich durch die schwerste Zeit meines Lebens gebracht hatten. Nur war mein Pflichtgefühl größer als meine Leidenschaft.

Ich holte meinen Block hervor und formulierte eine möglichst diplomatische Antwort. Allerdings hatte ich keine Ahnung, wie ich das Durcheinander in meinem Kopf in Bezug auf meine Studienfächer mit ein paar Worten wiedergeben sollte. Es hatte einen guten Grund, dass ich dieses Thema seit Wochen vor mir herschob.

Danke, Professor Abbot, und ich entschuldige mich, noch immer keine Entscheidung getroffen zu haben. Das werde ich schnellstmöglich nachholen, aber ich denke, meine Wahl wird auf Jura fallen.

Er wölbte eine Augenbraue – eine Geste, die so wenig zu seinem schicken Dreiteiler passte wie eine flammende Rede vor großem Publikum zu mir. »Sie werden zweifellos einen talentierten Juristen abgeben, Zackary, und Ihr bemerkenswertes Gedächtnis spielt Ihnen in die Karten, aber ist das wirklich das, was Sie wollen?«

Das, was wir wollen, spielt in den wenigsten Fällen wirklich eine Rolle, ist es nicht so?

Ich nickte bloß. Eine nicht halb so entschlossene Geste wie meine direkte Antwort gerade.

Mit einem leisen Seufzen fuhr sich Abbot über das glatt rasierte Kinn und reichte mir dann eine ausgedruckte E-Mail. »Ich war so frei, Ihren literarischen Artikel an einen guten Freund in Oxford weiterzuleiten, und er bat mich keine zwei Stunden später, Ihnen nahezulegen, das nächste Semester an seiner Fakultät für Literatur zu verbringen.«

Erstaunt sah ich ihn an. Oxford. Ich hatte zusammen mit Ethan und Chloe immer davon geträumt, an den LSC zu kommen, aber der Gedanke, in Oxford, umgeben von alten Gemäuern, an einer der besten Fakultäten für Literaturwissenschaften, an Texten zu arbeiten, sie zu analysieren und darüber zu schreiben … war ebenfalls ein Traum. Den Abbot jetzt plötzlich wieder hervorholte.

»Ich sehe darin eine großartige Chance für Sie, über den Tellerrand hinauszuschauen. Ich denke, Sie sollten das wirklich in Betracht ziehen, Zackary. Sie haben Talent, Sie wissen, mit dem geschriebenen Wort umzugehen, wie es nur wenige können, und verstehen die Sprache auf eine Weise, die vielen verborgen bleibt. Das sollten Sie nicht einfach unter den Tisch fallen lassen. Meiner Erfahrung nach zu urteilen, entstehen die wirklich großen Dinge aus Leidenschaft. Nicht aus Pflichtbewusstsein.«

Weil mir nichts einfiel, was ich darauf hätte erwidern können, nickte ich nur ein weiteres Mal.

»Gut. Lassen Sie es sich durch den Kopf gehen. Ich gebe Ihnen noch ein bisschen Zeit, um mir Ihre Entscheidung mitzuteilen und ein Motivationsschreiben zu verfassen. Alles weitere würde ich dann in die Wege leiten. Aber denken Sie daran, das Auslandssemester könnte Ihnen neue Einblicke verschaffen.« Mit einem gutmütigen Ausdruck auf den Zügen legte er mir kurz eine Hand auf die Schulter, ehe er mich mit einem Wink entließ.

Etwas durch den Wind verließ ich den Hörsaal und lief prompt in Chloe hinein, die ganz offensichtlich vor der Tür auf mich gewartet hatte.

»Hey«, gebärdete ich und sah sie überrascht an.

Wie so oft, wenn wir allein waren, wechselte Chloe ebenfalls in die Gebärdensprache. »Hey, Zack. Können wir reden?«

»Jetzt, hier?«

Chloe zuckte mit verschlossener Miene die Schultern. »Ist das nicht völlig egal? Uns versteht doch ohnehin keiner.«

Ich wusste, dass sie das nicht verletzend gemeint hatte, und normalerweise machte ich selbst Witze über das Gebärden, doch in diesem Moment fühlten sich ihre Worte wie ein Schlag in den Magen an. Vielleicht, weil heute die Wärme in ihren Augen fehlte.

»Was soll das, Chloe? Ich verstehe, dass du dich erst selbst sortieren musstest, aber das ist kein Grund, hier so anzukommen. Ehrlich gesagt frage ich mich langsam, wo überhaupt das Problem liegt.«

»Das Problem? Vielleicht solltest du dich das mal selbst fragen.«

Ich ballte die Hände zu Fäusten und atmete langsam aus. Dann schüttelte ich den Kopf. »Worauf willst du hinaus?«

Chloe setzte zum Gebärden an, fuhr dann jedoch laut fort. »Seit Harlow auf der Bildfläche aufgetaucht ist, schaust du kaum noch nach links oder rechts. Du stürzt dich, ohne zu zögern, in dieses … *Etwas* zwischen euch.«

»Wir lernen uns gerade kennen, Chloe. Was erwartest du?«

»Dass du einmal Luft holst und nachdenkst. Beim letzten Mal, als du dich auf eine Beziehung eingelassen hast, ist es komplett nach hinten losgegangen, weil Pippa …«

»Ich hab's kapiert.«

»Hast du das wirklich?« Chloe schüttelte den Kopf. Allein, dass sie zwischen Gebärden und der lauten Sprache hin und her sprang, sagte viel über ihre Laune aus. »Was weißt du über Harlow? Wie kannst du dir sicher sein, dass sie nicht genauso reagiert wie deine Ex?«

»Warum hast du dich so auf Harlow eingeschossen, Chloe?«

»Im Gegensatz zu dir habe ich aus dem letzten Mal gelernt. Ich möchte wissen, ob es bei Harlow genauso ist wie bei Pippa. Ob sie Hintergedanken hat.« Chloe ließ kurz die Hände sinken, als zwei Studierende an uns vorbeigingen, bevor sie fortfuhr: »Ich habe nicht vergessen, wie mies es dir ging, als sich herausgestellt hat, dass Pippa dich nur benutzt hat.«

Was zum …?

Kurzerhand griff ich sie am Oberarm und führte sie in den Vorlesungssaal zurück, der mittlerweile verlassen war. Die Tür war kaum mit einem vernehmlichen Klicken eingerastet, da fuhr ich auch schon wütend zu ihr herum. »Ich verstehe deine Sorge und bin dir dankbar, dass du für mich da bist, aber das ist etwas vollkommen anderes und Jahre her! Harlow ist …«

»Lass mich raten … anders?« Chloes Wangen wurden rot. »Ich

liebe dich, Zack, das weißt du, aber ich glaube, dass du das nicht richtig beurteilen kannst.«

Ich schob das Kinn vor und funkelte sie an. Langsam, aber sicher reichte es mir. »Ach ja? Was bringt dich darauf?«

»Du bist dabei, denselben Fehler noch einmal zu machen, ohne es zu bemerken. Dich wieder auf jemanden einzulassen, weil du dieses eine, seltene gute Gefühl bei Harlow hast. Beim letzten Mal hat es Wochen gedauert, dich wieder aus deinem Loch zu holen. Du hast Pippa alles von dir gegeben und sie hat dich sang- und klanglos für den Nächstbesten abserviert. Und das mit anzusehen, hat wehgetan, Zack. Verflucht wehgetan. Ich will dich doch nur davor bewahren, verletzt zu werden«, wechselte Chloe wieder in die Gebärdensprache, in ihren Augen loderte pure, heiße Wut.

Einen Moment lang konnte ich sie nur mit offenem Mund anstarren, ehe ich mit fahrigen Bewegungen antwortete. »Wir sind nicht mehr in der Highschool, Chloe, und Harlow ist nicht Pippa.«

Chloe lehnte sich gegen die Wand neben der Tür, dann sah sie mir wieder direkt ins Gesicht. »Was macht dich da so sicher? Was ist, wenn sie Geheimnisse hat?«

»Die haben wir alle. Harlow und ich kennen uns erst seit ein paar Wochen, natürlich hat sie mir noch nicht ihre ganze Lebensgeschichte erzählt. Das erwarte ich auch gar nicht«. Ich fuhr mir frustriert durch die Haare. »Aber jedes Mal, wenn wir uns sehen, erfahre ich mehr über sie und ... ich glaube, ich kann ihr vertrauen.« Hätte ich laut sprechen können, wäre meine Stimme in diesem Moment ganz sicher von einem Beben erfüllt gewesen. Vertrauen war eine große Sache für mich und ich meinte, was ich sagte. Es fühlte sich richtig an, mich weiter auf Harlow einzulassen und herauszufinden, ob da mehr sein könnte. Für uns beide.

»Denkst du nicht auch, dass ich diese Zeit mit Harlow verdiene? Ein Mädchen kennenlernen, sehen, wohin es uns führt?«

Mitgefühl trat auf Chloes Züge, dann ließ sie hörbar den Atem entweichen. »Du hast das mehr verdient als jeder andere, den ich kenne, Zack. Und genau deswegen mache ich mir ja solche Sorgen. Ich weiß, dass du seit Addie nur sehr wenige Menschen so nah an dich herangelassen hast. Dass du dich selbst schützt, weil dir schon zu oft wehgetan wurde.« Behutsam legte Chloe eine Hand auf meinen Oberarm. »Was ich sagen will: Pass mit Harlow einfach auf.«

Ich runzelte die Stirn, als ich die Worte zwischen ihren Worten hörte, und gebärdete nur: »Was meinst du?«

»Ich … ich kenne diesen Blick, mit dem du Harlow ansiehst, und gerade deswegen muss ich es dir einfach sagen …« Chloes Hand fiel herab, dann sah sie zur Seite. »Es war nicht geplant, das musst du mir glauben. Ich habe mit meinem Bekannten telefoniert, Chris. Er studiert Computerwissenschaften am MIT und irgendwie sind wir auf den Vorbereitungskurs und dann auch auf Harlow zu sprechen gekommen und …«

Ich riss die Augen auf, als ich verstand. »Du hast ihr nachspioniert?!«

»Nein, Zack, ich … Nur, als ich an das Riesenrad gedacht habe … Sie belügt dich. Harlow Lexington ist nie in diesem Kurs gewesen. Chris hat gesagt …«

Aufgebracht machte ich einen Schritt auf sie zu, bis wir so nahe voreinanderstanden, dass sich unsere Fußspitzen berührten. Ich konnte nicht fassen, dass Chloe Nachforschungen angestellt hatte. »Was soll der Scheiß?«

»Der Scheiß? Harlow hat etwas zu verbergen. Und sag mir nicht, du hättest bisher nichts Auffälliges an ihr bemerkt.«

Ich schluckte und sah sie durchdringend an, während ihre Worte tiefer und tiefer in mein Bewusstsein sickerten. Ich wollte es nicht. Ich wollte nicht, dass irgendetwas an Chloes Worten dran war. Doch ich konnte nicht verhindern, dass ihr ein Teil von mir glaubte. Meine beste Freundin würde so etwas nicht leichtfertig behaupten und es hatte tatsächlich den einen oder anderen Moment gegeben, in dem mir Harlows Verhalten seltsam vorgekommen war. Klar, sie hatte mir ihre Flucht aus dem *Under the Sea* erklärt, aber die Geschichte an sich … hatte verworren geklungen. Sie war meinem Blick dabei immer wieder ausgewichen und keine ihrer Erklärungen hatte diese Angst begründet, die ich immer wieder in ihren Augen gesehen hatte.

»Zack, ich bitte dich doch nur … vorsichtig zu sein. Dich nicht in etwas zu verrennen.«

Tat ich das? Verrannte ich mich, ohne auf mögliche Warnzeichen zu achten? Aber warum fühlte es sich so an, als könnte ich mich bei Harlow … fallen lassen? Ich musste mit ihr über Chloes Behauptung reden und herausfinden, ob das stimmte. Aber selbst wenn, gab das Chloe nicht das Recht, sich derartig in mein und vor allen Dingen Harlows Leben einzumischen. Meine beste Freundin hatte schon immer einen sehr ausgeprägten Gerechtigkeitssinn gehabt. Bei mir und noch intensiver bei ihrer kleinen Schwester, die viel zu oft mit Mobbing zu kämpfen hatte – doch ich war mittlerweile erwachsen und die Sache mit Pippa Vergangenheit. Ich wusste, was ich tat.

»Ich werde mit Harlow sprechen, aber das ist meine Sache, okay?«

Wir sahen einander an, dann legte Chloe ihre Hände auf meine Schultern. »Wo eine hübsche Lüge ist, warten meistens noch weitere, das wissen wir beide.«

»Harlow belügt mich nicht«, hielt ich dagegen, doch meine Gebärden waren weniger entschlossen.

»Ich wünsche es mir für dich, Zack. Das tue ich wirklich. Aber ich habe bei ihr so ein Gefühl …«, gab Chloe mit einem traurigen Lächeln zurück, ehe sie sich von der Wand abstieß und an mir vorbeischob. »Sie wird dir das Herz brechen, und dieses Mal werde ich nicht diejenige sein, die es hinterher wieder zusammensetzt.«

KAPITEL 13

I Did Something Bad – Taylor Swift

Harlow

»Okay, ich denke, damit haben wir es.« Lucie fuhr sich durch die weißblonden Locken und stemmte dann die Hände in die Hüften. »Ging schneller, als ich gedacht habe.«

Ich pustete mir eine Strähne aus der Stirn und schlüpfte aus dem Kittel, den ich über mein weißes *Lakestone-Offenders*-Langarmshirt und einen dunkelblauen Cordrock gezogen hatte. »Das muss an der guten Musik liegen.«

Lucie lachte und tippte auf ihrem Handy herum, sodass Sia, die aus der Box dröhnte, etwas leiser wurde. »Danke noch mal, dass du mir hier zur Hand gehst. Ich kann mir vorstellen, dass es unzählige Dinge gibt, die du lieber machen würdest.«

Glaub mir, das ist mit Abstand die beste Alternative zu einer Gefängnisstrafe.

Ich zuckte mit den Schultern. »Die Gesellschaft ist gar nicht so schlecht, weißt du?«

Lucie stieß mich schmunzelnd an und zog sich ihren Kittel über den Kopf, sodass ein beigefarbenes Kleid mit Blumenmuster zum

Vorschein kam, über dem sie eine braune Oversized-Strickjacke trug. »Ja, stimmt, ich kann mich auch nicht beklagen. Was hat deine Professorin eigentlich zu der App gesagt? Das Gespräch war doch heute, oder?«

Ich nickte. »Stolsson war ziemlich begeistert und Colins erster Entwurf für die Desktop-Benutzeroberfläche hat ihr auch gefallen.«

»Tu nicht so überrascht, du kleines Genie.«

Grinsend verdrehte ich die Augen und faltete meinen Kittel zusammen, ehe ich ihn zurück zu den anderen legte. »Das hat Zack auch gesagt.«

Lucie wackelte bedeutungsschwer mit den Augenbrauen und schnappte sich ihre Ledertasche. »Dann muss da wohl was dran sein. Was mich direkt zu meiner nächsten Frage bringt: Wie läuft es mit Zack?«

Ich spürte, wie meine Wangen warm wurden, als ich an den Abend in seinem Zimmer dachte. An diesen Moment, in dem ich mir sicher gewesen war, dass er mich küssen würde, und dann … sein Zögern. Ich akzeptierte, dass er Zeit brauchte, und wollte ihn nicht unter Druck setzen. Doch das änderte nichts daran, dass ich mir diesen Kuss insgeheim gewünscht hatte.

»Harlow?«

Ich blickte ruckartig auf und begegnete Lucies wissendem Lächeln.

»Dem Ausdruck auf deinem Gesicht nach zu urteilen, magst du ihn.«

»Ja, ich … ich mag ihn. Zack ist großartig und …« Ich unterbrach mich selbst, als mein Handy einen Ton von sich gab. Ich nahm es von dem Regal neben mir und entsperrte es.

»Alles okay?«

Ich ließ das iPhone sinken und gab als Antwort eine Mischung aus Nicken und Kopfschütteln. »Eine Mail von Abbot. Er möchte mich gleich in seinem Büro sehen.«

»Abbot? Hast du irgendetwas angestellt?« Lucie schmunzelte, aber ich hörte eine gewisse Spur Besorgnis aus ihren Worten heraus.

»Nicht dass ich wüsste.« Ich war auf keinem meiner üblichen Pfade unterwegs gewesen. Selbst für die Datenbank der *American Medical Association* hatte ich einen offiziellen Zugang genutzt, um mehr Informationen für meine App zu bekommen. Gut, ich hatte diesen kurzen Ausflug ins Darknet gemacht, um mit Alias zu kommunizieren, aber das war der einzige Fehltritt gewesen.

Bei dem Gedanken an ihn zog sich etwas in mir zusammen und erinnerte mich an meine Frist, die in wenigen Tagen ablaufen würde. Ich wusste, dass Alias mir die Informationen zu seinem Vorhaben vermutlich längst geschickt hatte, doch bisher war ich nicht wieder auf unsere Seite zurückgekehrt. Ich hatte mich auf die Vorlesungen konzentriert, auf das Training, Zack … um noch ein paar Tage länger das Gefühl zu haben, selbst darüber zu bestimmen, was ich tat. Auch wenn das letztlich nicht mehr als eine Illusion war.

»Vielleicht will er sich nur erkundigen, wie es so bei dir läuft?«, überlegte Lucie und schaltete die Musikanlage ganz aus. »Oder er will dich für deine App-Idee loben.«

Das bezweifelte ich stark. Ich schürzte skeptisch die Lippen und schlüpfte in meine weite Jeansjacke. »Kann ich mir nicht vorstellen, aber ich schätze, in ein paar Minuten werde ich mehr wissen.«

Aufmunternd drückte mich Lucie kurz an sich und zwinkerte

mir zu. »Wird schon. Schreib mir nachher, wie es gelaufen ist. Oder komm vorbei, du weißt ja, wo du mich findest.«

∗∗∗

Knappe zehn Minuten später stand ich vor der angelehnten Holztür, die zu Abbots Büro führte, und war unsicher, ob ich einfach eintreten sollte. Ich hatte bereits zweimal geklopft, jedoch keine Antwort erhalten – was bei den lauten Stimmen, die von drinnen kamen, kein Wunder war. Abbot stritt sich ganz offensichtlich mit jemandem und ich war unfreiwillig zur Lauscherin geworden.

»Natürlich geht mich das etwas an«, sagte er in diesem Moment mit einer Schärfe in den Worten, die nicht zu seiner sonst so gefassten, aufgeräumten Art passte.

»Jetzt plötzlich zeigst du Interesse an dieser Familie?« Die zweite Stimme gehörte einer Frau, und dem Klang nach zu urteilen, schien sie aus dem Lautsprecher eines Telefons zu kommen. »Die letzten zehn Jahre war es dir herzlich egal, welche Entscheidungen wir treffen.«

»Wir? Das Ganze hier trägt deine Handschrift. Du hast ihn dazu gebracht, eine derartig unvernünftige Wahl zu treffen. Du und deine Starrköpfigkeit.«

Die Frau lachte so kühl und humorlos, dass ich unwillkürlich die Arme fester vor der Brust verschränkte. »Und das ausgerechnet von dir, Harvey. Der Junge hat seinen eigenen Weg eingeschlagen und das sollten wir akzeptieren. Er ist alt genug.«

»Alt genug?« Leder knarzte. Wahrscheinlich hatte Abbot sich aus seinem Stuhl erhoben. Dann hörte ich langsame Schritte, als würde er auf und ab gehen. »Er wirft seine Zukunft vor die Hunde. Seine Noten, seine … Begabung, hier am Campus hätte er …«

»Ich werde einen Teufel tun und ihn zu etwas drängen, was nicht in seinem Sinne ist, und wenn dir nur halb so viel an *unserem* Sohn liegt, wie du mir gerade zu verstehen geben willst, dann akzeptierst du diesen Umstand endlich.«

Sohn? Harvey Abbot hatte einen Sohn? Nicht dass das etwas völlig Abwegiges war, nur … aus irgendeinem Grund hatte ich in Abbot bisher nur den Leiter dieser Universität gesehen. Jemanden, der schlichtweg kein Privatleben besaß. Und so viel über die Lehrkräfte auf dem Campus auch getratscht wurde, über ihn war so gut wie nichts bekannt.

Ein paar Augenblicke lang war es still, ehe Abbot schwer seufzte. »Ich möchte das Beste für ihn. Das habe ich immer gewollt.«

»Nein, bei dir stand und steht ausnahmslos deine Uni an erster Stelle und das wissen wir beide. Deswegen befinden wir uns ja genau dort, wo wir sind, und daran wird sich nichts ändern«, erwiderte die Frau mit einer Niedergeschlagenheit, die klang, als wäre sie seit Jahren ihre stetige Begleiterin.

»Wir haben beide Fehler gemacht.«

Sie atmete hörbar aus. »Das haben wir. Eine Menge Fehler, Harvey, aber ich habe nicht angerufen, um diese mit dir zum x-ten Mal durchzugehen. Und auch nicht, um eine Erlaubnis für unseren Sohn einzuholen, nur damit das klar ist. Es ging mir einzig und allein darum, dich zu informieren, so wie es laut Vertrag meine Pflicht ist. Das habe ich hiermit getan.«

Abbot lachte leise. »Dein Charme ist ungebrochen.«

»Solltest du ernsthafte Einwände haben, kannst du dich an meinen Anwalt wenden. Du kennst die Regeln«, fuhr die Frau ungerührt fort und ich fragte mich nicht zum ersten Mal seit diesem Gespräch, wer Harvey Abbot außerhalb dieser Mauern war. »Die Nummer sollte mittlerweile bei dir auf Kurzwahl sein, so viel, wie du an mir auszusetzen hast.«

»Ich habe den Kontakt, danke.«

»Auf Wiederhören, Harvey.« Nur einen Sekundenbruchteil später hallte das unangenehme Piepen des Freizeichens durch sein Büro. Die Frau hatte ohne ein weiteres Wort aufgelegt.

Abbot knallte den Hörer auf das Telefon und beendete das nervtötende Geräusch, dann wurde es wieder still. So still, dass man vermutlich die berühmte Stecknadel hätte fallen hören können.

Langsam ließ ich den Atem entweichen, den ich unbewusst angehalten hatte, und linste vorsichtig durch den winzigen Spalt in sein Büro. Der Leiter des Lakestone Campus of Seattle sank in diesem Moment langsam in seinen schweren Stuhl zurück und wirkte um Jahre gealtert, als er sein Gesicht in den Händen vergrub und den Kopf schüttelte. Unwillkürlich schämte ich mich für meine unangebrachte Neugier. Jetzt war ganz sicher nicht der richtige Zeitpunkt, um ihn mit irgendetwas anderem zu behelligen. Schlimm genug, dass ich Zeugin davon geworden war. Ich würde ihm einfach schreiben, dass es heute nicht passte, und um einen neuen Termin bitten.

Möglichst lautlos schob ich mich rückwärts von der Tür weg und wollte mich gerade umdrehen, als Harvey Abbot plötzlich aufschaute und merklich zusammenfuhr.

»Harlow.« Mein Name kam ihm wie ein resigniertes Seufzen über die Lippen.

»Es … es tut mir leid«, brachte ich hervor und hob abwehrend die Hände. »Ich möchte Sie gar nicht stören.«

»Dann hast du das Gespräch mit meiner Ex-Frau mitbekommen?« *Ex-Frau?* Klar, das war seine Ex gewesen, schließlich hatten sie über ihren gemeinsamen Sohn gesprochen. *Gestritten.*

Ich nickte mit zerknirschter Miene und entschied mich, nicht weiter darauf einzugehen. Ich war immerhin aus einem ganz anderen Grund hier. »Sie wollten mich sehen?«

Abbot richtete sich auf und nickte knapp. Zurück war seine professionelle Höflichkeit, als hätte es dieses Telefonat überhaupt nicht gegeben. »Richtig, bitte setz dich. Es tut mir leid, dass ich dich so kurzfristig herbestellt habe, doch ich denke, es handelt sich um ein Thema, das keinen Aufschub duldet.«

Meine Sorge, die ich über den Streit zwischen Abbot und seiner Ex-Frau vollkommen vergessen hatte, kehrte auf einen Schlag zurück. Mit einem mulmigen Gefühl im Magen ließ ich mich vor dem Schreibtisch nieder. »Professor Abbot, wenn …«

»Ich spreche von deinen bisherigen Leistungen in den Fächern des Grundstudiums, insbesondere den Sprachen und Geisteswissenschaften, Harlow.« Er runzelte die Stirn. »Ich weiß, du bist noch nicht lange hier, aber ich möchte sichergehen, dass du dich hier gut einlebst und auch in den Vorlesungen Anschluss findest, die nicht deinem Schwerpunkt entsprechen.«

Warum? Weil ich nicht von einer Elite-Uni komme, sondern geradewegs aus einem Verhörraum, in dem Sie mich aufgegabelt haben?

Ich biss mir auf die Lippe und schluckte diese Gedanken hinunter. Harvey Abbot war in dieser Geschichte ganz bestimmt nicht der Böse.

»Mir ist bewusst, dass es eine Menge für dich ist, aber ich hoffe, dir ist klar, dass ich bei dir hinsichtlich der Noten keine Ausnahme machen kann. Wenn du die Zwischenprüfungen nicht bestehst, dann kann ich dein Stipendium nicht verlängern. Du bist in der Probezeit hier, Harlow, und auch wenn du die Prüfungen der Nebenfächer nur bestehen musst, sind diese Leistungsnachweise dennoch essenziell für deine weitere Ausbildung bei uns.«

Mein Herz geriet ins Stolpern. Dass es um meine bisher eher schlechten Ergebnisse gehen könnte, hatte ich überhaupt nicht erwartet. Ich war viel zu sehr auf Alias und das Hacken fokussiert gewesen. Langsam ließ ich frische Luft in meine Lunge und nickte. »Ich gebe mir Mühe, Professor Abbot, und ich weiß, wie groß die Chance ist, die Sie mir verschafft haben. Nur …«

Sie wissen doch, dass ich nie gut in der Schule gewesen bin. Wie können Sie da erwarten, dass ich hier zu einem Multifunktionsgenie mutiere?

Abbot seufzte leise und faltete die Hände unter dem Kinn. »Das sollte keine Anklage sein, Harlow. Es ist nur eine Erinnerung. Ich habe keine Zweifel daran, dass du das schaffen wirst. Professorin Stolsson hat mir von deinem App-Projekt mit Colin Rutherford berichtet. Ein sehr beeindruckendes Vorhaben.«

Meine Finger, die ich um die Armlehne gekrallt hatte, entspannten sich ein wenig. »Danke.«

»Und«, fuhr er fort, »ich bin nach wie vor der Meinung, dass du zu Recht hier bist. Diese Einrichtung wurde genau für Talente wie dich ins Leben gerufen. Bernhard C. Hawthorne hat es sich bei der Gründung 1855 zur Aufgabe gemacht, hochintelligenten Menschen wie dir mehr zu bieten, ihnen eine Chance zu geben, um herauszufinden, wozu sie mit der richtigen Förderung imstande sind. Diesen Gedanken führt der LSC seit seiner Gründung fort und ich stehe zu den Grundwerten des Campus. Dennoch ändert das natürlich nichts daran, dass die Studierenden an sich arbeiten und Kraft und Zeit in das Studium investieren müssen.«

»Das ist mir bewusst«, gab ich kleinlaut zurück.

Abbot neigte langsam den Kopf. »Es ist in Ordnung, Schwächen zu haben und mir ist klar, wie viel von euch gefordert wird. Ich bitte dich nur darum, an diesen Schwächen zu arbeiten und genauso viel Anstrengung für deine Nebenfächer aufzubringen wie beispielsweise für das Projekt bei Professor Stolsson.«

Ich nickte wortlos.

»Gut. Ich hoffe, du weißt, dass du dich immer an mich wenden kannst, wenn dich irgendetwas beschäftigt oder du Schwierigkeiten hast mitzuhalten. Meine Tür steht dir genauso offen wie allen anderen Studierenden.«

»Danke, Professor Abbot. Sie haben mein Wort, dass ich daran arbeiten werde. Ich … brauche nur noch etwas Zeit, um anzukommen.«

Dieselbe Zeit, die du auch brauchst, um dich dafür zu entscheiden, wieder mit Alias zusammenzuarbeiten und damit genau dort weiterzumachen, wo du im Sommer aufgehört hast?

Meine gehässige innere Stimme verstummte, als mir Zacks Worte wieder in den Sinn kamen.

Die einzige Person, die dir diese Zeit verschaffen kann, bist du selbst.

Hoffentlich lag er damit richtig.

***

Ich machte drei Kreuze, als ich am Freitag aus meiner letzten Vorlesung kam und auf direktem Weg ins Wohnheim ging, um meine Sachen für die nächsten Tage zu packen. Mom wusste bereits Bescheid, dass ich das Wochenende bei ihnen verbringen würde, und ich freute mich unglaublich auf meine Familie und die kleine Auszeit von meinen kreisenden Gedanken, die hoffentlich auf dem Campus zurückbleiben würden. Und vielleicht würde mir diese Pause ja dabei helfen, einen kühlen Kopf zu bekommen und diesen Mist mit Alias anzugehen.

Ich verharrte mitten in der Bewegung und griff seufzend nach meinem Handy, um Caitlyn für das Training morgen abzusagen. Danach vergrub ich das iPhone tief in meiner Duffel Bag. *Zumindest das Wochenende lang.*

»Das heißt, unser gemeinsames Lernen fällt diesmal aus?«

Mein Blick huschte zum Türrahmen, wo Flo mit locker vor der Brust verschränkten Armen lehnte und mit dem Kinn auf meine Tasche wies. Ich lächelte entschuldigend. »Hey. Ich fahre bis Sonntag nach Hause, also ja, wir müssen es verschieben. Tut mir leid.«

Sie winkte ab. »Ach was, würde meine Familie nicht in New Jersey wohnen, wäre ich vermutlich auch öfter unterwegs. Mach dir ein paar schöne Tage, Harlow. Das hast du dir verdient.«

»Danke. Wir holen das Lernen nach, ja?«

»Definitiv! Ich haue dich beim Coach raus. Und nicht vergessen: Du schuldest mir noch eine Erklärung dieser … du weißt schon, das mit der numerischen Mathematik.«

Schmunzelnd schloss ich meine Duffel Bag und hängte sie mir über eine Schulter. »Und du schuldest mir noch die Definition ungefähr dreitausend verschiedener Notenschlüssel.«

»So viele gibt es überhaupt nicht«, erwiderte Flo lachend und warf ihre Lederjacke aufs Bett. »Wir sehen uns Sonntag.«

Auf den Gängen des Wohnheims war einiges los. Viele Studierende liefen mit Rucksäcken oder kleinen Koffern durch die Flure und waren genauso wie ich auf dem Weg in ein Wochenende außerhalb des Campus. Ohne zu zögern, schloss ich mich dem Strom an und trat raus in den grauen Freitagnachmittag. Die meisten Bäume trugen längst ihr Herbstkleid und ließen die Anlage in Rot, Braun und Orange leuchten. Laub lag auf dem perfekt gestutzten Rasen und raschelte leicht im Wind.

Trotz allem, was mich gerade weg vom LSC trieb, hätte ich nicht gedacht, dass sich der Campus so schnell wie ein zweites Zuhause anfühlen würde. Inklusive der Menschen, die ich hier kennengelernt hatte und die ich, ähnlich wie meine Familie, nicht enttäuschen wollte.

Du willst den Kopf frei kriegen, schon vergessen?

Ich schüttelte meine innere Stimme ab, ließ das Unigelände durch das schmiedeeiserne Tor hinter mir und lief in Richtung Bahnhof, wo ich einen der städtischen Busse nach New Holly nehmen würde.

Im Gehen kramte ich in meiner Tasche nach meinen Kopfhörern … als ein schwarzes Motorrad abrupt vor mir zum Stehen kam.

»Bist du irre?!«, rief ich und hob wütend die Hände.

Nur einen Sekundenbruchteil später zog der Fahrer seinen Helm vom Kopf und schenkte mir ein halbes Lächeln.

»Ernsthaft?« Mir kam eine Mischung aus Schnauben und Lachen über die Lippen. »Willst du mich umfahren, Zack?«

Er schüttelte den Kopf, klemmte seinen Helm unter einen Arm und holte den altbekannten Block samt Stift heraus.

Ich nicht, aber andere hätten es getan.

Zweifelnd zog ich die Augenbrauen zusammen. »Ich habe die Straße gecheckt.«

Sicher hast du das. Du bist auf dem Weg zu deiner Familie, oder?

»Ja, übers Wochenende. Was ist mit dir?« Ich blickte in den zunehmend dunkler werdenden Himmel. Wenn ich nicht bald loslief, würde ich klitschnass im Bus hocken.

Ich fahre zu Grams. Stirnrunzelnd folgte er meinem Blick, dann setzte er hastig einen zweiten Satz dahinter. *Soll ich dich irgendwohin mitnehmen?*

»Quatsch, es ist nicht weit mit dem Bus nach Hause und …«

In diesem Moment erklang das erste Donnern über uns. Jap, *Rainy City* würde ihrem Namen mal wieder alle Ehre machen.

Spring rauf, ich fahre dich, Harlow.

Ich verschränkte locker die Arme vor der Brust. »Das musst du wirklich nicht. Ich bin nicht aus Zucker und es ist bestimmt ein Umweg für dich.«

Zack schüttelte mit gerunzelter Stirn den Kopf, dann schrieb er: *Ich fahre gerne einen Bogen. Keine große Sache.*

Einen Augenblick lang starrte ich auf seine geschwungene Handschrift, ehe ich schließlich einlenkte. »Okay, du hast gewonnen.«

Zack lächelte wieder, doch irgendetwas daran schien heute anders, verhaltener, als würde ihn etwas beschäftigen, ähnlich wie mich die Sache mit Alias nicht losließ. Nachdem er abgestiegen war, holte er mit routinierten Handgriffen den zweiten Helm unter dem Sitz hervor und reichte ihn mir.

»Danke«, murmelte ich und blickte in sein Gesicht auf, nur um festzustellen, dass uns kaum eine Unterarmlänge voneinander trennte. Unsere Finger berührten sich leicht und mein Herz schlug mit einem Mal wieder viel zu schnell. Die Luft zwischen uns lud sich mit etwas auf, für das ich noch keinen Namen hatte, immer weiter …

… bis Zack sich grob durch die Haare fuhr und ein wenig zurücktrat.

Wir sollten fahren, bevor es anfängt zu regnen.

Ich blickte auf seinen Block und nickte dann nachdenklich. Warum fühlte sich dieser Abstand zwischen uns plötzlich größer an als ein knapper halber Meter? Hatte ich irgendetwas falsch gemacht?

Kaum merklich schüttelte ich den Kopf und schaute wieder zu Zack, der bereits auf das Motorrad gestiegen war. Seine goldbraunen Augen wirkten unruhig, wie die immer dunkler werdenden Wolken über uns. Ohne ein weiteres Wort ergriff ich seine ausgestreckte Hand und ließ mich hinter ihm auf die Maschine ziehen. Über unseren Köpfen rollte der nächste Donner über den Himmel, in der Ferne zuckte ein Blitz.

Ein Sturm nach dem anderen, Harlow.

KAPITEL 14

Stronger Than Ever – Raleigh Ritchie

Zackary

Wir erreichten das kleine Reihenhaus in New Holly genau in dem Moment, als die Wolken über uns brachen.

»Verdammt!«, stieß Harlow hervor, sprang von meiner Maschine und legte blinzelnd den Kopf in den Nacken.

Ich sah sie einen Moment lang an, wie sie da im Regen stand, als könnte sie nicht glauben, dass all das Wasser von dort oben kam. Ihre Wangen waren vom Fahrtwind gerötet, unzählige Strähnen hatten sich aus ihrem Pferdeschwanz gelöst und umrahmten nun ihr Gesicht.

Wie so oft in den vergangenen Tagen dachte ich wieder an Chloes Worte und die Zweifel, die sie geschürt hatten. Deswegen hatte ich angeboten, Harlow mitzunehmen, in der Hoffnung, mit ihr sprechen zu können, bevor sie sich verabschiedete. Doch das Wetter schien mir einen Strich durch die Rechnung zu machen, denn diese Unterhaltung würde ich ganz sicher nicht in strömendem Regen führen. Oder zwischen Tür und Angel. Ich wollte die Sache in Ruhe klären, mit Harlow – und hoffentlich dann auch mit Chloe. Denn genauso wie die Zweifel brannte die Distanz zu meiner besten Freundin ein tiefes Loch in meine Brust.

Wenn wir wieder auf dem Campus sind.

Der Regen wurde stärker, also zog ich hastig den Schlüssel ab, holte Harlows kleinen Rucksack unter dem Sitz hervor und deutete in Richtung Eingang.

Harlow wischte sich die nassen Strähnen aus dem Gesicht und nickte heftig. »Bevor wir uns noch auflösen. Oder mein Laptop.«

Vor der Tür kramte ich in der Jackentasche nach meinem Block, um mich zu verabschieden, als diese sich plötzlich öffnete und eine kleine Frau mit blonden Haaren im Rahmen erschien. Die Ähnlichkeit zu Harlow war erstaunlich, also musste das Lillian sein – Harlows Mom.

»Hey, mein Schatz«, begrüßte sie ihre Tochter und zog sie in eine herzliche Umarmung, ehe ihr Blick zu mir huschte. »Und du hast jemanden mitgebracht?«

Ich reichte ihr höflich die Hand und sah dann zu Harlow, ehe ich langsam meine Antwort gebärdete – wobei ich darauf achtete, nur Gebärden zu nutzen, die ich ihr bereits beigebracht hatte.

Konzentriert sah Harlow auf meine Finger und nickte. »Mom, das ist Zack. Er spricht nicht, aber ich kann ein bisschen dolmetschen. Eigentlich hat er mich nur wegen des Wetters vorbeigebracht, aber er freut sich, dich kennenzulernen.«

Lillian hob überrascht die hellen Brauen, dann wurde ihr Lächeln noch breiter. »Freut mich auch sehr. Warum kommt ihr beiden nicht rein? Das Essen ist gerade fertig und es ist genug für alle da.«

Wieder drehte sich Harlow zu mir um. »Hast du noch Zeit für ein verspätetes Mittagessen oder musst du schon weiter?«

Eigentlich war mein Plan gewesen, direkt zu Grams zu fahren, zumal es mir lieber gewesen wäre, erst mit Harlow allein zu sprechen, bevor ich ihre Familie kennenlernte. Andererseits war das hier die perfekte Gelegenheit, mehr über sie zu erfahren, und vielleicht würde sich ja doch die Gelegenheit für ein Gespräch ergeben.

Also schaute ich von Harlow zu ihrer Mom und nickte. »Sehr gern«, gebärdete ich, was Harlows Augen noch eine Spur heller leuchten ließ. Und Zweifel hin oder her, spätestens jetzt wäre ich nicht mehr in der Lage gewesen, wirklich Nein zu sagen, selbst wenn ich gewollt hätte.

Ich folgte Harlow in den kleinen Flur des Hauses und schlüpfte aus meinen nassen Boots, um nicht noch mehr Wasser auf dem Boden zu verteilen. So gut wie jeder Quadratzentimeter um uns herum war mit Regalen und Schränken zugepflastert, in denen Bücher, Pflanzen und Bilderrahmen standen. Selbst auf den Stufen der schmalen Treppe ragten ein paar Bücherstapel neben gelben Gummistiefeln auf, die vermutlich Harlows kleinem Bruder gehörten. Bunte Teppiche lagen auf dem Boden und statt total überfüllt zu wirken, war die Einrichtung gemütlich und heimelig.

»Der Tisch ist schon gedeckt. Katy kommt erst später dazu, aber Brax müsste eigentlich jeden Moment eintrudeln.« Lillian ging hinter den Tresen, der das Wohnzimmer von der Wohnküche inklusive Sitzecke abtrennte, und steckte ihre Hände in bunt gemusterte Topfhandschuhe. »Was möchtest du trinken, Zack?«

Weil ich mit Harlow noch nicht über die Gebärden für Wasser und Brot hinausgekommen war, griff ich kurzerhand nach meinem Block und schrieb meine Antwort auf. *Könnte ich vielleicht einen Kaffee bekommen?*

Harlow gab die Frage an ihre Mom weiter und holte dann ihren Laptop heraus. »Ich denke, das ist ein guter Moment, die App dem nächsten Feldtest zu unterziehen.«

»Harlow, ich habe dir gesagt: Keine Computer am Tisch.«

»Das hier ist etwas anderes, Mom.« Ohne den Blick zu heben, ließ sie ihre Finger über die Tastatur fliegen und drehte den Bildschirm dann so, dass ihre Mutter ihn sehen konnte. »Es ist ein Projekt für die Uni, um Unterhaltungen mit Menschen, die in Gebärdensprache kommunizieren, leichter zu machen.«

Lillian stellte eine gestreifte Auflaufform auf zwei quietschgrüne Untersetzer und kam dann interessiert näher. »So etwas macht ihr da an der Universität?«

Ich brachte meine Hände vor der Kamera in Position und erwiderte in Gebärdensprache: »**Eigentlich war es Harlows Idee und die Professorin fand sie so gut, dass sie es als Vorlesungsprojekt genehmigt hat.**«

»Wow! Das ist ... großartig.« Der Stolz, der in ihrer Stimme mitschwang, war nicht zu überhören. Und trotz allem, was mir gerade in Bezug auf Harlow durch den Kopf flog, ging es mir nicht anders. »Das macht es in der Tat leichter, denn leider gehört Gebärden nicht zu meinen Talenten.«

Harlow tätschelte die Hände ihrer Mom, die noch immer in den Topfhandschuhen steckten. »Dafür machst du die beste Lasagne und Zack hat mir zufälligerweise verraten, dass er ein ganz miserabler Koch ist.«

Protestierend schüttelte ich den Kopf und konnte nicht verhindern, dass sich ein schiefes Grinsen auf meine Lippen schob. »**Meine Nachos haben dir geschmeckt.**«

»War klar, dass du jetzt damit kommst«, erwiderte Harlow und schob den Laptop etwas zur Seite, damit mehr Platz für die Auflaufform war.

Sofort stieg mir der Geruch nach geschmolzenem Käse, Tomaten und Oregano in die Nase und ließ meinen Magen knurren – was mich daran erinnerte, dass ich heute nach meiner morgendlichen Laufrunde nur etwas gefrühstückt und seitdem nichts mehr gegessen hatte. Mir lag auch so schon zu viel im Magen.

»Schätzchen, kannst du das Wasser sprudeln, dann hole ich noch eine …«

Das helle Bimmeln der Klingel unterbrach Lillian, die sich seufzend die Handschuhe von den Händen zog.

»Ich gehe schon!« Harlow sprang auf und lief in den Flur. Kurz darauf erklang helles Kinderlachen.

Sie zu Hause zu erleben, machte es schwer, mich darauf zu konzentrieren, dass es Dinge gab, die ich mit ihr klären musste. Chloes Behauptungen genauso wie diese … Schatten, die am Dienstag über Harlows Gesicht geflogen waren.

Vielleicht hätte mich Abbot nicht herholen sollen.

»Brax, das ist Zack – Zack, mein kleiner Bruder Braxton.«

Ich riss mich von meinen Gedanken los und sah zu dem kleinen blonden Jungen, der mich neugierig mit großen Augen musterte.

»Hallo, Braxton«, gebärdete ich, **»freut mich, dich kennenzulernen. Deine Schwester hat mir schon einiges von dir erzählt.«**

»Zack spricht in Gebärden. Wie eine andere Sprache, verstehst du? Deswegen habe ich ein Programm geschrieben, das für uns übersetzt«, erklärte Harlow und schenkte ihm ein warmes Lächeln.

Einen Moment lang schien Brax noch verwirrt zu sein, dann jedoch rutschte er neben mich auf die Bank der Sitzecke und schaute aufmerksam auf den Bildschirm, um meine Worte zu lesen. Als hätte er innerhalb weniger Sekunden akzeptiert, wofür andere Jahre brauchten oder es nie schafften. »Hi, Zack. Bestimmt hat sie dir von dem Computerspiel erzählt, das sie für uns programmiert hat, oder?«

Ich schüttelte etwas ratlos den Kopf, woraufhin Braxton Harlow beinahe anklagend musterte. »Das ist doch das Coolste, Har.« Abwehrend hob sie die Hände und setzte sich mir gegenüber auf einen Stuhl. »Ich habe mir gedacht, dass du das vermutlich viel besser erklären kannst.«

Brax' Stirn legte sich in Falten, dann zuckte er mit den Schultern. »Stimmt, vielleicht nachher. Ist das Motorrad draußen deins?«

Ich nickte und bot im nächsten Moment aus einem Impuls heraus an: »**Wenn du willst, kann ich es dir zeigen, sobald der Regen nachgelassen hat.**«

Wieder dauerte es ein bisschen, bis Braxton den Text gelesen hatte, dann jedoch breitete sich Begeisterung auf seinen kindlichen Zügen aus. »Das wäre krass! Stiles' großer Bruder hat auch ein Motorrad, aber deins ist irgendwie krasser.«

Lillian wuschelte ihm durch die Haare. »Und dein neues Lieblingswort *krass* hast du auch von Stiles, oder?«

»Das sagt man jetzt so, Mom«, gab Harlow an Brax' Stelle zurück und klatschte unter dem Tisch mit ihrem kleinen Bruder ab, ehe ihr Blick kurz zu mir huschte. Ein beinahe vorsichtiger Ausdruck lag auf ihren Zügen, als wollte sie fragen: *Ist das alles okay für dich?*

So wenig ich im Augenblick auch wusste, hier mit ihrer Familie zu sitzen, war mehr als okay. Es war so, wie mit Harlow zusammen zu sein: einfach, mühelos, ganz selbstverständlich.

Ich hob einen Mundwinkel und nickte, woraufhin sich die Sorgenfalten auf ihrer Stirn ein wenig glätteten.

»Siehst du, Mom?«, meinte Brax, der nichts von unserem lautlosen Austausch mitbekommen hatte. »Also darf ich mir das krasse Motorrad von Zack gleich anschauen?«

Bewaffnet mit einem Stapel Servietten und Zacks Kaffee ließ sich Lillian schließlich auf einem freien Platz nieder, nahm den Schöpflöffel und füllte auf. »Wenn Zack wirklich möchte, könnt ihr das gerne machen. Aber jetzt essen wir erst mal unsere krasse Lasagne.«

Brax' Gabel verharrte auf halber Strecke vor seinem Mund. »Es ist irgendwie *cringe*, wenn du das sagst, Mom.«

Prustend verschluckte sich Harlow an ihrer Apfelschorle und stieß ihren Bruder an. »Wann ist das denn mit dir passiert?«

»Das frage ich mich auch.« Seufzend tat Lillian uns weiter auf. »Hast du auch Geschwister, Zack?«

Ich stellte meinen Kaffee ab und schüttelte den Kopf. Das hier war sicher nicht der richtige Moment, um ihnen von meiner verstorbenen Schwester Addie zu erzählen. »Leider nein«, erwiderte ich. »Aber mein bester Freund Ethan steht einem kleinen Bruder in nichts nach.«

Harlows Mom lachte leise. »Heißt es nicht, dass Jungs ab einem gewissen Alter nur noch in die Höhe schießen, aber im Kopf ein Kind bleiben?«

»Mom!«, rief Harlow peinlich berührt zeitgleich mit Braxtons: »Ich bin kein Kind mehr!«

Lillian schenkte mir einen vielsagenden Blick und mir wurde bewusst, dass ich vergessen hatte, wie das war. Mit einer Familie am Tisch zu sitzen, sich gegenseitig ein wenig aufzuziehen. Zusammen zu sein. Ich liebte meine Zeit mit Grams und bei Chloe war ich so etwas wie das dritte Kind im Haus und dennoch … war das nicht das Gleiche. Nicht zum ersten Mal fragte ich mich, was passiert wäre, wenn es diese eine Nacht nicht gegeben hätte. Wenn sich dieser Mistkerl ein anderes Haus ausgesucht hätte.

Als würde Harlow meine innere Unruhe spüren, streckte sie unter dem Tisch ihr Bein aus und berührte meins. Und so winzig diese Geste auch scheinen mochte, mir bedeutete sie in diesem Moment verdammt viel. Weil sie mich verstand, ohne dass ich erst Worte dafür finden musste.

Ein paar Stunden später, als die Lasagne längst aufgegessen war und wir eine Runde Monopoly gespielt hatten, verabschiedete ich mich von Brax und Lillian und ging mit Harlow in den kleinen Flur.

»Ich fürchte, du wirst noch einmal wiederkommen müssen. Brax ist untröstlich, dass es mit dem Motorrad nicht mehr geklappt hat«, sagte sie mit einem Schmunzeln.

Ich richtete mich auf, nachdem ich meine Boots angezogen hatte, und nickte. Wir standen einander in dem schmalen Flur so nah gegenüber, dass ich das helle Blau um ihre Pupillen erkennen und ihren Atem auf meiner Haut spüren konnte.

Sehr gerne. Ich mag deinen Bruder, schrieb ich und reichte ihr den Block, wobei sich unsere Fußspitzen beinahe berührten. Und deine Familie.

»Ich glaube, sie mögen dich auch sehr. Hoffentlich waren das nicht zu viele Fragen. Brax und Mom können ziemlich neugierig sein.« Harlow legte den Kopf leicht in den Nacken und biss sich auf die Unterlippe.

Ich schüttelte langsam den Kopf, ließ den Block sinken und konnte nicht aufhören, auf ihren Mund zu schauen. Auf ihre leicht geröteten Wangen, in die Tiefe ihrer Augen. Gott, es war wie am

Dienstag auf meinem Bett. Wie vorhin auf dem Parkplatz. Meine Gedanken rasten und gleichzeitig dachte ich gar nichts. Ohne sie aus den Augen zu lassen, hob ich langsam eine Hand, legte sie federleicht an ihr Gesicht, sodass meine Fingerspitzen ihr Feuermal berührten und ich die Wärme ihrer Haut spüren konnte.

»Zack?«, flüsterte sie, als ich mit dem Daumen die Linie ihrer Wange nachfuhr, bis ich an ihrem Mundwinkel angelangte.

Ich hob ganz leicht die Augenbrauen und sah ihr tief in die Augen, in denen Verwirrung stand. Verwirrung und … Verlangen.

Harlow schmiegte sich kaum merklich in meine Berührung und schluckte. »Ich … ich denke nur noch an dich, Zack. Obwohl ich gerade … noch tausend andere Dinge im Kopf habe.«

Ich nickte leicht, dann schloss ich die Augen und lehnte meine Stirn an ihre. *Und ich denke nur noch an dich. In jeder verdammten Sekunde,* sagte ich in Gedanken.

Chloe hatte sich geirrt. Harlow mochte mir in Hinblick auf das MIT vielleicht nicht die Wahrheit gesagt haben, aber das hier war keine Lüge. Sie würde nicht gehen, weder aufgrund meiner Stummheit noch meiner Vergangenheit. Sie würde bleiben, weil es für sie keine Rolle spielte. Weil sie mich akzeptierte. Und weil sie nicht die Stille hörte, sondern das, was darin lag.

Denn was war Stille schon anderes als Gedanken, für die es einfach nicht die richtigen Worte gab?

***

Es war kurz nach acht Uhr abends, als ich meine Maschine endlich in die Garage meiner Grams schob und mich aus den halbnassen Klamotten schälte. Ich konnte es nicht erwarten, endlich unter die heiße Dusche zu kommen. Allerdings hatte ich die Rechnung wie so oft ohne meine Großmutter und ihren Scharfsinn gemacht.

»Du warst ganz schön lange unterwegs.«

Ich drehte mich zu ihr um und schloss sie in eine rasche Umarmung, ehe ich gebärdete: »Die Straßen waren ziemlich verstopft. Absolutes Verkehrschaos.«

Eine ihrer hellen Augenbrauen wanderte nach oben. »So, so, und dieses Mädchen, Harlow, hat nichts damit zu tun, dass du erst jetzt nach Hause kommst?«

»Wir haben noch bei ihr gegessen und ein bisschen die Zeit aus den Augen verloren. Habe ich dir doch geschrieben.«

Grams verschränkte locker die Arme vor der Brust und sah mich vielsagend an. Selbst an einem Freitagabend steckte sie in Latzhose und Flanellhemd, inklusive Ölflecken. Manche Dinge änderten sich eben nie.

Ich warf die Hände in die Luft und legte den Kopf schief. »Was willst du denn hören? Dass ich nicht sofort wieder gegangen bin, weil ich bleiben wollte?«

Lächelnd tätschelte mir meine Großmutter die Schulter und schob mich durch die schmale Hintertür in den weitläufigen Flur, von wo aus man über eine ausladende Treppe in die Wohnung über der Werkstatt gelangte.

»Genau das wollte ich hören«, erwiderte sie dann und folgte mir in das erste Obergeschoss. Die insgesamt drei Stockwerke unseres Hauses waren eine Mischung aus historischem Bauwerk und moderner Architektur. Dank großer Glaselemente flutete tagsüber helles Licht die Räume, die von alten Balken durchzogen waren und die hohen Decken eines Altbaus hatten.

»Letztes Mal hast du nicht viel über Harlow erzählt, aber heute lasse ich dich nicht so einfach davonkommen. Ich möchte alles hören.«

Weil ich wusste, dass es zwecklos war, einem von Grams' Verhören zu entkommen, und sie bereits einen Kessel Tee aufsetzte, gab ich mich geschlagen und ließ mich auf einem der Hocker am Tresen der modernen Küche nieder.

»Das ist keine deiner Soaps, wo es ein *Was bisher geschah* gibt«, erwiderte ich und rollte belustigt mit den Augen.

Meine Großmutter schnaubte nur unbeeindruckt. »Habt ihr noch mal etwas gemeinsam unternommen? Ich meine, abgesehen von dem Familienessen heute Nachmittag.«

Mir entging der Unterton, mit dem sie *Familienessen* betonte, keineswegs. »Es war nur ein Essen, keine offizielle Vorstellung oder so was.«

»Seid ihr zusammen?«

»Nein, wir ...« Ich brach ab und starrte mit gerunzelter Stirn auf meine Hände, die regungslos in der Luft verharrten.

Grams stellte eine Tasse Tee auf einem Untersetzer vor meiner Nase ab und legte eine ihrer rauen Hände auf meine. »Sie bedeutet dir etwas, hm?«

Ich nickte, ohne aufzublicken.

Mit einem leisen Seufzen griff Grams nach ihrer eigenen Tasse und nippte an ihrem Tee. »Wo liegt das Problem, Zackary? Und sag mir nicht, es liegt an dieser – wie hieß sie noch gleich? – Pepper aus der Schule.«

»Pippa, und nein, das ist es nicht. Ich habe nur Angst, dass sie gehen könnte. Dass ich mich voll und ganz auf sie einlasse und sie am Ende doch verliere. Wegen meiner Vergangenheit oder weil ich nicht spreche oder wegen etwas vollkommen anderem«, gebärdete ich.

Würde ich die Worte laut über die Lippen bringen, würden vermutlich eine Menge gegensätzlicher Emotionen darin liegen. Verzweiflung und Unsicherheit, neben Wut und Angst und … Zuneigung.

»Ich mag, was wir gerade haben, dieses Verständnis zwischen uns, aber …«

Grams stellte ihre Tasse zur Seite und zog die Augenbrauen zusammen. »Aber da ist noch mehr für dich. Du möchtest mehr und das macht dir Angst.«

Resigniert neigte ich den Kopf und starrte in den dunklen Tee.

»Ja, ich habe Angst. Das, was ich für Harlow empfinde, ist so schnell so viel geworden und dabei lernen wir uns doch erst richtig kennen. Es gibt noch so vieles, was ich nicht über sie weiß, und manches davon steht im Augenblick zwischen uns. Genauso wenig weiß sie von Addies Tod und der Zeit danach«, gab ich zurück und fuhr mir aufgebracht durch die Haare. »Aber was ist, wenn ich sie damit verschrecke? Mit meinen Gefühlen oder meiner Vergangenheit. Oder was weiß ich.«

Grams sah mich nur abwartend an, während ich krampfhaft versuchte, das Durcheinander in meinem Kopf zu ordnen.

»Scheiße, ich hasse dieses Zerdenken! Dieses verfluchte Chaos in meinem Kopf. Aber seit das mit meinen Eltern gewesen ist, kann ich es einfach nicht abstellen.«

Dieses Mal bebten meine Finger, als ich gebärdete, und ich spürte alten Frust in mir aufsteigen. Erinnerungen an den Moment, als selbst Mom nicht mehr weiterwusste und mich zurückgelassen hatte.

Ich war fast sechs Jahre alt gewesen, Addies Tod war erst ein paar Monate her und Grams war bei uns auf Bainbridge Island zum

Essen gewesen. Ich wusste nicht mehr, was der Anlass gewesen war oder was es zu essen gegeben hatte, aber dafür hatte ich alles andere noch gestochen scharf vor Augen. Den Moment, in dem Mom ein Teller aus den Händen geglitten war, dieser Knall, der mich an einen anderen Knall erinnert und eine ganze Lawine losgetreten hatte. Zu dem Zeitpunkt wusste ich es noch nicht, erst später hatte ich erfahren, dass ich unter Panikattacken litt. Aber damals war es einfach eine heftige Welle aus Angst und Panik gewesen, die mich getroffen und die Realität fortgewischt hatte. Ich war zu Boden gesunken, hatte mich zu einer winzigen Kugel zusammengerollt, während Mom geschluchzt und Dad nur immer wieder meinen Namen gerufen hatte. Sie hatten nicht verstanden, was los gewesen war. Dad hatte mich *nicht ganz bei Sinnen* genannt, doch Grams … *sie* hatte verstanden.

Heute hatte ich meine Panikattacken zwar überwunden, doch der Schmerz des Verlassenwerdens war geblieben.

»Zack, du bist in Ordnung. Deine Gedanken sind in Ordnung und absolut verständlich. Und vielleicht kannst du sie irgendwann, wenn du bereit dafür bist, ja auch mit ihr teilen. Ich bin mir sicher, dass sie sich genauso den Kopf über dich zerbricht.« Ein kleines, liebevolles Lächeln huschte über ihre Züge. »Sie hat akzeptiert, was du ihr bereits gezeigt hast, und sie wird auch den Rest akzeptieren.«

»Ich möchte nicht länger Angst davor haben zu vertrauen, Grams.«

Sie legte mir eine Hand auf den Rücken und fuhr in sanften, kreisenden Bewegungen darüber. »Diese Angst ist ganz normal, ohne sie wäre keine Liebe vollkommen. Zu vertrauen bedeutet immer auch, sich verletzlich zu machen, und das ist beängstigend.

Aber es kann auch befreiend sein, weil du nicht länger allein mit allem bist.«

Ich schluckte gegen das Brennen in meinem Hals an. »Was soll ich machen?«

»Vertrau dir selbst, Zack. Vertrau deinem Gefühl, das du in Harlows Nähe hast, und gibt dir die Zeit, die du brauchst. Es geht nicht darum, jemandem etwas zu beweisen, denn das hast du längst getan.«

KAPITEL 15

Dancing With The Devil – Demi Lovato

Harlow

»Harlow, ich brauche dich dringend wieder hier. Ganz ehrlich, ohne dich versinkt das Atelier im Chaos, weil ich mich nicht aufraffen kann, den Mist allein aufzuräumen.«

Ich klemmte mein Handy zwischen Ohr und Schulter und stopfte meinen Schlafanzug zu den anderen Sachen in meine Duffel Bag. »Keine Sorge, Lucie, in spätestens zwei Stunden hast du mich wieder an der Backe.«

Das Wochenende zu Hause war innerhalb eines Wimpernschlags vergangen – zumindest fühlte es sich so an. Mit viel zu viel gutem Essen, viel zu wenig Schlaf, unzähligen Runden Computerspielen und Monopoly mit Brax und Gesprächen mit meinen Moms bis spät in die Nacht. Diese zwei Tage waren genau das, was ich gebraucht hatte, auch wenn ich mich nach dieser Zeit wieder auf den Campus freute – ganz besonders auf einen gewissen Studenten mit goldbraunen Augen. Bei dem Gedanken an Zack spürte ich wieder diese leichte Nervosität an mir zupfen. Weil ich nicht wusste, was der Freitag verändert hatte. Ob er etwas verändert hatte.

»Gut so. Schließlich muss ich dich noch über Zack ausquetschen, nachdem du auf keine meiner Nachrichten geantwortet hast.« Am anderen Ende der Leitung hörte ich Lucie lachen.

»Vielleicht hätte ich es dir am Freitag nicht direkt schreiben sollen.« Ich seufzte.

»Zumindest wäre ich dann nicht so auf die Folter gespannt gewesen. Was meinst du, sollen wir uns, wenn du wieder da bist, im Café treffen?«

»Ja, klingt gut. Dann kann ich dir gleich das erste Layout für die App zeigen, wenn du möchtest. Colin hat es mir heute Morgen geschickt.«

Zu guter Letzt schob ich auch meinen Laptop in die Tasche und ließ mich dann zurück auf mein Bett fallen. Nach den vier Wochen auf dem Campus hatte es sich merkwürdig angefühlt, wieder in meinem leeren Kinderzimmer zu schlafen.

»Ich glaube, wir sollten Colin noch mal die Bedeutung von *Wochenende* erklären. Aber klar, ich bin supergespannt – solange ich auch meine Zack-Updates bekomme … Schreib mir, wenn du da bist.«

»Mache ich«, versprach ich mit einem leisen Lachen. »Bis später.«

Ich hatte kaum aufgelegt, da schob auch schon Brax seinen Kopf durch die Tür. »Musst du wirklich schon wieder fahren?«

»Komm her.« Lächelnd stand ich auf und winkte ihn zu mir in eine Umarmung. »Spätestens an Thanksgiving bin ich wieder da und wir können uns ja weiter über Videoanrufe sehen, was meinst du?«

Brax nickte, als ich vor ihm in die Hocke ging und ihm fest in die Augen sah. »Harlow?«

»Ja?«

»Bringst du Zack nächstes Mal wieder mit? Ich finde ihn irgendwie cool.«

Ja, das finde ich auch.

Schmunzelnd strich ich ihm die hellen Haare aus der Stirn und stupste ihn an, als er sich gegen die Geste wehrte. »Ist Zack nicht eher *krass*?«

»Haha.«

»Na komm, gehen wir runter und machen schon mal Frühstück.«

In der Wohnküche schalteten wir direkt das Radio an und begannen dann, zusammen den Tisch zu decken. Brax hopste förmlich durch die Gegend, wobei beinahe zwei Tassen zu Bruch gegangen wären, während ich alles auf dem Tisch anrichtete und die Schubladen nach Kerzen durchwühlte. Wenn schon, denn schon.

»Hey Brax, weißt du, wo das Feuerzeug mit der Biene drauf ist? Das mit dem langen Anzünder?«, rief ich über die laute Musik hinweg und sah mich suchend um.

Etwas zu schwungvoll stellte mein Bruder das Tablett mit Marmeladen und Honig auf dem Küchentisch ab und deutete nach links. »Ich glaube, da irgendwo.«

Ich nickte und wühlte mich durch die alten Werbeprospekte, Gartenzeitschriften und Zeitungen und fand schließlich, wonach ich suchte – als mein Blick auf ein paar Briefe fiel, die mit einem roten Gummiband zusammengehalten wurden. Auch ohne sie hochzunehmen, kannte ich den Inhalt.

Rechnungen. Aufforderungen. Mahnungen zur Zahlung, bevor weitere Schritte eingeleitet wurden.

Mein Magen drehte sich um. Wie ferngesteuert legte ich das Feuerzeug zur Seite und griff nach den Briefen.

… ausstehende Begleichung der Summe für die medizinische Nach-
behandlung des Patienten Braxton Lexington, geboren …

Fahrig drückte ich die Blätter an meine Brust und sah hastig zu Brax, der durch die Wohnküche sprang und die Servietten wie Konfetti über den Tisch verteilte.

»Brax? Ich bin kurz auf der Toilette, ja? Warte mit den Kerzen bitte auf mich.«

»Alles klar.«

Ich schloss mich im winzigen Gästeklo ein und ging die Briefe in Ruhe durch, einen nach dem anderen, weil das gerade verdammt noch mal keinen Sinn ergab. Die Operation war gut verlaufen, von einer Nachbehandlung war nie die Rede gewesen.

… wiederholte Aufforderung zur Begleichung der offenen Rech-
nungen für die Nachbehandlung …

… Wir sehen uns gezwungen, gerichtliche Schritte einzuleiten,
wenn der oben genannte Betrag nicht binnen fünf Kalendertagen auf
dem unten stehenden Konto eingegangen ist …

Ich kniff die Augen zusammen und legte den Kopf in den Nacken. Das erklärte die Sorge meiner Moms. Es ging nicht direkt um Brax' Gesundheit, sondern um das Geld. Wieder einmal. Langsam stieß ich den Atem aus und las weiter.

… Der Betrag beläuft sich auf dreiundzwanzigtausend Dollar …

Die Zahl verschwamm vor meinen Augen.

Drei-und-zwanzig-tausend Dollar!

»Verdammt«, murmelte ich und checkte das Datum oben in der Ecke. Der letzte Brief war am Freitag angekommen, was bedeutete, dass uns weniger als drei Tage blieben, das Geld zu überweisen. Geld, das wir nicht besaßen.

Warum hatten sie nichts gesagt? Vielleicht hätte ich irgendetwas tun können, vielleicht … Ich blickte ruckartig auf, während sich eine Idee in meinem Kopf breitmachte.

Nein, nicht noch einmal. Harlow, denk nicht mal dran!

Zu spät. Das hatte ich längst. Wie so oft hatten mich meine Gedanken auf direktem Wege zurück zu Alias gebracht. Zwar hatte ich immer noch keine Ahnung, worin genau sein Auftrag bestand, aber ich wusste, dass er dieses Problem schnell lösen könnte. Er kannte Mittel und Wege, Geld zu beschaffen, während ich nicht einfach ein zweites Mal irgendein Konto hacken konnte. Nicht, nachdem ich aufgeflogen war.

Und was dann? Er hilft dir noch einmal, an Geld zu kommen, und du stehst damit noch tiefer in seiner Schuld? Er hat dich doch schon am Haken. Und überhaupt: Warum sollte er dir helfen?

Weil er mich brauchte. Aus irgendeinem Grund brauchte er für seinen Plan genau mich. Sonst wäre er schon längst gegen mich vorgegangen.

Ich fuhr mir über das Gesicht, mein Atem war heiß auf meinen eiskalten Händen. Dann klopfte es an der Tür.

»Harlow, ist alles in Ordnung? Brax hat gesagt, du bist seit fast zwanzig Minuten auf dem Klo.« Das war Katy.

Ich schluckte gegen den Kloß in meinem Hals an und zwang meinen rasenden Herzschlag zur Ruhe. »Sicher. Bin gleich da.«

»Sehr gut. Es gibt auch frische Bagels.«

Keine Ahnung, wie ich nach dieser Entdeckung auch nur einen einzigen Bissen herunterbekommen sollte.

* * *

Ich hatte mir Sorgen gemacht, dass mir der Abschied schwerfallen würde, doch als der Parkplatz des LSC in Sicht kam, konnte ich nicht schnell genug aus dem Auto kommen. Beim Frühstück hatte ich gute Miene zum bösen Spiel gemacht, während meine Gedanken auf Hochtouren gelaufen waren. Auf der Fahrt hatte ich Mom nicht auf die Briefe ansprechen können, weil Brax hinten im Auto gesessen und pausenlos über Motorräder gequatscht hatte, und jetzt, zurück auf dem Campus, war es zu spät.

»Und es ist wirklich alles in Ordnung, Harlow? Du bist so still.« Mom sah mich besorgt an und griff nach meiner verkrampften Hand, als ich mich gerade abschnallen wollte.

Ich nickte und zog meine Duffel Bag auf die Knie. Mein Handy mit den Fotos der Briefe darin wog mehr als eine Palette Ziegelsteine. »Es geht mir gut. Ich bin nur traurig, dass das Wochenende schon wieder vorbei ist.«

»Wir wiederholen das ganz bald, Schätzchen, okay? Und bis dahin hast du ja deine neuen Freundinnen und Zack.« Sie zwinkerte mir mit ihrem typischen Momlächeln zu und machte es mir unglaublich schwer, sie nicht zu packen und zu fragen, was zum Teufel diese Schreiben sollten. Und warum sie mir nicht davon erzählt hatte.

»Das wäre schön, Mom«, erwiderte ich mit erstickter Stimme und zwang meine Mundwinkel nach oben. »Wir sehen uns ganz bald.«

»Mach's gut, Har!« Brax beugte sich in seinem Kindersitz nach vorn und winkte. »Und grüß Zack von mir.«

»Das mache ich. Hab euch lieb.«

Ohne mich noch einmal umzudrehen, hastete ich über den Parkplatz und stoppte erst, als ich die Zimmertür hinter mir zugeworfen hatte und mit rasendem Herzschlag dagegensank. Welcher glücklichen Fügung ich es auch immer zu verdanken hatte, dass Flo nicht da war, ich war froh darüber, allein zu sein. Denn nur einen Atemzug später rannen mir stumme Tränen über die Wangen und hinterließen kleine nasse Flecken auf meinen angezogenen Knien.

Einen Moment. Du gibst dir diesen einen Moment, um zusammenzubrechen, und dann bekommst du deinen Hintern hoch, Harlow. Wenn du das mit Alias durchziehen willst, hast du einiges an Arbeit vor dir und keine Zeit, in Selbstmitleid zu versinken.

Ich presste meine Handballen gegen die geschlossenen Augen und lauschte meinem rasenden Puls. Dann begann ich, innerlich zu zählen. Ich war bei einhundertdreiundzwanzig, als sich mein Herzschlag endlich wieder beruhigte und sich der Nebel in meinem Kopf verzog. Und dreiundvierzig Zahlen weiter, bis ich aufstand, meinen Laptop in meinen Rucksack schob und das Zimmer verließ. Ich hatte einen Plan. Einen dämlichen, aus der Not geborenen Plan, und dafür brauchte ich eine stabile Internetverbindung.

Während ich durch die Gänge des Wohnheims lief, schrieb ich Lucie und entschuldigte mich, dass ich es heute nicht schaffen würde, dann erreichte ich schon das Ende des Flurs. Da der Computerraum der Bibliothek und die Computerlabore der Wissenschaftsfakultät dieses Mal flachfielen, blieb nur eine Möglichkeit. Über das Treppenhaus gelangte ich ins zweite Untergeschoss des Wohnheims, wo die Verteilerkästen und ein kleiner Serverraum lagen. An der richtigen Tür angekommen, scrollte ich durch das Dokument auf meinem Handy, in dem ich sämtliche Zugangscodes abgelegt hatte, und nur einen Augenblick später sprang das kleine Lämpchen des Nummernfelds auch schon auf grün. Lautlos schlüpfte ich in den Serverraum, schloss die Tür und wagte erst dann, mich umzusehen.

Ich schob mich an zwei älteren Exemplaren vorbei, bis mein Blick auf die neueste Anlage fiel, die hier unten ein bisschen wie ein Fremdkörper wirkte.

Genauso, wie du einer bist, Harlow.

Ich verzog das Gesicht, ließ mich im Schneidersitz davor nieder und kramte meine Sachen hervor. Während ich die entsprechenden Leitungen aus dem Serverschrank zog und mit meinem Laptop verband, hatte ich die ganze Zeit über das Gefühl, beobachtet zu werden. Vermutlich waren das mein schlechtes Gewissen und die Schuldgefühle, weil ich im Begriff war, Mist zu bauen.

Keine gute Kombination.

Kopfschüttelnd konzentrierte ich mich wieder auf meine Arbeit. Routiniert führte ich die Ethernetkabel über zwei modifizierte Hubs in den entsprechenden Port an meinem Laptop und startete den Modus, der mich im System der Universität unsichtbar machte.

Meine Finger fuhren über die Tastatur und brachten mich mit ein paar Klicks über den Tor-Browser ins Darknet, von wo aus ich dem bekannten Pfad direkt auf die Homepage von *BackWash* folgte. Und genau wie die unzähligen Male zuvor, die ich diesen Weg schon gegangen war, musste ich auch heute nicht eine Sekunde über die einzelnen Schritte nachdenken.

So war es schon immer gewesen. Das Programmieren und später das Hacken waren mir schon immer unglaublich leichtgefallen, weil es mich fasziniert hatte. Der Gedanke, dass es im Darknet kaum Grenzen gab, dort *alles* tun zu können, während meine Familie in der Realität aufgrund unserer finanziellen Lage ständig an Grenzen stieß. Weil die Welt eben ungerecht war, weil viele Menschen darum kämpften, nicht unterzugehen, während andere nur an sich und die eigene Bereicherung dachten. Als ich auf Miyu und *BackWash* getroffen war, war aus einem Puzzle ein vollständiges Bild geworden. Eine reale Möglichkeit, etwas zu verändern.

Mein Herz schlug mir bis zum Hals, als ich meine Finger wieder auf die Tastatur legte und mich durch die Site-Struktur zu dem Ort navigierte, an dem die ungeöffneten Informationen von Alias lagen. Wenn ich ihn dazu bringen wollte, mir mit den Rechnungen zu helfen, dann musste ich liefern. Ganz gleich, wie übel mir bei dem Gedanken daran auch wurde.

Ein weiteres Mal zwang ich Luft in meine verkrampfte Lunge, dann öffnete ich die Nachricht und riss die Augen auf.

Alias brauchte einen *Trojaner* von mir?

Natürlich. Denn da schloss sich der Kreis: Trojaner waren mein Spezialgebiet – schon immer. Ich hatte oft aus Spaß einen programmiert, weil ich es als eine schräge Art der Herausforderung sah, überall reinzukommen. Wie ein Geist. Denn nichts anderes war ein Trojaner: eine schadhafte Software, die sich als legitimiertes Programm oder eine harmlose Datei tarnte und es so schaffte, unbemerkt in einen Computer oder ganze Netzwerke einzudringen. Wie das berühmte Trojanische Pferd aus der griechischen Mythologie.

Ein Pferd, das er nun von mir brauchte, und das war das Einzige, was aus dem Dokument, das mir grell entgegenleuchtete, hervorging. Ich wusste nicht, welchen Zweck mein Trojaner haben sollte, und das war … ungewöhnlich. Miyu hatte angedeutet, dass Alias sich verändert hatte, aber was zum Teufel sollte diese Geheimnistuerei? Es stand lediglich noch der Projektname auf der Seite: *CanalRio* und das war's. Aber auch so war mir klar, dass das hier nichts mit den sonstigen Missionen von *BackWash* zu tun hatte.

Dieses *CanalRio* war etwas vollkommen anderes, denn es schien *persönlich* zu sein. Ein persönlicher Hack von Alias mit einem Trojaner von mir und das ... machte es so gefährlich.

Weil du bereits mit drinsteckst.

Nur mit Mühe unterdrückte ich den Drang, mir über die Gänsehaut auf meinen Armen zu fahren, und scrollte stattdessen in der Beschreibung weiter. Alias verlangte bis heute Abend drei Konzepte für einen möglichen Trojaneraufbau, drei Ansätze, wie man in ein hochkomplexes System gelangen könnte. Mehr bekam ich nicht.

Natürlich nicht. Er will erst sicherstellen, dass du dabei bist, bevor er dir seinen gesamten Plan verrät.

Verfluchte Scheiße.

Knurrend drückte ich mir die Ballen gegen die geschlossenen Lider und sah dann wieder auf den Bildschirm – wo ein Chatfenster aufgepoppt war.

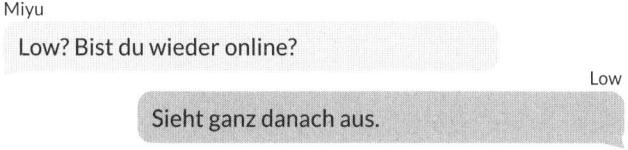

Ich verzog das Gesicht und überlegte, ob ich Miyu direkt auf diese Aktion ansprechen sollte, und begann dann zu tippen, ohne auf das leise Ziehen in meinem Magen zu achten.

> Dann bist du dabei?

Was weißt du darüber? Weißt du mehr?, hätte ich am liebsten sofort hinterhergeschoben.

Was zur Hölle tat ich hier eigentlich? Angespannt biss ich mir von innen auf die Wange. Ich hatte eine zweite Chance bekommen, Freunde gefunden und Zack. Ich hatte zum ersten Mal im Leben eine echte Perspektive.

Das alles spielt keine Rolle, wenn du deiner Familie nicht helfen kannst.

Das Blinken der Serverschränke brannte sich in meine Netzhaut, während ich meine Gedanken zum Stillstand zwang. Es ging um Brax, alles andere war egal, ich musste jetzt an ihn denken. Ich tat das für ihn. Für meine Familie. Einen besseren Grund gab es nicht, um das Falsche zu tun.

Als hätte meine innere Stimme Alias auf den Plan gerufen, öffnete sich in diesem Moment ein zweites Terminalfenster auf meinem Laptop.

Alias

> Nimm den Anruf entgegen, Low. Ich warte.

Dieser verdammte Mistkerl hatte sich in meinen Laptop gehackt. Vermutlich auch noch über den Hack, den ich ihm gezeigt hatte. Fluchend lief ich routiniert die üblichen Leckstellen ab und fand schnell das Schlupfloch, durch das er in mein System gekommen war. Wie ein lästiger Parasit.

Fehler. Du machst zu viele Fehler, Harlow. Schon wieder. Das wird dich noch deinen Kopf kosten.

»Halt die Klappe«, murmelte ich, ungeachtet der Tatsache, dass ich mit mir selbst sprach, schloss die Lücke, um Alias auszusperren, und klickte auf den Link des Sprachanrufs.

»Du bist spät dran.« Wie immer war seine Stimme über diese Verbindung, die ein wenig wie das Skype des Darknets war, verzerrt. Wir hatten diese Funktion auf unserer Seite eingebunden, um auch während des Programmierens sprechen zu können.

»Was sollte das gerade? Lass die Finger von meinem System.«

»Du hast es mir zu einfach gemacht.«

Ich kniff die Augen zusammen und zwang mich zur Ruhe. »Komm zum Punkt.«

»Wie du willst. Ich nehme an, du hast dir die Informationen angesehen?«

»Was ist das für eine Aktion? Wofür brauchst du diesen Trojaner von mir?«, hörte ich mich fragen, noch ehe ich es verhindern konnte.

Alias schwieg einen Moment, in dem nur das statische Rauschen der Leitung zu hören war. »Seit wann stellst du Fragen?«

Seit ich nicht mehr alle Details kenne und dir einen magischen Schlüssel in die Finger legen soll.

»Ich dachte, du würdest unsere Motive kennen, Low. Sie teilen. Die Wut über die Ungerechtigkeit in der Welt. Reiche Menschen, die immer reicher werden durch das Leid anderer«, sagte Alias dann, als ich nichts erwiderte.

»Das ist etwas anderes. Es geht hierbei um dich.« Es war ein Schuss ins Blaue, aber er fand sein Ziel.

Ich hörte, dass er scharf einatmete. »Ja. Das ist etwas Persönliches. Und es geht dich nichts an.«

Ich spürte, wie Wut in mir aufstieg. »Es geht mich sehr wohl etwas an, wenn ich für dich einen verdammten Trojaner programmieren soll, Alias.«

Er hatte die Nerven, freudlos zu lachen. »Vergiss nicht, dass ich hierbei das Ruder in den Händen halte, Low.«

Ein Umstand, den ich verabscheute, weil er stimmte. Alias würde mir das Geld beschaffen können, ohne dass ich ein weiteres Mal ein Konto hacken musste – was wahrscheinlich schiefgelaufen wäre, nachdem ich vermutlich immer noch auf dem Radar der Polizei war. Und damit war er zumindest im Augenblick meine einzige Chance. Ich brauchte ihn.

Nur brauchte er mich genauso.

»Das mag sein, aber ohne meinen Code kannst du *CanalRio* vergessen.« Eine gewagte Behauptung, denn da draußen gab es unzählige talentierte Hacker, aber Alias kannte mich, wir arbeiteten seit Jahren zusammen und auf gewisse Weise vertraute er mir. Das war etwas, auf das *ich* nun vertrauen musste.

»Sag, was du zu sagen hast, Low.«

Mein Herz schlug mir bis zum Hals, weil eine gefährliche Ruhe in seiner verzerrten Stimme lag. »Du bekommst deine Konzepte, aber ich habe zwei Bedingungen.« Alias gab keinen Laut von sich, also fuhr ich fort, auch wenn es sich anfühlte, als würde ich einen Pakt mit dem Teufel schließen. »Ich brauche Geld. Wieder für …«

»Braxton. Und nach der letzten Aktion sind dir die Hände gebunden, deswegen willst du es dieses Mal direkt von mir.«

»Ja.« Ich unterdrückte jeden Gedanken daran, dass es *wieder* schmutziges Geld sein würde, dass das *wieder* absolut falsch war, und biss mir so fest auf die Lippe, dass sich ein metallischer Geschmack in meinem Mund ausbreitete. Brax. Es ging um Brax. »Und nach dieser Sache ist Schluss. Ich verlasse *BackWash* und du lässt mich gehen.«

»Du hast dich verändert, Low.«

Meine Wangen wurden heiß. Vor Scham. Vor Wut. »Haben wir einen Deal?«

»Es ist eine Schande, dass du aussteigen willst. Aber ja: Wir haben einen Deal.«

Start Again – OneRepublic feat. Logic

Harlow

Mein Kopf dröhnte und wüsste ich es nicht besser, würde ich sagen, dass ich eine fiese Grippe ausbrütete. Nur sprachen der schale Nachgeschmack der Energydrinks und mein schmerzendes Hinterteil eine ganz andere Sprache.

Beinahe die ganze Nacht hatte ich in dem verfluchten Serverraum auf dem harten Boden gesessen, einen Energydrink nach dem anderen getrunken, die ich mir vorsorglich eingepackt hatte, und die verlangten drei Trojanerkonzepte fertiggestellt. Das Einzige, was mich dabei vorangetrieben hatte, war der Gedanke an Brax gewesen. Und jetzt zahlte ich den Preis dafür.

»Nichts für ungut, Harlow, aber du siehst echt übel aus. Willst du nicht vielleicht doch zurück ins Bett?« Colin hob besorgt die Augenbrauen und musterte mich von oben bis unten.

Zurück ins Bett war gut, in Anbetracht der Tatsache, dass ich noch überhaupt nicht im Bett gewesen war.

Ich winkte ab und zwang mich zu einem möglichst überzeugenden Lächeln. »Hab nur schlecht geschlafen. Nichts, was man nicht mit ein bisschen Programmiergeschichte wieder fixen könnte.«

Colin schüttelte bloß den Kopf. »Sollen wir wenigstens unser Treffen heute Nachmittag verschieben?«

Ich kramte in meinem brummenden Schädel nach einer Verabredung und fand nur meine Sozialstunde, die heute am frühen Abend im Kunstatelier mit Lucie anstand.

Eine besorgte Falte erschien zwischen Colins dunklen Brauen, als er uns zu unserem üblichen Platz in der vorletzten Reihe des Hörsaals navigierte. »Die App-GUI? Wir wollten heute dein Programm mit der Benutzeroberfläche zusammenführen.«

Richtig. *Diese* Verabredung. Seufzend ließ ich mich auf meinen Stuhl fallen und nickte. »Sorry, ich bin heute echt zu nichts zu gebrauchen.«

»Kein Problem, solche Tage hat jeder mal. Wir können das wirklich auch wann anders machen, wenn du möchtest.«

»Nein, nein. Wir haben doch in ein paar Wochen die erste Zwischenpräsentation für unser Projekt bei Stolsson, oder?«

»Ja, genau. Es wäre gut, wenn wir dann schon eine erste Version über das Handy laufen lassen könnten.«

Unser Dozent für Geschichte der Programmierung, Prof. Chelling, betrat den Hörsaal, einen ganzen Stapel Unterlagen unter den Arm geklemmt. Ich verfolgte, wie er Stellung bezog, und sagte dann an Colin gewandt: »Heute Nachmittag nach der letzten Vorlesung steht. Café oder Gemeinschaftsraum?«

»Lieber Gemeinschaftsraum. Im Café stopfe ich nur wieder Ians Kekse in mich rein.«

Ein müdes Grinsen schob sich auf meine Lippen. »Keine Ahnung, was dagegenspricht.«

Die Vorlesung begann und ich machte mich nebenbei an die ganzen offenen Chats auf meinem Handy, die ich gestern konsequent ignoriert hatte. Da ich nach der Uni ohnehin im Kunstatelier sein würde, verschob ich die Unterhaltung mit Lucie auf später und klickte stattdessen auf den Chat mit Zack.

Zack

Ich hoffe, du hattest ein schönes Wochenende. Können wir uns vielleicht heute oder morgen treffen?

Am liebsten hätte ich sofort *Ja* geschrieben. Ich hatte das Gefühl, dass wir dringend miteinander reden mussten, doch mein Tag war die reinste Katastrophe und ich wusste kaum, wo vorn und hinten war. Und wie sollte ich Zack gegenübertreten, solange ich beinahe ununterbrochen an Alias und sein Vorhaben dachte? Mir so schäbig dabei vorkam?

Harlow

Ja, es war schön. Danke. Und deins? Heute wird es leider schwierig ... Ich muss am Projekt arbeiten und bin danach im Atelier. Es ist gerade sehr viel los.

Ohne auf eine Antwort zu warten, wandte ich mich der dritten Baustelle zu: Moms Nachricht. Mir war klar gewesen, dass sie sich früher oder später bei mir melden würde – schließlich war der offene Betrag von Brax' Nachbehandlung über Nacht verschwunden –, nur hatte der naive Teil von mir gehofft, dass es eher später als früher sein würde. Blinzelnd starrte ich auf die Zeilen, bis sie vor meinen Augen verschwammen.

Mom

> Bitte melde dich so schnell es geht bei mir. Ich habe gerade die Bestätigung einer Zahlung an die Krankenkasse bekommen, die wir nie getätigt haben. Ich nehme mal stark an, dass du dahintersteckst und die Rechnungen gefunden hast – also melde dich sofort bei mir, Harlow! Ich möchte wissen, was da los ist! Bist du in Schwierigkeiten?

Auch beim zweiten Lesen konnte ich die strenge Stimme meiner Mutter aus jedem einzelnen Wort heraushören. Vermutlich würde die nächste Nachricht in Großbuchstaben bei mir auftauchen. Für einen kurzen Moment blickte ich auf, verfolgte, wie der Professor sein MacBook mit dem Beamer verband, und tippte dann eine Antwort.

Harlow

> Ja, ich habe die Rechnungen gefunden. Ihr hättet mit mir darüber reden sollen. Und nein, es ist nicht das, was ihr denkt. Das Geld ist sauber. Punkt. Ihr brauchtet es mehr als ich.

Nur ein paar Sekunden nachdem ich die Nachricht gesendet hatte, rief mich meine Mom an. Natürlich glaubte sie mir nicht. Warum auch? Ich drückte sie, ohne zu zögern, weg und tippte eine zweite Mitteilung. Obwohl das schlechte Gewissen mir den Geschmack von bitterer Galle auf die Zunge trieb.

Harlow

> Bin in der Vorlesung und kann nicht reden.

Mom

Wir telefonieren später. Ruf mich an, sobald du kannst!

Ich atmete langsam aus. Ehrlich gesagt hatte ich keine Ahnung, wie ich ihr das erklären sollte. Ich wusste nur, dass mir diese ganze Lügerei langsam, aber sicher die Luft abschnürte. Mit jeder weiteren Lüge ein wenig mehr.

∗ ∗ ∗

»Okay, das heißt, wenn ich mein Handy jetzt auf jemanden richte, der gebärdet, erhalte ich automatisch die Übersetzung?« Lucie beugte sich interessiert über meine Schulter, wobei sie mir quasi direkt ins Ohr sprach.

Ich nickte. »Colin und ich haben Programm und GUI vor einer halben Stunde zusammengeführt. Es gibt noch einige offene Probleme, aber es ist ein Anfang.«

»Ein Anfang? Das ist der Wahnsinn!«

Schmunzelnd drehte ich mich zu Lucie um, die in ihrem bunten Blumenkleid, das sie in der Taille mit einem breiten Ledergürtel zusammenhielt, auf dem großen Tisch des Ateliers saß. Um uns herum tobte im wahrsten Sinne des Wortes das Kunstchaos, weil wir uns lieber um ComAll kümmerten, als die Spuren des Tages zu beseitigen. Nachdem ich Lucie gestern versetzt hatte, war aus meiner Sozialstunde kurzerhand eine Fragestunde geworden und damit hatte sie mir unbewusst genau das gegeben, was ich bei all den Sorgen gerade gebraucht hatte: Zeit unter Freundinnen.

»Im Ernst, Zack wird ausrasten. Hast du es ihm schon gezeigt?«

Sein Name sorgte dafür, dass sich etwas in mir zusammenzog. Ich hatte mich seit der Vorlesung nicht mehr bei ihm gemeldet. Doch so gern ich ihn auch sehen wollte, ich konnte nicht aufhören, daran zu denken, was passieren würde, wenn er die Wahrheit erfuhr.

»Ich bin noch nicht dazu gekommen«, meinte ich ausweichend und schloss die App, ehe ich das Handy zurück in die Hosentasche meiner dunklen Cordlatzhose gleiten ließ.

»Oh, ich kenne diesen Unterton. Was ist los, Harlow?«

Schulterzuckend pulte ich an meinem dunklen Nagellack herum.

»Was meinst du?«

Lucie schnaubte, als wäre das die dämlichste Frage, die man ihr jemals gestellt hatte. »Bei unserem Telefonat gestern Morgen hat es noch ganz anders geklungen, als du über Zack gesprochen hast. Wo ist das Lächeln in deiner Stimme geblieben?«

Genau dort, wo ich die verdammten Rechnungen gefunden hatte. Es kam mir vor, als wäre das bereits eine Ewigkeit her und nicht erst einen Tag. Die Lippen fest aufeinandergepresst, lehnte ich mich auf meine aufgestellten Arme nach hinten und blickte an die hohe, gewölbte Decke.

»Hey, ist … ist irgendetwas passiert?«

Ich schüttelte den Kopf und erwiderte ihren mitfühlenden Blick.

»Nein, ich bin nur noch nicht dazu gekommen, mit Zack zu sprechen und … Erinnerst du dich an das Gespräch mit Abbot?«

Lucie nickte mit gekräuseltem Mund. »Das, bei dem du ihn und seine Ex belauscht hast?«

»Ich habe sie nicht *belauscht.* Versuch du mal, so einen lauten Streit einfach *nicht* zu̇hören, wenn du direkt vor der Tür stehst.«

Ihre Antwort war ein vielsagendes Lächeln, das sich automatisch auf mein Gesicht übertrug. Eine kleinere und etwas schiefe Version davon, weil mir gerade eigentlich nicht nach Lächeln zumute war.

»Abbot hat mir eröffnet, dass meine Chancen gut stehen, von der Uni zu fliegen.«

Lucie starrte mich mit weit aufgerissenen Augen an. »Bitte was? Warum sollte das passieren? Und warum sagst du mir das erst jetzt?«

»Es war einfach ein bisschen viel in letzter Zeit.« Ich verzog das Gesicht und seufzte leise. »Und vielleicht habe ich auch gehofft, dass es sich wie durch ein Wunder von allein einrenkt, aber aktuell bin ich in so gut wie jedem Fach, das nichts mit Computern oder Mathe zu tun hat, eine absolute Niete. Um auf dem Campus zu bleiben, muss ich die Zwischenprüfungen alle bestehen, und ehrlich gesagt weiß ich nicht, wie ich das schaffen soll, und das … das geistert mir ziemlich im Kopf herum.«

»Verstehe. Und deswegen gehst du jetzt auch auf Abstand zu Zack?«, schloss Lucie mit zusammengezogenen Brauen.

Zumindest war das ein Teil der Wahrheit.

»Harlow, auch wenn das jetzt vielleicht wie eine hohle Floskel klingt, aber du wirst das schaffen. Ich meine, du bist wirklich genial in allem, was mit Zahlen zu tun hat – was an sich schon krass ist. Den Rest bekommst du auch auf die Reihe. Und wir helfen dir.« Bestärkend legte sie mir einen Arm um die Schultern. »Colin und ich und bestimmt auch Zack. Glaub mir, du wirst es irgendwann bereuen, wenn du ihn jetzt von dir stößt und euch nicht die Chance gibst herauszufinden, was da zwischen euch sein könnte. Ihr tut einander gut.«

Ich biss die Zähne zusammen und nickte knapp. Die Harlow, die sie kannte, mochte Zack vielleicht guttun, doch die andere … die war dabei, alles zu ruinieren.

»Denk noch mal darüber nach und rede mit ihm. Die Zwischenprüfungen mögen wichtig sein, aber ganz sicher nicht so wichtig, dass man dafür jemanden wie Zackary Spencer ziehen lassen sollte.«

Lucie hatte recht, natürlich hatte sie das, und wenn ich ehrlich mit mir war, dann wollte ich Zack auch gar nicht von mir stoßen. Ganz im Gegenteil. Ich sollte nicht zulassen, dass Alias mir das kaputt machte.

Als hätte unser Gespräch ihn telepathisch hergeführt, öffnete sich in diesem Moment die doppelflügelige Tür des Kunstateliers. Zack betrat mit langen Schritten das Chaos und sah sich einen Augenblick um, ehe sein Blick auf mir landete.

»Hallo, Zack. Wir haben gerade von dir gesprochen«, flötete Lucie ohne Umschweife und sprang vom Tisch.

Das hatte sie nicht wirklich gesagt, oder?

Etwas langsamer und weniger beschwingt rutschte ich von meinem Platz und erwiderte die Begrüßungsgebärde, die Zack gerade mit einem vorsichtigen Lächeln aufzeigte.

»Ah, warte! Wir könnten deine App gleich mal ausprobieren, oder was meinst du?« Grinsend schnappte sich Lucie das Handy aus meiner Hosentasche und reaktivierte kurzerhand das Programm.

»Colin und ich haben vorhin die neueste Version von ComAll fertiggestellt. Eine Betaversion, sozusagen, nur dieses Mal für Mobilgeräte«, erklärte ich, während Lucie mein Telefon auf Zacks Hände ausrichtete – und dann zögernd verharrte.

»Nur wenn das für dich okay ist, natürlich«, schob sie hastig hinterher und sah dabei aus wie eine Paparazza kurz vor dem alles entscheidenden Schnappschuss.

Einer von Zacks Mundwinkeln zuckte – ganz offensichtlich

konnte er sich ebenso wenig gegen Lucies ansteckenden Enthusiasmus wehren wie ich –, ehe er den Kopf neigte und gebärdete: »Okay.«

Sie drückte den *Translate*-Button und schaltete damit das winzige grüne Licht neben der Kamera ein. »Bereit, wenn du es bist.«

Zack nickte und sah von dem Handy zu Lucie und dann zurück zu mir, wobei sein halbes Lächeln ein wenig verrutschte. »**Eigentlich hatte ich gehofft, kurz mit Harlow allein sprechen zu können**«, erschien im Textfeld der App, nachdem er gebärdet hatte. Schwarz auf einem hellen Mintgrün.

»Oh, es funktioniert ja wirklich! Also, wenn es das ist, was du gesagt hast.« Fasziniert hielt sie erst Zack und anschließend mir das Display vor die Nase. »Und wenn ich jetzt hier drücke, dann …«

»Lucie, nicht!« Ich wollte nach dem Handy greifen, doch sie war schneller.

»*Eigentlich hatte ich gehofft, kurz mit Harlow allein sprechen zu können*«, wiederholte eine elektronische, männliche Stimme. Sie hatte eine deutlich verbesserte Aussprache im Vergleich zu Elsa und klang … na ja, warm und ruhig. So, wie ich mir Zacks Stimme vorstellte. Blut schoss mir in die Wangen.

Seine goldbraunen Augen richteten sich treffsicher auf mich, als er gebärdete: »**Du hast Elsa zu einem Kerl gemacht?**«

Ich verschluckte mich beinahe an meiner eigenen Spucke, als ich das las. »Ist nur ein weiteres Feature. Und noch lange nicht fertig. Wir … wir können die Stimmfarbe und Aussprache jederzeit ändern und …« Könnte mir bitte mal jemand den Mund zuhalten?

Das Lächeln kehrte auf seine Lippen zurück und ließ seine Augen leuchten. Und ich konnte nichts weiter tun, als ihn anzustarren. Erst als Lucie mir mein Handy überreichte und nach ihrer Tasche griff, riss ich mich von Zack los und schaute wieder zu meiner Freundin.

»Wisst ihr, was? Ich wollte mir ohnehin einen Kaffee holen gehen. Ohne werde ich es ganz sicher nicht auf die Reihe bekommen, diesen Saustall aufzuräumen. Auch irgendwas?«

»Ähm, klar, dasselbe wie du«, erwiderte ich und verstärkte den Griff um mein Telefon, als Zacks Antwort eintraf. Dieses Mal wieder ohne laute Ausgabe.

»Für mich nichts, danke. Ich muss ohnehin gleich weiter.«

»Na dann«, meinte Lucie nach einem Blick aufs Display und zog sich den Träger ihrer Tasche über die Schulter. »Bis gleich. Und Zack, man sieht sich.« Mit einem kleinen Zwinkern in seine Richtung verschwand sie aus dem Durcheinander des Kunstateliers und ließ uns allein.

Einen Moment lang sahen wir schweigend auf die breite Tür, während eine seltsame Spannung in der Luft lag. Dann atmete ich hörbar aus und drehte mich zu Zack. »Hör zu, es tut mir leid.«

Seine Stirn legte sich in Falten, was ich als Anlass nahm, direkt weiterzusprechen. »Dass ich nicht mehr auf deine Nachrichten geantwortet habe. Denn ich … ich habe das Gefühl, dass wir reden müssen. Oder?«

Zack nickte und gebärdete seine Antwort so, dass es die App übersetzen konnte. **»Ja, das denke ich auch, aber du scheinst gerade auch so schon viel im Kopf zu haben.«**

Ich winkte ab, nur um im nächsten Moment zu nicken. »Nein, ich meine, ja, ich habe viel um die Ohren, aber … mir ist das mit dir wichtig.« Ich atmete kurz durch, um die richtigen Worte zu finden, und meinte dann: »Am Freitag auf dem Parkplatz, da hast du … irgendwie distanziert gewirkt und ich hatte das Gefühl, etwas falsch gemacht zu haben. Aber dann warst du mit bei mir und dieser Moment im Flur … Ehrlich gesagt weiß ich nicht, was das alles bedeutet. Ob es für uns … das Gleiche bedeutet.«

Zack fuhr sich über den Nacken, ehe er wieder zu gebärden begann. »Du kannst mir glauben, wenn ich sage, dass ich auch nicht alles davon verstehe. Ich bin gerne mit dir zusammen, ich mag es, dass du hier drin …«, er machte eine Geste, die den Moment zwischen uns einschloss, »… kein Hindernis siehst und ich in deiner Gegenwart oft vergesse, dass es diese Barriere überhaupt gibt. Ich mag dich, Harlow. Da ist etwas zwischen uns, an das ich beinahe ununterbrochen denke, aber bevor … Ich muss dich etwas fragen.«

Als ich die Zeilen fertig gelesen hatte, blickte ich auf und begegnete den unzähligen Emotionen in seinen goldbraunen Augen. Wie am Freitag. Zuneigung und leiser Furcht, Aufrichtigkeit und Zurückhaltung.

»Was …?«

»Es gibt keine elegante Art, das zu fragen, deswegen. Warst du wirklich in diesem Vorbereitungskurs am MIT? Bevor die Zusage vom LSC gekommen ist?«

Mein Herz setzte einen Schlag aus, nur um dann wie wild loszugaloppieren. Zack kannte die Antwort auf seine Frage längst, das konnte ich sehen. Und wenn er das wusste, was hatte er noch herausgefunden?

»Ich … Nein.« Ich schlang die Arme um meine Mitte und sah ihn direkt an. »Nein, ich war nicht in diesem Kurs.«

Seine Brauen zuckten. »Warum hast du das dann behauptet?«

Auch wenn ich seine Worte als Text in der App las, konnte ich in seinen Zügen lesen, dass er mich nicht verurteilte oder wütend war, sondern einfach … aufmerksam. Weil er mir die Chance gab, es zu erklären. Eine Chance, die ich nur mit einer weiteren Lüge beantworten konnte.

»Ich hatte das Gefühl, es tun zu müssen«, brachte ich leise hervor und verabscheute jede einzelne Silbe. »Ich hatte das Gefühl, mich dafür rechtfertigen zu müssen, am LSC zu sein. Es war dämlich, aber dadurch habe ich mich besser gefühlt. Als würde ich wirklich hierherpassen.« Ich starrte auf meine Füße, als das Brennen in meinen Augen zunahm. »Dabei tue ich das nicht.«

Eine leichte Berührung am Arm ließ mich aufblicken, direkt in Zacks Gesicht und das Verständnis in seinen Augen.

»Es tut mir leid, dass ich dir das nicht gleich gesagt habe, das war nicht fair und …«

Ich verstummte, als sich plötzlich starke Arme um mich legten und an eine feste Brust zogen. Hinein in seine Nähe und Wärme, die sich wie eine Decke auf meine aufgewühlten Gedanken legte und sie zur Ruhe brachte. Ich schloss die Augen und drückte mich an Zack, lauschte seinem Herzschlag, der so schnell ging wie meiner. Seinem Atem, der ein wenig stockte. Ich hatte nicht gewusst, dass es sich so anfühlen würde, ihn zu umarmen. Ihn überall zu spüren, als gäbe es in diesem Moment keine Grenze zwischen uns. Als könnte man nicht länger sagen, wo er aufhörte und ich begann. Ein beängstigender Gedanke. Ein befreiender Gedanke.

Nach einer kleinen Ewigkeit schob er mich sanft, aber bestimmt von sich und hob dann mein Kinn an, sodass sich unsere Blicke trafen. Behutsam wischte er eine der Tränen auf meiner Wange fort und ließ seine Hand genau dort liegen. An meinem Gesicht, sodass seine Fingerspitzen das Feuermal unter meinem rechten Auge berührten, wo meine Haut besonders empfindlich war.

»Zack …«

Sein Blick zuckte für einen Sekundenbruchteil zu meinem Mund, das Braun seiner Augen wurde ein paar Nuancen dunkler und dann … dann beugte er sich langsam vor und legte seine Lippen auf meine. Eine federleichte Berührung, die mir die Möglichkeit gab, mich zurückzuziehen, die mehr eine Frage als ein richtiger Kuss war, und dennoch … hallte er in jedem Winkel meines Körpers wider, als ich die Lider senkte und nur noch fühlte. Horchte. Auf diesen Klang, der anders war als bei den wenigen anderen Küssen, die ich bekommen hatte.

Denn Zack und ich klangen gleich.

Ich wusste nicht, wie lang wir so beieinandergestanden hatten, doch irgendwann fuhr sein Daumen über meinen Wangenknochen und ließ mich die Augen wieder öffnen. Ein zartes Lächeln lag auf seinen Zügen, ehe er erst meine Hand mit dem iPhone hob und sich dann vor der Kamera positionierte.

»Jetzt weißt du, was Freitag für mich bedeutet hat. Woran ich denke, wenn du in meiner Nähe bist.«

Langsam leckte ich mir über die Unterlippe und nickte. »Dann haben wir denselben Gedanken.«

Seine Mundwinkel wanderten ein wenig höher. **»Ich möchte das hier versuchen, Harlow, wenn du es auch möchtest. In unserem Tempo.«**

Ich löste den Blick vom Display und fuhr über die letzte Furche, die zwischen seinen Brauen geblieben war, strich sie behutsam glatt. Meine Finger bebten ein wenig. »Das möchte ich, Zack. In unserem Tempo.«

* * *

Die nächsten Wochen vergingen wie in einem Nebel, in dem sich ein To-do nahtlos an das andere reihte. Ich sprang zwischen den Vorlesungen, Hausarbeiten, Projekten und dem Hockey hin und her. Schaffte es irgendwie, meine Mütter mit fadenscheinigen Erklärungen, dass ich mir das Geld von einer wohlhabenden Freundin auf dem Campus geliehen hatte, zu besänftigen, woraufhin sie mir erst die Leviten lasen und dann schworen, alle Hebel in Bewegung zu setzen, um die Summe schnell zurückzuzahlen. An diese Freundin, die es gar nicht gab. Wenn ich mir nicht gerade den Kopf über die Situation zu Hause zerbrach, traf ich mich mit Lucie und Zack und versuchte tagsüber mit jeder Faser, *Harlow, die Studentin*, zu sein, während ich nachts im Darknet abtauchte. Alias hatte mir, nachdem ich ihm die Entwürfe für die Trojaner geschickt hatte, direkt die Anweisung erteilt, welchen davon ich realisieren sollte. Die Konzepte waren schließlich nur die erste Stufe gewesen. Also programmierte ich eine komplexe Schadsoftware, ohne zu wissen, wofür. Und es machte mich krank.

Ich kannte weder Alias' Gründe noch seinen Plan, aber letztlich zählte im Augenblick nur, dass meine Familie versorgt war, meine Moms für den Moment beruhigt waren und ich das irgendwie zu Ende brachte. Denn danach war ich frei.

An diesem Gedanken hielt ich mich mit aller Kraft fest.

Auch wenn der pochende Schmerz in meinem Kopf mit jeder Nacht ohne genügend Schlaf ein wenig drängender wurde.

Auch wenn ich immer öfter in den Vorlesungen einschlief, weil ich die Augen nicht länger aufhalten konnte.

Auch wenn es mir zunehmend schwerer fiel, mich zu konzentrieren, und ich einen Fehler nach dem anderen fabrizierte. In der Uni, beim Hockey und beim Programmieren.

Fehler, die mir früher oder später das Genick brechen würden – und trotzdem machte ich weiter.

Ich machte weiter, weil das das Einzige war, was ich tun konnte.

KAPITEL 17

Trust Fund Baby – Why Don't We

Zackary

Schreiben Sie, Zack. Überraschen Sie mich.

Ich starrte auf die letzten zwei Sätze der Mail von Prof. Abbot, in der er mich um ein Motivationsschreiben für das Auslandssemester in Oxford bat, und hatte das Gefühl, dass mich jeder einzelne Buchstabe davon verspottete. Wie so oft in den letzten Tagen.

Überraschen? Das Einzige, was ihn vermutlich überraschen würde, wäre die gähnende Leere in meinem Kopf. Oder die Sammlung an Tassen vor mir auf dem Tisch. Es war wie verhext. Jetzt, wo ich die Chance hatte, mich stärker auf meine Leidenschaft zu konzentrieren, schien ich keinen Zugang zu meinen Worten mehr zu haben.

Vielleicht ist das ein Zeichen, Zack. Vielleicht solltest du doch bei Jura bleiben und dir das Schreiben für dein Tagebuch aufheben. Schließlich hattest du einen guten Grund für diese Wahl.

Vermutlich war es einfach eine Scheißidee gewesen, sich überhaupt mit Oxford zu befassen. Jura hatte eine Zukunft. Mit Jura konnte ich etwas bewirken. Menschen helfen. Und die Literatur …

durch sie würde ich nichts verändern. Zumindest nicht auf die Art, die ich im Sinn hatte.

Ich verzog das Gesicht und fuhr mir durch die Haare, dann blickte ich auf. In den letzten Stunden hatte die Kundschaft des Cafés immer mal wieder gewechselt. Studierende waren gekommen und gegangen, die Gesprächsfetzen, die zu mir geflogen waren, hatten sich immer um neue Themen gedreht und irgendwann waren die Lichter hier drinnen angegangen, während das Licht der Sonne draußen geschwunden war.

»Und, warst du erfolgreich?« Ethan streckte sich auf seinem Platz mir gegenüber und gähnte ausgiebig. Das erste Lebenszeichen, seit wir uns zum gemeinsamen Lernen getroffen hatten. »Der Tiefe deiner Konzentrationsfalte auf der Stirn nach zu urteilen, musst du verdammt produktiv gewesen sein.«

Ich schüttelte den Kopf und aktivierte die ComAll-App, die mir Harlow vor ein paar Tagen auf meinem Handy installiert hatte. Es war noch immer eine Betaversion, *Elsa 2.0* in der Testphase – ihr Spitzname für das kleine Wunderwerk –, aber für mich änderte diese App schon jetzt einiges in meinem Alltag. Meine Freunde hatten mir nie das Gefühl gegeben, anders zu sein, aber dank ComAll fühlte ich mich zum ersten Mal wirklich mittendrin. Ohne Chloe, die übersetzte, und ohne Stift und Papier.

Nachdem ich mein Handy so ausgerichtet hatte, dass die Kamera meine Gebärden einfangen und Ethan meine Worte lesen konnte, erwiderte ich: »**Vier Stunden auf den Bildschirm gestarrt und nichts zustande gebracht.**«

Genauso wie ein Großteil der Studierenden auf dem Lakestone Campus nutzten auch Ethan und ich jede freie Sekunde, um uns auf die Zwischenprüfungen im Dezember vorzubereiten. Bis dahin waren es zwar noch etwas mehr als fünf Wochen, aber bei der Menge an Stoff begann man lieber früher als später mit dem Lernen.

»Kann ich mir bei dir irgendwie nicht vorstellen. Vermutlich hast du schon einen ganzen Roman runtergetippt.«

»Hast du mich tippen gehört?«, gab ich zurück und hob die Augenbrauen. »Wie lief's bei dir?«

»Ich weiß wieder, warum ich die Prüfungszeit hasse. Jedes Mal nach der Bekanntgabe der Noten vergisst man einfach sofort, wie grauenvoll das Lernen ist, weil man so erleichtert ist, dass es endlich vorbei ist, und dann – zack – steht man wieder an derselben Stelle und fragt sich, warum man sich das überhaupt antut.«

Ich grinste freudlos. »Damit aus uns die Former der Welt von morgen werden.«

»Hm, klingt nach Abbot.«

»Ist von Abbot.«

Ethan legte seinen Stift überschwänglich zur Seite und lehnte sich über den Tisch. »Dabei will ich die Welt doch gar nicht neu formen, sondern einfach nur diese Prüfungen überleben.«

»Ich habe schon auf deine übliche Theatralik in der Lernphase gewartet. Ohne sie wäre diese Zeit einfach nicht dieselbe.«

Mein bester Freund schnitt eine Grimasse und warf dann eine zerknüllte Serviette nach mir. »Du hast ja auch leicht reden mit deinem Übergedächtnis-Gehirn. So etwas sollte verboten werden. Cheaten ist das. In jeder Hinsicht.«

Die zweite Serviette fing ich direkt aus der Luft. »Nur hilft mir das bei diesem dämlichen Schreiben auch nicht weiter.«

»Was genau ist das eigentlich für ein dämliches Schreiben?«

»Habe ich dir von Abbots Freund in Oxford erzählt? Der Dekan der Literaturfakultät dort hat mir ein Angebot für ein Auslandssemester gemacht, das ich im Frühjahr beginnen könnte.«

»Heilige Scheiße, und du willst das echt durchziehen? Ich meine, du hast schon ein paarmal davon gesprochen, dass Oxford so etwas wie dein persönliches Literaturwunderland ist, aber … willst du wirklich nach *England*?«

»Bei dir klingt das, als würde ich mich für einen Trip in die Hölle bewerben.«

Ethan fuhr sich durch die blonden Locken und hob dann abwehrend die Hände. »Ich mein ja nur. Die essen da warme, wabbelige Bohnen zum Frühstück, das Wetter ist noch mieser als hier und überhaupt, warum willst du nach Oxford, wenn du Seattle haben kannst?«

Eine meiner Brauen wanderte nach oben. »Seit wann bist du so voreingenommen?«

»Seit mein bester Freund beschlossen hat, ans andere Ende der Welt abzuhauen. Und Sue mir einen Vortrag über ihre Heimat Abingdon-on-Thames gehalten hat. Ich weiß jetzt alles über die Menschen in England.«

»Sue also.« Ich hob die zweite Braue.

»Wir reden jetzt nicht über Sue und mich, okay? Es geht hier einzig und allein um dich, deine Schreibblockade und die Tatsache, dass du mich hängen lassen willst.«

Ich schnappte mir einen der Serviettenbälle und warf ihn zurück, dann erwiderte ich mit ComAll: »Die Sache mit Sue ist noch nicht geklärt. Und fürs Protokoll: Ich lasse dich nicht hängen. Außerdem habe ich mich noch gar nicht entschieden. Zumal das ohnehin vom Tisch ist, wenn ich es nicht einmal schaffe, ein kurzes Motivationsschreiben aufs Papier zu bringen. Ganz offensichtlich bin ich nicht halb so talentiert im Umgang mit der Sprache, wie Abbot und sein Oxfordfreund glauben.«

Die Belustigung wich aus Ethans Zügen und machte seinem *Beste-Freunde-Radar* Platz, der angeblich wirklich existierte. »Okay, was ist los?«

»Bitte?«

»Du liebst Buchstaben und Sätze über alles. Je verschachtelter, desto besser. Und normalerweise fließt das alles nur so aus dir heraus, in dieses Notizbuch, das du immer mit dir rumschleppst. Also noch mal, was ist los?«

Ich sah ihn einen Moment lang an, dann atmete ich hörbar aus. »Vermutlich bin ich einfach unentschlossen.«

»Bei der Sache mit Oxford.«

»Oxford, Jura und Literatur. Harlow –« Ich blickte von meinen Händen auf. Fuck. Das hatte ich gar nicht sagen wollen.

Doch Ethans Lippen kräuselten sich bereits, als hätte er längst eins und eins zusammengezählt. »A-ha. Da haben wir es!«

»Da haben wir was?«

»Warum bist du bei ihr unentschlossen? In den letzten Tagen habe ich euch beide immer nur auf Wolke neun erlebt.«

»Es heißt Wolke sieben.«

»Sieben hat jeder, deswegen neun, und lenk nicht ab. Du hast gemeint, ihr versucht es zusammen, also was ist seitdem passiert?«

Ich zeigte ihm einen liebevollen Mittelfinger und runzelte dann die Stirn. An Ethans Worten war schon etwas dran. Ich genoss die Zeit mit Harlow sehr, jetzt, wo wir beschlossen hatten, uns eine Chance zu geben. Jedes Mal, wenn wir uns trafen, lernte ich etwas Neues über sie und spürte, wie das zwischen uns immer größer wurde. Weil ich ihr … vertraute. Weil wir einander vertrauten.

Doch in den letzten Tagen hatte ich ein paarmal wieder dieses Aufblitzen von Angst in ihrem Blick bemerkt. Immer nur ganz kurz, und doch lang genug, damit ich es bemerken konnte.

»Ich glaube, da ist etwas, das Harlow beschäftigt.«

»Und hast du sie darauf angesprochen?«

»Ja. Sie meinte, dass es nur an der Uni liegt. Sie hat einige Fächer, in denen es eng werden könnte, und ich weiß, dass sie viel zu tun hat, aber ...«

»Du denkst, es geht noch um etwas anderes.«

Vielleicht sah ich aber auch nur Gespenster, weil ein verkorkster Teil von mir nicht damit klarkam, dass Harlow und ich zusammen waren. Nur, warum hatte ich dann dieses Stechen in der Brust, wann immer mir die tiefen Schatten unter ihren Augen auffielen?

»Keine Ahnung«, gab ich zurück. »Es ist einfach so ein Gefühl.«

Nickend rieb Ethan über die Stelle zwischen seinen Brauen. »Was meint Chloe dazu?«

»Chloe?« Es dauerte etwas, ihren Namen zu gebärden, weil ComAll meine übliche Kombination für ihren Namen noch nicht kannte und ich ihn buchstabieren musste.

»Ja, Chloe. Deine beste Freundin. Dein Seelentier.«

»Haha.«

»Ihr quatscht doch sonst über alles.«

»Dir entgeht aber auch gar nichts.«

»Vielleicht kann sie mal mit Harlow sprechen.«

Ich konnte nichts gegen die Grimasse tun, sie sich bei seinen Worten auf mein Gesicht schob. »Mal abgesehen davon, dass ich nicht wüsste, was das bringen soll, ist das keine gute Idee.«

»Habe ich etwas verpasst?«

»Chloe und ich sind aneinandergeraten. Komplizierte Geschichte.

Seitdem gehen wir uns mehr oder weniger aus dem Weg.« Die Untertreibung des Jahres. Allein bei dem Gedanken an unseren Streit drehte sich mir schon wieder der Magen um. Scheiße, im Augenblick gab es wirklich zu viele Baustellen in meinem Leben.

»Deine Miene spricht Bände, Zack. Wortwörtlich«, gab Ethan zurück und verschränkte locker die Arme vor sich auf dem Tisch, ungeachtet der Tatsache, dass einer der geöffneten Textmarker nun seinen Unterarm markierte. »Willst du einen unqualifizierten Rat von mir?«

»Deine Quallenforscher Ratschläge sind mir die liebsten. Da haben wir wohl ein Wort gefunden, das ComAll erst lernen muss. U-n-q-u-a-l-i-f-i-z-i-e-r-t.«

Mein bester Freund lachte leise, wurde jedoch nur einen Herzschlag später wieder ernst. »So von Quallenforscher zu Quallenforscher: Ich an deiner Stelle würde erst einmal die Sache mit Chloe klären. Du kannst alles andere nicht angehen, solange das nicht wieder im Lot ist. Ihr beide seid ein Kopf und ein Arsch und ich kann mich nicht erinnern, dass ihr jemals länger als eine halbe Stunde nicht miteinander gesprochen habt. Und wer weiß, vielleicht kann sie dir danach doch mit Harlow helfen.«

»Du scheinst dir ja mächtig sicher zu sein, dass dein Plan aufgeht.«

»Quallenforscher-Erfahrung.«

* * *

Meine Großmutter war eine Quelle der Weisheit. Auf sehr pragmatische Art und Weise. Lebenserfahrung, verpackt in nüchterne, prägnante Sätze, die sich im ersten Moment wie ein kalter Waschlappen anfühlten und im zweiten wie die Antwort auf ein bohrendes Fragezeichen. Im Laufe der Jahre bei Grams hatte ich diese Weisheiten zu schätzen gelernt und auch jetzt, als ich nach meiner mehr oder weniger erfolgreichen Lernsession mit Ethan vor Chloes Tür stand, war ich froh, etwas zu haben, an dem ich mich festhalten konnte. Etwas, das mir das Gefühl gab, das Richtige zu tun, wo ich doch lieber umgedreht und zu Harlow gelaufen wäre.

Unangenehme Dinge bringt man am besten direkt hinter sich, Zackary, bevor sie dich am Ende von innen heraus zerfressen.

Danke, Grams.

Ich fuhr mir durch die Haare, atmete tief durch und klopfte schließlich an.

Hinter der Tür hörte ich Chloes Stimme, dann ihre Mitbewohnerin Lindy etwas antworten und einen Moment später öffnete meine beste Freundin. Es dauerte nur einen Sekundenbruchteil, um ihr strahlendes Lächeln in eine angespannte Miene zu verwandeln – und meinen Magen in einen harten Knoten.

»Hi, Chloe«, gebärdete ich mit kalten Fingern und hob einen Mundwinkel. »Können wir reden?«

Chloe warf einen Blick über ihre Schulter zurück ins Zimmer, nahm sich ihren LSC-Hoodie von einer Kommode und meinte an ihre Mitbewohnerin gewandt: »Lindy, bin gleich wieder da, okay?«

Kurz darauf verließen wir das Wohnheim und liefen in unangenehmes Schweigen gehüllt in Richtung des Lakestone-Sees. Die Laternen tauchten alles in diffuses, gelbliches Licht und die Luft schmeckte bereits nach Regen. Eigentlich hatte ich kein Problem mit dem Wetter in Seattle. Ich mochte graue Tage, an denen man sich ohne schlechtes Gewissen mit einem guten Buch verziehen konnte, doch heute fühlte sich die Kälte beißender an.

»Wie lange willst du noch warten, bis du endlich mit der Sprache rausrückst?«

Ich sah Chloe von der Seite an, doch meine beste Freundin starrte nur weiter geradeaus, die Arme um ihren Oberkörper geschlungen und die Stirn in tiefe Falten gelegt. Behutsam berührte ich sie an der Schulter, als wir die Pergolen im Norden des Sees erreichten, und brachte sie so dazu, zu mir zu schauen.

»Es tut mir leid«, begann ich zu gebärden und suchte ihren Blick.

Nach kurzem Zögern löste Chloe ihre Verschränkung und wechselte ebenfalls in die Gebärdensprache. »Also gibst du zu, dass ich richtig gelegen habe?«

Ich schüttelte den Kopf. »Es geht in diesem dämlichen Streit nicht um richtig und falsch, sondern darum, dass ich meine eigenen Entscheidungen treffen möchte und trotzdem meine beste Freundin an meiner Seite brauche. Dass ich deinen Rat und deine Sorge schätze, du mich aber nicht vor allem und jedem beschützen kannst.«

Ihre Brauen wanderten ein Stückchen höher. »Was soll das heißen?«

»Das heißt, dass ich dich vermisse und dass ich es ätzend finde, wenn wir streiten. Und ich habe dabei auch nicht unbedingt mit Feinfühligkeit geglänzt.«

»So kann man das natürlich auch ausdrücken.«

Ich legte den Kopf leicht schief und wagte ein winziges Lächeln. »Harlow ist mir sehr wichtig. Du bist mir auch sehr wichtig und ich möchte mich nicht zwischen euch entscheiden müssen und die eine durch die andere ersetzen. Falls du das Gefühl bekommen hast, ich würde das tun, dann ...«

Überraschend sanft nahm Chloe meine Hände und unterbrach mich. »Nein, Zack. Es geht und ging mir nie darum, dich davon abzuhalten, eine Freundin zu finden. Ich … ich mache mir nur einfach Gedanken und will dich nicht ins offene Messer laufen lassen. Sollte sie dir das Herz brechen und ich bloß dabei zuschauen, würde ich mir das nicht verzeihen. Nicht noch einmal.«

Ich löste mich aus ihrer Berührung, um zu antworten: »Und das weiß ich zu schätzen, aber auch wenn das jetzt hart klingen mag, es ist meine Entscheidung. Mein Leben, Chloe. Ich muss selbst herausfinden, was die Zukunft mit Harlow bringt, und das möchte ich auch.«

Ein kleines Lächeln huschte über ihr Gesicht. »Das sehe ich. Du bist wie ein liebeskranker Welpe.«

Es war vielleicht seltsam, aber es tat verflucht gut, das zu hören. »Danke, Chloe.«

Abwehrend hob sie die Hände und gebärdete dann: »Das war kein Ausruf der Begeisterung oder mein Segen, Zackary Spencer, zumal du den nicht brauchst, um dein Ding durchzuziehen. Aber hast du sie auf die Sache mit dem MIT angesprochen?«

Ich nickte ernst. »Ja, und sie hat es mir erklärt. Vermutlich wäre sie mit der Zeit auch von selbst damit herausgerückt.«

Chloe ließ ihren Blick aufmerksam über meine Züge gleiten. »Irgendetwas ist doch trotzdem, oder?«

Kopfschüttelnd sah ich zur Seite, blickte über den abendlichen Campus und atmete aus.

»So habe ich dich wirklich noch nie erlebt, Zack.«

»Was meinst du?«

»So ruhig und gleichzeitig aufgewühlt.« Ihr Blick schien noch ein wenig eindringlicher, forschender zu werden, als würde sie direkt in mich hineinsehen, so wie sie es schon seit Jahren tat. Mich verstehen, für mich da sein. »Harlow bedeutet dir sehr viel, hm? Vertraust du ihr?«

»Ja, das tue ich«, war alles, was ich erwiderte, weil Chloe wusste, wie viel Gewicht in diesen vier Worten lag.

Sie nickte langsam, ein kleines, beinahe resigniertes Lächeln schob sich auf ihre Lippen. »Und ich vertraue dir.«

»Danke«, erwiderte ich und spürte, wie der Druck auf meiner Brust endlich ein wenig nachließ. Genau bis zu dem Moment, in dem sie unerwartet näher trat. So nah, dass sich unsere Fußspitzen berührten und Chloe den Kopf in den Nacken legen musste, um mir weiterhin ins Gesicht schauen zu können.

»Das bedeutet nicht, dass ich Harlow vertraue, denn das tue ich nicht. Noch nicht.« In ihren braunen Augen, die hier draußen in dem wenigen Licht beinahe schwarz wirkten, blitzte etwas auf, das ich nicht benennen konnte.

Ich schluckte meine harsche Antwort, die mir sofort unter den Nägeln brannte, resolut runter und erwiderte dann: »Vielleicht ändert sich das irgendwann, wenn du sie besser kennst. Denn das könntest du, sie kennenlernen, meine ich.«

Für den Bruchteil einer Sekunde schien Chloe überrascht, beinahe so, als hätte sie etwas anderes erwartet – dann nickte sie. »Ja, vielleicht. Aber bis dahin behalte ich sie einfach ein wenig im Blick. Sie und dich.«

»Du klingst wie eine Stalkerin«, erwiderte ich und versuchte, das seltsame Prickeln in meinem Nacken zu ignorieren, das mich bei ihren Worten überkam.

»Keine Stalkerin.« Die Sorgenfalten verschwanden aus ihrem Gesicht und machten einem breiten Strahlen Platz, als sie einen Arm um meine Taille schlang und mich zurück auf den Weg Richtung Wohnheim schob. »Nur eine sehr besorgte beste Freundin.«

»Manchmal kannst du echt unheimlich sein.«

Als sie dieses Mal lachte, lag endlich wieder diese vertraute Wärme darin. »Und das hast du erst jetzt gemerkt? Sobald es um die wichtigsten Menschen in meinem Leben geht, werde ich eben zur Bärenmama. Ganz besonders bei dir, Zack.«

* * *

Nach dem Gespräch mit Chloe ging es mir deutlich besser. Zwar hatten ihre Worte Spuren hinterlassen, aber zumindest redeten wir wieder miteinander und ich war mir sicher, dass sie es ernst meinte und Harlow eine Chance geben würde. Wie auch immer das ausgehen mochte.

Die Hände in den Taschen meiner Sweatshirtjacke, lief ich die Stufen zu meinem Stockwerk im Wohnheim hoch und dachte gerade darüber nach, doch noch eine Runde joggen zu gehen, als ich ungebremst in jemanden hineinlief. Kurz sah ich nichts als hellbraune Haare, ehe ich reflexartig nach der Hand vor mir griff und damit einen Sturz verhinderte.

Ein leises Fluchen flog zu mir – dann blickte Harlow mit zerknirschter Miene auf. »Oh Gott, tut mir leid! Ich habe nicht aufgepasst.«

Besorgt hob ich eine Braue und drückte sanft ihre Finger.

»Ich war mit den Gedanken ganz woanders. Alles gut?«

Noch einen Moment länger sah ich sie an, dann holte ich mein Handy hervor, um ComAll zu aktivieren, und hasste, dass ich sie dafür loslassen musste. »Wolltest du zu mir?«

Harlow schüttelte den Kopf. »Nein, ich … eigentlich muss ich in fünf Minuten beim Training sein und war gerade noch … Können wir das später besprechen? Coach Tie bringt mich um, wenn ich schon wieder zu spät komme.«

Schon wieder? Normalerweise versäumte sie kein einziges Hockeytraining, egal was gerade bei ihr los war. Stirnrunzelnd betrachtete ich ihre geröteten Augen. Hatte sie geweint?

»Bist du dir sicher, dass alles in Ordnung ist?«

Eine dämliche Frage, denn alles an ihr schrie förmlich danach, dass es ihr nicht gut ging.

»Ich bin nur am Ende mit den Nerven. Nächste Woche ist die Präsentation der App, ich habe noch kaum für die Prüfungen gelernt, meine Moms stressen und …« Harlow verstummte und schüttelte den Kopf. »Es ist einfach gerade sehr viel.«

Das schien in letzter Zeit Dauerzustand zu sein.

Wieder ergriff ich ihre kühlen Finger und verschränkte sie mit meinen, um sie etwas zu beruhigen. Harlow war eine starke Frau, das hatte ich in den wenigen Wochen, die ich sie nun schon kannte, mehr als einmal erlebt, doch in diesem Augenblick fühlte sie sich unsagbar zerbrechlich unter meiner Berührung an. Nur … halb, nicht vollständig, als wäre ein großer Teil von ihr ganz woanders.

Sie schluckte einmal, dann lächelte sie leicht. »Ich schreibe dir nach dem Training und am Wochenende habe ich auch endlich wieder mehr Zeit. Ich muss nur noch heute und morgen überstehen.« Den letzten Satz schien sie mehr zu sich selbst zu sagen als zu mir.

Mit einer Hand tippte ich eine Antwort in das ComAll-Fenster und aktivierte das laute Vorlesen – eine Funktion, die Harlow Anfang der Woche hinzugefügt hatte. »*Sag mir, wenn ich dir irgendwie helfen kann.*«

»Das mache ich.« Ihr Lächeln wurde etwas breiter und auch

wenn es nichts an der Erschöpfung in ihren Zügen änderte, reichte es wieder bis in ihre Augen. »Versprochen.«

Noch einen Moment länger hielt ich sie fest. Etwas in mir weigerte sich vehement, sie loszulassen. Dann steckte ich das Handy weg, umfasste ihr Gesicht mit beiden Händen und hauchte einen Kuss auf ihre Stirn.

Harlow schmiegte sich für einen kurzen Moment an mich und schloss die Augen, ehe sie sich von mir löste und gebärdete: »Bis nachher, Zack.«

Ich hob einen Mundwinkel. »Bis nachher, Harlow.«

Mein Herz schlug zu laut und zu schnell, als ich ihr nachschaute, und beruhigte sich auch nach einer extralangen Joggingrunde und der eiskalten Dusche im Anschluss nicht. Egal wie sehr ich es auch versuchte: Dieses ungute Gefühl, die Sorge verschwand nicht. Ich hatte mir vorgenommen, sie zu nichts zu drängen, aber vielleicht sollte ich sie am Wochenende doch noch einmal darauf ansprechen. Einfach, um sie wissen zu lassen, dass ich für sie da war. Um sicherzugehen, dass es ihr gut ging.

Ich warf einen Blick auf die Uhr auf meinem Nachttisch und griff dann nach meinem Handy.

Zack

Hey, ich hoffe, Coach Tie hat Gnade walten lassen und das Training war nicht zu heftig. Was hältst du davon, wenn wir am Wochenende an den Pier gehen? Natürlich nur, wenn du möchtest. Schlaf gut. :)

Ich schaute ein paar Sekunden lang auf die gesendete Nachricht und wollte gerade in den Flugmodus wechseln, als Harlow online kam. Kurz darauf wechselte ihr Status zu *schreibt …*

Hi :) Ich war bis eben beim Training und musste dann mit den anderen noch die Gerätekammer aufräumen. Pier klingt gut, ich freue mich drauf. Schlaf auch gut. :)

Und, Zack?

Zack

Ja?

Danke <3

KAPITEL 18

Like You Mean It – Ruelle

Harlow

Eine weitere Nacht, in der ich zu wenig Schlaf bekam. Ein weiterer Morgen, der viel zu schnell kam, und ein weiterer Tag voller Vorlesungen, die meinen Kopf zum Dröhnen brachten. Mein Körper sandte auf allen Frequenzen Warnsignale und ich wusste – *wusste wirklich –*, dass ich mir eine Pause nehmen musste. Sonst würde ich am Ende alles gegen die Wand fahren und nichts als Trümmer hinterlassen. Meine Chance, auf dem Campus zu bleiben, meine Position im Hockeyteam, meinen Ausstieg bei *BackWash* und die Sache mit Zack. Also erklärte ich das Wochenende offiziell zu meiner Auszeit, um mich wieder in den Griff zu bekommen. Flo hatte mich diese Woche schon zweimal dabei erwischt, wie ich erst morgens um fünf wieder ins Bett geschlichen war, und Zack … Zack aus meinem Chaos rauszuhalten, war das Schwerste an allem. Nicht nur ich brauchte dieses Wochenende und danach …

Die Gedanken brachen ab, als mich etwas Spitzes in die Seite pikte.

»Autsch!«

»Sie lebt ja doch noch.«

Ich blickte in das belustigte Gesicht von Colin, der gerade seine

Sachen zusammenpackte. Irgendwie hatte dieser Anblick etwas von einem Déjà-vu. »Ist es vorbei?«

»Wenn du die letzte Vorlesung am Freitag meinst, dann ja. Keine Ahnung, was heute sonst noch bei dir ansteht, aber vielleicht solltest du dir eine Mütze Schlaf holen.«

Wie auf Knopfdruck gähnte ich und nickte dann. »Klingt himmlisch. Aber vorher muss ich noch zu Lucie. Wir haben ein Aufräumdate und leider gibt es bisher keinen Algorithmus, der für uns Klarschiff im Atelier macht.«

Kopfschüttelnd stupste Colin seine Faust leicht gegen meine Schulter. »Du machst echt zu viel, Har.«

Und doch reichte es vorn und hinten nicht.

Ich schob mein Unterrichtsmaterial in den Rucksack und stand ebenfalls auf. »Hab alles im Griff«, gab ich nur zurück – in den vergangenen Tagen war das zu meiner ganz persönlichen Lüge der Welt und allen voran mir selbst gegenüber geworden – und folgte ihm aus dem Vorlesungssaal. Wie an jedem Freitagnachmittag leerte sich der Campus besonders schnell, als könnten die Studierenden es nicht erwarten, den LSC hinter sich zu lassen. Gerade jetzt, wo die letzten Wochen vor den Prüfungen angebrochen waren, denn da würde keiner von uns mehr Zeit als unbedingt notwendig außerhalb der Lernräume und Bib verbringen.

Ich verabschiedete mich von Colin mit dem Versprechen, unsere Präsentation am Sonntagnachmittag noch einmal durchzugehen, und lief auf direktem Weg ins Atelier. Der Geruch von frischer Farbe, Lösungsmittel und Ton begrüßte mich, als ich den Raum betrat und meine Sachen auf den nächsten freien Tisch warf.

»Lucie?«, rief ich in die Stille hinein und drehte mich einmal um die eigene Achse, ehe ich an braunen Augen hängen blieb – und prompt zusammenfuhr. »Himmel, hast du mich erschreckt!«

Chloe trat einen Schritt vor und zupfte sich die Kopfhörer aus den Ohren. »Sorry, ich hatte gerade noch Musik an.«

»Alles gut.« Ich lächelte und deutete auf das leere Atelier. »Weißt du, wo Lucie ist? Wir sind verabredet.«

Chloe pustete sich eine ihrer gewellten, dunkelbraunen Strähnen aus der Stirn und verschränkte locker die Arme vor der Brust. »Sie kommt gleich nach. Sie bringt nur noch etwas in ihr Zimmer, soll ich dir ausrichten. Wir sind so weit mit unserem Interview durch.«

»Okay.« Ich konnte nicht verhindern, dass das Wort eher wie eine Frage klang. »Schätze, ich fange dann einfach schon mal an.«

»Oder wir quatschen so lang ein bisschen.« Chloe verzog den Mund zu einem halben Lächeln und lehnte sich mit der Hüfte gegen eine der großen Werkbänke. »Mir ist aufgefallen, dass wir uns kaum kennen, und da du und Zack jetzt zusammen seid, fände ich es schön, wenn wir das ändern könnten.«

Ich fuhr mir über die Stirn und fragte mich, wie es sein konnte, dass ihre Worte so freundlich, ihre Miene so lieb und offen wirkte und ich dennoch eine Gänsehaut bekam. »Klar, sicher«, beeilte ich mich zu sagen, »das fände ich auch schön.«

»Perfekt. Vielleicht kannst du mir dann direkt eine Frage beantworten. Wir wissen beide, dass du wegen des Vorbereitungskurses am MIT gelogen hast. Also, was hast du noch alles zu verbergen?«

Ich schluckte und drängte die Kälte, die sich in mir ausbreitete, resolut zurück. Das hier war nicht der Moment, um die Nerven zu verlieren. »Bitte?«

»Ich weiß aus Erfahrung, dass Lügen Rudeltiere sind.«

Chloe stieß sich vom Tisch ab. Das Lächeln verschwand. »Ich möchte wissen, was für ein Spiel du spielst, Harlow.«

Meine Wangen wurden heiß. »Ich spiele keine Spiele.«

»Wir alle tun das. Ich bin angehende Journalistin, vertrau mir, ich habe das oft genug erlebt. Und normalerweise würde ich mich auch nicht einmischen, schließlich ist es deine Sache, was du mit deinem Leben machst …« Langsam ging sie auf mich zu, bis wir direkt voreinanderstanden.

Ich hob das Kinn ein kleines Stück und sah ihr direkt in die Augen. »Aber?«

»Zack. Du ziehst Zack mit rein und mein bester Freund interessiert mich sehr wohl. Ich kenne ihn schon verdammt lange und er hat es verdient, dass man ehrlich zu ihm ist. Er hat schon genug in seinem Leben durchgemacht«, fuhr sie fort, als ich nichts erwiderte. »Du bist ihm sehr wichtig, Harlow, und ich bin unfassbar froh, dass er jemanden gefunden hat, dem er vertraut, glaub mir. Aber du und ich wissen beide, dass er das nicht tun sollte.«

Ich biss die Zähne zusammen und sah zur Seite. Dachte an all die Dinge, die ich verschwieg. An die Lügen. An meinen Vorsatz, es besser zu machen, sobald ich diesen verdammten Trojaner für Alias fertig hatte. An Zacks schier unendliche Geduld. In meiner Brust breitete sich ein Gefühl von Enge aus. Als hätte jemand mein Herz gepackt und würde langsam immer fester zudrücken.

»Meine Geheimnisse«, begann ich leise und schaute wieder zu Chloe, »stellen keine Gefahr für Zack dar. Wir mögen uns in vielem unterscheiden, aber bei einer Sache sind wir uns einig: Keine von uns möchte Zack verletzen.«

Noch einen Moment länger bedachte mich Chloe mit diesem eindringlichen Blick, der keinen Zweifel daran ließ, dass sie einmal eine knallharte Journalistin werden würde, dann atmete sie hörbar aus und nickte. »Wahrscheinlich sollte ich es nicht, aber ich kaufe es dir ab. Keine Ahnung, in was für eine Scheiße du da verwickelt bist, aber er scheint dir mehr als das zu bedeuten.«

»Dann hätten wir das ja geklärt«, brachte ich tonlos hervor und machte einen Schritt rückwärts.

»So würde ich es nicht unbedingt ausdrücken.« Sie zuckte mit einer Schulter und zupfte wie beiläufig ihren Pferdeschwanz zurecht. »Ich hoffe, dir ist bewusst, dass es Zack zerstören wird, sobald er dahinterkommt. Er hat eine sehr hohe Meinung von dir, Harlow. Du solltest ihm zeigen, dass du sein Vertrauen verdient hast, bevor es zu spät ist.«

Ich hob eine Augenbraue, während die Temperatur gefühlt Richtung Minusgrade sank. Chloe nahm sich ihre Tasche von einem Tisch und musterte mich mit undurchsichtiger Miene. »Ist nur ein gut gemeinter Rat unter Freundinnen.«

Ich öffnete den Mund, um etwas zu erwidern, als die Tür des Ateliers aufsprang und Lucie eintrat. »Himmel, wer hat denn diese schreckliche Kälte draußen bestellt?«

Ironischerweise passte ihre Frage so gut zu der Stimmung im Kunstraum, dass ich beinahe gelacht hätte. Wären da nicht die letzten Minuten gewesen, in denen Chloe mich zu ihrem ganz persönlichen Staatsfeind Nummer eins gekürt hatte.

»Scheint, als würde der Winter vor der Tür stehen. Na, dann lasse ich euch mal allein. Danke noch mal für das Interview. Bis bald«, erwiderte Chloe mit einem breiten Lächeln, drückte Lucie kurz an sich und war nur einen Augenblick später bereits aus dem Atelier verschwunden.

***

»Verdammter Mist!« Anklagend starrte ich auf den Bildschirm meines Laptops und war kurz davor, das Ding einfach gegen die Wand zu werfen. Oder gleich aus dem Fenster.

»Wow, du warnst mich vor, bevor du dich in Hulk verwandelst, ja?«

Ruckartig schaute ich zu Flo, die sich gerade die Kopfhörer aus den Ohren zog und mich mit großen Augen anschaute. Ich hatte in den letzten Stunden vollkommen vergessen, dass ich nicht allein in meinem Zimmer war. Wie so oft, wenn ich mich zwischen Code-zeilen verlor. »Sorry«, murmelte ich. In letzter Zeit hatte ich das Gefühl, mich nur noch zu entschuldigen.

Meine Mitbewohnerin winkte ab und richtete sich zwischen ih-rem Lernzeug, das übers Bett verteilt war, ein wenig auf. »Alles gut, in der Prüfungsphase sind wir alle gestresst. Kann ich dir irgendwie helfen?«

Reflexartig klappte ich meinen Computer zu und verzog das Gesicht zu einer hoffentlich versöhnlichen Miene. »Der Tag ist ein-fach bisher ziemlich scheiße gelaufen und bei diesem … Programm funktioniert auch nichts. *Mein Gehirn* funktioniert anscheinend nicht mehr, denn eigentlich kann ich diese Strukturen hier im Schlaf coden, aber jetzt spuckt mein dämlicher Compiler nur Fehler aus. Mal ganz abgesehen davon, dass ich mir dieses Wochenende eigent-lich eine Auszeit nehmen wollte.«

Flo blinzelte ein paarmal und legte ihren Kugelschreiber zur Seite. »Ich glaube, so viel hast du noch nie auf einmal zu mir gesagt, obwohl ich nur die Hälfte verstanden habe.«

Bei ihren Worten kam mir ein leises Lachen über die Lippen. »Da sind wir schon zu zweit.«

»Ich bin bestimmt kein Profi in Sachen Programmieren, aber

mit Druck und Stress kenne ich mich aus. Vielleicht solltest du wirklich eine kurze Pause machen. Wenn es dir sonst so leichtfällt, du dich jetzt aber an Kleinigkeiten aufhängst, liegt es wahrscheinlich an deiner Konzentration.«

Womit Flo ins Schwarze traf. In den letzten Tagen war *Konzentration* zu einem Fremdwort für mich geworden. Ich ließ die Schultern sinken und nickte langsam. »Ich bin ohnehin gleich mit Zack verabredet. Auch wenn ich eigentlich keine Zeit dafür habe.«

Als hätte ich noch eine Bestätigung dieser Tatsache gebraucht, leuchtete in diesem Moment das Display meines Handys auf. Alias. Sofort spürte ich, wie das Gefühl der Kälte in meine Brust zurückkehrte.

»Harlow?«

»Hm?«

»Das ist genau die Aussage, die bestätigt, dass du sie dir nehmen solltest«, meinte Flo mit zusammengezogenen Brauen. »Was hältst du davon, wenn wir uns einen Kaffee holen, dann noch etwas produktiv sind und du den restlichen Tag mit Zack genießt?«

Mein erster Impuls war, sofort abzulehnen, doch meine Mitbewohnerin hatte recht. »Klingt perfekt.«

Flo sprang förmlich von ihrem Bett auf. »Dann verschwinde ich nur kurz in den Wäscheraum, um meine vergessene Ladung zu holen, und danach können wir los.« Sie warf mir eine Kusshand zu und war in der nächsten Sekunde verschwunden. Kopfschüttelnd sah ich einen Moment lang auf die geschlossene Tür. Auch wenn wir in vielerlei Hinsicht nicht auf einer Wellenlänge schwammen, war sie mittlerweile so etwas wie eine Freundin geworden und ich froh, sie zu haben.

Ich nutzte den ungestörten Augenblick, um nach meinem Handy

zu greifen. Besser, ich beantwortete Alias' Nachricht sofort, bevor er nachher meine Zeit mit Zack stören würde. Unbewusst rieb ich mir über meine Brust, wo diese andauernde drückende Enge saß, und öffnete dann die Mitteilung.

Alias

In deinem letzten Code-Update waren mehr Fehler drin, als ein blutiger Anfänger produzieren würde, und du hast deutlich länger gebraucht, als ich es von dir gewohnt bin. Ich habe dir meine Anmerkungen geschickt. Lass mich nicht zu lange warten.

»Scheiße«, murmelte ich und biss mir auf die Zunge. Schlimm genug, dass ich einen Trojaner für Alias programmieren musste, es auch noch unter Zeitdruck zu tun, setzte dem Ganzen die Krone auf. Zumal es sich um einen sogenannten Backdoor-Trojaner handelte, ein komplexes Gebilde, dessen Ziel nicht die Installation von schadhafter Software auf einem Computer war, sondern die Einrichtung einer Hintertür, über die man ungehindert von außen auf das Netzwerk zugreifen konnte. Und so etwas brauchte Zeit, besonders wenn einem nicht alle relevanten Informationen zur Verfügung standen. Das musste selbst Alias einsehen.

Ich wischte meine feuchten Hände an der Hose ab und begann zu tippen.

Low

Ich wäre schneller, wenn ich mehr über das System wüsste, in das mein Trojaner eindringen soll. Sobald ich ein neues Update habe, melde ich mich.

Ohne auf eine Antwort zu warten, sperrte ich das Handy und warf es zwischen meine Kissen. Nicht zum ersten Mal fragte ich mich, wie es so weit hatte kommen können. Warum Alias ausgerechnet mich zu seiner Spielfigur gemacht hatte. Wann er beschlossen hatte, diesen Wahnsinn durchzuziehen.

Ein Klopfen ließ mich aufblicken. Hastig stand ich auf und ging zur Tür. »Seit wann …« Ich verstummte, als ich nicht Flo und ihren Wäschekorb vor mir sah, sondern Zack.

Überrascht sah ich ihn an. »Hey! Wollten wir uns nicht erst um eins treffen?«

Statt nach seinem Smartphone zu greifen, hielt er mir lächelnd seinen altbekannten Block entgegen. Nicht wundern, mein Handy ist leer. Dann schrieb er schnell noch etwas dahinter. Wir haben uns für elf verabredet. Also jetzt.

Einen Moment lang blickte ich auf den zweiten Satz und reichte ihm dann das Papier zurück. »Elf?«, wiederholte ich wenig eloquent, während ich innerlich unseren letzten Chatverlauf durchging. *Stimmt, er hat recht.*

Zack zog die Augenbrauen zusammen, wobei sein Lächeln merklich schmaler wurde, und nahm den Stift wieder auf. Passt es dir nicht mehr?

»Doch, natürlich.« Ich schob mir die Brille auf den Kopf und sah dann an mir herunter. »Ich sollte mir nur noch etwas anderes anziehen, wenn wir an den Pier wollen. Etwas anderes als meine kurze Jogginghose und den Sweater, meine ich.«

Zack folgte meinem Blick und blieb einen Moment länger an meinen nackten Beinen hängen, ehe er wieder zu schreiben begann. Wir müssen nicht rausgehen, wenn du nicht möchtest. Bei dem kalten Wind macht es am Wasser ohnehin keinen Spaß.

Zweifelnd kräuselte ich die Nase. »Wäre das … in Ordnung?«

Als er dieses Mal lächelte, reichte es wieder über seine Lippen hinaus. Klar, es geht mir darum, Zeit mit dir zu verbringen, Harlow. Das Wo ist egal.

Bei seinen Worten breitete sich eine sanfte Wärme in meiner Brust aus. »Danke, Zack«, sagte ich leise und griff nach seiner freien Hand.

Ohne mich aus den Augen zu lassen, hauchte er einen Kuss auf unsere ineinander verschränkten Finger. Seine Form von *Immer*.

* * *

Nachdem ich mich bei Flo entschuldigt und ihr versichert hatte, dass wir unser Kaffeedate nachholen würden, folgte ich Zack in sein Zimmer. Auf dem Weg dorthin hatten wir uns in der Wohnheimküche mit Snacks eingedeckt, die locker für das gesamte Hockeyteam gereicht hätten. Draußen hatte sich der ungemütliche Wind mittlerweile in Starkregen mit heftigen Böen verwandelt und ich war zugegebenermaßen heilfroh, jetzt nicht unten am Pier zu sein.

»Danke, dass du mich aus meinem Lern-Schneckenhaus geholt hast«, sagte ich, als sich Zack neben mir aufs Bett fallen ließ, und setzte mich in den Schneidersitz. »Das habe ich gebraucht.«

Mehr, als du ahnst.

Seine Lippen verzogen sich zu einem schiefen Lächeln. »Mit Schneckenhäusern kenne ich mich aus, glaub mir.«

Nun, wo sein Handy dank Ladekabel wieder zum Leben erwacht war, konnte Zack gebärden, statt seine Antworten für mich aufschreiben zu müssen. Ich nahm mir fest vor, die Gebärdensprache zu erlernen, wenn der ganze Stress mit den Prüfungen und Alias vorbei war.

Ich las seine Antwort auf dem Display des Handys und legte den Kopf leicht schief. »Wie schaffst du es, so … ruhig zu wirken? In dem ganzen Durcheinander aus Prüfungen und Lernen? Und sag mir nicht, dass das nur an deinem Wundergedächtnis liegt.«

Zack stupste mein Knie mit seinem an und erwiderte: »Nach zwei Semestern am Lakestone hat man sich daran gewöhnt. Es ist immer noch viel zu lernen, aber man findet ein System und macht einfach eins nach dem anderen. Und ich gebe es zu, mein Gedächtnis ist hilfreich.«

»Wusste ich es doch.« Grinsend stupste ich zurück, während ich an einem Teil seiner Antwort hängen blieb. *Eins nach dem anderen machen.* Es klang absolut banal, aber ich wusste, dass Zack recht hatte. Im Moment tat ich das genaue Gegenteil: Ich machte alles auf einmal. Kein Wunder, dass ich dabei war zu versagen.

Eine leichte Berührung an meiner Wange ließ mich wieder in das warme Goldbraun seiner Augen aufblicken.

»*Du weißt, dass du nicht allein in diesem Strudel bist, oder?*« Dieses Mal hatte Zack die Sprachausgabe aktiviert.

Ich schmiegte mich in seine Hand und nickte langsam. Wenn ich an den Codes für Alias saß oder in der Bibliothek, um zu lernen, kam ich mir einsam vor, doch hier mit ihm wurde dieses Gefühl weniger. Da fühlte ich mich geborgen, in Sicherheit. Als wäre das seine eigentliche Fähigkeit.

Zack folgte mit federleichten Fingern der Linie meiner Wange, bis er meinen Mund erreichte. Sein Daumen strich über meine Unterlippe und ich sah ihn schlucken, während sein Blick auf meinen Lippen verharrte. Und mein Herz seltsame Dinge tun ließ. Im nächsten Moment lagen seine Hände auch schon an meinen Hüften, zogen mich behutsam zu sich, sodass sich unsere Nasenspitzen berührten und ich die dunklen Sprenkel in seinen Iriden erkennen konnte. Ich ließ meine Hände an seinen Seiten hochwandern, spürte sein Erschaudern und seinen kräftigen, schnellen Puls. Der sich mit meinem verband, mühelos. *Derselbe Klang.*

Und dann überwand ich den winzigen noch verbliebenen Abstand zwischen uns und küsste ihn. Erst ganz leicht, um ihm Raum zu geben, und dann … mehr. Meine Augen schlossen sich, während ich in dieser Berührung versank. In Zacks Hand, die sanft in meinem Nacken lag, in seinen Lippen, die voller Verlangen über meine fuhren, in seiner Nähe, die das war, was ich gerade brauchte. Sie überlagerte die Angst, die sich mittlerweile tief in mich hineingefressen hatte. Die Angst, all das zu verlieren, was ich gerade erst gewonnen hatte.

Zack löste sich sanft von mir und ließ seinen Blick forschend über meine Züge schweifen, ehe er über meine Wangen strich. Als er die Hände fortnahm, funkelten Tränen auf seinen Fingerspitzen.

»*Du bist nicht allein, Harlow*«, gab die App seine gebärdeten Worte wieder. »*Weder in der Lernzeit noch sonst.*«

Seufzend strich ich über das kleine Schraubenschlüsseltattoo, das er sich mit seiner Großmutter hatte stechen lassen, und meinte leise: »Es … ist nicht nur die Uni. Da … ist noch etwas anderes.«

Ein kleiner Ruck ging durch Zack, doch er ließ mir die Möglichkeit weiterzusprechen. Nur konnte ich es nicht. Ich wollte ihm diese Bürde nicht aufladen, solange ich nicht wusste, wofür Alias meinen Backdoor-Trojaner brauchte. Und ihm von Alias zu erzählen, würde bedeuten, ihm auch alles andere zu erzählen.

Ich spürte, wie sich der Knoten in meiner Brust wieder enger zuzog und mir die Luft zum Atmen abschnürte. Meine Augen begannen zu brennen und dieses Mal spürte ich die Tränen, bevor sie über meine Wangen liefen und auf die Bettdecke und Zacks Beine tropften. Nasse kleine Flecken auf dem Stoff hinterließen. Tagelang hatte ich es geschafft, das alles zurückzuhalten. Hatte diese Gefühle zurückgedrängt, mich zusammengerissen, doch bei Zack … konnte ich das nicht. Bei Zack brach das alles aus mir hervor, sodass die Welt um mich herum verschwamm, zu unscharfen, hässlichen Schlieren wurde, während ich fiel und fiel … und in warmen Armen landete, als er mich an seine Brust zog, mich hielt, seine Lippen auf meinen Haaren, sein Herzschlag unter meinem Ohr. Und den Aufprall verhinderte.

Ich schloss die Augen und erlaubte mir diesen Moment. Erlaubte mir loszulassen, weil ich wusste, dass Zack da war. Dass ich nicht allein war, so wie er es gesagt hatte. Chloe hatte recht gehabt, er war mit absoluter Sicherheit einer der besten Menschen auf dieser Welt. Und ich würde ihm alles erzählen. Jedes Detail. Sobald ich mit Alias durch war, würden die Lügen ein Ende haben.

Langsam schob ich mich aus Zacks Umarmung und lehnte meine Stirn an seine. Ich spürte, wie er zu gebärden begann, dann hörte ich die Sprachausgabe von ComAll.

»*Was es auch ist, Harlow, ich werde dir zuhören. Ich bin genau hier.*«

»Hat dir schon mal jemand gesagt, dass du immer genau die richtigen Worte findest, Zackary Spencer?«

Er richtete sich ein wenig auf, sodass wir einander wieder in die Augen sehen konnten. Einer seiner Mundwinkel zuckte ein klein wenig höher. »*Für irgendetwas muss mein Talent ja gut sein.*«

Mir kam ein halb ersticktes Lachen über die Lippen, dann ließ ich mich von ihm in die Kissen ziehen. Seine Brust an meiner Seite, sein Arm um mich gelegt, seine Nase an meiner Schläfe und unsere Beine ein einziger Knoten. Die kleine Lampe auf seinem Nachttisch verströmte warmes Licht, während draußen langsam der Abend hereinbrach. Das erste Mal seit einer kleinen Ewigkeit spürte ich, wie etwas in mir zur Ruhe kam.

»Ich werde dir alles erzählen, Zack«, flüsterte ich in die Stille hinein. »Dir alles von mir zeigen. Ich brauche nur noch ein wenig Zeit.«

KAPITEL 19

U + Ur Hand – P!NK

Harlow

Am Montagmorgen lagen meine Nerven blank. Ich hatte verschlafen, der Akku meines Laptops war leer und in weniger als einer halben Stunde würde ich mit Colin die Zwischenpräsentation zum ComAll-Projekt bei Stolsson halten müssen. Auf meinem Handy waren unzählige Nachrichten von ihm eingegangen, wo zum Teufel ich bleiben würde. Fluchend schlüpfte ich in die erstbesten Sachen, die ich fand, schnappte mir Laptop und Ladekabel und rauschte wenige Minuten später aus dem Wohnheim.

»Na, endlich! Ich hatte schon mindestens einen Nervenzusammenbruch«, begrüßte mich Colin mit angespanntem Unterton in der Stimme, als ich hochrot und außer Atem die Tür des Vorlesungssaals erreichte. »Und warum hast du gestern auf keine meiner Nachrichten mehr reagiert?«

Zack, der trotz eines Gesprächs mit einem seiner Professoren am Morgen pünktlich war, legte beruhigend eine Hand auf Colins Schulter und begrüßte mich dann mit ein paar langsamen Gebärden, die ich mittlerweile mühelos übersetzen konnte.

»Hey, alles gut?«

Ich drückte meinen Laptop fester gegen meine pochende Brust und nickte, obwohl ich kurz vorm Durchdrehen war. »Hi. Sorry, dass ich zu spät bin. Der Wecker hat nicht geklingelt und mein Akku und … ich bin einfach nur froh, wenn das hier rum ist. Und wir es überlebt haben.«

Colin lächelte schief. »Warum so pessimistisch? Die Probe gestern lief doch absolut scheiße.«

Irritiert sah ich ihn an. »Deswegen ja.«

Um Zacks Mundwinkel zuckte es verdächtig, woraufhin Colin erwiderte: »Das weiß doch jedes Kind. Ist die Generalprobe ein Flop, wird die Aufführung top.«

»Diesen Spruch hast du doch von einer Cornflakes-Packung.«

Colin zuckte mit den Schultern. »Und wenn schon. Es stimmt trotzdem.«

»Ich hoffe es«, murmelte ich, griff dankbar nach Zacks Hand, die er mir hinhielt, und verschränkte meine Finger mit seinen. Er würde im Rahmen der Präsentation für uns gebärden, um einen Anwendungsfall zu simulieren, und ich war verdammt glücklich darüber.

Die gedämpften Stimmen, die aus dem Vorlesungssaal zu uns drangen, verstummten, was bedeutete, dass die vorangegangene Präsentation so gut wie zu Ende und damit unsere Stunde der Wahrheit gekommen war. Kein gutes Zeichen, dass meine Melodramatik ausgerechnet jetzt auf den Plan trat.

»Es wird alles gut laufen«, sagte Colin mehr zu sich selbst als zu Zack und mir.

Ich nickte bekräftigend. »Bringen wir ComAll auf die Bühne.«

Als wären meine Worte das Startsignal gewesen, öffnete sich in diesem Moment die Tür des Vorlesungssaals. Zwei Studierende aus unserem Kurs traten mit geröteten Wangen heraus und ich spürte, wie meine Nervosität automatisch zu brodeln begann. Bisher hatte ich dank meiner Verspätung kaum Zeit gehabt, mich verrückt zu machen, doch jetzt …

»Harlow Lexington, Colin Rutherford? Sie sind dran«, erklang die Stimme unserer Professorin. Nacheinander betraten wir den Hörsaal, in dem Stolsson, Professor Abbot und Professor Kells in der zweiten Reihe der stufenförmig angeordneten Sitzreihen saßen, und bezogen vorn am Redepult Stellung.

»Guten Morgen und herzlich willkommen zu Ihrer Zwischenpräsentation im Fach *Grundlagen der Programmierung*. Den Ablauf der heutigen Veranstaltung haben wir bereits besprochen, aber ich werde Ihnen noch einmal schnell die wichtigsten Punkte erklären …« Die Professorin sprach und sprach und ich spürte, wie meine Aufregung mit jeder Silbe weiter anschwoll. Mein Herz begann zu rasen, meine Hände wurden feucht und trotz meiner Brille, die ich vorsorglich aufgesetzt hatte, schien der Raum immer wieder zu verschwimmen. Scheiße, ich war doch sonst niemand, der unter Lampenfieber litt.

»Ms Lexington?«

Ich riss den Kopf hoch und begegnete dem strengen Blick von Stolsson.

»Ob Sie alles verstanden haben und wir beginnen können?«

»Ja, ich … sicher«, beeilte ich mich zu sagen und spürte, wie meine Wangen heiß wurden. Himmel, war mir schlecht.

»Gut, dann gehört die Bühne für die nächste halbe Stunde ganz Ihnen. Viel Erfolg.«

Colin stieß mich unauffällig an und ich schaffte es, mich endlich aus meiner Starre zu reißen, um meinen Laptop mit dem Beamer und meinem Ladekabel zu verbinden. Die Präsentation wurde in klaren Farben hinter uns an die Wand geworfen und Colin legte sofort los, als würde er den ganzen Tag nichts anderes machen, als Vorträge zu halten. Wir hatten uns darauf geeinigt, dass er die Theorie erklären und über den Arbeitsprozess sprechen und ich anschließend die App vorführen und anhand von Beispielen die Funktionalität, die Stärken und verbliebenen Schwächen aufzeigen würde. Ein klarer Plan, bei dem nichts schiefgehen konnte. Vorausgesetzt, ich würde mich nicht wie gestern unzählige Male verhaspeln, Begriffe verwechseln und das Programm zum Abstürzen bringen.

Konzentriere dich!

Konzentriere dich, verdammt!

Ich atmete ein und aus, zwang meinen Puls zur Ruhe und schaute zu Colin, der souverän durch die Folien ging. Im Augenwinkel sah ich die Dozierenden immer mal wieder nicken, während sie interessiert lauschten und sich Notizen machten. Es lief gut und es würde auch gleich bei mir gut laufen.

»Das eigentliche Herzstück der ComAll-App sind jedoch die Codestrukturen, die Harlow in den vergangenen Wochen aufgebaut, getestet und immer weiter angepasst hat. Somit kommen wir von der theoretischen Seite dieses Gemeinschaftsprojekts direkt zur Praxis«, beendete Colin seinen Teil des Vortrags und reichte mir den Presenter. Als sich unsere Finger berührten, spürte ich, dass seine Hände mindestens genauso schweißnass waren wie meine, und merkwürdigerweise beruhigte mich das. Er schenkte mir ein kleines Lächeln, das ich nervös erwiderte, dann überließ er mir das Reden.

»Danke …« Ich räusperte mich automatisch, weil das Wort ein wenig heiser über meine Lippen gekommen war, und setzte erneut an. »Danke, Colin. Beim Programmieren des Grundgerüsts ist mir schnell klar geworden, dass die Strukturen beliebig ausgeweitet und erweitert werden können. Deswegen beschränke ich mich in diesem Vortrag zunächst auf die Bild- beziehungsweise Videoverarbeitung. Die Kamera nimmt die Gebärden mittels Tiefenmessung auf, speichert sie für einen kurzen Moment und interpretiert sie auf Grundlage einer Datenbank aus Gebärdensequenzen. So ähnlich funktioniert das beispielsweise auch bei Überwachungssystemen.« Ich unterbrach mich selbst, um einmal durchzuatmen, und wechselte zur nächsten Folie. »Jetzt, wo Colin Ihnen schon einiges über die Hintergründe und den Aufbau erläutert hat, würde ich Ihnen die App und das Programm dahinter gerne mit Zackarys Hilfe vorführen, um einen Anwendungsfall zu simulieren.«

Zack trat neben mich, seine Augen ein beruhigendes Meer aus Goldbraun, und nickte. Ich nickte ebenfalls und schloss mein Handy über ein weiteres Kabel an den Beamer an, sodass die App nun für alle gezeigt wurde.

»Wir haben aus der Computeranwendung eine App für Mobilgeräte entwickelt, die die Kommunikation überall im Alltag vereinfachen kann«, fuhr ich fort und richtete das Handy auf Zacks Hände. »Okay, los geht's.«

Seine Mundwinkel hoben sich kaum merklich, dann begann er zu gebärden. **»Hallo, wie geht es dir?«**

Obwohl dies nicht der erste Durchlauf und der Satz nicht besonders komplex war, atmete ich erleichtert auf, als die Worte Buchstabe für Buchstabe auf dem Display des Handys und damit auch auf der Wand erschienen.

Hastig nahm ich den Faden wieder auf, mit mittlerweile vor Aufregung brennenden Wangen und viel zu schnell klopfendem Herzen. »Wie Sie sehen können, übersetzt ComAll beinahe in Echtzeit. An der Geschwindigkeit werden wir in Zukunft aber noch weiter arbeiten. Neben der Textausgabe gibt es auch eine laute Sprachausgabe, die hinsichtlich der Klangfarbe angepasst werden kann.«

Zacks Finger begannen wieder zu *sprechen*: »Es war mir ein Vergnügen, die einzelnen Gebärden der ASL – also der American Sign Language – mit Harlow und Colin in die App zu integrieren. Außerdem arbeiten sie gerade daran, Gebärdensprachen anderer Länder hinzuzufügen.«

»Erstaunlich«, kommentierte Prof. Abbot ehrlich beeindruckt, und zum ersten Mal an diesem Tag glaubte ich wirklich daran, dass diese Präsentation ein Erfolg werden könnte.

»Danke.« Ich erlaubte mir ein kleines Lächeln und klickte dann zur nächsten Folie. »Diese Funktionalität basiert im Grunde genommen auf dem Vergleich einzelner Pixel in …«

»Was zum …?«, rief Colin aus und unterbrach damit meine Ausführung, bevor ich reflexartig herumfuhr und mir das Blut in den Adern gefror.

»Miss Lexington, können Sie uns das erklären?«

Nein.

Nein.

Nein.

Dieses eine Wort drehte sich in Dauerschleife in meinem Kopf, während ich fieberhaft zu begreifen versuchte, was meine Augen sahen. Schwarz auf weiß und unübersehbar groß, vom Beamer an die Wand geworfen.

Es besteht der dringende Tatverdacht, dass Bild- und Videomaterial Dritter, das urheberrechtlich geschützt ist, ohne entsprechende Genehmigung für diese Anwendung verwendet wurde. Das Material

wurde über unautorisierte Pfade erlangt. Aus Sicherheitsgründen und
zum Schutz Dritter wird das Programm vorsorglich deaktiviert. Bei
Einspruch wenden Sie sich bitte an das entsprechende Ministerium.

Nachdem sich die Sätze aufgebaut hatten, blieben sie einen, zwei Herzschläge lang stehen, dann wurde alles schwarz. Alles, bis auf ein winziges A am unteren Bildrand.

»Miss Lexington …?« Wieder Stolsson.

Doch ich war unfähig, mich zu rühren. Vor Wut. Vor Scham. Vor Ungläubigkeit. Wie konnte er es wagen? Wie konnte er es wagen, sich derartig an meinen Sachen zu vergreifen? Etwas zu zerstören, was mir eine Menge bedeutete, und dann auch noch mit einem dermaßen schlechten Text, dass ich hätte lachen können, wäre irgendetwas an dieser Situation auch nur im Entferntesten witzig. Alias hatte es vermutlich darauf angelegt, dass ich den Hack sofort durchschauen würde. Dieser verfluchte Dreckskerl!

»Harlow.« Das war Abbot. Schwer zu sagen, warum, aber ausgerechnet seine Stimme schaffte es, mich aus meiner Starre zu reißen. »Ich denke, wir sollten uns in meinem Büro unterhalten. Sofort. Die Präsentation ist hiermit beendet.«

Ich schaffte es nicht, zu Zack zu schauen, oder zu Colin, Stolsson oder Kells. Zu groß war die Angst, dass sie sehen würden, was für ein Sturm gerade in mir tobte. Also zog ich nur die Schultern hoch, biss die Zähne zusammen und folgte Abbot aus dem Hörsaal. Wie ein Lamm auf dem Weg zur Schlachtbank.

Oder eine Hackerin auf Bewährung zum vernichtenden Urteil.

KAPITEL 20

Deep Water – American Authors

Zackary

Was verflucht noch mal war da gerade passiert? Mein Blut rauschte viel zu schnell und viel zu laut in meinen Ohren, während ich auf die Tür starrte, durch die Abbot gerade mit Harlow verschwunden war.

»Mr Rutherford, ich schlage Ihnen vor, die Besprechung Ihres Teils der Präsentation direkt unter vier Augen vorzuziehen. Wäre das in Ihrem Sinne?«, erkundigte sich Stolsson in diesem Moment mit erstaunlicher Gefasstheit und stand auf.

Colin starrte zu mir, ein paar Herzschläge lang, in denen seine Augen immer größer wurden, und wandte sich dann an seine Professorin. »Das … ja, sicher.«

»Gut. Gehen wir dafür in mein Büro und lassen hier vorerst alles stehen. Mr Spencer?«

Ich nickte, um zu signalisieren, dass ich zuhörte, obwohl ich gedanklich meilenweit entfernt war. Oder besser gesagt, ein paar Hundert Meter, bei Harlow im Verwaltungsgebäude. Harlow, die nun bei Abbot saß und erklären musste, was es mit der ganzen Sache auf sich hatte. Harlow, die viel eher wütend als verwirrt gewirkt hatte, als der Text erschienen war. Resigniert. Als wäre ihr so etwas nicht völlig unbekannt. Als hätte sie es beinahe … erwartet. Und das ergab verdammt noch mal keinen Sinn.

Oder hing das hier alles mit ihren Worten von Samstag zusammen? Als sie mir gesagt hatte, dass sie etwas beschäftigte, und um Zeit gebeten hatte. Zeit, die ich ihr gegeben hatte, weil es mir mit meiner Vergangenheit nicht anders ging. Doch jetzt fragte ich mich, ob ich nicht hätte nachhaken sollen.

»Ich danke Ihnen für Ihr Mitwirken bei diesem Projekt, Mr Spencer, aber ich denke, dass es für vorzeitig beendet erklärt werden kann. Ms Lexington hat anscheinend versucht, sich über Wege, die wir hier nicht dulden, einen Vorteil zu verschaffen, und …«

Kopfschüttelnd hob ich einen Finger, bedeutete ihr, nicht weiterzureden, und zu meiner Überraschung verstummte sie. Einer der wenigen Vorteile, nicht sprechen zu können: Andere waren sich oft unsicher, wie sie mit einem umgehen sollten, und manchmal musste man sich diesen Umstand eben zunutze machen.

Ich versuchte mich an einem möglichst dankbaren Lächeln, obwohl jeder Quadratzentimeter meines Körpers unter Strom zu stehen schien, und zog mein Handy heraus. Wie unzählige Male zuvor wischte ich über den Home-Screen, um ComAll zu aktivieren – doch das Icon war verschwunden.

Was …?

… aus Sicherheitsgründen und zum Schutz Dritter wird das Programm vorsorglich deaktiviert …

Fuck.

Meine Gedanken begannen, sich zu überschlagen. Das war kein Scherz gewesen. Jemand hatte Harlows Programm wirklich plattgemacht, weil … ja, warum eigentlich?

»Mr Spencer, wenn Sie nichts dagegen einzuwenden haben, würde ich jetzt gerne mit Mr Rutherford sprechen.«

Zähneknirschend wechselte ich in die Notiz-App und ließ meine Finger so schnell über die virtuelle Tastatur fliegen, dass ich mich mehrfach vertippte. Scheiß drauf. Hastig beendete ich den Text und hielt ihn Prof. Stolsson unter die Nase.

»Das ist ein Missverständnsi. Ich war dabri als Harlow dir Zeichen eingebaut hat. Sie hat meiin Matrial genommen und meine Erlaubnsi dafür. Wir haben gmeinsam die Datrenbank erstellt.«

Die Professorin runzelte die Stirn und rückte ihre Brille zurecht, dann erwiderte sie: »Das wird sich zeigen. Ich bin mir sicher, dass Professor Abbot sich der Sache annehmen wird.«

Am liebsten hätte ich sie geschüttelt. Warum ging sie überhaupt davon aus, dass Harlow so einen Mist durchzog? Hieß es nicht, im Zweifel für die Angeklagte – *in dubio pro reo*? Zumal sie das doch überhaupt nicht nötig hatte. Harlow war am Lakestone, weil sie eine Begabung für das Programmieren besaß. Weil sie verdammt gut in dem war, was sie tat, und weil sie hart dafür gekämpft hatte. Sonst hätte Abbot sie nie auf den Campus geholt.

Aber warum ist dann passiert, was wir gerade erlebt haben? Warum hat sie nicht überrascht gewirkt? Was verbirgt sich dahinter?

Ich ballte meine freie Hand zur Faust, als sich diese fiese Stimme immer tiefer in meinen Kopf grub.

»Machen Sie sich keine Gedanken, Zackary, es wird sich alles zum Guten wenden. Davon bin ich überzeugt.« Prof. Stolsson lächelte ihr dünnes, professionelles Lächeln und bedeutete Colin dann, ihr aus dem Saal zu folgen.

»Bis später, Mann«, murmelte er in meine Richtung, dann waren sie aus dem Hörsaal verschwunden.

Was für eine Scheißsituation.

Nachdem ich mich von Prof. Kells verabschiedet hatte, lief ich entschlossen in Richtung des Verwaltungsgebäudes, in dem Abbots Büro lag. Was auch immer er und Harlow gerade besprachen, ich musste herausfinden, was hier los war. Wie das alles zu Harlow passte.

Wer sie ist.

Dieser letzte Gedanke klang verdächtig nach Chloe, deren Misstrauen sich ungefragt nun auch in meinem Kopf nistete. Ich erinnerte mich an die Situation, als ich Harlow im Computerraum beim Chatten mit dieser Miyu erwischt hatte. An ihre Erklärungen über ihren Ex Alias und besagte Schwester. An die Sache mit dem MIT. An die vielen Kleinigkeiten, die auf den ersten Blick zusammenpassten und auf den zweiten zu viele Lücken offen ließen. Lücken, die ich in der Vergangenheit ignoriert hatte, weil ich wusste, wie es war, nicht alles sagen zu *können*. Doch jetzt fragte ich mich zum ersten Mal, ob ich nicht vielleicht doch etwas hätte sagen sollen.

Verflucht.

Ich rieb mir über die Schläfen und blickte zu dem Altbau vor mir. Samstag hatte ich ihr diese Zeit noch geben wollen, doch jetzt *brauchte* ich diese fehlenden Puzzleteile. Um sie verstehen zu können. Um nicht schon wieder jemanden zu verlieren, der mir wichtig geworden war. Denn im Augenblick fühlte es sich verdammt danach an, als würde Harlow von mir wegdriften, ganz gleich, wie fest ich sie vorgestern noch gehalten hatte.

Kopfschüttelnd straffte ich die Schultern und stieß die Tür auf. Innerhalb weniger Augenblicke fand ich über die Stufen der ausladenden Steintreppe in das Stockwerk, wo Abbots Büro lag, und ließ mich dort im Gang auf eine harte Bank fallen. Hoffentlich würde sich das alles aufklären. Für Harlow. Für mich. Für uns.

Sekunden wurden zu Minuten wurden zu Stunden – zumindest fühlte es sich so an –, während immer mal wieder gedämpfte Stimmen zu mir drangen, von denen ich kein Wort verstand. Ich hatte die Ellenbogen auf meine Knie gestützt und schaute abwechselnd zur Tür und wieder auf den Boden und fragte mich, wie lange man über eine einzige Sache sprechen konnte. Warum saßen sie immer noch da drin?

Stirnrunzelnd richtete ich mich wieder auf und griff dann nach dem Handy in meiner Hosentasche. Auf dem Display leuchtete eine Nachricht von Chloe.

Chloe

Habe das von Harlow gehört. Wo bist du?

Diese Universität war auch nichts anderes als ein Dorf. Woher wusste Chloe schon davon? Unzufrieden stieß ich den Atem aus.

Zack

Von wem hast du was genau gehört?

Ihre Antwort kam sofort.

Chloe

Colin hat es Lucie erzählt und Lucie mir, als ich noch für ein Foto mit ihr im Atelier war. Sie meinte, dass Harlow Mist gebaut hat und Colin ziemlich sauer ist. Mehr weiß ich nicht.

Zack

Harlow hat gar nichts getan.

Chloe

Hat sie das gesagt?

Zack

Wir haben noch nicht geredet, aber ich kenne Har.

Ich schrieb diese Worte, konnte jedoch nicht verhindern, dass sich die Zweifel meldeten.

Ich fuhr mir durch die Haare und tippte dann:

Zack

Melde mich später. Muss Schluss machen.

Statt auf Chloes Antwort zu warten, steckte ich das Handy sofort weg. Die vielen Dinge, die zwischen den Zeilen gestanden hatten, hatte ich auch so verstanden und im Augenblick machten sie nichts besser. Langsam ließ ich den Kopf gegen die hölzerne Vertäfelung hinter mir sinken und starrte an die Decke – als ein vernehmliches Klicken erklang. Dicht gefolgt von zwei Stimmen, die nun deutlich zu verstehen waren.

»Danke, Professor Abbot.« Das war Harlow.

»Ich hoffe, Sie bekommen die Angelegenheit geklärt. Etwas derartiges möchte ich nicht noch einmal erleben, Sie wissen ja, warum«, erwiderte dieser.

Möglichst lautlos richtete ich mich auf und schaute zu den beiden hinüber, die an der Tür zum Büro des Direktors standen. Harlow schüttelte kurz Abbots Hand, dann lief sie mit hochgezogenen Schultern den Flur entlang, direkt auf mich zu, die Augen starr auf den Boden geheftet. Einzelne Strähnen hingen ihr ins Gesicht, die Brille saß ein wenig schief auf ihrer Nase und ihre Züge waren blass. Etwas in mir zog sich zusammen und am liebsten wäre ich direkt zu ihr gelaufen und hätte sie an meine Brust gezogen. Gleichzeitig hielten mich die unausgesprochenen Dinge zwischen uns zurück. Als hätte sie meine Gedanken gehört, ruckte ihr Kopf in diesem Moment hoch. »Zack.«

Ich hob einen Mundwinkel und machte einen Schritt in ihre Richtung. »Können wir reden?«, gebärdete ich langsam und bewegte dabei die aufgestellten Finger einer Hand an mein Kinn, weil ich wusste, dass Harlow diese Gebärde bereits kannte.

»Zack, ich … ich muss gerade …« Sie unterbrach sich, und die Resignation, die dabei in ihren Worten lag, reichte schon aus, um mir ein Gefühl von Kälte durch den Körper zu jagen. Was zum Teufel hatten Abbot und Harlow besprochen?

»Bitte«, bat ich mit einem Kreis, den meine rechte Hand oberhalb der linken Brust beschrieb.

Harlow kräuselte die Lippen und schaute abrupt zur Seite, setzte sich dann jedoch mit einem leisen *Okay* in Bewegung. Mit gemischten Gefühlen folgte ich ihr. Wir verließen das Gebäude und traten in den trüben Montagvormittag. Um diese Zeit war der Campus beinahe wie ausgestorben und unsere Schritte klangen auf dem hellen Kies der Wege seltsam dumpf und hohl. Als hätte man einen Filter über das Unigelände gelegt oder eine gewaltige Glasglocke darübergestülpt. Und Harlow und mich darunter eingesperrt. Mit jeder Sekunde, die ohne ein Wort von ihr verging, wurde dieses unangenehme Gefühl drückender, schien den Sauerstoff aus der kalten Novemberluft zu ziehen.

Irgendwann hörte ich sie neben mir tief einatmen, ehe sie endlich das Schweigen brach. »Ich habe gerade keinen Kopf für all das.« Ihre Stimme war farblos.

»Was meinst du?«, erwiderte ich mit einfachen Gebärden.

Harlow schaute auf meine Hände und dann für einen Sekundenbruchteil in mein Gesicht, bevor ihr Blick zurück auf ihre Schuhe wanderte. Braune Blätter klebten auf den hellen Spitzen ihrer Chucks. »Keine Ahnung, wie ich das erklären soll, ohne …«

Ohne zu viel zu sagen. Ohne deine Geheimnisse zu lüften.

Ich biss mir von innen auf die Wange und kramte in meiner Jackentasche nach Stift und Block. Jetzt, wo ComAll deaktiviert war, blieb mir nicht viel anderes übrig – auch wenn ich mich dadurch in die Steinzeit zurückversetzt fühlte.

Es muss doch eine Erklärung für das geben, was bei der Präsentation passiert ist, schrieb ich und konnte nicht verhindern, dass meine Schrift mein aufgewühltes Inneres in Form von schiefen Buchstaben preisgab.

Zerknirscht zuckte sie mit den Schultern. »Irgendjemand hat sich einen schlechten Scherz mit mir erlaubt.«

Du weißt, wer es gewesen ist. Ich habe es in deinem Gesicht gesehen, Har.

Sie blieb stehen und sah mich endlich wieder an. In ihren blaugrünen Augen, die durch die Brillengläser noch größer wirkten, funkelte irgendetwas, das ich nicht benennen konnte. Sie wirkte fremd. Fremd und unendlich weit weg, obwohl wir direkt voreinanderstanden. »Ja, ich kenne ihn. Mein Ex. Alias.«

Da war er wieder. Dieser Name. Und das Aufflackern von Angst in ihrem Blick. *Das ist nicht alles*, schrieb ich.

»Was willst du von mir hören? Zack, ich … es ist gerade einfach zu viel«, sagte sie wieder, doch in meinen Ohren klang es viel mehr wie ein Platzhalter für etwas vollkommen anderes.

Mein Griff um den Stift verstärkte sich reflexartig. *Das hast du schon mal gesagt, nur nicht, was genau du damit meinst.*

Wieder drehte sie den Kopf weg, als könnte sie die Worte nicht aussprechen und mich gleichzeitig dabei ansehen. »Mein Stipendium am LSC steht auf der Kippe. Das heute war meine zweite Verwarnung. Meine Noten in den allgemeinbildenden Fächern reichen kaum zum Bestehen und jetzt habe ich auch noch einen der wichtigsten Leistungsnachweise in den Sand gesetzt. Ich habe keine Ahnung, wie ich das geradebiegen soll, während ich gleichzeitig diesen Tro...« Har verstummte schlagartig und umschlang sich selbst mit den Armen.

Dann geht es hierbei die ganze Zeit um deine Leistung im Studium? Deswegen schläfst du kaum? Du hast selbst gesagt, dass da noch mehr ist.

Ihre Unterlippe bebte leicht. »Zack, das Letzte, was ich möchte, ist, dich zu verletzen.«

Ihre Worte waren wie ein Eimer eiskaltes Wasser. Weil ich wusste, was als Nächstes kommen würde, und es schon jetzt verflucht schmerzte und brannte. Aus einem Impuls heraus legte ich eine Hand an ihre Wange und zwang ihren Kopf zurück zu mir. Ich musste in ihre Augen schauen und sehen, warum sie mir das antat. Unsicher erwiderte sie meinen Blick und für einen kurzen Moment hatte ich das Gefühl, dass sie gleich alles rauslassen würde. Schmerz und Wut und Hilflosigkeit. Angst. Doch dann rauschte irgendeine unsichtbare Mauer in ihr hoch und sperrte jede Emotion aus.

Bestimmt machte sie einen Schritt zurück, sodass meine Hand ins Leere fiel, und schüttelte den Kopf. »Ich will dich wirklich nicht verletzen, Zack, aber ... ich muss mich jetzt voll und ganz auf mein Studium konzentrieren.«

Ich spürte, wie bei ihrer Erwiderung etwas in mir einrastete. In eine vollkommen falsche Stellung. Ist das dein Ernst?!

»Es mag dich vielleicht überraschen, aber ja. Das ist mein Ernst. Von dieser Chance am Lakestone hängt alles für mich ab. Ich kann nicht einfach an eine andere Uni gehen, wenn es hier nicht klappt. Diesen Luxus habe ich nicht. Nicht so, wie fast alle anderen hier. Wie du.«

Wie ich. Ein Teil von mir wusste, dass Harlow das nur gesagt hatte, weil sie mich von sich stoßen wollte. Aus irgendeinem mir unbegreiflichen Grund. Ich erkannte die Anzeichen, hatte genug Texte und Bücher dazu gelesen – nur änderte das alles nichts daran, dass ich es nicht verstand. Und dass es wehtat. Wie ein Stachel, der sich immer tiefer grub und das Hässliche ans Licht brachte.

Dann willst du das zwischen uns beenden, weil du mehr Zeit zum Lernen brauchst? Ich wusste, dass die Frage nicht fair war – schließlich ahnte ich, dass viel mehr dahintersteckte –, aber sie war meine Antwort auf das Spielchen, das Harlow gerade mit mir trieb. Denn nichts anderes war es. Sie *spielte* mit mir. Seit Tagen. Zog sich zurück, kam dann wieder und bat um Zeit, während ich sie hielt. Weil man das eben so machte, wenn man sein dämliches Herz an jemanden verloren hatte.

Chloe hat recht gehabt.

Chloe hat mit ihrer Voraussage recht gehabt.

Sie hat verdammt noch mal recht gehabt!

Diese Gewissheit machte alles nur noch viel schlimmer.

»Es geht doch nicht nur ums Lernen!« Zum ersten Mal in dieser ganzen ätzenden Unterhaltung war da mehr als diese Tonlosigkeit in Harlows Stimme. »Es geht um *alles*. Es geht darum, dass ich mich gerade nicht um tausend Dinge gleichzeitig kümmern kann. Ich kann nicht mein Studium retten, das ich fast gänzlich gegen die

Wand gefahren habe, und im selben Moment eine Beziehung mit dir führen. Das passt nicht zusammen.«

Weil du es nicht versuchst.

»Ich versuche es. Das tue ich wirklich.«

»Nein«, gebärdete ich mit Nachdruck.

Ihr Blick richtete sich wieder auf mich. Beinahe hilflos warf sie die Hände in die Luft. »Ich wollte mich nie verlieben, okay? In diesem ganzen Chaos um mich herum, das jeden Moment außer Kontrolle geraten kann, war es das Letzte, was ich wollte. Schon gar nicht in jemanden, der ...«

Mein Puls beschleunigte sich und ließ das Blut viel zu schnell in meinen Ohren rauschen. Die Worte, die sie nicht aussprach, hallten lauter wider, als es jeder Schrei gekonnt hätte. Trafen mich genau dort, wo meine dunkelsten Ängste saßen und mich seit Jahren von innen auffraßen. Mit bebenden Fingern setzte ich den Stift wieder aufs Papier.

Schon gar nicht in jemanden, der nicht spricht. Mit dem alles so kompliziert und umständlich ist. Der auf Stift und Papier, auf eine Schiefertafel und Kreide, auf eine bescheuerte App angewiesen ist, weil niemand seine Sprache spricht.

Meine Augen begannen zu brennen, während ich auf den Block starrte. So lange, dass die Buchstaben verschwammen und diese hässlichen Gedanken von früher immer lauter wurden.

»Nein, Zack«, hörte ich Harlow beinahe stoisch sagen. »Das habe ich nicht gemeint.«

Und irgendwie machte es das nur noch schlimmer. Alles, was sie jetzt noch von sich gab, würde nicht ungeschehen machen, was sie *nicht* ausgesprochen hatte.

Ich schaffte es, den Kopf zu heben, sie anzusehen. Die Flammen in meiner Brust loderten höher. Ihre Wangen waren blass, ihre Augen gerötet, sodass die Schatten darunter noch finsterer wirkten. Als würde sie genauso von ihren eigenen Dämonen aufgefressen werden wie ich. Wir waren uns so ähnlich in diesem Moment und gleichzeitig meilenweit voneinander entfernt.

»Ich sollte jetzt gehen.« Nur ein Flüstern, das sich wie ein Dolchstoß anfühlte. »Es tut mir leid, Zack.«

Was genau?, hätte ich am liebsten gefragt. Dass sie mein Handicap als Ausrede benutzte? Dass es für sie einfacher war, mein Herz zu zerquetschen, als mir die beschissene Wahrheit zu sagen? Zorn türmte sich in mir auf und begrub alles andere unter sich, bis nur noch der Gedanke übrig blieb, sie ebenfalls zu verletzen. Ihr wehzutun, wie sie mir wehtat. Und ich wusste, was das über mich aussagte. Nur spielte es hier und jetzt keine Rolle.

Bestimmt griff ich nach ihrem Arm, hielt sie zurück, und begann zu schreiben. Wütende, schräge Buchstaben, so fest ins Papier gedrückt, dass man sie noch unzählige Blätter darunter würde sehen können.

Chloe hatte recht. Du läufst weg, sobald es kompliziert wird. Lässt einen allein. Sie hatte die ganze Zeit über recht.

Aufgebracht drückte ich ihr den Block gegen die Brust. Harlows Schultern spannten sich an, als sie die Zeilen las. Ich sah ihren Schmerz. Sah, wie sie sich auf die Unterlippe biss. Sah, wie meine Worte sie verletzten.

Und es machte nichts besser.

Ein Teil von mir wünschte, ich hätte diese Sätze nie geschrieben, doch ich konnte genauso wenig zurücknehmen, was dort stand, wie Harlow ungeschehen machen konnte, was sie nicht ausgesprochen hatte.

Das waren die Regeln in diesem Spiel und es fühlte sich an, als hätten wir beide verloren.

Wortlos gab sie mir den Block zurück und machte dann einen weiteren Schritt rückwärts. Nieselregen hatte eingesetzt, benetzte ihren Hoodie, ihre hellbraunen Haare, die großen Gläser ihrer Brille. Selbst jetzt war sie verflucht schön. Verflucht schön und verflucht kaputt.

»Ja«, sagte sie leise. »Ja, das hatte Chloe wohl.«

KAPITEL 21

Don't Blame Me – Taylor Swift

Harlow

Mein Kopf dröhnte und ich hatte Schwierigkeiten, mich auf den Bildschirm zu konzentrieren. Das künstliche Licht stach in meinen Augen und ich war vollkommen übermüdet. Mein liebster verhasster Dauerzustand in letzter Zeit.

Blind tastete ich nach dem Energydrink, der irgendwo bei meinem Laptop auf dem Tisch stehen musste, nur um festzustellen, dass die Dose leer war. War ja klar. Ich schluckte gegen den schalen Geschmack in meinem Mund an und blickte das erste Mal auf, seit ich mich in die letzte Reihe des Hörsaals gesetzt hatte. Hätte mich jemand gefragt, wie viel Zeit seitdem vergangen war, ich hätte keine Antwort darauf geben können. Zeit war für mich zu etwas geworden, von dem ich chronisch zu wenig hatte.

Tage konnten es jedenfalls nicht gewesen sein, denn Professorin Beauheast stand noch immer vorn am Pult und dozierte in ihrem üblichen Singsang über Meeresströmungen und wie sie unser Wetter beeinflussten. Normalerweise gehörten ihre Vorlesungen zu den Fachgebieten, die mich interessierten, doch nach allem, was passiert war, war jede Minute, die ich mit etwas anderem als Lernen oder Coden verbringen musste, eine verlorene Minute. Irgendjemand sollte das auf ein T-Shirt drucken.

Ich fuhr mir zum wiederholten Male über die Augen – auf Mascara hatte ich wohlweislich verzichtet – und spürte wieder den Druck auf meiner Brust, der in den letzten drei Tagen zu einem tonnenschweren Gewicht geworden war und mir die Luft zum Atmen nahm. Stück für Stück ein wenig mehr. Mit jeder Erwähnung der kommenden Prüfungen, mit jeder Erinnerung an das Gespräch mit Abbot in seinem Büro am Montag ...

... mit jedem Gedanken an Zack.

Ich biss die Zähne zusammen und blinzelte die aufsteigenden Tränen weg. Noch ein Grund, aus dem ich die Mascara weggelassen hatte. Sie wäre die reinste Verschwendung gewesen.

Das Display meines Smartphones leuchtete auf und lenkte meine Aufmerksamkeit zurück auf den Tisch vor mir. Zu meinem Laptop, der seit Montag zu meinem einzigen Bezugspunkt geworden war, und dem Handy, das unzählige unbeantwortete Nachrichten zeigte, für die ich schlichtweg keine Kraft besaß. Keine Kraft, keine Zeit und zu viel Feigheit. Ich wusste nicht, was ich anderes tun sollte, als weiterzumachen wie bisher. Wie ich mit ... *allem* klarkommen sollte.

Abbot hatte mir nur diese eine letzte Chance gegeben, weil ich ihn in dem Glauben gelassen hatte, der Hack in der Präsentation wäre ein schlechter Scherz meines Ex gewesen. Mir blieben weniger als vier Wochen Zeit, um sowohl die Prüfungen einigermaßen erfolgreich hinter mich zu bringen als auch das Chaos vom Montag wieder aus der Welt zu schaffen. Und um eine Wiederholung der Präsentation zu bitten. Denn ich hatte eine Sicherheitskopie der

App in einer früheren Version extern gespeichert und könnte zumindest das wieder geradebiegen, sofern Colin dabei wäre.

Um dem Ganzen noch die Krone aufzusetzen, hatte Alias die nächste Information zum Projekt *CanalRio* gedroppt. Und mich damit komplett überfahren. Ich hatte recht gehabt: Diese Aktion, der aggressive Backdoor-Trojaner, den Alias von mir verlangte ... das alles hatte nicht das Geringste mit Hacktivismus zu tun. Er brauchte meinen Trojaner, um in das System einer verdammten *Bank* zu kommen. Seit er mir das am Dienstag mitgeteilt hatte, konnte ich kaum noch klar denken. Ständig gingen mir seine vor Ironie triefenden Worte durch den Kopf, ließen mich erschaudern.

Das sollte doch ein Kinderspiel für dich sein, nachdem du bereits so viel Erfahrung in Sachen Kontohacking hast, Low. Das ist genau das Gleiche, nur ein bisschen größer. Ein bisschen spannender.

Wäre da nicht diese brennende Angst in meiner Brust gewesen, hätte ich gelacht. Alias' Vorhaben war meilenweit von dem Hack entfernt, den ich durchgezogen hatte, um das Geld für Brax' OP zu besorgen. Die einzige Gemeinsamkeit bestand darin, dass es sich um eine Bank handelte. Mehr nicht. Ich hatte es gezielt auf ein Konto abgesehen, anstatt direkt ein gesamtes Netzwerk zu infiltrieren. Einen einzelnen Feuerwerkskörper konnte man nicht mit einer Pyrobombe vergleichen. Projekt *CanalRio* war ein groß angelegter Cyberangriff auf ein ganzes Bankensystem und ich war im Begriff, Alias dabei zu helfen.

Das ist ein paar Nummern zu groß. Das wird dich zerlegen, Har, dieses Mal endgültig. Dieses Mal wird niemand kommen und dich retten. Niemand setzt auf eine Wiederholungstäterin.

Wieder hatte ich darüber nachgedacht, Miyu zu schreiben, ihr von meinen Bedenken zu erzählen, und wieder hatte meine Furcht mich davon abgehalten. Dass sie hierbei hinter Alias stand, dass es alles nur noch schlimmer machen würde. Ich fühlte mich wie in einem Hochgeschwindigkeitszug, der ungebremst weiterraste, obwohl irgendwann die Gleise aufhören und alles ins Nichts stürzen würde.

Und dann war da noch Zack.

Natürlich war da noch Zack. Überall und jederzeit.

Zack war das Schlimmste an allem.

Es war das Schlimmste, an ihn zu denken, ihn auf dem Campus zu sehen, von ihm zu träumen und immer, immer wieder die Worte in meinem Kopf zu hören, mit denen wir einander verletzt hatten. Die stillen Worte, die geschriebenen Worte, die gesagten Worte. Das alles war so verdammt falsch. Dabei hätte es doch leichter werden sollen. Zack auf Abstand zu halten, hätte es für ihn und mich leichter machen sollen, denn ich hatte gemeint, was ich gesagt hatte: Ich wollte nicht, dass er verletzt wurde. Ich wollte ihn nicht immer weiter belügen. Doch statt erleichtert zu sein, weil ich ihn vor einer tickenden Bombe schützte, fühlte ich mich wie das Allerletzte. Allein. Einsam auf eine zermürbende Weise.

Nur wenn ich mich mit meinem Laptop irgendwo verkroch und mich in den Strukturen und Algorithmen des Trojaners verlor, schaltete sich das Karussell ab. Dann wurde es dumpf und leise in mir, als wäre ich unter Wasser und der Schmerz in meiner Brust nur eine weit entfernte Erinnerung. Also tat ich genau das. Ich verkroch mich und programmierte und grub mich tiefer in meine alte Welt, um mich nicht mit der Realität meiner neuen auseinandersetzen zu müssen.

Chloe hatte wirklich recht gehabt: Ich lief davon, wenn es kompliziert wurde, weil mein Leben der verdammte Inbegriff von *kompliziert* war.

Wie ironisch, dass ausgerechnet Coden mein Ausweg war, wo es doch der eigentliche Grund für dieses ganze Chaos war. Ich schnitt eine Grimasse und griff schließlich nach meinem Handy, als es ein weiteres Mal aufleuchtete. Mir wurden Nachrichten von Lucie und meinen Moms angezeigt, selbst Brax hatte mir geschrieben, doch ich überging sie alle und klickte direkt auf den obersten Chat mit Caitlyn.

Caitlyn

> Langsam wird nicht nur der Coach ungemütlich. Wieso hast du am Dienstag das Training geschwänzt, ohne etwas zu sagen? Was ist los, Har? Flo meinte, du wärst kaum noch da.

Keine Ahnung, wie ich meine aktuelle Lebenssituation in eine kurze Mitteilung verpacken sollte. Ein großer Teil von mir wollte die Nachricht genauso ignorieren wie die anderen. Ich hielt meine Familie und Zack auf Abstand, weil Konflikte mit denjenigen, die einem am wichtigsten waren, am meisten Kraft erforderten. Kraft, die ich nicht besaß. Und weil ein Teil von mir paradoxerweise glaubte, sie dadurch irgendwie schützen zu können. Doch Caitlyn konnte ich antworten. Zumindest eine Sache klären.

Harlow

> Mir geht es nicht gut, irgendein hartnäckiger Infekt. Ich denke, ich werde es in nächster Zeit nicht zum Training schaffen. Tut mir leid.

Ernsthaft? Ich habe dich vorhin im Café gesehen. Hoffentlich ist dir klar, dass Tie dich deswegen rauswerfen kann.

Ein paar Sekunden lang starrte ich auf ihre Worte. Ich liebte das Team, das Feldhockey am Lakestone und die Mädels, aber ich … gerade konnte ich kaum noch klar denken.

Harlow

Ich weiß. Es tut mir leid. Ich schaffe es nicht.

Hastig sperrte ich das Handy und legte es mit dem Display nach unten auf den Tisch, nur um festzustellen, dass die Studierenden um mich herum bereits aufstanden. Wieder eine Vorlesung, die an mir vorbeigezogen war.

Wie so oft in den letzten drei Tagen blieb ich nach der letzten Lehrveranstaltung einfach sitzen und kramte mein zerfleddertes Notizbuch heraus, um dort weiterzumachen, wo ich aufgehört hatte. Immer weitermachen, weil mir nichts anderes übrig blieb.

Einen Trojaner zu programmieren, war aufwendig, aber machbar. Einen Backdoor-Trojaner zu programmieren, war anspruchsvoll und zeitintensiv. Die Art Backdoor-Trojaner zu erschaffen, die sich Alias erhoffte, um ungehinderten Zugriff auf die Systeme der Bank zu bekommen, war ein verfluchtes Kunststück.

Mir war klar, wie falsch das war. Dass ich irgendwie aussteigen musste, mit jemandem sprechen sollte, nur … hatte ich Angst. Ich hatte Angst, was das für meine Familie bedeuten würde. Für mich. Ich hatte mich nicht einmal getraut, Miyu auf meine Zweifel anzusprechen, und weiter zu coden, war ironischerweise der leichteste

Weg gewesen. Ich wollte gar nicht wissen, was das über mich aussagte.

Kopfschüttelnd angelte ich eine neue Dose Energydrink aus meinem Rucksack, schob meine Brille ein Stück höher und öffnete neben der virtuellen Umgebung noch das File, das ich selbst über den Auftrag erstellt hatte. All die einzelnen Schritte, die es brauchte, um in das System der Bank reinzukommen.

Den leichtesten Zugang zum Netzwerk identifizieren – meistens ein Mitarbeiter, der leichtfertig auf Links in Werbemails klickte.

Den Trojaner in den Link integrieren und per Mail senden – dafür brauchte man nicht mehr als die IP-Adresse des Empfängers.

Über den Trojaner den Browser in einem für den Mitarbeiter unsichtbaren Fenster öffnen und Zugang zum Firmennetzwerk bekommen – die Backdoor.

Über die Hintertür das Firmennetzwerk infiltrieren, um wer weiß was anzurichten, auf Konten zuzugreifen, sie zu manipulieren, Geld über einen zufallsgenerierten Pfad über mehrere Server weltweit transferieren und …

Mein Kopf ruckte vom Bildschirm hoch, als mir klar wurde, was ich da gerade tat. Dass ich Alias' Anweisungen folgte. Obwohl er leichtfertig in mein Leben eingegriffen und mir wortwörtlich ins Gesicht gelacht hatte, als ich ihn auf die Präsentation angesprochen hatte. Und trotzdem machte ich weiter.

Scheiße. Scheiße. Scheiße.

Wie war ich an diesen Punkt gekommen? Wie hatte ich mich auf dem Weg hierher derartig verlieren können? Wie hatte ich wieder und wieder zugelassen, Alias Macht über mich zu geben? Wann war aus mir diese Version meiner selbst geworden?

Jede Frage war wie ein Dominostein, der den nächsten anstieß und alles unaufhaltsam zum Einsturz brachte. Meine Finger zitterten, als ich den Kopf in die Hände stützte und die Augen zusammenkniff.

Ich kann das nicht mehr. Ich schaffe das nicht mehr.

Ich bohrte die Nägel in meine Kopfhaut, bis sich ein schmerzhaftes Kribbeln in mir ausbreitete.

Was tue ich hier?

»Harlow? Was tust du hier?«

Einen irren Moment lang glaubte ich, dass ich mir die Stimme eingebildet hatte. Dass sie meinen überreizten Nerven entsprungen und ich drauf und dran war, endgültig den Verstand zu verlieren. Doch als ich aufblickte, stand dort keine schräge Kopie von mir, sondern Lucie. Lucie mit ihrem unordentlichen Dutt aus blonden Locken, aufgebracht verschränkten Armen und funkelnden braunen Augen.

»Har?« Sie lief ein paar Stufen der Sitzreihen im Hörsaal hoch und blieb dann vor mir stehen. »Hey ... es war ganz schön schwer, dich zu finden.«

Ich atmete hörbar aus. »Vielleicht wollte ich nicht gefunden werden.« Die Worte kamen mir abgehackt und rau über die Lippen und ich fragte mich unwillkürlich, wann ich das letzte Mal mit jemandem gesprochen hatte.

»Klingt nach dir. Alles okay?«

»Sicher, ich ... ich bin okay.«

Lucie zog die blonden Brauen zusammen und schüttelte den Kopf, ehe sie sanft erwiderte: »Du siehst nicht aus, als wärst du okay.«

Wieder begannen meine Augen zu brennen, wieder verschwamm die Welt vor mir und wieder hasste ich alles daran. Ich durfte nicht weinen, ich war nicht das Opfer in dieser Geschichte, sondern die Böse.

Das Holz neben mir knarzte leise, als sie sich setzte, dann trat mir der mittlerweile so vertraute Geruch nach Farben und Ton und Lösungsmittel in die Nase. Lucie roch nach Kunst. »Ich habe die ganze Woche nichts von dir gehört, seit …«

Ich drehte den Kopf zu ihr. »Du weißt es?«

Nickend legte sie ihre Hand auf meine neben dem Laptop, der in den Ruhemodus geschaltet hatte. »Colin hat mir am Montag in der Cafeteria von eurer Präsentation erzählt. Nicht viel, nur dass … die App und eure Zusammenarbeit aus seiner Sicht Geschichte sind. Ziemlich hart.«

»Verdient hart«, murmelte ich.

Lucie quittierte meine Erwiderung mit einem vielsagenden Blick. »Dafür kenne ich noch nicht genug Details. Chloe hat mir vorhin bei unserem Treffen für das Interviewfoto gesagt, dass Zack für die restliche Woche nach Hause gefahren ist. Mit deinem Abtauchen zusammengenommen, ergibt manches Sinn und anderes wiederum überhaupt nicht … Ich werde dich nicht dazu drängen, mir irgendetwas zu erzählen, aber ich bin für dich da, Har, und, ehrlich gesagt, mache ich mir Sorgen, weil … weil mich einiges davon an mich selbst erinnert.«

Überrascht hob ich eine Braue, während ihre Stimme bei den letzten Worten immer leiser wurde. »An dich?«

»Wir alle haben unsere Geschichte«, erwiderte sie nur und ich verstand, was sie mir damit sagen wollte. Dann drückte sie meine Finger und schenkte mir ein kleines Lächeln, was die Dunkelheit aus ihrem Blick vertrieb. »Hättest du etwas dagegen, diesen deprimierenden Ort zu verlassen und woanders hinzugehen?«

Ich wollte Ja sagen. Ich wollte nichts lieber, als einen Abend lang alles stehen und liegen zu lassen. Und gleichzeitig …

»Ich würde gerne, aber ich kann nicht. Die Prüfungen und jetzt die Sache mit der App …«

»Harlow?«, unterbrach mich Lucie unerwartet ernst und stand dann auf, sodass ich den Kopf heben musste. »Das war keine echte Frage, sondern eine Intervention unter Freundinnen. Also, pack deine Sachen zusammen und zieh dir vielleicht etwas an, das nicht ganz so … na ja, eben *so* ist. Ich habe in der Pizzeria am Pike Place Market reserviert und es wäre schade, wenn die verfällt. Dort einen Tisch zu bekommen, ist wie ein Sechser im Lotto.«

Entgegen meiner miesen Stimmung und der Müdigkeit, die mir tief in den Gliedern steckte, musste ich lächeln. Kein großes, echtes Lächeln, eher eine Andeutung, aber immerhin. »Dann wusstest du, wie das hier ablaufen wird?«

»Ich bin Künstlerin, ich habe Fantasie.« Mehr sagte sie nicht, als würde das alles erklären, und vielleicht tat es das hier und jetzt auch. Mit meinem matschigen Gehirn würde ich ohnehin nichts mehr zustande bringen. Weder beim Trojaner noch beim Lernen oder irgendetwas anderem.

Kapitulierend hob ich die Hände. »Ich habe nichts gesagt.«

* * *

»Ich habe vorhin gelogen«, begann Lucie, während wir die Stufen am Ende des Pike Place Market in Richtung Wasser liefen. »Ich meine, was ich gesagt habe, dass ich dich nicht dazu dränge, mir etwas zu sagen. Wenn ich ehrlich bin, habe ich viele Fragen. Sehr viele.«

Die letzten Stunden, die wir bei Pasta, Pizza und Wein verbracht hatten, waren eine kleine Auszeit gewesen. Kein Wort über den Campus, kein Wort über das, was am Montag passiert war … Kein Wort über Zack. Als wären wir in einer Parallelwelt gelandet, in der es meine Probleme gar nicht gab. Mir war nicht bewusst gewesen, wie sehr ich diese Zeit gebraucht hatte. Ein Gespräch unter Freundinnen über Serien und Bücher, den neuesten Klatsch und Tratsch und die Party der Experts – so wurden die Studierenden im letzten Semester genannt – am kommenden Wochenende. Dass Lucie nun wieder auf die Realität zu sprechen kam, fühlte sich wie ein Sprung zurück ins kalte Becken an, in dem ich seit Tagen trieb.

Seufzend blieb ich stehen, als wir den Pier erreicht hatten, und lehnte mich gegen das Geländer. Vor mir breitete sich die scheinbar unendliche Weite der Elliott Bay aus, die Lichter der Stadt tanzten auf ihrem Wasser wie kleine schwimmende Glühwürmchen. Ich sah aus dem Augenwinkel, wie Lucie neben mich trat und die Arme auf das kühle Metall legte. Eine kleine Weile lang starrten wir in die Ferne und schwiegen, während ein kühler Wind an unseren Haaren zupfte und um uns herum Seattles Abendgeräusche in der Luft surrten.

»Es tut mir leid«, sagte ich irgendwann leise und sah sie von der Seite an.

Lucie stieß langsam den Atem aus. »Schon okay, ich kann verstehen, dass es Dinge gibt, über die du nicht sprechen möchtest. Geht mir genauso, glaub mir. Und wir kennen uns ja auch noch nicht besonders lang, deswegen …«

»Nein, Lucie«, unterbrach ich sie sanft und berührte sie am Arm. »Es tut mir leid, dass ich dir in den letzten Tagen ausgewichen bin. Du kannst am wenigsten für den ganzen Mist und es war nicht fair, wie ich mich dir gegenüber verhalten habe. Ganz gleich, wie lange wir einander schon kennen, wir sind Freundinnen.«

Ein kleines Lächeln erschien auf ihren Lippen, dann nickte sie. »Entschuldigung angenommen.«

Ich nickte ebenfalls und merkte erst jetzt, wie sehr ich diese Worte hatte loswerden wollen. Diese Worte und all die anderen, die in meinen Gedanken rotierten. Die ich seit Wochen und Monaten mit mir herumschleppte und die jeden Tag zu einem Drahtseilakt machten. Alles so verflucht kompliziert machten. Ich ...

Ich möchte das nicht mehr.

Ich blinzelte und schaute von dort, wo meine Finger noch immer den dicken Stoff ihres Mantels mit Hahnentrittmuster berührten, wieder in Lucies Gesicht. Ruhige Offenheit blickte mir aus ihren braunen Augen entgegen und mit einem Mal war die Vorstellung, einfach mit der Sprache rauszurücken, nicht mehr ganz so beängstigend.

»Ich habe auch gelogen«, kam es mir über die Lippen. Erst stolpernd und dann immer schneller. »Von Anfang an. Abbot hat mich nicht am MIT aufgegriffen, sondern auf dem Revier des *Seattle Police Department*.«

Eine Mischung aus Erstaunen, Neugierde und Verwirrung flog über Lucies Züge, aber keine Verurteilung. Keine Feindseligkeit, keine Abneigung. Nichts als Aufrichtigkeit, die Möglichkeit, einen Schritt in die richtige Richtung zu machen. Und dieses Mal zögerte ich nicht.

Zurück auf dem Campus erzählte ich Lucie mehr, als ich jemals jemandem erzählt hatte, und es fühlte sich gut an. *CanalRio* ließ ich jedoch aus, um sie nicht in Schwierigkeiten zu bringen, sollten wir auffliegen und sie zu viel wissen. Alias war unberechenbar, was dieses Projekt anbelangte. Bei allem anderen blieb ich jedoch bei der unverblümten Wahrheit.

Ich sprach von meiner Angst, dass mir die Verbindung zu Alias nun das Genick brechen würde, und all dem anderen, was an mir riss. Mich in gegensätzliche Richtungen zerrte und immer weiter weg von Zack trieb.

Als ich fertig war, sagte Lucie eine ganze Zeit lang gar nichts. Tiefe Furchen hatten sich in ihre Stirn gegraben und ihr Blick ging durch das große runde Mosaikfenster nach draußen auf den schlafenden Campus. Sie hatte mich hierhergeführt, als ich nach einem ruhigen Platz gefragt hatte, und dieser Ort … war ein wenig, als wäre man aus der Zeit gefallen. Ich hätte nie geglaubt, dass es so etwas am LSC überhaupt gab. Einen geheimen Raum, den nur einige wenige kannten und der nicht einmal in den Plänen verzeichnet war, die ich mir zu Beginn *besorgt* hatte. Nur wer von einem älteren Studierenden davon erfahren hatte, wusste, wo er lag.

Wir befanden uns auf dem Spitzboden der Fakultät der Literatur, Geisteswissenschaften und Künste – dem ältesten Gebäude der Universität. Zwar war mir das große Rundfester von außen schon ein paarmal aufgefallen, aber über den Raum dahinter hatte ich nie weiter nachgedacht. Irgendjemand hatte alte Sofas, Sessel und Teppiche hier hochgebracht, es gab ein Bücherregal mit zerlesenen Ausgaben, Lichterketten und sogar ein Grammofon.

Ein Ort, wo das Leben stehen geblieben war.

»Das mag jetzt vielleicht etwas esoterisch klingen«, Lucie unterbrach sich kurz, um mir einen nachdenklichen Blick zuzuwerfen, »aber ich hatte bei dir immer so ein *Gefühl*.«

Ich zog meine Beine auf den dicken Kissen, mit denen wir es uns auf dem Boden direkt am Rundfenster gemütlich gemacht hatten, in den Schneidersitz. »Was meinst du?«

»So ein Gefühl eben. Dass da mehr ist. Du hast oft so … gehetzt gewirkt und mal ehrlich, niemand meldet sich freiwillig, um im Kunstatelier zu helfen.«

Meine Lippen verzogen sich zu einem schiefen Grinsen. »Ich bin froh, dass Abbot ausgerechnet das für meine Sozialstunden ausgewählt hat.«

»Ich auch«, gab Lucie zurück und nahm einen Schluck von dem Tee, den wir mit hochgenommen hatten. »Es ist vermutlich falsch, das zu sagen, aber ich finde deine Aktion für Brax sehr mutig. Wäre es dabei um meine Schwester gegangen, hätte ich vermutlich ähnlich gehandelt. Wäre ich dazu in der Lage, mich irgendwo reinzuhacken.«

»Danke. Meine Moms haben etwas ganz Ähnliches gesagt und … na ja, ich würde es auch wieder tun, weißt du? Für Brax. Es hat sich richtig angefühlt.«

»Und das, was du jetzt gerade machst?«

Ich sah sie über den Rand meiner Tasse hinweg an. »Nicht ansatzweise«, antwortete ich ehrlich. Ein kleines Eingeständnis an mich selbst. »Ich liebe es, zu hacken. Und anfangs fand ich die kleineren Dinge, die wir als Gruppe durchgezogen haben, gut. Irgendwie richtig. Aber an der Sache jetzt … ist nichts mehr richtig. Es geht zu weit, viel zu weit, und ich weiß nicht, wie ich da rauskommen soll.«

Lucie rückte ein Stück näher, sodass sich unsere Knie berührten, und stellte ihre Tasse zur Seite. »Und deswegen stößt du Zack jetzt von dir«, schloss sie sanft und das schmerzhafte Pochen in meiner Brust wurde wieder lauter.

»Ich kann ihn da nicht mit reinziehen.«

»Mich hast du auch mit reingezogen«, hielt sie mit gehobenen Brauen dagegen. Zerknirscht verzog ich das Gesicht, doch da fuhr sie bereits fort. »Was ich damit sagen möchte: Ich glaube, dass das nur ein Teil deiner Gründe ist. Ich glaube, dass du in erster Linie Angst davor hast, dass er dich anders sieht, wenn er alles über dich weiß.« Ihre Worte trafen einen Nerv in mir. »Und ich kann das verstehen, besser, als du denkst, aber du bist ihm sehr wichtig, Har, und ich bin mir ziemlich sicher, dass er dich nicht leichtfertig in eine Schublade stecken wird. Das ist nicht Zacks Art.« Lächelnd wischte sie eine meiner stummen Tränen fort. »Du musst ihm nur die Chance geben, dich zu sehen. Alles von dir.«

»Selbst wenn, ich denke nicht, dass er nach Montag …«

»Ah-ah. Damit fangen wir erst gar nicht an. Natürlich wird er dir zuhören. Wir reden hier von Zack.«

Stirnrunzelnd blickte ich zur Seite. »Du weißt nicht, was ich ihm an den Kopf geknallt habe.«

»Hast du es so gemeint?«

»Nein.« Ruckartig sah ich sie wieder an. »Es ist nur … es ist vollkommen verkehrt rübergekommen. Und ich habe es nicht berichtigt, weil … ich meine, ich wollte ja Abstand zwischen uns bringen, aber nicht so. Nicht auf diese Weise.«

»Dann sag ihm genau das.« Lucie griff nach meinen Händen und drückte sie. »Erklär es ihm, wie du es mir erklärt hast. Er wird dir zuhören, vertrau mir. Alles, was er möchte, ist Ehrlichkeit.«

KAPITEL 22

I Love Rock 'n' Roll – Joan Jett & the Blackhearts

Harlow

Ich stellte die Kaffeetasse so schwungvoll ab, dass beinahe etwas von dem braunen Gold über den Rand geschwappt wäre. Erschrocken fuhr Colin zu mir herum und verengte dann die Augen. »Was soll das?«

»Ein Friedensangebot. Und eine Bitte.«

Er zog die dunklen Brauen zusammen und verschränkte die Arme vor der Brust. »Ich glaube nicht, dass …«

»Darf ich etwas sagen?«

»Du sagst doch schon die ganze Zeit etwas.«

»Du weißt, was ich meine.«

Seine Antwort bestand aus ein paar gebrummelten Worten, die ich nicht wirklich verstand. Doch als er nach dem Kaffee griff und daran nippte, nahm ich das als gutes Zeichen und setzte mich ihm gegenüber. Morgens kurz vor Beginn der Lehrveranstaltungen war das Lakestone Café immer gut besucht. Ganz besonders an einem Freitagmorgen, weil alle Studierenden einen Weg suchten, den letzten Vorlesungstag irgendwie zu überstehen. Wenn nötig auch mit einem dreifachen Espresso. Ursprünglich hatte ich mir nur einen Kaffee holen und dann direkt in den Kurs von Prof. Fielberg – Analytische Mathematik – verschwinden wollen. Denn auch wenn es mir nach dem langen Gespräch mit Lucie gestern besser ging, hatten sich meine Probleme dadurch nicht wie von Zauberhand in Luft aufgelöst. Aber als ich Colin entdeckt hatte, war etwas anderes wichtiger geworden: mich mit einem guten Freund zu versöhnen, den ich enttäuscht hatte und dem ich eine Erklärung schuldete. Und falls er diese nicht wollte, zumindest eine Entschuldigung.

Lucie hatte gestern in dem *geheimen Raum* viele Dinge gesagt, die mich nachdenklich gemacht hatten, unter anderem, dass ich nicht weiter an so vielen Fronten gleichzeitig kämpfen konnte – schon gar nicht allein. Also hatte ich meinen Drang davonzulaufen zur Seite geschoben und mutig meinen Kaffee vor Colin abgestellt.

»Ich möchte mich für Montag entschuldigen. Dafür, dass ich unsere Präsentation vergeigt und mich bisher nicht bei dir gemeldet habe.«

Er sah mich eine kleine Weile schweigend an, dann seufzte er leise. »Stolsson meinte, es wäre ein schlechter Scherz gewesen. Dass ein Freund von dir dahintersteckt.«

Ich schnitt eine Grimasse und klemmte meine Hände unter die Oberschenkel. »Ganz sicher kein *Freund*. Und mit dieser Aktion ist dieser Jemand weit übers Ziel hinausgeschossen.«

»Das ist schon echt kacke. Wir haben so viel Arbeit reingesteckt. Für nichts. Und als wäre es nicht schon schlimm genug, dass die App weg ist, fallen wir ohne abgeschlossenes Projekt durch. Das hat mir Stolsson in unserem Gespräch danach erklärt. Auch wenn ich nicht direkt beteiligt bin, kann sie mich nicht bestehen lassen. Keine Ausnahme. Und das alles wegen dieses *Scherzes*. Es war dämlich von uns, das vollständige Programm nur bei dir zu sichern. Vollkommen dämlich.« Kopfschüttelnd starrte er finster in seinen Kaffee und schwenkte die Brühe im Kreis.

»Colin … wenn ich es ungeschehen machen könnte, dann würde ich das sofort, glaub mir.«

»Nicht einmal du kannst die Zeit zurückdrehen, Har.«

»Das vielleicht nicht, aber ich werde noch mal mit Stolsson reden. Es gibt ein Back-up, das wir wieder hochziehen könnten«, wagte ich vorsichtig einen Vorstoß. »Wir könnten das in der verbliebenen Zeit hinbekommen, da bin ich mir sicher. Aber natürlich kann ich verstehen, wenn du nicht mehr mit mir zusammenarbeiten möchtest.«

In seinen dunkelbraunen Augen blitzte Erstaunen auf. »Der Code ist nicht weg?«

»Nein, nicht ganz. Es fehlen ein paar einzelne Strukturen und wir müssten deine GUI wieder integrieren, aber … der Großteil ist noch da und ich habe schon angefangen, die gröbsten Baustellen anzugehen.«

Weil das besser gewesen ist, als mich mit dem Rest meines Lebens auseinanderzusetzen.

Colin runzelte die Stirn und fuhr sich dann durch die lockigen Haare. »Selbst wenn wir das schaffen sollten, für Stolsson ist die Sache durch, fürchte ich. Ich glaube nicht, dass sie dem Projekt noch traut.« *Dass sie dir noch traut, Har.*

»Ich rede noch mal mit ihr«, wiederholte ich entschlossener, als ich mich fühlte. »Wir haben nichts Falsches getan. Schon gar nicht du. Lass es mich zumindest versuchen, Colin.«

Sichtlich hin- und hergerissen wanderte sein Blick von meinem Gesicht zu meinen Händen, die mittlerweile einen nervösen Rhythmus auf den Tisch klopften, und wieder zurück. Dann atmete er hörbar aus und ich wusste, ich hatte gerade eine zweite Chance bekommen.

* * *

Den restlichen Freitag nutzte ich, um mich zu sortieren. Wenn ich mein Leben auch nur halbwegs wieder auf die Reihe bekommen wollte, brauchte ich einen Plan, einen echt guten Plan, der die Bewältigung des enormen Lernpensums, die Entschuldigungen und Erklärungen, die ich den Menschen um mich herum schuldete, und eine Lösung für die Sache mit Alias miteinschloss. Denn auch wenn ich jetzt, wo ich das Ziel meines Trojaners kannte, am liebsten sofort die Reißleine gezogen hätte, kam ich nicht so einfach aus der Sache raus. Die manipulierte Präsentation war ein Warnschuss gewesen, weil ich zu langsam war. Und eine Erinnerung daran, wie leicht Alias in mein Leben eingreifen konnte.

Dass ich in all dem Zack vorerst außen vor ließ, ignorierte ich dabei resolut. Ich war bereit, mich auf meinen Hintern zu setzen und zu arbeiten, aber Zackary Spencer zu begegnen, war etwas vollkommen anderes.

Als ich den letzten Prüfungstermin – Musiktheorie – in meinen Planer eintrug und mit der entsprechenden Farbe markierte, war es kurz nach ein Uhr morgens und der Gemeinschaftsraum des Wohnheims leer. Gähnend schob ich meine Unterlagen zusammen und griff nach meinem Handy, als es zu vibrieren begann.

Mom.

Sofort überkam mich ein ungutes Gefühl. Warum rief sie mitten in der Nacht an?

»Mom?«

»Liebling.«

»Ist alles okay?«

»Ja, natürlich. Entschuldige, dass ich dich erschreckt habe. Ich wollte nur deine Stimme hören.«

Ich ließ mich wieder tiefer in das Polster des Stuhls sinken. »Nachts?«

Meine Mom lachte leise, dann hörte ich den Kühlschrank auf- und wieder zugehen. »Ich bin gerade erst von der Arbeit gekommen, es gab so viel Ablage zu erledigen, und da habe ich gesehen, dass du noch online bist. In letzter Zeit haben wir so wenig von dir gehört.«

»Tut mir leid, Mom. Es ist ... einiges los.«

»Oh, das sollte kein Vorwurf sein«, beeilte sie sich zu sagen, während im Hintergrund etwas plätscherte. »Ich kann mir vorstellen, dass die Uni kein Zuckerschlecken ist und du sicherlich viel um die Ohren hast. Stehen nicht die Prüfungen an?«

»In ein paar Wochen, ja. Trotzdem hätte ich mich melden können.«

»Ich freue mich, dass wir uns jetzt hören«, antwortete sie auf ihre warme Mom-Art, die mich sofort beruhigte. Wenn wir nicht sprachen, blendete ich die Sehnsucht nach zu Hause im Alltag irgendwie aus, aber sobald ich ihre Stimme hörte, war alles wieder da. Heimweh nach meinen Moms, nach Brax und unserem bunten und vollkommen überfüllten Haus.

»Es gibt etwas, das ich dir gerne persönlich sagen möchte. Nichts Schlimmes, eher ... etwas sehr Gutes. Die Krankenkasse hat sich gemeldet. Unser Fall wurde noch einmal begutachtet und neu bewertet, nachdem Katy dort aktiv geworden ist. Jedenfalls werden die Rechnungen für die Nachbehandlung rückwirkend fast vollständig übernommen. Wir bekommen die Kosten zum größten Teil rückerstattet und die verbliebenen Beträge können wir aus Rücklagen stemmen. Das heißt, du kannst deiner Freundin auch ganz bald das Geld zurückgeben. Ich kann es immer noch nicht fassen.« Ein Lachen voller Erleichterung und Unglaube wehte durch die Leitung, während ich noch dabei war, ihre Worte und deren Bedeutung zu verarbeiten.

Die Krankenkasse trat endlich – zumindest partiell – für uns ein und das Geld, das ich mir von Alias besorgt hatte … Ich steckte längst zu tief drin, um es ihm zurückzugeben und alles rückgängig zu machen, aber vielleicht könnte ich es für einen guten Zweck spenden. An Organisationen, die Kinder mit Herzfehler unterstützten. Irgendetwas tun, das zumindest einen Bruchteil meiner Taten wiedergutmachte.

»Harlow?«

Ich räusperte mich und schob die Überlegungen zur Seite, konzentrierte mich auf ihre Freude. »Das ist großartig! Wirklich! Und wurde auch Zeit. Wie geht es Brax?«

Mom trank einen Schluck, zumindest hörte es sich so an, und meinte dann: »Bei seinen Kontrollterminen war alles unauffällig und Katy bereitet den Garten auf den Winter vor. Jetzt, wo diese Last von unseren Schultern ist, können wir endlich auch wieder an andere Dinge denken. Kommst du über Weihnachten nach Hause?«

»Auf jeden Fall. Das lasse ich mir doch nicht entgehen.«

»Ich dachte nur, weil du ja jetzt einen Freund hast. Da ändern sich die Dinge ein bisschen. Natürlich kannst du Zack auch mitbringen, er ist hier immer willkommen. Wie geht es ihm eigentlich?«

Bei ihren Worten kehrte der Kloß in meinen Hals zurück. »Es ist alles okay.«

Einen Moment lang blieb es still. »Oh, Harlow. Was ist passiert?«

»Wir ... wir haben uns gestritten. Heftig gestritten.« Ich entschied, dass es keinen Grund dafür gab, Mom in die Sache mit Alias einzuweihen. Sie machte sich auch so schon genug Sorgen.

Zu Recht, Harlow. Zu Recht.

»Aber ein Streit ist doch nicht das Ende der Welt. Redet miteinander. Mir kam Zack wie jemand vor, mit dem man über alles sprechen kann.«

Mir kam eine Mischung aus Lachen und Schluchzen über die Lippen. »Das, was ich zu ihm gesagt habe ... Ich weiß nicht, ob Reden reicht.«

»Du wirst es nicht herausfinden, wenn du es nicht versuchst, Liebling. Eine meiner Mom-Weisheiten.«

Ich fuhr mir über die Augen und spürte, wie ein winziges Lächeln an meinen Mundwinkeln zupfte. »Das sind die besten.«

* * *

Am nächsten Morgen riss mich ein lautes Krachen aus dem Schlaf. Protestierend blinzelte ich gegen das helle Licht an und erkannte vage die Umrisse von Flo, die sich den Ellenbogen rieb und auf einen Haufen grober Scherben am Boden starrte.

Ich gähnte. »Alles okay?«

»Oh, Shit. Ich wollte dich nicht wecken.«

»Kein Ding. Ich habe ohnehin schon zu lange geschlafen.« Ich richtete mich ein Stück in meinen Kissen auf. »Hast du dir wehgetan?«

Flo zuckte mit einer Schulter, bückte sich und begann, die weißen Scherben aufzusammeln. »Bin gegen meinen Archimedes gestoßen und jetzt ist er kaputt. Heute ist nicht mein Tag.«

»Den bekommen wir schon wieder hin«, meinte ich mit einem halben Lächeln und schlüpfte aus dem Bett, um ihr zu helfen. Ehrlich gesagt hatte ich keine Ahnung, ob wir die Büste aus Epoxidharz, die Flo als Stiftehalter nutzte, wieder zusammensetzen könnten, aber einen Versuch war es wert.

»Danke, Har. Ich hoffe, es ist jetzt nicht seltsam, das zu sagen, aber du wirkst, als würde es dir wieder etwas besser gehen.«

»Gar nicht seltsam. Und ja, ich fühle mich auch etwas besser. Lucie und ich haben gesprochen und Colin gibt mir eine zweite Chance.«

»Das freut mich ehrlich.« Das *Und mit Zack?* lag ihr sichtlich auf der Zunge, doch Flo sprach die Frage nicht aus und ich hätte sie dafür küssen können. »Das heißt, wir sehen dich kommende Woche wieder beim Training?«

Ich legte die restlichen Bruchstücke der Büste vorsichtig in ihre Hände und richtete mich auf. »Von mir aus gerne, aber ich schätze, das kommt ganz auf Coach Tie an. Wahrscheinlich lässt er mich für den Rest meines Lebens Zirkeltraining machen, sollte ich mich noch mal blicken lassen.«

»Ich würde es drauf ankommen lassen.«

»Ich auch.« Nun schob sich auch mein zweiter Mundwinkel nach oben. »Sehen wir uns später zum Lernen?«

»Sehr gern! Mathe versteht sich schließlich nicht von selbst.«

Nachdem Flo sich mit ihrem Bruch-Archimedes auf den Weg in die Kunstfakultät gemacht hatte, schnappte ich mir mein Zeug, holte mir ein schnelles Frühstück im Lakestone Café und verschwand dann in die Bibliothek. Selbst so früh am Morgen war hier schon einiges los. Studierende schlichen durch die Reihen dunkler, meterhoher Bücherregale oder saßen über ihre Unterlagen gebeugt an den Tischen in der Mitte der gewaltigen Halle. Warmes Licht fiel durch die große Kuppel, der Geruch nach Papier, Leder und Holz lag in der Luft und am liebsten hätte ich mich einfach durch die Gänge treiben lassen. Die Bibliothek des Lakestone Campus of Seattle war definitiv ein Ort, an dem man sich verlieren konnte.

Ich suchte mir einen der letzten Plätze, richtete mich ein und setzte mich als Erstes an die Zusammenschrift für Französisch. Am LSC war es Pflicht, mindestens eine Fremdsprache zu lernen – unnötig zu erwähnen, dass die meisten hier ohnehin mehrere Sprachen beherrschten –, und da ich Französisch bereits in der Highschool gehabt hatte, war meine Wahl auf diesen Kurs gefallen. Allerdings halfen mir meine sogenannten Vorkenntnisse wenig, denn ich war mies, wirklich mies in Französisch.

Schade, dass die Gebärdensprache nicht zählt. Darin bist du ganz nebenbei immer besser geworden.

Der Gedanke versetzte mir einen jähen Stich. Hastig schob ich ihn so weit von mir, wie ich konnte, und konzentrierte mich auf die erste Seite der prüfungsrelevanten Themenbereiche.

Als ich das nächste Mal aufs Handy schaute, war es bereits Nachmittag und mein Rücken steif vom langen Sitzen. Flo hatte mir geschrieben, dass es bei ihr etwas später werden würde – das Zusammensetzen von Archimedes nahm doch mehr Zeit in Anspruch –, und neben Nachrichten von Colin und Brax warteten auch ein paar von Lucie auf mich. Was mich daran erinnerte, dass ich in meinem Lernwahnsinn vollkommen vergessen hatte, dass wir noch mal hatten sprechen wollen. Heute Abend stand die Party der Experts an, zu der sie mich unbedingt mitnehmen wollte, doch bisher war ich noch unentschlossen gewesen.

Lucie

> Da noch kein Nein von dir kam, gehe ich davon aus, dass wir heute Abend Spaß haben? Die Party wird bestimmt richtig genial, die Experts haben da so ihre Geheimnisse.

Eine halbe Stunde später:

> Ich nehme das als ein Ja. Komm um acht zu mir, dann können wir uns fertig machen. Ein bisschen Ablenkung tut uns während des ganzen Lernstresses gut, vertrau mir.

Die letzte Nachricht war vor einer Stunde bei mir eingetrudelt.

> Har? Ist alles okay bei dir?

Mit gerunzelter Stirn sah ich auf den Chat. Nach allem, was Lucie mir über die Party erzählt hatte, wäre ich schon gern hingegangen. Nur kollidierte sie mit meinen eigentlichen Plänen für den Abend. Und die Nacht. Und unter diesen Umständen stand mir gerade einfach nicht der Sinn nach Feiern. Ich hatte von Alias die nächsten Informationen über *CanalRio* bekommen, die nächsten winzigen Bruchstücke, um meinen Trojaner weiter auszubauen. Dieses Mal handelte es sich um die Art der Firewalls des Bankensystems – also mit welchen Sicherheitsmechanismen es mein Backdoor-Trojaner aufnehmen musste. Und das bedeutete, dass wieder einiges an Arbeit vor mir lag: Ich musste meinen bestehenden Code an die neuen Informationen anpassen, und zwar innerhalb der nächsten Frist, die Alias mir gesetzt hatte. Ein Teil von mir verstand, warum er mich mit dieser Schritt-für-Schritt-Enthüllung hinhielt, es war seine Form der Absicherung, aber langsam bekam ich das Gefühl, dass er mich so lange wie möglich in seinen Fängen halten und nicht gehen lassen wollte. Ein weiterer Grund, besser früher als später einen Ausweg zu finden. Irgendwie.

Zähneknirschend wandte ich mich wieder dem Chat zu.

Harlow

> War in der Lernhöh(l)le und habe nicht auf mein Handy geschaut, sorry. Wegen heute Abend muss ich dir leider absagen. Und es liegt nicht am Einigeln, versprochen, aber ich brauche die Stunden für die Uni. Kannst du mir verzeihen?

Lucies Antwort ließ nicht lange auf sich warten.

Lucie

> Du arbeitest zu viel! Sicher, dass nicht mehr dahintersteckt?

Harlow

> Großes Hackerinnen-Ehrenwort.

Lucie

> Nicht witzig.

> Und es ist auch nicht wegen Zack? Weil er wirklich nicht da sein wird. Chloe meinte, er ist noch bei seiner Grams.

Harlow

Ich muss echt lernen, Abbot schmeißt mich sonst hochkant raus. Wir holen das nach, wenn die Prüfungen rum sind, okay?

Lucie

Ich nehme dich beim Wort.

Harlow

Genieß den Abend für mich mit und wir sehen uns morgen! Tu nichts, was ich nicht auch tun würde.

Lucie

Das wollte ich auch gerade schreiben. Keine Undercover-Hack-Geschichten.

Harlow

Würde ich nie tun.

Ich tat genau das. Nach meinem Lerndate mit Flo tat ich das, was Lucie wohl als *Undercover-Hack-Geschichte* bezeichnet hätte. In meinem LSC-Hoodie, mit Kopfhörern, aus denen viel zu laut *I Love Rock 'n' Roll* dröhnte, und meinem Laptop auf den Knien, saß ich – einem wahrgewordenen Hackerklischee gleich – im *geheimen Raum* über der Bibliothek und begab mich ein weiteres Mal auf Pfade, die ich nie hätte betreten sollen. Draußen war es längst dunkel und bis auf ein paar Lichterketten und das Leuchten meines Displays war es auch hier oben stockfinster. In den vergangenen Stunden hatte ich mich darangemacht, meinen Backdoor-Trojaner anzupassen. In den Notizen zum Aufbau der Firewall erkannte ich Miyus Art, Fakten zusammenzufassen, und schloss daraus, dass sie genauso wie früher die Aufgabe übernommen hatte, den Aufbau des gesamten Sicherheitssystems auszuspionieren. Nicht zum ersten Mal fragte ich mich, wie tief sie im Projekt *CanalRio* mit drinsteckte. Ob sie mehr wusste. Was sie darüber dachte.

Vielleicht war der Kontakt zu Miyu der erste Schritt, den ich gehen musste, um irgendwie aus diesem Projekt rauszukommen. Vielleicht sollte ich endlich über meinen Schatten springen und meine Bedenken mit ihr teilen. Aber was wäre, wenn sie dahinterstand? Wenn sie Alias' Meinung teilte und ich damit ins offene Messer laufen würde?

Ich nahm meine Brille von der Nase und rieb mir über die Augen. Die kleine Uhr in der Ecke des Bildschirms zeigte etwas von kurz vor eins, nachts. Langsam wurde das zu meiner Wohlfühlzeit, wie es schien. Kopfschüttelnd schob ich mir einen der Brillenbügel zwischen die Lippen und klickte mich zurück in meinen Trojaner, als mein Handy einen eingehenden Anruf anzeigte. Lucie. Telefongespräche um diese Zeit wurden anscheinend auch zur Gewohnheit.

»Hallo?«, meldete ich mich und setzte die Brille wieder auf.

»Har?« Lucies Stimme schaffte es kaum über den Lärm im Hintergrund hinweg. Offensichtlich war die Party noch in vollem Gange.

»Hey, ist alles in Ordnung?«

»Ja. Nein, du … Warte mal kurz.« Es raschelte, ich hörte undeutliche Stimmen, dann war sie wieder da. »Sorry. Also ja, mir geht es gut, aber …«

Ich richtete mich reflexartig auf, als sie nicht weitersprach. »Was aber?«

»Keine Ahnung, warum, aber Zack ist hier. Und ich glaube, du solltest kommen.«

KAPITEL 23

Sirens – Imagine Dragons

Zackary

»Das ist eine gute Idee, Zack. Alle deine Freunde sind da und du hast schon genug Zeit mit einer alten Frau verbracht«, sagte Grams und warf mir einen kurzen Seitenblick zu.

Ich verdrehte die Augen. »Du bist nicht alt«, gebärdete ich.

Meine Großmutter lachte herzlich. »Da sagt mein Führerschein aber etwas anderes.«

»Das ist auch nur eine Zahl.«

»Und du lenkst wie immer ganz fabelhaft vom Thema ab.«

»Mir ist einfach nicht nach einer Party. Und außerdem bin ich gerne bei dir. Ich habe diese Pause gebraucht.«

»Und jetzt brauchst du eine Pause von der Pause. Du hast dich die letzten Tage mit nichts anderem als deinem Schreiben für Oxford, Lernen und Motorrädern beschäftigt. Es wird Zeit, dass du etwas anderes machst«, sagte Grams entschlossen und brachte den Wagen an einer roten Ampel zum Stehen.

Immerhin hatte ich das Motivationsschreiben endlich fertig und abgeschickt. Ironischerweise hatte meine schlechte Laune die Worte nur so aus mir herausfließen lassen, sodass der Aufsatz ziemlich persönlich geworden war. So wie fast immer, wenn ich mit vollem

Kopf schrieb. Ganz gleich, ob lose Sätze oder Gedichte oder Analysen. Schreiben war für mich Therapie.

Die Ampel sprang auf Grün und Grams fuhr wieder an. Ein wenig zu ruckartig, mit ein bisschen zu viel Gas. An einem Samstagabend summte Seattle förmlich vor lauter Leben. Obwohl es draußen saukalt war, liefen überall Gruppen und Paare über die Bürgersteige, die Restaurants und Bars waren gut besucht und die Straßen verstopft. Ich hätte wirklich gut und gerne die nächsten Wochen bis zur Prüfung bei meiner Großmutter verbringen können. Fern von dem Trubel, den ich sonst so liebte, und fern vom LSC, wo mich alles an den letzten bescheidenen Montag erinnerte.

An Harlow erinnerte.

Als würde Grams spüren, in welche Richtung meine Gedanken abzurutschen drohten, tätschelte sie mein Knie und meinte dann: »Ich weiß, du möchtest es nicht hören, aber ich finde, du solltest das nicht so stehen lassen. Selbst wenn dein Mädchen …«

»Sie ist nicht mein Mädchen«, unterbrach ich sie.

Ist sie vermutlich nie gewesen.

Seufzend schüttelte sie den Kopf. »Selbst wenn *dein* Mädchen das so gemeint hat, wie sie es gesagt hat, würde ich sie an deiner Stelle zur Rede stellen. Es bringt doch nichts, nicht miteinander zu sprechen. Das schafft nur unnötige Probleme. Und einmal abgesehen davon, kann ich mir nicht vorstellen, dass du dich so sehr in ihr getäuscht hast. Bei allem, was du mir von Harlow erzählt hast, glaube ich nicht, dass sie plötzlich ein Problem mit deiner Art der Kommunikation hat. Oder dass es ihr zu kompliziert geworden ist. Du hast es immer so beschrieben, als würde es für sie keine Rolle spielen.«

»Das habe ich auch gedacht.« Ich legte die Stirn in Falten und sah dem nächtlichen Seattle dabei zu, wie es an der Scheibe vorbei-zog, zu verwaschenen Farben wurde. Ein bisschen so wie an dem Abend, als Harlow und ich zusammen auf dem Motorrad zum Pier gefahren waren.

Scheiße, wieso tat der Abstand zu ihr so verflucht weh, obwohl sie mich mit ihren ausgesprochenen und unausgesprochenen Worten dermaßen verletzt hatte? Müssten sich die beiden Schmerzen nicht gegenseitig aufheben und gnädige Taubheit übriglassen?

»Ich bleibe dabei.«

»Wobei genau? Dass diese Party eine gute Idee ist oder dass Reden alle Probleme aus der Welt schafft?«

»Jetzt werd mal nicht frech. Ich sehe es, wenn du sarkastisch wirst, Zackary«, entgegnete sie und versetzte mir einen sanften Klaps gegen die Schulter. »Und ich meine beides.«

Ich stieß meinen Atem aus und fuhr über einen Schmiererest an meinen Händen, den ich nicht wegbekommen hatte. Als ich mitten in der Woche bei Grams aufgetaucht war, hatte sie schon geahnt, was los war, und mir nur wortlos einen Schraubendreher in die Hand gedrückt. Ihre Art der Krisenbewältigung. In den Teepausen hatte ich ihr dann nach und nach erzählt, was geschehen war, und Grams war geduldig gewesen, wenn mir die Worte gefehlt hatten. Am liebsten wäre ich für immer in ihrer Werkstatt abgetaucht, aber erstens hätte sie mir das niemals durchgehen lassen und zweitens konnte und wollte ich mich auch nicht wirklich für den Rest meines Lebens verkriechen. Am LSC wartete schließlich mein Leben auf mich.

»Außerdem bist du doch immer gerne auf diese Partys gegangen und Chloe ist mit dabei, hast du gesagt. Du wirst schon sehen, es wird eine gute Nacht.«

»Sollten Erziehungsberechtigte ihre Schützlinge nicht eher vor Partys und deren Folgen warnen, statt sie zu ermutigen hinzugehen?« Als sie an der nächsten roten Ampel zu mir schaute, hob ich eine Braue, um meine Gebärden zu unterstreichen.

»Du wirst immer mein Schützling bleiben, Zack, aber meinen Schutz brauchst du schon lange nicht mehr.« Liebevoll drückte sie meine Finger und bog anschließend in die Straße ein, an deren Ende das Tor des Campus in den Nachthimmel ragte.

Ich strich über die raue Haut ihrer Hände, als wir gehalten hatten, und schnallte mich dann ab, ehe ich antwortete: »Wir passen trotzdem gegenseitig aufeinander auf, ja? Nur für alle Fälle.«

Grams lächelte und wechselte nun, wo der Wagen stand, ebenfalls in die Gebärdensprache. »Immer. Und jetzt ab zu deinen Freunden und hab etwas Spaß.«

Ich verdrehte die Augen.

»Und was dein Mädchen angeht ...«

»Grams ...«

»Hör auf dein Herz, Zack. Dieses Mädchen hat dich gesehen und das wiegt schwerer als im Streit gesprochene Worte.«

* * *

Ich hatte kaum das Wohnheim erreicht, da kam mir Chloe auch schon mit wehenden Haaren entgegen. »Ich dachte schon, du kommst nicht mehr. Die anderen warten schon.«

»Das ist immer noch keine gute Idee. Ich bin echt nicht in der Stimmung dazu.«

»Nichts da«, gab Chloe, nun auch in Form von Gebärden, zurück. »Deine Grams hat mir ein Versprechen abgenommen.«

Stöhnend fuhr ich mir durch die Haare. »War ja klar, dass sie dich anruft.«

»Sei nicht so ein Griesgram. Was passiert ist, kannst du nicht mehr ändern. Also mach das Beste draus und komm wieder auf Spur. Du hast schon ganz andere Sachen geschafft.«

Chloe und ich hatten *den Fall Harlow*, wie sie es nannte, schon zu oft in den letzten Tagen durchexerziert, als dass ich mir das jetzt noch mal antun wollte. Darum beeilte ich mich zu gebärden: »Ich ziehe mich um und komme dann nach, okay?«

»Wehe, wenn nicht. Kleinerfingerschwur?«

Ungläubig kräuselte ich die Lippen. »Wie alt sind wir? Fünf?«

»Wenn du nicht auftauchst, schicke ich Ethan. Der hat dich bisher noch jedes Mal zu dem größten Mist überredet.«

»Ich habe es verstanden, Chloe.«

»Das will ich auch hoffen. Wir sehen uns«, gebärdete sie, tätschelte meine Wange und lief dann in Richtung des ältesten Gebäudes des Campus. Nur die Experts und einige wenige andere wussten, dass das Gewölbe darunter nicht nur ein Lager war, sondern auch der Treffpunkt für Partys und den nicht immer ganz legalen Glücksspielring des LSC. Anscheinend wusste nicht einmal Abbot selbst darüber Bescheid, denn ich konnte mir beim besten Willen nicht vorstellen, dass er etwas derartiges auf dem Campus dulden würde.

Nach einer kurzen Dusche und in frischen Klamotten, die nicht nach Motoröl, Lack und Grams' Tee rochen, machte ich mich wie versprochen auf den Weg.

Von außen schien das alte Gebäude mit seinen Sandsteinmauern, den Wasserspeiern und gotischen Fenstern wie ausgestorben, doch kaum dass ich im Inneren mehrere Treppen weiter nach unten gestiegen war, änderte sich das. Mehrere Studierende lungerten auf dem schmalen Gang herum, an dessen Ende sich eine Tür mit Schiebefenster befand. Das reinste Klischee, aber vermutlich mit Daseinsberechtigung. Sue hatte mal erzählt, dass zu Gründungszeiten die Elite der Elite hier ihre Treffen abgehalten hatte, und ich konnte mir das sehr gut vorstellen.

Ich grüßte ein paar der anderen mit einem Kopfnicken und klopfte an. Da ich das Passwort – *Historíai Polybios* – und meinen Namen schlecht sagen konnte, hielt ich dem Türsteher hinter der Klappe nur einen Zettel und meinen Studierendenausweis vor die Nase und trat wenig später ein. Die Musik war laut, die Luft warm und stickig und es roch nach Gras. Alles beim Alten. Die meisten hier waren wie erwartet kurz vor dem Abschluss und ich entdeckte nur ein paar bekannte Gesichter aus meinen Kursen, die in kleinen Gruppen zusammenstanden. Man musste sich erst durch ein paar Semester kämpfen, um auf die Liste zu kommen und damit Zutritt zu diesen Partys zu erhalten. Ungeschriebenes Lakestone-Gesetz. In meinem Fall hatte das Ethan klargemacht.

Das Gewölbe war ein beeindruckender Ort. Die Decke war höher, als man es in einem alten Keller erwarten würde, und – wie der Name schon sagte – gewölbt. Dicke Steinsäulen trugen den Bau und waren hier und da mit Stickern und Graffiti verziert. Rechts gab es eine lange Bar aus schweren Eichenfässern und weiter hinten mehrere Spieltische. Viele der Studierenden auf dem Campus kamen aus wohlhabenden Familien und hatten einen gewissen Spaß daran, das Geld ihrer Eltern zu verzocken.

Ich ließ den Blick schweifen und blieb schließlich an meinen Freunden hängen, die sich um einen der ungenutzten Pokertische gesetzt hatten. Ethan, Chloe und Sue – und zu meinem Erstaunen auch Lucie. Eigentlich gehörte sie nicht zu unserer üblichen Clique. Ich hatte sie mehr oder weniger durch einen Zufall auf dem Parkplatz kennengelernt und daraus war eine lose Freundschaft entstanden. Vermutlich hatte Chloe sie eingeladen, nachdem sich die beiden wegen ihres Artikels in letzter Zeit häufiger getroffen hatten.

Aufmerksam sah ich mich ein weiteres Mal um. Harlow konnte ich nirgendwo entdecken. Ein Teil von mir entspannte sich, während der andere sich immer noch fragte, was ich hier eigentlich tat.

»Yo, Zack. Wir haben schon auf dich gewartet.« Mason legte mir einen Arm um die Schultern und zog mich an seine massige Brust. »Willst du was trinken? Ich wollte mir gerade etwas holen und die Gebärde für Bier habe ich mir gemerkt.«

Entgegen der Tatsache, dass ich mich heute eigentlich lieber mit einem guten Buch verkrochen hätte, musste ich grinsen, als er die vier einzelnen Buchstaben für »Bier« gebärdete.

»Bier«, wiederholte ich und folgte ihm zur Bar, ehe wir uns mit den Drinks zu den anderen gesellten. Ehrlich gesagt war ich echt froh, dass mich niemand auf meine plötzliche Abreise oder Harlow ansprach und wir einfach bei dem aktuellen Thema blieben: den Prüfungen. Was eine gewisse Ironie in sich barg, wenn man bedachte, dass wir auf diese Party gingen, um uns davon abzulenken.

Während Ethan und Sue wieder einmal darüber diskutierten, wer von ihnen den *heftigeren* Lernplan besaß, beugte ich mich näher zu Lucie und tippte ihr auf die Schulter. Dann reichte ich ihr meinen Block.

Hi, alles klar?

Lucie lächelte schief, doch es reichte nicht hoch bis zu ihren braunen Augen. »Hey, und ja. Ich hoffe, es ist okay, dass ich mich zu euch gesetzt habe. Chloe hat mich gefunden, eigentlich wollte ich mit Har … Sorry.«

Schon gut und natürlich ist das okay.

»Danke«, gab sie so leise zurück, dass nur ich es hören konnte und gebärdete dann noch einmal: »Danke.«

Mein fragender Blick schien alles zu sagen, denn im nächsten Moment fügte sie erklärend hinzu: »Harlow hat mir ein bisschen was beigebracht.«

Harlow. Ich nickte nur und griff nach meinem Bier. Das würde eine verdammt lange Nacht werden.

»So, Leute«, verkündete Chloe, wie immer laut *und* in Gebärden, wenn ich dabei war, »ich hole noch eine Runde. Wer kommt mit und wer will was?«

Bis auf Lucie, die bei Cola blieb, bestellten alle das nächste Bier und Sue erbarmte sich, Chloe beim Tragen zu helfen.

Als die anderen losgegangen waren, beugte sich Ethan verschwörerisch in meine Richtung. »Ich sag dir, wenn Sue noch einmal auf meinem Vortrag über Zangenkäfer rumreitet, dann …«

Irgendetwas klirrte, an einem der Tische wurde es merklich lauter, dann hallte ein lauter Knall durch das Gewölbe. Kristallklar setzte er sich mühelos über den Bass und die Stimmen hinweg und ließ mein Blut zu Eis gefrieren.

Ein Ellenbogen traf mich spitz in die Seite.

Die Musik wurde abgestellt.

Jemand lachte.

Worte flogen durch den Raum, doch ich bekam nichts mehr davon mit. Es war, als wäre meine Welt auf Stecknadelkopfgröße zusammengeschrumpft. Auf diese Millisekunde, in der der Knall die Wirklichkeit zerrissen hatte. Ein Knall, der in meinen Ohren dröhnte und alles andere auf lautlos stellte. Der sich immer tiefer in meinen Kopf bohrte, bis ich das Gefühl hatte, er könnte jeden Moment platzen.

Das Eiswasser in meinen Adern wurde zu Panik, wurde zu Kälte, die sich von meiner Brust aus über meinen Körper ausbreitete und mir den Hals zuschnürte. Mich zu ersticken drohte. Mein Herz begann zu rasen, mein Schädel zu pochen, das Gewölbe vor mir zu verschwimmen. Tief in mir drin war mir bewusst, dass ich in eine Panikattacke abrutschte, doch anders als sonst konnte ich sie nicht aufhalten. Sie war nicht greifbar, sie war wie ein Orkan, der mich von den Füßen riss.

Hilflos fasste ich mir an den Kopf, an die Schläfen, die Wangen. Meine Hände waren eiskalt und schweißnass auf meiner erhitzten Haut.

Ein Klirren.

Ein Knall.

Ein Schuss.

Diese drei Dinge vermischten sich, wurden eins, ohne dass ich sie hätte unterscheiden könnten. Mein Herz würde mir die Rippen zertrümmern. Da drin war es zu eng. Zu eng für Luft. Zu eng für alles.

Irgendetwas – irgend*jemand* berührte mich am Arm, ich zuckte zurück, fuhr hoch. Blinkende Lichter stachen in meinen Augen, alles war so grell.

»Zack? Zack, kannst du mich hören?«

Ich konnte die Stimme hören und gleichzeitig nicht. Nur immer wieder das Knallen. Es würde mir die Trommelfelle zerreißen, es würde alles zerreißen.

So wie damals.

Ich stolperte zurück, stieß gegen etwas – jemanden – und drehte mich um. An den Rändern meiner Wahrnehmung wartete Dunkelheit.

So wie damals.

Alles so wie damals.

Wieder eine Berührung.

So wie damals.

Latexhandschuhe, fremde Gesichter, Fragen.

Was hast du gesehen? Kannst du den Mann beschreiben? – Nein, kann er nicht. Mein Sohn kann nicht sprechen. Er ist nicht in der Lage dazu.

Innerlich schrie ich, während ich an den Menschen vorbeilief. Nicht mehr stolpernd, sondern immer schneller. Der Knall trieb mich voran, Stimmen trieben mich voran, das Gefühl zu ersticken.

Luft. Luft. Luft.

Ich brauchte verdammt noch mal Luft. Keuchend schob ich mich durch den Flur, die Treppe hoch. Im nächsten Moment stieß ich blind die breite Tür vor mir auf. Rannte weiter. Steinboden wurde zu Holzboden, wurde zu schmalen Gängen, die sich ins Endlose verloren.

Der Stecknadelkopf schrumpfte, die Dunkelheit wuchs und dann fiel ich. Fiel und fiel, bis ich aufschlug.

So wie sie.

So wie Addie.

So wie damals.

KAPITEL 24

Helium – Sia

Harlow

Als ich die Tür zum Gebäude der Fakultäten für Literatur-, Kunst-
und Geisteswissenschaften öffnete, wartete Lucie bereits auf mich.
Ihre Wangen waren gerötet und auf ihren nackten Armen lag eine
Gänsehaut.

»Harlow!«

»Was ist hier los?«, fragte ich fast im selben Augenblick ein wenig
außer Atem. Sie hatte mir am Telefon kaum etwas gesagt, aber ihrer
Stimme war anzuhören gewesen, dass etwas ganz und gar nicht in
Ordnung war. Deswegen hatte ich auch nicht gezögert, Alias bloß
den bisherigen Stand des Trojaners geschickt und sofort den geheimen Raum verlassen. Zumindest hatte ich so die Deadline halbwegs eingehalten und … Das hier war gerade verdammt noch mal
wichtiger.

»Zack, er … ich weiß, dass du gerade nichts von ihm hören willst
und es schrecklich kompliziert zwischen euch ist, aber ich wusste
nicht, was ich sonst tun sollte. Chloe war sofort weg, um ihn zu
suchen, und ich war plötzlich allein, dabei ist das irgendwie meine
Schuld und ich weiß nicht, wie ich helfen kann. Es tut mir leid,
dass ich dich angerufen habe, nur …« Die Worte sprudelten bei-

nahe unkontrolliert aus ihr heraus, sodass sie mehrere Silben verschluckte.

Behutsam legte ich meine Hände auf ihre schmalen Schultern. »Hey, was zwischen Zack und mir passiert ist, spielt jetzt keine Rolle. Mach dir darum keine Gedanken, Lucie, okay? Und jetzt erklär mir noch mal ganz in Ruhe, was Sache ist.«

Sie nickte. »Wir haben zusammengesessen und dann ist einem Typ die Bong geplatzt und ich habe mich dabei selbst so erschreckt, dass ich Zack mit dem Ellenbogen angestoßen habe, glaube ich, keine Ahnung, und dann war er plötzlich so ... abwesend. Er hat so panisch gewirkt, irgendwie verwirrt und fast ... apathisch. Als ich ihn gefragt habe, was los sei, hat er nicht reagiert, ist nur fahrig zurückgestolpert und dann ... verschwunden.«

»Verschwunden?«

»Verschwunden. Seit er aus dem Gewölbe gestürmt ist, hat ihn niemand gesehen. Har, ich mache mir echt Sorgen.«

Mein Herz geriet ins Stolpern, aus Furcht und weil ich nicht verstand, was geschehen war. Ich verstand diese ganze Situation nicht. Ich hatte Angst um Zack und gleichzeitig hatte ich Angst davor, ihm zu begegnen und alles nur noch schlimmer zu machen.

So wie immer.

»Du kennst ihn besser als ich. Hast du eine Idee, wo er hingegangen sein könnte?«

Abwesend schüttelte ich den Kopf und rieb mir unbewusst über die Brust.

Lucie fluchte mehrmals. Ich glaube, bis zu diesem Zeitpunkt hatte ich sie noch nie etwas Schlimmeres als *Bockmist* sagen hören. »Er wollte sicherlich an einen ruhigen Ort. Die ganze Zeit hat er sich an den Kopf gefasst, sich die Ohren zugehalten und ...«

Während sie ihre Gedanken in Worte zu fassen versuchte, glitt mein Blick an ihr vorbei zu der doppelflügeligen Tür, die in die Bibliothek führte. Der Türcode war deaktiviert worden, der zweite Flügel nicht ganz geschlossen. Was, wenn …? Es war nur eine Vermutung, aber Zack liebte Bücher und wo war es stiller als dort?

»Harlow?«

Ich drückte beruhigend Lucies Oberarm und sah sie an. »Es ist nur eine Idee, aber vielleicht ist er da.« Ich wies mit dem Kinn in Richtung der Bibliothek.

»Wie kommst du darauf?«

»Nenn mir einen ruhigeren Ort als diesen. Ich schaue nach und melde mich dann, ja? Versuch, Chloe zu finden«, meinte ich, den Blick wieder auf die Tür gerichtet. Aus irgendeinem Grund begann mein Herz, schneller zu schlagen.

»Okay, ich schreibe dir.«

Ich nickte, dann wandte ich mich dem Eingang zu und betrat mit hochgezogenen Schultern die Bibliothek. Sie wirkte in diesem Moment, mitten in der Nacht, wirklich wie ein schlafendes, uraltes Wesen. Es war beinahe totenstill, keine Geräusche drangen durch die langen Regalreihen, als würden die Bücher sie einfach schlucken. Der Geruch nach Papier und Staub und noch etwas anderem, das nur historischen Gebäuden anhaftete, lag in der Luft. Möglichst lautlos setzte ich einen Fuß vor den anderen und ließ den Blick dabei durch den Raum schweifen. Das einfallende Licht der Straßenlaternen von draußen tauchte alles in einen schwachen, gelblichen Schein und es dauerte einige Atemzüge, bis sich meine Augen an die spärliche Beleuchtung gewöhnt hatten. Doch nach und nach konnte ich immer mehr erkennen, Tische, einzelne Buchrücken … aber keinen Zack. Anscheinend hatte ich mich geirrt.

Ich zog die Brauen zusammen, als ich weiter vorn ein paar Bücher am Boden entdeckte. Mr Jackman, der irgendetwas zwischen Bibliothekar und Nachtwächter war und die Bib wie seinen ganz persönlichen Schatz hütete, hätte das niemals geduldet. Es musste nach Schließung passiert sein ...

Noch ehe ich den Gedanken beendet hatte, war ich bereits in den Gang eingebogen und blieb in der nächsten Sekunde abrupt stehen, als ich an seinem Ende eine Gestalt entdeckte. Irgendjemand hockte mit dem Rücken an die Wand gelehnt am Boden, die Knie an die Brust gezogen, ganz klein gegen die Welt.

Meine Brust wurde eng.

Zack.

Und mit einem Mal wusste ich nicht, was ich tun sollte, jetzt, wo ich ihn gefunden hatte. Ich wollte ihn nicht erschrecken, wollte nicht in den Schutzkokon eindringen, den er sich hier erschaffen hatte, und im selben Moment ... konnte ich ihn nicht allein lassen. Egal was gewesen war. Kurz zog ich mein Handy hervor, um Lucie zu schreiben, dass ich ihn gefunden hatte und er zumindest äußerlich okay war, dann blickte ich wieder zu Zack. Alles zog mich zu ihm. Alles, was mich ihn hatte wegstoßen lassen, zog mich jetzt direkt zu ihm. Total widersprüchlich wie ein Systemfehler.

Langsam atmete ich ein und aus, umschlang mich selbst mit den Armen und ging weiter. Immer weiter, bis ich das Ende der Buchreihen erreicht hatte. Wortlos rutschte ich an der kühlen Wand hinunter, sodass wir nebeneinander auf dem Holzboden saßen, und zog ebenfalls die Beine an.

Eine kleine Ewigkeit lang rührte sich niemand von uns und es schien beinahe, als hätte Zack meine Anwesenheit überhaupt nicht bemerkt. Als wäre er meilenweit entfernt, obwohl ich seine Nähe auf meiner Haut kribbeln spürte. Ich wagte es nicht, etwas zu sagen, aus Angst, meine Stimme könnte ihn verschrecken, und wartete. Wartete, weil das hier Zacks Moment war. Er bestimmte. Sein Atem ging ruhig und in der Stille mischte er sich mit meinem, bis wir im gleichen Tempo atmeten. Vier Sekunden ein, sechs Sekunden halten, acht Sekunden aus.

Ich erkannte den Rhythmus aus einem der Kurse zur Bewältigung von Panikattacken, den ich besucht hatte, um Brax zu helfen. Mein kleiner Bruder hatte nach den vielen Operationen eine ganze Zeit sehr damit zu kämpfen gehabt. Techniken wie diese hatten ihn in seiner Angst erreicht, wo es Worte nicht geschafft hatten.

Vier Sekunden ein, sechs Sekunden halten, acht Sekunden aus.

Vier Sekunden ein, sechs Sekunden halten, acht Sekunden aus.

Keine Ahnung, wie lang wir dasaßen und gemeinsam atmeten, aber irgendwann spürte ich kalte Fingerspitzen, die meine Hand am Boden zwischen uns berührten. Eine kleine Berührung, aber sie reichte aus, um die feinen Härchen auf meinen Armen aufzustellen. Um mir ein wenig Unsicherheit zu nehmen. Behutsam strich ich mit dem Daumen über seinen Handrücken, malte Kreise auf seine Haut, bis Zack seine Finger mit meinen verflocht. Ich blickte von unseren Händen auf und stellte fest, dass er mich ansah. Sein Gesicht war blass, seine Stirn verschwitzt und die Spuren auf seinen Wangen erzählten von Tränen. Ohne ihn aus den Augen zu lassen, rutschte ich etwas näher, Millimeter für Millimeter. Unsere Arme berührten sich, genauso wie unsere Oberschenkel und Schultern. Ich hatte ihn so vermisst. Selbst jetzt, wo er so aufgewühlt war, beruhigte er mich.

Ankommen, dieses Gefühl war wie ankommen.

Ich schloss die Augen, konzentrierte mich auf jeden Punkt, an dem wir einander nahe waren, als Zack seinen Kopf auf meine Schulter legte, sodass mich seine dunkelbraunen Haare im Gesicht kitzelten.

Und plötzlich waren wir dort, wo wir uns verloren hatten, nicht mehr allein.

* * *

Mich weckte ein Lichtstrahl, der auf mein Gesicht traf. Blinzelnd öffnete ich die Augen und fand mich zwischen endlosen Regalen voller Bücher wieder. Staub tanzte in der Luft, Regenbogenstrahlen, die von dem dicken Glas der Fenster gebrochen wurden, funkelten dazwischen, und neben mir … lag Zack. Sein Kopf ruhte auf meinem Schoß und seine goldfarbenen Augen waren direkt auf mich gerichtet. Er sah mich an und ich sah ihn an, keiner rührte sich, keiner durchbrach den Moment. Es war einer dieser seltsamen Augenblicke, die sich ausdehnten. Die immer größer wurden, damit all die Gedanken hineinpassten, die wir gerade ins uns trugen und teilten.

Darüber, dass wir die ganze Nacht hier verbracht hatten, ohne ein einziges Wort zu sagen, weil wir uns auch so verstanden hatten.

Darüber, dass wir diese Schlucht zwischen uns getrieben, aber nicht alle Brücken eingerissen hatten.

Darüber, dass wir uns immer noch gegenseitig hielten.

Ich hob einen Mundwinkel, nur ein kleines bisschen, und Zack tat es mir gleich. »Hey«, flüsterte ich heiser, kaum hörbar und doch unfassbar laut in der Stille einer Bibliothek, die gerade erst erwachte.

»Hallo, Harlow«, erwiderte er mit Gebärden und einen Moment

schien es so, als wollte er eine Hand nach mir ausstrecken und meine Wange berühren, doch dann legte er sie nur wieder auf seinen Bauch. Wir mochten gerade auf einer Brücke stehen, aber die Schlucht war immer noch da.

»Wir …«

Eine Tür schlug zu, dann flog eine männliche Stimme in unsere Richtung. »Wer ist da?!« Mr Jackman.

Mist.

Ich war laut Abbot immer noch auf Bewährung am LSC und auch wenn eine Übernachtung in der Bib kein Schwerverbrechen war …

Als hätte Zack meine Gedanken gelesen, richtete er sich auf, nahm meine Hände und zog mich auf die Beine. Er bedeutete mir, leise zu sein und führte mich dann an der Wand entlang in die Regalreihen. Mein Herz hämmerte wie wild in meiner Brust.

Weil wir nicht hier sein durften.

Weil Zack meine Hand hielt.

Weil ich nicht sagen konnte, was das hier veränderte.

»Kommt raus und zeigt euch!« Wieder Jackman.

Zack drehte sich im Gehen zu mir um. Ein winziges, schiefes Grinsen lag auf seinen Lippen, das meinen Magen in einen kribbelnden Knoten verwandelte. Hätte mir jemand vor zwölf Stunden gesagt, dass wir Sonntagmorgen durch die Bibliothek schleichen würden … Absurd. Vollkommen absurd und … großartig.

Als wäre dieser Ort sein Reich, führte Zack uns sicher durch die Gänge, die mir mittlerweile wie ein Labyrinth vorkamen, bog immer wieder ab und wich Jackman gekonnt aus, der sogar mit einer Taschenlampe bewaffnet war. Irgendwie schafften wir es, den Bibliothekar auszutricksen, denn ein paar Augenblicke später fanden wir uns auf einem Flur außerhalb der Bib wieder. Unentdeckt, immer noch Hand in Hand und beide ein wenig außer Atem. Es fehlte nicht viel und ich hätte einfach drauflosgelacht. Nach dieser ganzen verdrehten Situation und mit meinen aufgekratzten Nerven. Doch dann schaute ich zu Zack und erinnerte mich wieder an den Streit, an Montag, an Lucies Worte und meine Furcht. Eine steile Falte bildete sich oberhalb seiner Nasenwurzel, als würden seine Gedanken in eine ähnliche Richtung gehen. Dann ließ er mich langsam los, um einen Stift samt Block aus der Hosentasche zu ziehen.

Danke.

Mehr schrieb er nicht und ich schüttelte unwillkürlich den Kopf.

»Ich bin die Letzte, bei der du dich bedanken solltest.«

Du bist da gewesen, also danke.

Ich krallte meine Finger in den dicken Stoff meines Hoodies und schluckte. War hin- und hergerissen zwischen dem Bedürfnis, ihm nahe sein zu wollen, und der Angst, ihn noch einmal zu verletzen. Es fühlte sich so an, als würde ich zerspringen, und ich wusste, dass ich mich entscheiden musste. Dass das hier wie ein Raum mit zwei Ausgängen war. Entweder ich distanzierte mich wieder von ihm, konzentrierte mich auf meinen Plan und hielt ihn aus der Sache mit Alias raus. Oder ich redete endlich mit ihm, wie ich es von Anfang an hätte tun sollen. Wählte die Ehrlichkeit und überließ Zack die Wahl, mit allen Karten auf dem Tisch.

Das leise Kratzen einer Mine auf Papier erklang, dann hielt er mir den Block ein weiteres Mal entgegen.

Du hast Angst. Vor mir?

»Nein. Nein, Zack, nicht vor dir, aber ich … ich habe Angst, ja.«

Ich schaute zur Seite. »Davor, was mit uns beiden passiert, wenn ich mich dir öffne. Aber auch davor, was passiert, wenn ich es nicht tue. Die letzte Woche …«

Als ich nicht weitersprach, nahm Zack den Stift wieder auf.

Vielleicht sollten wir es herausfinden. Du bist heute Nacht geblieben, obwohl gerade so vieles zwischen uns liegt. Hast selbst entschieden.

Ich hob den Blick. »Natürlich bin ich geblieben.«

Ein sanftes Lächeln trat auf seine Lippen. Dann lass mich auch selbst entscheiden. Alles, was ich möchte, ist Offenheit.

Ich atmete langsam aus, dann neigte ich den Kopf. »Ich glaube, ich weiß einen guten Ort, um über Geheimnisse zu sprechen.«

KAPITEL 25

Somebody Else – Ruelle

Zackary

»Es ist eine ältere Version und ich bin noch nicht wieder auf dem aktuellen Stand, aber so sollte es gehen. Denke ich«, murmelte Harlow und sah dabei zwischen ihrem Laptop und mir hin und her. Nervosität lag in jedem einzelnen ihrer Worte und ich konnte förmlich spüren, wie sehr ihr Puls raste. Weil es mir nicht anders ging. Ich war unfassbar angespannt aus einem ganzen Haufen von Gründen. Was heute Nacht passiert war, was Harlow gesehen hatte, *wie* sie mich gesehen hatte … war wie ein Stein in meinem Magen, der mich immer weiter auf den Grund zog. Ich konnte nicht sagen, was sie darüber dachte, und fürchtete mich vor den Worten, die wir bisher nicht ausgesprochen hatten.

Ich fuhr mir über die Stirn und lehnte mich mit dem Rücken an das Rundfenster aus Buntglas. Es wunderte mich nicht, dass Harlow mittlerweile von dem geheimen Raum wusste. Er war, ähnlich wie das Gewölbe, ein offenes Geheimnis am Lakestone. Ich hatte damals von Ethan davon Wind bekommen.

»Okay, ich glaube, es läuft.« Harlow rückte ihre Brille zurecht und sah zu mir. »Ist das in Ordnung für dich?«

Ich gebärdete »**Okay**« – einen Kreis mit Zeige-, Mittelfinger und

Daumen, den ich nach vorne warf, wobei ich die drei Finger streckte –, Harlow wiederholte es. Jedes Mal, wenn ich sie gebärden sah, löste das ein warmes Gefühl in mir aus. Denn sie machte es, ohne zu zögern, ohne angestrengt das Gesicht zu verziehen, sondern ganz selbstverständlich. Einfach so. Vielleicht hatte Grams recht gehabt. Harlow sah *mich*. Nicht nur das, was vielen als Erstes ins Auge fiel, sondern alles, was ich war.

Und das bedeutet so viel mehr als ein dämlicher Streit, oder nicht?

Ein vorsichtiges Lächeln auf den Lippen, strich sie sich eine Strähne ihrer langen, hellbraunen Haare aus dem Gesicht und sagte dann: »Es gibt vieles, was du nicht über mich weißt, Zack, und ehrlich gesagt habe ich nicht mal ansatzweise eine Ahnung, wo ich beginnen soll, deswegen … deswegen fange ich mit Montag an. Mit dem, was ich zu dir gesagt und nicht gesagt habe.«

Ich wollte mich nie verlieben, okay? In diesem ganzen Chaos um mich herum, das jeden Moment außer Kontrolle geraten kann, war es das Letzte, was ich wollte. Schon gar nicht in jemanden, der …

Als ihre Sätze ein weiteres Mal durch meinen Kopf flogen, konnte ich nicht verhindern, dass sich diese mittlerweile fast vertraute Kälte in mir ausbreitete. Noch jetzt taten sie weh, die lauten und die lautlosen Worte gleichermaßen.

Ich schob sie beiseite und positionierte meine Hände vor der Webcam. »Du hast gesagt, ich wäre dir zu kompliziert. Und doch warst du heute Nacht da. Das verstehe ich nicht.«

»Zack, ich … das ist nicht das, was ich gemeint habe. Am Montag habe ich es nicht aussprechen können, weil ich dir dann alles hätte sagen müssen, und das konnte ich nicht. Ich weiß, dass das dir gegenüber nicht fair war. Du hast mir gesagt, wie schwer es dir fällt, jemandem zu vertrauen, und ich habe dich dennoch stehen gelassen. Weil es leichter für mich schien.«

»Was hast du dann gemeint?« Ich gebärdete langsam, die Angst vor ihrer Antwort ließ mich zögern.

Harlow seufzte leise und schlang die Arme um ihre Knie. »Ich wollte mich nicht in jemanden verlieben, der zu gut für mich ist. Den ich … nicht verdiene. Das hatte ich sagen wollen, Zack. Dass du zu gut für mich bist. In jeder Hinsicht.«

Ich blinzelte ein paarmal, weil ich sie zwar hörte, es aber nicht begriff. Ich begriff nicht, warum Harlow glaubte, nicht gut genug für jemanden wie mich zu sein. Jemanden, der so kaputt war.

Stirnrunzelnd erwiderte ich: »Wie kommst du auf so etwas? Du bist eine der erstaunlichsten Frauen, denen ich je begegnet bin.«

Ein verräterisches Schimmern trat in ihre Augen und ihr Blick wanderte zur hölzernen, spitzen Decke über uns. »Du kennst nicht den wahren Grund, aus dem ich über das MIT gelogen habe. Du weißt nicht, dass ich Lucie im Atelier helfe, weil ich so meine Sozialstunden abarbeite. Du weißt nicht, dass Abbots Angebot an mich, hier zu studieren, mich vor dem Gefängnis bewahrt hat. Du weißt nicht, dass ich nicht nur Programme schreibe, sondern hacke. Dass ich schon jede Menge krummer Dinger gedreht habe und Teil einer Hacktivismusgruppe bin. Dass ich ein Konto gehackt habe, um meinem kleinen Bruder eine wichtige Operation zu ermöglichen. Du weißt nicht, dass ich … dass ich nicht halb so ein guter Mensch bin, wie du vielleicht glaubst.« Ihr Atem ging schnell, als sie verstummte und wieder zu mir schaute, mit geröteten Wangen meine Reaktion abwartete.

Ein großer Teil von mir wollte ihr sofort versichern, dass das alles keinen Unterschied für mich machte – aber das wäre eine Lüge gewesen. Ich meine, *hacken*?! Nicht dass ich viel davon verstand, aber ich wusste, wie gefährlich das war. Gefährlich und illegal. Ich biss die Zähne aufeinander und fuhr mir über den Nacken.

Harlow verfolgte jede meiner Regungen, dann sackten ihre Schultern herab. »Ich weiß, wie das klingt, und ich …«

»Machst du das noch?«

Eine ihrer dunklen Brauen wanderte nach oben.

»Hacken.«

Einen Moment lang rührte sie sich nicht und ich konnte förmlich sehen, wie sich die Emotionen in ihr stritten. Dann sanken ihre Schultern noch ein Stück weiter hinab. »Ja und nein. Ich bin dabei auszusteigen. Aber es ist verflucht kompliziert und das ist keine Ausrede, glaub mir. Ich stecke tief in der Sache drin. Da sind einige Leute, die ich ziemlich verärgern würde.«

»Alias und Miyu?«

Wenn sie erstaunt darüber war, dass ich eins und eins zusammenzählte, zeigte sie es nicht. Stattdessen nickte sie bloß. »Ja, und Alias' Hack am Montag in der Präsentation war eine Art Warnschuss. Es tut mir leid, dass du da mit reingeraten bist. Das war das Letzte, was ich wollte. Dich zu verletzen und dann alleinzulassen.«

Dann war es also nicht nur ein schlechter Scherz gewesen.

»Ich kann verstehen, wenn du nichts damit zu tun haben willst. Wenn du nichts mehr mit *mir* zu tun haben willst. Ich habe dir so viele Lügen aufgetischt und da sind immer noch so viele Dinge, die ich dir noch nicht gesagt habe. Die so verworren und schwierig zu erklären, aber eben mein Leben sind. Es ist wirklich so, wie ich es gesagt habe, ich … ich habe das Gefühl, dich nicht zu verdienen, Zack. Nicht, nachdem ich mich dir gegenüber so mies verhalten habe.«

Ich streckte mein angewinkeltes Bein wieder aus und setzte mich dann ihr gegenüber in den Schneidersitz, ihr Laptop zwischen uns. »Das hast du, ja, aber ich würde dir zuhören.«

Fragend kräuselte sie die Lippen.

»Wenn du versuchst, es mir zu erklären, würde ich dir zuhören, Harlow«, gebärdete ich und meinte es genau so. Ihre Geheimnisse, von denen ich bisher kaum etwas wusste, jagten mir eine Scheißangst ein.

Keine Frage, was am Montag passiert war, machte es nicht leicht, ihr zu vertrauen, aber heute Nacht und auch schon in der vergangenen Woche war mir eines klar geworden: Ich fürchtete mich viel mehr davor, Harlow ganz zu verlieren.

Sie räusperte sich vernehmlich und knetete ihre Finger, dann atmete sie hörbar aus. »Okay. Okay, ich versuche es.«

Als Harlow verstummte, war ihre Stimme heiser und der Raum gefüllt mit ihrer Geschichte. Sie hatte mir alles erzählt: von ihrer Kindheit, von Brax und der Sache mit der Operation. Davon, wer Alias und Miyu wirklich waren und wie das Hacken immer mehr Platz in ihrem Leben eingenommen hatte. Dass es ihr sicherer Hafen gewesen war, der sich nun in das genaue Gegenteil verwandelt hatte.

Ich glaubte ihr. Ich sah die Aufrichtigkeit in ihrem Blick, sah sie in den Tränen, die ihr über die Wangen liefen, und in der Erleichterung, nachdem sie das letzte Wort gesprochen hatte. Ich wusste, wie es sich anfühlte, ein Geheimnis viel zu lang allein mit sich herumzutragen, und wie befreiend es war, sich jemandem anzuvertrauen.

In diesem Moment bewunderte ich sie sehr. Nicht für die illegalen Sachen, die sie schon getan hatte, sondern für den Mut, darüber zu sprechen. Alles von sich offenzulegen, ohne zu wissen, was danach geschehen würde. Und nach heute Nacht … wollte ich auch mutig sein. Es fühlte sich wie das Richtige an. Wie dieser Moment, von dem Grams gesprochen hatte, von dem man einfach wusste, wenn er gekommen war. Bei Harlow fühlte es sich richtig an, alles zu zeigen, nichts zurückzuhalten, zu …

… zu vertrauen.

Nach allem, was geschehen war, hatte sich nichts daran geändert. Das Vertrauen hatte zwar einen Knacks bekommen, aber es war noch da. Das mochte verrückt klingen, aber so war es und mehr brauchte ich nicht.

»Danke, dass du mir davon erzählt hast.«

»Danke …«, erwiderte Harlow als Gebärde und sprach dann laut weiter, »… dass du mir zugehört hast. Dass du noch hier bist.«

»Du bist in der Bibliothek auch geblieben.«

»Das ist nicht dasselbe. Ich … du musst mir absolut nichts erklären, aber … wegen Brax kenne ich die Anzeichen. Du hattest eine Panikattacke.«

Ich nickte langsam. **»Das ist schon ziemlich lange nicht mehr vorgekommen. Eigentlich habe ich gedacht, ich hätte das alles überwunden. Die Nacht, in der meine Schwester gestorben ist.«**

Harlow schluckte. »Zack, du brauchst nicht … Ich meine, ich bin hier. Ich bin für dich da, wie du gerade für mich da gewesen bist. Bei meiner Geschichte. Also, wenn du das willst …«

»Ich möchte es dir erzählen.«

Mit gerunzelter Stirn blickte sie auf unsere Hände, als ich meine Finger für einen Moment zwischen ihre schob und sie kurz drückte. »Dann höre ich dir zu.«

Ich hielt sie noch einen Augenblick länger fest, während ich vorsichtig nach diesen alten, schmerzhaften Erinnerungen tastete und mein Herz wieder schneller zu schlagen begann. Ich hatte beinahe mein gesamtes Leben damit verbracht, diese Bilder zu verdrängen. Wegzulaufen, um mich selbst zu schützen. Und auch wenn es nach wie vor unsagbar wehtat … es war okay. Ich spürte all diese Emotionen auf mich einstürmen, aber sie waren auszuhalten. Die Angst lief neben mir her, aber sie übermannte mich nicht.

Es war okay.

»Ich hatte eine Schwester, Adalyn, und ich habe mitangesehen, wie sie erschossen wurde.«

KAPITEL 26

Heal – Tom Odell

Zackary, fünf Jahre alt

Es ist dunkel und kalt. Selbst unter meiner Decke muss ich zittern. Ich mache mich noch kleiner und drücke meinen Kuschelhasen Bob fester an meine Brust. Genau dort, wo mein Herz so schnell schlägt, dass es beinahe wehtut.

Ich mag keine Dunkelheit. Da fühle ich mich immer so allein. Mit Bob in meinen Händen rutsche ich noch tiefer unter die Decke. Wieso ist nachts alles so gruselig? Ich kneife die Augen zusammen und beginne wortlos, den Reim aufzusagen, den mir Mom heute Mittag beigebracht hat. Mache die Bewegungen ihrer Lippen nach. Das hilft.

Auf einer Wiese ganz klein,
Steht ein Bäumchen so fein.
Es flüstert und schüttelt,
Und wackelt und rüttelt –

Plötzlich rast ein lauter Knall durch das Haus. Glas splittert, etwas fällt um und dann höre ich ein dröhnendes Rumpeln. Dumpf und durchdringend und viel zu nah. Ich presse die Hände auf meine Ohren. Warum hört es nicht auf?

WARUM HÖRT ES NICHT AUF?!

»Hey, scht, scht, ich bin bei dir.«

Die Worte sind leise, aber ich erkenne die Stimme trotzdem. Addie. Es ist Addie. Ich bin nicht allein. Zögerlich krieche ich unter meiner Decke hervor.

Sie streicht durch meine Haare, verwuschelt meine Locken und ich traue mich zu blinzeln. Es ist immer noch dunkel, aber das Licht des Mondes reicht aus, um ihr Gesicht zu sehen. Sie lächelt und ich lächle auch.

»Zacky, du musst jetzt mutig sein, okay? Schaffst du das?«, flüstert sie und wiederholt die Worte mit ihren Händen. Ich mag es, dass sie beides macht. Laut und leise reden. Nicht so wie Dad.

»Zackary«, sagt sie noch mal und greift nach meinen Schultern. So fest, dass es ein bisschen wehtut. Vielleicht will sie sich festhalten. Addies Stimme zittert ein bisschen. Ich glaube, sie hat auch Angst vor der Dunkelheit. »Hast du gehört?«

Ich nicke und drücke Bob noch fester an meine Brust.

»Gut.« Ihr Griff tut wieder etwas weniger weh. »Wir müssen uns verstecken. Wie bei einem Spiel, okay? Geh in den Schrank, Zacky, da versteckst du dich doch immer.«

Ich schaffe es nicht, Bob loszulassen, um sie zu fragen, warum wir jetzt spielen. Ich schaue Addie nur an. Sie weint. Die Tränen auf ihren Wangen glitzern im Mondlicht.

»Zacky, steh auf und versteck dich.« Addie zieht mich aus dem Bett, ich stolpere beinahe, dann schiebt sie mich zum Schrank, auf dem ein Dino-Poster klebt. »Los.«

Mit Bob in den Händen schleiche ich zum Schrank. Unten kracht es wieder und ich bleibe stehen. Was ist das?, will ich fragen. Mein Fuß stößt gegen das Holz, doch Addie schiebt mich weiter. Ich hocke mich in den Schrank, in den ich kaum mehr hineinpasse. Addie kniet davor.

»Bleib da, okay? Komm erst raus, wenn ich dich hole. Ich verstecke mich auch.«

Ich verstehe dieses Spiel nicht, aber ich nicke trotzdem. Weil Addie weint und weil mein Herz so doll schlägt. Ich nicke immer wieder.

Addie lächelt, aber anders als sonst. »Gut.« Sie gibt mir einen Kuss auf die Haare, dann steht sie auf und schließt die Tür. Ihr weißes Nachthemd raschelt, als sie sich umdreht, und ich linse mit Bob durch einen Spalt, um ihr nachzusehen. Lautlos schleicht sie durch mein Zimmer … und bleibt plötzlich stehen, horcht.

Ich drücke die Nase gegen das Holz, um mehr zu sehen. Mein Bett taucht im Spalt auf, die Tür, ein dunkler Schatten. Er macht mir Angst. Der große Schatten macht mir Angst. Addie hat ihn noch nicht gesehen. Ich will sie warnen. Ich muss sie warnen, damit sie sich auch verstecken kann. Aber sie schaut nicht zu mir. Sie sieht meine Hände nicht.

Und mehr habe ich nicht.

Denn ich kann nicht sprechen.

Langsam macht sie einen Schritt rückwärts, wieder mehr in meine Richtung – und stößt gegen mein Feuerwehrauto.

Die kleine Sirene geht an.

Viel zu laut.

Addie fährt herum. Erstarrt.

Ein ohrenbetäubender Knall. Noch einer.

Zweimal ganz schnell hintereinander.

Die Sirene geht aus.

»Scheiße«, sagt eine tiefe Stimme. Donnernde Schritte.

Addie stolpert. Dann fällt sie. Sie fällt und fällt und fällt, bis sie auf dem Boden aufschlägt, liegen bleibt und sich nicht mehr bewegt.

Ihre braunen Augen starren an die Decke und sie bewegt sich nicht.

Ihr weißes Nachthemd wird rot, dort, wo ihre Hände auf ihrem Bauch liegen, und sie bewegt sich nicht.

Ich renne aus dem Schrank, rüttle an ihrer Schulter, umarme sie und sie bewegt sich nicht.

Blaue und rote Lichter fallen durch mein Fenster, Hände ziehen mich vorsichtig von ihr weg, Stimmen, so viele Stimmen, die ich nicht hören kann, nur immer wieder diesen Knall.

Ich schaue zurück, Bob liegt neben Addie am Boden.

Und sie bewegt sich immer noch nicht.

KAPITEL 27

Fine Line – Harry Styles

Harlow

»Es hätte ein schlichter Einbruch werden sollen. Meine Eltern haben viel Geld und in unserem Haus auf Bainbridge Island gab es einige Kunstobjekte, die mehrere Hunderttausend Dollar wert sind. Ein Einbruch bei Nacht, während die Besitzer nicht da sind, und am nächsten Tag wäre alles weg gewesen – die Waffe hatte er nur zur Abschreckung dabei, für den Fall, dass etwas schiefläuft. Mom und Dad waren an dem Abend bei unseren Nachbarn, doch Addie und ich waren zu Hause. Damit haben wir den Mistkerl überrascht. Und als Addie gegen das Feuerwehrauto gestoßen ist, hat er sich erschreckt. Er hat sich erschreckt und aus einem Impuls heraus abgedrückt und meine Schwester ...« Zack verharrte einen Moment, bevor er fortfuhr: »Deswegen bin ich bei dem Knall im Gewölbe durchgedreht. Keine Ahnung, was es war, aber es hat wie damals geklungen.« Er fuhr sich durch die mittlerweile hoffnungslos unordentlichen Haare, seine Finger zitterten ein wenig. »Es hat alles hochgeholt. Ich war wieder da. In dieser Nacht mit Addie am Boden und ohne Worte. Ich konnte nicht das Geringste dagegen unternehmen, es hat mich ... es hat mich einfach mit sich gerissen. Ich dachte, ich wäre mittlerweile stärker, aber anscheinend habe ich mich geirrt.«

Ich sah Zack nur schweigend an, während er die Hände sinken ließ. Gänsehaut lag auf meinem ganzen Körper und ich wusste nicht, was ich sagen sollte. Ich wusste nicht, was ich auf seinen Schmerz erwidern sollte. Ein tiefgehender, alter Schmerz, der jedem seiner Worte, jedem Zögern innewohnte.

Also blieb ich still, blieb bei ihm und hörte ihm zu.

Irgendwann massierte er sich die Schläfen, als hätte die Erinnerung ein penetrantes Pochen hinterlassen, und sah zu mir. »Sie haben den Kerl nie gefasst und die Ermittlungen relativ schnell eingestellt, weil es nicht genügend Beweise gegeben hat. Ich konnte zu diesem Zeitpunkt keine Aussage machen, und als ich es Jahre später mit Grams' Ermutigung nachgeholt habe, war es zu spät. Der Täter ist vermutlich schon lange nicht mehr im Land und meine Beobachtungen ... haben nichts mehr geändert. Das alles hat mir gezeigt, dass ein einziges, fehlendes Puzzleteil den kompletten Ausgang einer Verhandlung beeinflussen kann, wenn nicht nachgehakt wird. Das ist einer der Gründe, warum ich mich für Jura entschieden habe.«

»Meine Frage auf dem Riesenrad, sie hat dich an diese Nacht erinnert, oder?«

»Ja, weil ich es nach all der Zeit immer noch für Addie tue. Vermutlich bin ich deshalb auch geblieben, als meine Eltern nach Philadelphia gezogen sind, um all dem den Rücken zu kehren. Grams hat natürlich auch eine wichtige Rolle dabei gespielt, aber es hat sich für mich einfach falsch angefühlt, Addie hier allein zu lassen.« Zack ließ den Kopf sinken. »Jetzt weißt du auch alles von mir. Du kennst den Grund für meine Angst. Du kennst jedes Detail, Harlow. Es liegt bei dir, was du damit machst.«

Ich rutschte noch etwas näher an ihn heran. »Bleiben.«

Überraschung flog über seine Züge und es versetzte mir einen

Stich, weil es bedeutete, dass Zack etwas anderes erwartet hatte. Wahrscheinlich, weil man ihn in der Vergangenheit bereits zurückgewiesen hatte, weil er immer noch litt, immer kämpfte.

»Ich bleibe, Zack, so, wie du bleibst, obwohl du mein Geheimnis kennst.« Ich lächelte leicht und suchte seinen Blick. »Und falls es dir noch niemand gesagt hat, ich finde dich sehr stark.«

Zack zog eine seiner dunklen Brauen hoch, ein gequälter Ausdruck trat auf sein Gesicht. **»Weglaufen, weil es einen kleinen Knall gegeben hat, ist alles, aber bestimmt nicht stark.«**

Sanft schüttelte ich den Kopf. »Wer sagt das? Wer legt die Regeln fest? Stark sein bedeutet nicht immer, stehen zu bleiben und einem Sturm zu trotzen. Stark sein heißt manchmal eben auch zusammenzubrechen. Emotionen zuzulassen, obwohl sie wehtun. Ich finde das sehr mutig und stark.«

Einige Herzschläge lang rührte sich Zack keinen Deut, schaute mich nur an und ich bekam das Gefühl, zu weit gegangen zu sein. Eine Grenze übertreten zu haben, in deren Nähe ich nicht einmal hätte kommen dürfen. Nicht nach Montag, nicht, wo wir gerade erst anfingen, wieder aufeinander zuzugehen. Ich fuhr mir über die Arme und wollte ihm mehr Raum geben, als sich plötzlich Zacks warme Finger auf meine Wange legten. Ganz vorsichtig, beinahe wie eine Bitte um Erlaubnis. Sein Daumen fuhr federleicht über meine Haut und sein Blick … war unverwandt auf mich gerichtet. Intensiv, zärtlich und noch immer mit einer leichten Spur Schmerz darin.

»Zack …«

Ohne mich aus den Augen zu lassen, machte er die Gebärde für **»Okay?«.**

Und obwohl es nur eine einzige Geste war, verstand ich, was alles darin lag. Und nickte.

Sanft streichelte er über die Seite meines Gesichts, zeichnete die Konturen nach, als würde er sich jedes Detail einprägen wollen. Ich spürte, wie sich meine Härchen aufstellten. Wie sich mein ganzer Körper ganz auf seine Finger und auf das Kribbeln, das sein Blick in mir auslöste, fokussierte. Mein Herz begann, heftiger in meiner Brust zu schlagen, und mit einem Mal war es verflucht schwer stillzuhalten, wo mich doch alles dazu drängte, mich in seine Hand zu schmiegen, ihn zu berühren, ihn … ihn zu küssen.

Als hätte Zack meine Gedanken gelesen, sah er für einen Moment auf meinen Mund. An seinem Kiefer zuckte ein Muskel und sein Griff an meiner Wange wurde merklich fester. Ich hielt die Luft an, wagte es nicht zu atmen, weil ich nicht wollte, dass dieser Augenblick endete. Weil ich mich fragte, ob ich das hier verdiente.

Weil da mit einem Mal unzählige Bedenken waren, die um alles und nichts kreisten – und auf einen Schlag verstummten, als Zacks Lippen auf meine trafen. Ganz zart, ohne Druck. Wie eine Antwort auf das, was ich nicht ausgesprochen hatte.

Meine Lider senkten sich und tief in mir kam etwas zur Ruhe. Seine Wärme hüllte mich ein, sein Geruch, und ich erlaubte mir loszulassen. Anzukommen. Seufzend legte ich eine Hand in seinen Nacken und kam ihm ein wenig entgegen, sodass sich unsere Beine berührten.

Zack griff sanft nach meinem Kinn, hob es ein wenig an und strich mit seiner Zunge über meine Unterlippe. Eine weitere Frage, ein weiteres *Okay?*, das so sehr Zack war, wie jede seiner Gesten. Rücksichtsvoll und behutsam, auf Augenhöhe und doch voller Verlangen.

Ich ließ meine Hand von seinem Nacken über die Schulter auf seine Brust wandern, dorthin, wo sein Puls unter meinen Fingern raste. Genauso stolpernd und schnell wie meiner, genauso gefangen in diesem Moment. Ohne den Kuss zu unterbrechen, legte Zack seine Hände an meine Taille, zog mich zu sich, bis ich rittlings auf seinem Schoß saß und ihm mit einem Mal so nah war wie nie zuvor. So nah, dass mein Oberkörper an seinem lag, so nah, dass sein Atem auf meiner Haut kitzelte, so nah, dass ich spüren konnte, wie sehr er das hier wollte.

Dass er es so sehr gebraucht hatte wie ich.

Noch einmal spürte ich seine Zunge an meinen Lippen, dann öffnete ich den Mund und ließ zu, dass Zack den Kuss vertiefte. Hitze flutete meinen Körper, brachte jedes Nervenende zum Prickeln und ich hatte das Gefühl, als würden wir uns das erste Mal richtig küssen. Ohne Hindernisse, ohne Geheimnisse. Ein Kuss, der zu einem Rausch wurde, der alles mühelos davonspülte, weil es in diesem Augenblick aus Verlangen und Vertrauen und Intimität keine Rolle spielte.

Ich lächelte in den Kuss hinein, ließ meine Hände an seinen Seiten herabwandern, bis sie auf den Saum seines Hemds trafen. Vorsichtig schob ich sie unter den weichen Stoff, legte meine kühlen Finger flach auf die erhitze Haut seines festen Bauchs und spürte, wie er erschauderte. Langsam tastete ich mich weiter nach oben, über die leicht erhabenen Muskeln, die sich merklich anspannten, als ich darüberstreichelte. Mit geschlossenen Lidern schien jede Berührung, jede Regung so viel intensiver. Ungefiltert. Die Realität wich immer mehr diesem Moment aus Küssen und Berührungen und dem *Mehr* … bis Zack irgendwann seine Hände von meiner Taille nahm und zärtlich mein Gesicht umfasste. Ich löste mich langsam von ihm und öffnete die Augen. In dem bunten Licht, das durch das Rosettenfenster einfiel, schien das Gold seiner Iriden wie ein Kaleidoskop.

»Alles okay?«, flüsterte ich ein wenig atemlos und zog die Hände unter seinem Hemd hervor.

Seine Mundwinkel hoben sich und er nickte. Mit geröteten Wangen und funkelnden Augen. Zacks Daumen fuhr über meine Unterlippe, dann ließ er mich los, um nach dem Laptop zu greifen und ihn neu auszurichten.

»In Momenten wie diesen wünsche ich mir besonders, nicht auf irgendwelche Hilfsmittel angewiesen zu sein, um mit dir reden zu können. Es macht die ganze Stimmung kaputt.«

Ich kräuselte die Nase. »Das ist nicht wahr. Außerdem brauchst du den Laptop nicht, um zu *sprechen*. Ich könnte genauso argumentieren, dass ich das Problem bin, weil ich deine Sprache nicht verstehe. Noch nicht.«

Zack beugte sich vor, um die Falte zwischen meinen Brauen mit einem Kuss zu glätten, dann erwiderte er: »Du bist unglaublich, Harlow. Auf so viele Arten.«

Mein Gesicht wurde warm. »Mal abgesehen davon, dass ich im Konflikt mit dem Gesetz stehe.«

»Nicht dass ich das gutheißen würde, aber es ist ein Teil von dir. Teil deiner Vergangenheit, die dich hierhergebracht hat. Ein weiteres Mosaikstück, dass dich so besonders macht. Und ich bin froh, dass du mir davon erzählt hast. Dass ich das ganze Bild sehen darf.«

Ich schluckte und legte meine Hände flach auf seine Brust. »Ich bin auch sehr froh, dass ich dein Bild sehen darf. Dass du mir von Addie und deinen Ängsten erzählt hast.«

Er lächelte. »Können wir uns etwas versprechen?«

»Was meinst du?«

Zack setzte sich mit mir auf dem Schoß etwas aufrechter hin und suchte meinen Blick, während ich zwischen ihm und dem Bildschirm hin und her sah.

»Können wir uns darauf einigen, ab jetzt ehrlich zueinander zu sein? Es hat heute Nacht vielleicht nicht den Anschein gemacht, aber ich halte viel aus und ich verurteile niemanden wegen seiner Vergangenheit, Har.« Es kam mir so vor, als würde er direkt in mich hineinblicken, als er das sagte. »Ich möchte mit dir zusammen sein, Harlow, aber dafür muss ich sicher sein, dass wir immer ehrlich zueinander sind, egal wie beschissen die Wahrheit manchmal auch sein mag.«

Ich befeuchtete meine Lippen, während das Rauschen in meinen Ohren zunahm. Niemand verdiente Ehrlichkeit mehr als Zack. Und ich wollte ehrlich sein. Keine einzige Lüge sollte mehr zwischen uns stehen. Weder über meine Vergangenheit noch über meine aktuelle Situation mit *BackWash*. Und das bedeutete, dass ich einen Weg finden musste, um aus meiner Lüge eine Wahrheit zu machen. Ich musste einen Weg finden, um auszusteigen. Denn noch mal konnte und wollte ich diesen Mann nicht gehen lassen.

Zärtlich legte ich meine Hände an seine Wangen und lehnte die Stirn geben seine. »Versprochen. Ich verspreche es.«

* * *

»Lexington! Wie schön, dass du dich auch mal wieder blicken lässt«, rief Coach Tie am Dienstagnachmittag, als ich in Hockeymontur mit Caitlyn und Flo auf den Platz lief. »Ich bin eigentlich davon ausgegangen, dass sich die Sache für dich erledigt hat, nachdem du die Mädels mehrfach hängen gelassen hast. Hockey ist keine Einzeldisziplin, sondern ein Teamsport. Gibst du auf, gibst du die gesamte Mannschaft auf.«

Ich verzog beschämt das Gesicht und nickte. »Es tut mir leid, Coach. Ich hatte nie die Absicht, das Team zu enttäuschen.«

»Das solltest du den Mädels sagen, nicht mir.«

Caitlyn trat näher und drückte bekräftigend meine Schulter. »Har hat sich bereits bei uns allen entschuldigt, Coach Tie. Wir stehen hinter ihr.«

Ihr Rückhalt bedeutete mir sehr viel, vermutlich wäre ich ohne Caitlyn längst unter dem eindringlichen Blick des Trainers eingeknickt. Nachdem ich ihr ein kleines Lächeln geschenkt hatte, wandte ich mich an Tie und sagte: »Ich verstehe natürlich, wenn das Konsequenzen nach sich zieht, und werde die Folgen akzeptieren.«

Der Coach brummelte etwas Unverständliches, dann stieß er ein lautes Seufzen aus. »Ich werde mich nicht gegen meine Kapitänin und ihr Team stellen, Lexington, also darfst du meinetwegen bleiben. Aber sollte so etwas noch einmal vorkommen ...«

»Das wird es nicht«, beeilte ich mich zu sagen und umfasste meinen Hockeyschläger fester.

Coach Tie hob die Brauen. »Ich nehme dich beim Wort. Und jetzt, wärmt euch auf. Danach will ich dich im Tor sehen, Lexington. Schussübung für den Rest des Trainings. Als kleine *Konsequenz*.«

Nach dem Training war ich ein Wrack. Mir tat jeder Knochen weh und meine Schultern schmerzten von den ruckartigen Bewegungen als ungeübte Torhüterin. Morgen würde ich bestimmt mindestens zwanzig blaue Flecken von den Bällen bekommen, die mich getroffen hatten. Aber wenn das der Preis gewesen war, um mich zurück ins Team zu kämpfen, dann war es jeden blauen Fleck absolut wert.

»Der Coach wäre auch dumm gewesen, hätte er dich aus dem

Team geworfen. Du bist viel zu gut«, meinte Caitlyn, als wir zusammen mit Flo nach dem Duschen aus der Halle in die frische Abendluft traten.

»Ich hoffe nur, dass er mich jetzt nicht jedes Mal zum lebenden Zielobjekt macht.«

Flo legte mir einen Arm um die Schultern. »Ich fand es eigentlich ganz witzig. Mal abgesehen davon, dass deine Stärken definitiv auf dem Feld liegen und … Habt ihr euch wieder vertragen?«

Kurz war ich irritiert, ehe ich ihrem Blick folgte und Zack entdeckte, der an der Wand der Sporthalle lehnte. Sofort breitete sich ein warmes Gefühl in meiner Brust aus, das mühelos die Kälte des Novembers vertrieb.

»Okay, diesen Gesichtsausdruck verstehe ich auch ohne Worte. Dann lassen wir euch mal allein. Wir sehen uns später im Zimmer?«

»Klar. Und danke noch mal.« Ich verabschiedete mich von den beiden und ging auf Zack zu.

»Hallo, Zack. Wie geht es dir?«

Wie immer, wenn ich in die Gebärdensprache wechselte, begannen seine Mundwinkel zu zucken. »Mir geht's gut«, erwiderte er und holte dann einen Zettel aus seiner Jackentasche, den er mir mit einem entschuldigenden Blick reichte.

Ich muss unsere Verabredung heute Abend leider verschieben, weil Grams einen spontanen Arzttermin hat, zu dem ich sie fahren muss – sonst kneift sie wieder.

An dieser Stelle unterbrach ich das Lesen kurz und sah auf. »Geht es ihr gut?«

Zack schenkte mir ein beruhigendes Lächeln und tippte sich an die Zähne.

»Ein Zahnarzttermin? Jetzt verstehe ich, warum sich deine Grandma davor drückt, ich versuche das auch jedes Mal.«

Sein Grinsen wurde breiter, dann las ich weiter. Jedenfalls würde ich dich am Donnerstag gern zu mir nach Hause einladen. Ich weiß, es ist etwas kurzfristig, aber Freitag ist ja vorlesungsfrei.

»Zu deiner Grams? Gibt es einen bestimmten Anlass?«

Er zuckte mit den Schultern und nahm mir kurz den Zettel ab, um zu antworten. Ich schätze, ich habe Geburtstag.

»Du schätzt?«

Aus seinem anfänglichen Lächeln wurde ein Strahlen und ich bekam die nächste schriftliche Nachricht. Ist echt keine große Sache. Grams hat mich an diesem Tag gern bei sich und ich hätte dich gern bei mir.

Schmunzelnd stellte ich mich auf die Zehenspitzen, hauchte ihm erst einen Kuss auf die Nasenspitze und flüsterte dann an seinen Lippen: »Ich komme sehr gerne.«

Nachdem sich Zack verabschiedet hatte, um seine Großmutter zu ihrem Termin zu fahren, schlug ich den Weg in die Bib ein. Mein Körper verlangte danach, mich einfach hinzulegen und alles andere auf morgen zu verschieben, doch ich hatte noch etwas zu erledigen. Zacks Einladung hatte mich wieder an eine Sache erinnert, die ich seit Sonntag vor mir herschob. Nicht nur, weil ich mich davor fürchtete, sondern auch, weil ich nicht wusste, ob das wirklich der richtige Weg war, um aus der Hackerszene auszusteigen. Egal wie oft ich darüber nachdachte, wie lange ich meine Optionen durchging, während ich nachts wach lag und an die Decke starrte. Es schien mir, als gäbe es schlichtweg keine Lösung, bei der niemand zu Schaden kam.

Aber irgendetwas musste ich schließlich tun. Ich konnte nicht länger damit warten.

Und wann waren große Entscheidungen schon mal einfach?

Gähnend setzte ich mich an einen der freien Plätze im hinteren Teil der Bib und machte Nägel mit Köpfen. Kurzerhand verband ich meinen Laptop mit dem Netzwerk und öffnete direkt den Chat mit Miyu. Um einen Weg raus zu finden, musste ich zunächst alle Koordinaten kennen, angefangen bei dem Warum, und Miyu war hierfür nicht nur meine beste, sondern auch einzige Option. Diejenige, die *BackWash* und Alias genauso gut kannte wie ich, mein Ass im Ärmel. Und egal wie groß meine Furcht auch sein mochte, mir ging langsam, aber sicher die Zeit aus. Nachdem ich Alias am Samstag das halb fertige Update des Trojaners geschickt hatte, war er alles andere als zufrieden gewesen. Er hatte von Zeitdruck gesprochen und das konnte nur bedeuten, dass er plante, *CanalRio* bald durchzuziehen. Und das wiederum hieß, dass mir nicht mehr viel Zeit blieb, um auszusteigen. Denn danach würde es endgültig zu spät dafür sein.

Kopfschüttelnd massierte ich mir die Schläfen und starrte auf den Chat. Miyu war online. Wir hatten seit dem Beginn von *Canal-Rio* kaum miteinander geschrieben – vielleicht ging es ihr ähnlich wie mir. Vielleicht hinterfragte sie dieselben Dinge. Ich schob meine Gedanken zur Seite und tippte endlich die erste Nachricht.

Low

Kannst du reden?

Ihre Antwort kam sofort.

Miyu

Ja. Was ist los?

Also hatte sie unseren Code *Kannst du reden?*, der für *Ist unser Chat wirklich privat?* stand, nicht vergessen.

Low

Gilt unsere Abmachung noch?

Miyu

Was ist los? – Oder ist das nur wieder einer deiner melodramatischen Momente?

Copy. Paste.

Low

Gilt unsere Abmachung noch?

Miyu

Natürlich. Du weißt, dass das hier ein Save Space ist. Wir verraten einander nicht, daran hat sich nichts geändert.

Ein Teil von mir entspannte sich.

Miyu

Es geht um die *CanalRio*-Sache, oder?

Low

Wie kommst du darauf?

Miyu

Alias verhält sich noch merkwürdiger, meckert ständig, wie lange du für alles brauchst. Normalerweise bist du verflucht schnell, Low. Ist etwas passiert?

Low

Alias hat sich in meine Realität gehackt.

Miyu

> Er hat sich in dein Leben außerhalb von BackWash eingemischt?

Low

> Ja, er wird mich nicht so einfach gehen lassen.

Mein Herz begann, merklich schneller zu schlagen, während meine Finger unentschlossen über der Tastatur schwebten. Sollte ich Miyu wirklich einweihen? Würde sie das zu meiner Verbündeten oder zu meiner Feindin machen?

Miyu

> Das habe ich mir gedacht. Du wolltest doch schon vor Monaten aussteigen und nun bist du mit im Projekt.

Low

> Alias sagt, ich schulde ihm das. Und auf verdrehte Weise stimmt das auch, aber ich kann das nicht. Ich kann diesen Hack nicht durchziehen. Ich will komplett raus, Miyu.

Das Blut rauschte so laut in meinen Ohren, dass sämtliche Geräusche der Bibliothek in den Hintergrund rückten. Das Rascheln des Papiers, das Murmeln der Studierenden, die sich auf die Prüfungen vorbereiteten. Es gab nur noch dieses Dröhnen in meinen Ohren und die grünen Buchstaben auf schwarzem Grund, die sich in meine Netzhaut gruben.

Eine Minute verging, dann eine zweite ohne Antwort von Miyu. Ich hatte das Gefühl, jeden Moment zu implodieren. Wenn ich mich in unserer Freundschaft getäuscht hatte, hatte ich hiermit meinen

Untergang besiegelt. Und mir war gleich, wie melodramatisch das klang.

Ich hatte Angst. Verdammte, beschissene Angst und …

Miyu

> Du bist irre.

Ich stieß den Atem, den ich unbewusst angehalten hatte, aus.

Low

> ?

Miyu

> Du bist irre, weil du genauso wie ich weißt,
> dass Alias das niemals zulassen wird. Nicht,
> solange er dich für *CanalRio* braucht.
>
> Aber ich verstehe es.

Ich riss die Augen auf, als ich diesen Satz las.

Low

> Du verstehst es?

Miyu

> Ich verstehe, dass du rauswillst. Diese
> Aktion … ist einfach nur durchgeknallt. So
> etwas machen wir nicht. Das ist nicht unser
> Stil. Wir wissen ja nicht mal, warum wir
> alles riskieren sollen, und ich … mir geht es
> genauso.

Vor Erleichterung kamen mir beinahe die Tränen.

Low

> Warum hast du nichts gesagt?

Miyu

> Ich habe mich aus demselben Grund nicht gemeldet, wie du. Du weißt, warum.

Angst. Wir hatten beide Angst gehabt und vermutlich hatte Alias ähnlich wie bei mir irgendetwas gegen Miyu in der Hand. Etwas, womit er sie an seiner Seite hielt.

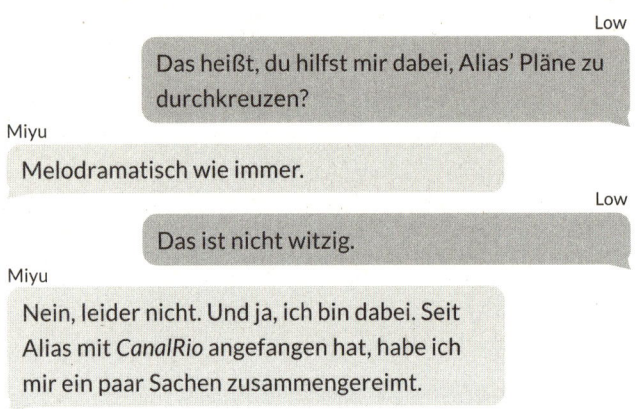

Low

> Das heißt, du hilfst mir dabei, Alias' Pläne zu durchkreuzen?

Miyu

> Melodramatisch wie immer.

Low

> Das ist nicht witzig.

Miyu

> Nein, leider nicht. Und ja, ich bin dabei. Seit Alias mit *CanalRio* angefangen hat, habe ich mir ein paar Sachen zusammengereimt.

Leise Hoffnung keimte in mir auf.

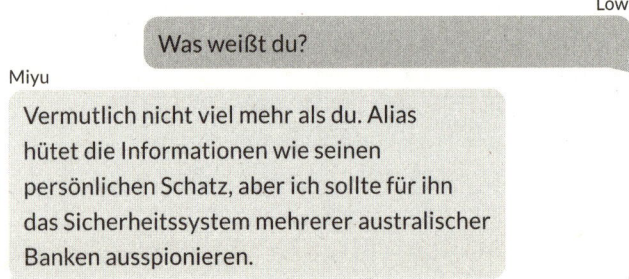

Low

> Was weißt du?

Miyu

> Vermutlich nicht viel mehr als du. Alias hütet die Informationen wie seinen persönlichen Schatz, aber ich sollte für ihn das Sicherheitssystem mehrerer australischer Banken ausspionieren.

Ich riss die Augen auf, als es *klick* machte.

Australien? Bist du dir sicher?

Eine IP-Adresse werde ich ja wohl noch interpretieren können. Warum? Sagt dir das etwas?

Blinzelnd starrte ich auf ihre Nachricht und erinnerte mich an das Gespräch mit Alias, als ich ihm das erste Mal von Brax erzählt und er mir seine Hilfe angeboten hatte. Davor hatte ich wenig von ihm gewusst, ich hatte weder seine Motivation fürs Hacken gekannt noch, wer er außerhalb von *BackWash* war. Doch als ich von meinem kleinen Bruder und unseren finanziellen Schwierigkeiten gesprochen hatte, hatte er ein paar private Informationen mit mir geteilt. Dass er mit seiner Familie in Australien gelebt hatte, bevor seine Frau und sein Kind bei einem Brand gestorben waren. Dass es kein Unfall gewesen sei, sondern dass man es gezielt auf seine Frau abgesehen hatte und das damals nur nicht aufgedeckt wurde, weil das *System* in seinen Augen versagt hatte. Dass er so zum Hacktivismus gekommen sei: um auf Ungerechtigkeiten wie diese aufmerksam zu machen. Auf die Details ist er nicht genauer eingegangen und ich wollte auch nicht zu tief bohren, weil ich gespürt hatte, wie sehr ihn das belastet hatte, aber –

Ich riss die Augen auf.

Carolina.

Dass ich nicht früher darauf gekommen war. Schon als mir das erste Mal der Gedanke gekommen war, dass es hierbei um etwas Persönliches von Alias gehen könnte, hätte ich die Verbindung ziehen müssen. Nur war ich zu diesem Zeitpunkt nicht halb so konzentriert, wie ich es jetzt war, sondern wortwörtlich blind vor Angst gewesen.

Miyu

???

Low

Was fällt dir bei *CanalRio* und *Carolina* auf?

Miyu

Es sind Anagramme. Wer ist Carolina?

Low

Alias' verstorbene Frau. Das alles hängt mit seiner Vergangenheit zusammen. Ich kenne nicht die ganze Geschichte, aber ich glaube, das ist sein Warum.

Miyu

Heilige Scheiße! Okay, bei mir ist er noch nicht misstrauisch geworden, deswegen versuche ich, mehr darüber rauszufinden. Vielleicht verrät uns das, auf welche Bank er es genau abgesehen hat. Irgendetwas, das uns einen Vorteil verschaffen könnte. Schreib mir noch mal alles, was du weißt, ich strecke meine Fühler aus.

Und, Low? Halte ihn mit deinem Trojaner hin. Alias darf nichts ahnen, sonst sind wir erledigt.

KAPITEL 28

Like That – Bea Miller

Zackary

Regen trommelte leise gegen die Fensterscheiben meines Wohn-heimzimmers, als ich mich ein weiteres Mal unruhig auf die andere Seite rollte. Seit mittlerweile zwei Stunden versuchte ich erfolglos, einzuschlafen und die unzähligen Gedanken in meinem Kopf ir-gendwie zu ignorieren. Zumindest bis zum nächsten Morgen. Aber mein dröhnender Schädel war anderer Meinung. Dabei hatte ich alles aufgeschrieben, mehrere Seiten mit diesem Chaos gefüllt, so wie ich es immer tat, wenn mir zu viel durch den Kopf ging. Nur hatte es dieses Mal nichts gebracht. Immer wieder ließ ich das gest-rige Gespräch mit Abbot über mein Motivationsschreiben Revue passieren. Seine Begeisterung für meine Worte und die Antwort, die er aus Oxford für mich erhalten hatte. Eine Einladung, im De-zember für zehn Tage zur Probe nach Oxford an den Campus zu fahren, um dort alles kennenzulernen. Und natürlich, um mir die Entscheidung zu erleichtern.

Nur machte das irgendwie alles viel komplizierter.

Oxford war eine große Chance, es war neben dem Lakestone Campus immer meine Traumuni gewesen, und noch vor ein paar Tagen hätte ich für die Probezeit dort sofort zugesagt, doch jetzt …

sträubte sich alles in mir dagegen zu fahren. Nicht nur wegen Grams und meinen Freunden, sondern vor allem wegen Harlow.

Wir waren einander gerade wieder nähergekommen, unsere Mauern waren gefallen, und jetzt fortzugehen, fühlte sich einfach falsch an. Es fühlte sich falsch an, sie mit all dem Kram allein zu lassen, und wenn ich ehrlich mit mir war, dann hatte ich meine Entscheidung bezüglich der *Schnuppertage*, wie Abbot sie genannt hatte, längst getroffen.

Warum also bekam ich trotzdem kein Auge zu?

Frustriert raufte ich mir die Haare und war kurz davor, aufzustehen und mitten in der Nacht laufen zu gehen, als es leise an meiner Tür klopfte. Ich tastete blind nach dem Schalter der Nachttischlampe und warf einen kurzen Blick auf den Wecker. Gleich ein Uhr nachts, nicht die übliche Zeit für einen Besuch.

Nur mit Boxershorts bekleidet stand ich auf und öffnete die Tür.

»Hi«, sagte Harlow leise und schob sich die Brille ein Stück höher auf ihrem Nasenrücken. »Habe ich dich geweckt?«

Ich schüttelte den Kopf und bedeutete ihr reinzukommen.

»Alles in Ordnung bei dir?«, fragte ich sie dann mit leichten Gebärden und schloss die Tür hinter ihr.

»Ja. Ja, alles okay. Und bei deiner Grams?«

»Es geht ihr gut.«

»Das freut mich.« Harlow lächelte ihr kleines, halbes Lächeln und zog den klobigen Laptop unter ihrem Arm hervor. Beinahe entschuldigend hielt sie ihn vor sich. »Ich wollte mit dir über etwas sprechen.«

Wir setzten uns gemeinsam aufs Bett, ihren Computer zwischen uns, und lehnten uns in die Kissen am Kopfende. Das warme Licht der Nachttischlampe hüllte sie in einen gelben Kokon und ließ die helleren Strähnen in Harlows Haarknoten schimmern, sodass sie beinahe unwirklich schien. Für einen kurzen Moment kam mir der surreale Gedanke, dass ich nun doch träumen musste.

»Ich konnte nicht schlafen, weißt du? Da ist so viel in meinem Kopf und ich …« Sie brachte den Satz nicht zu Ende und dennoch verstand ich, was darin lag.

»Geht mir genauso. Ich liege auch seit Stunden wach. Zu viele Gedanken.«

Draußen zuckte ein Blitz über den nachtschwarzen Himmel, der Donner folgte beinahe im selben Moment.

»Möchtest du darüber reden?«

Ich streichelte über ihre Hand, die zwischen uns auf der Decke lag. »Erinnerst du dich an die Sache mit Oxford, die ich dir erzählt habe?«

Harlow strich mit dem Daumen über meinen. »Das Auslandssemester, über das du nachdenkst?«

»Genau. Ich habe eine Einladung für eine Probezeit im Dezember bekommen. Was an sich eine unglaubliche Chance ist. Die Literatur ist mir wichtig und Oxford war immer eine große Sache für mich. Gleichzeitig ist der Lakestone zu einem Zuhause für mich geworden und ich weiß einfach nicht, wie ich mich entscheiden soll. Egal welche Wahl ich treffe, sie kommt mir jedes Mal falsch vor. Das hält mich wach.«

»Hm, verständlich.« Ihre Stirn legte sich in Falten. »Das ist ja auch keine leichte Entscheidung.«

Das konnte sie laut sagen. Ich drückte ihre Finger und erwiderte dann: »Ich glaube, ich verschiebe das Grübeln auf einen Zeitpunkt, wenn ich weniger müde bin.«

Gerade wollte ich nämlich eigentlich nur in diesem Moment versinken, Harlow an mich ziehen und genießen, dass sie hier war. Dass sie zu mir gekommen war, weil ihre Gedanken genauso aufgewühlt waren wie meine.

Harlow zupfte am Saum ihres LSC-Hoodies und lächelte. »Klingt gut. Darf ich …«, setzte sie im selben Moment an, wie ich »Möchtest du …« gebärdete. Röte schlich auf ihre Wangen, dann neigte sie den Kopf. »Gern.«

Ich liebte es, wie wenig Worte wir brauchten, um uns zu verstehen. Darauf bedacht, den Laptop nicht vom Bett zu fegen, zupfte ich meine Bettdecke unter uns hervor und breitete sie dann über uns aus. Harlow rutschte etwas näher und zog die Unterlippe zwischen die Zähne. Mein Blick wurde wie magisch von dieser kleinen Geste angezogen und aus irgendeinem Grund fiel es mir verdammt schwer, wieder wegzusehen.

»Wir sollten den Laptop zur Seite stellen.«

»Du hast recht, ich fürchte, für uns drei wird es sonst ein wenig zu eng hier drin«, gab ich zurück, weil ich seltsamerweise das Gefühl hatte, die Situation auflockern zu müssen. Diese Anspannung, die in der Luft lag, die jede kleine Bewegung … größer machte. Dabei war heute nichts anders als sonst. Es war nicht das erste Mal, dass Harlow in meinem Bett lag, und dennoch …

Behutsam stellte sie ihren Computer auf den Nachttisch neben sich und drehte sich dann wieder zu mir, sodass wir einander gegenüber auf der Seite lagen. Harlow mit dem Rücken zum Fenster, wo der Regen Worte in seiner eigenen Sprache gegen das Glas flüsterte.

Ein paar Augenblicke lang sahen wir uns einfach nur schweigend an, beide noch halb in unseren Gedanken gefangen und doch nicht länger allein, weil wir diesen Moment teilten. Dann zog ich eine Hand unter der Decke hervor und strich langsam über ihre Schläfe, ihre Wange, ihren Mundwinkel. Sie war so schön. Sie war so wunderschön mit all ihren Facetten, den sichtbaren und unsichtbaren, den hellen, den dunklen und denen dazwischen.

Zärtlich folgte ich der Kontur ihrer Unterlippe mit meinem Daumen und konnte an nichts anderes mehr denken als unseren Kuss im *geheimen Raum*. An die Küsse, die in den letzten Tagen gefolgt waren. Daran, sie wieder zu küssen. Mein Herzschlag beschleunigte sich, ohne dass ich das Geringste dagegen hätte unternehmen können.

»Zack?«

Mein Blick glitt zurück zu ihren Augen, ich schluckte. Dann zog ich sie zu mir. So nah, dass sich unsere Körper der Länge nach aneinanderschmiegten und ich mich nur ein wenig vorbeugen musste, um ihren Mund auf meinem zu spüren. Kaum dass sich unsere Lippen berührten, vergrub Harlow auch schon ihre kühlen Finger in meinen Haaren, als hätte sie genau wie ich nur auf diesen Moment gewartet. Auf den Moment, in dem die Spannung gewann. Auf diesen winzigen Funken, den sie mit in dieses Zimmer gebracht hatte und der nun alles in Brand steckte.

Es war wie ein Rausch. Harlow zu küssen, ihren Körper an meinem zu spüren, ihre Brüste, die sich gegen meinen Oberkörper pressten, ihren Atem, der schnell und warm über meine Haut glitt …. Ich löste meine Hand von ihrem Gesicht, strich über ihren Hals, ihren Nacken und genoss, wie sie unter meinen Fingerspitzen erschauderte. Leise seufzte. Dieses kleine Geräusch machte etwas mit mir und ich … ich wollte mehr davon. Ich wollte mehr von ihrer Nähe, mehr von … allem.

Behutsam löste ich mich von ihr und wartete, bis sie ihre Augen öffnete und sich unsere Blicke begegneten.

»Zack?« Ihre Pupillen waren geweitet, ihre Haare zerzaust und ihre Wangen gerötet. Was auch immer das über mich aussagte, ich liebte diesen Anblick, ich liebte, dass sie sich offenbar genauso hoffnungslos in diesem Rausch verlor, wie ich es tat. »Habe ich etwas falsch gemacht?«

Ich lächelte, um sie zu beruhigen, machte die Gebärde für »Okay?« und zeigte dabei zwischen Harlow und mir hin und her.

Die Falten auf ihrer Stirn glätteten sich. »Ja. Ja, natürlich, ich … ich möchte das auch, Zack. Gib mir nur Bescheid, wenn … wenn es für dich nicht mehr okay ist, versprochen?«

»Versprochen.«

»Vielleicht mit einem Code, den ich auch mit geschlossenen Augen verstehe.« Gut möglich, dass ich es mir nur einbildete, aber es schien, als würden ihre Wangen dabei noch ein wenig dunkler werden. »Du könntest an meinem Ohrläppchen ziehen.«

Ich hob eine Braue.

»Siehst du, das ist der perfekte Code. Das würdest du nicht einfach so machen, deinem Gesichtsausdruck nach zu urteilen.«

Wieder bewegte ich Daumen, Zeige- und Mittelfinger in der Gebärde für *Okay* nach vorn.

Als mich Harlow daraufhin küsste, spürte ich ihr Lächeln an meinem Mund. Ihren langsamen Kuss, während gleichzeitig ihre Hand unter die Decke wanderte. Über die erhitzte Haut meines nackten Oberkörpers, wo sie zarte Muster darauf zu zeichnen begann. Leichte, kaum merkliche Berührungen, die die Hitze in mir immer weiter anfachten. Bis ich das Gefühl hatte, jeden Moment zu zerspringen – und doch immer mehr wollte. Mein Griff an ihrer

Hüfte wurde unwillkürlich fester, dann löste ich meine Hand und schob sie unter den Saum ihres Hoodies. Unter das dünne Top, das sie darunter trug, bis meine Fingerspitzen auf ihre weiche Haut trafen. Harlow stöhnte leise, drängte sich enger an mich, als ich die Unterseite ihrer Brüste erreicht hatte, ihrer Form folgte und eine der Spitzen umkreiste. Sie war hart und fest und alles in mir verlangte danach, sie genau dort zu küssen.

Langsam, um ihr die Möglichkeit zu geben, sich zurückzuziehen, wenn sie es wollte, zupfte ich an ihrem Pullover und zog ihn ihr dann samt Top über den Kopf. Halb im Liegen und mit vor Verlangen bebenden Fingern, war das alles andere als leicht. Oder elegant. Harlow konnte sich ein leises Lachen nicht verkneifen, weil sich die Ärmel in ihren Haaren verhedderten, und hielt sich rasch eine Hand vor den Mund. Dann landeten Hoodie und Top in irgendeiner Ecke und Harlow … war plötzlich halb nackt vor mir und so unfassbar schön mit ihren funkelnden Augen, dem Lächeln, den leicht geöffneten Lippen.

Unfassbar schön, sagte ich in Gedanken zur ihr und beugte mich wieder vor, um sie zu küssen. Ihren Mund, ihr Kinn, die Spitzen ihrer kleinen, festen Brüste. Harlow spannte sich unter meiner Liebkosung an, schloss die Augen und gab ein Stöhnen von sich, das meine Mitte beinahe schmerzhaft pulsieren ließ und es verflucht schwer machte, mir Zeit zu lassen. Aber ich wollte das auskosten, wollte, dass wir beide jede einzelne Sekunde davon genossen.

»Zack …«

Ich verhakte meinen Blick mit ihrem, während ich meine freie Hand über ihren flachen Bauch zu dem Bund der grauen Jogginghose gleiten ließ. Ihr Atem geriet kurz ins Stocken, als ich darunter schlüpfte, quälend langsam über den feinen Stoff ihres Höschens streichelte und dann auf ihre Haut dort traf. Auf Hitze, auf Lust. Es war unbeschreiblich, sie so zu sehen, zu hören, zu spüren, wie sie sich fallen ließ, weil sie mir … vertraute. Wir einander vertrauten.

Das war so viel.

So viel mehr, als ich jemals erwartet hatte.

Sanft hauchte ich eine Reihe Küsse von ihrer Brust über ihr Schlüsselbein, bis sich unsere Lippen wieder trafen, während ich den Druck auf die empfindliche Stelle zwischen ihren Beinen verstärkte. Harlow schlang die Arme um mich, grub die Nägel in meinen Rücken, gerade so, dass es nicht wehtat und dennoch jedes meiner Nervenenden zu prickeln begann.

»Hör bloß nicht auf«, wisperte sie an meinem Mund und drängte sich meiner Hand entgegen, nahm denselben Rhythmus auf. Ich krümmte die Finger und strich mit der Zunge über ihre Unterlippe, genau in dem Moment, als ich mit einem Finger in sie eindrang. Harlow seufzte, hielt mich fester, und diese Geräusche … Gott, ich würde sie niemals wieder vergessen können. Würde dieses Bild niemals wieder vergessen können. Ich spürte, wie Harlow unter meinen Berührungen erbebte, spürte ihre Anspannung wie meine eigene und wurde noch ein wenig schneller. Trieb sie noch ein wenig näher an die Klippe … und als sie sprang, hielt ich sie fest. Schlang die Arme um sie, während sich Harlow noch immer an meinen Rücken klammerte. Ihr nackter Oberkörper lag an meinem, Hitze pulsierte zwischen uns und es kam mir so vor, als wären wir nach dem Sprung nicht gefallen, sondern hätten gelernt, gemeinsam zu fliegen.

Ich hauchte einen Kuss auf ihre Stirn und lächelte, als Harlow die Augen öffnete und mich ansah.

Unfassbar schön.

Ohne ihren Blick von mir zu lösen, hob sie eine Hand und streckte Daumen, Zeigefinger und den kleinen Finger aus. Die Gebärde für »Ich liebe dich«.

Meine Augen weiteten sich und wenn überhaupt möglich, verfiel ich dieser unglaublichen Frau in diesem Moment noch ein wenig mehr.

Weil sie mich gehört hatte.

Weil sie keine Grenzen, sondern Möglichkeiten sah.

Weil sie diese Worte in meiner Sprache sagte, die damit zu unserer wurde.

Mit zitternden Fingern erwiderte ich die Geste. »Ich liebe dich.«

Einer ihrer Mundwinkel hob sich, dann griff sie nach meinen Schultern und zog mich sanft, aber bestimmt mit sich. So, dass ich nun über ihr war, unsere Gesichter nur wenige Zentimeter voneinander entfernt. Ich stützte mich auf die Unterarme und knabberte an ihren Lippen, als ich plötzlich eine Berührung an meinem Unterbauch spürte. Unwillkürlich spannte sich alles in mir an, konzentrierte sich auf Harlows Finger, die langsam über die Härchen dort streichelten. Immer tiefer wanderten.

»Okay?«, wisperte sie in unseren Kuss hinein. Ich nickte und zog im nächsten Moment scharf die Luft ein, als sie unter den Bund meiner Boxershorts griff. Mich dort berührte. Mein Herz begann zu rasen, mein Atem ging schwerer, als Harlow den Druck, die Geschwindigkeit erhöhte und mich dabei nicht eine Sekunde aus den Augen ließ. Und das war … das war verflucht anziehend. Verflucht heiß.

Fuck. Wenn sie so weitermachte, würde ich hier und jetzt zum Ende kommen. Einfach so, weil Harlow mich ansah, mich anfasste und mir noch immer ihr Stöhnen in den Ohren lag. Dabei wollte ich sie dabei noch näher spüren. In ihr sein.

Ich biss die Zähne zusammen und griff zwischen uns, fing ihre Hand auf. Sofort zuckte ein Anflug von Sorge über ihre Züge, der einem wissenden Grinsen wich, als sie meinen Ausdruck im nächsten Moment richtig deutete. Ich hob einen Finger und streckte mich dann nach meinem Nachttisch, zog die Schublade auf. Blind fischte ich darin herum und verfluchte meine Angewohnheit, ausgerechnet diese Schublade nie aufzuräumen. In der nächsten Sekunde trafen meine Finger zwischen all den Kugelschreibern und Blöcken auf Folie.

Hastig richtete ich mich auf, schlüpfte aus meinen Boxershorts und zupfte dann an Harlows Joggingpants. Sie kam mir zu Hilfe und schob sie sich zusammen mit dem roséfarbenen Spitzenhöschen in einem Ruck von den Beinen. Ohne darüber nachzudenken, gab ich ihr genau auf ihre empfindlichste Stelle einen Kuss, ehe ich das Päckchen aufriss und mir das Kondom überzog. Nur einen Herzschlag später war ich wieder über ihr, war dem Funkeln ihrer Augen so nahe, ihrem leisen Keuchen, als sie meine Erektion umfasste und zu sich führte. Es machte mich verrückt, aber ich überließ Harlow die Führung, ließ sie entscheiden und dann … dann hob sie ihr Becken an und plötzlich war da nichts mehr, das uns trennte. Nichts als Wärme, als Verlangen, als Geborgenheit. Unser schneller Atem verband sich, genauso wie unser Herzschlag, als unsere Körpern wie von selbst einen gemeinsamen Rhythmus fanden.

In diesem Moment, nur Harlow und ich, in unserer eigenen Sprache.

Eine Sprache, für die es keine Worte brauchte.

KAPITEL 29

Somebody To Love – Axel Black & White

Harlow

»Weißt du was? Ich kann mir auch so zusammenreimen, was passiert ist. Dein Gesicht sagt alles. Dafür brauche ich gar kein Status-Update«, ließ mich Lucie wissen und stützte ihr Kinn auf die Hände.

Ich schaute kurz von meinen Unterlagen auf, um ihr zuzuzwinkern. »Umso besser.«

Ihr frustriertes Seufzen war selbst über den mittlerweile so vertrauten Geräuschpegel im Lakestone Café zu hören. Lucie und ich hatten es uns nach verfrühtem Vorlesungsschluss am Donnerstagnachmittag hier gemütlich gemacht, um den monströsen Berg an Lernstoff gemeinsam zu bewältigen. Und uns dabei, wenn möglich, gegenseitig zu motivieren. Denn auch wenn ich die Sache mit meinen Freundinnen und dem Hockey – für das ich mich heute offiziell entschuldigt hatte – irgendwie auf die Reihe bekommen hatte, die Prüfungen und damit mein Bleiben auf dem Lakestone Campus standen nach wie vor auf der Kippe. Ganz gleich, wie sehr ich mich ins Lernen reinkniete, es würde knapp werden. Mehr als knapp, wenn man bedachte, dass ich nebenbei noch meinen Ausstieg aus *BackWash* plante. Während ich gleichzeitig weiter an einem verdammt komplexen Trojaner arbeiten musste, um die Scharade aufrechtzuerhalten, denn bisher hatte ich noch nichts von Miyu gehört. Allein bei den Gedanken an all das, was da vor mir lag, begann es hinter meiner Stirn wieder zu pochen.

»Komm schon, Har. Irgendetwas musst du mir verraten. Dazu bist du quasi verpflichtet, so von Freundin zu Freundin«, startete Lucie einen weiteren Versuch, wobei sie ihren rosa Kugelschreiber in schwindelerregender Geschwindigkeit in den Fingern drehte.

Seufzend legte ich meinen eigenen Stift zur Seite. »Wollten wir nicht zumindest versuchen, ein bisschen in Sachen Lernen voranzukommen? Ganz ehrlich, ich habe keine Ahnung, wie ich diesen Biokram in meinen Kopf bekommen soll.« Nun war ich es, die seufzte.

Lucie grinste schief, ihre braunen Augen funkelten. »Du könntest Ethan fragen.«

»Das hat Mason heute schon bei Zacks Geburtstagsfrühstück vorgeschlagen, aber mein Spinnensinn sagt mir, dass das ziemlich nach hinten losgehen würde und wir noch weniger produktiv wären als du und ich, wenn er die ganze Zeit nur über seine Käfer redet.«

Seit Zack und ich uns ausgesprochen und wieder zueinandergefunden hatten, war ich schon zweimal mit ihm und seinen Freunden beim Essen gewesen. Beim ersten Mal hatte ich mir ziemlich Gedanken wegen Chloe gemacht, doch als ich mit Zack am Tisch aufgekreuzt war, hatte sie mich mit einem kleinen Lächeln begrüßt und genickt. Ein winziges Friedensangebot. Wir waren nicht plötzlich beste Freundinnen, aber ich war mir sicher, dass Zack mit ihr darüber gesprochen hatte und sie das mit Zack und mir akzeptierte.

Dass Lucie dazugekommen war, hatte es an diesem Abend noch ein wenig leichter gemacht, denn nach all der Zeit, die sie mit Chloe für den Artikel über die Kunstfakultät verbracht hatte, schien sie eine echte Chloe-Flüsterin geworden zu sein.

»Wir sind seit mehr als zwei Stunden produktiv«, hielt meine Freundin dagegen und griff nach ihrem Matcha Latte. »Höchste Zeit für eine Pause.«

Lucie hatte recht. Mein Schädel rauchte, und wenn ich mir noch *einmal* die verschiedenen Bestandteile eines Einzellers durchlesen würde, würde er vermutlich implodieren. Keine Ahnung, wer auf die Idee gekommen war, *pulsierende Vakuolen* gehörten zur Allgemeinbildung.

»Bin dabei«, hörte ich mich einen Moment später sagen. »Aber nur zehn Minuten. Ich muss noch ein bisschen was schaffen, bevor wir zu Zacks Grandma fahren.«

»Zack – interessant, dass du auf ihn zu sprechen kommst …«

Vielsagend hob ich eine Braue. »Ernsthaft, Lucie?«

»Sag schon, was ist am Dienstagabend passiert? Bisher hast du kaum was verraten.«

Zack sagte immer, Ethan sei die Tratschtante der Gruppe, doch mittlerweile hatte ich den Verdacht, dass Lucie es locker mit ihm aufnehmen könnte.

»Na schön.« Ich pustete mir eine Strähne aus der Stirn und konnte mein verräterisches Grinsen nicht länger zurückhalten. Das, was Zack und ich in dieser Nacht und am nächsten Morgen miteinander geteilt hatten, bedeutete mir alles. Ihn so zu spüren, zu spüren, dass wir nicht eine Sekunde gezögert hatten, um uns fallen zu lassen … Etwas Derartiges hatte ich nie zuvor gefühlt.

Dieses Vertrauen.

Wie immer, wenn meine Gedanken in diese Richtung wanderten, wurde es in meiner Brust eng. Weil da noch immer diese *eine* Sache war, die ich ihm verschwieg. Wir hatten einander versprochen, ehrlich zu sein, und das war ich, mit meinen Gefühlen – nur von *CanalRio* hatte ich noch immer nichts erzählt. Um ihn zu schützen, falls Miyu und ich scheitern und den Ausstieg nicht rechtzeitig schaffen würden. Damit er kein Mitwisser war. Nur änderte der Gedanke, es *für* Zack zu tun, nichts daran, wie weh es tat, diese Wahrheit zurückzuhalten.

»Har?« Eine leichte Berührung am Arm ließ mich wieder zu Lucie aufblicken. »Es ist doch alles gut zwischen Zack und dir, oder?«

Ich nickte und der Druck in meiner Brust ließ ein wenig nach. »Mehr als gut.«

Lucie nickte ebenfalls. »Gut, dann habe ich mir dieses Leuchten, das dich umgibt, nicht eingebildet.«

»Leuchten?«

»Das *Ich-hatte-fantastischen-Sex-Leuchten*«, präzisierte sie, ohne die Stimme zu senken, wobei es sie nicht im Geringsten zu stören schien, dass sich die beiden Studierenden am Nachbartisch zu uns umdrehten. »Du wirkst glücklich. Entspannter.«

Meine Wangen wurden warm und ich rutschte unwillkürlich ein wenig tiefer in meinen Sessel. Gut, ich war meilenweit von *entspannt* entfernt, aber glücklich? Ja. Ja, ich war glücklich. Inmitten des Chaos aus Prüfungsstress und Lernen, Campus-Alltag und Alias war ich glücklich. Und manchmal machte mir das Angst. Weil Glück bedeutete, dass man tief fallen konnte.

Lucie griff über den Tisch hinweg nach meinen Fingern und drückte sie. »Ich freue mich für dich, Har. Wirklich, ich …«

»Lucie?«, hakte ich sanft nach, als sie nicht weitersprach, und ich den erstickten Unterton in ihrer Stimme bemerkte. »Was ist?«

»Nichts, nur … Ärger mit meiner Familie. Das regelt sich schon wieder.«

»Wenn du reden magst …«

»Danke, Har, aber es ist wirklich keine große Sache.« Noch einmal drückte sie meine Hand, dann griff sie wieder nach ihrem Kugelschreiber. »Vielleicht sollten wir doch noch probieren, etwas zu schaffen, was meinst du?«

Am liebsten hätte ich abgelehnt und genau dort weitergemacht, wo sie abgeblockt hatte. Ich spürte, dass da mehr war als bloßer Ärger mit der Familie, und wieder einmal wurde mir klar, wie wenig ich über Lucienne McCoy wusste. Wir waren uns nahe, sehr gute Freundinnen geworden, aber ehrlicherweise musste ich zugeben, dass ich keine Ahnung hatte, wer sie außerhalb des Campus war.

Und irgendwie bekam ich das Gefühl, dass das Lucies Absicht war.

* * *

Gute zwei Stunden später stand ich auf dem Parkplatz des Lakestone und wartete auf Zack. Wir hatten uns hier verabredet, um gemeinsam mit seinem Motorrad zu ihm nach Hause zu fahren, und mittlerweile war aus meiner Vorfreude Nervosität geworden. Weil ich wusste, dass seine Großmutter Zack die Welt bedeutete.

Was ist, wenn mich seine Grams nicht mag?

Was ist, wenn ich gleich zu Beginn in das größte Fettnäpfchen trete, das ich finden kann?

Was ist, wenn ich nicht das bin, was sie sich für ihren Enkel wünscht?

Ich zog die Schultern hoch und warf einen Blick auf mein Handy.

Schon wieder. Seit dem letzten Mal waren gerade einmal zwei Minuten vergangen und Zack war natürlich noch nicht da, weil ich viel zu früh gewesen war. Noch so ein Anzeichen für meine wachsende Aufregung.

Um mich abzulenken, klickte ich mich in die noch offenen Nachrichten, die ich den Tag über ignoriert hatte, und antwortete Colin hinsichtlich der App, versicherte mich noch einmal bei Caitlyn, dass das Training heute auch wirklich ausfiel, und schickte Brax ein paar Fotos vom Campus, die ich ihm versprochen hatte. Im nächsten Moment sprang eine Nachricht von Miyu ins Postfach. Nicht bei WhatsApp, sondern in unserem eigenen Messenger, was bedeutete, dass es um *CanalRio* ging. Sofort spürte ich aus einem ganz anderen Grund kalte Nervosität in mir.

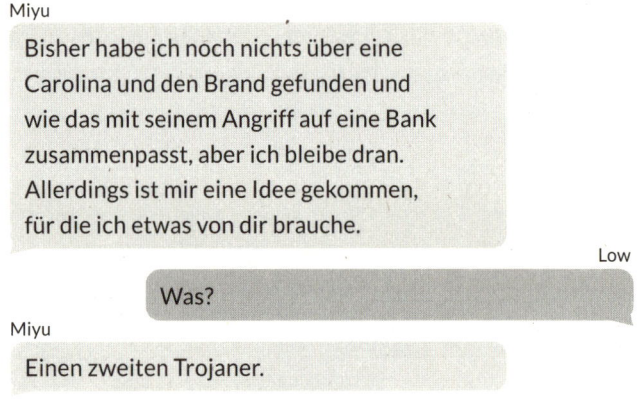

Miyu

Bisher habe ich noch nichts über eine Carolina und den Brand gefunden und wie das mit seinem Angriff auf eine Bank zusammenpasst, aber ich bleibe dran. Allerdings ist mir eine Idee gekommen, für die ich etwas von dir brauche.

Low

Was?

Miyu

Einen zweiten Trojaner.

Ich hätte mich beinahe an meiner eigenen Spucke verschluckt.

Low

Auf die Gefahr hin, dass ich mich wiederhole, aber: WAS?

Miyu

Schalt mal dein Köpfchen ein. Eine zweite
Backdoor in der Backdoor, die nach unserer
Pfeife tanzt.

Die Rädchen in meinem Kopf begannen zu arbeiten. Scheiße, dass
ich da noch nicht selbst drauf gekommen war! Nicht dass wir hier
von einem Kinderspiel oder einer fertigen Lösung sprachen, aber ...
es war ein Anfang. Ein verflucht guter Anfang.

Vereinfacht gesagt, schlug Miyu vor, in den fertigen Backdoor-
Trojaner, den ich Alias liefern sollte – und mit dem er Zugriff auf
die Bank in Australien bekommen wollte –, eine zweite, versteckte
Backdoor einzubauen. Eine, die Alias nicht sofort bemerken würde
und durch die wir Zugriff auf sein Netzwerk bekommen würden.
Auf all seine Dateien und Hacks. Genug, um ihn nicht nur hand-
lungsunfähig zu machen, sondern auch an die Polizei auszuliefern.
Um Alias aus dem Verkehr zu ziehen.

Miyu

Verstehen wir uns jetzt?

Ich grinste. Vermutlich ein wenig irre. Vielleicht sogar total durch-
geknallt. Mein Herz machte einen Sprung, während die Nervosität
einer leisen Hoffnung wich. Das könnte wirklich funktionieren.

Low

Bis wann brauchst du das Teil?

Miyu

Am besten gestern. Und wir müssen wissen,
auf welche Bank er es genau abgesehen hat.

Im Augenwinkel machte ich eine Bewegung aus. Zack.

Muss Schluss machen, melde mich. Bleib an Alias' Geschichte dran!

Statt ihre Antwort abzuwarten, sperrte ich das Handy, ließ es in die Tasche meines karierten Mantels gleiten und wandte mich Zack zu.

»Hey, Zack. Gehen?«, begrüßte ich ihn in meiner brüchigen Gebärdensprache und ließ Zeige- und Mittelfinger meiner rechten Hand durch die Luft laufen, um *Gehen* auszudrücken. Die passenden Pronomen hatte ich noch nicht parat.

Zack gab mir schmunzelnd einen Kuss auf die Lippen und nickte.

»Wir können los.«

Unsere Hände verschränkten sich wie selbstverständlich miteinander, als er mich zu seinem Motorrad führte und mir einen Helm reichte. Wenig später rasten wir auch schon durch den Donnerstagabend. Die Luft war kühl und schmeckte nach Regen und ich war berauscht von Zacks Nähe, von Miyus Idee und diesem Moment. Meiner Meinung nach dauerte die Fahrt bis zu seinem Zuhause nicht annähernd lange genug, denn kaum dass er die Maschine vor dem großen, dreistöckigen Haus abgestellt hatte, kehrte die Anspannung auf einen Schlag zurück.

Unsicher kaute ich auf meiner Unterlippe herum und blickte an dem Haus hoch. Es war ein sanierter Altbau, dessen historische Fassade immer wieder von Glasfronten durchbrochen wurde. Es gab Erker, ein geschwungenes Dach und Holzbalken, die den hellen Stein einfassten. Schon von außen war zu erkennen, dass sich im Erdgeschoss neben der Garage auch eine Werkstatt befand und die einzelnen Stockwerke hohe Decken haben mussten. Ich war neugierig herauszufinden, was sich hinter dieser Mischung aus moderner Architektur und geschichtsträchtigem Bau verbarg. Wäre da nicht die Kleinigkeit gewesen, dass dort auch Zacks Großmutter auf uns wartete.

Zack trat neben mich, nachdem er das Motorrad vor die Garage geschoben hatte, und reichte mir einen kleinen Zettel.

Sie wird dich lieben, vertrau mir.

Ich blickte auf. »Den hast du schon die ganze Zeit über in deiner Tasche gehabt?«

Belustigt nickte er und reichte mir gleich den nächsten, nachdem er ein paar schnelle Worte aufs Papier gebracht hatte. *Die Besorgnis steht dir ins Gesicht geschrieben, Har. Aber mach dir keine Gedanken, Grams wird dir genauso verfallen, wie ich es bin.*

Kopfschüttelnd stupste ich ihm leicht gegen die Schulter und ließ mich an seine Seite ziehen, als er einen Arm um mich legte und uns in Richtung des breiten Garagentors links des Eingangs führte. Bei genauerem Hinsehen erkannte ich eine schmale Tür, die in das dunkelgrün lackierte Tor eingelassen war, ein Messingschild war daran angebracht.

The Garage – Ruth Amelia Spencer

»Ist es eigentlich okay, wenn wir drinnen … also, wenn wir die App wieder nutzen? Ich möchte nicht, dass sich deine Grams dabei irgendwie unwohl fühlt«, sagte ich, kurz bevor wir das Tor erreichten, und schaute zu Zack auf.

Seine Züge wurden weich, dann streckte er mir die Hand entgegen und bedeutete mir, ihm mein Handy zu reichen. Also entsperrte ich mein Smartphone und wechselte direkt in die ComAll-App, die Colin und ich zumindest weitestgehend wieder auf dem Mobilgerät zum Laufen gebracht hatten.

»Natürlich ist das in Ordnung für mich, und unter uns gesagt, sie ist allein schon wegen dieser Erfindung ein großer Fan von dir«,

übersetzte die App Zacks Gebärden. »Aber verrate ihr nicht, dass du das von mir hast.«

Erleichtert atmete ich aus. »Von mir erfährt sie nichts, versprochen.«

In diesem Moment öffnete sich die Tür im Garagentor. Eine zierliche Frau in den mittleren Sechzigern mit Flanellhemd und Jeanslatzhose stand im Rahmen und strahlte uns an, als wären wir nach einer jahrelangen Reise zurückgekehrt. Das musste dann wohl Zacks Großmutter sein.

Zack trat vor und hauchte ihr einen Kuss auf die Wange.

»Alles Gute zum Geburtstag, mein Junge! Schön, dass ihr hier seid«, sagte sie und wandte sich dann an mich. »Und du bist sicherlich Harlow. Meine Güte, du bist ja noch hübscher, als Zack erzählt hat. Na, kommt rein, ich habe Tee gemacht und eine neue Gemüselasagne ausprobiert. Ich hoffe, ihr seid hungrig.«

∗ ∗ ∗

Ich stellte schnell fest, dass meine Bedenken unbegründet gewesen waren. Zack hatte nicht übertrieben, Ruth war großartig und hieß mich in ihrem Haus willkommen, als würde ich schon lange zur Familie gehören. Nachdem sie mir die beeindruckende Werkstatt gezeigt hatte, waren wir ins erste Obergeschoss und dort in eine gemütliche Wohnküche gegangen, in der es herrlich nach Kräutern duftete.

»Grams' Geheimtee, sie schwört darauf«, ließ mich Zack über die App wissen.

»Ich bin gespannt«, flüsterte ich zurück, während wir uns an den gedeckten Küchentisch setzten.

»So, bevor es an die Lasagne geht, habe ich noch etwas für dich, Zack. Ich weiß, Geburtstage sind nicht dein Ding, aber ganz habe ich es mir nicht nehmen lassen. Man wird schließlich nicht jedes Jahr zweiundzwanzig.« Ruth kehrte, einen Kuchen in den Händen und ein längliches, kleines Geschenk unterm Arm, zurück und setzte sich zu uns an den Tisch. Kerzen brannten auf dem schlichten Schokokuchen, und auch wenn Zack unübersehbar die Augen verdrehte, konnte ich die ehrliche Freude in seinem Blick erkennen.

»Ich sage jetzt nicht, das wäre nicht nötig gewesen, weil du weißt, wie ich dazu stehe, Grams.«

»Ja, das weiß ich. Gemacht habe ich es trotzdem«, erwiderte sie, nun, wo ihre Hände wieder frei waren, in Gebärden und lauter Sprache gleichzeitig. Ein klein wenig war ich stolz darauf, dass ich mittlerweile immer mehr Gebärden erkannte. »Mach schon auf, Zack – nein, warte, vielleicht solltest du erst die Kerzen auspusten, bevor aus dem Kuchen ein Wachskuchen wird.«

»Und den Wunsch nicht vergessen«, fügte ich an.

Belustigt erwiderte er **»Niemals«**, was ich auch ohne App verstand, und beugte sich dann vor, um die kleinen Kerzen auf einen Schlag auszublasen. Zu gern hätte ich erfahren, was er sich gewünscht hatte, aber da ich wusste, wie das Spiel ablief, verkniff ich mir die Frage. Als Zack nach der Schachtel seiner Großmutter griff, zog ich meinerseits ebenfalls ein kleines Geschenk hervor.

»Ihr habt euch gegen mich verschworen, wie ich sehe.« Zack sah erst mich und dann seine Grams anklagend an.

Ruth klopfte ihm auf die Schulter. »War uns eine Freude. Und jetzt mach schon auf.«

Gespannt verfolgte ich, wie Zack die robuste Paketschnur öffnete und kurz darauf einen alten Zündschlüssel auspackte. Seine Augen weiteten sich und zum ersten Mal wirkte er wirklich *sprachlos.*

»Jetzt schau mich nicht so an, ich habe doch gesehen, dass es Liebe auf den ersten Blick war.« Mit einem zufriedenen Grinsen griff Ruth nach dem Kuchen und schnitt drei gleichgroße Stücke ab. »Sie gehört dir.«

Zack schüttelte den Kopf. »Du hast doch gesagt ...«

»Ich weiß, was ich gesagt habe, und ich weiß, was ich hier mache. Also nimm das gute Ding und tu mir den Gefallen und pass gut auf sie auf. War harte Arbeit, die alte Lady wieder zum Laufen zu bringen.«

Ein wenig ratlos schaute ich zwischen den beiden hin und her und hatte das Gefühl, dass mir etwas Entscheidendes entging.

Glücklicherweise fand Zack einen Moment später wieder ins Gespräch. »Eine Honda – ein ziemlich altes Motorrad, das Grams vor dem Schrottplatz gerettet hat. Sie hat es mir einfach geschenkt, obwohl sie jetzt nach der Instandsetzung verdammt viel ...«

»Das spielt doch keine Rolle, Zack. Geschenkt ist geschenkt. Du sollst sie haben.«

Zack ließ die Hände sinken und nickte, dann stand er auf, ging um den Tisch herum und schloss Ruth in die Arme. Lange und mit geschlossenen Augen. Ein wenig überrumpelt tätschelte sie ihm den Rücken. »Gerne, Zack. Unglaublich gerne.«

Die beiden so zusammen zu sehen, löste ein warmes Gefühl in meiner Brust aus. Zack hatte mir erzählt, dass er kaum noch Kontakt zu seinen Eltern hatte, seit sie in Philadelphia lebten. Dass sie sich nur ab und zu Nachrichten schrieben, um sich auf dem Laufenden zu halten – aber hier und jetzt war ich mir sicher, dass er mit seiner Großmutter bereits die beste Familie um sich hatte.

Als Zack wieder neben mir saß, schob ich ihm mein kleines Päckchen zu. »Es ist kein Motorrad, aber na ja …« Mit einem Mal kam mir mein Geschenk wie eine schlechte Idee vor.

Vorsichtig hob er den Deckel an und schenkte mir einen neugierigen Blick, ehe er die Kette aus dem Kästchen holte. Sie hatte eine gewisse Ähnlichkeit mit den Erkennungsmarken von Soldaten, nur dass die Kette feiner und auf der Marke nicht Zacks Name, sondern ein QR-Code eingraviert war.

»Sie … dahinter verbirgt sich die ComAll-App. Immer die neuste Version, ich update den QR-Code regelmäßig. Wenn ihn jemand scannt, installiert sie sich automatisch auf dem jeweiligen Handy, sodass du sofort auch mit Menschen sprechen kannst, die keine Gebärdensprache verstehen. Du kannst es beispielsweise an deinen Schlüsselbund machen. Oder so.« Verunsichert, weil Zack sich noch immer keinen Deut gerührt hatte, schob ich mir die losen Haarsträhnen hinter die Ohren. »Ich kann verstehen, wenn du es irgendwie blöd findest, und …«

Zack brachte mich zum Verstummen, indem er mein Gesicht umfasste und mich küsste. Keine kleine, flüchtige Berührung, sondern ein echter Kuss, der mein Herz einen Satz machen ließ.

Blinzelnd sah ich ihn an, als er sich von mir löste, und zog die Mundwinkel etwas höher. »Das heißt, es gefällt dir?«

»Es ist ziemlich perfekt, Harlow. Danke.«

Ich machte eine der Gebärden für *Bitte*, den Kreis über der linken Brust, und schmolz ein wenig mehr dahin für diesen Mann, als er sich die Kette kurzerhand über den Kopf zog und dann nach einem Stück Kuchen griff.

»Du studierst also Computerwissenschaften?«, fragte Ruth nach einem vernehmlichen Räuspern und blickte mich über den Rand ihrer Tasse hinweg an.

Im Augenwinkel las ich Zacks Kommentar, »Möge das Verhör beginnen«, und musste mir ein Lachen verkneifen, ehe ich antwortete:»Ja. Ich habe eine Schwäche für alles, was einen Chip hat. Codes, Programme, logische Strukturen. Kommunikation im digitalen Sinne. So etwas eben.«

Sie nahm einen weiteren Schluck von ihrem Tee, noch immer dieses wissende Lächeln auf den Lippen. »Davon habe ich schon gehört. Na, dann lass mal sehen, was das für eine App ist.«

∗ ∗ ∗

»Ich habe auch noch etwas für dich«, meinte Zack später an diesem Abend, als wir längst in Schlafklamotten in seinem alten Zimmer waren. Entgegen meiner Erwartung hatte mich kein altes Kinderzimmer, sondern ein modern und geschmackvoll eingerichteter Wohnbereich mit kleiner Küche begrüßt. Etliche Bücherregale, gestapelte Notizbücher und Fotografien von Seattle. Ein wenig enttäuscht war ich schon gewesen, keine Kuscheltiere und peinlichen Poster aus Zacks Jugendzeit vorzufinden, aber sein Argument, dass sein enges Kinderbett verglichen mit dem breiten Boxspringbett deutlich unbequemer gewesen wäre, war unschlagbar gewesen.

»Du für mich?« Erwartungsvoll sah ich ihn an und setzte mich im Schneidersitz ans Fußende des Betts, während er begann, in seiner Tasche zu kramen. »Ich glaube, du hast da etwas verwechselt. An seinem Geburtstag *bekommt* man Geschenke, man verschenkt sie nicht selbst.«

Als sich Zack wieder zu mir umdrehte, hielt er ein flaches, rechteckiges Geschenk in den Händen. Es war in altes Zeitungspapier gewickelt und mit einer dunkelgrünen Schleife versehen.

»Es ist eine alte Tradition von Addie und mir. Ich war an ihrem Geburtstag immer traurig, weil ich kein Geschenk bekommen habe, und da hat meine Schwester beschlossen, mir eben auch etwas zu schenken, deswegen ...«, fing er an zu erklären, nachdem er mir das Päckchen gereicht hatte, und setzte sich neben mich. »Ich habe es in meinem Lieblingsbuchladen gesehen und musste direkt an dich denken.«

»Immer wenn ich glaube, du könntest mich nicht noch mehr überraschen, belehrst du mich eines Besseren. Danke, Zack.«

»Du hast es doch noch gar nicht aufgemacht. Vielleicht ist es auch ein Kamasutra-Buch.«

Mir kam ein Prusten über die Lippen, dann versetzte ich ihm einen leichten Knuff. »Das wäre gleich die nächste Überraschung.« Kopfschüttelnd öffnete ich vorsichtig die Schleife und anschließend das Papier. Darunter kam ein dunkelgrüner Einband zum Vorschein und nach und nach der goldgeprägte Titel.

Alice im Wunderland.

»Das ...« Gerührt strich ich über die Schmuckausgabe einer meiner liebsten Geschichten.

»Du hast gesagt, es wäre dieses Buch gewesen, das deine Liebe zum Lesen geweckt hätte. Im Café, weißt du noch? Als du mir die Schiefertafel besorgt hast.«

»Das ist das schönste Nicht-Geburtstagsgeschenk, das ich jemals bekommen habe. Ganz ehrlich. Danke, Zack. Und ... danke, dass du mich mit zu dir nach Hause genommen hast.« Ich legte das Buch vorsichtig zur Seite und strich über seine Wange. »Danke.«

Zack ließ seine Stirn gegen meine sinken, während seine Hände ein einziges Wort zwischen uns formten.

»Immer.«

KAPITEL 30

Beautiful Pain – Eminem, Sia

Zackary

Harlow bei mir zu Hause zu haben, fühlte sich auf so viele Arten richtig an. Als gehörte sie hierher. Zur Familie. Zu mir.

Wie ich vermutet hatte, war ihr Grams sofort verfallen und ich mir ziemlich sicher, dass die beiden in ihrem vertrauten Gespräch gestern Abend schlichtweg vergessen hatten, dass ich auch noch mit am Tisch saß. So oder so, es bedeutete mir verdammt viel, dass sie sich so gut verstanden.

»Zack?«

Ich blickte von meiner Tasse Kaffee auf und schaute zu Harlow, die, nur mit ihrem Höschen und einem meiner alten Flanellhemden bekleidet, in der winzigen Küche meines Wohnbereichs stand und mich fragend musterte. Mitten auf ihrem Kopf saßen ihre hellbraunen Haare als unordentlicher Knoten und wie so oft in letzter Zeit trug sie auch heute ihre Brille, für die ich insgeheim eine Schwäche entwickelt hatte. Nicht dass ich das offen zugeben würde.

»Milch? Wir brauchen noch etwas Milch, sonst wird das mit den French Toasts nichts«, ließ sie mich wissen, als ich nicht sofort reagierte, und zeigte mit dem Pfannenwender auf mich.

Daran, morgens mit Harlow aufzuwachen, gemeinsam Frühstück zu machen und in den Tag zu starten, konnte ich mich echt gewöhnen. Schmunzelnd stieß ich mich von der Arbeitsplatte ab und öffnete einen der Vorratsschränke. Die Küche, die zu der kleinen Einliegerwohnung in Grams' Haus gehörte, war kaum mehr als eine verlängerte Küchenzeile mit Spülmaschine, aber sie hatte alles, was man für den Alltag brauchte. Nicht dass ich sie oft genutzt hätte, da Kochen bedauerlicherweise nicht zu meinen Talenten gehörte.

»Danke.« Harlow wendete sich wieder der Schüssel zu und mischte alles für die French Toasts zusammen. Meine Hilfe hatte sie dabei resolut abgelehnt und mir nur einen Kaffee in die Hand gedrückt.

»Also, was hast du heute vor?«, wollte Harlow dann wissen und gab großzügig Zimt in die Eimasse.

Um Harlow nicht vom Kochen abzuhalten, aktivierte ich in ComAll die Sprachausgabe. »*Du meinst, abgesehen vom stundenlangen Lernen? Ich bin mir ziemlich sicher, dass die Profs den vorlesungsfreien Tag absichtlich in die Lernzeit legen, um uns einen reinzuwürgen.*«

»Sei nicht so zynisch. Außerdem hast du mit deinem fotografischen Gedächtnis doch echt einen Vorteil.«

»*Beim Auswendiglernen, ja, aber nicht bei den Transferaufgaben oder … Mathematik.*« Den Schauder, der mich allein beim Gedanken an Integrationsalgorithmen und irgendwelche numerischen Stabilitäten überkam, musste ich erst gar nicht vortäuschen.

Harlows Lippen teilten sich zu einem kleinen Lächeln. »Die Zahlen werden dich schon nicht beißen.«

»*Wenn du dich da mal nicht verrechnest.*«

»Was ist mit deiner Grandma? Ist sie schon wach?«

»Sie ist schon bei einem Kunden.« Meine Großmutter war bereits seit Stunden auf den Beinen und rüber nach Vancouver gefahren, weil sie sich dort mit einem neuen Kunden treffen wollte. *»Ich denke, ich werde später eine Runde mit der Honda drehen, bevor es zurück auf den Campus geht. Willst du mitkommen?«*

Toast und Eimasse landeten schwungvoll in der gusseisernen Pfanne, dann schüttelte Harlow entschuldigend den Kopf. »An sich wäre ich sofort dabei, aber ich brauche die Stunden leider zum Lernen. Nach den Prüfungen holen wir das nach, okay?«

»Kein Problem. Wenn du magst, kannst du dich an meinem Schreibtisch ausbreiten«, bot ich an und holte anschließend zwei Teller samt Besteck und Sirup hervor.

»Klingt perfekt«, erwiderte sie zusammen mit der entsprechenden Gebärde, wobei ihr beinahe der Pfannenwender samt Teigrest auf den Boden gefallen wäre. »An meinen Multitaskingfähigkeiten arbeite ich noch.«

Ihre ehrlich zerknirschte Miene ließ mich schief lächeln. Einfach weil selbst ein normales Frühstück mit ihr zu einer besonderen Erinnerung wurde.

Und genau dafür liebe ich dich, Harlow Lexington.

* * *

Obwohl es bereits Ende November war, war ich nicht annähernd so durchgefroren, wie ich erwartet hatte, als ich die Honda am frühen Nachmittag wieder in die Einfahrt lenkte. Es war eine gute Runde an der Küste entlang und raus aus der Stadt gewesen. Zwar litt die alte Maschine noch unter der einen oder anderen *Kinderkrankheit,* wie Grams mir gestern Abend berichtet hatte, aber mit ein paar Extrastunden würde sie wieder so glatt laufen wie meine BMW. Zufrieden zog ich mir den Helm vom Kopf, klemmte ihn mir unter den Arm und trat dann durch die Tür in Grams' Werkstatt. Aktuell stand dort eine Kawasaki aufgebockt, an der sich meine Großmutter regelrecht austobte. Anders konnte man ihre Arbeit mit den Maschinen nicht bezeichnen.

Das ist keine Arbeit, sondern eine Passion, Zackary. Genau das macht den Unterschied zwischen Leben, um zu arbeiten *und* Arbeiten, um zu leben *aus.*

Ich hatte irgendwann aufgehört mitzuzählen, wie oft sie mir das schon vorgebetet hatte. Zum letzten Mal, als ich Grams von dem Angebot aus Oxford erzählt hatte. Ihrer Ansicht nach war mein Jurastudium die *Leben, um zu arbeiten*-Komponente, während in der Literatur meine wahre Stärke lag. Doch für mich fühlte es sich eher so an, als schlugen da zwei Herzen in meiner Brust. Eines für das geschriebene Wort, weil sie meine Leidenschaft war. Das andere für Jura, weil es mich mit Addie verband. Ich brauchte beide Herzen zum Überleben und genau aus diesem Grund war eine Entscheidung quasi unmöglich.

Seufzend fuhr ich mir durch die platt gedrückten Haare und legte den Helm zur Seite, als mein Handy klingelte. Da es nur wenige Menschen gab, die mich anriefen, wusste ich noch vor dem Blick auf das Display, dass es Chloe sein musste.

Stirnrunzelnd nahm ich den Videoanruf an und positionierte das Handy auf der Werkbank.

»Hey, Zack«, eröffnete Chloe das Gespräch, wie so oft mit Stimme und Gebärden.

»Hi, was gibt's?«

»Brauche ich einen Grund, um meinen besten Freund anzurufen, der seit Neustem auch wieder lächelt?« Ihr Versuch, möglichst unschuldig zu grinsen, war vollkommen umsonst.

»Du? Immer.«

Chloe streckte mir die Zunge raus. »Wie war der Abend mit Harlow und Ruth? Ich ärgere mich immer noch, dass ich ausgerechnet gestern Babysitterin spielen musste. Auch wenn ich meine Schwester echt lieb habe, aber das Timing war mies.«

Jetzt, wo Chloe wusste, dass Har und ich reinen Tisch gemacht hatten, war sie ihr gegenüber wieder deutlich positiver eingestellt. Trotzdem änderte das nichts daran, dass sie sich immer noch im beschützerischen Beste-Freundin-Modus befand. Ein Teil von mir liebte sie dafür, während der andere ihr am liebsten deswegen den Hals umgedreht hätte.

»Wir haben lange geredet, Kuchen gegessen, solche Dinge eben. Grams und Har hätten meine Gesellschaft gar nicht gebraucht. Und keine Sorge, wir holen das nach.«

»Worauf du Gift nehmen kannst.« Leise lachend rutschte sie am Kopfteil ihres Betts etwas höher. »Es freut mich, dass du einen schönen Geburtstag hattest, Zack.«

Ich lächelte und lehnte mich gegen eine der Werkbänke. »Also, warum rufst du an?«

»Ich bin vorhin Abbot in die Arme gelaufen und er hat mir einen Brief für dich in die Hände gedrückt. Aus Oxford. Gibt es da etwas, das du mir sagen willst, Zackary Spencer?«

Fuck.

»Okay, vergiss es, dein Gesicht sagt alles. Deine Wahl ist also auf England gefallen?«

»Nein«, gebärdete ich heftig. »Abbot hält mir nur alle Möglichkeiten offen. Aber eigentlich habe ich mich längst dagegen entschieden. Ich will am Lakestone bleiben.«

Skepsis trat in ihre braunen Augen. »Nicht mal die Schnuppertage?«

»Nicht mal die Schnuppertage.«

»Auf die Gefahr hin, dass ich jetzt ein Fass aufmache, aber du liebst die Literatur, Zack. Ich habe irgendwann aufgehört zu zählen, wie viele Notizbücher du mit deinen Gedanken zu Büchern gefüllt hast. Deine Texte sind pure Perfektion und Oxford war immer ein Traum von dir. Bist du dir sicher, dass du das einfach so abschmettern willst?«

Ich fuhr mir über die Stirn und sah wieder aufs Handy. »Du weißt, warum ich mich für Jura entschieden habe. Du weißt, dass ich es für Addie mache. Das ist wichtiger und außerdem ist der LSC auch immer mein Traum gewesen.«

»Warum hast du das Motivationsschreiben dann überhaupt abgegeben?«

Eine Frage, die ich mir selbst schon oft gestellt hatte. Vielleicht hatte ein Teil von mir auf eine Absage gehofft, die schriftliche Bestätigung, dass ich in der Literaturwissenschaft nichts verloren hatte. Dass Jura der richtige Weg war. Darauf, dass mir jemand die verfluchte Entscheidung abnahm.

Und trotzdem hatte mein Herz einen Satz gemacht, als die Zusage gekommen war.

Chloe seufzte schwer, als ich nichts erwiderte. »Denkst du nicht, ihr wäre es wichtiger, dass du glücklich bist? Du bist nicht dafür verantwortlich, dass sie den Scheißkerl von damals nicht gefasst haben.«

Doch das änderte nichts an meinen Gefühlen. Es war irrational, aber ich fühlte mich immer noch schuldig. Weil ich zu diesem Zeitpunkt nichts hatte sagen können, weder in Gebärden noch mit schriftlichen Worten. Weil ich die fehlende Aussage erst Jahre später gemacht hatte. Ein *Später*, das letztlich ein *Zuspät* gewesen war.

»Ein besserer Anwalt hätte es vielleicht doch hinbekommen. Nicht aufgegeben.«

»Und jetzt willst du dieser bessere Anwalt werden.«

»Chloe, bitte. Ich bleibe bei Jura und in Seattle, fertig. Hier ist Grams und … alles.«

»Deine Entscheidung hängt also nicht eventuell auch ein kleines Stückchen mit einer gewissen Studentin voller Geheimnisse zusammen, hm?«

»Sie hat mir alles erzählt, Chloe, also nenn sie bitte nicht so.«

»Schon gut«, entschuldigend hob sie die Hände und fügte dann in versöhnlichem Tonfall an: »Ich bin froh, dass ihr euch ausgesprochen habt. Mit ihr siehst du … glücklicher aus.«

»Das bin ich.«

Chloe lächelte und atmete hörbar aus. »Und wenn Jura am Lakestone dich auch glücklich macht, dann bleib dabei. Ich möchte nur, dass es dir gut geht, das ist alles.«

Ich fuhr mir übers Kinn und nickte.

»Treffen wir uns heute Abend mit den anderen auf einen Drink, um zumindest ein bisschen Vorlesungsfreier-Tag-Vibes abzugreifen? Du kannst Harlow natürlich gerne mitbringen.«

»Wie gnädig von dir.«

»Du kennst mich. Ich bringe dir den Brief dann mit.«

»Danke.«

»Für dich doch sehr gern, Zack. Bis später.«

Stirnrunzelnd starrte ich einen Moment auf das Display, nachdem sie aufgelegt hatte, und ging nach oben. Chloes Worte hatten einige Gedanken in mir angestoßen, über dieses ganze Chaos um die Wahl meines Studienfachs, über die Gründe dahinter, über die verdammte Vergangenheit. Vielleicht sollte ich doch noch einmal alles in Ruhe überdenken.

Als ich die letzte Stufe zum zweiten Stockwerk erreichte, drang Harlows Stimme zu mir. Anscheinend telefonierte sie, und ihrer Tonlage nach zu urteilen, war es ein hitziges Gespräch. Um sie nicht zu stören, entschied ich kurzerhand, frischen Kaffee zu kochen. Möglichst lautlos schlüpfte ich aus meinen schwarzen Boots und wollte gerade in die Küche abbiegen, als mich ein einzelnes Wort erstarren ließ.

Trojaner.

Ohne dass es eine bewusste Entscheidung gewesen wäre, änderte ich die Richtung und blieb erst an der angelehnten Tür zu meinem Zimmer stehen, wo ich jedes Wort verstand. Alles in mir sträubte sich dagegen, Harlow zu belauschen, doch das schmerzhafte Ziehen in meiner Brust war stärker.

»Ich weiß nicht, woher du dein Wissen bekommst, aber in meiner Welt braucht man etwas Zeit, um so ein komplexes Monster zu coden«, hörte ich sie sagen, dann lachte sie trocken. »Ja, es ist ein genialer Einfall, und ja, mir ist bewusst, dass wir es damit schaffen könnten, aber immerhin reden wir hier von einem hochkomplexen Sicherheitssystem, das wir hacken wollen! Und uns fehlt immer noch sein genaues Ziel.«

Das musste ein schlechter Scherz sein. Ein Sicherheitssystem hacken? Und sie programmierte dafür einen Trojaner? Ich ballte die Hände zu Fäusten.

»Diesen Luxus habe ich aber nicht. Es muss auf Anhieb funktionieren, wir könnten keinen Testlauf machen, Miyu.«

Mein Herz schlug mit einem Mal doppelt so schnell. Harlows Hackerfreundin Miyu. Was zum Teufel lief da? Wie passten ein Trojaner, ein Monstercode und ein Sicherheitssystem zu ihren Worten, dass sie aussteigen wollte?

»Mir wird wirklich schlecht, wenn ich zu viel darüber nachdenke. Alias diesen Trojaner zu geben, ist, als würde man ihm einen Bombe in die Hände legen.« Eine kurze Pause, dann: »Irgendwie ist es unheimlich, wenn du so optimistisch bist. Gut, sobald wir im Banksystem drin sind, greift die zweite *Backdoor*, richtig?« Das Klackern ihrer Tastatur erklang in einer beinahe übermenschlichen Geschwindigkeit. »Zur Not setze ich den Trigger im Code eben noch mal anders. Hast du die Liste mit den IP-Adressen, die er gerne nimmt?«

Auch wenn ich nur die Hälfte verstand, ich verstand genug. Und ich hatte genug gehört.

Ich hob eine Hand und klopfte an. Auch ohne Harlow zu sehen, konnte ich mir vorstellen, wie sie in diesem Moment ertappt zusammenzuckte.

»Ich muss Schluss machen, wir reden heute Nacht weiter.« Wieder Tastaturgeklacker, dann: »Ja?«

Ich schluckte, biss die Kiefer aufeinander und trat ein. Harlow hockte, ein Knie angezogen, auf meinem Schreibtischstuhl und schenkte mir ein breites Strahlen. Ein Strahlen, das keine Sekunde später verblasste, als sie mein Gesicht sah. Den Ausdruck darauf erkannte und verstand.

»Zack.«

Ich hob eine Hand, um sie von weiteren Worten abzuhalten, und holte mein Handy hervor, um ComAll zu starten.

»**Bist du noch in dieser Hackergruppe?**«

Alle Farbe wich aus ihren Zügen, dann nickte sie knapp. »Ja, aber ich habe dir doch gesagt, dass ein Ausstieg …«

Auch dieses Mal ließ ich sie nicht weitersprechen. »**Programmierst du gerade etwas, um eine beschissene Bank zu überfallen?**«

Harlow riss die Augen auf. Zwei perfekte, große, blaugrüne Abgründe, in denen ich mich schon so oft verloren hatte. »Ja«, gab sie zurück. »Ja, ich programmiere einen Trojaner, weil mir Alias keine andere Wahl gelassen hat, Zack. Aber Miyu hatte den genialen Einfall, den einen Trojaner für einen zweiten zu nutzen. Als Ausweg.«

Wieder ergab vieles an ihrer Antwort keinen Sinn für mich, meine Gedanken kreisten nur wieder und wieder um die Gewissheit, dass Harlow noch hackte, dass sie an Dingen wie diesen *Trojanern* arbeitete, dass sie mich wieder außen vor gelassen hatte.

Langsam, als hätte sie Angst, mich zu verschrecken, stand sie auf und umschlang sich selbst mit den Armen. »Ich stehe zu meinem Versprechen, Zack, ich versuche auszusteigen, das alles zu beenden. Ich weiß, das ist schwer zu verstehen, aber dafür muss ich diese eine Aktion noch durchziehen.«

Ich legte die Stirn in Falten, während der Druck in meiner Brust zunahm. »**Zu diesem einen.**«

Nun war es an Harlow, verwirrt die Brauen zusammenzuziehen. »Was meinst du?«

»**Du stehst zu einem deiner Versprechen, das andere hingegen scheint dir nichts zu bedeuten.**«

Harlow schüttelte verständnislos den Kopf und machte einen Schritt auf mich zu. Suchte meinen Blick, bis ich das Flehen in ihren Augen sah, das Schimmern darin. »Können wir … kann ich es dir erklären? Bitte?«

Sie verstand es nicht.

Sie verstand nicht, worum es mir hierbei ging. Was ich mit meinen Worten meinte, warum da dieser höllische Schmerz in meiner Brust brannte. Es war nicht das Hacken, es war nicht die Tatsache, dass sie noch Kontakt zu Miyu hatte und weiß Gott was plante. Dieser Schmerz war da, weil sie *wieder* nichts gesagt hatte. Weil sie nicht ehrlich gewesen war. Weil sie dieses Versprechen, ehrlich und offen zu sein, gegeben und im selben Atemzug gebrochen hatte.

Und sie sich dessen nicht einmal bewusst war.

Dabei hätte ich mich mit ihren abstrusen, illegalen Plänen möglicherweise sogar arrangieren können. Ich hätte ihr zumindest zugehört und mit ihr gemeinsam nach einer Lösung gesucht, wäre sie mit dieser Sache zu mir gekommen – doch Harlow hatte wieder nichts gesagt.

Und das tat verdammt noch mal weh.

»Zack, bitte.«

Ein großer Teil von mir wollte ihre Bitte ausschlagen. Sich umdrehen und den Schmerz die Oberhand gewinnen lassen. Doch mein Wunsch, Harlow zu verstehen, zu verstehen, warum sie mich belogen hatte, war größer.

Also nickte ich knapp, auch wenn ich ahnte, dass es für eine Erklärung längst zu spät war.

KAPITEL 31

Hang On A Little Longer – Unsecret, Ruelle

Harlow

Im ersten Moment glaubte ich, meine Augen würden mir einen Streich spielen, als Zack nickte. Ich hatte nicht damit gerechnet, dass er mir die Chance gab, alles zu erklären, und gleichzeitig … passte es zu ihm. Zack war niemand, der Worten aus dem Weg ging. Er ließ sie zu, bildete sich aus ihnen seine Meinung, um dann zu entscheiden – und davor hatte ich Angst. Angst vor seiner Reaktion, seinem Urteil.

Scheiße. Jetzt, wo wir hier standen, wo Zack mich mit diesem enttäuschten Ausdruck ansah und sich die Schlucht zwischen uns plötzlich wieder auszudehnen begann, kam ich mir so bescheuert vor. Wieso hatte ich diese Trojanersache nicht einfach ruhen gelassen, bis ich wieder auf dem Campus war? Warum hatte ich mich unbedingt hier in Zacks Haus mit Miyu kurzschließen müssen? Oder: Warum hatte ich ihm nicht von Anfang an die Wahrheit gesagt?

Weil du ihn beschützen wolltest.

Wie ironisch, dass ihn genau diese Lügen nun so sehr verletzten.

Aufgebracht biss ich mir auf die Unterlippe, versuchte, gegen die Enge in meiner Brust anzuatmen. Dann sah ich wieder zu Zack, der sich keinen Zentimeter bewegt hatte.

»Ich ... ich habe dir bisher nichts davon erzählt, weil ich nicht sagen kann, welche Folgen das alles haben wird, Zack. Nicht weil ich dich ausschließen wollte, sondern ... um dich zu schützen. Und mir ist klar, wie das klingt. Wie absolut bescheuert das klingt, aber es ist nun mal die Wahrheit«, begann ich und schaute wieder auf meine Fußspitzen, die in dicken, selbst gestrickten Socken aus Moms Strickphase stammten. »In den letzten Jahren habe ich immer wieder mit Alias und der Gruppe zusammengearbeitet, es waren aber nie Dinge, die wirklich gefährlich gewesen wären. Nichts, wobei Menschen ernsthaften Schaden hätten nehmen können. Aktionen, die eher das Gesetz beugen, als es komplett zu brechen, ein bisschen wie bei Robin Hood. Der Gedanke hat mir an sich gefallen, aber nachdem ich wegen des Kontohacks festgenommen worden war und dann diese Chance auf dem Lakestone Campus bekommen hatte, wollte ich aussteigen. Nur hatte Alias andere Pläne für mich. Für mein *Talent*, denn auch wenn ich mir oft wünsche, es wäre anders ... ich bin gut in dem, was ich mache.« Gequält verzog ich das Gesicht und warf einen kurzen Blick auf Zack. Als er keinerlei Anstalten machte, mich zu unterbrechen, fuhr ich fort. Er hatte das mit dem Erklären also wirklich ernst gemeint. Das ganze ungeschönte Programm.

»Alias hat mir geholfen, Brax diese Operation zu ermöglichen, wodurch ich in seiner Schuld stand. Vor ein paar Wochen brauchte ich auf einmal wieder seine Hilfe, weil das Geld für Brax' Nachbehandlungen fehlte ...« Kopfschüttelnd zupfte ich an dem Saum meines Sweaters. »Deswegen habe ich mich darauf eingelassen, diesen Trojaner zu programmieren. Ich wusste zu dem Zeitpunkt aber nicht, dass er damit ein gesamtes Banksystem ruinieren will. Das ist etwas vollkommen anderes als unsere bisherigen Aktionen, bei denen es immer darum ging, etwas Gutes zu bewirken. Hätte ich das gewusst … Ehrlich gesagt kann ich gar nicht sagen, ob es etwas geändert hätte, denn ich brauchte dieses Geld schnell, hatte keine Zeit, mir etwas anderes zu überlegen, und Alias konnte es mir beschaffen. Also habe ich zugesagt. Wegen dem Geld und weil er mir versprochen hat, dass es das letzte Mal sein würde. Doch dann ist mir klar geworden, dass es hierbei um mehr geht. Persönliche Hintergedanken von Alias. Dass mit diesem Hack unzählige Existenzen zerstört werden könnten … und mir ist klar geworden, wie falsch das alles ist, Zack. Es ist verdammt falsch und deswegen tue ich gerade alles, um da rauszukommen, um zu verhindern, dass Alias diesen Hack durchziehen kann. Miyu und ich tun gerade alles, um eine Lösung zu finden.« Ich unterbrach mich selbst, weil sich mein Hals mit einem Mal unglaublich rau und trocken anfühlte. Weil ich an meinen kleinen tapferen Bruder dachte, der schon so viel gekämpft und gelitten hatte. Und weil es schmerzhaft war, diese Wahrheiten und Gründe für mein Handeln, die ich schon so lange mit mir herumschleppte, auszusprechen. Es tat weh, die einzelnen Splitter, die sich seit Wochen immer tiefer in meine Brust gruben, Stück für Stück herauszuziehen. Das hässliche Narbengewebe drum herum wieder aufzureißen.

Ich atmete ein und lehnte mich mit der Hüfte gegen den Schreibtisch. »Ich schäme mich, dass ich überhaupt damit angefangen habe, Zack. Dass ich nicht über einen anderen Weg nachgedacht habe, um die OP- und Arztrechnungen zu zahlen, und auf das Hacken zurückgegriffen habe. Ich schäme mich, dass ich mich auf den neuen

Deal eingelassen habe, ohne das Warum zu kennen. Dass ich erst die Sache mit der Bank erfahren musste, um aufzuwachen. Aber mit dem ganzen Stress in der Uni, den offenen Rechnungen – ich wusste einfach nicht, was ich tun sollte. Gott, ich schäme mich so für all das, Zack.«

Aus dem Augenwinkel sah ich, wie Zack zu seinem Bett ging und sich auf die Kante setzte, den Blick unverwandt auf mich gerichtet.

Ich blinzelte gegen das Brennen in meinen Augen an und griff nach einem Kapuzenband meines Hoodies, um meinen Fingern etwas zu tun zu geben. Um sie von dem Zittern abzuhalten, das mir nach und nach in die Glieder kroch. »Als wir letzte Woche über all das gesprochen haben, habe ich darüber nachgedacht, es dir zu sagen, aber ich … ich konnte es ganz einfach nicht. Nicht diesen Teil meiner Wahrheit. Alias ist unberechenbar geworden. In der letzten Zeit hat er mehrmals die oberste Regel unseres Netzwerks gebrochen und sich in meine Offline-Realität eingemischt. Er hat mich auf meinem privaten Telefon kontaktiert, unsere Präsentation manipuliert – ich kann nicht sagen, was er noch alles tun würde. Und sollte dieser Cyberangriff auf die Bank wirklich stattfinden … Ich wollte dich da auf keinen Fall mit reinziehen, Zack! Ich musste dich davor beschützen, weil du in all dem das Beste bist, was mir passiert ist. Und es tut mir leid, dass ich das vor dir verschwiegen habe, dass ich damit dein Vertrauen missbraucht und mein Versprechen gebrochen habe, aber ich wusste keine andere Lösung. Nicht, solange ich nicht einen sicheren Weg dort rausgefunden habe, und jetzt … Miyu ist auf die Idee gekommen, Alias in seinem eigenen Spiel auszutricksen. Ihn zu hacken.« Ich fuhr mir mit beiden Händen durch die Haare und schüttelte den Kopf. »Einen zweiten Trojaner zu programmieren, den wir in die Backdoor einbauen, die er von mir haben will, und die uns bei der Ausführung vollen Zugriff auf seine Daten ermöglicht. Ich könnte ihn mit all den Beweisen auffliegen lassen und es ein für alle Mal beenden. Und das will ich, Zack. Das wollen Miyu und ich mehr als alles andere. Selbst wenn es uns damit auch erwischt. Aber zumindest wäre es dann endlich vorbei.« Die letzten beiden Sätze kamen mir deutlich leiser über die Lippen. »Ich weiß nicht, was genau passieren wird. Ich kann nicht sagen, ob Alias es nicht vorher herausfinden wird. Ob wir das schaffen. Ich weiß nur, dass ich dich nicht in dieses Kreuzfeuer lassen wollte, Zack. Ich konnte es einfach nicht. Selbst wenn ich dich dafür belügen musste. Und das ist die ganze Wahrheit.« Ein trauriges Lächeln zupfte an meinen Mundwinkeln, als sich die Stille zwischen uns ausdehnte und immer schwerer wurde. Zack sah mich noch immer unverwandt an, während meine Worte wie ein lautloses Echo in der Luft hingen. Es kam mir so vor, als würden Stunden, mehrere kleine Ewigkeiten vergehen, ehe er nach dem Handy griff, es vor sich positionierte und endlich, endlich etwas erwiderte.

»Ich hätte es verstanden, Harlow. Es hätte nichts an meinen Gefühlen für dich geändert. Ich wäre genau da geblieben, wo ich jetzt bin.«

Ich schluckte. »Nein, du wärst mittendrin gewesen. Oder Schlimmeres. Vielleicht hätte Alias in dir ein Mittel gesehen, um mich zu *motivieren*. Du weißt nicht, wozu er fähig ist. Er hat schon einmal die gesamte Existenz eines Menschen aus den Systemen gelöscht.«

»Du weißt nicht, ob es so gekommen wäre.«

»Ich wollte dich doch nur beschützen. Vor dieser ganzen Scheiße. Vor … vor mir.«

Zacks Züge wurden, wenn überhaupt möglich, noch härter. Die

Enttäuschung in seinen sonst so warmen, braunen Augen fühlte sich an, als würde man mir ein Messer nach dem anderen in die Brust rammen. Jeden der Splitter erneut hineintreiben, tiefer und schmerzhafter als zuvor.

»Ich habe dich nie darum gebeten. Alles, was ich wollte, war Ehrlichkeit. In dem Moment oben im geheimen Raum hättest du es mir sagen können. Du hättest mir die ganze verdammte Wahrheit sagen können. Aber stattdessen hast du den leichteren Weg gewählt und mich außen vor gelassen. Und das nicht zum ersten Mal, Harlow. Du hast mir wochenlang eine Hälfte deines Lebens verschwiegen und ich habe das akzeptiert, weil es mir nicht anders ging. Weil es nun einmal Dinge gibt, über die man nicht direkt sprechen kann. Doch auf diesem verfluchten Dachboden habe ich dir alles von mir gezeigt. Ich habe dir mein gesamtes verkorkstes Herz vor die Füße gelegt und du hast mir versprochen, ehrlich zu sein. Keine Spiele mehr zu spielen. Wir haben es einander versprochen.«

Sprachlos schaute ich von dem langen Text auf dem kleinen Display zu Zack. Zu seinen Händen, die bereits wieder zu gebärden begonnen hatten, hektischer und abgehackter, als ich es jemals zuvor bei ihm gesehen hatte. Und ich wagte es nicht, ihn zu unterbrechen, wagte nicht einmal, zu atmen, weil mich das Beben in seinen *Worten*, der Schmerz in seinen Augen von innen heraus auffraßen.

»Das ist es, was mich kaputt macht, Harlow. Nicht das Hacken, nicht irgendwelche Trojaner, es ist die Tatsache, dass du nach allem lieber schweigst, als mit mir zu sprechen. Dass du mir nicht vertraust.«

Mein Herz krampfte sich zusammen. »Ich vertraue dir, Zack«, hielt ich dagegen, aber es klang so schwach, so leise, weil da keine Luft mehr war. Weil ich längst wusste, dass keine Worte der Welt diese Enttäuschung aus seinem Blick vertreiben konnten. Weil ich wusste, dass ich etwas zwischen uns zerbrochen hatte, das nicht einfach wieder ganz wurde.

»Es ist kein echtes Vertrauen, wenn es nicht erwidert wird, Harlow.« Zack hob einen Mundwinkel, ohne dass die geringste Freude darin gelegen hätte, und stand auf. Dann reichte er mir das Handy, damit ich den zweiten Teil seiner Antwort lesen konnte. »Ich denke, es ist besser, wenn du jetzt gehst.«

Mich durchlief ein eiskalter Schauer. Ich war unfähig, auch nur eine Silbe zu bilden, schüttelte nur immer wieder den Kopf, während ich ihn mit weit aufgerissenen Augen anschaute.

Nein. Nein. NEIN. In Gedanken schrie ich es ihm entgegen. So laut, dass es widerhallte. So lange, bis meine Stimme brach. Aber er hörte es nicht. Dieses eine Mal hörte er mich nicht. Eine Träne löste sich aus meinem Augenwinkel, tropfte auf meinen Hoodie, eine zweite folgte.

Zack wandte den Blick ab, ließ das Handy in seiner Hosentasche verschwinden und machte zwei Gebärden, die ich auch ohne Übersetzung verstand.

»Bitte geh.«

Ich zuckte zusammen, mitten auf dieser Brücke über der Schlucht, als er die Seile Stück für Stück durchtrennte. »Es tut mir leid, dass ich dich enttäuscht habe, Zack. Aber ich werde mich niemals dafür entschuldigen, versucht zu haben, dich zu beschützen«, flüsterte ich heiser, dann griff ich nach meinen Sachen und drehte mich um.

Begann zu rennen, obwohl ich tief in mir drin wusste, dass ich das andere Ende der Brücke nicht mehr erreichen würde.

Dass es dafür längst zu spät war.

***

Als ich das Wohnheim auf dem Campus betrat, war ich nass bis auf die Knochen. Der Bus von Ruths Haus hatte an der Westlake Station geendet und mir die Kraft gefehlt, nach einem Anschluss zu suchen. Also war ich den Weg bis ins Queen-Anne-Viertel, in dem der Lakestone lag, gelaufen. Bei strömendem Regen, und es war mir gleich gewesen. Ich hatte keinen Gedanken an die Kälte verschwendet, daran, dass mir die Kleidung wie eine zweite Haut am Körper klebte. Es spielte keine Rolle, weil ich noch immer das Gefühl hatte zu fallen. Immer weiter, immer tiefer und auf diesen verdammten Aufprall wartete, der einfach nicht kam. Vielleicht hatte ich ihn auch verpasst, vielleicht hatte ihn diese Taubheit geschluckt. Vielleicht war ich bereits am Boden aufgekommen und in unzählige, hässliche Splitter zerschellt.

Kaputt.

Das ist es, was mich kaputt macht, Harlow. Dass du mir nicht vertraust.

Ich bohrte meine Nägel fester in die eiskalten Handflächen und blickte auf. Keine Ahnung, warum, aber meine Füße hatten mich vor die Tür von Lucies Zimmer geführt. Lucie, die auch Zacks Freundin war. Gott, ich sollte nicht hier sein. Ich sollte mich irgendwo verkriechen, wo ich niemandem mehr schaden, wo ich niemanden mehr kaputt machen konnte.

Zitternd schlang ich die Arme um meine Mitte und wandte mich ab, als das leises Quietschen einer Tür zu hören war.

»Harl… – Himmel, was ist denn mit dir passiert?«

Ich kniff die Augen zusammen, ein, zwei Sekunden lang, dann drehte ich mich um und begegnete Lucies fassungsloser Miene. »Ich … ich habe Scheiße gebaut.«

Sie sah mich noch einen Moment an und zog mich schließlich

trotz meiner nassen Klamotten in eine Umarmung. Eine der Sorte, die ein wenig zu fest war und doch genau richtig, um die Splitter irgendwie zusammenzuhalten, und zum ersten Mal, seit ich Ruths Haus verlassen hatte, erlaubte ich mir loszulassen.

* * *

»Das geht zu weit, Har. Ganz ehrlich. Ich meine, eine komplette Bank leer räumen?« Lucie blies die Backen auf und ließ die Luft dann hörbar entweichen. »Du musst mit irgendjemandem darüber reden, der dir wirklich helfen kann.«

Ich starrte in den Tee, den sie uns gekocht hatte, nachdem sie mich in frische, trockene Kleidung gesteckt hatte. Jetzt, wo Lucie in alles eingeweiht war und von Alias' geplantem systematischem Angriff auf die Bank und meinem Vorhaben wusste, ihn mit einem zweiten Trojaner auffliegen zu lassen, fühlte ich mich seltsam leer.

»Was, wenn dadurch alles nur noch schlimmer wird? Wie bei…«

Wie bei Zack.

»Das mit Zack tut mir unfassbar leid, aber er wird sich wieder einkriegen. Da bin ich mir sicher. Ihr wart ehrlich zueinander, habt alle Karten auf den Tisch gelegt, vielleicht braucht er einfach nur ein bisschen Zeit, alles zu sortieren.« Ein kleines Lächeln erschien auf ihrem Gesicht, verschwand jedoch im nächsten Moment, als sie meinte: »Aber diese ganze Sache ist zu groß. Ich verstehe, dass du Angst hast, aber du kannst das nicht allein regeln. Du musst zur Polizei gehen und denen sagen, was du mir gesagt hast.«

Ich richtete mich ruckartig auf. »Die können nichts tun, solange wir nicht mehr über Alias in der Hand haben. Ich meine, objektiv betrachtet haben wir aktuell keine Beweise gegen ihn und mit meinem Trojaner hätten wir Zugriff auf sein System, das würde alles ändern.«

»Ja, falls es funktioniert.«

»Miyu und ich wissen, was wir tun«, gab ich zurück und strich über den Rand der Tasse. So verdreht es auch klingen mochte, es tat gut, darüber zu sprechen, meinem Gehirn etwas zu tun zu geben, damit es sich nicht auf mein zerbrochenes Herz stürzen konnte. Solange der rationale Teil in mir arbeitete, konnte ich die Gefühle darunter begraben. Irgendwie.

»Was ist mit dem Namen der Bank? Das könnte der Polizei doch helfen.«

Ich hatte Lucie von unserer Vermutung erzählt, dass Alias' Cyberangriff mit dem Tod seiner Familie zusammenhing. Genauso wie die Tatsache, dass wir noch nicht wussten, welches Finanzinstitut Ziel seines Hacks oder warum es überhaupt eine Bank war und wann er zuschlagen würde. In dieser Hinsicht tappten wir noch immer im Dunklen, auch wenn Miyu alles daransetzte, Antworten zu finden.

»Vielleicht, aber noch fehlen uns dieser Name und außerdem Ort und Zeit«, erwiderte ich und war mit einem Mal schrecklich erschöpft. Von diesen ganzen Überlegungen, von den Fragen, die sich im Kreis drehten, von dem Gedanken und der Angst, dass alle Bemühungen am Ende nicht ausreichen würden.

Lucie schüttelte den Kopf, sodass ihre blonden Korkenzieherlocken hin- und herflogen. »Mensch, Har, ich weiß, du bist genial, und diese Miyu hat anscheinend auch etwas auf dem Kasten, aber ihr braucht professionelle Hilfe. Von der *Nicht-Hacker-Seite*.«

Autsch.

»Wenn schon nicht die Polizei, dann sprich wenigstens mit Abbot. Er ist einer von den Guten. Er wird dir zuhören und dir helfen, da bin ich mir sicher«, fuhr sie fort und rückte näher an mich heran. »Vermutlich wird es sonst niemals aufhören. So, wie ich das sehe, ist das die perfekte Gelegenheit und du solltest sie nutzen, aber nicht allein.«

Seufzend ließ ich die Schultern hängen und dachte darüber nach.

»Ich könnte mein Stipendium verlieren, Lucie. Ich könnte alles verlieren.«

Hast du das nicht schon in dem Moment, als du aus Ruths Haus gestürmt bist?

»Hast du nicht viel eher alles zu gewinnen?«

KAPITEL 32

Black Hole – Griff

Harlow

»Harlow, ehrlich gesagt … fehlen mir die Worte.« Prof. Abbot stützte sich schwer auf seinem gewaltigen Holzschreibtisch ab und sah zu mir. »Ich bin gleichermaßen besorgt, aufgrund der Situation, und sehr enttäuscht von deinem Verhalten.«

Ich senkte den Blick und nickte. »Das kann ich verstehen. Glauben Sie mir, mit Enttäuschung kenne ich mich mittlerweile aus.«

Seine Stirn legte sich in Falten, dann richtete er sich wieder auf, stand auf und trat ans Fenster. Gegen das gräuliche Licht des Samstagvormittags wirkte sein makelloser dunkelblauer Dreiteiler beinahe schwarz. »Ich hoffe, dir ist bewusst, in was für eine Lage du mich damit bringst. Es geht hierbei nicht nur um dich, sondern um den gesamten Campus.«

Der Knoten in meinem Magen zog sich enger zusammen. Genau aus diesem Grund hatte ich nicht mit Abbot sprechen wollen. Ich hatte schon genügen Unbeteiligte mit reingezogen und jetzt konnte ich auch noch den gesamten Lakestone Campus auf diese Liste setzen.

»Als Direktor muss ich in erster Linie an meine Einrichtung und deren Zukunft denken, Harlow. An die Regelungen des Staats, an die Förderer der Universität, deren Meinung sich sicherlich ändern würde, sollten sie hiervon erfahren. Aber als … Vater kann ich verstehen, was dich zu dieser Entscheidung bewogen hat. Ähnlich wie damals hast du es auch dieses Mal getan, um deiner Familie zu helfen. Allerdings auf die vollkommen falsche Weise. Ich hätte mir gewünscht, du wärst damit zu mir gekommen.«

Wäre die Situation nicht so ernst und verfahren, hätte ich gelacht. Niemals im Leben wäre ich mit meinen Geldsorgen zu Harvey Abbot gegangen, um nach Almosen zu fragen. Zumal ich so oder so in Alias' Schuld stand.

»Natürlich wird dein Handeln Konsequenzen haben, Harlow. Eine meiner Bedingungen für deine Aufnahme an den Lakestone war, dass du dich von diesen Machenschaften distanzierst. Und wie du dir sicher vorstellen kannst, kann ich den Umstand, dass du dem nicht nachgekommen bist, nicht ignorieren.« Harvey Abbot unterbrach sich kurz, um mir einen eindringlichen Blick zuzuwerfen. Als hätte es den noch gebraucht. »Wie dem auch sei, wir können das, was passiert ist, nicht mehr ungeschehen machen. Vorerst sollten wir unser Augenmerk deshalb darauf richten, eine Lösung für all das zu finden. Du sagtest, es gebe eine Möglichkeit, genügend belastende Beweise gegen den Leiter der Gruppe zu erlangen?«

Ich wrang meine Hände und hob den Kopf, als ich seinen bohrenden Blick auf mir spürte. »Ja, ein … zweiter Trojaner, über den wir Zugriff auf sein System bekommen und so sein Netzwerk ausschalten können.« Meine Stimme war leise in dem großen Büro, als ich das sagte. Mit einem Mal kam mir diese *Lösung* wie ein Witz vor. Wie ein Schuss ins Blaue. Vor allen Dingen, wo uns nach wie vor einige wichtige Details fehlten.

Die Falten auf seiner Stirn wurden tiefer. »Wenn ich das richtig verstanden habe, dann muss dafür der geplante digitale Angriff auf die Bank vonstattengehen.«

Ich nickte abgehackt. »Zumindest zum Teil, sonst schöpft er Verdacht. Wir kommen nur in sein System, wenn er meinen Trojaner aktiviert, und das wird er erst unmittelbar vor dem Angriff tun.«

An Abbots Kiefer zuckte ein Muskel, dann setzte er sich hin. »Jetzt, wo du mich in diese Sache eingeweiht hast, kann ich das nicht geschehen lassen, ich hoffe, das ist dir klar. Ich mache mich damit zum Komplizen. Das ist einfach …«

»Aber es gibt keinen anderen Weg«, fiel ich ihm ins Wort und biss mir beinahe noch im selben Moment auf die Lippe. »Entschuldigung.«

»Das sehe ich anders.«

»Bitte?«

»Ich bin der Meinung, dass es eine Zwischenlösung gibt. Eine Absicherung für uns und in erster Linie für dich«, präzisierte Abbot, als würde das alle Fragen auf einen Schlag klären. Was es nicht tat.

Ratlos sah ich ihn an.

»Ich habe durchaus verstanden, dass das Einschalten von Behörden ein großes Risiko für ein Unterfangen dieser Art ist und dass der Kopf …«

»Alias«, soufflierte ich leise und grub die Finger in den Saum meines Cardigans. »Er heißt Alias. Also, zumindest ist das sein Nickname.«

Harvey Abbot nickte. »Dass Alias, wenn er denn die Fähigkeiten besitzt, die du ihm zusprichst, von der Bildfläche verschwinden wird, sobald er Anzeichen polizeilicher Einmischung bemerkt.

Dennoch bleibe ich dabei, dass wir die Behörde als Rückendeckung benötigen, um von Anfang an in dieser verdeckten Operation mit offenen Karten zu spielen.«

Verdeckte Operation? Ich hatte das Gefühl, im falschen Film gelandet zu sein.

»Erinnerst du dich an den Tag, als ich dich in dem Verhörraum besucht habe?«

Gegen meinen Willen schlich sich ein schiefes Lächeln auf meine Lippen. Es kam mir vor, als wäre das in einem anderen Leben gewesen. »Ich habe Sie für einen Anwalt gehalten.«

»Richtig, womit du nicht gänzlich falschgelegen hast, ich vertrete noch den ein oder anderen Mandanten.« Langsam lehnte er sich in dem großen Schreibtischstuhl zurück und faltete die Hände unter dem Kinn. »Aber an diesem Tag bin ich nicht durch Zufall oder aus beruflichen Gründen dort gewesen, sondern weil mich ein langjähriger Freund auf dich aufmerksam gemacht hat. Weston McNara. Er ist Polizeichef des Präsidiums, das dich festgenommen hat. Ihm ist dein außerordentliches Talent im Umgang mit Computern aufgefallen – auch wenn du es offensichtlich für die falschen Zwecke genutzt hast – und sein zweiter Gedanke galt direkt dem Lakestone.«

»Okay?« Meine Erwiderung klang eher wie eine Frage. Vermutlich, weil ich mir nicht ganz sicher war, in welche Richtung das hier laufen würde.

»Ich spreche mich sehr dafür aus, ihn ins Vertrauen zu ziehen. Weston hatte schon immer ein Händchen für Fälle, die im Zusammenhang mit Cyberkriminalität stehen, und er hat ein exzellentes Team.«

Polizei. Allein bei dem Gedanken daran wurde der pochende

Schmerz in meinem Kopf wieder drängender. Miyu würde niemals mitmachen, sobald die *Bullen* dabei wären, und ohne sie wäre unser Plan hinfällig. »Professor Abbot, ich denke wirklich nicht …«

»Ich fürchte, das hast du an diesem Punkt nicht mehr zu entscheiden, Harlow. Es ist mir wichtig, dir auf Augenhöhe zu begegnen und dich nicht blind zu bestrafen, aber vergiss nicht, dass du dich nicht nur deinen Auflagen, sondern auch meinen expliziten Regeln und dem Gesetz widersetzt hast.«

Bei seinen Worten sackte ich unwillkürlich in mich zusammen.

Abbot seufzte schwer. »Ich möchte, dass wir zusammenarbeiten und die Sache möglichst glimpflich über die Bühne bringen, und dafür brauche ich absolute Ehrlichkeit in der gesamten Angelegenheit, haben wir uns verstanden?«

Ehrlichkeit. Die Art von Ehrlichkeit, die Zack und mich … Ich gab meinem Kopf erst gar nicht die Gelegenheit, diesen Satz zu beenden. Nicht hier, nicht jetzt.

»Harlow? – Ob wir uns verstanden haben?«

Ich biss mir von innen auf die Wangen. Was hatte ich noch zu verlieren? Ich würde so oder so vom Lakestone fliegen, hatte Zack verloren und war auf dem besten Weg, vor Gericht zu landen. Im Knast. Da konnte ich zumindest versuchen, Alias mit in die Tiefe zu reißen. Wenn ich schon stürzte, sollte er mit fallen.

Gott, Miyu hatte recht, ich war wirklich melodramatisch.

»Ja. Ja, ich habe verstanden.«

»Gut. Setz dich mit deiner Partnerin in Verbindung und bring sie auf den neusten Stand. Ich werde in der Zeit ein paar Anrufe tätigen. Morgen erwarte ich dich wieder hier in meinem Büro.«

Ich nickte bloß und stand dann auf, als Abbot keine weiteren Anweisungen für mich hatte. Nach diesem Gespräch, nach den letzten vierundzwanzig Stunden, wollte ich einfach nur noch ins Bett. Die Augen vor der Welt verschließen und … verschwinden. Meine Tasche fest an die Brust gedrückt, marschierte ich auf die Tür zu, als der Direktor noch einmal meinen Namen rief.

»Und, Harlow?«

Ich blieb stehen und warf ihm einen Blick über die Schulter zu.

»Ich hoffe, ich brauche dir nicht zu sagen, dass du keine Alleingänge mehr unternehmen solltest.« Abbot griff nach dem Telefonhörer seines altmodischen Festnetzanschlusses, ohne den Blick abzuwenden. »Es ist auch so schon genügend Schaden entstanden, meinst du nicht auch?«

Er hat ja keine Ahnung, wie richtig er damit liegt.

* * *

»Wenn Abbot rauskriegt, dass ich dich auch noch mit reingezogen habe, wird er mich erst recht vom Campus werfen«, brummte ich, als ich wenige Stunden später mit Lucie die schmale Treppe hoch in den *geheimen Raum* ging. »Nicht dass er dafür noch einen weiteren Grund brauchen würde.«

Lucie warf mir mit schiefgelegtem Kopf einen Blick zu. »Sei nicht so zynisch. Er wird dich nicht vor die Tür setzen.«

»Zufälligerweise weiß ich aus sicherer Quelle, dass Abbot genau das tun wird. Ich bin nur noch hier, um Alias das Handwerk zu legen.« Seufzend blieb ich stehen, als Lucie am Ende der Stiege in die Hocke ging, um den Schlüssel aus dem nicht ganz so geheimen Geheimfach unter der ersten losen Diele zu fischen. »Aber das ist jetzt auch egal. Wir haben gerade wirklich größere Probleme.«

Die Tür zum Dachzimmer sprang auf, dann traten wir ein und

machten es uns vor dem großen Rosettenfenster auf den Kissen gemütlich. Mein Laptop stand zwischen uns, direkt neben meinen Notizen zu den Trojanern, unserem sogenannten *Plan* und einem Teller mit Keksen, die Lucie Ian im Café abgeluchst hatte.

»Ich bewundere dich dafür, dass du so fokussiert und lösungsorientiert an diese Sache herangehst, Har, aber du bist keiner von deinen geliebten Computern«, erwiderte Lucie mit etwas Verzögerung, als ich gerade dafür sorgte, dass wir im Netzwerk der Uni unsichtbar bleiben würden. »Es wird dich umso mehr aus der Bahn werfen, je länger du es vor dir herschiebst.«

Trotz ihrer sanften Stimme spannte ich unwillkürlich die Schultern an. Meine Finger auf der Tastatur kamen zum Stillstand. »Wenn ich jetzt über Zack spreche, wenn ich nur einmal zu viel an ihn denke, dann … dann kann ich das nicht durchziehen. Dann falle ich einfach auseinander, Lucie.«

Lucie rutschte näher an mich heran und nahm behutsam meine Hände vom Keyboard. Hier und da entdeckte ich noch ein paar Spuren ihrer Kohlestifte, als sie meine Finger mit ihren umschloss und meinen Blick suchte. »Du hast ihn nicht verloren, Harlow. Vergiss das nicht.«

»Aber es fühlt sich so an. Als hätte ich dieses Mal wirklich alles kaputt gemacht.« *Ihn kaputt gemacht.*

Bestimmt schüttelte sie den Kopf. »Ich kenne Zack schon ein bisschen länger und weiß, dass er bloß Abstand sucht, um nachzudenken. Weil ihm das alles zu nahe gegangen ist, weil er vielleicht sogar ein bisschen Angst davor hat, wie groß das zwischen euch geworden ist. Gib ihm diese Zeit, aber lass ihn wissen, dass sich für dich nichts geändert hat. Du wolltest ihn nur beschützen und Menschen haben aus diesem Grund schon ganz andere Dinge getan.«

Ich wünschte, ich könnte ihren Worten einfach so glauben. Zulassen, dass sie sich wie eine warme Decke um mich legten und mir ein Gefühl von Sicherheit gaben. Aber ich konnte es nicht. Nicht, solange ich das, was in Zacks Blick gestanden hatte, noch so kristallklar vor Augen hatte. Den Schmerz, die Endgültigkeit. Vertrauen konnte einmal gebrochen und wieder aufgebaut werden, aber eine dritte Chance gab es dabei nicht.

Ich schluckte gegen den Kloß in meinem Hals an und drückte Lucies Hände, dann ließ ich sie los. »Wir sollten uns erst mal auf das hier konzentrieren«, brachte ich krächzend hervor und klinkte mich, nachdem ich meinen verstärkten Virenschutz aktiviert hatte, über einen VPN-Server und den Tor-Browser ins Darknet.

Im ersten Moment schien es, als wollte Lucie noch etwas dazu sagen, doch dann klebte ihr Blick förmlich auf meinem Bildschirm.

»*Das* ist das ominöse Darknet, wo Drogen vertickt und illegale Geschäfte abgewickelt werden?«

Trotz der Kälte in meiner Brust musste ich leise lachen. »Man kommt schneller und einfacher rein, als man denkt. Kann eigentlich jeder. Das Geheimnis liegt darin, dass man im Darknet nur die Dinge findet, von denen man weiß, wo sie sind, und nicht wie beispielsweise bei Google danach suchen kann. Und entgegen der allgemeinen Meinung wird das Darknet nicht nur für gesetzeswidrige Dinge genutzt. Dort können sich beispielsweise auch Journalisten und Journalistinnen aus Ländern mit autoritären Regimes, die das öffentliche Netz kontrollieren, austauschen. Nur ein Bruchteil des Darknets, das sogenannte *Onion-Netzwerk*, ist wirklich *dark*, im Sinne der allgemeinen Klischees.«

Lucie atmete zischend aus und beugte sich noch weiter vor. »Das bleibt trotzdem ein Mysterium für mich.«

Ich schenkte ihr ein schiefes Grinsen und klickte mich über die üblichen Pfade zu dem Kanal, den Miyu und ich üblicherweise nutzten. Es überraschte mich wenig, dass sie bereits online war. Als hätte sie nur auf mich gewartet.

Miyu
Du hast dir Zeit gelassen, Low.

»Low?«, fragte Lucie und setzte sich in den Schneidersitz.

»Nur ein Kürzel.« Ich zuckte mit einer Schulter und begann zu tippen. »Dann lassen wir mal die Bombe platzen.«

Low
Es gab Komplikationen und einiges zu klären.

Miyu
Klingt nach Ärger.

Low
Eher eine Planänderung.

Miyu
Das gefällt mir nicht.

»Hab ich dir ja gesagt«, murmelte ich, woraufhin Lucie sich erstaunlich entschlossen meinen Platz auf der Tastatur krallte und in meinem Namen antwortete, noch ehe ich sie davon abhalten konnte.

Low
Wir müssen die Behörden einschalten, damit der Mistkerl dingfest gemacht werden kann.

»Mistkerl, dingfest?« Ungläubig sah ich meine Freundin an und holte mir den Rechner zurück.

»Klingt doch cool.«

Okay, wer ist da?

»Nein, ich würde das nie so schreiben. Und nie direkt die Polizei erwähnen«, erwiderte ich.

Low

Eine gute Freundin. Wir können ihr vertrauen. Und sie hat recht.

Miyu

Also sind wir schon zu dritt. Wie schön. Hallo, gute Freundin.

Und nein, du kennst meine Prinzipien. Das ist mir zu heiß. Ich habe auch ein Leben, weißt du?

Low

Wer ist jetzt melodramatisch? Wenn Alias mitkriegt, dass du mit mir unter einer Decke steckst, bist du genauso in Gefahr. Du, deine Familie. Alle.

Miyu

Daran musst du mich nicht erst erinnern. Nicht nur du hast Alias gegenüber zu viel verraten.

Lucie runzelte die Stirn. »Wie meint sie das?«

Ich biss mir von innen auf die Lippen und meinte dann: »Normalerweise ist Anonymität eine der wichtigsten Regeln im Darknet, um sich und sein privates Umfeld zu schützen. Doch in unserer kleinen Gruppe … haben wir diese Regel gebrochen. Wir wissen mehr voneinander, als es in Hackerkreisen üblich ist, und damit haben wir uns angreifbar gemacht.«

> Gerade deswegen kann uns die Polizei helfen, Miyu.

Miyu

> Die Bullen können gar nichts machen. Sie einzuschalten, steigert das Risiko doch nur.

Lucie stieß einen leisen Pfiff aus. »Sie hat wirklich ein Problem mit den Behörden.«

Kopfschüttelnd warf ich ihr einen kurzen Seitenblick zu. »Nein, sie hat Angst.«

> Geht es hierbei um Dina?

»Dina?«

Ich fuhr mir über die pochende Stelle zwischen meinen Brauen. »Miyu hat mir von ihrer Freundin Dina erzählt. Sie war … ebenfalls Hackerin, doch dann sind die Behörden auf sie aufmerksam geworden und haben eine Razzia durchgeführt. Viel weiß ich nicht, nur, dass die Polizei geschossen hat und Dina dabei gestorben ist.« Obwohl es schon eine Weile her war, dass mir Miyu diesen Teil ihres Privatlebens anvertraut hatte, bekam ich immer noch eine Gänsehaut, wenn ich daran dachte.

»Mein Gott …«, murmelte Lucie leise neben mir und ließ den Keks, den sie sich gerade genommen hatte, wieder sinken.

Ich nickte, dann lenkte eine neue Nachricht von Miyu meine Aufmerksamkeit wieder auf den Bildschirm.

Miyu

> Mieser Schachzug, Low.

Ich weiß, tut mir leid. Aber wir können das nicht ohne dich machen und haben nur diese eine Chance. Ich bin mir sicher, dass wir einen Deal aushandeln können, wenn wir dabei helfen, Alias aus dem Verkehr zu ziehen. Es wird nicht wie bei Dina laufen.

Miyu

Ich hätte dir nichts von ihr sagen sollen.

Low

Das heißt, du bist dabei?

Miyu

Das heißt, dass du diesen Namen nie wieder in diesem Chat ansprichst und froh sein kannst, dass ich dich zufälligerweise ganz gut leiden kann.

Ich konnte mir ein schiefes Grinsen nicht verkneifen, während Lucie neben mir nur die Nase rümpfte.

»Diese Kommunikation zwischen euch muss man nicht verstehen, oder?«

»Sie hat so ihre Tücken.«

»Die Kommunikation oder Miyu?«

Ich zuckte mit den Achseln und nahm mir einen Keks. »Beide.«

Miyu

Und jetzt verrate mir, wie die Bullen uns helfen sollen. Dann erzähle ich dir vielleicht auch, was ich über Alias herausgefunden habe.

Bei ihren Worten verschluckte ich mich prompt an den Krümeln in meinem Hals. Miyu war auf etwas gestoßen!

Warum hast du das nicht gleich gesagt?! Was weißt du?

Miyu

Du zuerst.

Mit einem unterdrückten Fluchen begann ich, in wenigen Worten zu schildern, was Abbot vorgeschlagen hatte. Weston McNara und damit indirekt die Abteilung für Cyberkriminalität zu involvieren und sämtliche Beweise gegen Alias direkt weiterzuleiten. Über den zweiten Trojaner, mit dem wir sein System infiltrieren würden, wären sämtliche seiner Dateien uneingeschränkt einsehbar und damit auch sein Standort, den er sonst über unzählige Server weltweit verschlüsselte – darin war er ein wahres Genie.

Als ich meinen kleinen Bericht abschickte, blieb es ein paar Augenblicke still im Chat. Nichts als ein blinkender Cursor, der meinen Puls mit jedem Aufflackern ein wenig mehr in die Höhe trieb.

Miyu

Kannst du mir versichern, dass die uns im Netz das Zepter überlassen und die Füße still halten? Alias hat einen siebten Sinn für ungebetene Gäste.

Sie werden sich nicht einmischen. Du bist an der Reihe.

Einen Augenblick lang tat sich nichts, dann lud Miyu eine Datei in unseren Chat.

Miyu

Da steht alles drin.

Das Blut in meinen Ohren begann zu rauschen, ehe ich mit bebenden Fingern auf das File klickte. Es war ein schlichtes Worddokument, in dem Miyu mehrere Screenshots gespeichert hatte, eine Sammlung aus Zeitungsartikeln, Fotos: Alias' Geschichte.

Alias – Andrew Olsen – hatte als ITler in einem mittelständischen Unternehmen in Melbourne gearbeitet und mit fünfundzwanzig seine Frau Carolina Kelly geheiratet. Sie war eine Journalistin, die sich auf Korruption und Veruntreuung finanzieller Mittel spezialisiert hatte. Andrews Leben blieb eine Weile lang auf spektakuläre Weise unspektakulär. Carolina bekam eine Ehrung, wurde schwanger, sie kauften ein neues Haus. Doch dann gab es einen gewaltigen Bruch in Miyus Dokumentation. Die bisherigen Artikel wurden von einem Unfallbericht abgelöst, der von einem Hausbrand handelte, in dem Carolina und ihr ungeborenes Kind umkamen. Alias hatte mir anvertraut, dass er der festen Überzeugung sei, dass es sich dabei niemals um einen Unfall gehandelt habe, die Ermittlungen jedoch eingestellt worden waren. Vertuschung, Ungerechtigkeit – seine Motive für den Hacktivismus. So weit deckten sich Alias' Bericht und Miyus Fund, doch das Dokument ging noch weiter. Mehrere Artikel schlossen sich an, aus denen hervorging, dass Carolina gegen die *Melbourne Trust,* eine der größten Banken Australiens, ermittelt hatte und sie öffentlich anprangern wollte. Ihren Worten nach zu urteilen – für die ihr jedoch die entsprechenden Beweise gefehlt hatten –, hatte die Bank Gelder in Höhe von mehreren Milliarden Australian Dollar veruntreut und bereits Journalisten zum Schweigen gebracht. Und letztlich auch Carolina.

»Die *Melbourne Trust.* Das ist die Bank, die Alias ruinieren will, um seine Frau zu rächen«, stellte Lucie leise fest, nachdem sie am Ende der Datei angekommen war.

»Und vermutlich hat Alias erst vor Kurzem das Puzzleteil gefunden, das ihm noch gefehlt hat, um diese Aktion durchzuziehen. Sonst hätte er sicherlich schon früher einen Angriff gestartet.« Ich schloss das Dokument und sah meine Freundin an. Wir hatten den Namen der Bank und das Warum. Beides würde helfen, Alias zu stoppen, und trotzdem kam ich nicht umhin … Mitgefühl für ihn zu empfinden. Seine Wut auf diese Bank zu verstehen. Und das alles wegen Geld. Diese Welt war so kaputt.

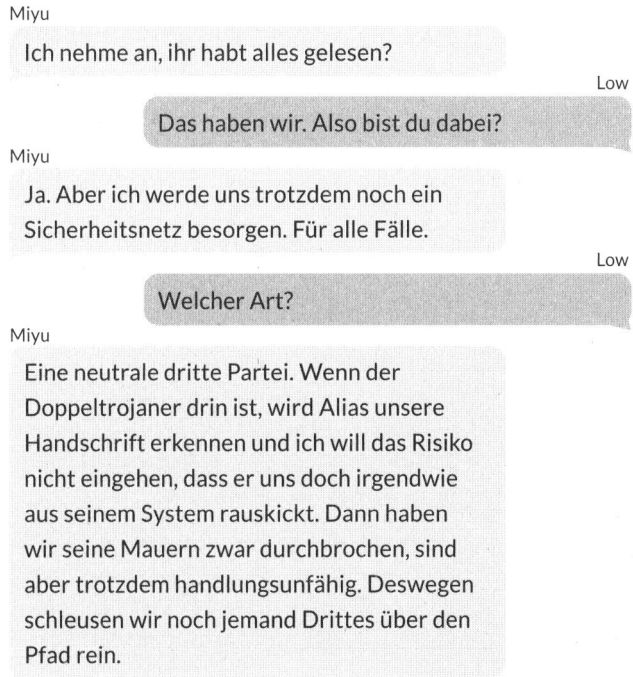

Miyu

Ich nehme an, ihr habt alles gelesen?

Low

Das haben wir. Also bist du dabei?

Miyu

Ja. Aber ich werde uns trotzdem noch ein Sicherheitsnetz besorgen. Für alle Fälle.

Low

Welcher Art?

Miyu

Eine neutrale dritte Partei. Wenn der Doppeltrojaner drin ist, wird Alias unsere Handschrift erkennen und ich will das Risiko nicht eingehen, dass er uns doch irgendwie aus seinem System rauskickt. Dann haben wir seine Mauern zwar durchbrochen, sind aber trotzdem handlungsunfähig. Deswegen schleusen wir noch jemand Drittes über den Pfad rein.

»Jemand Drittes?« Lucie wechselte einen ratlosen Blick mit mir und schaute dann wieder auf den Bildschirm. »Langsam brauche ich wirklich ein Schaubild.«

Ich stimmte ihr mit einem langsamen Nicken zu und stieß im nächsten Moment einen scharfen Fluch aus, als ich Miyus nächste Nachricht las.

Miyu

Du erinnerst dich doch noch an meinen Kumpel Neal, oder?

* * *

Auch Stunden nachdem Lucie und ich uns von Miyu verabschiedet hatten, schwirrte mir der Kopf. Alias' Geschichte und die Bestandteile unseres Plans flogen ungebremst durch meine Gedanken. Angefangen mit der Tatsache, dass Miyu nun auch noch Neal mit an Bord holte. Ich wusste nicht viel über ihn, außer, dass er ein begnadeter Hacker war und als solcher in diesen Kreisen einen gewissen Ruf genoss. Miyu hatte in der Vergangenheit schon einige Male mit ihm zusammengearbeitet. Also blieb mir nichts anderes übrig, als ihr zu vertrauen. Keine Ahnung, wie ich das Abbot morgen verkaufen sollte.

Seufzend fuhr ich mir über die Stirn und stieg die letzte Stufe der Treppe im Wohnheim hoch, nur um festzustellen, dass ich im falschen Stockwerk gelandet war. Nicht die vierte Etage, sondern … Zacks Ebene. Sofort zog sich mein Herz wieder schmerzhaft zusammen, als mein Blick zu seiner Tür glitt – und dort an einem gelben Post-it hängen blieb.

In wenigen Schritten war ich an der Tür und las die Zeilen, die in Zacks unverkennbarer Handschrift dort standen.

Ich bin bis einschließlich 10. Dezember in Oxford und damit nicht auf dem Campus. Falls es irgendetwas Wichtiges gibt, *einfach schreiben oder bei Chloe Sterling klingeln. Danke und bis bald. Zack Spencer*

Fassungslos starrte ich auf den Zettel. *Oxford?* Er war also wirklich nach *Oxford* gegangen. Hatte er nach unserem Streit so dringend einen ganzen Ozean zwischen uns gebraucht?

Ich spürte, wie meine Augen zu brennen begannen, und war kurz davor, den Zettel abzureißen und zu einer kleinen, harten Kugel zusammenzuknüllen. Stattdessen holte ich mein Handy hervor und öffnete den Chat mit Zack. Ich musste wissen, ob seine plötzliche Entscheidung, die Einladung nach Oxford doch anzunehmen, etwas mit mir zu tun hatte. Ob er wirklich plante, das Auslandssemester anzunehmen, nur um von mir wegzukommen. Denn ich wollte nicht, dass er glaubte den Lakestone, der sein zweites Zuhause war, wegen mir verlassen zu müssen. Das wollte ich ihm nicht wegnehmen. Nicht, wo es ohnehin in den Sternen stand, wie lange ich noch bleiben würde. Mit klopfendem Herzen begann ich zu tippen, als von oben eine Nachricht reinflog. Nicht von Zack, sondern von Alias.

Alias

> Die Dinge haben sich geändert. Ich ziehe *CanalRio* vor. Das bedeutet, ich brauche deinen Trojaner bis nächste Woche. Lass mich nicht warten, Harlow Lexington.

Langsam ließ ich das Handy sinken, presste es gegen mein rasendes Herz.

Und war mit einem Mal verdammt froh, dass sich Zack auf der anderen Seite der Welt befand.

KAPITEL 33

I Wish – Imagine Dragons

Zackary

Es war immer mein Traum gewesen, nach Oxford zu gehen. An den Ort, der als älteste Universität der englischsprachigen Welt galt und in den vergangenen neunhundert Jahren mehr brillante Köpf hervorgebracht hatte als die gesamten USA. Doch als ich neben Julie Barnes über das geschichtsträchtige Gelände der *University of Oxford* lief, fühlte es sich nicht wie ein wahr gewordener Traum an. Eher so, als hätte man mich aus meinem eigenen Bild gerissen und in ein fremdes Gemälde gestopft, in das ich einfach nicht hineinpasste. Obwohl ich das sollte. Ich versuchte, mir einzureden, dass ich mich für Oxford entschieden hatte, weil mich Chloe und Grams und letztlich auch Harlow darin bestärkt hatten, meiner Leidenschaft dieses Mal den Vortritt zu lassen. Doch es wäre eine Lüge gewesen, denn eigentlich hatte ich mich bereits entschieden, auf dem Lakestone Campus zu bleiben. Ich hatte mir vorgenommen, weiterhin Jura zu studieren und Abbot zu bitten, mich dennoch Literatur als zweiten Schwerpunkt behalten zu lassen. Nur war das *davor* gewesen.

»Du wirst sehen, nach ein paar Tagen kennst du dich hier bestens aus. Und wenn du im Januar für dein Studium herziehst, wird es dir vorkommen, als würdest du nach Hause zurückkehren.« Julie schenkte mir ein strahlendes Lächeln und ließ den Braid los, an dem sie bis eben herumgespielt hatte, ehe sie erwartungsvoll auf meine Hände schaute. So wie jedes Mal, wenn sie auf eine Antwort meinerseits wartete, wobei sie eher so tat, als würde ich ein Kunststück vollbringen. Ich war froh, dass mir Abbots Bekannter, Prof. Årlingson, mit Julie Barnes eine Tutorin an die Seite gestellt hatte, die die Gebärdensprache beherrschte, allerdings machte das ihre Art nicht weniger … anstrengend. Vermutlich war diese Einschätzung nicht ganz fair meinerseits, denn Julie war echt okay. Sie wusste eine Menge über Oxford, Literatur und Kommunikation und schien kein Problem mit meiner abweisenden Haltung zu haben. Was ich ihr hoch anrechnete. Nach dem Langstreckenflug, der Zugfahrt und der Tatsache, dass mein Kopf von unzähligen grauen Wolken verhangen war, war ich alles andere als eine angenehme Gesellschaft.

Also zwang ich einen halbwegs freundlichen Ausdruck auf meine müden Züge und nickte. »**Ganz bestimmt. Danke für die Führung, Julie.**«

Ihre braunen Augen begannen zu leuchten. »Super gerne. Morgen wird dir Årlingson noch mehr zu deinem Programm und den Vorlesungen erzählen und dann kannst du auch schon in die ersten Kurse reinschauen. Ich werde dich dabei begleiten, falls es irgendwo Schwierigkeiten geben sollte.«

Wieder nickte ich und hoffte, mir war nicht allzu deutlich anzusehen, was ich von der Aussicht auf einen Babysitter hielt.

»Und keine Sorge, Årlingson wird dir genügend Zeit einräumen, um dich auf die Prüfungen am Lakestone vorzubereiten, während du hier im schönen Oxford bist.«

Die Prüfungen waren im Augenblick wirklich das Letzte, an das ich dachte.

»Okay«, meinte Julie dann und warf einen prüfenden Blick auf ihr Klemmbrett. »Ich denke, damit haben wir es erst mal. Soll ich dich noch zu deinem Zimmer begleiten?«

»Es gab so kurzfristig keines auf dem Campus. Ich bin deshalb im Leary's Inn untergekommen. Danke für dein Angebot, aber ich denke, ich finde den Weg. Ist ja quasi um die Ecke.«

»Oh, klar.« Dieses Mal reichte ihr Lächeln nicht mehr ganz so weit über ihre Lippen hinaus. »Dann sehen wir uns morgen um sieben Uhr dreißig vor dem Haupteingang?«

»Ich werde pünktlich sein. Danke.«

Kurz darauf hatten wir uns voneinander verabschiedet und ich hatte das erste Mal seit meiner Abreise in Seattle einen Moment der Ruhe, während ich zu meinem Hotel lief. Im Flugzeug hatte ich einen Typen neben mir gehabt, der beinahe ununterbrochen von seiner langen Reise erzählt hatte – und dabei war es ihm völlig gleich gewesen, dass ich nichts erwidert hatte. Kaum in London gelandet und in den Zug nach Oxford umgestiegen, hatte ich mich in einem Viererabteil mit drei älteren Damen wiedergefunden und am Eingang der Universität war ich direkt Julie in die Arme gelaufen.

Nicht zum ersten Mal beschlich mich das Gefühl, dass ich einen Fehler begangen hatte. Mich auf dem falschen Weg befand. Dass ich hätte bleiben sollen, statt das Angebot aus Oxford als Ausrede zu verwenden, möglichst viel Abstand zwischen Harlow und mich zu bringen.

Harlow.

Wie auf Knopfdruck kehrte dieser scharfe Schmerz in meiner Brust mit einer Intensität zurück, die mir kurz den Atem raubte.

Wieso tat das nur so verdammt weh? Wieso konnte ich es nicht einfach abschalten und ... weitermachen? Wieso fühlte es sich so an, als hätte ich Harlow im Stich gelassen, obwohl sie es gewesen war, die diese Mauer zwischen uns errichtet hatte?

Warum kann ich bei all dem nur daran denken, sie in meine Arme zu schließen? Sie zu halten und ... nicht mehr loszulassen.

Ein einzelner Tropfen landete auf meinem Gesicht und ließ mich vor dem Hotel stehen bleiben und in den grauen Himmel blicken. Die Wolken hingen so dicht, dass nicht einmal Konturen zu erkennen waren. Wie ein Sinnbild meiner Gedanken.

Großartig.

Es wurde wirklich Zeit, dass ich ins Bett kam und diesen Tag für heute beendete. Ich hatte definitiv genug. Genug von Menschen, genug von den Erinnerungen an Harlow, genug von mir selbst.

Entschlossen richtete ich den Blick wieder auf den Eingang und fuhr zusammen, als plötzlich eine junge Frau vor mir stand.

»Sorry, ich wollte dich nicht erschrecken«, beeilte sie sich zu sagen und schenkte mir ein schiefes Lächeln. Blonde Haare, deren dunkler Ansatz ihre eigentliche Farbe verriet, ein schmales Gesicht und funkelnde grüne Augen, die mich neugierig musterten. »Hi, ich bin Brynn. Brynn Leary, meinen Eltern gehört das *Leary's Inn*, und da du jetzt schon seit fast zehn Minuten vor dem Eingang des Hotels stehst, dachte ich, ich frage mal nach, ob du Hilfe brauchst.« Immer noch dieses Lächeln auf den Lippen, reichte sie mir eine Hand, die ich eher überrumpelt als wirklich bewusst nahm und gewissenhaft schüttelte. »Ich hoffe, das kam jetzt nicht total seltsam rüber. Du willst doch einchecken, oder?«

Ich nickte und zog meinen Koffer, den ich schon den ganzen Tag mit mir herumschleppte, näher zu mir. Einen Moment lang schien sie irritiert, wahrscheinlich, weil ich immer noch keinen Ton von mir gegeben hatte, dann jedoch deutete sie nur über die Schulter zu der historischen Sandsteinfassade des Hotels.

»Perfekt, gehen wir mal lieber rein, bevor der Regen so richtig loslegt.«

* * *

Eine halbe Stunde später lag ich in meinem Bett in dem einfachen, aber erstaunlich komfortabel eingerichteten Zimmer und starrte an die Decke. Ich war unsagbar müde. Diese Art von Müdigkeit, die kein Schlaf der Welt ausradieren kann. Kurz glitt mein Blick zu den drei Büchern, die ich mir zum Lesen mitgenommen hatte, dann zu dem Notizbuch, das quasi danach schrie, dem Chaos in meinem Kopf etwas Druck zu nehmen. Doch schließlich fiel meine Entscheidung auf mein Smartphone, das ganz oben auf dem Stapel lag. Ich schuldete Grams und Chloe noch ein paar Bilder von Oxford und ein Lebenszeichen. Von meiner Großmutter würde ich vermutlich erst morgen eine Antwort bekommen, weil sie meistens nur ein- oder zweimal am Tag aufs Handy schaute, Chloe hingegen meldete sich sofort.

Chloe

Das sieht ja wirklich wie auf den Bildern aus.

Zack

Das sind Bilder.

Chloe

Blödmann, du weißt, was ich meine. Wie geht's dir?

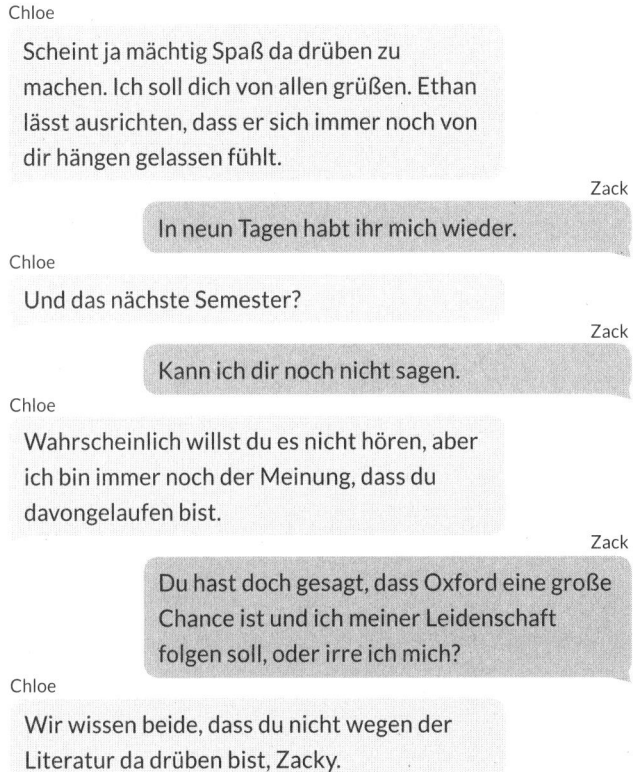

> **Zack**
> Müde. Jetlag. Es regnet. Such dir etwas aus.

Ich schnitt eine Grimasse und setzte mich wieder ein wenig aufrechter hin.

> **Chloe**
> Scheint ja mächtig Spaß da drüben zu machen. Ich soll dich von allen grüßen. Ethan lässt ausrichten, dass er sich immer noch von dir hängen gelassen fühlt.

> **Zack**
> In neun Tagen habt ihr mich wieder.

> **Chloe**
> Und das nächste Semester?

> **Zack**
> Kann ich dir noch nicht sagen.

> **Chloe**
> Wahrscheinlich willst du es nicht hören, aber ich bin immer noch der Meinung, dass du davongelaufen bist.

> **Zack**
> Du hast doch gesagt, dass Oxford eine große Chance ist und ich meiner Leidenschaft folgen soll, oder irre ich mich?

> **Chloe**
> Wir wissen beide, dass du nicht wegen der Literatur da drüben bist, Zacky.

Ich schnaubte. Jetzt war definitiv nicht der richtige Zeitpunkt für diese Art von Unterhaltung. Nur schien Chloe das anders zu sehen.

Chloe

Sie war vorhin bei deiner Tür und hat den Zettel gefunden. Ich glaube, sie hat sich ziemlich erschreckt.

Du weißt, ich bin zu hundert Prozent im Team Zack, aber Harlow sah absolut nicht gut aus. Ich glaube, sie macht sich richtig Sorgen. Willst du mir nicht doch endlich mal erklären, was genau da zwischen euch abgelaufen ist?

Zähneknirschend schloss ich die Augen und hielt das Handy fester. Ich wollte mir Harlow nicht vorstellen, ihre großen, blaugrünen Iriden, in denen schon so oft Furcht gestanden hatte. Doch je mehr ich versuchte, nicht an sie zu denken, desto klarer wurde das Bild. Und machte alles nur noch schlimmer. Zu wissen, dass Harlow genauso litt wie ich, machte alles schlimmer. Ja, ihr fehlendes Vertrauen in mich hatte verflucht wehgetan und im ersten Moment hatte ich einfach nur weggewollt. Aber getrennt von ihr zu sein, diese Distanz zwischen uns, fühlte sich noch viel schmerzhafter an. Beinahe so, als würden sich Hände um meine Kehle schließen. Mit jeder Sekunde ein wenig mehr.

Zack

Ich weiß nicht, was ich tun soll, Chloe.

Chloe

Rede mit mir, wenn du bereit dazu bist. Aber du solltest Harlow zumindest schreiben.

Ich starrte so lange auf Chloes Rat, bis sich die Buchstaben förmlich in meine Netzhaut brannten. Dann verabschiedete ich mich und wechselte in den Chat mit Harlow. Ihr Profilbild fiel mir als Erstes auf. Es war noch immer das Foto, das wir zusammen an meinem Geburtstag aufgenommen hatten. Wenige Stunden bevor alles den Bach runtergegangen war. Harlow lachte mit ihren strahlenden Augen in die Kamera, während ich den Kopf an ihrer Halsbeuge vergrub und sie dabei kitzelte. Das Ziehen in meinem Magen wurde wieder drängender, dieses irritierende Gefühl, nicht dort zu sein, wo man sein sollte, obwohl das gleichzeitig der letzte Ort war, an dem man sein wollte. Komplett widersprüchlich, komplett verworren.

Kurz spielte ich mit dem Gedanken, nicht auf Chloe zu hören, es einfach gut sein zu lassen, doch dann begann ich zu tippen.

Zack

Hi, Harlow. Ich bin die nächsten Tage in Oxford, um mich endlich für einen Studienschwerpunkt zu entscheiden und den Kopf freizubekommen. Lass uns reden, wenn ich wieder da bin. Z.

Bevor ich es mir noch anders überlegen konnte, klickte ich auf *Senden*, legte das Handy zur Seite und beendete endlich diesen vermaledeiten Tag.

* * *

Ich hörte den ganzen nächsten Tag nichts von Harlow. Meine Nachricht hatte nur einen Haken, als hätte sie es nicht einmal bis auf ihr Handy geschafft. Vermutlich hatte sie mich blockiert oder meine Nummer ganz gelöscht. Warum sonst sollte da noch dieses Profilbild von ihr und mir sein?

Ich versuchte, nicht mehr daran zu denken und mich auf Oxford zu konzentrieren, denn was blieb mir Tausende Meilen von Seattle entfernt auch anderes übrig? Und trotzdem erwischte ich meine Gedanken immer wieder dabei, wie sie zu Harlow wanderten.

Während mir Prof. Årlingson meine Möglichkeiten im Rahmen eines Auslandssemesters an der *University of Oxford* aufzeigte.

Während Julie und ich in der großen Cafeteria aßen, die mich an den Thronsaal eines alten Schlosses erinnerte.

Und auch während meiner ersten Kurse in der Literaturwissenschaft.

Immer wieder schaute ich auf mein Handy, hoffte, zumindest eine kurze Nachricht von Harlow zu entdecken, und fand doch nur Mitteilungen von Chloe und den anderen aus der Gruppe. Es war komplett verdreht, ich war so weit geflogen, um Abstand zu bekommen und mich zumindest für ein paar Tage auf mich zu fokussieren, nur um dann gedanklich in Seattle bei Harlow hängen zu bleiben.

Als ich am vierten Tag immer noch nichts von ihr gehört hatte, sprach ich Chloe darauf an.

Chloe

> Ich habe sie erst gestern gesehen, Zack,
> kein Grund, vom Schlimmsten auszugehen.
> Wahrscheinlich braucht sie einfach nur etwas
> Zeit, um ihre Wunden zu lecken. Sollte dir
> doch bekannt vorkommen.

Freudlos verzog ich die Lippen und legte das Handy zurück auf den Tisch. Ich hatte mir im gemütlichen, wenn auch ein wenig in die Jahre gekommenen Aufenthaltsraum des *Leary's Inn* einen ruhigen Platz gesucht, um den restlichen Mittwoch für die Prüfungsvorbereitungen zu nutzen. Denn auch wenn ich gerade in Oxford war, die Prüfungen in zwei Wochen würde ich am Lakestone ganz normal mitschreiben müssen. Vielleicht schaffte es ja zumindest der staubige Vergleich der Gerichtsbarkeiten im Europa des neunzehnten Jahrhunderts, mein Gedankenkarussell auf Pause zu schalten.

»Wow, das sieht aus, als wäre auf deinem Tisch eine Bibliothek explodiert.«

Bei der mittlerweile vertrauten Stimme schaute ich von dem Papierchaos auf. Brynn hielt einen Staubsauer in den Händen, den sie nun abstellte, und kam neugierig näher. »Hi, Zack«, schob sie hinterher und setzte sich auf den Stuhl mir gegenüber, ehe sie sich wie selbstverständlich einen der Zettel schnappte. »Jura? Ich dachte, du würdest Literatur studieren?«

Ich schlug eine frische Seite in meinem Block auf und schrieb: Aktuell noch beides, ich versuche, mich zu entscheiden.

Brynn hob eine Braue. »Dann viel Glück dabei.«

Was ist mit dir?

»Mir?«

Studierst du auch?

Ein unübersehbarer Schatten flog über ihre Züge und ich hatte das Gefühl, ihr mit diesen scheinbar harmlosen drei Wörtern viel zu nahe getreten zu sein. Etwas, das ich selbst nur zu gut kannte. Im nächsten Moment pustete sie sich jedoch bloß eine Haarsträhne aus der Stirn und legte das Paper über die Gerichtsbarkeit wieder zur Seite. »Schön wär's. Long Story short: Meine Eltern halten leider nichts davon und zum Ausziehen fehlt mir das nötige Kleingeld, also arbeite ich hier im Hotel.«

Ich nickte, als ich den Frust in ihrer Stimme hörte, und erwiderte: Was würdest du studieren wollen?

Sofort hellte sich ihre Miene wieder auf, beinahe so, als hätte jemand das Licht hinter ihren grünen Augen angeknipst. »Astrophysik. Wusstest du, dass der Lakestone Campus of Seattle eines der besten Programme dafür hat? Du kannst wirklich froh sein, dort studieren zu dürfen. Es wäre mein absoluter Traum …«

»Brynn! Du hast ein Zimmer vergessen!«, hallte in dieser Sekunde eine weibliche Stimme durch das Erdgeschoss des Hotels. Brynn verdrehte die Augen und stand auf.

»Die Pflicht ruft, hat mich gefreut, mit dir zu quatschen, Zack. Man sieht sich, so groß ist das *Leary's* ja nicht.« Sie zwinkerte mir zu und klopfte auf den Tisch, dann ließ sie mich wieder mit meinen Lernunterlagen allein. Stirnrunzelnd sah ich ihr hinterher und dachte über ihre Worte nach, als mich die Vibration einer eingehenden Nachricht aus den Gedanken riss. Blind tastete ich nach dem Handy und entsperrte es.

Chloe

> Zack, ruf mich an, wenn du das liest. Es geht um Harlow, irgendetwas stimmt da nicht.

Ich las Chloes Message zweimal, dann ein drittes Mal und spürte, wie sich Kälte in mir ausbreitete. Wegen ihrer Worte und dem unguten Gefühl, dass schon seit Tagen in meinem Magen saß, weil ich nichts von Harlow gehört hatte. Ich hatte es auf unseren Streit geschoben, aber je mehr ich darüber nachdachte, desto weniger passte das zu ihr. Sie würde meine Bitte zu reden nicht einfach ignorieren. Nicht, wo ich derjenige gewesen war, der sie fortgeschickt hatte.

Noch ehe ich in Ruhe darüber nachdenken konnte, hatte ich auch schon auf Harlows Namen geklickt und ihre Nummer gewählt.

Der Teilnehmer ist nicht erreichbar.

Das musste gar nichts bedeuten. In Seattle war es mittags, gut möglich, dass sie in der Vorlesung saß und das Handy ausgeschaltet hatte.

Und trotzdem zitterten meine Finger ein wenig, als ich stattdessen nun Chloes Nummer antippte.

Komm schon. Komm schon.

Das Bild baute sich auf, dann blickte mir auch schon meine beste Freundin entgegen. »Zack, endlich. Keine Ahnung, was hier gerade passiert. Harlow ist wie von der Tarantel gestochen aus der Uni gestürmt, Abbot steht jetzt mit zwei Polizisten zusammen und ich weiß nicht, warum, aber ich habe …«, Chloe biss sich auf die Lippe und sah direkt in die Kamera, »… ich habe ein verdammt mieses Gefühl.«

KAPITEL 34

Revolution – Bastille

Harlow

24 Stunden zuvor

Dienstagnachmittag. Es war schon Dienstag. Das bedeutete, wir saßen bereits seit drei Tagen mit unserem zusammengewürfelten Team aus Weston McNara und seinem kleinen Kreis aus Spezialisten für Cyberkriminalität, Miyu, Neal – online zugeschaltet –, Lucie und Abbot daran, den Code für die Endphase vorzubereiten. Und das wiederum hieß, uns blieben dank Alias' Vorverlegung nur noch drei Tage bis zum geplanten Coup. Drei Tage, um ihn in seinem eigenen Spiel zu schlagen und den Bankraub zu verhindern.

Nachdem die Polizei unter McNara in unser Vorhaben eingeweiht worden war, hatten wir unseren ursprünglichen Plan, Alias' System direkt bei der Cyberattacke auf die australische Bank anzugreifen, über den Haufen geworfen. McNara und Abbot hatten sich wie erwartet dafür ausgesprochen, es nicht so weit kommen zu lassen. Und beinahe wäre alles daran zerbrochen, weil Miyu grundsätzlich dagegen war, wenn man ihr sagte, was sie zu tun oder zu lassen hatte. Insbesondere, wenn die Anweisungen von *Bullen* und *privilegierten Weißen* kamen.

Glücklicherweise hatten wir die Differenzen irgendwie beheben können. Nicht zuletzt, weil Neal sich bereit erklärt hatte, als Brücke zwischen Miyu und der Polizei zu fungieren. Seinem Verhalten nach zu urteilen, machte er das nicht zum ersten Mal, und auch wenn ich kaum etwas über ihn wusste, hatte ich in den letzten Tagen begonnen, ihn auf gewisse Weise zu bewundern. Er besaß eine ausgezeichnete Menschenkenntnis, anders konnte ich mir nicht erklären, wie er es schaffte, McNara, Abbot und Miyu ins selbe Team zu holen. Außerdem war er ein genialer Hacker, keine Frage.

Wir waren mehrere Strategien durchgegangen und hatten hauptsächlich die Strukturen der beiden Trojaner an einer virtuellen Maschine auf Herz und Nieren getestet und dabei einige Lücken entdeckt. Außerdem war Neal auf die Idee gekommen, über unseren Trojaner gleichzeitig noch einen Computervirus auf Alias' Netzwerk zu übertragen. Wie gesagt – der Kerl war ein teuflisches Genie. Damit sah unser Plan nach diversen Diskussionen und Updates jetzt wie folgt aus:

Um den Schein zu wahren, arbeitete ich weiter an dem Trojaner für Alias und kümmerte mich um die letzten Anpassungen, nun, wo er mir die verbliebenen Informationen zu seinem geplanten Cyberangriff übermittelt hatte.

Miyu übernahm währenddessen den zweiten Backdoor-Trojaner – also den, den wir unbemerkt auf Alias' System bringen wollten. Dank der Fehleranalyse mit McNara und Neal gab es dort Schwachstellen zu beheben.

Neal tüftelte gleichzeitig an besagtem Computervirus, der, sofern wir uns nicht verrechnet hatten, Alias handlungsunfähig machen würde, sobald sein System infiziert war. Er würde die Kontrolle über sein Netzwerk verlieren und könnte weder seine Daten löschen noch sich gegen unsere Übernahme seines Computers wehren.

Auf der anderen Seite war McNara mit Abbot dabei, weltweit mehrere Teams für Cyberkriminalität zu briefen, um Alias festzunehmen, sobald wir seinen Standort hatten. So würde er gar nicht erst die Möglichkeit haben unterzutauchen.

Ehrlich gesagt kam es mir so vor, als hätte sich mein Leben innerhalb weniger Tage in eine Folge von *CSI: Cyber* verwandelt und ich unfreiwillig die Hauptrolle darin übernommen. Bloß war das hier keine Serie, sondern meine Realität und alles andere als harmlos. Ich war mittlerweile froh, dass McNara und sein Team mit an Bord waren, auch wenn nichts davon garantierte, dass es klappen würde. Aber der Gedanke, das nicht allein durchstehen zu müssen, ließ mich ein wenig ruhiger schlafen.

Vorausgesetzt, ich schaffte es für einen kurzen Moment, nicht an Zack zu denken. Zu verdrängen, dass Dienstag auch bedeutete, dass ich seit über drei Tagen nichts von ihm gehört hatte. Keine Reaktion auf die Nachricht, die ich ihm Samstagnacht geschrieben hatte, nachdem ich den Post-it an seiner Tür gefunden hatte. Bisher war nicht einmal ein zweiter Haken unter meiner Message aufgetaucht, und obwohl ich verstehen konnte, dass er mich blockierte, machte das die Sache nicht weniger schmerzhaft.

Stunde um Stunde verging, während das Licht draußen schwand und die Gedanken in meinem Kopf immer lauter wurden. Irgendwann hielt ich es nicht mehr aus und stand auf. Seufzend rieb ich mir die pochenden Schläfen und fing dabei einen Blick von Lucie auf, die neben mir in Abbots Büro saß.

Im nächsten Moment durchbrach sie die angespannte Stille:

»Also, ich könnte jetzt einen Kaffee vertragen. Wir sitzen seit drei Stunden hier, und wenn ich das richtig verstanden habe, müssen wir ohnehin warten, bis dieser Algorithmus von Neal durchgelaufen ist, richtig?«

Abbot fuhr sich über das Kinn und schaute über den Rand seines Computers, hinter dem er stand, zu uns. Nachdem sein Büro mehr oder weniger zu unserer Zentrale geworden war, hatten Lucie und ich an dem Tisch der Sitzecke aus dunklen Chesterfieldsofas Stellung bezogen, während Abbot, McNara und seine Leute den wuchtigen Schreibtisch und einen Beistelltisch zu ihrem Gebiet erklärt hatten.

»Ich halte eine Pause für eine gute Idee. Wenn ich es richtig im Sinn habe, dann hast du heute ohnehin Training, nicht wahr, Harlow?«, entgegnete Abbot und richtete sich auf. Hätte sein Rücken dabei ein unangenehmes Knacken von sich gegeben, wäre ich nicht verwundert gewesen, so lange, wie er dort in dieser schiefen Position gestanden hatte.

Ich unterdrückte ein Gähnen, klappte meinen Laptop zu und schüttelte den Kopf. »Caitlyn und Coach Tie wissen Bescheid, dass ich … bei Ihnen in einer Besprechung bin.«

Die Falten auf seiner Stirn vertieften sich, trotzdem sagte er nichts dazu. Vermutlich machte diese kleine *Notlüge* den Kohl auch nicht mehr fett. Und vielleicht verstand er auch, dass ich bei der ganzen Sache gerade nicht an Hockey denken konnte.

»Sobald das Ganze durch ist …«, setzte ich dann an, nur um gleich wieder zu verstummen. Sobald das Ganze durch war, würde ich nicht mehr im Team trainieren, sondern zurück nach Hause ziehen. Oder mich vor Gericht wiederfinden.

Lucie legte mir eine Hand auf den Arm, als wüsste sie nur zu gut, in welche Richtung meine Gedanken zu driften drohten, und fragte noch einmal: »Kaffee? Wir besorgen eine Runde.«

Abbots angespannte Schultern sackten unter dem blütenweißen Stoff seines Hemdes ein wenig herunter, dann nickte er. »Gerne. In Anbetracht der Tatsache, dass uns vermutlich eine lange Nacht bevorsteht, keine schlechte Idee. Danke, Lucienne.«

Eine lange Nacht. Weil wir heute Alias' System angreifen würden. Über einen ganz gewöhnlichen Chat über unsere Seite im Darknet, den ich mit ihm öffnen würde, so wie ich es schon unzählige Male in den vergangenen Wochen getan hatte. Neal, McNara und die anderen gingen auch weiterhin davon aus, dass Alias ohne Misstrauen auf die .exe-Datei klicken und sie downloaden würde, nur mir fehlte diese Zuversicht. Vielleicht, weil mir immer noch der seltsame Unterton von Alias' Nachricht am Samstag in den Ohren summte.

Die Dinge haben sich geändert. Ich ziehe CanalRio vor, das bedeutet, ich brauche deinen Trojaner bis nächste Woche. Lass mich nicht warten, Harlow Lexington.

Dieses Gefühl, dass er etwas ahnte. Falls er den Trojaner nicht wie geplant annehmen würde, hatte sich Neal ein Back-up überlegt, um ihn trotzdem auf Alias' System spielen zu können. Eine gefakte Nachricht von der *Melbourne Trust* an Andrew Olsen, in der sie sich offiziell für den Tod seiner Frau Carolina entschuldigte. Sobald Alias auf diese Nachricht klickte, würde unser Trojaner auf sein System übergehen und wir wären drin. Es war ein guter Plan, der mehrere Szenarien abdeckte.

Und trotzdem blieb dieses Stechen in meinem Magen zurück.

»Dann werde ich in der Zwischenzeit noch einmal mit der Behörde in Santiago de Chile sprechen und alles vorbereiten. Das ist laut Interpolation der Hinweise unser vielversprechendster Standort gerade, richtig, Harvey?« Weston McNara, ein fast zwei Meter großer Mittfünfziger mit braunen Haaren und messerscharfen Zügen, verschränkte die massigen Arme vor der Brust, sodass mein Blick unweigerlich auf die beiden Schusswaffen in seinem Schulterholster fiel. Nicht zum ersten Mal bekam ich das Gefühl, dass er mich am liebsten packen und in die nächstbeste Zelle befördern würde.

Ich unterdrückte einen Schauder und griff nach meiner gefütterten Jeansjacke. »Wir sind gleich wieder da.«

Lucie und ich verließen das Büro, und kaum dass die Tür hinter uns zugefallen war, schien das Atmen wieder ein wenig leichter.

»Was war da gerade los, Har?«, fragte Lucie leise und beugte sich näher zu mir, als wir die breite Treppe ins Atrium des Verwaltungsgebäudes liefen.

»Was meinst du?«

»Du bist schon die ganze Zeit so angespannt. Das sind wir alle, keine Frage, aber in den letzten Stunden hast du kaum etwas gesagt und angefangen, an deinen Nägeln herumzukauen.«

»Ich habe nicht …« Wie zum Beweis hob sie eine meiner Hände hoch, ein Großteil des dunklen Lacks auf meinen Nägeln war Geschichte. Ich schnaubte. »Meine Nerven liegen blank.«

»Verständlich. Das geht uns, wie gesagt, allen so. Das ist menschlich.« Sie schenkte mir ein mitfühlendes Lächeln. »Hast du immer noch nichts von Zack gehört?«

»Nein, aber vielleicht ist es gerade auch ganz gut so. Da ist schon genug in meinem Kopf.« Ich stieß die schwere Tür auf, dann traten wir in die kühle Luft des frühen Abends. Der tief dunkelblaue Himmel war zur Abwechslung mal klar und trotz der Lichtverschmutzung der Stadt konnte ich einige Sterne entdecken. Die geschwungenen Laternen auf dem Campus leuchteten, ließen das Gelände des Lakestone beinahe wie ein Filmset wirken und mit einem Mal war der Gedanke, gehen zu müssen, noch schmerzhafter.

»Harlow.« Lucie griff nach meiner Schulter und brachte mich auf Höhe der Statue von Bernhard C. Hawthorne zum Stehen. »Du machst es schon wieder. Die Menschen um dich herum ausschließen. Weil du glaubst, dass es irgendetwas leichter macht, wenn du den Kampf mit dir allein austrägst. Aber weißt du was? Die Menschen, denen du wichtig bist, spüren, dass du dich damit quälst, und das macht gar nichts leichter.«

Ich wickelte mich tiefer in meine Jeansjacke und biss die Zähne aufeinander. Dann sah ich auf, direkt in Lucies warme, braune Augen. »Es geht nicht bloß um Zack. Ich habe einfach nur … Angst.« Gequält verzog ich das Gesicht. »Ich habe ein echt schlechtes Gefühl bei allem und Alias ist in den vergangenen Tagen schon so weit gegangen. Hat so viele Grenzen übertreten. Was wird er tun, wenn er es herausbekommt? Wenn wir versagen?«

»Hey. Atme einmal tief durch, okay?« Lucie legte ihre Hände auf meine Schultern und suchte meinen Blick. »Wir haben ein großartiges Team, einen großartigen Plan und es *wird* klappen.«

Mir kam eine Mischung aus Lachen und Schluchzen über die Lippen. »Deine Zuversicht hätte ich gerne.«

»Du kannst so viel davon abhaben, wie du willst.«

Eine Gruppe von Studierenden ging an uns vorbei und warf uns neugierige Blicke zu. Lucie wartete, bis sie wieder weg waren, dann fügte sie sanft an: »Und das mit Zack bekommst du auch wieder hin. Eins nach dem anderen, Har, und nicht allein.«

∗ ∗ ∗

Ich saß wie auf heißen Kohlen und hatte das Gefühl, mich jeden Moment übergeben zu müssen. Obwohl alle im Raum waren, Captain McNara und sein Team, Abbot und Lucie, während Neal und Miyu über Remote auf meinen Laptop geschaltet waren und somit genau sehen konnten, was passierte, fühlte ich mich allein. Ich fühlte mich unglaublich allein, weil dieser ganze Mist am Ende nun einmal allein an mir hing. Daran, dass Alias genug Vertrauen in unseren Deal hatte, in meinen Wunsch auszusteigen, dass er unbedarft auf den Anhang klicken und damit seinen Untergang besiegeln würde.

Ein einziger Klick und Miyu und Neal würden über das geöffnete Tor in sein System eindringen. Samt Virus. Selbst wenn Alias daraufhin Miyu raushauen würde – ihre Pfade kannte er schließlich –, gegen Neal hätte er keine Chance. Mit ihm rechnete Alias nicht und er würde ohne Umschweife alles an McNara weiterleiten. Alias' unverschlüsselten Standort, seine Netzwerkstruktur, seine Sites im Darknet. Alles. Gleichzeitig würde er im Darknet verbreiten, dass Alias mit der Polizei zusammenarbeitete. Er würde nirgendwo mehr Anschluss finden, weil Hacker Ratten noch mehr verabscheuen als *Bullen.* Das wäre – melodramatisch gesprochen – sein Untergang.

Unbewusst rieb ich mir über die Brust, wo mein Herz so schnell schlug, dass ich es in meinem ganzen Körper fühlen konnte, und griff dann nach der Seeglasscherbe von Brax. Drehte sie in den Fingern, spürte ihre von Salzwasser weich gewaschenen Kanten und versuchte, mich zu beruhigen.

»Die Verbindungen sind stabil, ich habe eben das finale Go von Neal bekommen«, ließ uns McNara wissen und hob zusätzlich einen Daumen. »Von mir aus können wir.«

Von mir aus aber nicht.

Im Chat mit Miyu, der auf dem zusätzlichen Bildschirm geöffnet war, den ich an meinen Laptop angeschlossen hatte, ploppte eine Nachricht auf.

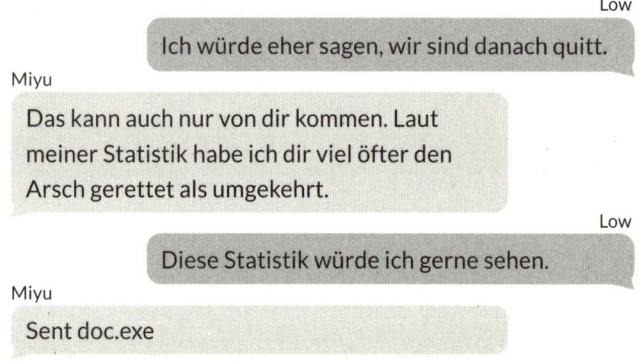

Miyu

Du schuldest mir ein neues Motherboard, wenn das hier über die Bühne gegangen ist, Low. Nur damit das klar ist. Ein verdammt gutes, verdammt teures Motherboard.

Ich würde Miyu sogar zehn neue Hochleistungs-Motherboards – Hauptplatinen, mit denen sie ihren Computer hochrüsten könnte – besorgen, sollten wir das hier hinbekommen.

Bei ihrer direkten Art musste ich entgegen meiner aktuellen Gefühlslage grinsen. Keine Ahnung, wie ich das hier ohne sie schaffen würde.

Low

Ich würde eher sagen, wir sind danach quitt.

Miyu

Das kann auch nur von dir kommen. Laut meiner Statistik habe ich dir viel öfter den Arsch gerettet als umgekehrt.

Low

Diese Statistik würde ich gerne sehen.

Miyu

Sent doc.exe

Als ob ich blind auf irgendeine ihrer exe.-Dateien klicken würde. Dafür hatten wir uns schon zu oft im Scherz Miniviren auf den Hals gehetzt.

Netter Versuch.

Low

Miyu

Wollte nur mal schauen, ob du noch ganz da bist.

Low

Haha.

Dieses Rumgeplänkel mit Miyu half mir tatsächlich dabei, ein wenig runterzukommen. Mir einzureden, alles wäre wie immer. Ein dunkler Abend, ich vor meinem Computer, Miyu auf dem einen und Alias auf dem anderen Channel, um ein Ding für *BackWash* zu drehen. Alles easy. Alles wie immer.

»Harlow? Bist du so weit?«

Ich wischte mir die schweißnassen Hände an der Jeans ab und nickte. »Ja.«

Nur noch diese eine Sache und dann lasse ich Low gehen.

Dann bekomme ich mein Leben irgendwie wieder auf die Reihe – wie auch immer es dann aussieht.

Und dann werde ich alles daransetzen, zumindest noch ein Mal mit Zack zu sprechen, weil ich das ihm und mir und uns schuldig bin.

Lucie rutschte zu mir, gab mir wortlos einen Kuss auf die Wange und setzte sich anschließend ans andere Ende der langen Couch, um mir Raum zu geben. Raum zum Atmen. Raum für das hier.

Ich griff nach meiner Brille, rückte sie zurecht, dann klickte ich mich ins Darknet. Dorthin, wo Alias und ich schon unzählige Male zuvor miteinander kommuniziert hatten. Dorthin, wo alles begonnen hatte.

Low

Ich bin so weit.

Es dauerte keine zehn Sekunden, bis sein Name im Terminal erschien. A.L.I.A.S.

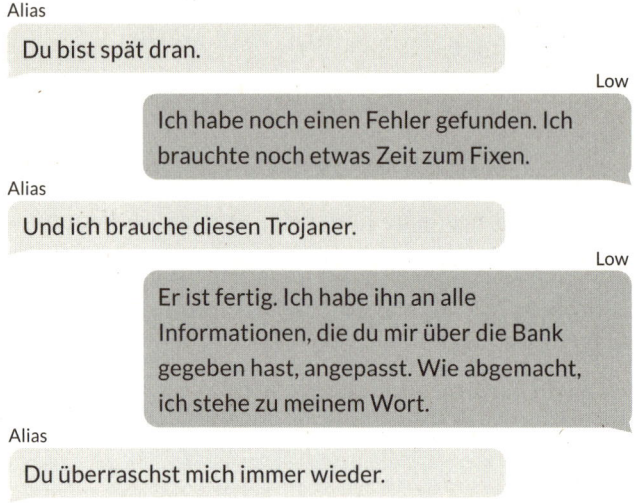

Alias

Du bist spät dran.

Low

Ich habe noch einen Fehler gefunden. Ich brauchte noch etwas Zeit zum Fixen.

Alias

Und ich brauche diesen Trojaner.

Low

Er ist fertig. Ich habe ihn an alle Informationen, die du mir über die Bank gegeben hast, angepasst. Wie abgemacht, ich stehe zu meinem Wort.

Alias

Du überraschst mich immer wieder.

Mir wurde eiskalt und ich zog mir die Ärmel des dunkelblauen LSC-Hoodies weiter über die Hände. In Abbots Büro war es totenstill, eine Stille, die sich wie ein eigenes Wesen anfühlte und jeden Winkel des Raums ausfüllte. Ich fing einen Blick von Lucie auf, die mir kaum merklich zunickte, dann legte ich die Finger wieder auf meine abgenutzte Tastatur.

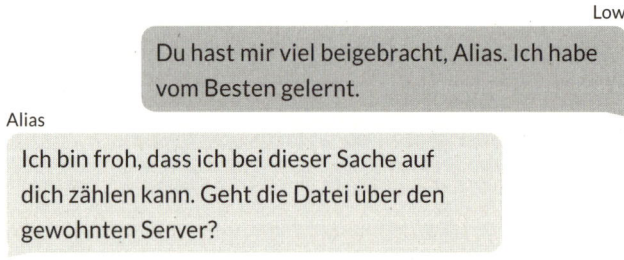

Low

Du hast mir viel beigebracht, Alias. Ich habe vom Besten gelernt.

Alias

Ich bin froh, dass ich bei dieser Sache auf dich zählen kann. Geht die Datei über den gewohnten Server?

Bin schon dabei.

Ich würde mich wirklich jeden Moment übergeben. Einfach so, hier auf meinen Computer und den vermutlich sehr, sehr teuren Perserteppich von Abbot. Noch nie hatte es sich so lange angefühlt, eine einzelne Datei zu übertragen. Noch nie hatte ich so lange an einer einzelnen, so simplen Codezeile getippt. Es kam mir vor, als würde mein Rechner Jahre brauchen, um den Backdoor-Trojaner ins Darknet hochzuladen. Den Trojaner, den Alias bestellt hatte, und die böse Überraschung von Miyu, Neal und mir.

Upload completed.

Ich hielt die Luft an. Starrte auf das Terminal, bis die Buchstaben vor meinen Augen verschwammen. Grüne Schlieren auf schwarzem Grund.

File was downloaded by User A.L.I.A.S.

McNara stieß Abbot an.

Miyu schickte ein GIF.

Lucie sprang auf.

Ich atmete aus.

Wir waren drin.

KAPITEL 35

East of Eden – Zella Day

Harlow

Ich fühlte mich seltsam schwerelos. Als hätte irgendjemand alle Seile, die mich bisher am Boden gehalten hatten, durchtrennt. Ich schwebte in einer hellen, trägen Masse, die sich über alles gelegt hatte, alle Geräusche dämpfte. Die Welt dämpfte, während um mich herum unzählige Dinge gleichzeitig passierten.

Entrückt starrte ich auf die Bildschirme vor mir, konnte nicht fassen, dass wir es geschafft hatten. Dass dieser Plan mit all seinen Lücken und Unvorhersehbarkeiten tatsächlich funktioniert hatte. Dass es vorbei war.

Noch einmal atmete ich tief ein und aus, schob den Dunst beiseite und blickte endlich auf. Lucie stand keinen Meter neben mir, sah mich an und breitete dann die Arme aus. Wortlos schmiegte ich mich in ihre Umarmung, genoss das Gefühl, von einer echten Freundin gehalten zu werden, und als ich bemerkte, dass ihr Herz genauso schnell raste wie meins, beruhigte sich etwas in mir. Wir hatten alle Angst gehabt – und am Ende doch gewonnen.

»Was meinst du? Sollen wir der Polizei die restliche Arbeit überlassen und uns verabschieden?«, flüsterte sie nah an meinem Ohr.

»Ich habe in meinem Zimmer noch eine gebunkerte Flasche Wein und ich glaube, heute ist mir ausnahmsweise einmal nach einem Glas.«

Ich schob sie ein Stück von mir und nickte. »Ich glaube, mir auch.«

Alias war sofort offline gegangen, als er den zweiten Trojaner bemerkt hatte, hatte alle Systeme ohne Reaktion gekappt. Trotzdem zu spät für ihn. Wir hatten den Zugang, meine Arbeit war getan und Lucie hatte recht, den Rest konnten wir den Behörden überlassen.

Lucie nickte, wischte ein paar Tränen von meinen Wangen und wandte sich gerade an Abbot – als ich im Augenwinkel eine neue Nachricht von Miyu bemerkte. Genau in dem Moment, in dem McNara am Telefon auf Spanisch fluchte und zu mir schaute.

»¡Qué mierda! ¡Esto pendejo!«

Ich zuckte zusammen.

Auch ohne Spanisch zu verstehen, war mir klar, dass irgendetwas nicht stimmte. Ruckartig fuhr ich zu meinem Computer herum, zog den Chat mit Miyu größer – und erstarrte.

Miyu

> Wir haben keinen Standort, Low. Wir wissen nicht, wo Alias ist. Neal hat gerade die IP von Alias' System gecheckt. Santiago war nur ein Server, auf dem er eine weitere virtuelle Maschine hat laufen lassen. Wie eine beschissene Matrjoschka. Verdammte Scheiße.

Ich ballte die Hände zu Fäusten.

»Weston, was ist los?«, verlangte nun auch Harvey Abbot zu wissen.

»Die IP ist eine Finte gewesen. Vermutlich ist er nie in Santiago gewesen.«

Abbot verschränkte die Arme vor der Brust, blickte zwischen Weston und mir hin und her. »Wo ist er dann?«

»Wir wissen es nicht. Er könnte überall sein. In Buenos Aires oder New York oder Hongkong. Überall.«

Überall. Er kann überall sein.

In Seattle.

In Oxford.

»Neal sagt, er hat zwar die Kontrolle über Alias' System bekommen und konnte alle relevanten Daten sichern, was an sich ein Erfolg ist, aber Andrew Olsen …«

Ich stand auf und grub die Nägel in meine Handflächen. »Er ist immer noch irgendwo da draußen.«

Und wir hatten ihn zu einem Mann gemacht, der nichts mehr zu verlieren hatte.

* * *

In dieser Nacht machte ich kein Auge zu. Ganz gleich, wie oft mir Weston McNara auch versichert hatte, dass sie Alias über die angesetzte Großfahndung finden würden, meine Nerven lagen blank. Aus den Unterlagen, die wir sichergestellt hatten, war klar geworden, dass er seit Jahren hackte und die Behörden unzähliger Länder an der Nase herumgeführt hatte. Alias – Andrew Olsen – war gerissen und ich nicht so naiv zu glauben, die Polizei würde ihn ohne Weiteres in die Finger bekommen.

Abbot hatte uns angewiesen, uns von sämtlichen digitalen Kanälen fernzuhalten, solange die Fahndung lief, und *ganz normal* weiterzumachen. Morgen in die Vorlesungen zu gehen, zu lernen, an die Prüfungen zu denken. Als wäre das möglich. Er hatte sogar mein Handy und den Laptop als Beweismaterial konfisziert und Lucie und mich dann mit dem Hinweis auf unsere Zimmer geschickt, dass ich das Campusgelände nicht verlassen durfte. Lucie war irgendwann vor Erschöpfung eingeschlafen, doch meine Gedanken dachten gar nicht daran, Ruhe zu geben. Sie drehten sich um die letzten Tage, um Alias und immer auch um Zack.

Darum, dass ich noch nichts von ihm gehört hatte. Darum, dass mir Abbot zwar versprochen hatte, morgen in Oxford anzurufen, mich aber im gleichen Atemzug darum gebeten hatte, ihn nicht von mir aus zu kontaktieren. Aus Sicherheitsgründen, falls Alias doch an meinem digitalen Fußabdruck dran war.

Darum, dass ich ihn in diesem Moment mehr als jeden anderen an meiner Seite gebraucht hätte. Um seine Nähe zu spüren, seinen Herzschlag zu hören und zu wissen, dass es ihm gut ging. Denn auch wenn Abbot natürlich recht damit hatte, dass man ihn informiert hätte, wäre Zack etwas zugestoßen – dieses Ziehen in meiner Brust blieb.

Als irgendwann endlich Lucies Wecker klingelte und wir uns für den Tag anzogen, sprachen wir kaum. Uns beiden war nicht danach zumute und ehrlich gesagt hatte ich keine Ahnung, wie ich diesen Tag überstehen sollte. Den Tag und all die, die noch folgen würden, bis sie Alias endlich festnehmen würden.

Falls das überhaupt jemals geschehen würde.

Zwar hatte er seine Online-Identität und sein System verloren und McNaras Team suchte nach ihm, doch Alias war klug. Und hatte alles verloren. Eine gefährliche Kombination.

Ein Tippen auf die Schulter riss mich aus meinen Gedanken, als ich in der Schlage im Lakestone Café stand, um mir einen doppelten Espresso zu holen. Stirnrunzelnd drehte ich mich um und fand mich Colin gegenüber. »Colin? – Was ist los?«, fügte ich an, als ich seine blassen Züge bemerkte.

»Harlow, ich habe keine Ahnung, was hier gerade abgeht, aber ich habe eben eine Nachricht auf mein Handy bekommen. Für dich.«

Ich nickte langsam, während sich etwas in mir zusammenzog. »Was für eine Nachricht?«

»Das …« Er schüttelte den Kopf und hielt mir sein Display entgegen. »Was ist das?«

Doch ich hörte ihm schon gar nicht mehr zu. Meine gesamte Aufmerksamkeit hatte sich auf die paar Zeilen gerichtet, die dort leuchteten.

Unbekannte Nummer

> Ich bin endlich in Seattle angekommen, triff
> mich in der Siebzehn. Und erzähl unserer
> Freundin Polly nichts, du weißt, sie wird
> schnell eifersüchtig.

Mein Herz hörte kurzzeitig auf zu schlagen. Einfach so. Weil ich diese Nachricht, die auf den ersten Blick vollkommen konfus schien, verstand. Ich verstand, was sie bedeutete, und ich verstand, von wem sie war.

Alias war in Seattle, bei mir zu Hause, deswegen die Siebzehn – meine Hausnummer – und ich sollte zu ihm kommen. Ohne jemandem etwas davon zu sagen oder die Polizei – *Polly* – einzuschalten.

Zu Hause. Zu Hause, wo Brax war. Wo meine Familie war.

»Har? – Scheiße, du bist eiskalt«, stieß Colin hervor, als ich ihm sein Handy zurückgab, und wollte meine Finger festhalten, doch ich war schneller.

»Tut mir leid, ich … ich bin verabredet.« Die Worte kamen mir zu schnell, zu hoch über die Lippen. Ich gab meinem Freund keine Möglichkeit, etwas zu erwidern, denn im nächsten Moment hatte ich auch schon auf dem Absatz kehrtgemacht und rannte aus dem Café. Schneidender Wind schlug mir entgegen, ließ meine Augen brennen, vielleicht hatten die Tränen auch einen anderen Ursprung. Barsch fuhr ich mir über das Gesicht, als der helle Kiesweg vor mir verschwamm, und rannte weiter. Rannte immer weiter, weil stehen bleiben keine Option war.

***

Vom Campus nach New Holly waren es mit dem Auto nur knapp fünfzehn Minuten. Fünfzehn Minuten, die sich wie eine Ewigkeit anfühlten, während ich auf dem Rücksitz des Taxis saß, das ich vor dem Campus-Tor förmlich überfallen hatte. Fünfzehn Minuten, in denen *alles* passieren konnte. Fünfzehn Minuten, die ausreichten, um mir die schlimmsten Szenarien auszumalen. Alias hatte seine gesamte Familie verloren. Was, wenn er mir das Gleiche antun wollte?

Als wir die schmale Straße erreichten, in der unser Haus lag, war ich kurz davor durchzudrehen und gleichzeitig gefährlich ruhig. Was auch immer mich erwartete, ich würde nicht zulassen, dass Alias mir meine Familie nahm. Ich würde *alles* tun, um das zu verhindern.

Der Wagen hielt, ich drückte dem Taxifahrer zu viele Scheine in die Hand und wartete nicht erst auf Wechselgeld, sondern lief direkt durch das kleine Tor in den Vorgarten. Unser Volvo stand nicht in der Einfahrt und auch sonst wirkte das Haus … verlassen.

Unwillkürlich verschränkte ich die Arme vor der Brust und ging an der Hauswand entlang, als ich ein Knirschen hinter mir hörte.

»Sie sind nicht hier.«

Erschrocken fuhr ich herum und stieß dabei gegen einen von Katys Blumentöpfen, der scheppernd umfiel. Vor mir stand ein Mann mit einem Gesicht, das ich erst seit Kurzem dank der Polizei kannte, und gleichzeitig waren wir alte Bekannte.

Andrew Olsen.

Alias.

»Hallo, Low.«

Noch immer konnte ich mich keinen Deut bewegen. Ihn nur anstarren. Seine weißblonden Haare, die braunen Augen, die dunklen Ringe, die darunter lagen. Er war groß und schlank, in der Jeans und dem Shirt, über dem er einen offenen Mantel trug, auf gewisse Weise sogar gut aussehend. Irgendwie irritierte mich das am meisten.

Dass er so normal aussah.

»Ich hatte mich darauf gefreut, deine Familie kennenzulernen, aber bedauerlicherweise sind sie unterwegs.«

Innerlich dankte ich dem Universum, dass meine Moms und Brax bereits unterwegs waren. Eine Sorge weniger – blieben Alias und ich.

Ich schluckte trocken und machte einen Schritt rückwärts, wobei ich über die Scherben stolperte und beinahe in die hohe Hecke gefallen wäre. »Es war ein Fehler herzukommen.« Selbst ich hörte das Zittern in meinen Worten.

Alias' Lippen zuckten in Richtung eines Lächelns.»Ich weiß. Wir sind beide ziemlich gut darin, Fehler zu machen.«

»Sie werden dich kriegen. Die Polizei wird dich finden.«

»Es spielt keine Rolle, Low.«

»Was heißt das? Warum bist du hier?«

Seine Zähne blitzten auf.»Streng genommen war ich die ganze Zeit über hier. In Seattle. Meine Frau hat früher immer davon geträumt hierherzukommen, weißt du? Bevor man sie ermordet hat. Sie und mein ungeborenes Kind.«

Ich erschauderte, als ich den Hass in seiner Stimme hörte, den Hass, die Wut und den Schmerz.

»Aber ich gebe zu, wäre alles nach Plan gelaufen, wären wir einander vermutlich niemals im echten Leben begegnet, Harlow Lexington. Nur hast du mir diesen Plan genommen, du hast mir Carolina genommen, zum zweiten Mal.«

Angst schnürte mir die Kehle zu, ließ mich erstarren. Irgendwo tief in den Windungen meines Gehirns erinnerte ich mich daran, dass man in solchen Situationen Zeit schinden musste. Seinen *Gegner* am Reden halten sollte, bis Hilfe kam. Nur konnte ich das nicht. In diesem Moment war mein Kopf wie leer gefegt. Da war nichts als Angst.

»Es war ein genialer Streich, dieser zweite Trojaner. Perfekt programmiert und auf mein System abgestimmt, sodass meine Scanner nichts gefunden haben. Wirklich genial«, sagte er tonlos und sah sich beinahe angewidert in unserem Vorgarten um.»Ich bin selten jemandem mit deinem Talent begegnet, Low. Nicht viele hätten geschafft, wozu du fähig bist. Du hast mich in meinem eigenen Spiel geschlagen.« Lächelnd schüttelte er den Kopf und fuhr sich über den hellen Bartschatten auf seinen Wangen, dann sah Alias wieder zu mir. »Aber das bedeutet nicht, dass du gewonnen hast. In so einem Spiel gibt es keinen Sieger, Harlow. Das wusstest du schon, bevor du den ersten Zug gemacht hast. Du kennst die Regeln. Keine Gewinne, nur Verluste. Du hast mir *Alias* genommen, die Chance, das Unrecht, das meiner Familie widerfahren ist, zu rächen. Und ich wollte es sehen, ich wollte dein Gesicht sehen, wollte dir nur dieses eine Mal persönlich gegenüberstehen, wenn ich dir das Gleiche antue. Dir auch etwas nehme.«

Ich ballte meine Hände zu Fäusten, bohrte meine Nägel so tief in meine Handflächen, dass es brannte, und fand endlich meine Stimme wieder. »Du irrst dich. Du hast verloren. Meine Familie ist nicht hier.«

Alias lachte leise und schüttelte den Kopf. »Nein, aber du solltest wissen, dass ich mir bei den wichtigen Dingen immer eine zweite Option offenhalte. Und das hier ist etwas Persönliches.«

Im Augenwinkel sah ich blau-rotes Licht aufflackern, Sirenen ertönten. Mein Herz schlug schmerzhaft gegen meine Rippen.

»Wovon sprichst du?«, krächzte ich. »Welche zweite Option?«

Noch immer dieses undurchsichtige Lächeln auf den Zügen, griff er in seine Jackentasche und ließ einen Flyer zu Boden fallen. In diesem Moment erklangen quietschende Reifen, dann das Schlagen von Türen und schwere Schritte. Ich hörte Stimmen, erkannte die Worte *Seattle Police Department*, trotzdem rührte sich keiner von uns.

»Schachmatt.« Alias zwinkerte mir zu, trat einen Schritt zurück und hob die Hände.

Genau in dem Moment, in dem mehrere Polizisten den Vorgarten stürmten, die Waffen auf uns gerichtet und viel zu laut für die dröhnende Stille, die sein letztes Wort losgetreten hatte. Ich bekam kaum mit, wie man mir Handschellen anlegte, wie man mir meine Rechte vorlas, mich abführte, weil ich mich der Anordnung, das Gelände nicht zu verlassen, widersetzt hatte. Ich bekam gar nichts mehr mit.

Hörte nichts, sah nichts.

Nichts, bis auf sein kühles, berechnendes Lächeln.

Nichts, bis auf den Flyer, der noch immer am Boden lag.

University of Oxford – The world-leading centre of knowledge.

Zack. Er hatte meine Familie nicht bekommen, deswegen hatte er mir Zack genommen.

* * *

Ich war wieder genau dort, wo alles angefangen hatte. Nicht nur metaphorisch gesehen, sondern wortwörtlich so, wie ich es gesagt hatte. Ich war wieder wegen des Hackens festgenommen worden, saß wieder in einem Verhörraum auf dem Polizeipräsidium – wenn ich richtig lag, war es sogar derselbe Raum wie vor vier Monaten – und ich wusste nicht, wie diese Sache diesmal für mich ausgehen würde.

Wenn ich ehrlich mit mir war, dann spielte es auch keine Rolle. Nicht hier und nicht jetzt, wo ich seit einigen Stunden auf dem harten Plastikstuhl hockte und darauf wartete, dass mir irgendwer irgendetwas verriet. Über Alias, über meine Zukunft, über … über Zack.

Ich hatte der Polizei sofort gesagt, dass sie nach Zack suchen sollten, dass ihm etwas passiert sein musste, doch all mein Bitten und Flehen hatte mir keine Antworten verschafft. Nur Zeit, die unendlich langsam dahinkroch.

Gott, ich durfte nicht an ihn denken. Ich durfte nicht an diesen

Flyer denken, an Alias' kaltes Lächeln. Ich hatte auch so schon das Gefühl, den Verstand zu verlieren. In diesem kleinen Raum, der bis auf einen Einwegspiegel, den Tisch und zwei Stühle leer war. Graue Wände, eine graue Decke und eine verschlossene Tür.

Irgendetwas sagte mir, dass dieses Mal kein Harvey Abbot hindurchkommen und mich wie durch ein Wunder raushauen würde.

Ich stellte die Ellenbogen auf und vergrub das Gesicht in den Händen.

Ja, es war wie vor vier Monaten und gleichzeitig auch wieder nicht. Denn dieses Mal fühlte es sich nicht so an, als hätte ich etwas gewonnen, sondern verdammt viel verloren.

Mühsam schluckte ich gegen den Kloß in meinem Hals an, versuchte, mich auf meine Atmung zu fokussieren, und fuhr im nächsten Moment kerzengerade hoch, als ich ein helles Klicken im Schloss hörte. Ich brauchte nur einen Sekundenbruchteil, um die Person zu erkennen, dann war ich auch schon aufgesprungen, wobei meine eingeschlafenen Beine beinahe unter mir weggeknickt wären.

»Mom!«, brachte ich heiser hervor und vergrub das Gesicht an ihrem Hals, als sie die Arme um mich legte und an sich drückte. »Mom, es tut mir so leid. Das alles … ich … konnte nicht …«

»Ich weiß, Liebling. Ich weiß. Professor Abbot hat mir alles erklärt.«

Überrascht blickte ich auf.

»Ihm habe ich es auch zu verdanken, dass ich zu dir durchgekommen bin. Er setzt sich wirklich für dich ein. Deswegen dauert das alles auch so lange. Ich soll dir von ihm ausrichten, dass du Geduld haben sollst.«

»Danke.« Ich nickte, ein schaler Geschmack trat auf meine Zunge.

»Ich habe mir solche Sorgen um euch gemacht und … ich habe alles gegen die Wand gefahren, Mom. Alles.«

»Uns geht es gut.« Meine Mutter schüttelte langsam den Kopf und führte mich zurück zum Stuhl, ehe sie eine Flasche Wasser und ein paar Müsliriegel aus der Tasche zauberte. »Ich dachte mir, nach den vielen Stunden hast du vielleicht Hunger.«

»Danke«, murmelte ich, obwohl sich mein leerer Magen allein beim Gedanken an Essen verkrampfte. Zögerlich griff ich zumindest nach dem Wasser und trank ein paar Minischlucke. Dann schaute ich wieder zu ihr. »Haben sie … irgendetwas gesagt?« Die Frage kam mir leise über die Lippen, vielleicht, weil ich mich vor der Antwort fürchtete.

Seufzend ließ sich Mom auf der Tischkante nieder und strich eine nicht vorhandene Falte auf ihrer dunkelblauen Stoffhose glatt. »Nicht viel, aber Professor Abbot hat mir versichert, dass er sich um alles kümmern wird. Wusstest du, dass er Anwalt ist und noch immer ausgewählte Mandanten vertritt?« Meine Mutter nahm über den Tisch hinweg eine meiner eiskalten Hände und drückte sie leicht. »Es wird alles gut.«

»Mom, ich … ich meinte nicht, ob du etwas über *mich* gehört hast«, erwiderte ich und zog die Brauen zusammen. »Es geht … es geht mir um Zack.«

»Zack?«

Das Pochen hinter meiner Stirn wurde wieder lauter. »Ja, ich glaube … ihm ist etwas passiert. Und die Polizei hat keine meiner Fragen beantwortet.«

Wieder drückte Mom meine Finger, streichelte beruhigend darüber. »Ich habe nichts mitbekommen, Harlow. Aber ich kann mich gerne nach ihm erkundigen, wenn du möchtest.«

Ich biss mir auf die Lippe und kämpfte mit den Tränen. Dass meine Mutter nichts von Zack gehört hatte, war ein gutes Zeichen, oder? Abbot hätte doch sicherlich davon gesprochen.

Oder sie wussten noch nichts, weil Zack auf der anderen Seite des Atlantiks und hier jeder mit Alias und mir beschäftigt war.

Nichts konnte alles bedeuten.

»Captain McNara wird in der nächsten Stunde noch einmal zu dir kommen und dir weitere Fragen stellen«, sagte Mom nach einer Weile und räusperte sich. »Ich soll dir von Abbot ausrichten, dass er als dein Anwalt dabei sein wird und es wichtig ist, dass du dich an seine Anweisungen hältst. Das macht es … leichter.« Als sie dieses Mal lächelte, konnte ich den Schmerz darin sehen. Schmerz und Furcht.

Ich hätte es niemals so weit kommen lassen dürfen. Ich hätte diese Fehler nicht auf Kosten der Menschen machen dürfen, die ich doch eigentlich hatte beschützen wollen.

»Das werde ich«, flüsterte ich, »ich bin durch mit den Lügen, sie … sie haben schon genug kaputt gemacht.«

Noch einmal strich meine Mutter über meine Hand, dann ließ sie mich los und stand auf. »Wir bekommen das hin, Harlow. Zusammen. Wir haben schon ganz andere Dinge geschafft.«

»Danke, Mom«, wisperte ich, weil ich meiner Stimme nicht mehr traute und versuchte, irgendwie zu lächeln, obwohl ich innerlich auseinanderbrach.

Meine Mutter drückte ihre Tasche an sich, ehe sie leise gegen die Tür klopfte, damit man ihr öffnete. Tränen traten mir in die Augen, hastig senkte ich den Blick auf die zerkratzte Tischplatte. Gedämpfte Stimmen, von denen ich kaum etwas verstand, wehten zu mir und brachen dann ab, als ein weiteres Mal jemand den

Raum betrat und die Tür hinter sich schloss. Schritte kamen näher, der Stuhl auf der anderen Seite des Tischs wurde zurückgezogen. Ich starrte weiter auf die Tischplatte, drängte mühsam die Enge in meiner Brust zurück und sagte: »Ich werde Ihnen alles erzählen, aber nicht ohne meinen Anwalt.«

KAPITEL 36

you were there for me –
Henry Moodie

Zackary

»Ich werde Ihnen alles erzählen, aber nicht ohne meinen Anwalt.«

Bei dem rauen, leisen Klang ihrer Stimme zog sich mein Magen zusammen und gleichzeitig … war ich erleichtert. Ich war erleichtert, dass sie vor mir saß. Dass es ihr, von der aktuellen Situation einmal abgesehen, gut ging. Und dass da dank eines hektischen und komplett überteuerten Rückflugs nicht mehr Tausende Meilen zwischen uns lagen, sondern nur wenige Zentimeter.

Ich legte die Hände flach auf den Tisch und schaute sie an. Ihre verkrampften Schultern, ihre Lippen, die zu einer schmalen, farblosen Linie zusammengepresst waren, die Spuren getrockneter Tränen auf ihren Wangen.

Gott, ich war so ein Idiot gewesen. Ich hatte gewusst, was sie plante, hatte von diesem Vorhaben und der Gefahr gewusst und sie dennoch allein gelassen. Statt bei ihr zu bleiben und diesen Streit – diesen dämlichen Streit – zur Seite zu schieben, hatte ich gleich einen ganzen Ozean zwischen uns gebracht.

War weggelaufen.

Unzählige Male hatte ich ihr vorgeworfen davonzurennen, sobald es kompliziert wurde. Dabei war ich kein Stück besser. In keinerlei Hinsicht. Ich war genauso abgehauen, weil mir alles zu groß und viel geworden war. Die Gefühle, die Furcht, sie wieder zu verlieren, durch Lügen, Halbwahrheiten und Hindernisse, die in meinem Kopf existierten.

Ich hätte sie verdammt noch mal nicht allein lassen dürfen und ...

»Zack, du ...?« Ihre heisere Stimme brachte meine Gedanken abrupt zum Verstummen. »Alias, dieser Mistkerl.«

Ruckartig hob ich den Kopf und sog scharf die Luft ein, als ich ihre geröteten Augen sah, die Schatten darunter, die von den letzten Tagen zeugten. Den Schmerz, die Furcht in dem Blaugrün ihrer Iriden, die mich direkt trafen. Vielleicht war es doch keine so gute Idee gewesen herzukommen. Vielleicht hätte ich Harlow die Wahl lassen und nicht hier hereinplatzen sollen, wo sie keine Möglichkeit hatte auszuweichen. All die unbeantworteten Nachrichten waren schließlich eindeutig genug gewesen.

Ich ballte die Hände zu Fäusten und zog die Brauen zusammen. *Es tut mir leid,* sagte ich in Gedanken zur ihr, ohne mich zu rühren. *Es tut mir leid, dass ich nicht an deiner Seite geblieben bin.*

Die Stimme in meinem Kopf wurde immer lauter, bis ich plötzlich Arme spürte, die sich um meine Schultern schlangen. Einen rasenden Herzschlag, der genauso heftig stolperte wie meiner, Wärme, die mir eine Gänsehaut über den Körper trieb und mich ankommen ließ.

Harlow.

Und in diesem Moment war es mir egal, dass uns vermutlich irgendwer beobachtete. Ich zog sie auf meinen Schoß, drückte sie an mich und schloss die Augen. Horchte nur auf ihr lautloses Beben, ihren schnellen Atem, all das, was dieser Moment sagte, ohne dass wir irgendetwas davon auszusprechen brauchten. Ich vergrub die Nase in ihren Haaren, hauchte einen Kuss auf Harlows Scheitel und fuhr in sanften Kreisen über ihren Rücken. Um sie zu beruhigen, um mich zu beruhigen. Hielt sie, wie ich es an diesem Freitag hätte tun sollen, als sie mir von Alias und ihrem Plan erzählt hatte, als ich die Angst in ihrer Stimme gehört hatte, aber meine eigene lauter gewesen war. Unwillkürlich legte ich die Arme fester um sie, strich mit den Lippen über ihre Schläfe, ihre Wange, bis ich salzige Tränen schmeckte. In diesem Moment war das Verlangen, sie zu küssen und all diese Spuren der vergangenen Tage auszulöschen, beinahe übermächtig. Unsere Blicke trafen sich, Blaugrün auf Goldbraun, dann hob sie behutsam eine Hand an mein Gesicht.

»Du bist hier«, flüsterte sie in die Stille hinein und zeichnete die Kontur meines Wangenknochens nach. Eine kleine Falte schob sich zwischen ihre Brauen, als würde sie sich darauf konzentrieren, jedes Detail abzuspeichern.

Ich nickte kaum merklich und hob einen Mundwinkel. Die Wahrheit war, nach Chloes Anruf hatte ich gar keine andere Wahl gehabt, als herzukommen, sie zu sehen. Ihre Worte hatten die schlimmsten Szenarien in mir heraufbeschworen und die Angst, Harlow könnte etwas zugestoßen sein, war so viel größer gewesen als jeder Streit.

»Und es geht dir gut?«

Ich nickte wieder und gab mit langsamen Gebärden zurück: **»Jetzt schon. Was ist mit dir?«**

»Jetzt schon«, wiederholte sie leise und atmete hörbar aus. »Sie haben Alias erwischt, aber vorher … hat er eine Andeutung gemacht. Dass er dir etwas angetan hat, weil meine Familie nicht da war, und ich habe nie eine Antwort auf meine Nachrichten bekommen, da dachte ich … Gott, ich bin drauf reingefallen. Auf seine Psychoterrornummer. Dieses Gefühl, die Menschen zu verlieren, die mir alles bedeuten, so, wie er seine Familie verloren hat.« Stirnrunzelnd blickte ich sie an und zog dann mit einer Hand Block und Stift hervor. Mein Handy hatte ich bei Captain Weston McNara – zumindest hatte Abbot den grimmig dreinschauenden Riesen so vorgestellt – abgeben müssen.

Es war etwas umständlich, mit Harlow auf meinem Schoß zu schreiben, aber diese Nähe würde ich definitiv nicht aufgeben. Nachrichten? Ich habe nie eine Antwort von dir auf meine erhalten. Nicht mal einen zweiten Haken.

Einen Moment lang wirkte sie irritiert, dann wurde ihre Miene finster. »Dieser Mistkerl«, sagte sie wieder. »Er hat meine Kommunikation angezapft, so ist er überhaupt auf dich gekommen. Er hat unsere Nachrichten gelesen und abgefangen. Deswegen haben wir nichts voneinander gehört.«

Ich hob eine Braue.

»Er wollte mir Angst einjagen und hat es geschafft. Als er diesen Oxfordflyer in den Händen hatte … habe ich geglaubt, ich hätte dich verloren. Dass Alias mir dich genommen hat, so wie ich ihm seine Rache genommen habe, und dann bei meinem Haus …« Harlow fuhr sich über die Augen und schluckte. »Zack, es … es tut mir leid. Ich weiß gar nicht, wo ich anfangen soll. Ob es überhaupt einen Anfang gibt. Statt dich zu beschützen, habe ich alles nur viel schlimmer gemacht. Und es tut mir leid, dass ich dich verletzt habe. Immer wieder.«

Das hatte sie. Harlow hatte mich dort getroffen, wo meine Verlustängste saßen, und mich ins Straucheln gebracht. Doch sosehr ihre Lügen auch gebrannt haben mochten, der Gedanke, Harlow für immer zu verlieren, war schmerzhafter gewesen. Und tief in mir drin hatte ich zugeben müssen, dass ich vermutlich nicht anders gehandelt hätte, wäre ich an ihrer Stelle gewesen. Menschen taten die verrücktesten Dinge, um diejenigen zu beschützen, die ihnen wichtig waren.

Kopfschüttelnd legte ich meine freie Hand an ihr Kinn und zog sie sanft zu mir, bis sich unsere Nasenspitzen beinahe berührten.

»Ich hätte dir früher von der Bank und unserem Plan erzählen sollen, so, wie ich es dir versprochen habe. Ich hätte nicht wieder lügen dürfen. Ich hätte ehrlich sein sollen. Von Anfang an.« Ihre Stimme war nicht mehr als ein Flüstern und doch füllte sie den winzigen Raum zwischen uns mühelos. »Mir bedeuten Versprechen etwas, Zack. Das tun sie wirklich, ich … ich hatte nur solche Angst.«

Federleicht strich ich mit dem Daumen über ihre Unterlippe, dann nahm ich wieder Stift und Block zur Hand. Wer hätte gedacht, dass ich das einmal sagen würde, aber ich vermisste Elsa.

Das verstehe ich. Und das habe ich auch schon an dem Freitag bei mir zu Hause, in dem Moment konnte ich es bloß nicht sagen. Es war einfach zu viel und da habe ich den ersten Weg rausgenommen, obwohl ich das nicht hätte machen sollen. Ich habe dir gesagt, dass ich bleibe, dass ich mit Wahrheiten klarkomme, und trotzdem bin ich gegangen.

Harlows Nase kräuselte sich, als sie die Zeilen las, die ich teilweise um die Ecke geschrieben hatte, dann hob sie den Kopf. »Du hattest jedes Recht zu gehen.«

Nur weil man das Recht dazu hat, heißt das nicht, dass es das Richtige ist.

»Du bist jetzt hier«, hielt sie flüsternd dagegen, »… und das bedeutete mir alles, Zack. Es bedeutet mir alles, dass du zurückgekommen bist.«

Vielleicht ist Zurückkommen unsere Art zu bleiben.

Harlow lehnte ihre Stirn gegen meine, fuhr durch meine Haare und vergrub ihre Finger darin.

»Ich weiß nicht, was als Nächstes kommt, Zack«, brachte sie dann so leise hervor, dass ich sie über das Hämmern meines Herzens hinweg beinahe nicht verstanden hätte. »Es spricht für mich, dass ich dabei geholfen habe, Alias festzunehmen, und Abbot ist auf meiner Seite, aber … ich habe immer noch Fehler gemacht. Viele Fehler und ich …« Harlow löste sich von mir und suchte meinen Blick. »Ich habe Angst.«

Ich auch. Ich hatte verdammt viel Angst, aber Harlow und ich … das war größer.

»Ich bleibe, Harlow. Ich bleibe bei dir«, gebärdete ich und wischte eine einzelne Träne von ihrer Wange, ehe ich mich vorbeugte und meine Lippen auf ihre legte. Ganz leicht, kaum ein richtiger Kuss, weil ein Teil von mir immer noch nicht glauben konnte, dass das hier real war. Dann schlang Harlow die Arme um meinen Nacken und küsste mich. Presste ihre Lippen mit derselben Mischung aus Verzweiflung und Ungewissheit und Erleichterung und Sehnsucht auf meine, die auch in mir brannte. Machte den Moment real. Ich strich mit der Zunge über ihre Unterlippe, umfasste ihre Wange fester, als sie den Mund öffnete und dieser Kuss tiefer wurde. Mich verschlang, mit sich riss und ich mich absolut machtlos darin wiederfand. Genau dort, wo ich sein wollte. Ich spürte, wie sich die Bruchstücke, die sich seit unserem Streit immer weiter in mein Innerstes gegraben hatten, wieder zusammensetzten, wie der Druck auf meiner Brust endlich nachließ und dieses Gefühl, fremd und falsch zu sein, diesem Augenblick wich. Harlow wich.

Die dunklen Gedanken, schmerzhaften Dinge, die wir gesagt hatten, verschwanden nicht von jetzt auf gleich, da waren immer noch Reste dieser Mauern, die wir wieder zwischen uns errichtet hatten. Aber für den Moment reichte es, um sich fallen zu lassen. Für alles andere, für die Worte, die noch ausgesprochen, für die Angelegenheiten, die noch geklärt werden mussten, für das ganze verdammte Morgen, war später noch Zeit.

Denn wir beide würden bleiben, genau dort, wo wir gerade waren.

Zusammen.

***

Eine Woche später

Meine dunkelbraunen Lederschuhe verursachten ein leises Quietschen auf dem glänzenden Marmor, als ich durch den breiten Hauptgang des Seattle Courthouse lief. Beeindruckende Säulen flankierten den Flur, von dem rechts und links dunkle Holztüren abgingen, ausladende Lüster verströmten warmes Licht, das die kunstvollen Malereien an der hohen Decke perfekt in Szene setzte. Hätte ich nicht gewusst, dass ich mich am größten Gericht Seattles befand, hätte das hier genauso gut auch ein Nobelhotel sein können. Protz und Prestige, wohin man auch schaute. Beinahe einschüchternd. Vermutlich war das genau die Wirkung, die sich die Erbauer erhofft hatten. Unbewusst zupfte ich an meinem dunkelblauen Anzug herum, den Grams für diesen Termin aus den Tiefen unseres Hauses gezaubert hatte, und wurde langsamer, als ich Harvey Abbot vor einer der Türen entdeckte.

»Ah, Zackary«, begrüßte er mich und kam mir ein wenig entgegen. »Haben Sie vielleicht einen Moment für mich?«

Ich zog mein Handy hervor, auf dem seit ein paar Tagen die neuste Version von ComAll lief, und reichte es ihm, damit die App meine Gebärden für ihn übersetzen konnte.

»Hallo, Professor Abbot. Sollten wir nicht reingehen?«

»Das ist wirklich ein bemerkenswertes Programm«, meinte er mehr zu sich selbst, ehe er anfügte: »Der Prozess beginnt erst in einer guten Dreiviertelstunde, wir haben noch ein wenig Zeit, also, was meinen Sie?«

Unentschlossen sah ich zwischen der Tür, hinter der der Gerichtssaal lag, in dem heute Harlows Prozess stattfinden würde, und Abbots ausgestrecktem Arm hin und her.

»Es dauert auch wirklich nicht lange, nachdem ich ohnehin noch ein paar Dinge mit Harlow durchgehen möchte, bevor wir beginnen.«

Ich lockerte meine verkrampften Schultern und nickte schließlich. Abbot führte mich von der Tür weg in einen ruhigeren Seitengang und dort zu einer der Bänke aus Mahagoni.

»Geht es um meine zwei Schwerpunkte? Haben Sie Ihre Meinung geändert?«

Kaum dass sich die Lage bei Harlow etwas beruhigt hatte, war ich auf direktem Weg zu Harvey Abbot gegangen und hatte ihn um ein Gespräch gebeten. Denn mitten in dem ganzen Chaos war mir klar geworden, dass ich mich nicht entscheiden konnte und es auch gar nicht wollte. Ich wollte weder auf Jura verzichten noch auf die Literatur. Zwei Herzen und ich brauchte beide zum Überleben. Zu meiner Überraschung hatte Abbot nur gelacht und gemeint, er hätte so etwas schon erwartet – und mir die Erlaubnis gegeben, beide Schwerpunkte zu behalten. Vorausgesetzt, ich hielt meinen Notendurchschnitt. Ihm war es bei der Sache in erster Linie darum gegangen, dass ich mich mit meinen Motiven und Interessen auseinandersetzte, statt mich in eine Form zu pressen oder den erstbesten Weg zu gehen.

Abbot setzte sich und schüttelte den Kopf. »Nein, Zackary, es geht um etwas anderes. Vermutlich hätte ich eher damit zu Ihnen kommen sollen und nicht kurz vor knapp, aber ehrlicherweise muss ich sagen, dass mich die Nachricht erst vor zwei Tagen erreicht hat. Außerdem bin ich mit der ganzen Vorbereitung der Verhandlung kaum hinterhergekommen.«

Das konnte ich mir gut vorstellen. Abbot hatte alle Hebel in Bewegung gesetzt und seine Kontakte spielen lassen, um Harlows Prozess zu beschleunigen und seine Bedingungen durchzusetzen. Abgesehen davon, dass er, ohne zu zögern, ihre Verteidigung übernommen hatte und nebenbei noch eine der renommiertesten Universitäten der Welt leiten musste.

Ich legte die Stirn in Falten. »Worum geht es, Professor Abbot?«

»Um das hier.« Er hob mein Handy ein Stück an, als würde das alles erklären. »Ich habe lange überlegt, wie ich Harlows Situation am besten lösen kann, verschiedene Strategien durchdacht. Harlow ist noch sehr jung, ist bemerkenswert klug und ich möchte nicht, dass ihr diese ganze Angelegenheit die Zukunft verbaut.«

Immer noch ratlos sah ich ihn an, woraufhin Abbot die Beine überschlug und wissend lächelte. »Haben Sie schon etwas von dem *Department of Inclusion* gehört?«

Das hatte ich. Das Department setzte sich vorwiegend in den

USA und zunehmend auch über die Grenzen hinaus für die Inklusion und Gleichstellung von Menschen mit Behinderung ein.

Ihm war es zu verdanken, dass ich die Möglichkeit gehabt hatte, eine Integrationsklasse und damit eine *normale* Schule zu besuchen und dass es Projekte wie die *Gallaudet University* für Gehörlose gab. Allerdings fehlte mir nach wie vor die Verbindung zwischen dem DOI und Harlows Prozess und …

Mein Kopf ruckte hoch. **»Sie haben dem Department von der App erzählt?«** Ich konnte nicht verhindern, dass meine Hände ein wenig zitterten, als ich das sagte.

Abbots Lächeln wurde breiter. »Ich habe einen guten Freund dort, der sehr angetan, um nicht zu sagen äußerst beeindruckt von Harlows und Colins Leistung ist. Noch ist nichts in trockenen Tüchern, aber sie können sich eine Zusammenarbeit und damit eine Investition in ComAll sehr gut vorstellen. Und das wiederum kommt uns zugute.«

Langsam, aber sicher begann ich mich zu fragen, wer Harvey Abbot eigentlich war und woher er all diese Verbindungen besaß.

»Und das kann Harlow helfen?«

»Davon gehe ich aus. Die Richterin ist kein Unmensch und hat selbst eine bewegte Vergangenheit hinter sich. Ich bin mir sicher, dass sie Harlows wahre Absichten und ihr Potenzial erkennen wird. Dass sie lediglich die Möglichkeit braucht, ihren Platz zu finden und sich mit ihren Fähigkeiten auf die richtige Seite zu stellen.«

Seine Worte ließen mich aufhorchen. Ihren Platz … **»Das heißt, Sie geben Harlow eine zweite Chance auf dem Lakestone Campus? Ich dachte, sie hätte ihren Platz durch die Sache verloren, nachdem Sie sie nach Hause geschickt hatten?«**

Nachdem Harlow das Polizeipräsidium hatte verlassen dürfen,

war sie vom Gelände des LSC verwiesen worden. Niemand hatte es so direkt ausgesprochen, Worte wie *Beurlaubung* waren gefallen, aber wir waren automatisch davon ausgegangen, dass damit ihre Zeit auf dem Campus zu Ende war. Nichts war vernichtender als eine schmucklose Suspendierung in Verbindung mit einem Aufenthaltsverbot.

Abbot räusperte sich und zupfte die anthrazitfarbene Krawatte unter seiner Anzugweste zurecht. »Mir waren die Hände gebunden und es gab und gibt immer noch vieles zu klären, gerade im Hinblick auf unsere Investoren und Förderer, aber ich werde Harlow weiterhin am Lakestone studieren lassen – vorausgesetzt, meine Strategie geht auf und sie wird freigesprochen.«

Mein Herz machte einen Sprung, als mir klar wurde, was das bedeutete. Für Harlow und für ihre Zukunft.

»Aber dafür brauche ich Ihre Unterstützung, Zackary.«

»Wie kann ich dabei helfen?«

»Deswegen habe ich Sie ursprünglich um dieses Gespräch gebeten. Ich möchte die App und das Interesse des Departments mit in meine Verteidigung nehmen und Sie dazu gerne als Zeugen hinzuziehen. Es wird meine Strategie untermauern, wenn die Richterin sieht, wie die App funktioniert. Selbstverständlich gibt es einen vereidigten Dolmetscher, der Ihre Aussage übersetzen wird, aber ich denke, eine kleine Demonstration spielt uns durchaus in die Karten«, erklärte Abbot. »Wäre das für Sie in Ordnung?«

»Natürlich«, gab ich sofort zurück und drängte die Mischung aus Aufregung und Anspannung resolut zurück. **»Ich bin dabei.«**

Ein winziger Anflug von Belustigung huschte über seine Züge, dann stand er auf und richtete dabei seinen Dreiteiler. Keine Ahnung, warum ich genau in diesem Moment an Ethans sinnfreie Bemerkung dachte, dass Abbot vermutlich auch darin schlief.

Professor Abbot legte mir eine Hand auf die Schulter und drückte sie kurz, ehe er erwiderte: »Ich bin guter Dinge, dass wir heute viel erreichen, Zackary. Niemand verdient es, seine Zukunft zu verlieren, nur weil das Leben ihm schlechtere Karten ausgeteilt hat.«

Einen Moment lang blieb ich an dem bedeutungsschweren Unterton hängen, der in seinen Worten mitschwang. Eine beinahe persönliche Note, die ich bisher noch nie bei ihm gehört hatte. Doch noch bevor ich sie richtig zu fassen bekam, sprach Abbot bereits weiter.

»Ganz besonders niemand, der so bemerkenswert ist wie Harlow Lexington. Ich bin überzeugt davon, dass sie gerade erst am Anfang steht.«

Bei seinen Worten breitete sich ein warmes Gefühl in meiner Brust aus, Stolz und Zuneigung und all das, was ich für Harlow empfand, was sie für mich war. Lächelnd nahm ich mein Handy wieder entgegen und nickte.

Das bin ich auch.

All You Had To Do Was Stay – Taylor Swift

Harlow

Januar, vier Wochen später

»Sie sind da! Sie sind da, komm schon.« Lucie hielt sich erst gar nicht mit einer Begrüßung auf, als sie an meinen Tisch im Lakestone Café stürmte, sondern zog nur ungeduldig an meinem Arm. »Ich halte das keine Sekunde länger aus.«

Belustigt tätschelte ich ihre Hand und begann in Ruhe, meine Sachen zusammenzuräumen. »Die Ergebnisse rennen uns schon nicht weg. Außerdem bin ich mir noch gar nicht so sicher, ob ich sie überhaupt sehen will.«

»Und *ob* du sie wissen willst.«

»Nur um sie danach direkt wieder zu vergessen.« Ich verzog das Gesicht und stand schließlich auf. »Wollen wir wetten, dass ich durch mindestens zwei Prüfungen gerasselt bin?«

»Abbot hat dir doch angeboten, die Klausuren zu wiederholen. Nach dem ganzen Trubel vor Weihnachten dreht dir da sicherlich niemand einen Strick draus.«

»Ich wollte eben keine Extrawurst.«

»Oder dir hat der Prüfungsstress zusätzlich zu allem anderen mit der App, Zack und deinen fortgeführten Sozialstunden bei mir im Atelier einfach etwas gegeben?«

Kopfschüttelnd knuffte ich sie in die Seite und hängte mir meine Tasche um. »Sicherlich. Genau deswegen habe ich das gemacht.«

»Wusste ich's doch. Mir kannst du nichts vormachen.« Lucie legte mir einen Arm um die Schultern und schob mich aus dem warmen Café in den kalten Januarvormittag. Schnee bedeckte die Grünflächen des Campus und der See lag unter einer dicken Schicht aus Eis. Unwillkürlich kuschelte ich mich tiefer in meine Teddyjacke und zog die Schultern hoch. Noch ein Grund, mit den Prüfungsergebnissen, die wir im Verwaltungsgebäude des Lakestone bekommen würden, zu warten – draußen war es einfach lächerlich kalt.

»Hoffentlich kommen wir schnell durch. Ich muss wirklich wissen, ob ich Politikwissenschaften geschafft habe.« Wie um ihre Aussage zu unterstreichen, zog mich Lucie nur noch schneller über die hellen Kieswege.

»Du meinst wohl eher, ob es ein *Mit Auszeichnung bestanden* oder ein *Mit außerordentlicher Auszeichnung bestanden* wird.«

Dieses Mal war es Lucie, die mir in die Seite zwickte. »Haha.«

Wir erreichten das große Verwaltungsgebäude, in dem es, wie erwartet, bereits von Studierenden nur so wimmelte. Das gesamte Atrium mit seiner ausladenden, geschwungenen Treppe war voller Grüppchen, die lautstark über ihre Ergebnisse diskutierten. Sosehr ich auch versuchte, das nicht zu nah an mich heranzulassen, spürte ich dennoch, wie die Nervosität in mir wuchs. Mit jedem Meter, den wir uns durch die anderen in Richtung Schlange kämpften, ein wenig mehr.

»Was ist eigentlich gestern bei dem Teams-Meeting mit dem Department rausgekommen? Das war doch gestern, oder? Colin hat so etwas erwähnt«, erkundigte sich meine Freundin, als wir das Ende oder besser gesagt den Anfang der Wartenden vor dem Büro von Abbots Assistenz erreicht hatten.

Schulterzuckend knöpfte ich die Jacke auf, zog sie aus und hängte sie mir locker über einen Arm. »Es lief ganz gut, denke ich. Sie wollen wirklich viel Geld investieren, was irgendwie surreal ist. Ich meine, es ist eigentlich nur ein Uniprojekt gewesen und dann eben etwas zwischen Zack und mir.«

»Und jetzt kannst du damit echt vielen Menschen helfen. Es war eine gute Idee von Abbot, das auf den Tisch zu bringen.« Ihre braunen Augen begannen zu leuchten. »Die Richterin ist aus dem Schwärmen gar nicht mehr rausgekommen.«

Harvey Abbot hatte einen verdammt guten Job gemacht. Keine Ahnung, warum er meine Verteidigung übernommen hatte, aber dank ihm war ich – ein weiteres Mal – mit einem blauen Auge davongekommen und durfte weiter meinen Traum leben. Studieren, Programmieren – und zwar dieses Mal wirklich frei. Und auch wenn ComAll ursprünglich nicht dafür gedacht gewesen war, den Campus zu verlassen, ich gewöhnte mich langsam an den Gedanken. Wer konnte jetzt schon sagen, was einmal daraus werden, wem die App in Zukunft helfen würde?

»Jetzt muss nur noch der Rest des Lakestone aufhören, mich als Hackerspezialistin zu sehen«, gab ich mit gesenkter Stimme zurück. »Vor ein paar Tagen hat mich sogar die Uni-IT darauf angesprochen und ironischerweise gefragt, ob ich mit an der digitalen

Sicherheit des Campusnetzes arbeiten möchte. Weil ich mich schon mehrfach reingehackt habe.«

Lucie kam ein leises Lachen über die Lippen, was sie rasch mit einem Hüsteln kaschierte. »Ist doch nice. Und was den Rest angeht, lass die Gerüchte Gerüchte sein, die verschwinden schneller, als du gucken kannst. Spätestens, wenn die nächste Story die Runde macht. Vermutlich haben die Leute nur Angst, dass du ihre Festplatten hackst und schmutzige Wäsche ans Licht bringst.«

»Lucie!« Gespielt empört sah ich sie an und griff nach meinem Handy, als es in der Hosentasche eine neue Nachricht ankündigte.

»Miyu?«, fragte Lucie und zog mich etwas vorwärts, weil sich die Schlange mittlerweile weiterbewegt hatte.

Ich nickte und steckte es zurück in die Tasche. »Sie kommt tatsächlich in den Semesterferien her, um einen Teil ihrer Familie in Portland zu besuchen. Irgendwie verrückt, sie nach so langer Zeit persönlich zu treffen.«

»Ich freue mich drauf, sie richtig kennenzulernen.«

Lächelnd griff ich nach meiner Seeglasscheibe und sah wieder zu Lucie. »Ich mich auch.«

Miyu hatte ich es zu verdanken gehabt, dass die Polizei vor fünf Wochen rechtzeitig bei unserem Haus gewesen war, um Alias festzunehmen – der aktuell noch in Untersuchungshaft saß, aber Abbot hatte mir versichert, dass er für eine lange Zeit im Gefängnis bleiben würde. Nachdem Colin Lucie von der seltsamen Nachricht erzählt und diese daraufhin Miyu kontaktiert hatte, war mein Aufenthaltsort nur noch eine Sache von Sekunden gewesen. Ich schuldete ihr viel. Ihnen allen.

Die letzten Studierenden verschwanden im Büro, danach waren wir an der Reihe. Lucie hatte mir erklärt, dass die Ergebnisse nicht, wie an vielen Unis üblich, online gestellt, sondern noch ziemlich oldschool ausgedruckt wurden. Auf geprägtes Papier und mit Originalunterschrift von Harvey Abbot. Hoffentlich hatte er, als er meine Noten unterschrieben hatte, nicht bereits bereut, mich am LSC zu lassen.

Gegen Vorlage unseres Studierendenausweises erhielten wir schließlich unsere Briefe und standen nur wenige Minuten später inmitten der Grüppchen im Atrium.

»Sollen wir?« Lucie biss sich auf die Unterlippe und drehte den weißen Umschlag mit dem Logo des Lakestone Campus in den Händen.

»Gleichzeitig?«

»Gleichzeitig.«

Keine von uns hielt sich damit auf, noch bis drei zu zählen. Stattdessen öffneten wir direkt das Kuvert und zupften besagten Briefbogen heraus. Lucie gab mehrere Laute von sich, die ich nur am Rande mitbekam, während ich meine eigenen Ergebnisse überflog.

In meinen Schwerpunktfächern hatte ich abgeliefert und war in keinem der fünf Kurse schlechter als achtzehn von zwanzig Punkten gewesen. Selbst das Projekt von Colin und mir hatte Stolsson nach der Wiederholung unserer Präsentation mit achtzehn Punkten bewertet. In den allgemeinwissenschaftlichen Bereichen sah es allerdings anders aus. Wie befürchtet, war ich durch drei Teilprüfungen gefallen und hatte damit den Block *Kunst und Musik* nicht bestanden. Im sprachlichen Zweig war ich mit einer zehn durchgekommen, was zwar reichte, aber wahrlich keine Glanzleistung war, und auch in dem geografischen und biologischen Teil hatte ich definitiv Nachholbedarf. Aber auch wenn ich in die Nachprüfungen würde gehen müssen und im nächsten Semester unzählige

Baustellen auf mich warteten … Ich hatte es geschafft. Ganz unten auf dem Bogen, unter den Bemerkungen über meine erfreulichen Leistungen im Hockeyteam und dem Kommentar zu der Erweiterung meines App-Projekts, standen die entscheidenden Worte:

Ms Harlow Lexington erhält die Erlaubnis, Ihr Studium auf dem Lakestone Campus of Seattle im zweiten Fachsemester fortzusetzen.

Ich spürte, wie sich ein breites Grinsen auf meinen Zügen ausbreitete. Ich hatte es geschafft. Trotz des ganzen Chaos hatte ich es irgendwie geschafft und mir meinen Platz auf dem Campus verdient.

»Alles klar? Deinem Gesicht nach zu urteilen, bist du … zufrieden?«

»Ja«, gab ich zurück und zog Lucie aus einem Impuls heraus an mich. »Ja, das bin ich.«

Überrascht erwiderte sie die Umarmung. »Das freut mich, Har. Du kannst dir gar nicht vorstellen, wie sehr. Ich bin ziemlich stolz auf dich.«

»Und ich auf dich, du Zwanzig-Punkte-Queen.«

»In Mathe sind es nur siebzehn.«

»Das bekommen wir schon noch hin. Wie es aussieht, hast du mich auch im nächsten Semester noch an der Backe.« Ich steckte den Brief in meine Tasche und hakte mich dann bei ihr unter. »Zack meinte vorhin, sie würden sich am Ergebnistag immer unten am Pier im *Under the Sea* treffen. Hast du Lust mitzukommen?«

Lucie warf ihre hellblonden Korkenzieherlocken beinahe dramatisch über eine Schulter und zog mich enger an ihre Seite. »Worauf du dich verlassen kannst, Schwester.«

***

»Die nächste Runde geht auf mich!«, verkündete Ethan lautstark und deutete dann auf Sue. »Es sei denn, du löst endlich deine Wettschulden ein.«

Sue hob nur unbeeindruckt eine Braue. »Wir haben nie gewettet, Käfermann.«

»Und ob wir das haben, aber anscheinend ist dir das entgangen. Genauso wie dieser Moment in der Biologiesammlung.«

Ihre Wangen wurden rot. »Es gab keine Wette und ganz sicher hatten wir *keinen* Moment, Ethan Dair.«

Ziemlich selbstzufrieden verschränkte Ethan die Arme vor der Brust und stand auf. »Rede dir das nur weiter ein. Also, was darf ich euch mitbringen?«

Mason quetschte sich ebenfalls an Chloe und Lucie vorbei aus der Bank und verschwand, nachdem wir unsere Bestellungen aufgegeben hatten, mit Ethan zur Bar.

»*Mon Dieu*, irgendjemand sollte ihm sagen, dass er damit aufhören muss. Ganz ehrlich.« Sue fügte noch ein paar Worte in mehreren fremden Sprachen hinzu, die ich nicht verstand, und leerte ihren Cocktail. »Noch ein Semester halte ich das nicht aus.«

»*Das hast du am letzten Tag der Ergebnisse auch gesagt*«, gab Zack mithilfe der Sprachausgabe von ComAll zu bedenken und zwinkerte mir amüsiert zu. »*Und doch hast du in den vergangenen Wochen mit Ethan die Inventur der Fakultät für Biologie übernommen.*«

»Freiwillig«, fügte Chloe laut und in Gebärden an.

Sue warf ihr einen beinahe vernichtenden Blick zu. »Das gibt gute Extracredits und allein hätte Ethan das garantiert nicht geschafft. Wie auch immer, Themenwechsel«, bat sie dann und lehnte sich auf der Bank in der Nische im *Under the Sea* zurück. »Sehen wir dich im nächsten Semester, Zack, oder brauchen wir alle eine Standleitung nach Oxford?«

Lucie beugte sich neugierig weiter nach vorn und sah an mir vorbei zu Zack. »Stimmt, du hast dein großes Geheimnis noch gar nicht gelüftet.«

»*Das ist kein Geheimnis*«, hielt Zack dagegen und fuhr sich über die Stirn.

Ich stupste ihn leicht an. »Also, ich finde schon, dass du eins draus gemacht hast.«

Schmunzelnd verdrehte Zack die Augen und nahm einen Schluck von seinem fast leeren Ale. »*Ich bleibe*«, begann er, wobei sich sein goldbrauner Blick einen Moment mit meinem verschränkte. »*Aber ich gebe die Literatur nicht auf. Abbot hat mir die Möglichkeit gegeben, sowohl Jura als auch Literaturwissenschaft als Schwerpunkt zu behalten. Und wer weiß, vielleicht gehe ich irgendwann doch einmal für eine Zeit nach Oxford, aber gerade gefällt es mir hier ganz gut.*«

»Warum passt das nur so zu dir, Zacky?« Chloe kräuselte amüsiert die Lippen. »Irgendwie hatte ich das schon im Gefühl. Du gehörst einfach an den Lakestone.«

»Und zu mir«, sagte ich leise, sodass nur Zack es hören konnte, und rutschte näher an ihn heran. Seine Mundwinkel zuckten, dann hauchte er mir einen Kuss auf die Schläfe.

»Ich bin froh, dass du der Literatur erhalten bleibst«, meinte Lucie. »Alles andere wäre nämlich schade gewesen, bei deinem Talent für Worte und Poesie.«

»Was mich darauf bringt, dass du uns noch keines deiner Gedichte gezeigt hast.«

Bei Sues Worten runzelte Zack die Stirn. »*Ihr würdet mich damit aufziehen.*«

»Würden wir niemals«, sagten Chloe und Sue wie aus einem Mund, während neben uns »Würden wir« von Mason und Ethan erklang, die gerade an den Tisch zurückkamen.

»Sag ich ja, und abgesehen von Literatur und Jura steht jetzt auch erst mal einiges in Sachen ComAll an.«

Ich drückte Zacks Finger, weil ich wusste, wie viel ihm diese App bedeutete, und nahm dann meinen Drink entgegen. »Immer noch surreal, dass das Department mit an Bord ist. Und irgendwie angsteinflößend.«

»Das sind die besten Dinge. Alles wirklich Gute macht einem Angst, das gehört dazu.« Ethan stieß über den Tisch hinweg gegen mein Glas. »Ich finde, das ist genau der richtige Moment für die Abschlussrunde.«

»Abschlussrunde?« Fragend schaute ich zu Zack, der mir sanft eine Strähne hinter das Ohr schob, ehe er erwiderte: *»Ist so eine kleine Tradition. Wir sagen der Reihe nach, wofür wir in diesem Semester dankbar sind und worauf wir hätten verzichten können.«*

»Hm, das gefällt mir.« Lucie nickte. »Bin dabei.«

»Wunderbar!« Erwartungsvoll blickte Ethan in die Runde und blieb dann – wie erwartet – an Sue hängen. »Fängst du an?«

»Mit dem größten Vergnügen.« Sue lächelte und hob ihr Glas. »Ich bin dankbar für die neuen Freunde, dass unsere Clique wieder ein wenig gewachsen ist, und ich hätte definitiv auf deine Sprüche verzichten können, Ethan.«

Lachend prostete er ihr zu. »Hab dich auch lieb. Machst du weiter, Chloe?«

»Ich bin dankbar für die Lektionen in diesem Semester, die guten und die, die vielleicht ein wenig wehtaten«, ihr Blick zuckte kurz zu mir, ich lächelte. In den vergangenen Wochen hatten Chloe und ich langsam einen Draht zueinander gefunden, wir beide liebten Zack und das war letztlich wichtiger gewesen als das, was gewesen war.

Nach einer kurzen Pause ergänzte Chloe: »Und nächstes Mal wünsche ich mir weniger Drama.«

»Am Lakestone?« Mason lachte. »Viel Glück dabei.«

Es ging im Uhrzeigersinn weiter, Mason, dann Ethan, Lucie und schließlich war ich an der Reihe. Ich nahm hastig einen viel zu großen Schluck und musste ein paarmal husten, bis ich meine Stimme wiederfand.

»Puh, in den vergangenen Monaten ist so viel passiert, für das ich dankbar bin. Es ist echt schwer, da eine Sache rauszupicken, deswegen … das hier. Ich bin dankbar für das hier. Für die Freundschaften, für die Chance, auf dem Campus studieren zu können – obwohl jetzt jeder weiß, dass ich eine berüchtigte Hackerin bin.« Die anderen lachten. »Und ich bin dankbar für … dich, Zack.« Meine Wangen wurden heiß, doch es störte mich nicht im Geringsten, dass mir meine Gefühle wortwörtlich ins Gesicht geschrieben standen. Denn dass ich sie nicht verbergen musste, war noch etwas, wofür ich unglaublich dankbar war.

Zack lächelte mich an und streichelte mir zärtlich mit dem Daumen über meine Wange.

»Ich liebe dich auch«, gab ich lautlos mit einer Hand zurück und räusperte mich dann, weil das zwischen Zack und mir an einen anderen Ort, zu einer anderen Zeit gehörte. Und weil Ethan für meinen Geschmack schon wieder viel zu neugierig zu uns rüberstarrte. An ihm war wirklich ein Reporter für die Klatschpresse verloren gegangen.

»Zum zweiten Teil der Frage: Ich hätte definitiv auf Musiktheorie verzichten können.«

»Wer nicht? Dieses Fach wurde in der Hölle entworfen«, pflichtete mir Chloe bei. »Was ist mit dir, Zack?«

Nickend stellte er sein Glas ab und knetete einen Moment die Finger. »*Ich fange andersherum an. In diesem Semester hätte ich auf jeden Fall weniger Furchtmomente gebraucht. Denn davon gab es einige. Zu viele. Und auch wenn es irgendwo gut war, dass es sie gab, hätte ich dennoch drauf verzichten können, glaubt mir.*« Ein resigniertes Lächeln zupfte an seinen Lippen. »*Aber anders als in den Jahren davor musste ich mich ihnen dieses Mal nicht allein stellen, weil ich nicht davongerannt bin, sondern sie akzeptiert habe. Weil ich geblieben bin. Und ihr es auch seid. Also, dafür bin ich dankbar. Dass jeder Einzelne von euch geblieben ist.*« Zack sah uns nacheinander an und wandte sich dann mir zu. Bevor er dieses Mal gebärdete, schaltete er die Sprachausgabe aus und drehte das Handy so, dass nur ich das Display sah. Weil diese Worte nur für mich waren.

»Und dass du mich gehört hast, Harlow. Dafür bin ich am allermeisten dankbar. Das du mich gehört hast und trotzdem geblieben bist.«

»Immer«, gebärdete ich, dann umfasste ich sein Gesicht und küsste ihn mit all den Worten zwischen uns.

»Keine Ahnung, was du gerade zu Har gesagt hast, aber mit deinen perfekten Poesiesätzen schießt du doch jedes Mal den Vogel ab, Zack«, meinte Ethan einen Moment später und blinzelte. »Echt, jedes Mal.«

Sue rempelte ihn schmunzelnd an. »Ach, halt die Klappe, Ethan.«

Und dann stießen wir endlich an. Auf das, wofür wir dankbar waren, und auf das, was wir hinter uns ließen. Auf alles, was noch kommen würde.

Weil wir blieben.

TRIGGERWARNUNG

Achtung: Spoiler!

Dieses Buch enthält Themen,
die triggern können.

Diese sind:

Panikattacken
Angststörung
Tod, Trauer

Danksagung

Wo fange ich an? Ich sag es euch, das ist immer der erste Gedanke, sobald das Wort *Danksagung* da schwarz auf weiß vor mir prangt. Unter dieser etwas unkonventionellen Geschichte zwischen einer Hackerin und einem Wortgenie, die mich vor einige Herausforderungen gestellt hat und sich genau deswegen so richtig anfühlt. Weil ein großer Teil von meinem Technikherz drinsteckt, ein großer Teil von Ängsten, die ich selbst kenne, und Mut.

Mit dieser Geschichte, mit Harlow und Zackary und dem Campus, der vorher noch ganz anders hieß, hat es angefangen – und das meine ich genau so, wie ich es geschrieben habe. Denn das *Seattle-Projekt* hat mich Anfang 2021 in meine wundervolle Agentur geführt (an dieser Stelle vorweg ein RIESENGROSSES DANKE-SCHÖN an meine großartige Agentin Gerlinde Moorkamp und das ganze Team der Literarischen Agentur Silke Weniger). Und von meiner Agentur in den Ravensburger Verlag, das Zuhause des Lakestone Campus. Damals hat sich 2024, der Release des ersten Bands, noch so weit entfernt angefühlt und jetzt sitze ich hier, schreibe diese Zeilen und habe Miyus Stimme im Kopf, die sagt, ich würde gerade melodramatisch werden. Sei's drum. Das gehört zu einer Danksagung dazu, denn ganz gleich wie viele Bücher man auch schreibt, eines ändert sich nie: Eine Geschichte ist nur so gut wie die Menschen, die einem dabei zur Seite stehen. Menschen, bei denen ich mich bedanken möchte, weil ich ohne sie vermutlich nie so weit gekommen wäre.

Gerlinde, danke, dass du Harlow und Zack so schnell in dein Herz geschlossen hast, dass ich schon nach wenigen Stunden Teil von #TeamWeniger sein durfte. Ich kann nicht glauben, dass das schon fast drei Jahre zurückliegt.

Paula, danke dass du den Lakestone nach Ravensburg geholt hast. Für die wundervolle Zusammenarbeit, das Kopfentwirren (Stichwort Titel) und An-der-Seite-Sein – ich freue mich schon jetzt darauf, wieder mit dir an den Campus zurückzukehren. In diesem Zug auch danke an dich und Kristina für das wundervolle Lektorat!

Lena, danke, dass du mir diese Chance verschafft hast, du weißt, wovon ich spreche.

Das Ravensburger-Team, danke, dass es euch gibt! Dass ihr eine Hackerin und ihren Literaturnerd in eure Reihen gelassen habt, ich konnte mir kein besseres Zuhause für den Lakestone Campus wünschen!

Theresa, danke, für alles – ich glaube, mehr muss ich nicht schreiben, dafür haben wir unsere eigene Sprache.

Ayla, als ich dir gesagt habe, dass es sich richtig anfühlt, wenn du den Blurb schreibst, habe ich das genau so gemeint. Du warst die Erste, der ich von dieser Idee erzählt habe, und von Anfang an dabei, deswegen danke. Du weißt schon.

Danke an dieser Stelle auch für das hilfreiche und wertvolle Sen-

sitivity Reading, ich habe so viele wichtige und wertvolle Dinge gelernt!

Lisa, Lena und Lara, danke, dass ihr Harlow und Zack auf Herz
und Nieren testgelesen habt. Eure Kommentare und Anmerkungen waren und sind Gold wert, auch wenn sie meinen Kopf ziemlich zum Rauchen gebracht haben, auf die beste Art und Weise.

Und natürlich gilt meinen Leser*innen mein ganzer Dank. Allen,
die meine Bücher kaufen, lesen, lieben und weiterempfehlen, die
zu meinen Lesungen kommen, die sich zwischen den Seiten verlieren – ihr seid der Grund, warum ich tun kann, was ich liebe, und
das meine ich genau so, wie ich es sage. Deswegen DANKE! <3

Ich freue mich, wenn wir uns bald auf dem Lakestone Campus of
Seattle wiedersehen!

Alles Liebe

Eure
Alexandra

Willkommen im herbstlichen Maple Creek!

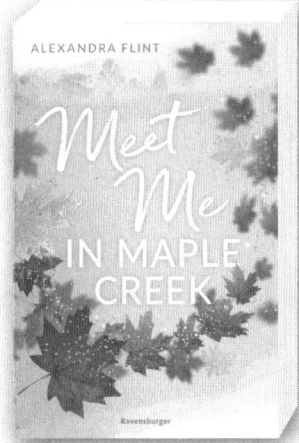

Alexandra Flint

Maple-Creek-Reihe, Band 1: Meet Me In Maple Creek

Plötzlich ist Miras Leben in Maple Creek nicht mehr so, wie es einmal war: Unerwartet steht ihr Zwillingsbruder vor ihr, von dem sie bisher nichts wusste. An seiner Seite ist sein bester Freund Joshka, dessen Narben Mira erahnen lassen, dass in seiner Welt in der New Yorker Untergrundszene andere Regeln gelten. Trotz aller Zweifel fühlt sie sich zu ihm hingezogen, und auch Joshka beginnt, seine harte Schale abzulegen. Doch seine Vergangenheit ist ihm wie ein Schatten nach Maple Creek gefolgt ...

ISBN 978-3-473-**58631**-8

Alexandra Flint

Maple-Creek-Reihe, Band 2: Save Me In Maple Creek

Kein Tag vergeht, an dem Mira nicht an Joshkas übereilten Aufbruch aus Maple Creek denkt. Als sie für einen Termin nach New York muss, steht er plötzlich vor ihr. Obwohl die Anziehung zwischen ihnen stärker denn je ist, stößt er Mira von sich. Verletzt und bestürzt über seinen Zustand, fragt sie sich umso mehr, was ihm in den letzten Monaten widerfahren ist. Was sie nicht ahnt: Joshka hat sich auf einen riskanten Deal mit dem Untergrund eingelassen. Und der Einsatz ist Miras Leben.

ISBN 978-3-473-**58632**-5

Ravensburger
ravensburger.com

HCRTB_22_020

Folge uns auf Instagram und TikTok und entdecke dein nächstes Lieblingsbuch!

 **@ravensburgerbuecher**

 @ravensburgerde

Tauche ein in unsere traumhaft schönen Bücherwelten, knisternden Lovestories und fantastischen Abenteuer.

Exklusive Insiderinformationen zu unseren neuen Büchern, Cover-Reveals, E-Book-Deals, Q&As mit unseren AutorInnen und zahlreiche Gewinnspiele erwarten dich.

Wir freuen uns auf dich!

#ravensburgerbuecher #readravensburger